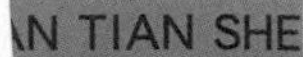

新版日本語 文法百科辭典

日語權威

NIHONGO BUNPOU HYAKKA ZITEN

前言 Preface

本書為各高中、大學日文系、語言中心所喜好採用，

本版次由北京語言大學與山田社合作出版。

本書是最佳日語文法教材及自修用書！

感謝讀者對山田社日語辭典類書籍的長久熱愛！

本系列書籍持續熱銷、銳不可檔！

《日本語文法百科辭典》真是一輩子都用得到的好辭典，學日語的人應該人手一本的。」感謝讀者如此熱烈的推崇。為此，我們提供了物超所值的最新版本，方便您永久使用，一輩子都陪伴在您身邊。

善用「聽」的記憶，大量聆聽文法正確且優美的日文句子，幫助您將文法內化成自己的生活，還可以同時訓練聽力與發音，讓您不只是寫得好、讀得快，還能聽得瞭、說得妙！

學日語的門檻並不高，但要達到高階卻不容易。這是因為在入門、進階及中階的過程中，只知其然，卻不知其所以然，缺少舉一反三的紮實訓練所導致的。

因此我們邀集中日台熟悉日語教學的頂尖作者，聯合編審《新版 日本語文法百科辭典》。讓您能同時汲取台灣、日本、中國三地日語教學界權威的智慧，紮紮實實正確掌握日語文法。

《新版 日本語文法百科辭典》重視紮實性跟實用性，因此力求簡明扼要地說明要點、深入淺出地講解難點，並補充考點講練來指導學習者能靈活應用。可說是編寫者集二十餘年來教學經驗的代表大作。也因此可以讓不同程度的學習者都獲得完整、有系統的日語文法知識。

如果您是這樣的人：

★完全不會日語，但想要一步步，有系統地把文法從基礎學到最高階。

★學過日語，但想從頭打好文法基礎，同時進入中、高階。

★已經到了中級程度，不知道如何進入高階。

★日文要講得流暢才是真功夫，但開口講日語，老是沒辦法連貫說。

★想短時間內，就能看懂報章雜誌，想當研究員，一口氣把日語文法，從初級學到高階。

★想當翻譯，但找不到一本好的指引書。

本文法書與目前市面流通的文法書相比，有以下無可比擬的優點：

1 更新文法內容，提高例句品質

本書在保持文法體系的嚴密和完整之外，更增加了「中譯日常用技巧」、「日語常用表達方式」等章節。在附錄部分，還特別收錄了「日本語のアクセント」、「日本常用漢字表」、「ことわざ・慣用句」、「同訓異字」、「現代文の修辞」等，目的是希望讀者在學習日語文法的同時，了解日語發音規則、日語諺語、慣用語及修辭方法，在語言表達通順、明白、準確的基礎上，做到精練、生動、優美。

此外，編者在編寫過程中盡可能地吸收文法學界最新的、實用性強的研究成果，對日語文法現象加以更為詳盡的說明，更新了以往的文法內容。而書中豐富的例句大部分摘自原著，因此語言品質較高。在這些方面，很少日語文法書能與本書相比。

2 把知識講解，與新制日檢考點講練揉合在一起

孤立地學習文法不可能掌握文法。乾巴巴的文法條文絕不代表文法。文法應要靈活運用。因此，本書除了文法知識講解之外，從學習者「學」的角度，在每一個章節「知識講解」完了以後，設立了「考點講練」欄目。

此欄目分為「解題技巧」、「深度講解」、「精選練習」、「提示」、「翻譯」等5項，主要是針對章節中出現的各個文法要點、難點為讀者作更進一步的辨析，並通過相應的練習，並配合新制日檢考點，讓我們的讀者能對章節中出現的文法知識，達到更加有效地進行學習、理解、掌握和提高。真正做到講中練，練中學，使文法學習有血有肉，以加深對整個語言體系的認識，同時提升新制日檢的應考實力。這一點為同類日語文法書所罕有。

3 重點突出，綱舉目張

全書二十四個章節是本書的主體部分，而每個章節後面的「考點講練」部分也都與它緊密相連。就像眾星拱月一樣，圍繞它而設立，相互融洽，相得益彰。

我們知道，初學日語的人或者是日語學到一定程度的人，對一些用法近似的助詞、助動詞、用言、體言或句型等很不容易區分。譬如：時間名詞做為狀語時用「に」與否的問題、表示原因的「に」/「で」与「から」/「ので」、表示順接條件的「ば」/「と」與「なら」/「たら」、表示推斷的「そうだ」/「ようだ」與「だろう」/「らしい」、表示時間的「ところに」/「ところへ」/「ところで」/「ところを」、

形容詞「嬉しい」與「楽しい」、副詞「ついに」/「ようやく」/「やっと」/「とうとう」、慣用型「はずがない」/「わけがない」與「わけではない」/「はずではない」的用法區別等等，這些都是日語的難點所在。

「考點講練」部分對每個章節有可能存在的疑難問題，都結合典型例句做清楚的分析說明，幫助讀者深入理解並掃清盲點。此外，接頭詞「お」/「ご」如何使用？哪些漢字詞前面可以加接頭詞「お」？為什麼「多い生」是錯誤的說法？「多い」作修飾語時，通常有哪些情形？等等諸如此類需要讀者特別注意的問題，也都透過具體的例子在「深度講解」中做透徹的分析，讓讀者關注重點或點出容易被忽略的知識點。從實用日語的角度來說，這些都是讀者最需要的。

不管您是一般的日語初學者，大學生，碩士博士生，還是參加日本語能力考試的考生，想要赴日旅遊、生活、研究、進修人員，或是當作日語翻譯、日語教學參考書《日本語文法百科辭典》都能讓您如虎添翼，輕鬆上手！

建議您與《新制對應版 日本語文法・句型辭典—N1、N2、N3、N4、N5文法辭典》、《增訂版 日本語10000字辭典—N1,N2,N3,N4,N5單字辭典》、《新版日本語10000句會話辭典》及《日本語商用會話10000句辭典》...等等辭典系列書籍搭配使用，仔細研讀，日語功力必能獲得驚人的進步！

Recommed

劉立薰（東吳大學日文系講師）

台灣大學外文系畢業

美國伊利諾大學芝加哥校教育碩士

現任東吳大學日文系講師第20年

居住日本12年

日文教學經驗24年

語言就像吃飯一樣，可以是家常便飯，也可以像藝術作品那樣讓人玩味久久。因為我是一個大學主修英文而日語是母語的台灣人，所以我每每在說中台英語的時候，都會鬧出笑話。

對以國語（華語）為母語的人來說，我所問的問題他們不只會哈哈大笑，還會反問我說：「你怎麼會這樣想？」可是當我逼問他們，他們又說不出個所以然。

比如說中文的「爛得可以」。

首先，讓我把這些字拆開來了解，「爛」就是糟糕，「可以」是OK，那我可以把它解釋為：「很爛，但OK，可以接受。」結果學生們笑著大叫說：「不對不對，爛得可以就是爛到不能再爛的意思，是爛到不行的意思。」哈哈，我又有問題了。「那你說爛得可以是很爛，爛到不行也是很爛。為什麼一個 “可以”，一個 “不行”？」學生們提提凸凸、支支吾吾，沒辦法滿足我這中文學習者。

又如「曬衣服」。

我在黑板上畫個曬衣繩，在曬衣繩下畫「衣服」和「襪子」，畫上衣夾把它們夾在曬衣繩下，然後口裡邊說：「曬衣服、曬襪子」。最後再畫一個大大的「太陽」，順便夾在曬衣繩下，說：「曬太陽。」結果學生又大叫：「不對不對，曬太陽不是這個意思，是人給太陽曬！」我問：「你可以說我們去外面曬衣服、曬棉被、曬太陽，照字面不就是這樣畫的嗎？誰會知道什麼時候誰給誰曬誰啊！？」我需要解釋啊，同學！

同樣，學生問我的日語問題也是五花八門，有些問題很淺顯，有些似是而非的句子讓人很痛苦，想了很久最後只能吐出：「日語不這麼用耶…，對不對？勝木同學？」在一旁聽的日本學生也很無辜地搖搖頭，說：「我也不會說明。」

母語使用者知道這樣的用法不對，但常說不出個道理來說服學習者。我通常需要用許多的例句來說明正確日語句型應該是如何，反而很難說明這些「相似」卻是錯誤的用法是怎麼回事。

這時候，歸納得詳盡的文法書，就是我最棒的助手啦！

其實一般文法書都長得很嚴肅又枯燥，難以親近。容易親近的，解釋與例句若不夠，就會讓人越看越不懂。這一本「日本語文法百科辭典」就像我最喜歡的旅遊生活雜誌或偵探小說，會讓人讀得津津有味，而且在看解釋時常會讓人拍案叫好。「あ、面白い！」「うんうん、なるほどね！」是我看這本書最常發出的讚嘆語。

尤其書中有許多考題與深度講解，剛好可以回答我學生會問的問題。沒想到本書還收錄「敬語」與「日常用語表達方式」的單元，讓硬梆梆的文法書更加實用。而且本書最後的「附錄」就像音樂會的安可曲一般，一首首都非常精彩！是一本整理得很好，同時又非常有趣一本文法書。推薦給您！

劉立董（東吳大學日文系講師）

CONTENTS

CH16 終助詞

CH17 助動詞

CH18 句子的分類

CH19 句子成份

CH20 複合句

CH21 敬語

CONTENTS

CH22 段落與文章結構

CH23 中譯日常用技巧

CH24 日語常用表達方式

附錄

索引

第1章

名詞

基本知識講解

名詞的定義 1

名詞是表示人或事物名稱的詞。日語的名詞通常與助詞、助動詞一起使用，在句中構成主語、述語、體言修飾、受詞、補語等。沒有活用，也沒有性、數的變化。

- この品質（ひんしつ）でこの値段（ねだん）は、ちょっと高（たか）いのではないか。
  以這種品質賣這種價錢，是不是貴了點？
- 子供（こども）が大事（だいじ）だと言（い）うのなら、もっと家庭（かてい）を大切（たいせつ）にしなくてはだめだ。
  如果你愛孩子的話，就應該更加珍惜這個家庭。
- その展覧会（てんらんかい）は、国際交流（こくさいこうりゅう）基金（ききん）によって支援（しえん）されている。
  這個展覽會是由國際交流基金贊助的。
- カーテンはだいぶ日（ひ）に焼（や）けて色（いろ）が薄（うす）くなった。
  窗簾被太陽曬得都褪色了。
- テレビゲームをして暇（ひま）を潰（つぶ）した。
  打電玩消磨時間。
- あの人（ひと）は確（たし）かになかなかの人物（じんぶつ）だ。
  他確實是個了不起的人物。

名詞的種類 2

從意義上分類，日語名詞可分為普通名詞和專有名詞。

1） 普通名詞表示同類事物的統稱

書籍	学生	学校	町

2） 專有名詞是表示具體的人名、地名、事物、機構等所固有的名詞

聖徳太子	北海道	富士山	日中友好協会

從詞源上分類，日語名詞又可分為和語名詞、中文名詞、外來語名詞和混合詞。

1） 和語名詞是指日本固有詞彙中的名詞

桜	花嫁	部屋	田舎

2） 中文名詞是指直接由中國傳入或利用漢字的音、形、義創造的名詞

飛行機	情報	弁護士	日本銀行

3） 外來語名詞主要是指從歐美等國家的語言中借用到日語中的名詞

テーブル	ワイシャツ	コンピューター	レコード

4） 混合詞是指由「中文」、「外來語」等複合組成的詞

フランス語	野球チーム	グリーン車	急ピッチ

名詞的構成 3

按照構詞法，名詞有單純名詞、複合名詞、轉化名詞和縮寫名詞等多種構成方式。

1） 單純名詞是指只由一個語素（構成單字的最小單位）構成的名詞

机	木	石	ラジオ

2） 複合名詞是指由一些詞與另一些詞複合而成的名詞。主要有以下幾種構成方式：

① 名詞重疊。

人々	花々	国々	方々

② 名詞+名詞。

草花	朝晩	足音	夜中

③ 名詞+動詞連用形。

草取り	山登り	日帰り	水汲み

④ 動詞連用形+名詞。

買い物	書き言葉	消しゴム	読み物

⑤ 形容詞詞幹+名詞。

赤シャツ	近道	長靴	嬉し涙

⑥ 動詞連用形+動詞連用形。

読み書き	思い出	出入り	呼びかけ

⑦ 在名詞前加接頭詞或接尾詞。

お菓子	ワンマンバス	入学式	西洋風

3） 轉化名詞是指由其他詞類轉變而來的名詞

帰り	（動詞連用形轉變為名詞）	すべて	（副詞轉變為名詞）
多く	（形容詞連用形轉變為名詞）		

4） 縮寫名詞是指縮略或簡稱的名詞

NHK	国連	農協	バイト

名詞的文法功能 4

1） 後接「は、が、も」等助詞做主語

◆ この薬は、チョコレートみたいな味がする。
這藥有股巧克力的味道。

◆ この校舎も古くなったものだ。
這棟校舍也真夠舊的了。

◆ あの子は、靴を反対にはいている。
那孩子把鞋穿反了。

◆ 学生は厳しい就職活動を目の当たりにして、夢が覚めたようだ。
學生們親眼目睹了嚴峻的就業活動後，才從美夢中醒了過來。

2） 後接判斷助動詞「です、だ、である」做述語

◆ 東京は日本の首都である。
東京是日本的首都。

◆ ふだんはおとなしいようでいて、いざとなるとなかなか決断力に富んだ女性です。
她平時看上去很溫順，但是到關鍵時刻卻是一位非常富有決斷能力的女性。

◆ 悲しいような、懐かしいような複雑な気持ちだ。
又悲傷又懷念，心情複雜。

3） 後接格助詞「の」做體言修飾

◆ その地方の方言に慣れるまでは、まるで外国語を聞いているみたいだった。
在未習慣那個地方的方言之前，簡直就像聽外語一樣。

◆ 6月が来たばかりなのに、真夏のような暑さだ。
剛到6月卻像盛夏一樣炎熱。

◆ 日本の車は性能がいいが、欲を言えば、個性に欠ける。
日本的車子性能雖好，但從追求完美的角度來講較缺乏特色。

◆ 誕生日のプレゼントは何が欲しい？
想要什麼生日禮物？

4） 後接格助詞「へ、で、に」等做補語

◆外国へは一回も行ったことがない。
一次也沒有去過外国。

◆電話か手紙で用は足りるのだから、わざわざ行くほどのこともあるまい。
打個電話或寫封信就能解決問題，沒必要特意去。

◆それは世界でも前例がないことだ。
那是世界上史無前例的。

◆例によって例の如し、彼はお母さんに挨拶して出かけた。
像往常一樣，他和母親打了招呼後就出去了。

5） 後接格助詞「を」做受詞

◆靴を買うならイタリア製がいい。
如果買鞋的話，義大利的產品比較好。

◆彼女は柳眉を逆立てて、課長と論争している。
她正柳眉倒豎地和科長爭論著。

◆君ではらちが明かない。責任者を呼びたまえ。
你解決不了問題，叫負責人過來。

◆日本でコンピューターの技術を身に付けて帰りたい。
我想在日本掌握了電腦技術後再回國。

6） 時間名詞在句中做用言修飾

◆来月から一年間、札幌の支社に出向せよとの辞令を受けた。
收到了從下月開始前往札幌分公司工作一年的調職令。

◆このごろ、夜遅くへんな電話ばかりかかってくる。
最近半夜總是有奇怪的電話打來。

◆今時、会社が結婚退社を要求するとは少しピントが外れている。
如今，公司還規定一結婚就要辭職，這就有點不合情理了。

◆田中さんは、今、手が離せないので、後で電話させる。
田中現在沒空，稍後我請他回電。

◆お忙しい中、お時間を割いていただいて、ありがとうございます。
百忙之中，非常感謝您騰出時間給我。

7） 做呼語

◆お母さん、お誕生日おめでとうございます。
媽媽，祝您生日快樂。

形式名詞 5

形式名詞是指形式上是名詞，但沒有或很少有實質意義、在句中只限於發揮文法功能的名詞。其文法功能主要是使用言或用言性片語體言化，以便連接某些助詞、助動詞在句中充當主語、受詞、補語、述語等。常見的形式名詞有「こと」、「の」、「もの」、「はず」、「わけ」、「ため」、「まま」、「とおり」、「つもり」、「うえ」、「ほう」、「かぎり」、「ところ」、「しだい」等。

1） こと

●「こと」作為實質名詞時，表示某種具體的「事情」或事實。

◆ これは母がよくいうことです。
這是媽媽常說的事情。

◆ 卒業したらやりたいと思っていることはありますか。
你畢業後有沒有想做的事？

◆ 午後から会議だということをすっかり忘れていた。
我把今天下午開會的事忘得一乾二淨。

●「こと」作為形式名詞時，它主要有下面幾種意義：

① 表示某種事情、行為等。一般不翻譯。

◆ 社長は少し遅れるので、会議を始めておいてくれとのことでした。
老闆會晚點到，他說要大家先開會。

◆ 真の友だちを得ることは容易なことではない。
要交到真正的朋友不是件容易的事情。

◆ 彼が6年も留学できたのは、親の援助があってのことだ。
他能留學6年之久，都是因為有父母的經濟支持才能如此。

◆ 結婚以来、給料はそっくり妻に渡すことにしている。
結婚後，薪水全部都交由妻子保管。

◆ 日本では車は左側を通行することになっている。
在日本，汽車靠左側通行。

② 表示感嘆。

◆ なんと愉快なことだろう。
多麼愉快啊！

◆ まあ、かわいい赤ちゃんだこと。
啊，這個寶寶多可愛！

◆ あら、素敵なお洋服だこと。おかあさんに買ってもらったの？
哎呀，你這件衣服真漂亮。是你媽媽買給你的嗎？

③ 接於表示心情、感受、評價的詞語後，構成陳述性成分。通常譯為「……的是」。

◆ 驚いたことに、彼女はもうその話を知っていた。
令我吃驚的是，她竟然已經知道這件事情了。

◆ 不幸中の幸いとでも言いましょうか、幸いなことに、軽い怪我で済みました。
可以說是不幸中之萬幸，只是受了一點兒小傷。

◆ 不思議なことに声はするのに姿が見えないのです。
不可思議的是，只聽到聲音卻看不到人。

④ 構成副詞性成分，表示程度。

◆ 和子はお母さんの気持ちがよく分かって、なおのこと悲しくなった。
和子理解了母親的心情後，更加地悲痛了起來。

◆ われわれは、いつまでも変わることなく、友達だ。
我們是永遠的朋友，海枯石爛心不變。

⑤ 用於句尾，表示命令或說話人認為應該這樣做。

◆ 休む時は、必ず学校に連絡すること。
如果要請假，必須先和學校取得聯繫。

◆ 教室を授業以外の目的で使用するときは、前もって申請すること。
除上課以外，要使用教室的話，必須事先提出申請。

◆ 彼のことをどう思いますか。
你覺得他怎麼樣？

◆ 私のことをなんとも思ってないのね。
你就是不把我當一回事！

◆ 彼女は日本のことをよく知っています。
她很瞭解日本。

參考 表示「對某事怎麼樣」、「對某人如何」時，要在相關的名詞或人稱代名詞後面加上「～のこと」。

⑥ 慣用法。某些慣用語及慣用句型多用「こと」。

◆ 朝食を取らずに、出勤することがある。
有時不吃早飯就上班。

◆ 外国で生活することができる。
能獨自一人在國外生活。

◆ 頭が痛いので、今日は学校を休むことにする。
今天頭痛，所以決定不去上學了。

◆ この会場で、来月外国人スピーチコンテストが開かれることになっている。
下個月將在這個會場舉行外國人講演比賽。

◆ 魚は新鮮に越したことはない。
魚是越新鮮越好。

◆ 勝負は最後まで諦めないことだ。
不到最後時刻，最好不要放棄比賽。

◆ その価格なら、買えないことはない。
要真是這個價格的話，也不是買不了。

2） の

① 接在用言連体形後，使該用言或用言性詞組具有體言的性質。

◆ 時間のたつのは早いものです。
時間過得飛快。

◆ 彼女は日本語で文章を書くのが好きです。
她喜歡用日語寫文章。

◆ 天気が悪いのはいやですね。
惡劣的天氣真讓人討厭。

② 代指前後提及的人、事、物。

◆ 眼鏡をかけているのは田中先生です。
戴眼鏡的人是田中老師。

◆ 昨日読んだのは夏目漱石の小説だった。
昨天讀的是夏目漱石的小説。

◆ この電話は壊れていますので、隣の部屋のを使ってください。
這個電話壞了，請用隔壁房間的。

③ 以「～のは～からだ」的形式表示先提示結果後説明原因。

◆ 彼が病気になったのは不摂生だからだ。
他之所以得病是因為不注意健康。

◆ 日本語の漢字が嫌いなのは、読み方がたくさんあって覚えにくいからです。
我之所以討厭日語的漢字，是因為讀法很多不好記。

④ 以「～のだ（んだ）」、「～のです」的形式表示解釋、説明或提示情況、加強句尾語氣等。

◆ 誰がなんと言おうと私の意見は間違っていないのだ。
不管誰説什麼，反正我的意見沒有錯。

◆ つまり、責任は自分にはないとおっしゃりたいのですね。
總之，您是想説責任不在您自己，對吧。

◆ この事件は終わったように見えて、実はまだ終わってはいないんだ。
這個事件看起來似乎結束了，實際上還沒完。

⑤ 慣用法。某些慣用語及慣用句型多用「の」。

◆ お金がぜんぜんないのでは、さぞお困りでしょう。
若是一點錢都沒有的話，就不好辦了。

◆ 外国語を覚えるためには、その国へ行って習うのが一番いいのではないだろうか。
想要掌握外語，到那個國家去學習不是最好嗎？

◆ 太陽が地球の回りを回っているのではなく、地球が太陽の回りを回っているのです。
不是太陽環繞地球轉，而是地球繞著太陽轉。

◆ 2時間も遅刻したのだから、みんな怒るのも無理もない。
竟然遲到兩個小時，大家發火也理所當然啦！

◆ 私は花子がピアノを弾くのを聴いた。
我聽過花子談鋼琴。

◆ 私は花子がピアノを弾くことを聞いた。
我聽說過花子彈鋼琴（這件事）。

參考 在既可用「こと」也可用「の」的場合，直接感覺到的情景通常用「の」表示，如用「こと」，則含義不同。

3） もの

① 代指人時，漢字寫「者」；也可代指物。

◆ 父の仕事をつぐ者はいない。
沒有人繼承父親的工作。

◆ 万里の長城は二年や三年で作り上げたものではない。
萬里長城不是二三年工夫建成的。

◆ 人間というものは、外見だけでは分からないものだ。
人單從外表來看，是看不出什麼來的。

② 以「～ものだ」的形式，對真理或某種普遍性的事物進行敘述、說明，表示本就該是如此。

◆ 腐った食物を食べると、腹をこわしてしまうものです。
本來吃腐爛的食物就會吃壞肚子。

◆ 人間は本来自分勝手なものです。
人原本就是自私自利的。

◆ 人生なんてはかないものだ。
人生是短暫無常的。

◆「芸は身を助ける」というが、何かの時にその特技が役立つことがあるものだ。
人説「技能可養家餬口」，需要的時候，你的特殊技能總能發揮作用。

◆人の心は変わりやすいものだ。
人心是很容易變的。

◆人は悲しみが多いほど、人に優しくなれるものだ。
人經歷的痛苦越多就越善良。

③ 以「～ものだ」的形式，表示感嘆。

◆新幹線は速いものですね。
新幹線真快啊。

◆昔のことを思うと、いい世の中になったものだと思う。
一想起過去的事，就覺得現在真是好世道了。

④ 跟表示願望的「たい」和「ほしい」一起使用，表示強調想要的心情。

◆このまま平和な生活が続いて欲しいものだ。
真希望和平的生活就這麼持續下去。

◆そのお話はぜひうかがいたいものです。
很想聽一聽那件事。

⑤ 以「～たものだ」的形式，帶著感慨的心情敘述以往經常發生的事情。

◆子供のころは、体が弱くて、しょっちゅう風邪を引いたものだ。
小時候身體弱，經常得感冒。

◆小学校時代、彼のいたずらには、先生たちが手を焼いたものでした。
小學時，老師們對他的淘氣很沒辦法。

⑥ 以「～ものは～」的同詞反復形式表示確認、強調。

◆違うものは違うから。
不一樣就是不一樣嘛。

⑦ 以「～ものか」的形式，表示強烈否定。

◆あんな人に、頼むものか。
怎麼能求那種人呢？

◆あなたなんかに私の気持ちが分かるものですか。
你怎麼能瞭解我的心情呢？

◆持って生まれた性格が、そう簡単に変わるものか。
與生俱來的個性，哪能這麼容易改變呢！？

⑧ 以「動詞連體形+ものだ」的形式表示「應當……」、「應該……」、「要……」。

◆学生というのは本来勉強するものだ。アルバイトばかりしていてはいけないよ。

學生就該勤奮學習，不要光打工。

◆女の人は女らしくするものですよ。

女人就該像個女人　！

◆親の言うことは聞くものだ。

父母說的話就應該聽。

⑨ 某些慣用語及慣用句型多用「もの」。

◆自分が何もしないで、役所の責任だけを追及するのは納税者の横暴以外の何ものでもない。

自己什麼也不做，只是一味地追究政府機關的責任，這不過是納稅人的蠻橫行為而已。

◆修理できないものでもないんですが、新しく買うよりも高くつきますよ。

不是不能修，但比買新的還要貴。

◆およそ薬と名の付くもので、危険でないものはない。

凡是被稱做藥的，沒有不危險的。

◆大自然の生命力には計り知れないものがある。

大自然的生命力真有無可限量的一面。

◆大学は出たものの、就 職 難で仕事が見つからない。

雖然大學畢業了，但因為就業困難而找不到工作。

4） はず

① 表示根據前項出現的情況來推測，必然會產生後項的結果，相當於中文的「理應」、「應該」、「會」等。

◆きのう電話をしておいたから、彼は知っているはずだ。

昨天我已經有打電話給他，他應該知道了。

◆あれから4年たったのだから、今年はあの子も卒業のはずだ。

從那時起已經過了4年了。今年那孩子也該畢業了。

◆君なら努力すればきっと大学に合格できるはずだ。

只要努力，你一定會考上大學的。

② 表示預定、估計。此用法無否定形式。

◆次の日曜は、またここに集まって下さい。今日と同じバスが迎えに来る はずです。

下星期天也請在此集合。將有和今天相同的汽車來接。

③ 以「～たはず」的形式，表示説話人所深信的事物，與事實不符。

◆ ちゃんとかばんに入れたはずなのに、家に帰ってみると財布がない。

錢包明明有放進皮包了。可是回家一看卻沒有了。

④ 以「～はずではなかった」的形式，表示實際與説話人的預測不同。

◆ こんなはずではなかった。もっとうまくいくと思っていたのに。

本來不應該是這樣的。我原以為會更好的呢。

⑤ 用「～はずが（は）ない」的形式表示「不會有」、「不可能」。

◆ あの温厚な人がそんなひどいことをするはずがない。

那個敦厚的人不會幹那種不講道理的事。

◆ こんな力仕事が女性にできるはずがない。

這種費力的粗活，女性不可能勝任。

◆ 当事者の君が知らないはずがない。

作為當事人，你不可能不知道。

5） わけ

① 表示現象內部的因果關係、情形、經過等。與「～のは自然だ」等句型同義。

◆ 英語が上手なわけです。アメリカで育ったのですからね。

英語當然道地了，因為是在美國長大的嘛。

◆ 彼女は中国で3年間働いていたので、中国の事情にかなり詳しいわけである。

她在中國工作了3年，自然對中國的情況相當熟悉。

② 表示以自明的道理或事實為由，進行某種動作、行為。

◆ 9ページの原稿だから、一日に3ページずつやれば三日で終わるわけだ。

由於原稿有9頁，一天平均做3頁的話，三天就可以完成了。

◆ スケジュール表を見ると、ここに戻ってくるのは月曜日のわけだ。

看行程表，知道星期一會回來這裡。

③ 表示理論的語氣。

◆ どうしても許してくれないというわけですか。

那麼，你無論如何也不能原諒我啦？

◆ シャツに口紅がついてるわよ。どういうわけ？

襯衫上有口紅印，這是怎麼回事？

◆君って、白馬に乗った王子様を待ち焦がれているわけ？でも青い鳥の話を読んだことある？
你在焦急地等待著白馬王子的到來嗎？但你知道青鳥的故事嗎？

④ 以「～わけではない」的形式，表示「並非如此」。

◆私は普段あんまり料理をしないが、料理が嫌いなわけではない。忙しくてやる暇がないだけなのだ。
我平時不怎麼做飯，並非討厭做，只是因為太忙沒有時間做罷了。

◆金が惜しくて言うわけじゃないが、返すあてはあるのかい？
並不是吝惜錢才說這話，你打算用什麼來還呢？

⑤ 以「～わけにはいかない」的形式，表示由於周圍的某些情況而「不能……」。

◆ちょっと熱があるが、今日は大事な会議があるので仕事を休むわけにはいかない。
雖然有點發燒，但是今天有重要的會議，不能請假。

◆社長命令とあっては、従わないわけにはいかない。
老闆的命令不能不服從。

⑥ 以「～ないわけにはいかない」的形式，表示義務、必然。

◆実際にはもう彼を採用することに決まっていたが、形式上は面倒でも試験と面接をしないわけにはいかなかった。
實際上已經決定錄用他了。但是，即使再麻煩，形式上也必須得進行筆試和面試。

◆今日は車で来ているのでアルコールを飲むわけにはいかないが、もし先輩に飲めと言われたら、飲まないわけにもいかないし、どうしたらいいのだろうか。
今天我是開車來的，不能喝酒。可是如果前輩一定要我喝的話，不喝又不行，那該怎麼辦呢？

6） ため

① 表示目的。

◆人は食うために生きるのではなくて、生きるために食うのだ。
人不是為了吃飯而活著，而是為了活著而吃飯。

◆家族のために働いている。
為了家人在工作。

② 表示原因、理由。

◆病気のために来られなかった。
因病而沒能來。

◆ 過労(かろう)のため、三日間(みっかかん)の休養(きゅうよう)が必要(ひつよう)だ。
由於勞累過度，需要休息3天。

③ 表示利益、好處。

◆ 学生(がくせい)のためになる本(ほん)を書(か)く。
編寫對學生有益的書。

◆ こんなにきついことをいうのも君(きみ)のためだ。
說得這麼嚴厲也是為了你好。

④ 以「～ために(は)」的形式表示進行某種判斷的客觀標準。

◆ 植物(しょくぶつ)が成長(せいちょう)するためには、栄養(えいよう)が必要(ひつよう)である。
植物生長需要營養。

◆ 病気(びょうき)を治(なお)すために、治療(ちりょう)を続(つづ)けている。
我為了醫好病，一直在堅持治療。

◆ 病気(びょうき)が治(なお)るように、治療(ちりょう)を続(つづ)けている。
一直在持續治療，力爭病情痊癒。

參考 前後分句為同一主語、前項為意志動詞（包括他動詞）時，使用「～ために」。除此以外，均用「～ように」。

7） まま

① 表示在保持原有狀態下做後項動作。

◆ 彼女(かのじょ)は化粧(けしょう)をしないまま外出(がいしゅつ)した。
她沒化妝就出去了。

◆ もう時間(じかん)がなかったので、乱(みだ)れた部屋(へや)をそのままにして出発(しゅっぱつ)した。
因為沒有時間，扔下雜亂的房間就動身了。

◆ 昨晩(さくばん)テレビをつけたまま寝(ね)てしまった。
昨晚沒關電視，就那麼睡著了。

② 前項動作行為發生後，沒有出現預期的動作行為。

◆ 彼(かれ)はアメリカへ行(い)ったまま帰(かえ)らなかった。
他到美國之後就一直沒回來。

③ 表示與原來同樣狀態。

◆ 先生(せんせい)が教(おし)えたままを覚(おぼ)えていいです。
可以按老師教的內容記。

◆ 見(み)たまま聞(き)いたままを話(はな)す。
如實地講述見聞。

④ 表示聽其自然或聽任情緒驅使。

◆ 足の向くまま、気の向くまま、ふらりと旅に出た。
隨意而行，就這樣無目的地外出旅行了。

◆ 風の吹くままに旗が揺れている。
旗子隨風飄揚。

◆ 忙しくてつきあいもままにならない。
忙得社交都不能如願。

參考 「ままにならない」中的「まま」屬名詞用法。

8） 通り

① 表示後項行為完全按照前項所述的方式進行。

◆ 学んだとおりにやってみよう。
照學的做吧。

◆ 言われたとおりにすればいいんだ。
怎麼被交待就怎麼做吧。

② 表示後項事實完全符合前項所述。

◆ 天気予報でいったとおり、今日も雨でした。
天氣預報說對了，今天又下了雨。

◆ 前宣伝のとおり、この映画はなかなかの傑作だ。
正如放映前宣傳的那樣，這部電影相當不錯。

◆ うわさどおり、上海の変わりようはすさまじい。
正如傳說的那樣，上海的變化真是翻天覆地。

③ 接數詞後表示種類或方法，相當於量詞。

◆ この問題は二とおりの方法で解ける。
這道題可以用兩種方法來解。

◆ ひととおり目を通す。
從頭到尾粗略地流覽一遍。

◆ 文字通り裸一貫から身を起こす。
確實是白手起家的。

參考 「ひととおり、文字どおり」等已固定成副詞。

9） つもり

① 表示計畫、意圖、打算。

◆ 僕もたばこをやめるつもりだ。
我也打算戒烟。

◆ そんなつもりではなかった。
原來不是這麼打算的。

② 表示主觀看法，「自認為……」。

◆ 慣れているつもりでも、敬語は難しい。
儘管我們覺得習已為常，但敬語還是很難的。

◆ まだまだ元気なつもりだったけど、あの程度のハイキングでこんなに疲れてしまうとはねえ。
我一直覺得自己身體還行，沒想到就這麼一次郊遊就累成這個樣子。

◆ あの人は自分では有能なつもりだが、その仕事ぶりに対する周囲の評価は低い。
他認為自己很能幹，其實周圍的人對他工作的評價很低。

③ 表示假設。

◆ 先生になったつもりで、皆に説明してごらんなさい。
請你以老師的立場，為大家解釋一下。

◆ 死んだつもりで働く。
拼命幹活。

◆ 私は進学しないつもりです。
我不打算升學。

◆ 私は進学するつもりはありません。
我沒有升學的打算。

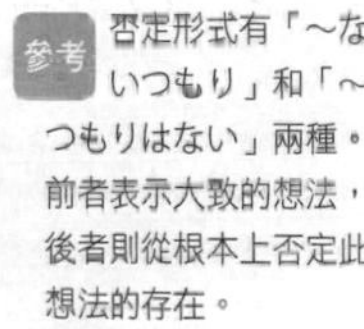
參考 否定形式有「～ないつもり」和「～つもりはない」兩種。前者表示大致的想法，後者則從根本上否定此想法的存在。

10） 上

① 以「～上は」的形式，表示原因、理由。

◆ やるといってしまったうえは、何があってもやるのだ
既然說了要做，那就不管遇到什麼困難都必須做。

◆ 日本に留学したうえは、一日も早く日本の生活に慣れることだね。
既然到日本留學了，就應該儘快適應日本的生活。

② 「動詞原形+上で」表示「在……方面」；「動詞た形+上で」表示「……以後……」。

◆ この件については向こうの意向を聞いたうえで、最終的な判断をしたい。
關於這件事，想先聽一聽對方的意見，然後再作最後決定。

◆ 辞書は言葉を学習する上で欠かせないものだ。
詞典是學習語言時不可缺少的。

◆ 家に帰ってから（×た上で）、雨が降り出した。
回家以後，天開始下雨了。

參考 「動詞た形+上で」通常強調的是人的意志，所以不能後接表示自然現象或狀態的詞句。

③ 以「～上に」的形式，表示添加、疊加。相當於「不但……而且……」、「既……又……」。

◆ 値段が安いうえに、品質も優れている。

不但價錢便宜，而且品質也好。

◆ 彼は弁が立つうえに、知恵と勇気を兼ね備えている。

他不僅有口才，還兼具智慧和勇氣。

④ 以「～上で（は）」的形式，表示事物的有關方面。

◆ 計算のうえでは間違いはない。

計算上沒有差錯。

◆ 酒のうえでの過ちではすまされない。

把錯誤歸因於酒可不行。

11） 方

① 表示某一方或某一領域。

◆ 私のほうからお電話します。

由我來打電話給你。

◆ 兄が営業のほうをやっている。

哥哥負責營業方面。

② 以「～より（も）、～ほうが」為表示比較的一方；或以「～ほうがいい」為表示建議。

◆ 訳本よりも原作のほうが面白い。

和譯本相比，還是原作有意思。

◆ 早く医者に見てもらったほうがいい。

還是看一下醫生為好。

③ 以「～ほうだ」及「～ほうの」的形式表示某種傾向性判斷。

◆ 彼は賢いほうだ。

他是個聰明人。

12） 限り

① 以「動詞原形／た形+限りでは」的形式，表示「就……範圍來講」、「據……所……」。

◆ 私の知っているかぎりでは、日本では金がとれない。

就我所知，日本不產金。

◆ 新聞で報道されている限りでは、地震の被害はそれほど大きくなかったようだ。

據報導，這次地震造成的損失似乎不大。

◆やっているのを見た限りでは、それほど難しくなさそうだけれど…。

看上去好像並不那麼難嘛。

② 前接時間名詞時，表示期限；前接數量詞時，表示限定。

◆受けつけは今月かぎりで打ち切りとなります。

受理限本月截止。

◆部長から「今日を限りに辞めろ」と怒鳴られた。

部長對我生氣地喊道：「今天就給我走人！」

◆この資料の貸し出しは、三日限りです。

這份資料只能借出三天。

③ 表示假定或限定的條件。

◆核兵器が存在するかぎり核戦争の危険は必ず存在する。

只要存在核武，就必有核子戰爭的危險。

◆私がそばにいる限り、何も心配しなくていい。

只要有我在，你就什麼也不用擔心了。

◆生きている限り、先生から受けた御恩を忘れることはありません。

我只要活著，就不會忘記老師的恩情。

④ 前接表示感情的形容詞，表示極限。

◆妹と２０年ぶりに再会して嬉しいかぎりだ。

能和離別了二十年的妹妹重逢，真是高興極了。

◆あそこの住宅事情が羨ましいかぎりだ。

那裡的居住狀況令人羨慕。

13）ところ

① 表示部分、點、處。

◆和子は眉が濃くて太いところがお母さんによく似ている。

和子眉毛又濃又粗，這一點很像母親。

◆細かなところが分からない。

細微之處不明白。

◆それは私の願うところです。

那是如我所願。

② 表示資訊的來源或判斷的出處。

◆私の知っているところではその人は悪い人間でもなさそうだ。

據我所知，他好像不是人品特別壞的人。

◆彼が語るところでは、彼の実家はかなりの資産家らしい。
據他所說，他的父母好像很有錢。

③ 表示正好處於某事稍前。

◆食事をするところだ。
就要準備吃飯了。

◆いいところへ来た。
來得正好。

◆今行くところだ。
現在正要去。

④ 表示應該採取的行動方式、事情應有的結果等。

◆こちらからお詫びしなければならないところです。
按理該我們向你道歉才是。

⑤ 表示事物達到某種程度。

◆あと二、三日で、仕上がるというところです。
再兩三天就做完了。

⑥ 構成副詞性片語或副詞。大部分是固定搭配。

◆計画は今のところ実行されずにいる。
計畫目前還沒有實施。

◆今日のところはこれで許してやる。
今天就原諒你一次。

14 ） 次第

① 以「～次第だ」、「～次第で」的形式表示情況、情形、根據。

◆今後ともよろしくご指導くださいますようお願い申し上げるしだいでございます。
今後還蒙請多多指教。

◆結婚した相手しだいで人生が決まってしまうこともある。
有時候結婚對象的不同會決定自己的人生。

◆するかしないかは、きみしだいだ。
做還是不做，全看你了。

◆子供は親しだいで、善くも悪くもなる。
因父母的教法不同，孩子既可能變好也可能變壞。

② 以「動詞連用形+しだい」的形式，表示「立刻」、「馬上就……」、「一……就……」。

◆ 調査結果が分かり次第、そちらに御報告いたします。

調查結果出來後，立刻向你們彙報。

◆ 雨が止みしだい出かけることにしよう。

雨一停就出發吧。

◆ 主人が帰り次第、そちらに電話させます。

我丈夫回來後，讓他立即給您回電話。

考點講練

1. ______学校の体育館でピンポンをやりました。

   A 昨日に　　　　B 昨日

   答案：B

譯文　昨天，我在學校的體育館打了乒乓球。

解題技巧　此題考查時間名詞的副詞性用法。「昨日」表示的是一個大致的時間概念。這類時間名詞一般不加格助詞「に」直接做用言修飾，所以答案選B。

深度講解

① 「いつ」、「今」、「普通」、「毎日」、「毎朝」、「今日」、「昨日」、「明日」、「おととい」、「先日」、「先月」、「来年」、「来月」、「今週」、「今年」時間名詞後，一般不加格助詞「に」。

◆ 鈴木さんは今朝出かけました。
鈴木先生今早外出了。

◆ 毎朝、5時に起きてジョギングするようにしています。
我每天早晨都要5點鐘起床去慢跑。

② 年、月、日及鐘點前面帶有數字的詞、星期幾或年號等表示具體時間的名詞，一般需要加格助詞「に」。

◆ 新しい駅は1995年10月に建てられました。
新車站建於1995年10月。

◆ 授業は7時30分に始まります。
7點半開始上課。

◆ 香港は1997年7月1日に中国に返還されました。
香港已於1997年7月1日歸還中國。

◆ 1995年1月、阪神大震災が起きました。
1995年1月發生了阪神大地震。

＊由於文體等原因，也有在類詞後面省略格助詞「に」的。

③ 「～とき（……的時候）」、「～うち（趁着……）」、「～まえ（……前）」等時間名詞後既可加「に」亦可不加「に」。一般情況下，加「に」時表示對時間有所限定或強調；不加「に」時則表示對時間的指示不甚強調或表示在其全部期間。

◆ 若（わか）いうち（に）たくさん勉強（べんきょう）しておかないと、後悔（こうかい）します。

年輕時不多學點知識，會後悔的。

精選練習

❶ 日曜日は、私は＿＿＿起きます。

A 八時　　B 八時に

❷ うちから会社まで＿＿＿かかります。

A 四時間　　B 四時間に

❸ 火曜日の＿＿＿熱で会社を休みました。

A 午後に　　B 午後

❹ その手紙を＿＿＿書きました。

A ３日　　B ３日に

❺ 田中さんへの手紙を＿＿＿書きましょう。

A ３日　　B ３日に

❻ 留守の＿＿＿、よろしくお願いします。

A あいだに　　B あいだ

❼ 留守の＿＿＿、泥棒に入られてしまいました。

A あいだに　　B あいだ

答案：B,A,B,,A,B,B,A

提示

第1題表示具體的時間，要後加格助詞「に」。第2 、第3題的「四時間」、「午後」表示大致時間，不需要後接格助詞就可直接在句中做用言修飾。第4題「３日」指「三天時間」，第5題「３日」後加格助詞「に」後，特指3號那天。第6題「あいだ」表示整個不在期間的全過程。第7題「留守のあいだに」則表示「不在此期間時的某一個時刻」。

翻譯

❶ 星期天我八點起床。
❷ 從家裡到公司需要四個小時。
❸ 星期二的下午因為發燒我沒去上班。
❹ 那封信寫了三天。
❺ 給田中先生的信在3號寫吧。
❻ 我外出期間，請多關照。
❼ 在我外出期間，被闖空門了。

2. ____来る時は忘れないよう。

A 今度　　　B 今回

答案：A

譯文　下次來時別忘了。

解題技巧　此題考查中文名詞。這兩個詞都有「這次、此次、這回」的意思。但在表現未來上卻有所不同。「今度」一詞可以用來表示剛剛過去不久的事情、正在進行中的事情、不久會到來的事情。根據上列句子的句意，應該是指「下次」，所以答案選擇A。

深度講解　日語中存在著大量的由漢字構成的中文詞彙，從詞形上看，除了日本人自己創造的部分「和製漢語」與中文漢字詞形不同之外，有很多與中文漢字詞形相同的詞彙。這些漢日同形詞從詞義的角度分析比較，主要有以下3類：

① 同形同義詞。

◆ 彼(かれ)の提案(ていあん)に賛成(さんせい)です。
贊成他的提案。

◆ 難(むずか)しい手術(しゅじゅつ)でしたが、成功(せいこう)しました。
雖是很難的手術，但成功了。

② 同形異義詞。

◆ 弟(おとうと)は中学(ちゅうがく)を卒業(そつぎょう)して高校(こうこう)に入(はい)りました。
弟弟國中畢業，進了高中。

◆ 会見(かいけん)の場所(ばしょ)と時間(じかん)を約束(やくそく)しました。
約定了見面的地點和時間。

③ 同形類義詞。

◆ 体(からだ)の調子(ちょうし)が悪(わる)くて、寝(ね)ています。

因身體狀況不好，而躺在床上休息。

◆ 公園(こうえん)はここと反対(はんたい)の方向(ほうこう)です。

公園在與此處相反的方向。

④ 漢字部首名稱。絕大多數漢字可根據其結構和形體特點分解為兩個部分，並歸納為若干門類，稱之為部首。以下將主要的日語的漢字部首和中文的漢字部首名稱對照如下。(　　)內為例字。／後為中文部首名稱。

かんむり(冠)、かしら(頭)	
亠(亡、交)なべぶた／鍋蓋頭	冖(冠、写)わかんむり／禿寶蓋
宀(家、安)うかんむり／寶蓋	艹(草、花)くさかんむり／草字頭
戸(房、扇)とかんむり／戶字頭	癶(発、登)はつがしら／登字頭
穴(空、突)あなかんむり／穴字頭	罒(罪、置)あみがしら／四字頭
竹(答、策)たけかんむり／竹字頭	耂(老、孝)おいかんむり／老字頭
虍(虎、虚)とらがしら、とらかんむり／虎字頭	雨(雪、霜)あめかんむり／雨字頭

あし(腳)	
儿(元、兄)ひとあし／兒字底	廾(弁、弊)こまぬき／弄字底
灬(然、烈)れんが／四点	皿(益、盆)さら／皿字底、皿墩
舛(舞、舜)まいあし／舞字底	里(量、重)さと／里字底

へん(偏)	
亻(保、仏)にんべん／人字旁	冫(冷、治)にすい／兩點水
口(味、呼)くちへん／口字旁	土(埋、地)つちへん／提土旁
女(妹、好)おんなへん／女字旁	子(孫、孤)こへん／子字旁
山(峰、峠)やまへん／山字旁	工(巧、功)たくみへん／工字旁
巾(帳、幅)はばへん／巾字旁	弓(引、弛)ゆみへん／弓字旁
彳(行、役)ぎょうにんべん／双人旁、双立人	忄(快、怪)りっしんべん／豎心旁、豎心
扌(打、持)てへん／提手旁	氵(江、河)さんずい／三点水
犭(猛、狩)けものへん／犬字旁	阝(防、隆)こざとへん／阜字旁
方(旅、旗)かたへん／方字旁	日(時、暗)ひへん、にちへん／日字旁

月(腹、朝)にくづき(つきへん)／月字旁	木(林、枯)きへん／木字旁
歹(死、残)がつへん、かばねへん／歹字旁	火(灯、焼)ひへん／火字旁
片(版、牌)かたへん／片字旁	牛(牧、物)うしへん／牛字旁
王(理、球)たまへん／王字旁、斜玉旁	ネ(神、社)しめすへん／示字旁
目(眠、眼)めへん／目字旁	矢(知、短)やへん／矢字旁
石(砕、磁)いしへん／石字旁	禾(季、科)のぎへん／禾木旁
ネ(初、複)ころもへん／衣字旁、衣補	米(粉、糧)こめへん／米字旁
糸(綱、紳)いとへん／系字旁	耒(耕、耗)すきへん／耒字旁
耳(聴、取)みみへん／耳字旁	角(解、触)つのへん／角字旁
言(話、語)ごんべん／言字旁	貝(財、貯)かいへん／貝字旁
𧾷(距、路)あしへん／足字旁	車(転、輸)くるまへん／車字旁
舟(船、航)ふねへん／舟字旁	酉(酌、配)とりへん／酉字旁
金(銅、銀)かねへん／金字旁	食(飲、飼)しょくへん／食字旁
馬(駅、験)うまへん／馬字旁	魚(鯉、鮮)うおへん／魚字旁

つくり(旁)	
乚(乱、乳)つりばり／魚鉤旁	刂(利、剣)りっとう／立刀、立刀旁
力(励、勤)ちから／力字旁	卩(印、即)ふしづくり、まげわりふ／單耳旁、單耳刀
寸(対、封)すんづくり／寸字旁	彡(彩、形)さんづくり／三撇
阝(都、郊)おおざと／邑字旁	攵(放、攻)ぼくにょうのぶん、しぶん／反文旁、反文
斗(料、斜)とます／斗字旁	斤(新、断)おのづくり／斤字旁
欠(歌、次)あくび、けつ、かける／欠字旁	殳(役、段)るまた、ほこづくり／殳字旁
艮(根、恨)こんづくり／艮字旁	隶(隷、逮)れいづくり／隶字旁
隹(雑、雅)ふるとり／隹字旁	頁(顔、頭)おおがい、いちのかい／頁字旁

たれ(垂)	
厂(雁、原)がんだれ／偏厂	尸(屈、局)しかばね／尸字旁
广(店、麻)まだれ／广字旁	疒(病、痛)やまいだれ／病字旁

かまえ(構)	
冂(冊、再)けいがまえ、どうがまえ、まきがまえ／同字匡	勹(包、句)つつみがまえ／包字
匚(匠、匹)はこがまえ(かくしがまえ)／三匡、三匡欄	囗(国、困)くにがまえ／方匡
弋(式、弐)しきがまえ／弋字旁	戈(成、我)ほこがまえ／戈字旁
气(気、氛)きがまえ／气字頭	門(開、間)もんがまえ、かどがまえ／門字匡

にょう(繞)	
廴(延、建)えんにょう／建之旁	辶(近、進)しんにょう／走之旁
走(起、越)そうにょう／走字旁	

精選練習 線を引いた言葉に当たる漢字を、次の❶ ❷ ❸ ❹ ❺ ❻の中から、選びなさい。

❶しゅふを❷たいしょうに「❸ろうごは、どう過ごしたいか。」というアンケートをおこなったところ、50代、60代は、❹おっとと共に、70代は、一人暮らしの❺かくごと、子供を頼らない生活を考えているようだ。最近の家族は親と子が❻べっきょしている場合が多く、今から考えておかねばならない深刻な問題である。

❶ しゅふ	A 主夫	B 守婦	C 首府	D 主婦
❷ たいしょう	A 対称	B 大将	C 対象	D 代償
❸ ろうご	A 老后	B 老後	C 牢後	D 労娯
❹ おっと	A 老夫	B 夫	C 男	D 男子
❺ かくご	A 覚悟	B 各御	C 各語	D 獲娯
❻ べっきょ	A 別去	B 別京	C 別拠	D 別居

答案：D,C,B,B,A,D

提示 選詞之前，先將全文從頭到尾流覽一遍，把握大意後，再根據前後文做出判斷，從而選出恰當的漢語詞。第（1）組中，除了D，其餘ABC三項均不符合文意。第（2）題的A、B、C屬同音異字，根據文意，選擇C，排除A和B。第（3）題「老後」是大陸中文漢字寫法，日語句子中的漢語詞彙要按照規範的日文寫法，所以選擇B。第（4）題根據文意，雖然是指上了年紀的丈夫，但也不能用「老夫」，根據該詞的日語發音，應選擇B。第（5）題根據上下文判斷，是做好精神準備的意思，故選擇A。其餘B、C、D三項與句子內容無關。第（6）題的「居、去、拠」雖是同音，但根據前後文的意思，是指「分開居住」，所以選擇D。

翻譯

以家庭主婦為對象，對「老了以後打算怎麼過？」這一問題進行了調查。調查表明：五六十歲年齡層的人打算跟丈夫一起過，七十歲年齡層的人已經做好心理準備獨自一人過，她們似乎都不想依靠孩子。現代的家庭，孩子一般都和父母分開居住。這是一個從現在開始就必須認真考慮的重大問題。

3. 隣の部屋から＿＿＿が聞こえてきます。

A 笑い声　　　B 笑う声

答案：A

譯文

從隔壁房傳來了歡笑聲。

解題技巧

此題考查複合名詞。在名詞的構詞中，複合名詞佔有很大的比重，而且有固定的構詞規則。如上例B，雖然動詞連體形「笑う」可以直接修飾体言「声」做體言修飾，但文法意義不同。根據動詞與名詞的構詞規則，答案應為A。

深度講解

由兩個詞複合成一個詞時，後面那個詞的第一個假名（音節）本來是「清音」的，有時要變為「濁音」。如「笑う（わらう）」+「声（こえ）」→「笑い声（わらいごえ）」。這種現象叫「連濁」。名詞發生連濁的情形很多。一般有以下幾種：

① 前後都是和語詞。

◆ 流れ星（ながれぼし）／流星

草花（くさばな）／花草

朝霧（あさぎり）／晨霧

② 後一個詞是和語詞。

◆ 土砂降り（どしゃぶり）／傾盆大雨

本棚（ほんだな）／書架

電信柱（でんしんばしら）／電線杆

＊也有例外的。如「売り手（うりて）」、「乗り換え（のりかえ）」這樣的和語詞不發生連濁。

③ 音讀的漢語詞。

◆ 株式会社（かぶしきがいしゃ）／股份有限公司

青写真（あおじゃしん）／藍圖

でんでん太鼓（だいこ）／波浪鼓

④ 複合名詞是指由兩個或兩個以上的詞結合而成的名詞。主要有以下幾種：

① 名詞+名詞構成的複合名詞

海外旅行	朝晩	ちんちん電車	岩風呂

② 名詞+動詞構成的複合名詞

草取り	お茶漬け	小切り	人払い

③ 動詞+動詞構成的複合名詞

読み書き	受け入れ	成り行き	立ち入り

④ 動詞+名詞構成的複合名詞

浮き草	回り道	考え事	持ち物

⑤ 形容動詞、形容詞+名詞構成的複合名詞

黒パン	正直者	正当防衛	遅桜

精選練習　次の文の中、複合名詞はどれですか。下線で示しなさい。

❶ ものごとは、よく考えてからやりなさい。

❷ その日は思い出の多い日であった。

❸ お気づきの点はお知らせください。

❹ ガラス張りの部屋。

❺ フランスへ単身旅立ちをする。

❻ 私の家は南向きなので、日当たりがいい。

❼ 立派な働きぶりを示す。

❽ 文章の書き始めがよくできた。

❾ 組立ての終わったばかりの自動車。

❿ 嬉し涙を流しながら言いたいことが何一つ言えなかった。

答案：

❶ものごとは、よく考えてからやりなさい。
❷その日は思い出の多い日であった。
❸お気づきの点はお知らせください。
❹ガラス張りの部屋。
❺フランスへ単身旅立ちをする。
❻私の家は南向きなので、日当たりがいい。
❼立派な働きぶりを示す。
❽文章の書き始めがよくできた。
❾組立ての終わったばかりの自動車。
❿嬉し涙をたたえながら言いたいことが何一つ言えなかった。

提示

❶ものごと（名詞+名詞）；❷思い出（動詞連用形+名詞）；❸気づき（名詞+動詞連用形）；❹ガラス張り（名詞+動詞連用形）；❺旅立ち（名詞+動詞連用形）；❻南向き（名詞+動詞連用形）、日当たり（名詞+動詞連用形）；❼働きぶり（動詞連用形+動詞連用形）；❽書き始め（動詞連用形+動詞連用形）；❾組立て（名詞+動詞連用形）；❿嬉し涙（形容詞詞幹+名詞）

翻譯

❶ 事情考慮清楚之後再做。
❷ 那天是特別值得回憶的一天。
❸ 請您把注意到的地方告訴我。
❹ 四面裝有大玻璃窗的房間。
❺ 單身去法國旅行。
❻ 我家朝南，採光很好。
❼ 表現出出色的工作態度。
❽ 文章的開頭寫得很好。
❾ 剛剛裝配好的汽車。
❿ 含著喜悅的眼淚，想說的話一句也說不出來。

4. 年をとると、よくくどくどという＿＿＿＿だ。

A こと　　B もの

答案：B

譯文 人老了，就是喜歡囉囉唆唆沒完沒了。

解釋技巧 此題考查形式名詞「こと」和「もの」。「こと」後接判斷助動詞「だ」，表示有必要或理所當然要進行某種活動。如「自分のことは自分でやることだ（自己的事情要自己做）」。「もの」後接判斷助動詞「だ」，多表示普遍傾向或客觀規律。根據句意，答案應選B。

深度講解

① 向對方提出勸告或要求時，一般情況下既可用「ことだ」也可用「ものだ」。相當於中文的「最好……」、「應該……」、「要……」。

- 疲れたときは早く休むものだ（ことだ）。
  疲倦的時候最好早一點休息。
- こういうことを前もって断っておくものだ（ことだ）。
  這樣的事最好事先謝絕。

② 「ものだ」着重提出一般的、普遍的事實並加以強調。「ことだ」多表示勸告、忠告等。

- 人間は本来自分勝手なものだ。
  人本來就是自私自利的。
- 人間は死ぬものだ。
  人總是要死的。
- 成功の裏には苦労があるものだ。
  成功的背後有辛勞。
- 外国語は難しく考えずに、できるところから始めることだよ。習うより慣れろだからね。
  別把外語想得那麼難，要從能做的地方開始。與其説是學不如説是去適應。
- 捨て身でかかることだ。そうすれば、万に一つのチャンスも生まれる。
  豁出命去做，説不定會有一線生機。

③ 表示禁止命令時，可以用「～ものではない」，也可以用「～ないことだ」，但不能用「～ことではない」。

- 寝ながら本を読むものではない（読まないことだ）。
  最好不要躺着看書。
- 胃が悪いのだから、そんなからいものを食べるものではない（たべないことだ）。
  胃不好，就不應該吃那樣辣的東西。

④ 形容詞、形容動詞連體形後，既可以用「～ことだ」，也可以用「～ものだ」。但兩者含義不同。

◆ **それは愉快（ゆかい）なことだよ。**
那是令人高興的事。

◆ **それは愉快（ゆかい）なものだ。**
那真令人高興。

精選練習

❶ 学校の生活は楽しい＿＿＿＿＿＿だ。
A こと　　　B もの　　　C の

❷ 子供はお菓子がすきな＿＿＿＿＿＿だ。ところが、この子はお菓子を食べない。
A こと　　　B もの　　　C の

❸ 月日の経つのは早い＿＿＿＿＿＿だ。
A こと　　　B もの　　　C の

❹ 毎日３時間かけて通勤する＿＿＿＿＿＿は容易ではない。
A こと　　　B もの　　　C の

❺ 毎日運動する＿＿＿＿＿＿は健康にいいです。
A こと　　　B もの　　　C の

❻ いい成績を取りたければ、勉強する＿＿＿＿＿＿が必要だ。
A こと　　　B もの　　　C の

❼ 朝早く起きる＿＿＿＿＿＿は体によい。
A こと　　　B もの　　　C の

❽ 学校へ行く＿＿＿＿＿＿に３０分かかる。
A こと　　　B もの　　　C の

答案：B,B,A(C),A(C),A,C(A),C

提示

第1、第2題根據題意，表示某種情理或常理，並不表示個人的某種行為或事情，這種情況下用「ものだ」表示。第3題「ものだ」表示感嘆。第4、第5題是分別指「上下班這件事」和「每天運動這件事」，既可用「こと」，也可用「の」。第6題表示有必要或理所當然地進行某種活動，應用「こと」。第7題既可用「こと」也可用「の」，但其含義不同。如果用「こと」，表示早上早起對身體好，不具體説明與誰有關。如果用「の」，則被認為是説話者實際上經歷過的，是説話者自己的感受。第8題根據句意，表示「要……」，應選C。

翻譯

❶ 學校生活是愉快的。
❷ 一般孩子都喜歡吃點心，可是這孩子卻不愛吃。
❸ 日子過得真快啊。
❹ 每天要花3小時上下班真不容易。
❺ 每天運動有益於健康。
❻ 要想取得好成績，就要用功學習。
❼ 早上早起對身體有好處。
❽ 去學校要花半個小時。

5. 授業がおわった＿＿＿で、みんなは教室をきれいに掃除した。

A こと　　　　B ところ

答案：B

譯文

放學後大家把教室打掃得很乾淨。

解提技巧

此題考查形式名詞「ところ」。形式名詞「ところ」後接助詞「で」，表示前項動作完了後，進行後一項動作。相當於中文的「……之後」，所以答案選擇B。

深度講解

「ところ」是形式名詞，通常与「に」、「へ」、「で」、「を」等助詞一起使用，但含義各有不同。

① 「ところに」表示在某人進行某一動作的時候發生了另外的事，因此前後兩項多是兩個不同的動作主體，相當於中文的「正……的時候」。

◆ 出(で)かけようとしているところに友達(ともだち)がたずねてきました。
在我正要出去的時候，來了一位朋友。

◆ 食事をしているところに、会社から電話がかかってきた。
正在吃飯的時候，公司打來了電話。

② 「ところへ」表示在某種情況下又出現了另一種意外，相當於中文的「正在……的時候，又……」。有時也表示某人在進行某一動作時來了另一個人。

◆ 小麦がまともに育っていないところへ虫害にやられた。
小麥本來就沒有長好，又遭了蟲害。

◆ 一人で写真をながめているところへ本校の山田先生が来た。
一個人在看相片的時候，本校的山田老師來了。
＊「いいところへ」、「わるいところへ」作為慣用語，前者相當於中文的「來得正好」，後者相當於中文的「來得不巧」等。

③ 「ところで」表示前項動作完了之後，進行後一項動作。

◆ 講演がすんだところで、みんなは教室に帰って自分の感じたことを話し合った。
報告完了之後，大家回到教室談了自己的感想。

④ 「ところを」表示主語A正處於某一特殊狀態時，出現了另一個動作主體B的活動。與表示轉折的「のに」用法相近。相當於中文的「正……的時候」、「……的時候，偏偏……」。

◆ お忙しいところをお邪魔いたしまして、すみませんでした。
您這麼忙我還打攪您，真對不起。

◆ カンニングしようとしたところを、運悪く先生にみつかってしまった。
正要作弊，就不幸被老師發現了。

精選練習

❶ よそ見している＿＿＿＿＿＿先生に見られてしまった。

A ところに　　B ところで　　C ところへ　　D ところを

❷ 午後会議を開くことになっていた＿＿＿＿＿＿事情でに午前中にくりあげた。

A ところを　　B ところへ　　C ところに　　D ところで

❸ みんながそろった＿＿＿＿＿＿、先生は日本のお正月のことなどを紹介してくださった。

A ところに　　B ところを　　C ところで　　D ところへ

❹ いくら早く歩いた＿＿＿＿＿＿、日暮れまでには到着できないだろう。

A ところで　　B ところへ　　C ところに　　D ところを

答案：D,A,C,A

提示　第1題表示動作主體A在進行某一動作時，另一動作主體B如何如何。第2題的「ところを」跟在過去助動詞「た」後，与「～のだが」、「～のに」意思相同，相當於中文的「雖説是……，但……」。第3題表示前項動作完了之後，進行後一項動作。第4題「ところで」與「いくら」搭配，表示即使進行了前項動作，後面所得到的也只能是消極的、否定的結果。與「いくら～ても（でも）」用法相近。

翻譯

❶ 正東張西望的時候，給老師看見了。
❷ 本來安排在下午開的會，因為某種情況，提前到上午開了。
❸ 大家到齊後，老師為我們介紹了日本的新年。
❹ 走得再快，天黑之前也到不了。

6. かれはよく遅刻をするのですが、どういう＿＿＿ですか。

A はず　　B わけ

答案：B

譯文　他經常遲到是什麼原因？

解題技巧　此題考查形式名詞「はず」和「わけ」。在表示推斷時，「はず」和「わけ」的用法近似。但其他的用法是完全不同的。「わけ」還可以表示「原因」、「理由」，它可以用在問句，如「わけか」、「わけですか」，也可以用做答句裡，如「わけだ」、「わけです」。而「はずだ」只能用在答句裡，不能用在問句裡。所以答案應為B。

深度講解

① 當述語所表示的情況已經發生時，用「～わけだ」來説明導致出現這一情況的原因或根據。與「～のである」、「～ことである」的意思相近。相當於「因為」之意。

◆ 田中(たなか)さんの乗(の)っている汽車(きしゃ)が発車(はっしゃ)したので、私(わたし)は帰(かえ)ってきたわけです。
田中先生坐的火車已經出發了，所以我回來了。

◆ そんなことをいったから、彼(かれ)が怒(おこ)ったわけだよ。
那樣說的話，也難怪他要生氣了。

② 「～はずだ」表示根據某種情況，主觀推測述語所述的情況必然會發生。與「～ことだろう」、「～だろう」的意思相似。相當於「應該」之意。

◆ 時間(じかん)からみれば、かれは今頃(いまごろ)もう向(む)こうに着(つ)いているはずだ。
從時間上來算，他現在應該到那裡了。

③ 說明某種事實或某種狀態形成的原因時，既可以用「わけだ」，也可以用「はずだ」。但語義稍有不同：用「わけだ」時表示情況已成為事實，用「はずだ」則表示情況尚未成為事實，只是一種推測。

◆ かれは七年間(しちねんかん)も日本(にほん)にいたから、日本語(にほんご)が上手(じょうず)なわけだ。
他在日本待了七年，所以他的日語好。（表示知道他確實日語好）

◆ かれは七年間(しちねんかん)も日本(にほん)にいたから、日本語(にほんご)が上手(じょうず)なはずだ。
他在日本待了七年，因此他的日語應該要很好。（表示對他日語好的推測）

精選練習

❶ いつも日本語で話をしないと、日本語が上手になる＿＿＿＿がない。

A　わけ　　　B　はず

❷ それぐらいのことはこどもだって分かる＿＿＿＿だ。

A　わけ　　　B　はず

❸ 私は本を読みたくない＿＿＿＿ではない。ただ忙しくて読む時間がないからだ。

A　わけ　　　B　はず

❹ 今度の試験でまた悪い点をとりました。よく勉強したからこんな＿＿＿＿ではなかったのですが。

A　わけ　　　B　はず

❺ 先刻ここにあったものを君が知らない＿＿＿＿がない。

A　わけ　　　B　はず

答案：A,B,A,B,B

提示

第1題表示從客觀的情形來看，不會有這種情況出現，相當於中文的「不會」、「不可能」，所以答案應為「わけ」。第2題表示從道理上進行推斷。相當於中文的「會……」、「該……」，所以答案應為「はず」。第3題表示實際上並不是這樣，所以答案應為表示「並非」的「わけではない」。第4題從道理上來講，不應該出現某種情況，相當於「不該……」，所以答案應為「はず」。第5題表示從主觀上做出「不可能不知道」的推斷，因此答案選「はず」。

翻譯

❶ 如果不經常用日語說話，會話能力是不會提高的。
❷ 這樣的事，連小孩都能明白。
❸ 我並不是不想看書，只是工作忙沒有時間。
❹ 這次考試又沒考好。我是用功唸書了，但不該是這樣的成績。
❺ 它方才還在這裡的，你不可能不知道。

第2章

代名詞

知識講解

代名詞的定義 1

用來指代人、事物、場所或方位的詞叫做代名詞。指代人，如：「こちら」、「この人」、「かれ」、「かのじょ」等；指代事物，如：「これ」、「それ」、「あれ」等；指代場所，如:「ここ」、「そこ」、「あそこ」等；指代方位，如：「こちら」、「そちら」、「あちら」等。

◆ その子は母親にしかられて、泣き出した。
那孩子被媽媽罵了一頓而哭了起來。

◆ この間書いた小説、文学賞がもらえたよ。
上次寫的小說，得了文學獎啦。

◆ どこかで食事しましょうか。
在哪裡吃個飯吧。

◆ はたしてその計画をスタートさせることができるかどうかも分からないのに、成功した後のことをあれこれ言うのは早すぎる。
現在甚至連能否啟動這一計畫都不清楚，就來議論成功以後的事情，還為時過早。

◆ かれの設計は創造性という点で高く評価された。
他的設計在創造性這點上受到高度評價。

◆ かのじょ、人間関係でかなり落ち込んでいるみたいなんだけど、それとなく一度話を聞いてみてやってもらえる？
她好像因為人際關係沒處理好，相當消沉，你能婉轉些和她談一次嗎？

代名詞的種類 2

日語的代名詞分為兩種。即人稱代名詞和指示代名詞。

1） 人稱代名詞

● 指代人（如講話者、聽話者、第三者）的詞叫做人稱代名詞。人稱代名詞又分為4類。

① 指講話者自己的叫做「第一人稱」或「自稱」。

単數	わたくし	わたし	ぼく	おれ	わし	あたし
複數	わたくしども	わたしたち	ぼくたち	おれたち	わしら	われわれ

② 指聽話者的叫做「第二人稱」或「對稱」。

単數	あなた	あんた	きみ	お前、きさま
複數	あなたがた	きみたち	きみら	お前たち

③ 指談話雙方以外的其他人的叫做「第三人稱」或「他稱」。

単數	かれ	かのじょ	この人	その人	あの人
複數	かれら	かのじょたち	この人たち このかたがた	その人たち そのかたがた	あの人たち あのかたがた

④ 指不確定的、表示疑問的叫做「疑問代名詞」或「不定稱」。

だれ	どなた	どいつ	どのかた

● 其中「第三人稱」（他稱）中又把近於講話者的叫做「近稱」，近於聽話者的叫做「中稱」，遠於談話雙方的叫做「遠稱」。關於人稱代名詞的用例可列表如下。

第一人稱（自稱）單數/複數	第二人稱（對稱）單數/複數	第三人稱（他稱）近稱 單數/複數	第三人稱（他稱）中稱 單數/複數	第三人稱（他稱）遠稱 單數/複數	疑問代名詞（不定稱）
わたくし わたし あたし ぼく おれ わし	あなた あんた おたく きみ おまえ きさま	このかた このひと こいつ	そのかた そのひと そいつ	あのかた あのひと かのじょ かれ あいつ	どのかた どなた だれ どいつ
わたくしたち わたしたち わたくしども ぼくたち ぼくら われわれ	あなたがた きみたち きみら お前たち	このかたがた この人たち	そのかたがた そのひとたち	あのかたがた あの人たち かれら かのじょたち	

注解

① 日語的人稱代名詞有敬謙之分。如「わたくし」是自謙的説法，「おたく」、「このかた」、「そのかた」、「あのかた」、「どのかた」、「どなた」等是尊敬的説法；

② 「わたし」、「あなた」、「かれ」、「かのじょ」、「だれ」等用於普通場合。其中，「あなた」或「あんた」常用於妻子直接稱呼自己的丈夫，「かれ」、「かのじょ」有時被用於稱呼情人，相當於「男朋友」、「女朋友」；

③ 「ぼく」、「きみ」、「おれ」、「おまえ」一般為同輩之間或上對下及親友之間的男性用語。其中，「おまえ」、「きみ」有時被用於男人直接稱呼自己的妻子；

④ 「あたし」為女性用語；

⑤ 「こいつ」、「そいつ」、「あいつ」是帶有輕蔑語氣或親昵語氣的用語；

⑥ 「かれ」、「かのじょ」是日語中唯一有性別區別的人稱代名詞；

⑦ 人稱代名詞後加接尾詞「～ども」、「～たち」、「～がた」、「～ら」等表示複數。「～ども」表示自謙，一般接「わたくし」之後；「～がた」表示尊敬，一般接「あなた」等後；「～ら」一般接在「かれ」以及「それ」等指示代名詞後。

2） 指示代名詞

● 與人稱代名詞相對，指代事物、場所、方向的詞叫作指示代名詞。根據講話人與指代事物、場所、方向在空間或時間上的距離，指示代名詞又可以分為近稱、中稱、遠稱和不定稱。

① 表示近稱的指示代名詞。

これ	ここ	こちら

② 表示中稱的指示代名詞。

それ	そこ	そちら

③ 表示遠稱的指示代名詞。

あれ	あそこ	あちら

④ 不定稱。

どれ	どこ	どちら

● 另外，根據指示代名詞的文法特點，也可以將指示代名詞進一步細分成在句中可以做主語的名詞性代名詞，如：「これ」、「ここ」、「こちら」、「そちら」、「あちら」、「あいつ」；只能做體言修飾的連體詞性質的代名詞，如：「この」、「その」、「あの」、「こんな」、「そんな」以及在句中用於修飾用言的副詞性質的指示代名詞，如：「こう」、「そう」、「ああ」、「どう」、「こんなに」、「そんなに」等。以上所舉指示代名詞可列表如下。

		近稱	中稱	遠稱	不定稱
指示代名詞	事物	これ	それ	あれ	どれ
	場所	ここ	そこ	あそこ	どこ
	方向	こちら	そちら	あちら	どちら
指示性連體詞		この/こんな この/ような	その そんな そのような	あの あんな あのような	どの どんな どのような
指示性副詞		こう こんなに	そう そんなに	ああ あんなに	どう どんなに

＊以上以コ・ソ・ア・ド為頭音的指示代名詞統稱為コソアド系詞。

人稱代名詞的用法 3

1） 第一人稱（自稱）與助詞結合，在句中可充當主語、受詞、補語和體言修飾等句子成分

◆ 私は車は持たないで、タクシーを利用することにしている。なぜなら、タクシーなら、駐車場や維持費がかからず、結局安上がりだからである。
我不買汽車，決定坐計程車，是因為計程車不花停車費和保養費，結果還是便宜。

◆ 自分はしたい放題のことをしているくせに、一体、私のどこが悪いのか教えてちょうだい！
明明是你想幹什麼就幹什麼的，你倒說說我哪裡不好。

◆ 僕も子供の頃に似たような経験をしたことがあります。
我小時候也有過同樣的經歷。

◆ 田中先生は私たちに日本語を教えてくださいます。
田中老師教我們日語。

2） 第二人稱（對稱）與助詞結合，在句中可充當主語、受詞、補語和體言修飾等句子成分

◆ あなたは将来どんな仕事をするつもりですか。
你將來打算做什麼樣的工作？

◆ あなたを育てるのにずいぶん苦労しましたよ。
把你撫養到大，可吃了不少苦啊。

◆ これを全部君たちにやるから、適当に分けなさい。
這些都給你們，適當地分配一下吧。

◆ あなたに私の気持ちが分かるものですか。
你怎麼會理解我的心情呢？

◆ 君の意見は単なる理想論にほかならない。
你的意見不過只是單純的理論罷了。

3） 第三人稱（他稱）與助詞等結合，在句中可充當主語、受詞、補語和體言修飾等句子成分

◆ 彼は、内心の動揺を隠して何気ない風を装っている。
他掩飾著內心的不安，裝成若無其事的樣子。

◆ 行くには行くが、彼に会えるかどうかは分からない。
去是去，但不知道能不能見到他。

◆ よく考えてみれば、彼の言うことももっともだと思えないこともない。
仔細想想，不能不覺得他所說的確實是那麼一回事。

◆ 彼に負けたかと思うと、悔しくてしようがない。
一想到輸給了他，就懊惱得不得了。

◆ この歌を聞くたびに、彼のことを思い出す。
每次聽到這首歌，就會想起他。

4） 指代人的疑問代名詞和其他代名詞一樣，與助詞結合，在句中可以充當主語、受詞、述語等各種句子成分

◆ だれからそんなことを聞いたのですか。
那件事是從誰那裡聽到的？

◆ どなたと行きますか。
你要跟誰去？

◆ だれが来たの？
誰來了？

指示代名詞的用法 4

1） 近稱指示代名詞的用法

① 名詞性質的近稱指示代名詞與助詞結合，在句中可充當主語、受詞、補語等成分。

◆ これは図書館の本です。
這是圖書館的書。

◆ もしぼくが金持ちなら、ここに橋をかけます。
如果我是個有錢人，會在這裡建一座橋。

◆ これを田中さんに渡してください。
請把這個交給田中先生。

◆ ここまで来ては、もう止めようにも止められないよ。
到了這一步，都已是欲罷不能了呀。

◆ これよりあれのほうがましだ。
那個比這個好。

② 連體詞性質的近稱指示代名詞在句中直接修飾體言，充當體言修飾。

◆ 二度とこんな失敗はするんじゃない。
可別再犯這種錯了。

◆ この絵は驚くほどよく描けています。
這幅畫精妙絕倫，令人讚歎。

◆ この件は、誰にも話さないでいただけませんか。
這件事，請您不要和其他人説起。

◆ このボールペン、とても書きやすいよ。
這支鋼珠筆很好用的。

③ 副詞性質的近稱指示代名詞在句中可直接充當用言修飾成分。

◆ 日本に来てもう半年です。毎日、友達をつかまえては会話の練習をし、テレビやラジオの言葉に耳を傾けました。こうして、だんだん日本語が話せるようになりました。
來日本已有半年，我每天抓住朋友便進行會話練習，並注意收看電視、收聽廣播，就這樣漸漸能説日語了。

◆ やりかたが悪かったから、こんなになったのです。
由於做法不好，所以才變成這個樣子。

2） 中稱指示代名詞的用法

① 名詞性質的中稱指示代名詞和近稱的一樣，與助詞等結合，在句中可充當主語、受詞、補語和述語等。

◆ それをください。
請給我那個。

◆ それはいつの話(はなし)ですか。
那是什麼時候的事？

◆ そこを右(みぎ)に曲(ま)がってください。
請從那裡往右轉。

◆ そちらは1000円(えん)です。
那邊是1000元日幣。

② 連體詞性質的中稱指示代名詞和近稱一樣，在句中可直接修飾體言，充當體言修飾。

◆ そんなことあるわけないでしょ。一日(いちにち)もあればすぐできちゃうよ。
那怎麼可能！有一天時間就足夠了。

◆ その子(こ)は大学生(だいがくせい)の高等数学(こうとうすうがく)の問題(もんだい)をわけなく解(と)いた。
那孩子輕而易舉地解開了大學生的高等數學題。

◆ その宿題(しゅくだい)を書(か)き終(お)わったら、遊(あそ)びにいける。
把這些作業做完就可以去玩了。

◆ その話(はなし)、僕(ぼく)には信(しん)じがたいなあ。
這話我可不相信。

◆ その時(とき)、広子(ひろこ)は二度(にど)と田中(たなか)には会(あ)うまいと固(かた)く決心(けっしん)した。
那時，廣子下定了決心，再也不見田中了。

③ 副詞性質的中稱指示代名詞在句中可直接修飾用言充當用言修飾成分。

◆ そう遠(とお)くない昔(むかし)のこと。
並不是那麼遙遠的事。

◆ そんなに多(おお)く要(い)らない。
不需要那麼多。

3） 遠稱指示代名詞的用法

① 名詞性質的遠稱指示代名詞和近稱、中稱的一樣，與助詞相結合，在句中充當主語、受詞、補語和述語等。

◆ あれからもう一年(いちねん)たったわね。
自那以來已有一年了。

◆ ああ、あそこの店(みせ)か。
啊，是那裡的店啊！

◆ あちらへどうぞ。
那邊請。

② 連體詞性質的遠稱指示代名詞和近稱、中稱的一樣，在句中不加助詞可直接修飾體言，充當體言修飾。

◆ あの赤(あか)れんがの建物(たてもの)は何(なん)ですか。
那座紅磚建築是什麼？

◆ あの時(とき)買(か)っておくべきだった。
那時買下來就好了。

◆ あんな失敗(しっぱい)をするなんて、あいつは馬鹿(ばか)じゃないか。もっときつく言(い)ったほうがいいんじゃないですか。
竟然犯那種錯，那傢伙可真是愚蠢。你就不能說得再嚴厲些嗎？

③ 副詞性質的遠稱指示代名詞在句中不需要加任何助詞，可直接修飾用言充當用言修飾成分。

◆ よくまあ、あんなにずうずうしく言(い)えたものだ。
虧你還說出那樣的話來，真是厚顏無恥啊。

◆ ああだ、こうだと、うるさく言(い)う。
說這說那嘮叨個沒完。

疑問代名詞與反身代名詞 5

1） 疑問代名詞

● 通常把表示疑問或用於指代不定的事物的代名詞叫做疑問代名詞。可分成4類：

① 指代人的疑問代名詞。如：「だれ」、「どなた」、「どいつ」等。

◆ だれにも欠点(けってん)があります。
誰都有缺點。

◆ どなたさまですか。
是哪一位？

◆ どこのどいつだ。
這是打哪來的傢伙？

② 指代事物、場所、方向的疑問代名詞。如：「どれ」、「どこ」、「どちら」等。

◆ どれがいいですか。
哪一個好？

◆ どこへ行く？
去哪兒？

◆ 北はどちらですか。
北邊是哪邊？

③ 指代事物的疑問代名詞。如：「どの」、「どんな」等。

◆ どの品を選ぶか。
選哪一個呢?

◆ どんな理由があったのですか。
有什麼理由？

④ 「どう」、「どんなに」主要修飾用言，在句中作副詞充當用言修飾。

◆ どうしようもない。
毫無辦法。

◆ どうしましたか。
你怎麼啦？

◆ この手紙を読んだら、母はどんなに喜ぶことでしょう。
母親如果看了這封信，該有多麼高興啊！

2） 反身代名詞

● 反身代名詞是代名詞的一種。它具有名詞的一切特性，表示行為的受體和主體是同一個人或同一件事物。有加強詞意的作用。沒有人稱之分，根據場合可以反指任何人稱。

① 反指第一人稱。

◆ 私は自己流で花を生ける。
我按照自己的風格進行插花。

◆ 自分のことは自分でします。
自己的事情自己做。

② 反指第二人稱。

◆ あなた自身が私にそう言ったのだ。
是你自己這麼跟我説的。

◆ 君たち自身でそれをしたのじゃありませんか。
不是你們自己做的好事嗎？

③ 反指第三人稱。

◆ 彼女は自分のために一つ買った。
她為自己買了一個。

◆ それ自身、問題だ。
那本身就有問題。

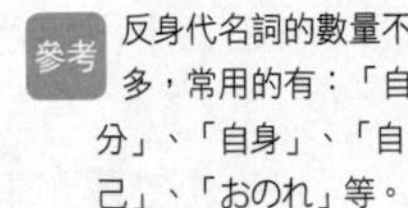

代名詞的轉用 

從詞彙意義上來說，日語的各類代名詞都各自具有固定負責指代的對象或內容。但在實際的語言生活中，代名詞所指代的對象或內容不能完全固定，會出現轉用的現象。主要有以下幾種情形：

1） 指代事物的代名詞轉用於指人

◆ これが私の兄です。
這是我哥哥。

◆ あれは田中さんじゃありませんか。
那不是田中嗎？

2） 指代事物的代名詞轉用於指代時間

◆ あれからもう三年たったわね。
自那以來已有三年了。

◆ これまで何度も連絡しましたが、田中さんは一度も家にいませんでした。
至此已聯繫了好幾次，但田中先生每次都不在家。

3） 指代方位的代名詞轉用於指人

◆ こちらがわたしの恩師です。
這位是我的恩師。

◆ 田中ですが、どちらさまでいらっしゃいますか。
我是田中，您是哪一位？

4） 指代方位的代名詞轉用於指代事物

◆ コーヒーとお茶とどちらがお好きですか。
咖啡和茶喜歡哪個？

◆ その品よりこちらのほうがずっといいです。
跟那種物品相比，這一種要好得多。

5） 指代方位的代名詞轉用於指代場所

◆ お宅はどちらですか。
您家在哪裡？

◆ こちらへいらっしゃって何年になりますか。
您到這裡有幾年了？

6） 指代場所的代名詞轉用於指代時間

- ここ十日(とおか)ほど雨(あめ)が続(つづ)いている。

  這十天來一直在下雨。

- そこで幕(まく)が下(お)りた。

  事情就此完結了。

7） 指代場所的代名詞轉用於指代事物

- そこがあいつのいいところだ。

  那一點是那傢伙的優點。

- ここが肝心(かんじん)なところだ。

  這一點非常重要。

8） 指代場所的代名詞轉用於指示程度或狀態

- あそこまで事態(じたい)が悪化(あっか)するとは思(おも)わなかった。

  沒想到事態竟惡化到那種程度。

- そこまでは考(かんが)えなかった。

  我沒想到那種地步。

考點講練

1. この自転車はわたしのです。私は毎日_____で学校に通っています。

   A これ　　B それ

   C あれ　　D どれ

答案：A

譯文　這輛自行車是我的。我每天都騎著它上學。

解題技巧 此題考查指示代名詞。根據指示代名詞「コソアド」的意義，指示離講話人近，或者屬於講話人範圍或身邊的事物時用「こ」，所以答案選擇A。

深度講解

① 指示離講話人和對方都近的事物時用「こ」。

◆ A：これは何(なん)の新聞(しんぶん)ですか。
這是什麼報紙？

B：この新聞(しんぶん)ですか。これは日本(にほん)の読売新聞(よみうりしんぶん)です。
是這份報紙嗎，這是日本的《讀賣新聞》。

② 指示離講話人近對方遠的事物時用「こ」，反之用「そ」。

◆ A：これはだれの鞄(かばん)ですか。
這是誰的包包？

B：それはわたしのです。
那是我的。

③ 兩個人站在一起，指示離稍遠一點的事物時用「そ」。

◆ そこを見(み)て。そこに眼鏡(めがね)があるでしょう。それを持(も)ってきて。
你看那裡，那裡不是有副眼鏡嗎？你把它拿過來。

④ 指示離講話人和對方都遠的事物時用「あ」。

◆ A：あの花(はな)は桜(さくら)の花(はな)ですか。
那是櫻花嗎？

B：いや、あれは桃(もも)の花(はな)ですよ。
不，那是桃花。

⑤ 在文章中有時為了避免重複，作者常常使用指示詞來代替。它們所指代的通常為名詞或短語，甚至一個分句或句子。

◆ 私(わたし)が皆(みな)さんに写真屋(しゃしんや)を紹介(しょうかい)しようとするときに、この写真屋(しゃしんや)なら皆(みな)さんに紹介(しょうかい)しても悪(わる)くないだろうなあと考(かんが)えた場合(ばあい)、「この写真屋はうまいんですから、一度(いちど)彼(かれ)の所(ところ)へ行(い)って写真(しゃしん)をとってもらってやってくださいませんか」こう言(い)います。「とってもらって」というと、皆(みな)さんがこの写真屋(しゃしんや)から恩(おん)を受(う)けること、「やって」というと、写真屋(しゃしんや)へ恩(おん)を施(ほどこ)すこと、「くださいませんか」というと、私(わたし)が皆(みな)さんから恩(おん)を受(う)けることを表(あらわ)すわけでありまして、恩(おん)の関係(かんけい)はこのように移動(いどう)するのであります。

我打算給大家介紹一家照相館，當我認為把這家介紹給大家準沒錯時，就會說：「這家照相館不錯，請到他那兒讓他替你們拍張照。」這裡的「替」，意為照相館有恩於大家；「讓」表明大家施恩於照相館；而「請」則表示我領大家的情。人情關係就是如此變化。

⑥ 當表示講話人認為事情和自己關係密切的，自己或對方剛說過的，或者表示自己接下來就要說的事物時，用「こ」。

◆ 中国では全方位開放という方針が出され、この方針の基で国境や揚子江沿岸都市及び内陸の各省都が相次いで対外開放されました。
中國推出了全方位開放的方針。在這個方針的指導下，邊境地區、長江沿岸城市、內陸的各省城市相繼實行了對外開放。

◆ これは大切なことだから、よく覚えておいてください。
這很重要，要牢記。

⑦ 講話人在敘述不是和對方共同經歷過的事情時，用「そ」。

◆ 私は去年日本へ行ってきました。この本はそのとき買ったのです。
我去年去了一趟日本。這本書就是那次去日本的時候買的。

⑧ 講話人與對方過去共同經歷，雙方都瞭解、熟悉的事物用「あ」。

◆ きのうあんな事件があったのに、町は静かで何事もなかったかのようにみえる。
昨天發生了那麼大的事，可現在街上安靜得好像什麼事也沒發生過似的。

◆ A：『吾輩は猫である』を読みました。
我讀了《我是貓》。

B：ああ、あれは面白い小説ですね。
啊，那是一本很有意思的小說。

精選練習

❶ ちょっとおたずねしますが、＿＿＿＿＿＿に又兵衛というお寿司屋はありませんか。

A ここ　　B このあたり

❷ ＿＿＿＿＿に立っているコートを着た男の人は誰ですか。

A あそこ　　B あのへん

❸ ＿＿＿＿＿から学校まで歩いていくと何分くらいかかりますか。

A ここ　　B そこ

❹ 「車はどこにとめてあるのですか。」「あまりよくおぼえていないのです。大体＿＿＿＿＿だったと思うんですが。」

A ここ　　　　　B このへん

❺ あそこに郵便局が見えるでしょう？あの郵便局のあるところが交差点ですから、＿＿＿＿＿を右に曲がってください。

A あそこ　　　　　B あそこらへん

❻ ＿＿＿＿＿からみんなでテニスをしようと思っているのですが、あなたも一緒にいかがですか。

A これ　　　　　B それ

❼ 退院したとは言ってもまだ油断はできません。＿＿＿＿＿1、2ヶ月間は無理をしないで、静養につとめてください。

A この　　　　　B これ

❽ 田中さんのおかげで、ようやく家に帰りつくことができました。私は＿＿＿＿＿時初めて、人の親切のありがたさをしみじみ感じたのです。

A この　　　　　B その

❾ 私の知人、佐藤という人があなたに会いたがっているんですが、＿＿＿＿＿人と食事をしませんか。。

A この　　　　　B その

❿ A：日本へ行ったことがあることは、みんなに教えたのですか。
B：いいえ、＿＿＿＿＿ことはまだ誰にも言っていないんです。

A その　　　　　B あの

⓫ ＿＿＿＿＿時本当に苦しかったなあ。

A その　　　　　B あの

答案：B,A,B,A,A,A,A,B,B

提示

第1至第5題考查指示代名詞「こ」、「そ」、「あ」的用法。第6題和第7題考查指示代名詞轉用於時間的用法。第8題講話人在談話過程中，為了引起對方注意，使用了「こ」。第9題用「そ」。第10題表示雙方都瞭解的事情。第11題表示講話者帶著感慨的心情述説經歷等時，用「あ」。

翻譯

❶ 請問，這附近有叫又兵衛的壽司店嗎？
❷ 穿著外套站在那裡的男人是誰？
❸ 從這裡到學校需要多少分鐘？
❹ 「車停在哪裡了？」「不太記得了。大概是這附近吧。」
❺ 看見那邊的郵局了吧？那個地方就是交叉路口，請從那裡往右轉。
❻ 接下來大家打算一起去打網球。你要不要也跟我們一塊打？
❼ 雖說出院了，但也不能掉以輕心。這兩三個月都不宜太勞累，一定要調養好。
❽ 多虧了田中的幫助，終於回到家了。我第一次深切地感受到真情的可貴。
❾ 我有個熟人叫佐藤，他很想見見你，和他一起吃頓飯怎麼樣？
❿ 「你把去過日本的事告訴大家了嗎？」「不，那件事還沒跟任何人說過。」
⓫ 那時候真是苦啊。

2. 次の文章を読んで、後の問いに答えなさい。

あるところに二人の野球の好きな男がいました。あるとき二人は自分たちが死んで天国へ行っても野球ができるだろうかと話しあいました。

「どちらか先に死んだ方が何とかして地上にもどってきて、そのことを相手に知らせようじゃないか」と、二人は堅い約束をしました。それから一年たったとき、ひとりがとつぜん亡くなって相手をがっかりさせました。ある日のことです。生き残った男が道を歩いていると、ふと肩をたたくものがありました。あたりを見まわしても誰もいません。そのときなつかしい声をききました。

「きみの古い友達だよ。約束どおりもどってきた。」

「さあ、教えておくれ。天国で野球はできるのかい？」

「いいニュースとわるいニュースがあるといったほうがいいな。いいニュースから話そう。天国でも野球はできるよ。」

「そりゃすごい。で、わるい方は？」

「今週の金曜日にきみが先発投手にきまったことだ。」

問い　「そのこと」というのは何のことか。

A どちらが先に天国に行くかということ

B 地上にもどってきたこと

C 天国の野球がおもしろいかどうか

D 天国で野球ができるかどうか

答案：D

譯文

從前某個地方，有兩個非常愛打棒球的男子。一次，他們倆聊起了死後到了天國還能不能繼續打棒球這樣的話題。後來，他們倆約定：要是誰先去了天國，就要想辦法回到人間，把能否在天國打棒球的事告訴對方。之後過了一年，其中的一個死了，令他的同伴很失望。事情發生在某一天。這位仍活著的男子在街上走著走著，忽然覺得有人拍他的肩膀。他環顧四周，沒有看到任何人。就在這時，他聽到了一個熟悉的聲音。

「我是你的老朋友啊，按照先前我們的約定回來找你來了。」

「好啊，快告訴我，天國能打棒球嗎？」

「有好消息也有壞消息啊。先給你報好消息吧，在天國也能打棒球喲。」

「啊，真棒！那麼，壞消息呢？」

「在本週五的比賽中，已經決定了你是第一個出場的投手。」

解題技巧

此題考查指代關係。根據文意，「そのこと」在文中指代「在天國是否能打棒球」，所以答案選D。

深度講解

在日語句子的連接方式中，最常見的就是透過指示代名詞進行指示銜接。其指代關係通常包括前指和後指兩種。

① 前指：即指示代名詞所指代的內容出現在該指示代名詞的前面。請看下面的一段文章。

友情の成立に必要なのは必ずしも若さということではなくて、人生に対する真実な気持ちを開き示し、また他人の⑴そのような気持ちを受け入れる心の素直さです。言い換えれば、人生に対する真実な気持ち、自分自身に対する誠実さ、⑵これをなくしては友情は得られず、逆にまた、⑶これさえあれば若くても若くなくても真の友情を得ることができるにちがいありません。友情における相互の信頼というものは、人生に立ち向かう⑷この真実さを相互に認め合うことですから、性格や意見がどのように違っても、外的な環境や身分がどのように違っても、⑸そういった相違をこえて成立するものですし、⑹これは相互の生き方の最も深いところでの信頼ですから、生涯変わることなく続くのです。

以上這段短文共使用了6個指示代名詞，所指代的內容基本上都可在該指示詞的前面找到：

(1)　「そのような」所指代的內容是「人生に対する真実な気持ち」；
(2)　「これ」所指代的內容是「人生に対する真実な気持ち、自分自身に対する誠実さ」；
(3)　「これ」所指代的內容仍是「人生に対する真実な気持ち、自分自身に対する誠実さ」；
(4)　「この」所指代的內容是「人生に対する」；
(5)　「そういった」所指代的內容是「性格や意見、外的な環境や身分の」；
(6)　「これ」所指代的內容是「友情における相互の信頼というもの」。

② 後指。指示代名詞指代下文將出現的內容。請看下面的一段文章。

ある外国人の友人が北京に招かれ一年間客員教授を務めた。期限が来て帰国する前に、私は彼に中国の学生について感想を求めた。彼は簡潔に(1)こう言った。「好奇心はあるが、質問しようとはしない。疑問は持つが、議論しようとはしない。席を譲る勇気はあるが、道を譲る余裕はない。『ありがとう』は好んで言うが、『すみません』を言う度胸はない。ちょうどわが国の学生と正反対だ。」

如短文所示，「こう」所指代的是後面所述的全部內容，即：

「好奇心はあるが、質問しようとはしない。疑問は持つが、議論しようとはしない。席を譲る勇気はあるが、道を譲る余裕はない。『ありがとう』は好んで言うが、『すみません』を言う度胸はない。ちょうどわが国の学生と正反対だ。」

③ 指示詞所指代的內容，有時只是一個詞。請看下面的一段文章。

今、酸素が売れています。空気の中に含まれているあの酸素です。最近スプレー式の酸素の缶が売り出されたのですが、それが予想以上に売れているということです。缶はちょうど殺虫剤と同じくらいの大きさの５リットル入りで７００円、①それを鼻や口に向けて２、３秒スプレーして吸い込むというわけです。もともとスポーツ選手の疲れをとるために作られたものですが、受験勉強をしている学生や、長い時間運転する人などに利用されるようになりました。会社の会議のあとに吸ったり、徹夜のマージャンのあとに吸ったりする人もいます。また、富士山のように空気の薄い高い山に登るときに持っていくといいようです。②この商品を売り出したあるスポーツ用品会社の話では、はじめ、月に3,000本の需要を予想していましたが、今はその5倍の15,000本も売れているそうです。おいしい水や、おいしい空気をお金を払って、買う時代になったようです。

本文中的①「それ」是指「氧氣瓶」，②「この」仍然還是指「氧氣瓶」。

精選練習 次の文を読んで後の問いに答えなさい。

❶ その役者さんが舞台に出ているときに、悲しい電話が入りました。母親がなくなったという知らせでした。日頃からその母親は「私が死んでも舞台中の息子には知らせるな」と言っていたので、関係者はそのことを知らせないことにしたそうです。

問い 「そのこと」は、何を指すか。

A その役者さんの母親がなくなったこと

B 母親が自分の死を息子に知らせるなと言ったこと

❷ 友人がまたやってきた。彼は金に困るとやってくる。うそをついて私をだましては金を巻き上げていくのだ。今日も彼の話が始まった。それはまたいつもの嘘だった。それが私に分からないはずがなかったが、彼もそれを承知で芝居を続けるしかなかったのだ。

問い 「それ」は、何を指すか。

A 彼の話

B 彼の話が嘘だということ

C 彼の話が嘘だと私が知っていること

❸ それはあまりにも突然やってきた。いつかは来ると覚悟はしていたが、そのいつかというのは、遠い先のことだと思っていた。そしてそれは嫁に出すときだと信じて疑わなかった。まさかこんな形で娘との別れが来ようとは…。しかも、こんなにも早く、突然に。

問い 「それ」とは何か。

A 娘を嫁に出すとき　B 娘との別れ

❹ 「正夢」というのがあるが、これもそれかもしれない。金持ちになった夢を見たら、次の日、本当に大金を拾ったとか、事故に遭う夢をみたので旅行を中止して助かったとか、夢で見たことが現実になるのだ。或いは、「予知能力」とかなんとかいうのかもしれない。私も何度も体験した。その中で今でも鮮明に思い出すのがこの夢だ。翌日訪れる予定の、一度も行ったことのない工場を夢で案内されたのである。あの時の驚きといったらなかった。

問い 「これ」とは、何か。

A 正夢　B 予知能力

C 事故に遭う夢　D 工場に行った夢

❺ 「まだ着かないんでしょうか。」「いや、おかしいよ。もうこの先は行き止りだから。」われわれは今夜とまる温泉宿を探していた。昔訪れた秘湯を求めて、山道をもう1時間近くも歩いていた。「あれがそうだったのかなあ。」私は来た道を振り返って指差した。雑木林のむこうに近代的なビルが聳え立っていた。30分ぐらい前に、「おや、こんなところに立派なホテルができて、この辺も変わったね。」言い合って通り過ぎた地点だった。妻は笑った。「そうですね。きっと。20年前のことですからねえ。」引き返してみると、果たしてそうだった。

問い 「あれ」とは、何を指しているか。

A 昔訪れた秘湯　B 今夜とまる温泉宿

C 近代的なビル　D 30分ぐらい前に通りすぎた地点

❻ 科学の発展の原動力は、未知のものへの好奇心であったり、実際的な要求であったり、名誉欲であったり、種々様々だろう。だが、その最終的な目標が、ちょうど、医学のそれが「患者のために」あるように、「人類のために」というところにないのなら、人類の知的営みとしては、自己破産せざるを得ない。そして、科学はまさにそこに統合化の視点をもっているはずなのである。

問い 「それ」の指す内容として適当なものを選べ。

A 好奇心　B 要求　C 知的営み　D 目標

❼ 外国では昔から死の判定には神経質なところがある。この傾向は遺体を土葬する地域で特に強いようである。これは土中で蘇生したりしないように死を確実にしておく必要があったからだ。死んだと判定したら、とにかく首を切り落としてくれと遺言するところもあるという。

問い 「これ」の指す内容として最も適当なものはどれか。

A 土葬する地域で死の判定に神経質なところがあること
B 外国では死の判定に神経質なところがあること
C 首を切り落としてくれと遺言すること
D 神経質に死を確実にする必要があったこと

❽ 幼い子供に弟や妹ができると、赤ん坊に戻ったように振舞うことがある。それまで自分の世話だけをしてくれていた母親が、生まれたばかりの弟や妹の世話で忙しくなる。赤ん坊に戻って、自分も同じように母親に世話をしてもらいたいと思うのだろう。実際は、母親はどの子も同じように育てているつもりである。しかし、子供にはそのことが分からないので、自分は大切にされていないと思い、不安になるのだろう。

問い 「そのこと」とは何か。

A 母親は自分を弟や妹ほど大切にしていないこと
B 母親は生まれたばかりの弟や妹の世話で忙しいこと
C 母親は子供が不安に思っているのを知っていること
D 母親はどの子も同じように育てているつもりであること

❾ 科学の発達を大雑把にいえば、昔は自然や世界を生き物として捉える考え方が強かったが、近代、17世紀からとくに万物を機械論で説明する機械論的自然観が定着し、その中から近代科学を生み出してきて、今日に至っている。動物や人間の身体も、機械のように見なしてかなりうまく説明がつくのである。しかし、昔はそうではなかった。自然万物を生き物とし、生けるものとみなした。生き物のほうが無機物よりずっと親近感があったからである。生きて活発に動くもののほうが、鈍で動かないものよりずっと印象的だったからである。

問い　「昔はそうではなかった」とあるが、どういうことか。

A 昔は自然現象に関心を持たなかった。

B 昔は世界を生き物として考えなかった。

C 昔は人間を機械と見なすことはなかった。

D 昔は無機物については説明できなかった。

⑩　私は自分の行動について、いかなる批判もしなかった。人の目には、或いは、そうすることが行動を規制する。唯一の方法であるように見えたかもしれないのに、私にとっては、それも不要であった。いや、不要ではない。その暇もないほど、<u>それ</u>は素早かった。気が付いたときには、もう行動していた。

問い　「それ」とは何のことか。

A 批判　　B 人の目　　C 規制　　D 行動

答案：A,B,D,C,D,A,D,C,D

提示

根據文意，第1題的「そのこと」是指「母親去世的事」。所以答案應為A。第2題的「それ」是指「我知道他在撒謊」。故答案選C。第3題根據文意，並不是指女兒出嫁，而是指「跟女兒道別」，故答案選B。第4題中有兩個指示詞。「それかもしれない」中的「それ」指代「正夢のこと（應驗的夢）」，「これも」中的「これ」則指代作者文中所寫到的「この夢のこと（去了工廠的夢）」。故答案選D。第5題所指的地方就是那座現代化的建築。因為是在「雑木林のむこうに（雜樹林的對面）」，雖然看得見，但離得比較遠，所以用了遠稱。答案為C。第6題根據後面的「患者のために」，前面出現的「それ」應該是指代「目標」。所以答案選D。第7題的「これ」應是前指。即指代上文中所述的內容「死の判定には神経質なところがある」，所以答案應選A。第8題「そのこと」指代上一句的「母親はどの子も同じように育てているつもりである」，所以答案應選D。第9題根據文意，「昔はそうではなかった（從前卻不是這樣）」，意為「昔は人間を機械と見なすことはなかった」，故答案應選C。第10題根據文意，是指「行動」，故答案選D。

翻譯

❶ 那位演員正要出場時，相關單位突然接到一個沉痛的電話，說是他的母親去世了。他的母親曾交代過：「千萬不能把我的死訊告訴正在舞臺上演出的兒子。」於是，有關單位也就沒有把他母親去世的事告訴他。

❷ 朋友又來了。他一缺錢就會找上門來。他不但撒謊把我騙了，而且也騙走了我的錢。今天他又故技重施。我知道他在撒謊。他也明白我看透了他，但他只能繼續演戲。

❸ 這件事來得太突然了。我心裡清楚這件事遲早要來的，總以為離我還遙遠。而且堅信一定會是等女兒出嫁的那一天才會發生。可萬萬沒想到，會是以這種形式跟女兒道別……。而且來得這麼快、這麼突然。

❹ 所謂應驗的夢，說的大概也就是這個吧。譬如，夢中當了富翁，第二天馬上就拾到了錢；因為夢到交通事故了，於是中止了旅行從而避免了一場災難。即夢中所見到的事都變成了現實。或者，這大概也可以理解為是一種「預知能力」吧。我也有過這方面的體驗。其中，最讓我記憶猶新的是這麼一場夢：原打算在隔天拜訪的、一次也沒有去過的工廠，卻在夢中有人帶我參觀一趟了。那時真讓我驚訝不已。

❺ 「還沒到嗎？」「啊呀，奇怪了。這已經走到頭了呀。」我們在找當晚住宿的溫泉旅館。為了找回從前住過的秘泉，已經在山道上走了差不多1個小時。「是不是遠處的那個啊？」我回過頭來指著方才走過的路說道。在雜樹林的對面高聳著一座現代化的建築。大概30分鐘之前，我們剛從那裡走過。「這種地方還有這麼漂亮的旅館，這一帶也變了。」妻子笑了。「是啊，那肯定會有變化的，都20年前的事了嘛。」折回原道一看，還真是這樣。

❻ 推動科學發展的原動力來自於各種層面，有對未知事物的探求、實際的需求以及名利所趨等等。可是，最終的目標，正如醫學的目的是「為了患者」那樣，如果科學發展的目的不是「為了人類」，那麼，人類自身的知識建構，也會崩潰。科學正是需要這種宏觀的綜合的視野。

❼ 在外國，自古非常重視對死亡的判定。在土葬的地區尤其如此。目的是要弄清楚死者是不是真的死了，以免在土中會甦醒。據說有些地方，死者生前就立下遺囑，一旦被判定死亡，希望把自己的頭先砍下來。

❽ 年幼的孩子如果有了弟弟妹妹，往往他的行為也隨之嬰兒化。本來只關愛自己的母親，變得專注於照顧剛出生的弟妹了。因此，孩子渴望再次回到嬰幼兒時代，繼續得到母親的關愛。其實，母親對自己的任何一個孩子都會付出同樣的愛。只是孩子不明白，總覺得自己被母親忽視了，為此而感到不安。

❾ 科學的發達，大體上來說，從前人們是把自然、世界都當作一個生命體來看待的。可是到了近代，從17世紀開始，形成了一種用機械論來闡釋萬物的機械自然

觀，並從中衍生了近代科學。這種理論一直影響到現在。將動物或人類的身體，如同機器一樣去看待並進行巧妙的闡釋。但是從前卻不是這樣。人們把自然界的萬物都看成是有生命的、活的東西。因為有生命的東西總比無生命的東西要給人感覺親切得多。活潑生動的東西會比那些毫無生氣的東西給人留下更深的印象。

⑩ 我從不對自己的行為進行任何的評判。人的眼睛，可以說對自己的行為通常會進行控制，還以為這是唯一看得清自己行為的方法。然而，對我來說，這並不需要。不，不是不需要，而是自己的行為快得沒有時間去做判斷。因為當我注意到自己的行為時，這個行為已經發生了。

第3章

數 詞

知識講解

數詞的定義 1

表示事物數量或序數的詞叫做數詞。日語的數詞在句中既可以充當主語、體言修飾、受詞和述語，也可以直接修飾用言做用言修飾。

◆ りんごを三つください。
請給我三個蘋果。

◆ 1000円貸してくれませんか。
能不能借給我一千日元？

◆ 三日会社を休んだ。
有三天沒去公司上班。

◆ 息子は今年三つです。
兒子今年三歲。

◆ もう10センチ背が高ければよかったのに。
個子要是再高10公分就好了。

◆ この都市から、毎日、十万トンをくだらないゴミが吐き出されている。
這座城市每天排放10萬噸沒必要的垃圾。

◆ あの人はもう七十歳を越しているが、どこから見ても五十歳そこそこの若さだ。
那個人已經70多歲了，怎麼看也不過50來歲的樣子。

數詞的種類 2

日語數詞分為數量數詞、序數詞、分數、小數、倍數、百分數、概數詞和名數詞。

1） 數量數詞。數量數詞又可分為基數詞和數量詞

① 基數詞是單純用於計算數目的數詞。讀音有音讀和訓讀兩種。音讀是仿照中文的讀法，訓讀是日語固有的讀法。

音讀	一(いち)、二(に)、三(さん)、四(し)、五(ご)、六(ろく)、七(しち)、八(はち)、九(きゅう)、十(じゅう)、十一(じゅういち)、十二(じゅうに)… 二十(にじゅう)、二十一(にじゅういち)、…三十(さんじゅう)、…百(ひゃく)、二百(にひゃく)、千(せん)、二千(にせん)、万(まん)、一万(いちまん)、億(おく)、兆(ちょう)

訓讀	一(ひと)つ、二(ふた)つ、三(みっ)つ、四(よっ)つ、五(いつ)つ、六(むっ)つ、七(なな)つ、八(やっ)つ、九(ここの)つ、十(とお)、… 二十(はたち)、三十(みそ)、百(もも)、千(ち)、万(よろず)

＊訓讀的基數詞通常只限於十以內。十以上的數位幾乎全部用音讀。如：十一、十二、二十三、九十等。十以上的數字用訓讀多半是特殊固定用法。如：三十路（みそじ/30歲）、二十歲（はたち/20歲）等。

② 數量詞

數量詞由基數詞加量詞構成。數量繁多，用法複雜。

- 數細長的物品，用「本」。如：「一本」（一根、一支、一瓶）
- 數扁薄的物品，用「枚」。如：「六枚」（六張、六盤、六片、六塊、六件）
- 數魚、蟲等，用「匹」。如：「一匹」（一條、一匹、一隻）

❶ 表示個數、人數、年齡的數量詞。

個數	音讀	一個(いっこ)、二個(にこ)、三個(さんこ)、四個(よんこ)、五個(ごこ)、六個(ろっこ)、七個(ななこ)（七個(しちこ)）、八個(はっこ)、九個(きゅうこ)、十個(じゅっこ)、何個(なんこ)
	訓讀	一(ひと)つ、二(ふた)つ、三(みっ)つ、四(よっ)つ、五(いつ)つ、六(むっ)つ、七(なな)つ、八(やっ)つ、九(ここの)つ、十(とお)、幾(いく)つ
人數	音讀	…三人(さんにん)、…五人(ごにん)、六人(ろくにん)、七人(いちにん)（七人(ななにん)）、八人(はちにん)、九人(きゅうにん)、十人(じゅうにん)、何人(なんにん)
	訓讀	一人(ひとり)、二人(ふたり)、…四人(よにん)…
年齡	音讀	一才(いっさい)、二才(にさい)、三才(さんさい)、四才(よんさい)、五才(ごさい)、六才(ろくさい)、七才(ななさい)、八才(はっさい)、九才(きゅうさい)、十才(じゅっさい)、何才(なんさい)（才=歲）
	訓讀	一(ひと)つ、二(ふた)つ、三(みっ)つ、四(よっ)つ、五(いつ)つ、六(むっ)つ、七(なな)つ、八(やっ)つ、九(ここの)つ、十(とお)

❷ 計算常用物品的數量詞。

本(ほん)	計算細長的物品。如筆、瓶子、樹木等	一本(いっぽん)、二本(にほん)、三本(さんぼん)、四本(よんほん)、五本(ごほん)、六本(ろっぽん)（六本(ろくほん)）、七本(ななほん)（七本(しちほん)）、八本(はっぽん)、九本(きゅうほん)、十本(じゅっぽん)

枚(まい)	計算薄而平的物品。如衣服、錢幣、紙張等	一枚(いちまい)、二枚(にまい)、三枚(さんまい)、四枚(よんまい)、五枚(ごまい)、六枚(ろくまい)、七枚(しちまい)（七枚(ななまい)）、八枚(はちまい)、九枚(きゅうまい)、十枚(じゅうまい)、何枚(なんまい)
冊(さつ)	計算書籍、本子	一冊(いっさつ)、二冊(にさつ)、三冊(さんさつ)、四冊(よんさつ)、五冊(ごさつ)、六冊(ろくさつ)、七冊(ななさつ)（七冊(しちさつ)）、八冊(はっさつ)、九冊(きゅうさつ)、十冊(じゅっさつ)、何冊(なんさつ)
頁(ページ)	計算書籍、本子、頁數	一(いち)ページ・一(いっ)ページ、二(に)ページ、三(さん)ページ、四(よん)ページ、五(ご)ページ、六(ろく)ページ、七(なな)ページ、八(はち)ページ、九(きゅう)ページ、十(じゅっ)ページ、何(なん)ページ
台(だい)	電腦、機器、車輛等	一台(いちだい)、二台(にだい)、三台(さんだい)、四台(よんだい)、五台(ごだい)、六台(ろくだい)、七台(しちだい)（七台(ななだい)）、八台(はちだい)、九台(きゅうだい)、十台(じゅうだい)、何台(なんだい)
階(かい)	計算臺階、樓層	一階(いっかい)、二階(にかい)、三階(さんがい)、四階(よんかい)、五階(ごかい)、六階(ろっかい)、七階(ななかい)、八階(はちかい)（八階(はっかい)）、九階(きゅうかい)、十階(じゅっかい)、何階(なんがい)
頭(とう)	計算大動物	一頭(いっとう)、二頭(にとう)、三頭(さんとう)、四頭(よんとう)、五頭(ごとう)、六頭(ろくとう)、七頭(しちとう)、八頭(はちとう)、九頭(きゅうとう)、十頭(じゅっとう)、何頭(なんとう)
匹(ひき)	計算蟲、魚等小動物	一匹(いっぴき)、二匹(にひき)、三匹(さんびき)、四匹(よんひき)、五匹(ごひき)、六匹(ろっぴき)、七匹(ななひき)、八匹(はちひき)、九匹(きゅうひき)、十匹(じゅっぴき)、何匹(なんびき)
羽(わ)	計算鳥類動物	一羽(いちわ)、二羽(にわ)、三羽(さんわ)、四羽(よんわ)、五羽(ごわ)、六羽(ろくわ)、七羽(ななわ)、八羽(はちわ)、九羽(きゅうわ)、十羽(じゅうわ)、何羽(なんわ)
円(えん)	計算日本貨幣	一円(いちえん)、二円(にえん)、三円(さんえん)、四円(よえん)、五円(ごえん)、六円(ろくえん)、七円(しちえん)、八円(はちえん)、九円(きゅうえん)、十円(じゅうえん)、何円(なんえん)、千(せん)、万(まん)、億(おく)
元(げん)	計算台幣	一元(いちげん)、二元(にげん)、三元(さんげん)、四元(よんげん)、五元(ごげん)、六元(ろくげん)、七元(しちげん)、八元(はちげん)、九元(きゅうげん)、十元(じゅうげん)、何元(なんげん)
ドル	計算美元	一(いち)ドル、二(に)ドル、三(さん)ドル、四(よん)ドル、五(ご)ドル、六(ろく)ドル、七(しち)ドル、八(はち)ドル、九(きゅう)ドル、十(じゅう)ドル、何(なん)ドル
ポンド	計算英鎊	一(いち)ポンド、二(に)ポンド、三(さん)ポンド、四(よん)ポンド、五(ご)ポンド、六(ろく)ポンド、七(しち)ポンド、八(はち)ポンド、九(きゅう)ポンド、十(じゅう)ポンド、何(なん)ポンド

❸ 計算時間的數量詞。

年(ねん)	一年(いちねん)、二年(にねん)、三年(さんねん)、四年(よねん)、五年(ごねん)、六年(ろくねん)、七年(しちねん)（七年(ななねん)）、八年(はちねん)、九年(きゅうねん)、十年(じゅうねん)、何年(なんねん) ＊計算幾年用量詞「～年間(ねんかん)」。一年間(いちねんかん)、三年間(さんねんかん)…。
月(がつ)	一月(いちがつ)、二月(にがつ)、三月(さんがつ)、四月(しがつ)、五月(ごがつ)、六月(ろくがつ)、七月(しちがつ)、八月(はちがつ)、九月(くがつ)、十月(じゅうがつ)、十一月(じゅういちがつ)、十二月(じゅうにがつ)、何月(なんがつ) ＊計算幾個月用量詞「～カ月(かげつ)」。一カ月(いっかげつ)、二カ月(にかげつ)、三カ月(さんかげつ)、四カ月(よんかげつ)…。
日(にち)	一日(ついたち)、二日(ふつか)、三日(みっか)、四日(よっか)、五日(いつか)、六日(むいか)、七日(なのか)、八日(ようか)、九日(ここのか)、十日(とおか)、十一日(じゅういちにち)、十二日(じゅうににち)、十三日(じゅうさんにち)、十四日(じゅうよっか)、十五日(じゅうごにち)、十六日(じゅうろくにち)、十七日(じゅうしちにち)、十八日(じゅうはちにち)、十九日(じゅうくにち)、二十日(はつか)、二十一日(にじゅういちにち)、二十二日(にじゅうににち)、二十三日(にじゅうさんにち)、二十四日(にじゅうよっか)、二十五日(にじゅうごにち)、二十六日(にじゅうろくにち)、二十七日(にじゅうしちにち)、二十八日(にじゅうはちにち)、二十九日(にじゅうくにち)、三十日(さんじゅうにち)、三十一日(さんじゅういちにち)、何日(なんにち) ＊計算天數用量詞「～間(かん)」。一日間(いちにちかん)、二日間(ふつかかん)、二十日間(はつかかん)…。
曜日(ようび)	日曜日(にちようび)、月曜日(げつようび)、火曜日(かようび)、水曜日(すいようび)、木曜日(もくようび)、金曜日(きんようび)、土曜日(どようにち)、何曜日(なんようび)
週間(しゅうかん)	一週間(いっしゅうかん)、二週間(にしゅうかん)、三週間(さんしゅうかん)、四週間(よんしゅうかん)、五週間(ごしゅうかん)、六週間(ろくしゅうかん)、七週間(ななしゅうかん)、八週間(はっしゅうかん)、九週間(きゅうしゅうかん)、十週間(じゅっしゅうかん)、何週間(なんしゅうかん)
時(じ)	一時(いちじ)、二時(にじ)、三時(さんじ)、四時(よじ)、五時(ごじ)、六時(ろくじ)、七時(しちじ)、八時(はちじ)、九時(くじ)、十時(じゅうじ)、十一時(じゅういちじ)、十二時(じゅうにじ)、何時(なんじ) ＊計算幾個小時用量詞「～時間(じかん)」。…一時間(いちじかん)、二時間(にじかん)。
分(ふん)	一分(いっぷん)、二分(にふん)、三分(さんぷん)、四分(よんぷん)、五分(ごふん)、六分(ろっぷん)、七分(ななふん)、八分(はっぷん)、九分(きゅうふん)、十分(じゅっぷん)、何分(なんぷん) ＊計算幾分鐘用量詞「～分間(ふんかん)」。一分間(いっぷんかん)、二分間(にふんかん)…。
秒(びょう)	一秒(いちびょう)、二秒(にびょう)、三秒(さんびょう)、四秒(よんびょう)、五秒(ごびょう)、六秒(ろくびょう)、七秒(ななびょう)、八秒(はちびょう)、九秒(きゅうびょう)、十秒(じゅうびょう)、何秒(なんびょう)

❹ 度量衡的說法。

公尺／メートル	克／グラム	間／軒(けん)	石／石(こく)
公里／キロメートル	公斤／キログラム	棟／棟(むね)	斗／戸(と)
公分／センチメートル	噸／噸(トン)	套／着(ちゃく)	升／升(しょう)
公厘／ミリメートル	町／町(ちょう)	丈／丈(じょう)	合／合(ごう)
公升／リットル	畝／畝(せ)	尺／尺(しゃく)	勺／勺(しゃく)
平方公尺／へいほうメートル	坪／坪(つぼ)	寸／寸(すん)	磅／ポンド
平方公里／へいほうキロメートル	股；株／株(かぶ)	厘／厘(りん)	封／通(つう)

2） 序數詞

● 序數詞是表示事物順序的詞。構成方式主要有以下幾種：

① 在「基數詞」或「基數詞+量數詞」前加上表示順序、等級的接頭詞「第」。

第一（だいいち）、第二（だいに）、第三（だいさん）……
第一課（だいいっか）、第二課（だいにか）、第三課（だいさんか）……

② 在「基數詞」或「基數詞+量數詞」後加上表示順序、等級的接尾詞。常用的接尾詞有「番」、「番目」、「号」、「流」、「位」等。

1号（いちごう）	一號	一流（いちりゅう）	一流
一行目（いちぎょうめ）	第一行	二番目（にばんめ）	第二個，第二名

③ 用外來語也可以表示順序。

ナンバー・ワン	第一	ナンバー・ツー	第二

④ 在表示排行時，用「長」、「次」等。

長男（ちょうなん）	排行最大的男孩	長女（ちょうじょ）	排行最大的女兒
次男（じなん）	排行第二的男孩	次女（じじょ）	排行第二的女兒

3） 分數、小數、倍數、百分數

① 分數用「～分の」的形式表示。

1／3	さんぶんのいち	3／9	きゅうぶんのさん

② 小數用「.」來表示。

0.4	れいてんよん	8.5	はちてんご

③ 倍數用基數詞加接尾詞「倍」表示。

二倍	にばい	3.5倍	さんてんごばい

④ 百分數用「%（パーセント）」表示。

1％	いちパーセント	100%	ひゃくパーセント

4） 概數詞

● 表示大致數目的詞叫做概數詞。有以下幾種構成方式：

① 接頭詞加數詞。

数百人（すうひゃくにん）	約6万人（やくろくまんにん）

② 數詞加副助詞。

三十人ほど（さんじゅうにん）	二百円くらい（にひゃくえん）	一つだけ（ひと）
一万円さえ（いちまんえん）	五人まで（ごにん）	一個ばかり（いっこ）

③ 副詞加數詞。

ほぼ千人（せんにん）	たいてい８００（はっぴゃく）メートル	およそ１２種類（じゅうにしゅるい）

④ 在兩個數詞之間加「か」。

五人（ごにん）か六人（ろくにん）	一時（いちじ）か二時（にじ）

⑤ 在兩個數詞之間加「、」。

一（いち）、二ヵ月（にかげつ）	二（に）、三回（さんかい）

5） 名數詞

● 名數詞是指冠以固定數字的詞。主要用於表示事物的名稱，在句中不能再充當數詞使用，被認為是縮略語的一種。

一都（いっと）＝東京都（とうきょうと）
一道（いちどう）＝北海道（ほっかいどう）
二府（にふ）＝大阪府（おおさかふ）、京都府（きょうとふ）
六歌仙（ろっかせん）＝在原業平（ありわらのなりひら）、僧正遍昭（そうじょうへんじょう）、喜撰法師（きせんほうし）、大伴黒主（おおとものくろぬし）、文屋康秀（ふんやのやすひで）、小野小町（おののこまち）
七福神（しちふくじん）＝恵比寿（えびす）、大黒天（だいこくてん）、毘沙門天（びしゃもんてん）、弁財天（べんざいてん）、福禄寿（ふくろくじゅ）、寿老人（じゅろうじん）、布袋（ほてい）
九州（きゅうしゅう）＝筑前（ちくぜん）、筑後（ちくご）、肥前（ひぜん）、肥後（ひご）、豊前（ぶぜん）、豊後（ぶんご）、日向（ひゅうが）、大隅（おおすみ）、薩摩（さつま）

數詞的用法 3

日語數詞主要有兩種用法。一種是名詞性用法。另一種是副詞性用法。

1） 數詞的名詞性用法

數詞的名詞性用法大致與名詞、代名詞相同。即和助詞結合在句子中可充當主語、受詞、體言修飾和述語等成分。

① 數詞充當主語。

◆ 七五三（しちごさん）は中国（ちゅうごく）から伝（つた）わったものです。
「七五三」節是從中國傳來的。

◆ 五月五日（ごがついつか）は端午（たんご）といって、男（おとこ）の子（こ）の節句（せっく）です。
五月五日叫端午，是男孩的節日。

② 數詞充當受詞。

◆ ４を２で割（わ）ると２になる。
4被2除等於2。

◆ 1日8人を使って、1ヵ月かかりました。

一天用8個人，花了一個月的時間。

◆ 万難を排してやり遂げます。

排除困難，堅決完成。

◆ 今日は20ページ読みました。

今天看了20頁。

◆ 今日は20ページを読みました。

今天看了第20頁。

參考 左側兩個句子的意思是不同的。例1的「20ページ」是基數詞；例2的「20ページ」是序數詞。

③ 數詞充當體言修飾。

◆ 南北約5.5メートル、東西約3.5メートル、高さ約3メートルの木造の平屋です。

是一座南北約5.5米，東西約3.5米，高約3米的木造平房。

◆ 十二分の成果をあげました。

取得了十二分的成果。

◆ 六十の手習い。

活到老學到老。

◆ 無二の親友。

莫逆之交。

◆ 一寸の虫にも五分の魂。

匹夫不可奪其志。

◆ それは千載一遇の好機会だ。

那是千載難逢的好機會。

④ 數詞充當述語。

◆ 十一月十五日は七五三です。

11月15日是「七五三」節。

◆ 人の心は九分十分。

人心所想大致相同。

◆ あの歌は彼の十八番だ。

那首歌是他最拿手的。

◆ 金星の半径は6,100キロメートルで、地球の半径の96パーセントである。

金星的半徑為6,100公里，是地球半徑的96%。

⑤ 數詞充當連用修飾語。

◆ 10を2で割ると、5になる。

10用2除等於5。

◆ 七五三(しちごさん)は子供(こども)が七歳(ななさい)、五歳(ごさい)、三歳(さんさい)になったのを祝(いわ)う日(ひ)です。

「七五三」節是祝賀孩子7歲、5歲、3歲的日子。

◆ 万死(ばんし)に一生(いっしょう)を得(え)る。

九死一生。

◆ 人(ひと)が四方八方(しほうはっぽう)から集(あつ)まってくる。

人們從四面八方集聚而來。

◆ 彼(かれ)がすることなら、千(せん)に一(ひと)つの間違(まちが)いもあるまい。

要是他做的話，萬無一失。

2） 數詞的副詞性用法

● 不需要透過助詞，直接修飾用言，作為用言修飾。

◆ 人々(ひとびと)は三々五々(さんさんごご)会場(かいじょう)に集(あつ)まる。

人們三三兩兩地集中在會場。

◆ 十年(じゅうねん)たてば、この辺(へん)もだいぶ変(か)わるでしょう。

過十年這一帶也會發生很大變化吧。

◆ 彼(かれ)の言(い)ったことは十中八九(じっちゅうはっく)当(あ)たっている。

他的話十之八九都言中了。

◆ 田中(たなか)さんは四六時中(しろくじちゅう)、テレビを見(み)て飽(あ)きないやつだ。

田中是個整天看著電視都不膩的傢伙。

◆ 万障(ばんしょう)繰(く)り合(あ)わせてご出席(しゅっせき)ください。

務請撥冗出席。

數詞的轉用 4

數詞的轉用主要有以下幾種情形。

1） 數詞轉用於專有名詞

① 數詞轉用於地名。

四万十川(しまんとがわ)・高知県	九十九湾(つくもわん)・石川県	九十九里浜(くじゅうくりはま)・千葉県

② 數詞轉用於姓。

八十八間(はとやま)	五反田(ごたんだ)	五十鈴(いすず)、九十九(つくも)、十三介(とみすけ)

③ 數詞轉用於名。

八千代(やちよ)、八枝子(やえこ)、三郎(さぶろう)	万三人(まさと)
一三(かずみ)、百八郎(ひゃくはちろう)、千太郎(せんたろう)、六哉(ろくや)	

④ 數詞轉用於團體名稱。

五十鈴(いすず)	三菱(みつびし)	三和(さんわ)	第一勧業銀行(だいいちかんぎょうぎんこう)

2） 數詞轉用於普通名詞

十人十色(じゅうにんといろ)	十人十樣、形形色色	七転八起(しちてんはっき)	百折不撓
千人針(せんにんばり)	千人針（為了祈禱出征軍人平安歸來，1000名女子在一塊漂白布上用紅線各縫一針的纏腰布）	三日坊主(みっかぼうず)	沒持續力的人；三天打魚兩天曬網的人

3） 數詞轉用於副詞

一度(いちど)	一次	一通り(ひととおり)	大概、粗略
三々五々(さんさんごご)	三三五五、三三兩兩	一人一人(ひとりひとり)	每人、各自

4） 數詞轉用於動詞

◆ 父(ちち)に三拝九拝(さんぱいきゅうはい)してお金(かね)をもらってきた。

跟父親三拜九叩才要來了錢。

◆ 資金(しきん)をかき集(あつ)めるのに四苦八苦(しくはっく)している。

為籌措資金歷盡千辛萬苦。

數詞的書寫 5

1） 橫寫或橫排的數字

◆ 第(だい)36回(かい)メーデーは全国(ぜんこく)750ヵ所(かしょ)で祝(いわ)われ、650万人(まんにん)が参加(さんか)した。

第36屆勞動節全國750個地方舉行慶祝活動，有650萬人參加。

◆ 日本(にほん)には1都(と)、1道(どう)、2府(ふ)、43の県(けん)がある。

日本有1都、1道、2府、43個縣。

2） 表示型號、代號、番號的數字

ショート330型	ＶＯ－585ＯＰ	キャノン Ｅ808	中部第15師団

3） 報刊、雜誌標題中的數字

◆ カメラ用(よう)リチウム電池(でんち)15万個出回(まんこでまわ)る。

相機用鋰電池投放市場15萬個。

4） 日程表中的數字、體育比賽的計分

◆ 阪神—巨人（午後6時55分ＴＢＳラジオ）

阪神對巨人（下午6點55分ＴＢＳ廣播電臺）

◆ 男子200メートル平泳ぎで渡辺雄一が2分12秒90の世界新記録をマークした。

男子200米蛙泳比賽中，渡邊雄一創下了2分12秒90的世界新紀錄。

5） 引文標注中的出版年代、卷次、頁碼以及郵遞區號、電話號碼等

◆ 仁田義雄　1995『複文の研究（上）』P6－18黒潮出版

◆ 116-0011　岩崎市西の平3－1－3

◆ フリーダイヤル　0567－332－686

6） 豎寫時一般使用漢字數位，一個數位占一格

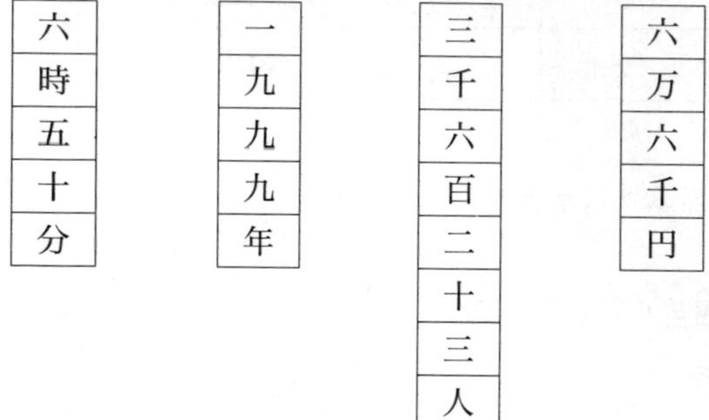

數量詞的用法 6

1） 數量詞通常不做主題。只能後接主格助詞「が」做主語。做主題的一般是序數詞

◆ 四軒目は上田さんの家です。

第四間是上田的家。

◆ 二人目は今度この作品で新人賞を取った鈴木さんです。

第二位是這次因這部作品而獲得新人獎的鈴木先生。

◆ 第二章は活用、第三章はテンス・アスペクトについて述べることにする。

決定第二章講詞尾變化，第三章講時態。

◆ 300人が広場に集まった。（×300人は広場に集まった。）

三百人聚集在廣場。

- 交通事故で5人が死んだ。（×交通事故で5人は死んだ。）
  5人死於交通事故。
- およそ百人が遭難した。（×およそ百人は遭難した。）
  大約有一百人遇難。
- 太郎と花子が結婚した。二人は今新婚旅行をしている。
  太郎和花子結婚了。兩人現正在蜜月旅行。

參考 在左側特定的前後文中數量詞可以成為主題。

- 交通事故で三人の怪我人が出た。一人はすぐ病院に運ばれた。
  因交通事故三人受傷。其中一人立即被送往醫院。

2） 數量詞做受詞、補語、體言修飾、用言修飾和述語。

① 做受詞。

- 同じような辞書を何冊も持っているから、その1冊を友達にやりました。
  同樣的辭典我有好幾本，所以我把其中的一本送給朋友了。
- 田中さんは100メートルを何秒で走れますか。
  田中多少秒能跑完100公尺？
- あの人はもう七十歳を越しているが、どこから見ても五十歳そこそこの若さだ。
  那個人已經70多歲了，可怎麼看也像是不過50來歲的樣子。

② 做補語。

- 入学者は20歳まで認める。
  入學者年齡定為20歲前。
- 会議はあと30分で終わる。
  再過30分鐘，會議就結束。
- 被害総額は10億円にも上るものとみられている。
  估計損失金額超過10億日元。
- 5キログラムからある魚を釣り上げた。
  釣了一條足有5公斤重的魚。
- 毎年交通事故で死ぬ人の数は、2万や3万にとどまらない。
  每年死於交通事故的人數不下二、三萬人。

③ 做體言修飾。

- 一つの事故で交通を長時間渋滞させた。
  因為一宗事故，交通堵塞了很長的時間。
- 六番の問題が私にはできない。
  第六個問題我不會。

◆ 僕は三時の新幹線に乗るけれど、君はどうする。
我要坐3點的新幹線，你呢？

④ 做用言修飾。

◆ この論文は2度読んでみたけれども、理解できなかった。
這篇論文看兩遍了，還是不能理解。

◆ 2時間ずっと立ったまま、彼を待っていた。
站著等了他兩個小時。

◆ 子供が3人遊んでいる。
有3個小孩在玩耍。

◆ 山道を10キロ歩いた。
步行走了10公里的山路。

◆ 朝食は大体200円だから、まあ、一日千円かかるかな。
早餐的費用是200日元，所以，一天要花上一千日元吧。

◆ 円満解決にはこちらも一歩 譲 歩せずには済まないだろう。
為了圓滿解決問題，我們不讓步恐怕不行吧。

⑤ 做述語。

◆ 最高時速は250キロです。
最高時速是250公里。

◆ 私が16歳だった時、彼女はまだ7歳だった。
我16歲的時候，她才7歲。

◆ 制限時間は1時間です。すぐ書き始めてください。
時間為1小時。請立刻開始寫。

3） 數量詞的用法常見於某些諺語、慣用語中。

◆ 一石二 鳥
一箭雙雕。

◆ 一姫二太郎
頭胎女兒二胎男。（生兒育女的最理想順序）

◆ 四苦八苦
千辛萬苦。費盡心機。

◆ 五臓六腑にしみわたる
銘刻肺腑。刻骨銘心。

◆ 無くて七癖あって四 十 八癖
人都有毛病。人無完人。

◆ 二兎を追う者は一兎をも得ず
貪多必失。務廣而荒。

◆ 七転び八起き

百折不撓。不屈不撓。

◆ 一期一会

人生中難得的一種緣分。

◆ 一富士二鷹三茄子

正月初一、初二所做的吉祥夢的幸運順序依次為夢見富士山、鷹、茄子。

◆ 一汁一菜

粗茶淡飯。

考點講練

1. ＿＿＿＿を買いました。

A やかんを６リットル　　　　B ６リットルのやかん

答案：B

譯文 我買了一個能裝6公升水的燒水壺。

解題技巧 此題考查數量詞作體言修飾的用法。如果數量詞不是限定名詞的量，而是表示名詞的屬性時，就不能使用「名詞を＋數量詞」的形式，所以答案選B。

深度講解

① 在句中所限定「が」格或「を」格名詞的數量詞，可以不加助詞直接做副詞使用。

◆ 昨日手紙を２通書きました。

昨天，我寫了兩封信。

◆ 生産高(せいさんだか)が四倍(よんばい)に増(ふ)えた。
產量增加了四倍。

② 「數量詞＋の＋名詞＋が(を)」和「名詞＋が(を)＋數量詞」的形式也並非在任何時候都可以互換使用。即使能互換，意思也有所不同。

◆ 魚(さかな)を1キロ買(か)ってきました。
我買了1公斤魚。

◆ 1キロの魚(さかな)を買(か)ってきました。
我買了1公斤重的魚。

◆ その２本(ほん)のビールをください。
請把那兩瓶啤酒拿給我。

◆ そのビールを２本(ほん)ください。
請給我拿兩瓶那種啤酒。

精選練習

❶ ＿＿＿＿＿＿遅れた。

A 時計が二十分間　　　　B 二十分間の時計が

❷ 毎日＿＿＿＿＿＿練習します。

A 二時間のテニスを　　　　B テニスを二時間

❸ ＿＿＿＿＿＿誕生日のプレゼントをもらいました。

A クラスメートから2人　　　　B 2人のクラスメートから

❹ 数えてみれば、会議室には＿＿＿＿＿＿いました。

A 外国人が７人　　　　B ７人の外国人が

答案：A,B,B,A

提示

第1題的數詞可直接做副詞使用，如用「數詞+の」作體言修飾「時計」則不通，所以選A。第2題如果選擇A，雖然意思大致相同，但這一形式不大合乎日語的表達習慣，故答案選擇B。第3題的名詞「クラスメート」後跟有補格助詞「から」，通常這種情況下的數詞不能直接做副詞使用，只能用「數詞+の」的形式，所以答案選擇B。第4題答案選A。

翻譯

❶ 手錶慢了20分鐘。

❷ 每天練兩小時的網球。

❸ 有兩個同學送給我生日禮物。

❹ 數了一下，會議室裡共有七個外國人。

2. 私の時計は日に＿＿＿＿遅れる。

A いっぷん　　B いちふん

答案：A

譯文

我的錶每天平均慢一分鐘。

解題技巧

此題考查數詞的讀音。「分」的讀法要根據前接的數位讀作「ふん」或「ぷん」。「１分」、「３分」、「４分」、「８分」、「１０分」、「何分」的「分」通常讀作「ぷん」，所以答案應為A。

深度講解

日語的數詞和某些數量詞相結合時，常發生讀音上的變化。主要有以下兩種。

① 數詞「一」、「六」、「八」、「十」、「百」與以「カ」、「サ」、「タ」、「ハ」行假名為首的某些數量片語組合時，前面的基數詞往往要發生促音變。「ハ」行音要變為「パ」行音。

一課（いっか）	1課	一週間（いっしゅうかん）	1周	六回（ろっかい）	6次	一分（いっぷん）	1分
一頭（いっとう）	1頭	一杯（いっぱい）	1杯	八冊（はっさつ）	8本	百匹（ひゃっぴき）	100匹

＊以下兩種情況是例外。

● 其中，「一」、「六」、「八」、「十」、「百」和「力」、「ハ」兩行相讀，有的可有兩種讀音。

一光年（いっこうねん）・一光年（いちこうねん）	1光年	八（はち）ページ・八（はっ）ページ	8頁
六（ろく）キロ・六（ろっ）キロ	6公里	百本（ひゃくほん）・百本（ひゃっぽん）	100支

② 基數詞與以「か、さ、ぱ」行假名為首音的數量片語合時，一般會出現濁音或半濁音。

三軒（さんげん）	3所	三足（さんぞく）	3雙	三本（さんぼん）	3支	三匹（さんびき）	3匹
千杯（せんばい）	千杯	千匹（せんびき）	1千匹	千遍（せんべん）	1千遍	千本（せんぼん）	1千棵

精選練習　次の言葉に振り仮名をつけなさい。

❶ 三分間（　　　）	❷ 一本（　　　）	❸ 三千（　　　）
❹ 三百（　　　）	❺ 十分（　　　）	❻ 六百（　　　）
❼ 三匹（　　　）	❽ 三階（　　　）	❾ 四月（　　　）
❿ 四羽（　　　）	⓫ 四カ月（　　　）	⓬ 九月（　　　）
⓭ 四年間（　　　）	⓮ 三、四人（　　　）	⓯ 四、五人（　　　）

答案：1.さんぷんかん　2.いっぽん　3.さんぜん　4.さんびゃく
5.じっぷん、じゅっぷん　6.ろっぴゃく　7.さんびき
8.さんがい　9.しがつ　10.よんわ　11.よんかげつ
12.くがつ　13.よねんかん　14.さん、よにん　15.し、ごにん

提示

日本人有不少語言忌諱。如：在數字方面，「4」和「死」同音，所以日本人認為「4」是不吉利的數字。「42」的發音是「死ぬ」的連用形「死に」，所以醫院一般沒有「4」或「42」的房間和病床。像「4989」因與「死苦八苦（シクハック）」諧音、「3396」因與「散々苦労（サンザンクロウ）」諧音而受到人們的嫌棄。另外，日本人在用餐時，一般不說「一片」、「三片」。這是因為「一片」與「人切れ」，「三片」與「身切れ」發音相似的緣故。但「4」、「9」等數位若與其他數位組合變成吉利的數位或具有實用的意義時，仍然很受歡迎。如：藥店喜愛的數位為「1424(イシフヨ)」，因這四個數位一結合就成了「醫師不要」之意，亦即病人無需看醫生，只要服用本藥店的藥定會治好。又如，麵館喜歡的數位「8814」，因其讀音為「ハヤイヨ」，有「馬上就好」之意。在生活節奏快的日本，「8814」最受人歡迎。「3746」，其讀音為「ミナヨム(大家都來讀)」是出版社、報社所喜歡的數位。

翻譯

❶ 三分鐘	❷ 一根	❸ 三千
❹ 三百	❺ 十分鐘	❻ 六百
❼ 三條	❽ 三樓	❾ 四月
❿ 四隻	⓫ 四個月	⓬ 九月
⓭ 四年	⓮ 三、四人	⓯ 四、五人

3. 映画を＿＿＿＿見る予定です。

A 一部　　　　B 一本

答案：B

譯文　我打算看一部電影。

解題技巧　此題考查數量詞。根據日語的使用習慣，計算電影的數量詞通常用「本」表示，所以答案選 B。

深度講解　日語中，表示樓房、房間數量的量詞主要有：「軒」、「戸」、「階」、「畳」、「間」、「室」、「棟」等。

①「軒」用來數房屋、店鋪等。

家屋一軒	一幢房屋	店舗一軒	一家店鋪

②「戸」用來數住戶

二十四戸の小さな村	二十四戶的小村莊

③「棟」用來數比較長而且大型的建築物。

校舎一棟	一棟校舍

④「室」用來數房間的數量。

⑤「間」用來數房間的數量。

⑥「畳」用來表示房間的大小。

⑦「階」用來數建築物的樓層。

⑧ 表示交通工具的量詞有：「台」、「両」、「機」、「艇」、「艘」、「隻」、「基」等。

車両一両	一節車廂	自動車二台	兩台汽車
タンカー一隻	一艘油輪	帆掛け船１艘	一艘帆船
ヨット１艇	一艘遊艇		

⑨「基」用於數電梯；「機」用於數飛機的數目。

精選練習

❶ 兄は金魚を三＿＿＿＿＿＿飼いました。

A 羽　　　　B 匹

❷ 弟は鉛筆を六＿＿＿＿＿＿もらいました。

A 個　　　　B 本

❸ 日本の友人は小説を８＿＿＿＿＿＿おくってくれた。

A 本　　　　B 冊

❹ 今日母はスーパーでにわとりを二＿＿＿＿＿＿買いました。

A 匹　　　　B 羽

❺ 田舎のおじさんは豚を一＿＿＿＿＿＿飼っています。

A 頭　　　　B 匹

❻ おじさんは映画の切符を八＿＿＿＿＿＿持っています。

A 個　　　　B 枚

❼ 運動場に車が二＿＿＿＿＿＿とめてある。

A 本　　　　B 台

❽ ビールを一＿＿＿＿＿＿ください。

A 本　　　　B 個

❾ くつしたは一＿＿＿＿＿＿いくらですか。

A 枚　　　　B 足

❿ もう一＿＿＿＿＿＿言ってください。

A 本　　　　B 度

⓫ たばこを二＿＿＿＿＿＿ください。

A 個　　　　B 箱

⓬ この教室にはテレビが七＿＿＿＿＿＿あります。

A 匹　　　　B 台

⓭ 水を三＿＿＿＿＿＿飲んでしまった。

A 本　　　　B 杯

⑭ カメラ二＿＿＿＿＿以上だったら税金をとられるぞ。

A 台　　B 個

⑮ どうか日本の雑誌を十＿＿＿＿＿貸してください。

A 本　　B 冊

⑯ 切手を五＿＿＿＿＿買いたいと思います。

A 本　　B 枚

答案：B. B. B. B. A. B. B. A.（1～8）

B. B. B. B. B. A. B. B.（9～16）

提示

第1題計算魚蟲等小動物，用「～匹」。第2、第8題計算細長物品「筆」、「啤酒瓶」等，用「～本」。第3、第15題計算書籍、雜誌，用「～冊」。第4題計算鳥類動物「雞」，用「～羽」。第5題計算動物「豬」，用「～頭」。第6、第16題「電影票」、「郵票」，屬薄而平的東西，用「～枚」。第7、第12、第14題計算車輛、機器對象，用「～台」。第9題計算「襪子」，用「～足」。第10題表示次數，用「～度」。第11題「兩包香煙」，用「～箱」。第13題「三杯水」，用「～杯」。

翻譯

❶ 哥哥養了三條金魚。
❷ 弟弟拿到了六支鉛筆。
❸ 日本朋友寄了八本小說給我。
❹ 今天我母親在超市買了兩隻雞回來。
❺ 鄉下的叔叔養了一頭豬。
❻ 叔叔手上有八張電影票。
❼ 操場上停著兩輛車。
❽ 請給我一瓶啤酒。
❾ 襪子一雙多少錢？
❿ 請再說一遍。
⓫ 請給我兩包香煙。
⓬ 這個教室有七台電視機。
⓭ 喝了三杯水。
⓮ 如果是兩台以上的照相機，是要課稅的。
⓯ 請你借給我十本日本雜誌。
⓰ 我想買五張紀念郵票。

4. いくら飲めないといっても一杯＿＿＿＿は飲めるでしょう。

A ほど　　　　B ぐらい

答案：B

譯文　雖説酒不能多喝，但喝一杯總可以吧！

解題技巧　此題考查概數詞。「ぐらい」表示數量少，微不足道、一點點。因此可以接在「一」構成的數量詞後，而「ほど」通常用於數量多或表示程度的場合，所以答案選B。

深度講解

① 「ほど」通常表示數量較多。在一般情況下，是不能接在「一～」的後面的，但個別時候接在「一～」後面，也可以表示數量之多。這時可以用「一～ほども」。

◆ 雪(ゆき)の多(おお)いときは、一(いち)メートルほども積(つ)もるときがある。
雪下得多的時候，會積到一公尺那麼高。

② 「ぐらい」可以後接「ずつ」，因為「ずつ」往往和數量較少的數詞結合一起來用，因此「ずつ」前面通常不用「ほど」。

◆ 見物人(けんぶつにん)は四(し)、五歩(ごほ)ぐらいずつ後(うしろ)へ下(さ)がった。
看熱鬧的人都向後退了大約四、五步。

③ 由於「ぐらい」所表示的數量多半是不精確的，因此也可以和「やく」、「およそ」等副詞相呼應使用。

◆ ここから北京(ぺきん)までは約(やく)２千(せん)キロぐらいはなれている。
從這裡到北京約兩千公里。

④ 在表示某一點的數值或序列的數值時，多用「ぐらい」。

◆ 小学校(しょうがっこう)５年生(ごねんせい)ぐらいの女(おんな)の子(こ)がそこに立(た)っていた。
一個小學五年級左右大的女孩子站在那裡。

精選練習

❶ ＿＿＿＿＿＿後にご返事します。

A およそ　　B 数日　　C たいてい　　D 約

❷ およそ百人＿＿＿＿＿＿集まりました。

A ほど　　B ぐらい　　C か　　D ほぼ

❸ 彼女は三十＿＿＿＿＿＿しか見えない。

A ぜんごに　　B あまり　　C ぐらい　　D ほど

❹ 来月＿＿＿＿＿＿、この道路の舗装工事が竣工することになっている。

A たいてい　　B あたり　　C およそ　　D ほど

❺ ＿＿＿＿＿＿、田中さんに会っていない。

A およそ　　B ほぼ　　C このごろ　　D このあたり

❻ 十分＿＿＿＿＿＿したら出来上がると思う。

A およそ　　B ほぼ　　C ぜんご　　D ぐらい

❼ 日本へはもう十回＿＿＿＿＿＿行ったと思います。

A たいてい　　B ごろ　　C ほど　　D ぐらい

答案：B,A,A,B,C,D,C

提示

第1題「後に」意為「……後」，用「數日」修飾，表大概的時間。第2題「ほど」意為數量多，「達到了……」，如果用「ぐらい」的話，往往強調數量少，相當於中文的「左右」、「大致」，所以答案應為A。第3題後項的動詞是「見える」，「見える」前接名詞、形容動詞時，通常和「に」搭配使用，所以答案選A。第4、第5題「あたり」、「このごろ」均表示大致的時間。第6題表示時間不長，只需要10分鐘左右，所以答案應選D。第7題用「ほど」比較合乎句意，強調次數多，故答案選C。

翻譯

❶ 數日後答覆。
❷ 大約到了100人左右。
❸ 她看上去只有30歲上下。
❹ 估計下個月這條路的鋪設工程將會竣工。
❺ 這段時間我沒有同田中先生見過面。
❻ 等十來分鐘就能做好。
❼ 日本我已經去過十多次了。

第4章

動詞

知識講解

動詞的定義 1

表示動作、行為、狀態、變化或存在的詞叫做動詞。如：「話す」、「考える」、「進む」、「走る」、「ある」、「いる」等。它們都是以「う」段（包括う、く、す、つ、ぬ、ふ、む、る）假名結尾，具有詞尾變化的一類詞。日語動詞的詞形一般由詞幹和詞尾構成。不變化的部分叫詞幹，變化的部分叫詞尾，詞尾變化叫「活用」。

◆ 彼(かれ)は子供(こども)の送(おく)り迎(むか)えはもちろん、料理(りょうり)も洗濯(せんたく)もやる。
他接送孩子自不必説，做飯洗衣什麼家事都包辦。

◆ この文章(ぶんしょう)はまだまだ未熟(みじゅく)だが、しかし随所(ずいしょ)にきらりと光(ひか)るものがある。
這篇文章雖不很成熟，但隨處可見令人眼睛一亮的地方。

◆ このことは共通(きょうつう)の理解(りかい)を得(え)たものとする。
就這件事可認為達成了共識。

◆ 明日(あした)でやっと試験(しけん)が終(お)わる。
明天的考試終於要結束了。

◆ あのレストランは値段(ねだん)のわりに、おいしい料理(りょうり)を出(だ)す。
那個餐廳價格不算太貴，而且菜很好吃。

◆ ものは言(い)いようで角(かど)が立(た)つ。言(い)い方次第(かたしだい)で好感(こうかん)を持(も)たれることもあれば、反発(はんぱつ)を招(まね)くこともある。
話説得不好就會帶刺。由於説法的不同，有時會給人以好感，有時會引起反感。

◆ その抗議(こうぎ)集会(しゅうかい)に参加(さんか)した学生(がくせい)たちの数(かず)は三万人(さんまんにん)にのぼる。
參加集會的學生人數達到3萬人。

◆ 彼(かれ)は一人(ひとり)で三人分(さんにんぶん)の仕事(しごと)をこなす。
他一個人可以做三個人份的工作。

◆ かつてない作品(さくひん)が出来上(できあ)がった。
前所未有的作品誕生了。

◆ 彼女は保母だったので、子供を扱い慣れている。
她當過保姆，習慣照顧孩子。

動詞的種類 2

日語動詞可以從不同的角度進行分類。按照及物和不及物可以分為自動詞和他動詞；按照意義和作用的不同可以分為授受動詞、補助動詞、可能動詞和複合動詞；按照活用形式不同，可以分為五段活用動詞、一段活用動詞和特殊變格活用動詞。

自動詞和他動詞 3

日語動詞按及物和不及物可分為自動詞和他動詞兩種。

1） 自動詞

● 從動作的對象出發，側重於表示變化的結果或者用於描述動作的狀態，所表示的動作、作用不直接涉及到其他事物的詞叫做自動詞。

◆ 経験がある点で、彼のほうがこの仕事には向いている。
從經驗這一點看，他比較適合做這項工作。

◆ このままインフレが続くと社会不安が増大し、政権の基盤が危うくなることは想像にかたくない。
如果通貨膨脹再這樣持續下去，社會更加感到不安，可以想像政權的基礎就會變得危險。

◆ 朝からくもっていたが、夕方にはとうとう雨になった。
早晨就已經是陰天，傍晚終於下雨了。

◆ これという進展もないまま、和平会談は終わった。
沒有取得什麼特別的進展，和平會談就這麼結束了。

◆ このビデオの貸し出しは18歳以上の方に限ります。
這個錄影帶只限於出借給18歲以上的人。

2） 他動詞

● 從動作的主體出發，側重表示動作的過程，描述主體對對象施加的影響、產生的作用等。所表示的動作、作用直接涉及到其他事物的詞叫做他動詞。他動詞做述語時需要賓格助詞「を」才能表達一個完整的意思。

◆ 妹は母の誕生日に家中の掃除をしてケーキを焼いてあげたらしい。
在母親生日的那一天，妹妹把全家都打掃乾淨了，好像還為母親烤了一塊蛋糕。

◆ 子供に新しい自転車を買ってやったら、翌日盗まれてしまった。
給孩子買了輛新自行車，可是第二天就被盜走了。

◆ これは、自信を持ってお薦めできる商品です。
這是我們很有信心向您推薦的商品。

◆ 彼は眠るが如く、安らかに最期を迎えた。
他像睡著似的安祥地死去了。

◆ 専門家ならいざ知らず、素人ではこの機械を修理することはできないよ。
如果是專家的話也許能行，但要是門外漢，這台機器是不可能修好的。

●

起こる(自)起こす(他)	發生、引起	汚れる(自)汚す(他)	髒、弄髒
変わる(自)変える(他)	變化、改變	流れる(自)流す(他)	流、使流動
伸びる(自)伸ばす(他)	伸展、展開	開く(自) 開ける(他)	開、打開
増える(自)増やす(他)	增多、增加	聞こえる(自)聞く(他)	聽見、聽

＊日語中存在著大量的自他屬性相互對應的動詞，它們有相同的詞根，意義互相關聯。這樣的動詞被稱為相互對應的自他動詞。總體來看，「る」結尾的，自動詞居多，「す」結尾的，他動詞居多。

● 但也有部分動詞沒有相對應的自、他動詞。例如，只有自動詞，無對應他動詞的：「ある」、「栄える」、「行く」、「歩く」；只有他動詞，無對應自動詞的，如：「考える」、「読む」、「送る」、「述べる」；自動詞和他動詞同形的動詞，如：「休む」、「恐れる」、「伴う」、「結ぶ」等。

授受動詞 4

表示「給予」或「接受」的動詞叫做授受動詞。日語的授受動詞主要有以下3組。

1） くれる、くださる

① 作為一個獨立的動詞使用時，表示別人給自己或給屬於自己一方的人東西。「くださる」是「くれる」的敬語形式。

◆ これは友達が妹にくれた本です。
這是朋友給我妹妹的書。

◆ 先生は弟に日本の地図をくださいました。
老師把日本地圖給了我弟弟。

◆ 兄がこの靴を僕にくれた。
哥哥把這雙鞋給了我。

◆ 田中先生はこの小説を（私に）くださいました。
田中老師給了我這本小說。

參考 如果接受東西的人是說話人自己，則「私に」部分可以省略。

◆ それを（私に）くれない？
給我那個好嗎？

② 接在動詞連用形之後，以「～てくれる」、「～てくださる」的形式作補助動詞使用。

◆ 兄は日本語の電子辞書を買ってくれました。
哥哥給我買了日語電子字典。

◆課長がこの地図を貸してくださいました。
科長把這張地圖借給了我。

◆みんな集まってくれない？
大家集合一下吧。

◆吉田課長は日本で本を買ってくださいました。
吉田科長在日本給我買了書。

2） やる、あげる、さしあげる

① 自己一方或屬於自己一方的人給別人東西，或者別人給別人東西時用。其中，「やる」用於上對下或關係密切的同輩之間或者為動植物做某事；「あげる」用於對等關係；「さしあげる」是敬語動詞，表示自謙，用於下對上的關係。

◆娘におこづかいをやります。
給女兒零用錢。

◆母は花に水をやります。
媽媽給花澆水。

◆お好きならあなたにあげましょう。
你喜歡就給你吧。

◆恩師に記念品をさしあげます。
贈送紀念品給老師。

◆王さんは趙さんに本をあげました。
王先生給了趙先生一本書。

② 接在動詞連用形之後，以「～てやる」、「～てあげる」、「～てさしあげる」的形式，做補助動詞使用。

◆子供にプレゼントを買ってやります。
給孩子買禮物。

◆新聞を読んであげましょう。
我讀報紙給你聽吧。

◆私は先生にピアノを弾いてさしあげました。
我為老師彈奏了鋼琴。

3） もらう、いただく

① 作為一個獨立的動詞使用時，表示從別人那裡接受或得到某東西。「もらう」是謙遜語，「いただく」表示從長輩或上司處領受某物品時用。

◆この時計は田中さんからもらったのです。
這支手錶是田中先生給我的。

◆コーヒーを一杯もらえませんか。

給我一杯咖啡好嗎？

◆ けっこうな品物をいただきました。

多謝您給我這麼好的東西。

◆ では、遠慮なくいただきます。

那我就不客氣（吃、喝）了。

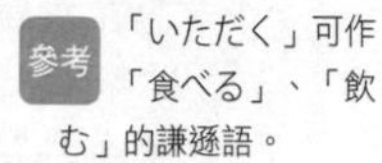

參考 「いただく」可作「食べる」、「飲む」的謙遜語。

② 接在動詞連用形之後，以「～てもらう」、「～ていただく」的形式，做補助動詞使用。「～ていただく」是「～てもらう」的謙遜表達方式。

◆ プリントが足りなかったら、隣の人に見せてもらってください。

講義不夠的話，請看旁邊人的。

◆ 私は日本の友達に日本料理を教えてもらった。

我請日本朋友教我學做日本菜。

◆ この問題を教えてもらえませんか。

可否請您告訴我這道題怎麼解。

◆ 田中先生に推薦状を書いていただきました。

我請田中老師寫了推薦函。

◆ 会議の日程は、もう山下さんから教えていただきました。

關於會議的日程，山下先生已經告訴我了。

◆ この書類にお名前を書いていただきます。そして、ここに印鑑を押していただきます。

請在這份表格上填上姓名。然後，請在這裡蓋章。

參考 「～ていただく」或「お/ご～いただく」的形式還可以用來表示有禮貌地給予指示。

◆ クレジットカードはご利用いただけません。

此處不能使用信用卡。

補助動詞 5

在句中不能獨立使用，只能附加在其他詞後，增添某種意義的詞叫做補助動詞。常用的補助動詞有：「～ている」、「～てある」、「～てくる」、「～ていく」、「～てみる」、「～てみせる」、「～ておく」、「～てしまう」等。此外，還包括表示授受關係的補助動詞，如：「～てやる」、「～てあげる」、「～てもらう」、「～ていただく」、「～てください」等。

1） 動詞連用形+ている

① 表示動作、行為正在進行。相當於中文的「……著」、「正在……」。

◆ 車が走っている。

汽車正在行駛。

◆ 王さんは事務室で電話をかけている。

小王正在辦公室打電話。

◆「どうだ？すごいだろう。」とばかりに、新しい車を見せびらかしている。

他一副要說「怎麼樣？厲害吧！」來炫耀著他的新車。

◆ うちの子は受験前なのに、遊んでばかりで、困っています。

快考試了，我家孩子光顧著玩，真讓人頭痛。

◆ 雨天にもかかわらず、学生たちはグランドでサッカーをしている。

儘管下著雨，學生們還在球場踢足球。

② 表示動作、行為的結果或狀態。

◆ 私はセーターを着ているから、寒くない。

我穿著毛衣了，所以不冷。

◆ 彼は日本のことをよく知っている。

他對日本很瞭解。

◆ 彼は社長の甥であることを笠に着て、好き放題をやっている。

他仗著自己是總經理的外甥，想幹什麼就幹什麼。

◆ 学生20人に対して、教員一人が配置されている。

每20名學生配備一名教員。

◆ 子供の時に大きな地震があった。あのときのことは、今でもまだはっきりと覚えている。

小時候發生過一次大地震，那時的情景，至今還記憶猶新。

◆ 今年になっても、日本の経済はまだ低迷を続けている。

直到今年，日本的經濟還持續處於低迷狀態。

◆ 忍耐力にかけては人より優れているという自信がある。

在忍耐力上我有自信比別人強。

◆ わが国の経済は着々と進みつつある。

我國經濟正在繼續向前發展。

◆ パソコンは日に日に普及しつつある。

電腦正日漸普及。

◆ 状況は刻々と変化しつつある。

情況正不斷變化。

◆ 死んでいる。

死了。

◆ 死につつある。

快要死了。

參考 「～つつある」是文語接續助詞，接在動詞連用形後面，表示正在進行中。常與表示狀況變化的詞語，如「刻々と」、「日に日に」、「ますます」等呼應使用。

參考 「～つつある」的特點是，將眼前正在進行中的行為狀態，漸漸地表現出來，與「ている」的含義有所不同。

2） 動詞連用形+てある

① 表示動作、變化的結果存留下來的狀態，通常無人稱主語。相當於中文的「……著」、「……得」。

◆ 窓が開けてある。
窗戶開著。

◆ 黒板に字が書いてあった。
黑板上寫著字。

◆ 机の上に本がきちんと並べてあった。
書在桌上擺得整整齊齊。

② 表示事先已經做好某件事。

◆ 必ず行くと言ってあります。
説好了一定去的。

◆ そのことはあの人にもう言ってある。
那件事已經和他説好了。

◆ 今日はお客が来るので、ビールが買ってある。
今天有客人來，所以先把啤酒買好了。

◆ この件はもう上司には話してある。
這件事已經告訴上司了。

3） 動詞連用形+てくる

● 表示動作由遠至近，從過去到現在一直持續著的狀態及變化。相當於中文的「……起來」、「……來」、「……一直」。

◆ これからだんだん暖かくなってきます。
往後天氣會漸漸變暖和。

◆ 最近、町には新しい建物が多くなってきました。
最近街上新的建築物多了起來。

◆ 言葉は生活の中から生まれてくる。
語言是從生活中產生的。

◆ バスは時間がかかるから、タクシーに乗ってきてください。
坐公車太浪費時間，所以你坐計程車來吧。

◆ この伝統は5百年も続いてきたのだ。
這種傳統是從五百年前就一直傳下來的。

◆ 雨が降ってきた。
下起雨來了。

◆ 勇気が湧いてきた。
產生了勇氣。

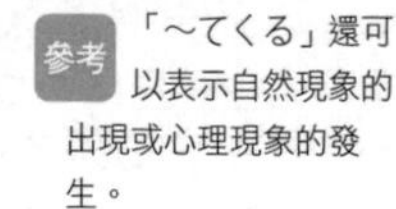

「～てくる」還可以表示自然現象的出現或心理現象的發生。

4） 動詞連用形+ていく

● 表示動作由近至遠，既可表示具體，也可表示抽象。相當於中文的「……去了」。

◆ 小鳥（ことり）はあっという間（ま）に飛（と）んでいった。
小鳥一眨眼的功夫便飛走了。

◆ 飛行機（ひこうき）がだんだん小（ちい）さくなっていった。
飛機漸漸遠去了。

◆ 小川（おがわ）の水（みず）がさらさらと流（なが）れていく。
小河的水潺潺流去。

◆ 結婚（けっこん）してからも仕事（しごと）は続（つづ）けていくつもりです。
我打算結婚以後仍繼續工作。

◆ 日本（にほん）ではさらに子供（こども）の数（かず）が減少（げんしょう）していくことが予想（よそう）される。
預計日本的兒童人口會進逐漸減少。

5） 動詞連用形+てみる

● 表示試著做某事。多用於某種經驗的嘗試。「試著做……」、「試試看」。

◆ できるかできないか一応（いちおう）やってみます。
先做一做試試。

◆ やってみなければわからないでしょう。
不實際做一下不會明白。

◆ みんなに意見（いけん）を聞（き）いてみます。
問一問大家的意見。

◆ ズボンのすそを直（なお）したので、ちょっとはいてみてください。
褲腳改過了，請你穿一下試試。

◆ パンダはまだ見（み）たことがない。一度（いちど）見（み）てみたいと思（おも）っている。
我還沒見過熊貓，想去看一看。

6） 動詞連用形+てみせる

① 表示說話者堅定的決心和覺悟。相當於中文的「一定要……」、「一定得……」。

◆ 王（おう）さんは次（つぎ）の試験（しけん）で100点（てん）を取（と）ってみせると言（い）いました。
小王說下次考試一定拿一百分。

◆ 必（かなら）ず成功（せいこう）してみせる。
我一定要成功。

◆ 合格（ごうかく）してみせる。
我一定要考及格。

② 表示做給別人看或示範。

◆ スチュワーデスが乗客に救命胴衣の付け方をやってみせる。
空姐示範給乘客看如何穿救生衣。

◆ 明日の試合には、きっと勝ってみせるぞ。
明天的比賽我一定贏給你看！

7） 動詞連用形+ておく

① 表示預先做好某件事。

◆ 授業に出る前に教科書を読んでおく。
上課前先預習好課本。

◆ 部屋を片付けておく。
預先收拾好房間。

② 放任保持某種狀態。

◆ 自転車を置きっぱなしにしておく。
讓自行車一直放著。

◆ けんかさせておく。
任其吵架不管。

③ 暫時、暫且。

◆ この辞表はいちおう預かっておこう。
這辭呈暫時由我保管吧。

◆ その花瓶をとりあえずテレビの上に置いておく。
那個花瓶先放在電視機上吧。

8） 動詞連用形+てしまう

① 表示動作的完成、結束。

◆ 今日のうちに部屋を掃除してしまいましょう。
今天之內，要徹底把房間打掃乾淨。

◆ かれは残ったビールを一気に飲んでしまいました。
他把剩下的啤酒一口氣喝光。

◆ お金を全部使ってしまいました。
錢都花光了。

② 表示不能恢復原狀或事出意外，感到遺憾的心情。

◆ お客さんの前で思わず欠伸をしてしまいました。

在客人面前不由得打了一個哈欠。

◆ 昨日傘をバスの中に忘れてしまいました。
昨天把雨傘忘在公車裡了。

◆ 私は財布を盗まれてしまいました。
我的錢包被偷了。

◆ その花瓶を壊してしまった。
打破了那個花瓶。

9） 表示授受關係的補助動詞

① 動詞連用形+てやる。

◆ 仕事にかまけて、ちっとも子供の相手をしてやらない。
只顧工作，根本不搭理孩子。

② 動詞連用形+てあげる。

◆ 私は友達に富士山の写真を送ってあげました。
我把富士山的照片寄給朋友了。

③ 動詞連用形+てさしあげる。

◆ 私たちは田中先生を空港まで送ってさしあげました。
我們送田中老師到機場。

④ 動詞連用形+てもらう。

◆ 王さんはお医者さんに診察をしてもらいました。
王先生請醫生診斷了病情。

⑤ 動詞連用形+ていただく。

◆ 私は田中先生に日本語を教えていただきました。
我請田中老師教我日語。

⑥ 動詞連用形+てくれる。

◆ 母は私の部屋を片付けてくれました。
媽媽替我收拾了房間。

⑦ 動詞連用形+てください。

◆ 山下先生は日本語を教えてくださいました。
山下老師教了我們日語。

突き＋立てる→突き立てる	禁進、插上
作り＋出す→作り出す	創造、製作
話し＋合う→話し合う	商量、談話
言い＋付ける→言い付ける	命令、吩咐
あり＋得る→あり得る	有可能

＊也有學者把接在動詞連用形後面的動詞稱為補助動詞。

可能動詞 6

表示可能意義的動詞叫做可能動詞。主要發生在五段活用動詞上，由五段活用動詞未然形加可能助動詞「れる」約音而來。如：書く→書（か+れ）る→書ける。

1） 可能動詞的構成

● 形式上可以將可能動詞的構成簡化為：「う」段詞尾假名改為相應的「え」段假名再加上「る」。

書く	寫	→	書ける	能寫
読む	讀		読める	能讀
話す	說		話せる	能說
飛ぶ	飛		飛べる	能飛
行く	去		行ける	能去
使う	用		使える	能用

2） 可能動詞的活用

● 可能動詞的活用變化相當於下一段活用動詞。

活用形／動詞	例		未然形	連用形	終止形	連體形	假定形	命令形
	詞幹	詞尾						
可能動詞	書	ける	け	け	ける	ける	けれ	×

3） 可能動詞的用法

① 在句中做述語。對象語通常用「が」表示。

◆ 僕（ぼく）は日本語（にほんご）の新聞（しんぶん）が読（よ）めます。
我能看懂日文報紙。

◆ 私（わたし）は英語（えいご）が話（はな）せます。
我會講英語。

② 可能動詞與對象語間有其他句子構造時，也可以用「を」表示動作、行為涉及的對象。

◆ こんどの新入生（しんにゅうせい）から、一年生（いちねんせい）の間（あいだ）にワープロを打（う）てるように、カリキュラムを組（く）みなおすことになりました。
決定重新安排教案，要求今年的新生在一年級期間要學會使用文字處理機。

複合動詞 7

複合動詞是由兩個以上的詞構成的動詞。後項是動詞或動詞性接尾詞，前項可以是動詞、名詞、形容詞、接頭詞或擬態詞等。其中又以動詞和動詞組合而成的複合動詞數量最多。複合動詞主要有以下幾種構成方式：

1） 動詞連用形+動詞

話し合う	思い出す	食べ過ぎる	出会う	言い換える	あり得る

2） 名詞+動詞

気づく	背負う	名づける	腹立つ	色取る	鞭打つ

3） 形容詞+動詞

若返る	長引く	高飛ぶ	近寄る	遠ざける	近づく

4） 擬態詞+動詞

いらだつ	にこにこする	粘りつく
ちくちくする	そよ吹く	ふらふらする

5） 接頭詞+動詞

打ち解ける	ぶん殴る	取りのぼせる	ぶっ殺す	さ迷う	突き詰める

6） 各類詞+動詞性接尾詞

ほしがる	いやがる	青ばむ	芽ぐむ
深まる	形式ばる	春めく	才子ぶる

動詞的活用形式 8

根據各自的活用特點，動詞的活用形式通常分為以下3類。

1） 五段活用動詞

● 動詞的詞尾變化有規律地分佈在五十音圖的「ア、イ、ウ、エ、オ」五個段上，因此叫做五段活用動詞。五段活用動詞的詞尾只有一個，且全部都在「う」段假名上。

会う	見面	書く	寫	話す	說	立つ	站
死ぬ	死	学ぶ	学習	読む	讀	作る	製作

2） 一段活用動詞

● 以最後兩個假名為詞尾的動詞叫做一段活用動詞。詞尾頭一個音均分佈在「五十音圖」的「い段」或「え段」假名上，詞尾最後一個假名是「る」。一段活用動詞通常又分為上一段活用動詞和下一段活用動詞兩種。頭一個詞尾的音在「い段」假名上的叫做「上一段活用動詞」。如：「用いる（用）」、「生きる（活、生存）」、「恥じる（害羞）」等。在「え段」假名上的叫做「下一段活用動詞」。如：「考える（考慮）」、「続ける（繼續）」、「話せる（能説）」等。

入（はい）る	進入	帰る	回来、返回	走る	跑
知る	知道	蹴る	踢、蹬	焦る	焦急

＊由兩個假名構成的一段活用動詞，其第一個假名既是詞幹，同時也是詞尾的一部分。如：「見る」、「出る」。另外，下面的一組詞看似是一段活用動詞，但實際上是不規則的動詞，按五段活用動詞進行變化。

3） 特殊變格活用動詞。

● 特殊變格活用動詞有兩個。一個是サ變活用動詞「する」，另一個是カ變活用動詞「來る」。サ變活用動詞「する」還可以接在漢語名詞、外來語名詞後面構成サ變活用動詞。

電話	電話（名詞）	＋する→	電話する	→	打電話（サ變動詞）
サイン	簽名（名詞）		サインする		簽名（サ變動詞）

● 此外，像「感ずる」、「講ずる」這樣以「ずる」結尾的動詞也屬於サ變活用動詞。

動詞的活用 9

動詞有詞尾變化，動詞的詞尾變化在日語中稱為「動詞的活用」。動詞的活用一共有七種，即：未然形、連用形、終止形、連體形、假定形、命令形、推量形。以下按「五段動詞活用」、「一段動詞活用」、「特殊變格動詞活用」分別進行講解。

1） 五段動詞的活用

例詞	詞幹	未然形	連用形	終止形	連體形	假定形	命令形	推量形
書く	か	か	き	く	く	け	け	こ
読む	よ	ま	み	む	む	め	め	も
作る	つく	ら	り	る	る	れ	れ	ろ
会う	あ	わ	い	う	う	え	え	お

会う	→	会わない	言う	→	言わない

＊以「う」結尾的五段動詞，如上例的「會う」，它的未然形不是「あ」，而是「わ」。

2） 一段動詞的活用

例詞	詞幹	未然形	連用形	終止形	連體形	假定形	命令形	推量形
起きる	お	き	き	きる	きる	きれ	きよ/きろ	き
落ちる	お	ち	ち	ちる	ちる	ちれ	ちよ/ちろ	ち
考える	かんが	え	え	える	える	えれ	えよ/えろ	え
受ける	う	け	け	ける	ける	けれ	けよ/けろ	け
見る	み	み	み	みる	みる	みれ	みよ/みろ	み

3） 特殊變格動詞的活用

例詞	詞幹	未然形	連用形	終止形	連體形	假定形	命令形	推量形
来る	く	こ	き	くる	くる	くれ	こい	こ
する	す	し、せ	し	する	する	すれ	しろ/せよ	し

動詞各活用形用法 10

1） 動詞未然形

● 動詞未然形主要連接否定助動詞「ない」、「ぬ（ん）」，表示否定。其變換方法是：

① 五段活用動詞：先將該動詞的詞尾變為所在行的「あ」段假名，再連接否定助動詞「ない」或「ぬ（ん）」。

書く	→	書か	＋ない(ぬ)	→	書かない
読む		読ま			読まない

② 一段活用動詞：先將該動詞的詞尾「る」去掉。再連接否定助動詞「ない」或「ぬ（ん）」。

考える	→	考え	＋ない(ぬ)	→	考えない
用いる		用い			用いない

③ カ變活用動詞「來る」：先將「來る」變為「こ」，再連接否定助動詞「ない」。

来る	→	こ	＋ない	→	来ない

④ サ變活用動詞「する」：先將「する」變為「し」或「せ」，再連接否定助動詞「ない」或「ぬ」。

する	→	し（せ）	＋ない(ぬ)	→	しない(せぬ)
運転する		運転し			運転しない

用例

◆ 行かないと言ったら絶対に行かない。私の気持ちは変わらない。（行く　、変わる）
說不去就不去，我的決定是不會變的。

◆ 過ぎたことは、いまさら悔やんでも、どうにもならない。（なる）
過去了的事，現在再來後悔，也沒用。

◆ 来年は入試だというのに、太郎ったら、全然勉強しようとしない。（する）
明年就升學考試了，可是太郎這傢伙根本就不想唸書。

◆ 会社の宴会など別に行きたくはないが、断る適当な理由も見つからないので、しかたなく行くことにした。（みつかる）
並不特別想去參加公司的宴會，但是又找不到適當的理由拒絕，沒辦法只好去了。

◆ 赤ちゃんは動かないものには興味を示さない。（動く、示す）
嬰兒對不動的東西不感興趣。

◆ そんなに臆病では、どこにも行けないよ。（行ける）
要是那麼膽小的話，哪裡也去不成了。

◆ 中国での生活が長かった西田さんは別として、うちの会社には他に中国語の出来る人はいない。（いる）
除了曾經長期在中國生活的西田先生外，我們公司沒有其他人會中文。

◆ 別に変わったことは何もない。（ある）
沒有什麼特殊的事。

參考 動詞「ある」沒有未然形。它的否定形式是「ない」。

◆ 外国へは一回も行ったことがない。（ある）
一次也沒有去過外國。

2）　動詞連用形

● 動詞連用形主要連接敬體助動詞「ます」，構成尊敬說法的敬體句。其變換方法是：

① 五段活用動詞：先將「う」段假名詞尾變為「い」段假名詞尾，再連接敬體助動詞「ます」。

読む	→	読み	＋ます	→	読みます
書く		書き			書きます

② 一段活用動詞：先去掉最後一個詞尾「る」，再連接敬體助動詞「ます」。

起きる	→	起き	＋ます	→	起きます
食べる		食べ			食べます

③ カ變活用動詞：先將「来る」變為「き」，再連接敬體助動詞「ます」。

来る	→	き	＋ます	→	来ます

④ サ變活用動詞：先將「する」變為「し」，再連接敬體助動詞「ます」。

する	→	し	＋ます	→	します
運転する		運転し			運転します

用例

◆ あの人は独身どころか、子供が3人もいますよ。（いる）
那個人哪裡還單身，都有3個孩子啦。

◆ この奇抜なファッションは新しいものを好む若者たちによって直ちに受け入れられます。（受け入れられる）
這種奇特的時裝立即為喜好新事物的年輕人所接受。

◆ サービス料は別にいただきます。（いただく）
服務費另收。

◆ お荷物をお持ちします。（お持ちする）
我來拿行李。

◆ この点でみんなの意見が分かれました。（分かれる）
在這一點上，大家的意見產生了分歧。

參考 敬體助動詞「ます」的過去式是「ました」，具體用法請參見第17章之12。

3） 動詞連用形的用法

① 動詞連用形直接構成名詞。

帰る	→	帰り	返回、回来
始める		始め	開始
終わる	→	終わり	結束
向く		向き	朝、向

② 動詞連用形後接動詞、形容詞或名詞等構成複合詞。

読む	＋	やすい	→	読みやすい	容易看
出る		かける		出かける	出門
できる		あがる		できあがる	完成
蒸す		暑い		蒸し暑い	悶熱
使う		道		使い道	使用目的、用途

③ 動詞連用形後接「ます」、「た」、「たい」、「たがる」、「そうだ」等助動詞以及「ながら」、「たり」、「ても」等接續助詞。

● 後接敬體助動詞「ます」，表示禮貌、敬意。

◆ 今後とも変わらぬご厚誼のほど、よろしくお願い申し上げます。

今後還望得到您一如既往的厚愛，請多關照。

◆ お待ちしております。

敬候光臨。

● 後接過去助動詞「た」表示過去、完了。

◆ 将来の計画について熱っぽく語っていた。

興致勃勃地談論著未來的計畫。

◆ アンケートの結果を、年齢別に集計した。

把問卷調查的結果按年齡匯總。

● 後接願望助動詞「たい」、「たがる」表示希望、願望。

◆ 自分に向いている仕事をやりたい。

想做適合自己的工作。

◆ 彼も旅行に行きたがっています。

他也想去旅行。

● 後接接續助詞「ながら」表示同時進行某項動作。

◆ 私は音楽を聞きながら宿題をやります。

我一邊聽音樂一邊做作業。

◆ 運転しながら携帯電話で話をするのは危ないよ。

邊開車邊打電話是很危險的。

● 後接樣態助動詞「そうだ」表示樣態。

◆ 雪でも降りそうだ。

好像還要下雪。

◆ 階段から落ちそうになった。ああ、危なかった。

啊，差點從樓梯上掉下來。真危險呀。

● 後接接續助詞「たり」表示動作的並列或同時進行。

◆ あの人は泣いたり笑ったりしていました。

那人又哭又笑。

◆ こちらは雨が降ったりやんだりの天気です。

這裡的天氣忽晴忽雨的。

● 後接接續助詞「ても」表示前提條件。

◆ 雨が降っても行きます。

即使下雨，也要去。

◆ 反対する者が一人や二人いても、私はこの計画を実行する。
即使有一兩個人反對，我也要實行這個計畫。

④ 以動詞連用形形式表示中頓。

◆ 兄は日本語を勉強し、弟は英語を勉強する。
哥哥學日語，弟弟學英語。

◆ 怪我も軽く済み、大事に至らずに済んだのは何よりでした。
只不過受了點輕傷，沒釀成大禍真是萬幸。

4） 動詞終止形

● 動詞終止形的詞形與基本形相同。該活用形主要用於結句或後接部分助動詞、助詞和某些慣用句型。

① 表示經常、反覆及規律性的行為、動作。

◆ 春になると、桜の花が咲く。
一到春天，櫻花就開了。

◆ 最近の大学生の中には英語どころか、中国語の文章さえうまく書けないものがいる。
最近，在大學生中，有的人別說英語，連中文的文章也寫不好。

◆ かれは気前がいいから、5万や10万なら理由を聞かずに貸してくれる。
他很慷慨，借個5萬10萬的二話不說就會借給你。

◆ ろくに予習しなくたって、あの授業は先生がやさしいから何とかなる。
即使不好好預習也能過得去，因為教那門課的老師很容易對付。

② 動詞終止形後接「そうだ」、「らしい」等助動詞以及「とのことだ」、「ということだ」等慣用型。

◆ 新聞報道によると、肝臓癌という病気は治るそうだ。
據報紙上報導，說肝癌能治好。

◆ 赤ちゃんは熱があるらしい。
嬰兒好像在發燒。

◆ 肉が値上がりしているそうだ。
聽說肉價上漲了。

◆ 王君の就 職 先が決まったとのことだ。
聽說王先生的工作定下來了。

◆ 近々内閣改造が行われるということだ。
據說馬上就開始改革內閣了。

◆何でもお金で解決できるとは限らない。

不是什麼事情都可以用錢來解決的。

③ 動詞終止形後接「から」、「と」、「が」、「けれども」等接續助詞。

◆私は酒に弱いです。ちょっと飲むと、酔ってしまいます。

我不善喝酒，一喝就醉。

◆午後雨が降るから、傘を持って行ったほうがいいですよ。

下午會下雨，最好帶把傘去。

◆君はそういうけれども、本当はそうではなさそうだ。

你雖然那麼說，但實際並非如此。

◆最近、日本に関する書籍は多くあるが、どれも大同小異で、「当たらずと言えども遠からず」という類のものだ。

最近關於日本的書有許多。不過都是些大同小異、「八九不離十」的。

④ 動詞終止形後接並列助詞「し」表示並列。

◆部屋にはテレビも付いているし、クーラーも付いている。

房間裡有電視，也有空調。

◆育児もあるし、炊事や洗濯もあるし、家の中の仕事だけでもたくさんある。

又要看孩子，又要做飯洗衣，光是家裡的事就不少。

⑤ 以「動詞終止形+だろう或でしょう」的形式表示推量。

◆明日は雨が降るだろう。

明天會下雨吧。

◆予定通りに出来上がるでしょうか。

會按時完成吧？

5） 動詞連體形

● 動詞連體形主要用來修飾體言或體言性詞語，在句中做體言修飾，也可後接部分助動詞、助詞以及慣用型等。

① 動詞連體形修飾體言做體言修飾。

◆言うことはやさしいが、行うことは難しい。

說起來容易，做起來難。

◆音楽を聴きながら勉強や仕事をする人のことを「ながら族」という。

把邊聽音樂邊學習、工作的人稱為「一心兩用的人」。

- 山登り（やまのぼり）が趣味（しゅみ）だといっても、そんなに経験（けいけん）があるわけではありません。
  雖説登山是我的愛好，但並非那麼有經驗。
- 野（の）となく山（やま）となく、どこもかしこも春（はる）の気配（けはい）が感（かん）じられるこの頃（ころ）だ。
  這時期，無論在山川還是在田野，到處都可以感受到春天的氣息。
- 僕（ぼく）が日本語（にほんご）を教（おし）えてあげるかわりに、君（きみ）が中国語（ちゅうごくご）を教（おし）えてくれないか。
  我教你日語，你教我中文怎麼樣？

② 動詞連體形後接「ので」、「のに」、「くせに」等接續助詞，表示「所以……」、「可是……」、「卻……」。

- 足（あし）が痛（いた）むので早（はや）く歩（ある）けない。
  腿疼，走不快。
- 知（し）っているくせに、黙（だま）っている。
  儘管知道，卻沉默不語。
- できるくせに、できないふりをしている。
  儘管會，卻假裝不會。
- おにいさんはよく勉強（べんきょう）するのに、弟（おとうと）は授業（じゅぎょう）をよくサボる。
  哥哥很用功學習，弟弟卻經常蹺課。
- 宿題（しゅくだい）がたくさんあるので、今日（きょう）は遊（あそ）ぶことができません。
  作業很多，所以今天不能玩了。

③ 動詞連體形後接比況助動詞「ようだ」表示似乎、好像。

- 分（わ）かるようで、実（じつ）は分（わ）からないんです。
  似乎明白，實際上不明白。
- 学部（がくぶ）ではあした会議（かいぎ）があるようだ。
  明天系上好像要開會。

6） 動詞假定形

● 動詞假定形後接接續助詞「ば」，構成假定式，表示假定或並列。其變換方法是：

① 五段活用動詞：先將「う」段假名詞尾變為「え」段假名詞尾，再連接接續助詞「ば」，構成假定式。

読む	→	読め	＋ば	→	読めば
書く		書け			書けば

② 一段活用動詞：先將最後一個假名「る」變為「れ」，再連接接續助詞「ば」，構成假定式。

起きる	→	起きれ	＋ば	→	起きれば
考える		考えれ			考えれば

③ カ變活用動詞：先將「くる」變為「くれ」，再連接接續助詞「ば」，構成假定式。

来る	→	くれ	＋ば	→	来れば

④ サ變活用動詞：先將「する」變為「すれ」，再連接接續助詞「ば」，構成假定式。

する	→	すれ	＋ば	→	すれば
運転する		運転すれ			運転すれば

● 動詞假定形的主要用法有：

① 表示假定。

◆ 田舎（いなか）に住（す）めば、空気（くうき）も食（た）べ物（もの）も新鮮（しんせん）です。

如果住在鄉下，空氣、食品都會很新鮮。

◆ 五時（ごじ）に起（お）きれば汽車（きしゃ）に間（ま）に合（あ）います。

五點起床的話，趕得上火車。

② 表示並列。

◆ 姉（あね）は読書家（どくしょか）で、小説（しょうせつ）も読（よ）めば漫画（まんが）も読（よ）む。

姐姐是個讀書迷，既讀小說也看漫畫。

◆ 資料室（しりょうしつ）には英語（えいご）の本（ほん）もあれば、日本語（にほんご）の本（ほん）もあります。

資料室裡既有英文書，也有日文書。

7） 動詞命令形

● 動詞命令形主要用於上對下的命令，或在行文中起著強調或引起對方注意的作用。以動詞命令形做述語的句子一般不出現主語（主語大多為聽話人）。其變換方法是：

① 五段活用動詞：將「う」段假名詞尾變為「え」段假名詞尾。

進む	→	進め	止まる	→	止まれ

② 一段活用動詞：將最末一個假名「る」變為「ろ」或「よ」。

起きる	→	起きろ(起きよ)	考える	→	考えろ(考えよ)

③ サ變活用動詞：將「する」變為「せよ」或「しろ」。

する	→	しろ(せよ)	練習する	→	練習しろ(練習せよ)

④ カ變活用動詞：將「くる」變為「こい」。

来る（くる）	→	来い（こい）

用例

◆ 日本語で話せ。(にほんご・はな)
用日語說。

◆ 止れ。(とま)
停！

◆ 早くしろ。(はや)
快做吧。

◆ 君が悪いんだ。あやまれ！(きみ・わる)
是你不對，快道歉！

8） 動詞推量形

● 動詞推量形主要用於表示說話人的意志、祈使、勸誘和推測等。其變換方法是：

① 五段活用動詞：先將「う」段假名變為「お」段假名，然後接推量助動詞「う」，構成動詞推量式。

読む	→	読も	＋う	→	読もう
書く		書こ			書こう

② 一段活用動詞：先去掉最後一個假名「る」，再連接「よう」構成動詞推量式。

起きる	→	起き	＋よう	→	起きよう
考える		考え			考えよう

③ カ變活用動詞：先將「くる」變成「こ」，再連接「よう」構成動詞推量式。

来る	→	こ	＋よう	→	来よう

④ サ變活用動詞：先將「する」變成「し」，再連接「よう」構成動詞推量式。

する	→	し	＋よう	→	しよう
参加する		参加し			参加しよう

用例

◆ 私もそうしよう。(わたし)
我也要這麼做。

◆ 先にお風呂に入ってから、食事にしよう。
先洗澡，然後再吃飯吧。

◆ 一緒に帰ろうよ。
我們一起回家吧。

◆ 3月末になると、桜の花が咲こう。
到了3月末，櫻花就會開吧。

◆ たぶん山沿いの地域は雪になろう。
臨山地區也許會下雪吧。

動詞的音變 11

五段活用動詞後接接續助詞「て」、過去助動詞「た」時，只有サ行，如：「話す」、「回す」等五段活用動詞不發生音變之外，其餘的五段活用動詞都要發生音變。音變共有以下3種：

1） イ音變

● か、が兩行五段活用動詞在後接接續助詞「て」、過去助動詞「た」時，其連用形要變為「い」。「が」行動詞後的「て」、「た」要變成濁音「で」、「だ」。

か行	書き（て、た）	→	書い（て、た）
が行	泳ぎ（て、た）		泳い（で、だ）

＊か行中的「行く」的音變形分別是「行った」、「行って」。即發生促音變，而不是「イ音變」。

2） 撥音變

な、ま、ば三行五段活用動詞在後接接續助詞「て」、過去助動詞「た」時，其連用形要變為撥音「ん」，同時，「た」、「て」要變成濁音「だ」、「で」。

な行	死に（て、た）	→	死ん（で、だ）
ま行	読み（て、た）		読ん（で、だ）
ば行	遊び（て、た）		遊ん（で、だ）

3） 促音變

● た、ら、わ三行的五段活用動詞在後接接續助詞「て」、過去助動詞「た」時，其連用形要變成促音「っ」。

た行	立ち（て、た）	→	立っ（て、た）
ら行	取り（て、た）		取っ（て、た）
わ行	買い（て、た）		買っ（て、た）

用例

- A：彼女に会って驚いたんじゃない？（会う、驚く）
  你見到她沒嚇一跳吧。
  B：驚いたのなんのって。すっかり変わっちゃってるんだもの。始めは全然違う人かと思ったよ。（驚く、変わる、思う）
  嚇了我一大跳。她簡直是變了一個人。一開始我還以為是另一個人呢。
- 晴れた日の散歩は楽しい。しかし、雨に濡れながら歩くのもまた風情が あっていいものだ。（ある）
  晴天散步很愜意，但是，雨中散步也還是別有一番情趣的。
- 私は、そのとき確信を持って、こう言ったんです。（持つ、言う）
  那時我是很有把握這樣説的。
- そんなろくでもない本ばかり読んでいるから、成績が下がるのよ。（読む）
  總是看那些無聊的書，所以成績才會下降的嘛。
- 今さっき、授業が終わったばかりです。（終わる）
  剛剛下課。

「す」為詞尾的動詞 12

1） 以「す」為詞尾的動詞基本為他動詞

- 秩序を乱す。
  擾亂次序。
- ボタンを外す。
  解開鈕釦。
- 声明を出す。
  發表聲明。
- チャンスを逃す。
  錯失機會。
- 病人を残して出かける。
  拋下病人外出。

2） 以「す」為詞尾的他動詞都有其相應的自動詞

鳴らす↔鳴る	揺らす↔揺れる	表わす↔表われる	降ろす↔降りる
消す↔消える	動かす↔動く	落とす↔落ちる	散らかす↔散らかる
慣らす↔慣れる	悩ます↔悩む	輝かす↔輝く	驚かす↔驚く

3） 以「す」為詞尾的他動詞普遍具有使役的作用

悩ます	使煩惱	溶かす	使溶解	転ばす	使滾轉	済ます	使完成
食わす	讓對方吃	合わす	使合一	飽かす	使厭膩	滑らす	使滑動

＊「やらす(やらせる)」、「驚かす(驚かせる)」這些動詞也具有使役的作用或意義。

◆ 後(うし)ろからわっと友達(ともだち)を驚(おどろ)かした。
在朋友背後大喊一聲讓朋友嚇一跳。

◆ あの仕事(しごと)は私(わたし)にやらせてもらえませんか。
那項工作能否讓我來做？

動詞的敬體與簡體 13

動詞的敬體又稱為「ます」體，「ます」有「ません」、「ませんでした」、「ましょう」等幾種形式。動詞的簡體又稱為「常體」，其表達形式一般用動詞的基本形（動詞原形）以及部分動詞經活用變化之後，後續了某些助動詞的基本形表示。
以下以五段活用動詞「書く」、一段活用動詞「食べる」、カ行變格活用動詞「来る」、サ行變格活用動詞「する」為例，其敬體與簡體變化形式對照如下表：

● 動詞敬體與簡體變化形式對照表

簡體（基本形）	簡體（後續助動詞基本形）	敬體（後續「ます」體）
書く		書きます
	書かない	書きません
	書いた	書きました
	書こう	書きましょう
	書かなかった	書きませんでした
食べる		食べます
	食べない	食べません
	食べた	食べました
	食べよう	食べましょう
	食べなかった	食べませんでした

簡體（基本形）	簡體（後續助動詞基本形）	敬體（後續「ます」體）
来る		来ます
	来ない	来ません
	来た	来ました
	来よう	来ましょう
	来なかった	来ませんでした
する		します
	しない	しません
	した	しました
	しよう	しましょう
	しなかった	しませんでした

1）「です體、ます體」

●與「だ、である」結句的簡體句相對。「です、ます體」是日常生活中最常用的敬體，多用於公眾場合、社交場合以及口語體書信、兒童讀物等。

◆最近、電車の中で物を食べている人をしばしば目にします。
最近經常會看到在電車裡吃東西的人。

◆東京ではめったにホタルを見ることができなくなりました。
在東京很少能看到螢火蟲了。

◆また後ほど、こちらからお電話させていただきます。
過一會我再打電話過來吧。

◆絶滅の危機に瀕している動物を早急に保護しなければなりません。
必須採取緊急措施保護瀕臨滅絕危機的動物。

◆昨日田中さんから電話がかかってきませんでした。
昨天田中先生沒有打電話來。

◆ここは公共の場なんですから、タバコは遠慮してもらえませんか。
這裡是公共場所，請您別抽煙好嗎？

◆A:今日の説明会はもう終わりましたか。
今天的説明會已經結束了嗎？

B:はい、3時に終了いたしました。よろしければ、来週の火曜日にも説明会がございますが。
是的，3點結束的。如果您方便，下星期二還有説明會。

◆ この喜ばしき日にあたり、大久保先生を団長とする訪中 団の皆様を当市にお迎えいたしますことは、誠に意義深いことであります。

在這喜慶的日子裡，以大久保先生為團長的訪華團來我市進行友好訪問，這次訪問有著極其深遠的意義。

参考 「であります體」多用於演講，課堂講授之類的場合。

2） 「だ體、である體」

● 與「です、ます體」相對。多用於對晚輩、好友、或家人使用。

◆ いくら何でも時給500円は安すぎる。

不管怎麼說1小時500日元太低了。

◆ 表にして比べてみると、両者は実際にはあまり違いがないということが分かる。

翻到正面比較一下，二者實際上沒有什麼差別。

◆ 彼とはほんの小さな出来事で別れてしまった。

就因為一點雞毛蒜皮的小事和他分手了。

◆ 新聞に広告を出してみたら、予想以上の反響があった。

在報紙上登出廣告，沒想到反響遠遠超出預料。

◆ 病気になってみてはじめて、健康の大切さが身にしみた。

得了病才切身感到健康的重要。

◆ 買い物のついでに郵便局によってもらえるかな。

你去買東西時，能順便去趟郵局嗎？

◆ A：なんか食べるものある？

有什麼吃的嗎？

B：冷蔵庫見てみたら？なんか入ってると思うけど。

你打開冰箱看看，我想裡面應該有吧。

◆ 学校から帰ったところだ。

我剛從學校回來。

◆ 自分で車を運転して行った方が楽である。

自己開車去比較輕鬆。

参考 「である體」常用于報刊、文章、法律條令等。

◆ 生け花は時代に応じて、さまざまな様式を生んできた。そして、今日なお生き続けているものに、立華、生花、投げ入れ、盛花がある。流派は2,000～3,000あるが、最大のものは池坊で、弟子の数100万人といわれる。これに次ぐのは小原流、草月流などである。

插花藝術按照時代的需要，產生了各種樣式。至今仍保持生命力的，有立花、生花、自由式插花、盛花等。其流派有2,000～3,000種，最大的流派要數池坊。據説弟子有100萬人。其次是小原流、草月流等。

動詞的時 14

現代日語中的「時」主要靠動詞的形態來區別。

1） 現在式

① 表示習慣性經常發生的動作、行為。

◆ あの人はよくテレビに出る。
他經常上電視。

◆ 最近はたまにしか外出しない。
最近只是偶爾外出。

◆ 彼女は買い物に行くとこれがいいとか、あれがいいとか言って、決まるまでに本当に時間がかかる。
她一去買東西，就總是説這個也好那個也好的，要花費很多時間才能決定下來。

◆ 結婚相手を決める場合は、何よりもお互いの相性が大事である。とはいいながら、いざとなると、相手の家柄や経済力、容姿などのことが気になる。
決定結婚對象時，互相合得來是最重要的。雖然這麼説，一旦要正式決定時還是很介意對方的家庭、經濟能力、相貌等。

◆ 正月になると、必ず彼女から年賀状が来る。
每到新年，她總是寄來賀年卡。

② 表示客觀事實或普遍存在。

◆ 太陽は東から昇る。
太陽從東方升起。

◆ 二駅ごとに、トイレがある。
每隔兩站就有一個廁所。

◆ ここをまっすぐ行くと、右手に大きな建物が見える。
往這邊一直走，會看見右邊有棟大樓。

◆ うれしいにつけ悲しいにつけ、酒は心の友となる。
喜也好，悲也好，酒都是你最知心的朋友。

◆ 相手を誉める一方、裏に回って悪口を言う。
當面稱讚，背地裡卻講對方的壞話。

③ 表示狀態的持續。

◆ 日本語を習い始めて3年になります。
我已經學了三年日語。

◆ 学校を出てから2年たちます。
我畢業兩年了。

◆ この写真を見るたびに、楽しかった子供のころを思い出す。
每當看到這張照片，就會想起愉快的孩提時代。

◆ 地震に次いで、津波が起こる。
地震之後，緊接著發生海嘯。

◆ 気候や風土に応じた食文化が育つ。
一方的水土和氣候形成一方的飲食文化。

④ 以「～がする」的形式表示現在。

◆ 遠くから鐘の音がする。
遠處傳來鐘聲。

◆ 何か腐ったにおいがする。
有一股腐臭的味道。

◆ このお菓子は変な味がする。
這個點心有股怪味。

◆ なんだか変な味がするよ。
好像有怪味。

2） 未來式

① 各類動詞本身的形態都可以表示未來式。

◆ 田中さんは刺身を食べる。
田中要吃生魚片。

◆ 姉は部長と結婚する。
姐姐要和部長結婚。

◆ 田中は花子といっしょに沖縄へ行く。
田中要跟花子一起去沖繩。

② 搭配時間名詞等也可以表示將來。

◆ 来週、学校の文化祭がある。
下周有學校的文化節。

◆ これから社長とお酒を飲む。
待會兒要和社長喝酒。

◆ 三十歳までにきっと出世する。
30歲前一定要出人頭地。

③ 動詞的肯定形式或否定形式後接「〜はずだ」、「〜つもりだ」、「〜と思う」、「〜だろう」等，也可表示將來。

- 田中さんが今週は東京に行くと言っていたから、明日の会議には来ないはずだよ。
  田中説這周去東京，所以明天的會議他是不會來了。
- 来年はヨーロッパへ旅行するつもりだ。
  明年我打算去歐洲旅行。
- この冬、降り積もった雪を見れば、来年も豊作に違いないと思う。
  看看今年的積雪，覺得明年也准是個豐收年。
- このコンテスト、はたして誰が優勝するだろうか。
  在這次比賽中，到底誰能獲勝啊？

3） 過去式

① 用過去助動詞「た」表示動作的過去、完了。常與「昨日」、「先週」、「〜前に」、「去年」等時間名詞一起用。

- 昨日の会合は、雨が降ったからだろうか、人が非常に少なかった。
  昨天的集會，是不是因為下雨的緣故，人特別少。
- 先月まで選手たちは毎朝トレーニングをした。
  到上月為止運動員們每天早晨都練習。
- 昨夜日本の石川県で地震があった。
  昨晚日本石川縣發生了地震。
- 僕の体すれすれのところを車が走り去った。
  汽車擦著我的身邊駛過。
- この夏は家族ぐるみでハワイに行きました。
  今年夏天，全家一起去了夏威夷。
- 「父危篤すぐ帰れ」という知らせが来たものだから、あわてて新幹線に飛び乗って帰ってきた。
  因為收到「父病危速歸」的資訊，所以我急忙跳上新幹線回來了。
- 電気屋さんで新製品のカタログを山ほどくれたが、どれもろくろく見ないで捨ててしまった。
  電器商店給了我很多新產品的型錄介紹。我哪個都沒好好看就扔了。
- 合格点ぎりぎりの281点だったが、なんとか一級に合格できた。
  281分剛過分數線，勉強達到了一級。

② 表示動作行為的結果、狀態或過去某一段時間內經常發生的動作、行為。

◆ ここに住むようになってから、町はずいぶん変わった。
自從搬到這裡來住以後，城市發生了巨大的變化。

◆ 田中さんが大阪へ行ったので、花子さんは勉強をさぼった。
因為田中先生去了大阪，花子小姐在學習上偷懶了。

◆ せっかく海に来たというのに、彼女はろくに泳ぎもしないで肌を焼いてばかりいた。
難得到海邊來，可是她卻不怎麼游泳，光在那裡曬太陽。

◆ 最近、老人世帯向けの住宅が多くたてられるようになった。
最近，以老年家庭為對象的住宅多了起來。

◆ あなたの一言は、何にもまして私を勇気づけてくれました。
你的一句話，比什麼都更能給我增添勇氣。

◆ 彼は若い頃はまわりの人とよくけんかをしたものだが、今はすっかり穏やかになった。
他年輕時經常跟周圍的人打架，可現在已經完全變得溫和了。

◆ かれはよく私に金持ちの弟さんの自慢話をした。
他時常跟我炫耀他那有錢的弟弟。

4） 現在進行式。肯定形式用「～ている（～ています）」、否定形式用「～ていない（～ていません）」表示

① 表示此時此刻正在進行的動作或持續的狀態。

◆ 彼女は食事も取らずに、けが人の看病をしている。
她照料著受傷的病人，飯都沒吃。

◆ この会社では、子供向けのテレビ番組を作っている。
這家公司在製作適合兒童觀看的電視節目。

◆ 私は知らない人に会うのが嫌いなので、セールスの仕事には向いていません。
我不喜歡和陌生人見面，所以不適合做推銷工作。

◆ ショートカットの髪がいっそう彼女を活発に見せている。
短髮使她看起來更活潑。

◆ 彼女が着ている和服は高価なものです。
她穿的和服是非常昂貴的。

② 表示重複或反覆的動作。

◆ 私たちは毎日同じものを食べている。
我們每天吃同樣的東西。

◆ かれは毎日2時間はチェスの本を読んでいる。
他每天花兩個小時看西洋棋的書籍。

③ 表示某動作、行為一直持續到現在。

◆ 私たち二人は4年間付き合っている。
我們倆交往已經4年了。

◆ 朝から雨がずっと降っている。
從早上開始就一直下雨。

◆ 私は彼と何年も文通している。
我和他通信已經好幾年了。

④ 表示動作的完成。

◆ その詩はすでに暗記している。
那首詩我已經背下來了。

◆ 多分田中さんはもう向こうに着いているだろう。
田中先生可能已經到那裡了。

◆ 彼女は自著をすでに40冊も出版している。
她已經出版了40本自己的著作。

⑤ 用否定式表示動作沒有進行或尚未完成。

◆ 左側運転にはまだ慣れていない。
還不適應左側駕駛。

◆ 申し上げにくいんですが、まだ私の本を返していただいていません。
不好意思，您還沒有還我書呢。

5） 過去進行式。肯定形式用「～ていた（～ていました）」、否定形式用「～ていなかった（～ていませんでした）」表示

① 表示過去某一個時刻或某一段時間正在進行的動作或狀態。

◆ 彼が何のことを話していたか分かりますか。
你明白他剛才說什麼嗎？

◆ かれらは当時今のイラクに住んでいた。
他們當時就住在現今的伊拉克。

② 表示過去的狀態、動作的完了。

◆ 先生が来ていなかったので、みな帰った。
當時老師沒有來，所以大家都回家了。

◆ わが故郷は少しも変わっていなかった。

那時我的家鄉一點都沒有改變。

動詞的體 15

「體」即表示某事處於何種狀態，或者某動作、作用處於什麼樣的進程。日語動詞所反映的體可分為「預備體」、「即將體」、「起始體」、「持續體」、「完成體」、「存續體」等，其中，「持續體」、「存續體」、「完成體」是最基本、最常用的體。

1） 持續體

● 表示動作、行為在某一個時間內持續進行或正在進行、反覆進行。常用的表達形式有「動詞連用形+ている」、「動詞連用形+つつある」、「動詞連用形+てくる」、「動詞連用形+ていく」等。

① 動詞連用形+ている。

◆ このテーマはもう三年も研究しているが。まだ結果が出ない。

這個題目我已經研究了三年多了，可是還沒有結果。

◆ 今、週に一回、エアロビクスのクラスに通っている。

現在我每週去上一次有氧體操班。

② 動詞連用形+ていく。

◆ 日本語の単語を覚えようとしているが、覚えたはしから忘れていく。

我想記日語單字，可是記住這個又忘了那邊。

◆ 毎日交通事故で多くの人が死んでいく。

每天都有許多人在交通事故中死去。

③ 動詞連用形+てくる。

◆ 17歳のときからずっとこの店で働いてきた。

從17歲的時候開始，我就一直在這家店裡工作。

◆ 今まで一生懸命がんばってきたんだから、絶対に大丈夫だ。

到目前為止我們一直努力去做了，所以絕不會有問題。

④動詞連用形+つつある。

◆ 地球は温暖化しつつある。

地球變暖現象正日趨嚴重。

◆ 手術以来、彼の体は順調に回復しつつある。
手術以來，他的身體正在逐漸恢復健康。

◆ 大勢の人が行列しているところを見ると、安くておいしい店のようだ。
從有很多人排隊來看，這裡似乎是家既便宜又好吃的店。

◆ 最近、円は値上がりする一方だ。
最近日元不斷地升值。

◆ 今話している最中だ。
現在正在談話中。

◆ 車は見渡す限りの草原を走り続けた。
車子在無邊的草原上奔馳著。

參考 除了上述一些表現形式之外，還可以透過像左側的一些慣用句型，如：「～ているところだ」、「～一方だ」以及通過詞彙手段，如：「～続ける」、「～最中だ」等構成動詞的持續體。

2） 存續體

● 表示動作、行為所造成的狀態、所形成的結果還在存留著。構成方法主要有以下兩種：

① 瞬間動詞+ている。

◆ その家の有様はひどいものだった。ドアは壊れているし、ガラスは全部割れているし、床はあちこち穴が開いていた。
那房子損壞得可嚴重了。門也壞了，玻璃全都破了，地板上還到處都是坑洞。

◆ 田中先生はいま中国に行っている。
田中老師到中國去了。

② 體言が（は）他動詞+てある。

◆ テーブルの上には花が飾ってある。
桌上擺放著花。

◆ 起きてみると、もう朝食が作ってあった。
早上起來一看，早餐已經做好了。

◆ 電車の中に忘れた傘は、事務所に届けてあった。
發現忘在電車裡的雨傘，已經被送到辦公室了。

3） 完成體

● 指動作、行為的完成、結束。構成形式是「動詞連用形+てしまう」。

◆ この本はもう読んでしまったから、あげます。
這本書已經看完了，送給你。

◆ あの車は売ってしまったので、ここにはない。
那輛車已經賣掉了，所以不在這裡了。

◆ この宿題をしてしまったら遊びにいける。
把這些作業做完了就可以去玩了。

● 另外，還可以通過詞彙「～終わる」、「～つくす」等構成完成體。

◆ 教室の掃除をし終わる。
把課室打掃完畢。

◆ 会社の発展のために精力を使いつくした。
為了公司的發展，耗盡了所有精力。

4） 預備體

● 表示該動作是為下一步做準備。構成形式主要有「動詞連用形+ておく」。

◆ インドネシアへ行く前にインドネシア語を習っておくつもりだ。
我打算去印尼之前，先學一下印尼語。

◆ 花子が遅れて来ても分かるように、伝言板に地図を書いておいた。
為了讓花子來晚了也能明白，我在留言版上給她畫了一個地圖。

◆ このワインは冷たいほうがいいから、飲むときまで冷蔵庫に入れておこう。
這種酒喝涼較好喝，所以喝之前要把它存放在冰箱裡。

◆ 帰るとき窓は開けておいてください。
回去的時候請把窗戶打開。

◆ その書類はあとで見ますから、そこに置いておいてください。
那個文件待會我要看的，你先把它放那兒好了。

5） 即將體

● 表示某種動作、行為即將發生。主要由慣用形「～う（よう）とする」、「～するばかりだ」、「～するところだ」、「～そうだ」等構成。

◆ お風呂に入ろうとしたところに、電話がかかってきた。
正要進浴室時，打來了電話。

◆ バスに乗ろうとしたとき、後ろから押されて、転びました。
正要上公車時，被人從後面推了一下，摔倒了。

◆ 貧乏な俺の嫁になっても、苦労するばかりだ。
嫁給我這樣的窮光蛋，總是受苦啊。

- 雨の降りそうな空模様だ。
  天要下雨了。
- ジェット機の音がうるさくて、気が変になりそうだ。
  噴射機的聲音吵得我們都快精神不正常了。

6） 起始體

● 表示某種動作、行為、作用的開始。通常以「～てくる」、「～始める」、「～出す」等形式來表示。

- この間買ってあげたばかりの靴が、もうきつくなってきた。
  前不久剛給他買的鞋，已經開始變小了。
- 夜八時になると、自分の部屋で本を読み始める。
  一到晚上八點，我就在自己房間看書。
- 雨が降り出した。
  開始下雨了。
- 洪水で川の水が溢れ出したとの情報を聞いて、周辺の住民は次々と避難し始めた。
  因為發洪水，河裡的水漫過了河岸。聽到這一消息，周圍住戶都紛紛開始逃難。
- 気になり出すと、もう居ても立ってもいられなくなった。
  一但在意起來，就站也不是坐也不是的了。

動詞的態 16

語態主要指動詞述語與主語的關係。日語中有主動語態、被動語態、可能語態、使役語態和自發語態等5種。

1） 主動語態

● 從動作施事者出發，主語是施事者。

- 私たちは常に危険と隣り合わせにいることを忘れてはいけない。
  我們要做到居安思危。
- 田村選手は、絶えず努力をすれば夢はかなうということを身を持って教え てくれた。
  田村選手用自己的行動告訴我們，只要堅持不懈地努力，夢想一定會成真的。
- 今朝、電車が遅れるという車内放送があったら、みんな携帯電話を取り出していたよ。
  今早電車上一播出誤點的消息，人們一個個就全都拿出了手機。
- 私はトランクに本をつめられるだけおしつめた。
  我把書儘量塞進了皮箱。

2） 被動語態

● 以動作受事者為敘述焦點，主語是受事者。構成方式是：

① 五段活用動詞未然形+れる

好む	→	このま	＋れる	→	好まれる
言う		いわ			言われる

② 一段活用動詞未然形+られる

考える	→	かんがえ	＋られる	→	考えられる
用いる		もちい			用いられる

③ カ變活用動詞未然形+られる

来る	→	こ	→	来られる

④ サ變活用動詞未然形+される

する	→	される	弾圧する	→	弾圧される

● 動作的施事者，通常以「～に」、「～から」、「～によって」等補語形式出現。被動形式又可以分為直接被動和間接被動兩種。

① 直接被動。

● 所描述的客觀事實，可以還原為主動句來說明。

◆ その子(こ)は母親(ははおや)に叱(しか)られて、泣(な)き出(だ)した。（＝母親(ははおや)はその子(こ)を叱(しか)った）

那孩子被媽媽罵了一頓就哭了起來。

◆ 彼(かれ)は正直(しょうじき)なので、だれからも信頼(しんらい)されている。（＝彼(かれ)は正直(しょうじき)なので、だれも彼(かれ)を信頼(しんらい)している）

他很正直，得到了大家的信賴。

◆ 一人一人(ひとりひとり)の努力(どりょく)によって解決(かいけつ)されるような生(なま)やさしい問題(もんだい)じゃないんだ。（＝一人一人(ひとりひとり)の努力(どりょく)によって解決(かいけつ)する問題(もんだい)ではない）

這可不是「靠每個人都努力」就能輕而易舉解決的問題。

② 間接被動。

● 所描述的事實，一般無法還原為主動句。

◆ 狭(せま)い部屋(へや)で煙草(たばこ)を吸(す)われると、気分(きぶん)が悪(わる)くなる。

在窄小的房間裡聞到煙味就不舒服。

◆ 次々(つぎつぎ)に料理(りょうり)を出(だ)されて、とても食(た)べ切(き)れなかった。

一道一道地上菜，怎麼吃都吃不完。

◆ 日本(にほん)には「出(で)る杭(くい)は打(う)たれる」という言葉(ことば)があって、組織(そしき)の和(わ)に反(はん)する言動(げんどう)は批判(ひはん)される。

日本有「出頭的椽子先爛」的俗話，凡有悖於組織和睦的言行都要受到批評。

3） 使役語態

● 主語讓施事者執行某動作的動詞形式叫做使役語態。以使役語態的動詞作述語的句子叫使役句。使役語態的構成方式如下：

① 五段活用動詞未然形+せる

書く	→	かか	+せる	→	書かせる
読む		よま			読ませる
習う		ならわ			習わせる

② 五段以外活用動詞的未然形+させる

考える	→	考え	+させる	→	考えさせる		
来る		こ			来させる		
運転する		運転せ			運転せさせる	→	(約音)運転させる

● 動詞的施事者通常以補語形式「～に」、「～を」出現。

◆ 先生(せんせい)は学生(がくせい)に論文(ろんぶん)を書(か)かせる。

老師讓學生寫論文。

◆ 山田(やまだ)はひどい奴(やつ)だ。旅行中(りょこうちゅう)ずっと僕(ぼく)に運転(うんてん)させて、自分(じぶん)は寝(ね)てるんだよ。

山田這傢伙真差勁。旅行中一直讓我開車，他自己卻睡大覺。

◆ 社長(しゃちょう)はまず田中(たなか)をソファーにかけさせて、しばらく世間話(せけんばなし)をしてから、退職(たいしょく)の話(はなし)をきりだした。

總經理先讓田中坐在沙發上，閒聊了一會後，然後才開始談退休的事。

● 自動詞變為使役態後，便有了他動詞的性質，因此，以自動詞做述語的主動句的主語（施事者）在使役句裡常變成受詞，如「彼は」變成「かれを」。而他動詞做述語的主動句的施事者在使役句裡則以「に」的形式表示，如「学生は」變為「学生に」。

◆ 学生(がくせい)は本(ほん)を読(よ)む。（主動句）

學生讀書。

◆ 先生(せんせい)は学生(がくせい)に本(ほん)を読(よ)ませる。（使役句）

老師讓學生讀書。

◆ 彼(かれ)はここに来(く)る。（主動句）

他到這裡來。

◆ 私(わたし)は彼(かれ)をここに来(こ)させる。（使役句）

我讓他到這裡來。

參考 使役句的結構與主動句有較大不同。左邊四句為其之比較。

4） 可能語態

● 表示句中的施事者有能力，可以做某種動作的動詞形式叫可能語態。以可能語態的動詞做述語的句子叫可能句。

● 可能語態有以下3種構成方式：

① 五段活用動詞用「可能動詞」、五段以外動詞用「動詞未然形+られる」表示。

◆ あの人は大学を卒業したのに、手紙一つ満足に書けない。
他大學畢業了，可是連封信都寫不好。

◆ 何回も読んでいるうちに、だんだん読めるようになった。
讀了好幾遍，慢慢看懂了。

◆ 両親に言えないことでも、友達になら言える。
即使對父母難以啟齒的事，也可以和朋友說。

◆ 昨日は答えが聞けなかったので、今日もう一度たずねてみます。
昨天沒能問到答案，所以今天再問一次看看。

◆ あの店ではいつも珍しいものが食べられる。
在那個店經常能吃到珍奇的東西。

◆ この動物園では、子供は無料でイルカのショーが見られる。
在這個動物園，孩子可以免費看海豚表演。

◆ 一人で来られる。
我一個人能來。

② 動詞連體形加慣用句型「ことができる（能夠…、會…）」。サ變動詞的可能語態用「サ變動詞詞幹+できる」的形式表示。

◆ 日本語を話すことができる。
會說日語。

◆ 職場の人はだれでもそのファクスが使用できる。
凡工作單位的人都可以使用那台傳真機。

③ 「動詞連用形+得る（うる／える）」。

◆ 自動車事故は誰にでも起こり得るものだ。
出車禍任誰都有可能發生。

◆ これが、今選択し得る最良の方法である。
這正是現在可以選擇的最好的方法。

5） 自發語態

● 自然而然地產生某種結果的動詞形態叫做自發語態。其構成主要有：

① 五段活用動詞未然形+れる

思う	→	おもわ	＋れる	→	思われる

② 五段以外活用動詞的未然形+られる

考える	→	考え	＋られる	→	考えられる

③ 也可以用可能動詞的詞形表示自發語態

泣く	→	泣ける

● 在自發句中，動作對象通常用「～が」表示。

◆ 雪が降ると、故郷のことが思い出される。
一下雪就不由得想起故鄉。

◆ 僕は母のことが心配されてならない。
我不由得十分擔心起母親的事來。

◆ 母からの手紙を読むと、思わず泣けてきます。
看了母親的來信，我不由得哭了出來。

◆ 一日も早い失業問題の解決が望まれる。
希望早一天解決失業問題。

動詞的文語殘留 17

現代日語中存在文語動詞殘留現象。文語殘留現象通常出現在標題、公文、詩歌、慣用片語、諺語、格言警句以及文語色彩濃厚的文章中。目前常見的文語動詞主要有以下幾個：

1） 文語動詞「あり」

● 相當於現代日語的「ある」。未然形「あら」、連用形和終止形為「あり」、連體形「ある」、已然形「あれ」、命令形「あれ」。否定說法用「あらず」，命令形可用於結句。

◆ 三人行けば必ず我が師あり。
三人行必有我師。

◆ 応接に暇あらず。
應接不暇。

◆ 敵は本能寺にあり。
聲東擊西。

◆ 落花情あれども流水意無し。
落花有意，流水無情。

◆ 友あり遠方より来たるまた楽しからずや。
有朋自遠方來，不亦樂乎。

2） 文語動詞「す」

● 文語サ行變格活用動詞，相當於現代日語的「する」。活用形有：未然形「せ」、連用形「し」、終止形「す」、連體形「する」、已然形「すれ」、命令形「せよ」。

◆ 先(さき)んずれば人(ひと)を制(せい)す。
先發制人。

◆ 外出(がいしゅつ)を禁(きん)ず。
禁止外出。

3） 「得る」。

● 相當於現代日語「得る」。活用形有：未然形「え」、連用形「え」、終止形「うる」、連體形「うる」、已然形「うれ」、命令形「えよ」。也可以接在動詞連用形後，表示可能。

◆ 得(え)るところが大(おお)きい。
收穫甚大。

◆ 変更(へんこう)はあり得(え)ない。
不可能變更。

考點講練

1. あの子はお父さんによく＿＿＿＿＿。

A 似る　　B 似ている　　C 似た　　D 似てある

答案：B

譯文　那個孩子長得非常像他的爸爸。

解題技巧　此題考查動詞的體。「似る」是一個表示某種外觀、狀態等特徵的動詞，多以「～に似ている」的形式使用，所以答案選擇B。

深度講解　動詞根據其性質、狀態，一般可分為以下4類。

① 狀態動詞。這類動詞不表示動作，只表示狀態。因此，通常後面不能接「～ている」。這類狀態動詞有「ある」、「いる」、「要る」、「要する」、「できる」等。

◆ 教室には扇風機がある。(× 教室には扇風機があっている。)
教室裡有電風扇。

◆ 私は日本語ができる。(×私は日本語ができている。)
我會日語。

② 繼續動詞。這類動詞表示動作或作用在某段時間內是持續的。它可以接「～ている」，表示動作正在進行中。因為這類動詞本身就是描述動作的，所以數量很多。如：「見る」、「はらむ」、「読む」、「働く」、「書く」、「休む」、「笑う」……。

◆ 彼は暇さえあればテレビを見ている。
他總是一有時間就看電視。

◆ 核兵器は、ともすると、人類の破滅を引き起こしかねない危険性をはらんでいる。
核兵器，往往蘊藏著能導致人類毀滅的危險性。

③ 瞬間動詞。這類動詞表示動作或作用在瞬間結束。因此，接「～ている」時，不表示動作進行中，而是表示動作結束後的結果狀態。這類動詞主要有：「死ぬ」、「消える」、「卒業する」、「結婚する」、「始まる」……。

◆ 田中さんは結婚している。
田中小姐已經結婚了。

◆ 会議がもう始まっている。
會議已經開始了。

④ 形容詞性動詞。這類動詞沒有時的概念，通常表示被修飾名詞的外觀、性質、狀態等特徵。這種現象與形容詞修飾名詞時的情形一樣。常以「～た」或「～ている」形式出現。

◆ 院長（いんちょう）というのは、白髪（しらが）にきれいな櫛目（くしめ）を通（とお）した赤（あか）ら顔（がお）の太（ふと）っている人（ひと）であった。

院長是一位白髮梳理得整整齊齊，紅臉蛋，體態發胖的人。

◆ やせた土地（とち）。

貧瘠的土地。

◆ 田中（たなか）さんは花子（はなこ）さんを愛（あい）している。

田中先生愛花子小姐。

＊日語動詞「愛する」在表示狀態時，通常使用「～ている」形。

精選練習

❶ ＿＿＿ところはきれいですが、熱に弱いです。

A 見る　B 見た　C 見ている　D 見ていた

❷ 友達が＿＿＿＿＿ところでお茶を出します。

A 揃う　B 揃った　C 揃っている　D 揃っていた

❸ あの人は＿＿＿＿＿才能を持っている。

A 優れる　B 優れた　C 優れている　D 優れていた

❹ あっ、魚が＿＿＿＿＿。

A 死んだ　B 死んでいた　C 死ぬ　D 死んでいる

❺ 都合が＿＿＿＿次第、お返事いたします。

A つく　B つき　C ついている　D ついていた

❻ 部屋にはかぎがかけて＿＿＿＿＿から、だいじょうぶだ。

A いる　B ある　C あった　D いた

❼ 今すぐ行くと言って＿＿＿＿＿から、待っているでしょう。

A いる　B ある　C あった　D いた

❽ 先週送って＿＿＿＿＿資料はもう届きましたか。

A あった　B いた　C おいた　D みた

答案：B,B,D,B,B,A,C

提示

第1、第2、第3題的動詞均表示已經實現的某種狀態，因此都必須用過去時「た」。所以答案均選B。第4題「死ぬ」是瞬間動詞，「死んでいる」絕非正在死，而是已經死了，表示一種狀態、結果，所以答案選D。第5題「動詞+次第」，其動詞的活用形要用連用形連接，所以該題應選B。第6題表示「鎖門」這一過去的動作、行為的結果還保留著，故選B。第7題表示動作正在持續，所以答案選A。第8題表示先前做了某事，根據前後句意，答案選C。

翻譯

❶ 看上去很漂亮，但是不耐熱。
❷ 等朋友都到齊了之後，再上茶水。
❸ 他有非凡的才能。
❹ 啊，魚死了。
❺ 一有空，馬上會給你答覆。
❻ 房門鎖好了，所以沒問題。
❼ 說好了馬上去，所以他現在在等著吧。
❽ 上星期寄的資料收到了嗎？

2. すっかり酔いが＿＿＿＿。

A 醒ます　　B 醒める　　C 醒ました　　D 醒めた

答案：D

譯文

完全酒醒了。

解題技巧

此題考查自動詞和他動詞。此句的主語是「酔いが」，它與述語是一個主述關係，而不是一個動受結構。表示「喝下的酒現在怎麼樣了」，所以答案應選D。

深度講解

在日語動詞的自、他分類中，除了常見的自、他動詞對應的情況以外，還出現了以下幾種情況。

① 只有自動詞而無他動詞對應的：

来る（来）	行く（去）	栄える（繁榮）	衰える（衰弱）
死ぬ（死）	ある（有）	寝る（睡眠）	老いる（老）

② 只有他動詞而無自動詞對應的：

述べる（陳述）	用いる（用）	示す（出示）	担ぐ（抬）
読む（讀）	送る（送、寄）	売る（賣）	買う（買）
打つ（打）	着る（穿）	蹴る（踢）	尽す（盡力）

③自動詞和他動詞同形的：

寄せる（靠近）	負ける（輸）	積む（積累）	閉じる（關閉）
笑う（笑）	開く（開）	吹く（吹）	終わる（結束）

④ 自動詞與自動詞對應，形式相近的：

休む・休まる （休息）	向く・向かう （朝、向）	欠く・欠ける （缺少）
転がる・転げる （滾動）	はがれる・はげる （脫落）	浮く・浮かぶ （漂浮）

⑤ 他動詞和他動詞對應，形式相近，意義也相近的：

含む・含める（包含、包括）	つなぐ・つなげる（繫、接）
とる・とらえる（拿、把握）	ふむ・ふまえる（踏、踩）
つかむ・つかまえる（抓、抓住）	みる・みせる（看、出示）

精選練習　次のフレーズを日本語に訳しなさい。

❶ 船開了　❷ 翻開第20頁　❸ 活動身體　❹ 吃飯
❺ 過橋　❻ 出房間　❼ 鳥在天上飛　❽ 大學畢業
❾ 趕著回家　❿ 過馬路　⓫ 下雨　⓬ 回家
⓭ 與人見面　⓮ 在公園散步　⓯ 車停住了　⓰ 開窗

答案：
1.船が出た 2.20ページを開ける 3.体を動かす 4.ご飯を食べる 5.橋を渡る
6.部屋を出る 7.鳥が空を飛ぶ 8.大学を卒業する 9.帰りを急ぐ
10.道路を横断する 11.雨が降る 12.家に帰る 13.人に会う
14.公園を散歩する 15.車が止まった 16.窓を開ける

提示　要用受格助詞「を」的動詞絕大多數都是他動詞。如上例的第23、第4、第16題。但有一部分自動詞要用補格助詞「を」。這類自動詞多是一些表示「移動、畢業、離開」等意義的動詞。如第5、第6、第7、第8、第9、第10、第14題。第1、第11、第15題中的「が」主要用於描寫眼前情景，包括發現某一情況、表示意外、驚訝等。第12題為趨向動詞作述語，前面的補語要用「に」或「へ」表示，第13題屬於慣用搭配。

翻譯

❶ 船開了→船が出た。
❷ 翻開第20頁→20ページを開ける。
❸ 活動身體→体を動かす。
❹ 吃飯→ご飯を食べる。
❺ 過橋→橋を渡る。
❻ 出房間→部屋を出る。
❼ 鳥在天上飛→鳥が空を飛ぶ。
❽ 大學畢業→大学を卒業する。
❾ 趕著回家→帰りを急ぐ。
❿ 過馬路→道路を横断する。
⓫ 下雨→雨が降る。
⓬ 回家→家に帰る
⓭ 與人見面→人に会う
⓮ 在公園散步→公園を散歩する
⓯ 車停住了→車が止まった。
⓰ 開窗→窓を開ける。

3. 部屋がきれいに掃除して________。

A いる　　　　B ある

答案：B

譯文

房間被打掃得很乾淨。

解題技巧

此題考查補助動詞「～ている」和「～てある」在表示結果狀態上的區別。「體言が+他動詞＋てある」表示行為結果的存留狀態，所以答案應為B。

深度講解

① 「體言が（は）+他動詞＋てある」與「體言が（は）+他動詞被動態+ている」的區別在於，前者表示具體的行為結果的存續，後者表示動作、變化的結果存留下來的狀態，著重客觀描述。

◆ 机(つくえ)の上(うえ)に花瓶(かびん)が置(お)いてある。
桌子上放著花瓶。

◆ 今(いま)は電気(でんき)の時代(じだい)だと考(かんが)えられている。
現在被看做是電氣化時代。

「机の上に花瓶が置いてある」也可以用「机の上に花瓶が置かれている」來表示。「體言が（は）+他動詞被動態＋ている」既可以表示抽象的、無法看見的行為結果的存續，也可以表示具體的、可見的行為結果的存續。

② 「窓が開いている」與「窓が開けてある」的區別。「窓が開いている」僅僅表示目前的事實：窗戶開著，而不問為什麼開著，不管是人開的，風吹的，反正是開著的。而「窓が開けてある」表示行為結果。表示窗戶開著，而且還暗示著有人將窗戶打開。因此，「行為結果」通常要求使用能表現行為結果外觀的動作動詞，如「置く」、「書く」、「開ける」、「掃除する」、「掛ける」等。

◆ 窓が開けてあるのは空気をいれかえるためだ。
開著窗戶是為了換換新鮮空氣。

◆ 推薦状は準備してあるから、いつでも好きなときに取りに来てください。
推薦信我已經準備好了，你什麼時候都可以來拿。

精選練習

❶ 表紙にはローマ字で「詩集、ロバート著」と記して＿＿＿＿＿＿。
A ある　　　B いる

❷ 修士論文作成のためにたくさん資料が集めて＿＿＿＿＿＿。
A ある　　　B いる

❸ 会社に客が待たせて＿＿＿＿＿＿んだ。早く行きなさい。
A ある　　　B いる

❹ あの人は昭和十五年に結婚して＿＿＿＿＿＿。
A ある　　　B いる

❺ 会議はもう始まって＿＿＿＿＿＿。
A ある　　　B いる

❻ 山が高く聳えて＿＿＿＿＿＿。
A ある　　　B いる

❼ その件はもう純子に話して＿＿＿＿＿＿。
A ある　　　B いる

❽ 金魚はもう死んで＿＿＿＿＿＿から、捨ててください。
A ある　　　B いる

答案：A,A,A,B,B,A,B

提示

第1題表示捕捉到的眼前的現象，所以答案應選A。第2題表示完成此項動作是為其他動作做準備或提供條件，所以答案選A。第3題使役助動詞後接「～てある」，表示某種狀態，根據句意，答案選A。第4題表示回憶、敘述往事、經驗或發生過的事，此句的「～結婚している」帶有對過去的事再加以確認的語氣，所以答案選B。第5題表示當前的狀態，所以答案選B。第6題表示狀態，形容詞性用法。答案應選B。第７題表示某事完成後存續的狀態，所以答案選A。第8題表示狀態、結果，所以答案選B。

翻譯

❶ 封面上用羅馬字寫著「詩集．羅伯特著」。
❷ 為了完成碩士論文，我收集了很多資料。
❸ 客人在公司等著呢，你快點去。
❹ 他是昭和十五年前結婚的。
❺ 會議已經開始。
❻ 山高高地聳立著。
❼ 我已經把那件事告訴了純子。
❽ 金魚已經死了，快把它扔了吧。

4. 醤油があれば、あのまずい魚も食べ＿＿＿＿。
A られる　　B られた

答案：B

譯文

如果有醬油，那種味道不好的魚也是可以吃的。

解題技巧

此題考查動詞的時。根據句意，是說當時「如果有醬油，那樣味道不好的魚也能吃」，所以答案是B。

深度講解

「た」不僅與時間概念有關，在周圍語言環境的支配下還有著不同的用法。

① 「～た場合は」。此用法中雖然用了過去助動詞「た」，但不表示發生過的動作，只表示假定。如果實際發生過，通常用「～の場合」的形式表示。

◆ 雨が降った場合は中止にします。
下雨時停止。

◆ 先週アメリカ大統領が訪日した時は厳しい警戒が行われた。
上周美國總統訪日時，戒衛非常嚴格。

② 「動詞終止形+なり」表示前後相繼發生過的動作，而「～たなり」則表示動作的持續狀態，它的後項動作通常是尚未完成的。

◆ 部長は電話を切るなり、事務所を出て行った。
部長一放下電話，就走出了辦公室。

◆ 山田さんは一年前に家を出たなり、帰ってこない。
山田一年前離了家，至今還沒回來。

③ 「～たほうがいい」句型中的「た」表示的是已然條件。意思是如何做為好。

◆ 毎日運動したほうがいいです。
每天都該運動運動。

◆ 夏休みはホテルが込みますから、早く予約したほうがいいです。
暑假旅館人多，該及早預約。

④ 自動詞表示動作完成後的結果狀態時不用「た」，而用「～ている」表示。

◆ この自動販売機は壊れている。
這台自動售貨機壞了。

◆ テレビドラマが始まっている。
電視劇開始了。

⑤ 當述語是兩個相關的動作時，雖然説話時兩個動作都已結束，但前項動作通常用現在式表示。

◆ 人口が増加するに従って、食料不足が深刻になってきた。
由於人口的增加，糧食不足已成了問題。

◆ 母は弟のことを心配するあまり、病気になった。
母親過於擔心弟弟而得了病。

⑥ 表示想起或確認某件事情時，用「～た」表示。

◆ すみません。来週のパーティー、いけません。友人と約束があったので。
對不起，下周的派對我不能去，因為和朋友有約會。

◆ お名前は山田さまとおっしゃいましたね。
你是山田先生吧。

精選練習

❶ 安田さんに＿＿＿＿人に会いました。

A 似た　　　B 似る

❷ 白いハンドバッグを＿＿＿＿人はサリーさんです。

A 持った　　　B 持つ

❸ 宅配便が＿＿＿＿。

A 届く　　　B 届いている

❹ 旅行＿＿＿＿間に、家の付近がすっかり変わってしまった。

A している　　　B する

❺ ああ、ここに＿＿＿＿。

A ある　　　B あった

❻ ああ、腹が＿＿＿＿。

A へった　　　B へる

答案：A,A,B,A,B,A

提示

第1、第2題「た」表示狀態，答案均選A。第3題「届く」是自動詞，表示動作完成後的結果用「～ている」表示，所以答案選B。第4題動詞修飾「うち」、「間」、「最中」等時間名詞時，一般用「～ている」（這時多是繼續動詞），所以答案選A。第5題「～た」表示確認。所以答案選B。第6題表示講話人現在的感受，答案選A。

翻譯

❶ 見到了一個像安田先生的人。
❷ 手提白色皮包的人是莎莉。
❸ 宅急便送到了。
❹ 我外出旅行期間，家附近全變了樣。
❺ 啊，東西在這裡。
❻ 啊！餓了。

5. 黒板の字が＿＿＿＿。

A 見えない　　B 見られない

答案：A

譯文　看不見黑板上的字。

解題技巧　此題考查可能動詞。「見える、見えない」通常表示眼睛是否具有這樣的視力。非視力方面時通常用「見られる、見られない」表示。如「午後授業があるので、サッカーの試合が見られないなあ（下午要上課，沒辦法看足球比賽啦。）」，所以答案選A。

深度講解　日語有部分動詞，譯成中文時，意思都很相近或相似。但兩者的語感不同，適用的場合也不同。如「走る」和「駆ける」兩個詞都可以表示人或動物的快速前進，都可以譯成中文的「跑」、「奔馳」等。如：「犬が飼い主を見ると、走ってくる。（駆ける○）」/狗一見主人就跑過來。但兩者在表示這一類意思時仍有不同之處。

① 動作的主體有差異。即「走る」的主體可以是生命體，也可以是無生命體，「駆ける」的主體只能是生命體。

◆ 車(くるま)が走(はし)る。（×駆(か)ける）
汽車在奔馳。

② 速度慢的主體或不具有釋義中「走行手段」的主體以及行進中無須以固定通路作依托的主體，不能使用「走る」。

◆ ×アリが走(はし)る。

◆ ×スキーが走(はし)っている。

◆ ×飛行機(ひこうき)が走(はし)っている。

③ 動作表現重點不同。「走る」強調以很快的速度移動。「駆ける」則突出因心情振奮而步伐有力的興奮心情。即前者重點在移動，後者重點在動作樣態。

◆ 千(せん)メートル走(はし)るのに何分(なんぷん)かかるか。（×駆(か)ける）
跑一千公尺要幾分鐘？

◆ マラソンコースを走(はし)る。（×駆(か)ける）
跑馬拉松。

④ 「走る」可以使用可能式，而「駆ける」一般不能使用。

◆ いくら急(いそ)いで走(はし)っても、もうこれ以上(いじょう)速(はや)くは走(はし)れない。（×駆(か)ける）
再急也只能跑這麼快了。

⑤ 「駆ける」不具有「走る」的其他用法。如：「～が走る」、「～に走る」。

- 筆が走る。
  運筆如飛。
- 光が走る。
  閃光。
- 学生運動に走り勉強を忘れる。
  一味搞學生運動，忘掉了學習。
- 過激な思想に走る。
  偏重過激思想。
- 山脈が東北地方を南北に走っている。
  山脈以南北走向縱橫東北地方。
- 国境に沿って走っている。
  沿著國境線跑。

精選練習

❶ 濡れた手を＿＿＿＿。

A ほす　　　　B かわかす

❷ アジアでは人口問題を＿＿＿＿困っている国が多い。

A 抱えて　　　B 抱いて

❸ 私は飛んでくるボールを体をずらして＿＿＿＿。

A さけた　　　B よけた

❹ 私は日本語が＿＿＿＿。

A 分かる　　　B 知る

❺ 心配だから先生に＿＿＿＿てみよう。

A 言っ　　　　B 話し

答案：B,A,B,A,B

提示

第1題「ほす」、「かわかす」根據具體情況都可以譯成「晾乾」、「曬乾」、「烤乾」等，但兩者有區別。「ほす」所表示的意思多是風吹日曬而除去物體內部所含的水分。「かわかす」所表示的「弄幹」、「曬乾」主要針對物體表面沾上的水分而言。

根據句意，答案應選B。第2題「抱える」、「抱く」的基本義都是「抱」。「抱く」具體表現出喜歡、珍視、疼愛、熱愛、重視的心情，充滿愛意，富感情色彩。而「抱える」表示某個社會集團面臨的問題、或很難治癒的疾病。與它相呼應的都是解決起來比較費時費力費錢的令人苦惱的棘手難題。所以答案選A。第3題「さける」、「よける」的基本意思都有「避」、「避開」、「躲開」的含義。但兩者有區別。使用「さける」時，作為主體的人預先知道所避開的對象，避開的動作在心理上具有主動性；而「よける」未必事先知道，避開動作較為被動。根據句意，是在躲開突然飛來的球，所以答案應選B。第4題「分かる」表示「明白」、「瞭解」等意，處於「明白」、「瞭解」的狀態中，並注重從「不清楚」到「清楚」、從「不理解」到「理解」的變化過程；而「知る」則主要表示由不知到知這一瞬間的行為，這一行為完成之後，才出現「明白」、「瞭解」的結果狀態。結合本題的題意，答案應選A。第5題出現說話對象要用「話す」，所以答案選B。

翻譯

❶ 把濕手晾乾。
❷ 在亞洲，有許多因面臨人口問題而困惑的國家。
❸ 我閃身躲擋飛來的球。
❹ 我懂日語。
❺ 我很擔心你，還是跟老師說說吧。

6. あいつをひどい目に遭わせ＿＿＿＿。

A てやろう　　　B てあげよう

答案：A

譯文　讓那傢伙吃點苦頭。

解題技巧　此題考查授受動詞。「～てやる」有時也可以表示給與對方危害、不利等。所以答案選A。

深度講解　「～てやる」、「～てくれる」、「～てもらう」的引申用法。

① 「～てやる」表示強烈的意志或自暴自棄。

◆ こんどはきっと試験（しけん）にパスしてやる。
這次一定要通過考試。

◆ 山田さんは昨日「生きていてもつまらないから自殺してやる」といっていたから、自殺するかもしれない。
山田先生昨天說，「活著也無聊，死了算了。」所以他可能自殺。

② 「～てくれる」表示你給我添了麻煩。

◆ えらいことをしてくれた。
你這件事做得太糟糕了。

◆ 本当にばかなことをしてくれたね。
你真是（給我）做了一件蠢事。

③ 「～てもらう」表示由於B的行為，A受到了打攪，感到為難。述語部分多是消極詞語。

◆ 勝手に人の本を持っていってもらっちゃ、こまるんだよ。
你隨便就把別人的書拿走，那太不好了。

◆ ことわりなしに他人の部屋に入ってもらっちゃ、迷惑だ。
不打招呼就進別人房間，讓人很困擾耶！

精選練習

❶ 彼女は皆にコーヒーを入れて＿＿＿＿。
A あげました　　B くれました

❷ このことはだれにも知って＿＿＿＿。
A いただきたくない B もらいたくない

❸ 髪をきって＿＿＿＿なければなりません。
A もらわ　　B やら

❹ 花に水を＿＿＿＿ください。
A やって　　B あげて

❺ その箱を二階へ運んで＿＿＿＿ましょうか。
A くれ　　B あげ

❻ 山田さんの奥さんはアルバムをみせて＿＿＿＿。
A くれた　　B くださいました

❼ 安田教授が私の事務所に電話を掛けて＿＿＿＿。
A くださいました　B くれた

❽ 病院にいる兄はときどき看護婦に新聞を読んで＿＿＿＿そうです。

A もらう　　　　B やる

答案：B,B,A,A,B,B,A,A

提示

第1題表示給「我們這一方」，所以答案應選B。第2題表示「不想讓任何人知道」，補語用了普通詞「だれにも」，根據前後句意，答案應選B。第3題表示「請別人為自己做某事」，所以答案應選A。第4題表示「給花澆水」，所以答案應選A。第5題表示「我給對方做某事」，所以答案應選B。第6題表示「對方為我做某事」，表示客氣，答案應選B。第7題表示別人為我做了某事，為表客氣，用「～てくださいました」，所以答案應選A。第8題表示「請某人為自己或自己一方的人做某事」，所以答案應選A。

翻譯

❶ 她為大家準備了咖啡。
❷ 我不想讓任何人知道這件事情。
❸ 我得理髮。
❹ 請給花澆水。
❺ 幫你把那個箱子搬到二樓去吧。
❻ 田中的夫人給我看了相簿。
❼ 安田教授打了通電話到我辦公室。
❽ 據說在醫院裡哥哥常常請護士為他讀報。

7. 田中さんと連絡を＿＿＿＿。

A やりました　　　B しました

答案：B

譯文

跟田中先生聯繫過了。

解題技巧

此題考查サ變動詞「する」。「連絡」是一個含有動詞性質的名詞，與「する」組合成サ變動詞「連絡する」。「やる」本身是一個獨立性很強的動詞，不適宜與「連絡」組合，所以答案選B。

深度講解

① 某些生理現象或表示「把……變為……」、「使……成為……」時，用「する」。

◆ げっぷをする。
打嗝。

◆ くしゃみをする。
打噴嚏。

◆ 咳をする。
咳嗽。

◆ おならをする。
放屁。

◆ 私は娘を医者にしようと思います。
我想讓女兒當醫生。

◆ 部屋をきれいに掃除して、お客さんを迎えましょう。
把房間打掃乾淨迎接客人。

② 如表示「呈……形、色」、「長著……樣」等狀態時，或表示有聲音、有氣味、有感覺等意時，用「する」。

◆ 青い目をしている外人はドイツ人でしょう。
那個長著藍眼睛的老外是德國人吧？

◆ 虫が死んでいるふりをしている。
蟲子裝死。

◆ あの子は赤くて丸い顔をしている。
那個孩子長著一副紅紅的圓臉。

◆ 外から小鳥の鳴き声がしてきた。
從外面傳來了小鳥的叫聲。

◆ バラの花はいい香りをさせて、ミツバチを引き寄せた。
玫瑰花的香味吸引了蜜蜂。

此外，還有「～気がする」、「めまいがする」、「頭痛がする」、「寒気がする」、「物音がする」……。

③ 表示穿、戴、繫或表示選擇等意時，用「する」。

◆ 彼女はマフラーをしている。
她圍著圍巾。

◆ 手袋・マスク・ブラジャー・ネクタイをする。
戴手套、口罩、胸罩、領帶。

◆ 指輪・イヤリング・ネックレスをする。
戴戒指、耳環、項鍊。

◆ お昼はカレーライスにしますか、それともラーメンにしますか。
午飯吃咖喱米飯，還是吃麵條？

◆ 飲み物はビールにします。
飲料我喝啤酒。

④ 表示數量之多、價值之高或表示時間流逝等意時，用「する」。

◆ この腕時計(うでどけい)は百万円(ひゃくまんえん)もします。
這支手錶值一百萬日元。

◆ この辺(あた)りは一坪(ひとつぼ)50万円(まんえん)する。
這一帶一坪50萬日元。

◆ あと5分(ふん)すれば彼(かれ)は来(く)るでしょう。
再過5分鐘他就來了吧。

⑤ 表示現象、變化、結果或表示日常行為、個體行為的一些漢詞詞彙，通常用「する」搭配，不用「やる」。

◆ ○成功(せいこう)する　×成功(せいこう)をやる
◆ ○経過(けいか)する　×経過(けいか)をやる
◆ ○上達(じょうたつ)する　×上達(じょうたつ)をやる
◆ ○電話(でんわ)する（電話(でんわ)をする）　×電話(でんわ)をやる
◆ ○結婚(けっこん)する（結婚(けっこん)をする）　×結婚(けっこん)をやる
◆ ○散歩(さんぽ)する（散歩(さんぽ)をする）　×散歩(さんぽ)をやる

這類詞常見的還有：

学習する	学習	旅行する	旅行	招待する	招待
読書する	看書	指導する	指導	約束する	約定
声明する	聲明	心配する	擔心	連絡する	聯繫
中止する	終止	伝言する	傳話	引越しする	搬家
会見する	会見	会合する	聚会	食事する	吃飯

⑥ 表示派遣、打發或給予等意時，用「やる」。

◆ 息子(むすこ)を日本(にほん)へ留学(りゅうがく)にやる。
讓兒子去日本留學。

◆ 人(ひと)を代(か)わりにやる。
派人代去。

◆ この場合(ばあい)、チップはどれぐらいやればいいですか。
這種場合，小費給多少才合適啊？

◆ 花(はな)に水(みず)をやる。
給花澆水。

⑦ 表示維持生計、吃、喝或表示排遣、安慰之意時，用「やる」。

◆これだけの収入では、4人はやっていけないよ。
靠這點收入可不夠4人維持生活。

◆元気にやっています。
日子過得還好。

◆帰りにいっぱいやろうか。
回去時喝一杯吧。

◆酒に憂いをやる。
以酒消愁。

◆私は苦しみをやる道を覚えました。
學會了排遣自己苦悶的方法。

⑧ 表示視線、手、臉等移向某處時，用「やる」。

◆友達の姿に目をやっていた。
把目光移向了朋友的身姿。

◆花子のほうへ顔をやった。
把臉移向了花子。

⑨ 表示受害等意時，用「やる」。

◆本社だけで20名やられた。
光總公司就解雇了20人。

◆冬は空気が乾燥しているからのどをやられた。
冬天因為空氣乾燥，喉嚨經常疼痛。

⑩ 表示幹得漂亮而呼喊時，用「やる」。

◆やった！
幹得漂亮！

＊「やる」的被動語態形式「やられた（やられました）」不能用作敬語使用，而「する」的被動語態形式「される（されました）」可作敬語使用。

精選練習 ＿＿＿＿の文と同じ意味の文はどれですか。A～Cの中から一番いいものを一つ選びなさい。

❶ 試合は5月5日にする。

A 日本語をフランス語にする。

B 娘を歌手にする。

C 休みは火曜日にする。

❷ 私はコーヒーにします。

A 妹も医者にしたがっている。

B 連続ドラマにします。

C 朝からずっと整理をしている。

❸ 田畑を野球場にする。

A いつも分からないふりをする。

B 板を看板にする。

C 田中を代表とする。

❹ 田中さんは運転をしている。

A 琴の稽古をしている。

B 父は教授をしている。

C 半年すればできるでしょう。

❺ このラジオは二万円もする。

A 鯛は高いので秋刀魚にした。

B 今日は安いラーメンにする。

C 一杯千円もするコーヒー。

答案：C,B,A,C

提示

第1題的「する」結合前面的補格助詞「に」，意為「決定在……」、「訂在……」，與此相同意思的句子應是C，即「休息日訂在星期二」。第2題的「する」與前面的補語「コーヒーに」搭配考慮，表示選擇的意思，所以與此句意義相同的句子應為B，即「我看電視連續劇」。第3題的「する」連同前面的補格助詞「に」一起，表示「把……變為……」、「把……弄成……」的意思。與此句意義相同的句子應為B，意為「把木板製作成看板」。第4題的「する」與個體行為的名詞「運転」一同構成「運転をする」，表示「開車」，與此意義相同的句子應是A，意為「在學古箏」。第5題的「する」根據文意，是表示價格昂貴的意思，與此意義相同的句子應為C，意為「一杯價值1000日元的咖啡」。

翻譯

❶ 比賽訂在5月5日。

❷ 我要喝咖啡。

❸ 把農田改建成棒球場。

❹ 田中先生正在開車。

❺ 這台收音機要2萬日元。

第5章

形容詞

知識講解

形容詞的定義 1

表示事物性質和狀態的詞叫做形容詞。日語形容詞的特徵是以「い」結尾，有詞尾變化，在句中可以單獨做述語、體言修飾和用言修飾。

- もっと広（ひろ）い家（いえ）がほしい。
  想要更大的房子。
- 試験（しけん）は思（おも）っていたほど難（むずか）しくなかった。
  考試沒有想像的那麼難。
- これほど素晴（すば）らしい作品（さくひん）は他（ほか）にありません。
  沒有比這再好的作品了。
- 一見易（いっけんやさ）しいようで、実際（じっさい）やってみると案外難（あんがいむずか）しい。
  一看很容易，可實際上做起來卻非常難。
- 多（おお）くの絵画（かいが）が陳列（ちんれつ）されているが、鑑賞（かんしょう）にたえる作品（さくひん）というのは少（すく）なく、多（おお）くは見（み）るに堪（た）えない代物（しろもの）ばかりだ。
  雖然陳列了許多繪畫，但有鑒賞價值的作品很少，許多都是不值得一看的贗品。

形容詞的活用 2

形容詞有5種活用類型，即連用形、終止形、連體形、假定形和未然形。活用形中沒有命令形。表示命令時，通常以「形容詞連用形+動詞命令形」的形式出現。如：「正しくしろ（把它改到對）」等。形容詞的活用如下表。

基本形	詞幹	連用形	終止形	連體形	假定形	未然形
高い	たか	かっ；く	い	い	けれ	かろ

形容詞各活用形的用法 3

1） 形容詞連用形「かっ」的用法

① 後接過去助動詞「た」，構成形容詞的過去式。

◆ 子供の頃は、大人になるのが待ち遠しかった。
孩提的時候總期盼著自己早日長大。

◆ 山田君の発表は内容が少し物足りなかった。
山田君發表的內容略顯不足。

② 後接接續助詞「たり」，表示兩個以上的狀態反覆出現。

◆ 見出しは大きかったり、小さかったりします。
標題有大有小。

◆ 部屋の中は暖かかったり、寒かったりです。
房間裡一會暖，一會冷。

◆ 近頃暑かったり、寒かったりして（いて）、気候が不順だ。
最近忽冷忽熱天氣不正常。

2） 形容詞連用形「く」的用法

① 修飾動詞，做用言修飾。

◆ 庭の木が大きくなりすぎて、うっとうしくなってきたので、小枝を切り落とした。
院子裡的樹長得太茂盛了，顯得院子暗了起來。所以剪去了一些樹枝。

◆ ボクシングの試合で、彼は何度倒されても、最後までしぶとく戦った。
拳擊比賽中，他好幾次被擊倒，但還是頑強地戰鬥到了最後。

◆ 子供を愛しく思わない親が、この世にいるだろうか。
這個世界上難道有不愛孩子的父母嗎！？

◆ 彼女はどんなことにも素早く対応できるので、上司から信頼されている。
她什麼事都能隨機應對，深得上司信任。

② 表示中頓或並列。

◆ 山は高く、海は深い。
山高水深。

◆ 陶磁器は素材として、熱に強く、しかも腐食しないという特性を持っている。
作為材料，陶瓷具有耐熱，不腐蝕的特點。

③ 後接補助形容詞「ない」，表示否定。

◆ 君は成績が好ましくないので、大学への推薦入学は難しいかもしれないよ。
你的成績並不理想，所以推薦入大學也許會有一定的難度。

④ 後接接續助詞「て」、「ても」或副助詞「も」、「さえ」等。

◆ この柿はまだ青いから、渋くて食べられないよ。
這個柿子還是青的，澀得不能吃。

◆ 彼の言うことなんか、ばからしくて、聞いていられないよ。
他的話荒唐至極，不能聽。

◆ もう少しで釣れたのに、惜しくも大魚に逃げられてしまった。
差一點就釣著了，真可惜，讓一條大魚跑了。

◆ 寝坊で２時間も遅刻したとは決まり悪くて言えないので、「電車の事故でした」と嘘の言い訳をした。
因睡懶覺遲到了兩小時，又不好意思直說，便撒謊說「是因為電車發生了事故」。

◆ つらくてもしばらく我慢しなさい。
儘管難受，也要忍受一下。

◆ 汚くさえなければどれでもいい。
只要不髒，哪個都行。

3） 形容詞終止形的用法

① 用於結句。

◆ 裁判の弁護は、有名な中山弁護士が担当してくださるので、とても頼もしい。
辯護律師是有名的中山律師，所以完全可以信賴。

② 後接助動詞「そうだ」、「らしい」、「と思う」、「です」等。

◆ 最近の調査によれば、日本の生徒は勉強時間が少ないそうだ。
根據最近的調查，日本的學生學習時間很少。

◆ ストレスは目に悪いらしい。
聽說心理壓力會影響眼睛。

◆ 自分の机の上も整理できないようじゃ、だらしないと思われちゃうぞ。
連自己的桌子都整理不好的人，會被認為是邋裡邋遢。

◆ 昨今のＩＴ産業は、同業者間の競争が凄まじいです。

如今的IT產業，同行間的競爭非常激烈。

◆ 友達なのに悩みを打ち明けてくれないなんて、水臭いですよ。

朋友之間，有什麼煩惱還不說出來，太見外了。

③ 後接接續助詞「から」、「けれども」、「し」等。

◆ 今度のお客さまは食べ物にうるさいから、よく注意しなさい。

這次來的客人都對飯菜很挑剔，所以要格外注意。

◆ ジョンさんは「太陽がまぶしいから」と、サングラスをかけています。

約翰先生說：「太陽光好耀眼」，於是戴上了墨鏡。

◆ 彼は動きが鈍いから、スポーツやダンスは苦手なようだ。

他動作遲鈍，好像並不擅長運動和舞蹈。

◆ 体はだるいし、頭も痛いし、今日は会社を休みたい気分だなあ。

渾身沒勁，腦袋也痛，今天不想去上班。

◆ 雨も降っているし、風も強いし、最悪の天気だ。

又下雨，又颳風，今天天氣糟透了。

◆ 咲いている間は美しいけれども、枯れると汚いね。

這花開時很美，枯萎了就不好看了。

4） 形容詞連體形的用法

① 後接體言，做體言修飾。

◆ 賄賂をもらって私欲に溺れているなんて、あくどい政治家だよ。

接受賄賂、沉溺於私欲，是為人所不齒的政治家。

◆ 通りの露店でとうもろこしを焼いているらしく、こうばしい匂いがする。

大街上的攤販好像在烤玉米，不斷飄來一股股芳香的氣味。

◆ 祖母はいつも、電気もつけずに、ほの暗い部屋の隅で編み物をしていた。

祖母總是不開電燈，在昏暗的屋子一角編織著衣物。

② 後接比喻助動詞「ようだ」。

◆ しかし、終わりが近いようだな。

可話說回來，一切好像都要結束了。

◆ あの二人はとても仲がいいように見える。

那兩個人看上去似乎關係特別好。

③ 後接接續助詞「ので」、「のに」以及副助詞「ばかり」等。

◆ 上司がやかましいので、新入社員は3日で辞めてしまった。
因為上司太挑剔，新職員三天就辭職了。

◆ 騒がしいので窓から外を見たら、人々が騒いで、警察の車も来ていた。
聽到喧鬧聲隔窗朝外一看，只見人們喧嚷著，連警車也來了。

◆ お忙しいのに、申し訳ありません。
百忙中打擾您了，真對不起。

◆ 八枝子は図抜けて美しいばかりではなく、清い感じがしていた。
八枝子不僅相貌出眾，而且顯得清純。

5） 形容詞假定形的用法

● 後接接續助詞「ば」，表示假定，或用「～も～ば～も」形式表示並列。

◆ 天気が良ければ、ハイキングに行きましょう。
天氣好的話，就去郊遊吧。

◆ 頭もよければ容貌もきれいだ。
頭腦聰明，容貌也漂亮。

6） 形容詞未然形的用法

● 形容詞的未然形「かろ」與推量助動詞「う」連用，構成「かろう」的形式，表示推測。

◆ あの人は今きっと忙しかろう。
他現在一定很忙吧。

◆ 北の国々はもうかなり寒かろう。
北方各國已經很冷了吧。

◆ あの山は高かろう。
那座山應該很高吧。

◆ あの人は今きっと忙しいでしょう。
他現在一定很忙吧。

◆ 北の国々はもうかなり寒いでしょう。
北方各國已經很冷了吧。

◆ あの山は高いでしょう。
那座山應該很高吧。

參考 現代日語中常以「形容詞終止形＋でしょう（だろう）」的形式表示推測。上面3個例子可轉換為左側3個例子。

形容詞的「ウ」音變 4

形容詞的「ウ」音變是指形容詞連用形後接「ございます」、「存じます」時發生的語音變化。具體來説，就是連用形詞尾「く」變成「う」。在發生「う」音變的同時，形容詞詞幹的最後一個假名也會發生語音變化。變化的形式具體有以下3種：

1） 形容詞詞幹最後一個假名是「う」段或「お」段假名時，與「う」連在一起變為長音

寒い	→	さむく	→	さむうございます	寒冷
遠い	→	とおく	→	とおうございます	遠

2） 形容詞詞幹最後一個假名屬「あ」段假名時，需要將「あ」段假名變為所在行的「お」段假名，再跟「う」連在一起變為長音

ありがたい	→	ありがたく	→	ありがとうございます	謝謝
早い	→	はやく	→	はようございます	早
えらい	→	えらく	→	えろうございます	了不起

3） 形容詞詞幹最後一個假名屬「い」段假名時，「い」段假名變成同一行的「ゆ」拗音，再跟「う」連在一起變為長音

忙しい	→	いそがしく	→	いそがしゅうございます	忙
可愛い	→	かわいく	→	かわゆうございます	可愛
惜しい	→	おしく	→	おしゅうございます	可惜

◆ 面白（おもしろ）くはございますが、読（よ）みたくございません。
雖然有意思，但我不想看。

參考 形容詞連用形「く」後接「～はございます」或「～ございません」時則不需要發生音變。

複合形容詞 5

複合形容詞是由各類詞與形容詞或形容詞型活用的接尾詞複合而成。複合形容詞構成的方式主要有如下幾種。

1） 名詞+形容詞

用心深い	小心周到	名高い	有名的	塩辛い	鹹的
目新しい	新穎的	気味悪い	令人不快的	心細い	心中不安的

2） 動詞連用形+形容詞或形容詞型活用的接尾詞

言いにくい	難以啓齒	蒸し暑い	悶熱的
得がたい	難得到的	飽きやすい	容易厭倦的

3） 形容詞詞幹、形容動詞詞幹+形容詞

薄暗い	微暗的	青臭い	有青草味的；乳臭未乾
面倒くさい	麻煩的	細長い	細長的

4） 接頭詞+形容詞

生新しい	較新的	か弱い	柔弱的	た易い	容易的
手痛い	嚴重的	真新しい	嶄新的	ものすごい	猛烈的

5） 名詞+形容詞性接尾詞

色っぽい	嫵媚的、妖豔的	奥ゆかしい	有深度	晴れがましい	豪華的
馬鹿らしい	愚蠢的	油っこい	油膩的	未練がましい	戀戀不捨的

6） 詞幹重疊構成複合形容詞

ばかばかしい	非常愚蠢的	弱々しい	弱不禁風的

形容詞的構詞能力 6

1） 形容詞構成名詞

① 詞幹本身可構成名詞

赤	白	黒	青

② 部分形容詞的連用形「く」可構成名詞

多く	近く	遠く	古く

③ 形容詞詞幹+さ，表示事物性質、狀態的程度

面白さ	深さ	明るさ	美しさ
楽しさ	高さ	恐ろしさ	難しさ

④ 形容詞詞幹+み，表示人們對事物狀態的感覺或印象

悲しみ	楽しみ	弱み	甘み
重み	厚み	可笑しみ	

⑤ 形容詞詞幹+め，表示比一般的程度略高一些

大きめ	小さめ	深め	細め	厚め	長め

⑥「形容詞詞幹+名詞」或「名詞+形容詞詞幹」

長年	近道	高値	夜長

⑦ 形容詞詞幹+動詞連用型

高飛び	高飛

2） 形容詞詞幹後添加某些接尾詞，構成動詞

① む

悲しむ	悲痛	痛む	疼痛	苦しむ	感到痛苦	楽しむ	享受

② まる

高まる	提高	深まる	加深	弱まる	減弱	強まる	增強

③ める

深める	加深	広める	擴大	強める	加強	高める	提高

④ がる

強がる	好強	不思議がる	感到不可思議	寒がる	怕冷
嫌がる	討厭	面白がる	覺得有趣	こわがる	懼怕

⑤ ぶる

偉ぶる	妄自尊大

3） 形容詞構成形容動詞

悲しげ	傷心的	気軽	輕鬆愉快的	真っ暗	漆黑的

4） 形容詞構成副詞

長々	長久	高々	高高地	軽々	輕輕地

5） 形容詞與形容詞性接尾詞一起構成其他形容詞

大人っぽい	像個大人	可愛らしい	討人喜歡的	厚かましい	厚顏無恥的

補助形容詞 7

補助形容詞是指部分形容詞，如：「ない」、「いい」、「ほしい」等接在接續助詞「て」或「だ」的連用形「で」後面，變成「でない」、「ていい」、「てほしい」，構成補助形容詞，在文法上主要起補助作用。

1） 補助形容詞「ない」

● 接在形容詞、形容動詞以及形容詞型助動詞、形容動詞型助動詞的連用形之後，表示否定。「ない」作為獨立的形容詞使用時，表示「沒有」、「不在」，作為補助形容詞僅表示否定。

① 形容詞連用形く＋ない。

◆ 勉強にせよ、クラブ活動にせよ、楽しくないことには子供たちはついてきてくれませんよ。

學習也好，社團活動也好，如果不愉快，孩子們就不會參加了。

◆ 自分の子供が可愛くない親など、誰一人いない。

沒有哪位父母不喜歡自己的孩子。

② 形容動詞連用形で＋ない。

◆ およそ薬と名の付くもので、危険でないものはない。

只要被稱為藥物，大都是有危險性的。

③ 願望助動詞「たい」的連用形たく＋ない。

◆ 彼は出世のためとあれば、友人でさえ踏み台にする。彼みたいな人間に だ けは、なりたくないものだ。

只要能出人頭地，連朋友也會被當做墊腳石。像他那種人，我是一點也不想當。

④ 斷定助動詞「だ」、樣態助動詞「そうだ」、比況助動詞「ようだ」的連用形+ない。

◆ この世に自然の創造物でないものは何一つとしてない。

這個世界上沒有一樣東西不是大自然的產物。

◆ 朝(あさ)から曇(くも)っていたが、まだ雨(あめ)が降(お)りそうではなかった。

從早上起天就陰了，但還不像要下雨的樣子。

◆ 骨董屋(こっとうや)にも見(み)てもらったが、どうも本物(ほんもの)のようではない。

也請古玩店老闆看過了，但總覺得不像是真貨。

2） 補助形容詞「ほしい」

● 接在「用言連用形+て」或「用言未然形+で」後，表示説話人希望出現某種狀況。

◆ 何(なに)か買(か)ってきてほしいものがあったら、言(い)ってください。

如果有想要買的東西，就告訴我一聲。

◆ 戦争(せんそう)と差別(さべつ)のない世界(せかい)になってほしいものだ。

真希望世界上沒有戰爭和歧視。

◆ この件(けん)は、誰(だれ)にも話(はな)さないでほしい。

這件事，希望你不要和其他人講。

◆ すみません、ここでたばこを吸(す)わないでほしいんですが。

不好意思，希望你不要在這裡吸煙。

參考 在口語中，多在「てほしい」之後加「～の（ん）です（が）」的形式，婉轉地表示命令。

3） 補助形容詞「いい（よい）」

① 接在「動詞連用形+接續助詞て」後，表示同意、許可。

◆ この、何事(なにごと)によらず新(あたら)しい情報(じょうほう)は細大(さいだい)漏(も)らさず吸収(きゅうしゅう)しようとする意欲(いよく)が、翻訳書(ほんやくしょ)の氾濫(はんらん)という現象(げんしょう)となって現(あらわ)れているとみてよい。

可以說，無論什麼事情，只要是新情報，就點滴不漏地全部吸取的這種熱情，變成翻譯書的氾濫現象表現出來。

◆ このように基本的(きほんてき)な人権(じんけん)が保障(ほしょう)されているからといって、自分(じぶん)の幸福(こうふく)、自分(じぶん)の自由(じゆう)ばかりを追求(ついきゅう)していいものでしょうか。

難道說基本人權受到了如此的保護，就可以一味地追求個人的幸福和個人的自由了嗎？

② 接在接續助詞「ても」後，表示自己願意做某事。

◆ 一人(ひとり)で仕事(しごと)が進(すす)まなかったら、ぼくが手伝(てつだ)ってもいいですよ。

一個人工作進展不順利的話，我可以幫你忙。

◆ A：彼(かれ)がいないので、この仕事(しごと)が進(すす)まないんだ。

他不在，這項工作進行不下去呀。

B：ぼくが引(ひ)き受(う)けてもいいよ。

我接過來也成啊。

主述述語句 8

有一種句子，其述語部分可以分成主語和述語兩個部分，即述語本身就是一個主述結構，這種句子叫做「主述述語句」。

- 日本（にほん）は温泉（おんせん）が多（おお）い。
  日本溫泉多。
- 日本人（にほんじん）は魚（さかな）が好（す）きです。
  日本人喜歡吃魚。
- 私（わたし）は日本語（にほんご）と英語（えいご）ができます。
  我懂日語和英語。

句中主語（小主語）「が」與主題（大主語）「は」的關係有以下3種：

1） 主語是主題的心理活動或能力、願望的對象，如：「會」、「能」、「懂得」、「喜歡」、「討厭」、「想要」等

- 娘（むすめ）は物理（ぶつり）が嫌（きら）いでした。
  女兒以前很討厭物理。
- 田中（たなか）さんは中国語（ちゅうごくご）が分（わ）かりますか。
  田中先生懂中文嗎？
- 私（わたし）はデジカルカメラがほしいです。
  我想要一部數位照相機。

2） 主語與主題是部分與整體的關係。即小主語「が」是部分，大主語「は」是整體

- 中国（ちゅうごく）は国土（こくど）が広（ひろ）いです。
  中國國土遼闊。
- 象（ぞう）は鼻（はな）が長（なが）い。
  象鼻子長。

3） 小主語是大主語所具有的內容，表示「所屬」。這種句子實際上是存在句的變形體

- 私（わたし）は妹（いもうと）がいます。
  我有一個妹妹。
- 田中（たなか）さんは子供（こども）が３人（にん）います。
  田中先生有三個孩子。

文語形容詞的殘留用法 9

1） 文語形容詞的活用

● 現代日語中常見的文語形容詞活用型有未然形「～から」、終止形「～し」、連體形「～き」和命令形「～かれ」。文語形容詞的活用歸納如下。

文語形容詞活用表

	詞幹	詞尾	未然形	連用形	終止形	連體形	已然形	命令形
強し	強	し	から	く	し	き	けれ	かれ
				かり		かる		
美しい	美	し	しから	しく	し	しき	しけれ	しかれ
			しかり	しかり		しかる		

2） 文語形容詞的主要用法

● 文語形容詞主要用於標題、格言、慣用語以及某些套句中。

① 文語形容詞的未然形和命令形。

◆ 戦争中、全国民が多かれ少なかれ被害を被った。
在戰爭中，全體國民多多少少蒙受了其害。

◆ 彼女は遅かれ早かれ成功するに違いない。
她遲早會成功的。

◆ あしからずご了承下さい。
請予原諒。

◆ とどまることなかれ。
禁止停留。

◆ 冬来たりなば春遠からず。
冬天已到，春天還會遠嗎？

「からず」是未然形「から」接否定助動詞「ぬ」的連用形「ず」構成。「なかれ」是形容詞「なし」的命令形。

② 文語形容詞的終止形和連體形。

◆ 県内の乳牛は異常なし。
本縣的乳牛沒有異常。

◆ 春を愛する人は心清き人、夏を愛する人は心強き人。
喜愛春天的人是心地純潔的人，喜愛夏天的人是意志堅強的人。

考點講練

1. ああ、ふるさと＿＿＿＿懐かしい。

A は　　　　　　B が

答案：B

譯文　啊，故鄉真令人懷念。

解題技巧　此題考查形容詞。表示情感方面的形容詞，其情感所涉及的對象通常用「が」表示，所以答案選擇B。

深度講解

① 「情感形容詞」做述語時，主語通常為第一人稱，或者被省略。其感情、感覺所涉及的對象通常用「が」表示。

- 私は山田先生が怖い。
  我怕山田老師。
- ふるさとの山川が懐かしい。
  故鄉的山山水水令人懷念。
- 病気で入院していた時は、自由に空を飛んでいる小鳥が羨ましかった。
  因病住院的時候，非常羨慕天空中自由飛翔的小鳥。
- 故郷を遠く離れていると、時々母の料理が恋しくなる。
  一遠離故鄉，就時常想起媽媽做的飯菜。

② 使用「た」形描寫過去的狀況、使用帶有「～がる」的動詞、使用表示傳聞或樣態的表達方式以及使用「～のだ」句時，第三人稱可以成為情感形容詞的主語。

- 彼の無神経な態度に幸子はとても悲しかった。
  對他當時那麻木的態度，幸子感到非常傷心。
- 純子はちょっとのことで、すぐ怖がる。
  純子總是因為一點事就怕得不得了。
- 李君が君に会いたがっていたよ。
  小李想見你。
- 王さんはうれしそうです。
  王先生看上去很高興。
- 彼は蛇が怖いらしい。
  他好像很怕蛇。
- 李さんは頭が痛いんだ。
  李先生頭痛。

③ 現在式時，第三人稱不能成為情感形容詞的主語。只有「好きだ」是例外。

◆ 花子(はなこ)さんは太郎(たろう)が好(す)きだ。
花子喜歡太郎。

精選練習

❶ このかばん＿＿＿＿＿安い。
A は　　　　B が

❷ 昨日は一日中＿＿＿＿＿雨が降っていた。
A 激しかった　　　　B 激しい

❸ お祈りをすると、あんなに＿＿＿＿＿雨がピタリと止んだ。
A 激しかった　　　　B 激しい

❹ 広東料理＿＿＿＿＿とてもおいしい。
A は　　　　B が

❺ 私は彼のそのような態度＿＿＿＿＿悲しい。
A は　　　　B が

❻ あの子は家に帰るの＿＿＿＿＿嫌がっている。
A が　　　　B を

答案：A,B,A,A,B,B

提示

第1題重點說明「這個皮包很便宜」，所以答案選擇A。第2題「激しい」主要修飾說明「雨」的程度，並不表示時態，因此答案選擇B。第3題表示的是當時的狀態，所以答案選擇A。第4題表示事物的整體，所以答案選擇A。第5題情感形容詞做第一人稱的述語，表達主語「我」的感受，所以答案選擇B。第6題帶有「～がる」的動詞，表示所涉及的對象時，使用「を」，所以答案選擇B。

翻譯

❶ 這個皮包很便宜。
❷ 昨天下了一整天的大雨。
❸ 一祈禱，那麼大的一場暴雨立即就停了。

❹ 廣東菜很好吃。
❺ 我對他那種態度感到悲哀。
❻ 那個孩子不願意回家。

2. 象＿＿＿＿長い。
A の鼻は　　　　B は鼻が

答案：A或B

譯文　A 象的鼻子長。　B 象鼻子長。

解題技巧　此題考查形容詞做述語時的用法。表示屬性、狀態的形容詞做述語時，既可以用「AはBが～」，也可以用「AのBは」，所以答案可以是A或B。

深度講解

① 「眠い」、「眠たい」、「寂しい」等這樣一些表示感覺、情感的形容詞，一般只能用「Aは～」，而不能用「AはBが～」的句型。

◆ 私は眠たい。（× 私は目が眠たい。）
我睏。

◆ 私は寂しい。（× 私は心が寂しい。）
我寂寞。

② 像「痛い」、「恐ろしい」、「怖い」、「ほしい」、「かゆい」、「だるい」、「つめたい」、「好きだ」、「きらいだ」等表示感情、感覺的情感形容詞，一般用「AはBが～」，而很少用「Aは～」。

◆ 私は背中が痒い。（× 私は痒い。）
我背癢。

◆ 私は手足が冷たい。（× 私は冷たい。）
我手腳冷。

＊以上情況的B通常是身體的一部分，這時的B是句子裡的小主語。A部份可以省略，而B通常不能省略。

精選練習

❶ 彼も水を＿＿＿＿＿＿＿＿。
A ほしがっているね　　　　B ほしいですね

❷ 子供のころ、私はいいおもちゃを＿＿＿＿＿＿＿＿。

A ほしがったよ　　B ほしかったよ

❸ 小学校にいたとき、先生を＿＿＿＿＿＿＿＿。

A 怖がったよ　　B 怖かったよ

❹ 私が＿＿＿＿＿＿＿＿のに、母は買ってくれない。

A ほしい　　B ほしがっている

❺ 熱で苦し＿＿＿＿＿＿＿＿ても、お医者さんは注射をしてくれない。

A く　　B がってい

❻ 足の＿＿＿＿＿＿＿＿人は行かなくてもいい。

A 痛かった　　B 痛い

❼ 電子辞書の＿＿＿＿＿＿＿＿人、申し出なさい。

A ほしがっている　　B ほしい

答案：A,A,A,B,B,B,B

提示

第1題表示第三人稱願望，所以答案選擇A。回憶過去的事情時，第一人稱可以用「～がった」。所以第2、第3題答案均選擇A。表示逆接條件，第一人稱代名詞「我」做主語時，述語可以用「～がる」，所以第4、第5題答案均選擇B。情感形容詞做體言修飾時，也可以用來修飾第二、第三人稱的代名詞、名詞，而不受人稱的限制。所以第6、第7題答案均選擇B。

翻譯

❶ 他也想喝水吧。
❷ 小時候，我常常想要一些好的玩具。
❸ 念小學的時候，我很怕老師。
❹ 我很想要，可是母親不給我買。
❺ 我燒得難受，可是醫生不給我打針。
❻ 腳痛的人可以不去。
❼ 想要電子詞典的人請報名。

3. この大学には＿＿＿＿女子生がいる。

A 多い　　　　　B 多くの

答案：B

譯文　這所大學裡有很多女生。

解題技巧　此題考查形容詞的體言修飾用法。在某種意義上，「多い」是「存在詞」，它表示事物存在的狀況，而不表示事物的任何屬性特徵，它和存在動詞「ある」、「いる」相呼應，在句中不能做體言修飾，所以答案應為B。

深度講解　形容詞「多い」做體言修飾時，通常有以下幾種情形。

① 以一個分句的述語形式出現，做體言修飾的是分句整體，並非「多い」這個詞。

- 雪の多い冬は必ずしも寒くない。（＝冬は雪が多い）
  降雪多的冬天未必寒冷。
- 昔多かった百貨店はいま数軒しか残っていない。（＝昔この町は百貨店が多かった）
  從前那麼多的百貨店現在只剩下幾家了。
- A：このあたりでどんな事故が多いですか。
  這一帶以什麼樣的事故居多？

  B：そうですね。このあたりで多い事故は車と自転車の接触事故ですね。（＝このあたりで車と自転車の接触事故が多い）
  我想想，這附近多半是汽車與自行車的相撞事故。

② 做形式名詞的體言修飾

- 多いほうを持っていきなさい。
  你把多的那一部分拿去。
- 多いときは百人以上の来客がある。
  客人最多的時候，有一百多人。

③ 多見於一些慣用片語中。

- ～が多いはずだ。
- ～が多いわけだ。

④ 形式上是體言修飾，實際上是表現「多い」本身的語義。

- 多い制約を逆手にとって新製品を作り上げた。（＝制約が多い）
  太多的限制，反而會促成新產品的出現。

⑤ 通常加上表示程度的副詞。

◆ いちばん多い誤りは助詞の誤りである。
助詞的錯誤是最常見的。

◆ もっと多い誤りは動詞の活用らしい。
動詞的活用更容易出錯。

◆ より多い給料をもらうために転職した。
為了爭取更多的收入，我改行了。

精選練習

❶ あの店が＿＿＿＿＿＿ほかの店へ行こう。
A 安ければ　B 高ければ
C 良ければ　D うまければ

❷ ＿＿＿＿＿＿ので返事が書けなかった。
A 楽しかった　B おいしかった　C 新しかった　D 忙しかった

❸ そのテーブルは＿＿＿＿＿＿て丸い。
A 大きい　B 大きく　C 多い　D 多く

❹ 隣の犬の声が毎晩＿＿＿＿＿＿眠れない。
A やかましくて　B あわただしくて
C そうぞうしくて　D いそがしくて

❺ ＿＿＿＿＿＿人で、はっきり断ったのに毎晩電話を掛けてくる。
A くだらない　B きつい　C くどい　D しつこい

❻ ボタンがとれたままのシャツを着ているなんて＿＿＿＿＿＿。
A かわいらしい　B だらしない　C そそっかしい　D つらい

答案：B,D,B,A,D,B

提示

第1題根據句意，是表示「價錢貴」，所以答案選擇B。第2 題後半句是「沒能寫回信」，所以答案選擇D。第3題連用形「く」後接「て」表示並列，所以答案選擇B。第4題根據句意，表示「吵鬧、喧鬧」，所以答案選擇A。第5題根據後項「はっきり断ったのに（雖然已明確拒絕，但……）」，所以答案選擇D。第6題根據前面出現的「ボタンがとれたまま～」，所以答案選擇B。

翻譯

❶ 那家店貴，我們去別的店吧。

❷ 太忙了，沒時間寫回信。

❸ 那張桌子又大又圓。

❹ 鄰居家的狗吠聲，吵得我每晚都睡不好覺。

❺ 他真是個難纏的人，都明確拒絕了，還每天晚上打電話來。

❻ 鈕釦掉了還照樣穿著，真是邋遢。

4. 贈り物を＿＿＿＿＿ちょうだいする。

A 楽しく　　B 嬉しく

答案：B

譯文

高興地接受禮物。

解題技巧

此題考查形容詞的近義詞用法。「楽しい」、「嬉しい」這兩個詞都是表示愉悅的情感，意思非常相近。「嬉しい」表達的感情通常是在某些誘發原因之後產生的，而「楽しい」通常是指置身於那種場面和環境中產生的感覺，所以答案應選B。

深度講解

① 「嬉しい」通常指直接的、瞬間的感情。

◆ あの人に会えて嬉しかった。
很高興能見到他。

◆ 四月から自分も大学生かと思うと、何となく嬉しい気持ちになる。
想到四月份自己也成大學生了，不由得高興起來。

◆ あいつもだめだったかと思うと、嬉しくなっちゃう。
一想到那傢伙不行了，我就很高興。

② 「嬉しい」這種感情通常是在誘發原因之後產生的，而「楽しい」是置身於那種場面和環境所產生的感覺。

◆ あなたにお会いできて本当に嬉しい。
能見到你，真是太高興了。

◆ 一日を楽しく遊んだ。
一天都玩得很愉快。

◆ おじいさんは孫たちに囲まれて実に楽しそうだ。

爺爺和孫子們圍坐在一起，開心極了。

③ 「嬉しい」因為是誘發原因之後產生的，所以這種感情相對來說是被動的；「楽しい」則能夠通過有意識的努力來實現，它的感情相對來說是主動的。

◆ 私の病気が治らないことは知っているが、くよくよしていても仕方がないので、毎日できるだけ楽しく過ごそうと努力している。
我知道治不好我的病，但每天憂鬱地過也不是辦法，所以每天盡可能地過得開心些。

◆ 貧しくてもいい。あなたと二人で、この小さなうちで、静かに楽しく暮らしたい。
窮一點也沒關係。只想你我倆人在這個小家庭裡，能安靜愉快地過日子。

④ 「楽しい」表達的是相對客觀的、普遍的感覺。「嬉しい」所表達的是個別的、個人的感情。

◆ 楽しいパーティー。
令人愉快的派對。（代表了一般人的感覺）

◆ 嬉しいパーティー。
令人高興的派對。（表示說話人的感情）

⑤ 「嬉しい」的感情是瞬間性的，通常誘發的原因只是一件事；「楽しい」的感覺是持續性的，所以在這一持續階段內誘發「楽しい」的原因可以是幾件事的附加。

◆ 今日は楽しかった。
今天很開心。（=晚上回想這一天發生的事情，覺得今天過得真是很開心）

◆ 嬉しかった！
真高興。（=某一願望得到了滿足）

精選練習 下線部の漢字の正しい読みをA～Dの中から選んでください。

❶ 最近の情報産業の発展は著しい。

A ちょしい　B いじましい　C いちじるしい　D めざましい

❷ 若者の間で渋い色のコートが流行っている。

A にがい　B じみい　C しぶい　D おとなしい

❸ 人生とは空しいものだ。

A むなしい　B くうしい　C そらしい　D からしい

❹ 秋の風が非常に快い。

A こころよい　B ここちよい　C きもちいい　D きぶんいい

❺ 彼は精神的に脆い面がある。

A よわい　B もろい　C やわらかい　D あぶない

❻ 人間関係が最近、煩わしいと感じるようになってきた。

A うるわしい　B なげかわしい　C わずらわしい　D わずわらしい

❼ 今回は非常に貴い体験をなさいましたね。

A とうとい　B うとい　C たかい　D すばらしい

❽ あの人は時事問題に関する知識に乏しいですね。

A とぼしい　B まずしい　C ほうしい　D さびしい

答案：C,C,A,A,B,C,A,A

提示

第1題根據句意，表示「明顯、顯著」，所以答案選擇C。第2題根據句意，表示顏色的「素雅」，所以答案選擇C。第3題表示人生很「虛無、變幻無常」，所以答案選擇A。第4題根據句意，表示「心曠神怡」，所以答案選擇A。第5題根據「精神的に～」，是指精神上「脆弱」，所以答案選擇B。第6題表示人際關係的「複雜」，所以答案選擇C。第7題指「寶貴的」經驗，所以答案選擇A。第8題表示「缺乏」，所以答案選擇A。

翻譯

❶ 最近資訊產業發展迅速。
❷ 年輕人當中流行顏色素雅的大衣。
❸ 人生變幻無常。
❹ 秋天的風令人心曠神怡。
❺ 他精神上有著脆弱的一面。
❻ 最近感到人際關係很複雜。
❼ 您得到了一次寶貴的體驗。
❽ 他缺乏有關時事方面的知識。

5. 文学は歴史的に眺めてみないと＿＿＿が出てこない。

A 面白み　　　　B 面白さ

答案：A

譯文　文學只有從歷史的角度來看，才能看出趣味來。

解題技巧　此題考查形容詞的名詞性用法。「～み」表示從有關情感、形態、顏色、情況等方面得到的感覺和印象，所以答案應選A。

深度講解

① 形容詞詞幹後加「さ」、「み」均可構成名詞。「～さ」的使用範圍較廣，多表示事物的性質、狀態或程度。

- この荷物の重さは5キロである。
  這件行李的重量是5公斤。
- あの遊園地には楽しさがあります。
  那個遊樂園充滿著快樂。
- 彼の弱さにつけこんで、いじめるのはやめなさい。
  不要看人家軟弱就欺負人家。

② 「～み」表示從事物的狀態中得到的感覺和印象。主要表示感覺上、精神上體會到的東西。

- あの人は人間としての重みを感じさせる人だ。
  他（讓人覺得）是個人品莊重的人。
- あの遊園地に楽しみがあります。
  那個遊樂園有可玩之處。
- 彼の弱みにつけこんで、いじめるのはやめなさい。
  不要看有辮子可抓就欺負人家。

③ 「～み」表示其中的某一點或部分。

- 深みにはまる。
  陷入深處。
- 弱みをにぎられている。
  被抓住弱點。
- 事件が明るみに出た。
  事件被公開出來了。
- あの人の強みは支持者が大勢いることだ。
  他的長處是人氣盛，支持者眾多。

④ 「さ」幾乎可以接在所有的形容詞或形容動詞之後，而「み」只能接在特定形容詞或形容動詞之後。

- 青い　青さ　青み
- 重い　重さ　重み
- 楽しい　楽しさ　楽しみ
- 悲しい　悲しさ　悲しみ
- 美しい　美しさ　美しみ ×
- 嬉しい　嬉しさ　嬉しみ ×
- 穏やかだ　穏やかさ　穏やかみ ×
- きれいだ　きれいさ　きれいみ ×

精選練習　次の説明に一番ふさわしい「形容詞」をA～Dの中から一つ選んでください。

❶ 人の気持ちなど考えずに、自分勝手なことをしても平気な様子。

A ずうずうしい　B はなはだしい　C あわただしい　D みにくい

❷ 何回も何回も同じ話をして、聞いている人が嫌になる様子。

A つらい　B かゆい　C にくらしい　D くどい

❸ 不注意で落ち着きがなく、よく間違える様子。

A わかわかしい　B みみっちい　C だらしない　D そそっかしい

❹ 嫌がられても、断られても、何度も同じことをしてくる様子。

A くやしい　B しつこい　C ずるい　D あやしい

❺ 山道などが急である。困難が予想される様子。

A けわしい　B くわしい

C わずらわしい　D うるわしい

答案：A,D,D,B,A

提示　第1題「ずうずうしい」意為「厚顏無恥、厚臉皮」，與「人の気持ちなど考えずに、自分勝手なことをしても平気な様子」句意相符，所以答案選擇A。第2 題「くどい」意為「喋喋不休、囉唆」，與「何回も何回も同じ話をして、聞いている人が嫌になる様子」句意符合，所以答案選擇D。第3題「そそっかしい」意為「毛手毛腳、冒失」，與「不注意で落ち着きがなく、よく間違える様子」句意相符，所以答案選擇D。第4題「しつこい」意為「執拗的、糾纏不休的」， 與「嫌がられても、断られても、何度も同じことをしてくる様子」的句意相符，所以答案選擇B。第5題「けわしい」意為「險峻的、陡峭的」，與「山道などが急である。困難が予想される様子」的句意相符，所以答案選擇A。

翻譯

❶ 不考慮別人的心情，只做對自己有利的事卻還滿不在乎的樣子。
❷ 重重複複地說著同樣的話，讓聽的人很厭煩。
❸ 粗心大意、不沉著，經常出錯的樣子。
❹ 被嫌惡也好，被拒絕也好，還是重複著做同一件事。
❺ 山路陡峭。可以預見到路況困難。

第6章

形容動詞

知識講解

形容動詞的定義 1

表示事物性質與狀態的詞叫做形容動詞。有活用變化，詞尾都是「だ」。在句中能獨立做述語、體言修飾和用言修飾，意義、作用同形容詞基本相同，因其形態變化與文語中的形容動詞「ラ変動詞」相似，所以被稱為「形容動詞」。

- 息子(むすこ)が無事(ぶじ)でいるかどうかが、何(なに)より気(き)がかりだ。
  最令我擔心的是兒子是否平安無事。
- この仕事(しごと)ははじめ楽(たの)しそうにみえたが、やってみるとなかなかたいへんだ。
  這個工作看上去好像很輕鬆似的，可實際上做起來非常辛苦。
- 遊園地(ゆうえんち)では待(ま)ち時間(じかん)は長(なが)いし、子供(こども)は寝(ね)てしまうので、散々(さんざん)だった。
  在遊樂園，排隊等候的時間又長，孩子都睡著了，真是狼狽極了。
- 贅沢(ぜいたく)な時代(じだい)だ。僕(ぼく)が子供(こども)の頃(ころ)は、鉛筆一本(えんぴついっぽん)粗末(そまつ)にしても、親(おや)に叱(しか)られたものだった。
  真是個奢侈的時代。我小的時候連浪費一支鉛筆都會被父母責罵。
- 佐藤(さとう)さん、李(り)さんの代役(だいやく)で、中国(ちゅうごく)からのお客(きゃく)さんの通訳(つうやく)をやるんだって？上手(じょうず)にできるものやら心配(しんぱい)だ。
  聽說佐藤先生代替李先生幫來自中國的客人翻譯是嗎？我真擔心他能不能做好。

形容動詞的種類 2

形容動詞的種類大致有以下5種。

1） 和語系形容動詞

豊かだ	健やかだ	確かだ	穏やかだ
鮮やかだ	朗らかだ	柔らかだ	

2） 漢語系形容動詞

幸福だ	偉大だ	勇敢だ	正確だ	有名だ	簡単だ	活発だ

3） 利用漢字創造的形容動詞

上手だ	下手だ	苦手だ	丈夫だ	見事だ	粗末だ	面倒だ	迷惑だ

4） 名詞加接尾詞「的」

政治的だ	悲劇的だ	健康的だ	理想的だ	芸術的だ	国際的だ

5） 外來語系形容動詞

スマートだ	ハンサムだ	デリケートだ	スムーズだ	ノーマルだ

形容動詞的活用 3

形容動詞與形容詞一樣，有未然形、連用形、終止形、連體形和假定形五種活用類型。以形容動詞「穏やかだ」為例，其活用變化列表如下：

基本形	詞幹	連用形	終止形	連體形	假定形	未然形
穏やかだ	穏やか	だっ、で、に	だ	な	なら	だろ

形容動詞各活用形的用法 4

1） 形容動詞連用形的用法

① 連用形「だっ」，後接過去助動詞「た」，表示過去。

◆ 一人息子が有名な大学に合格したので、父親はとても満足だった。

獨生子考上了有名的大學，父親非常滿意。

◆ 事故現場は機体や死体が飛び散り、あちこちで人々の悲鳴が聞こえ、とても悲惨だった。

事故現場，機體和屍體四處散落，到處都是人們淒慘的叫聲，真是一幅慘不忍睹的悲慘景象。

● 還可以後接並列助詞「～たり」，表示「時而……時而……」等。

◆ この辺は時間によって静かだったり、賑やかだったりです。

這一帶有時安靜，有時熱鬧，因時而定。

② 連用形「で」，主要表示中頓。此外，還可以後接補助形容詞「ない」，表示否定。

◆ この犬は気短で、すぐに人を噛む癖があるから、気をつけてね。

這只狗是個急性子，動不動就咬人，請小心點。

- 独身は身軽でいいよな。
  真是獨身一身輕啊！
- 荒れ果てた山寺は陰気で、まるでお化けが出そうな感じだった。
  荒蕪寂寥的山寺充滿了陰森森的氣氛，好像隨時都會有妖魔出現似的。
- 失礼な！僕は他人のプライバシーを覗き見するような、物好きで（は）ないよ。
  簡直是誣陷！窺視別人的隱私，我可沒有那樣的怪癖。
- 戦時中の日本の軍部は国民に対して正直でなかった。そのため、国を破滅させ、諸国民に悲劇と苦痛を与えた。
  戰爭時的日本軍部欺騙國民。因此，導致國家破滅，給各國人民帶來了極大的悲劇和痛苦。

③ 連用形「に」用來做用言修飾，修飾後面的動詞。

- 地球上には、満足に食事のできない人たちもたくさんいる。
  地球上還有許多人連飯都吃不飽。
- 晩年の祖父は、大きなソファーに座って、いつも物静かに微笑んでいた。
  晚年的祖父總是坐在大沙發上，臉上露出安詳的笑容。
- この新聞記事は、事件を忠実に伝えている。
  這條新聞忠實地報導了事件真相。
- 停電で部屋の中が真っ暗になった。
  停電了，屋裡變得一片漆黑。
- 彼は失敗を何度も繰り返して、すっかり臆病になってしまった。
  由於多次的失敗，他已經完全變成了膽小鬼。
- 手をきれいにしましょう。
  把手洗乾淨吧。
- 彼は悪意などなかったことを明らかにした。
  他表明了他沒有惡意。

2） 形容動詞終止形的用法

① 結束句子。

- 旅行には出たものの、隣の家に預けてきた子犬のことが気がかりだ。
  雖然出來旅行了。可是總惦著寄放在鄰居家的小狗。
- あの家には人が住んでいないはずなのに、夜になると誰かの声が聞こえるので、不気味だ。
  那座房子並未住著人。可是一到夜裡彷彿就聽到人的聲音，不禁令人毛骨悚然。

◆ あの人は誰に会っても笑顔を見せず、いつも陰気だ。
那個人無論見到誰都沒個笑臉，總是抑鬱寡歡的。

② 後接傳聞助動詞「そうだ」。

◆ その日、大勢の部下の前で部長から叱られ、彼のプライドは粉々だそうだ。
聽說那天在眾多部下面前受到部長的訓斥，他的自尊掃落在地。

③ 後接接續助詞「し」、「と」、「から」、「けれども」等。

◆ 瀬戸内地方は気候も温暖だし、魚もうまいし、果物も豊富です。
瀨戶內地區的氣候又溫暖，魚又好吃，水果也很多。

◆ 彼はスポーツ万能だし、ハンサムだし、女の子にもてないわけがない。
他是體育運動的全才，長得又英俊，不會得不到女孩子的歡迎的。

◆ スポンサーが反対だとあっては、この企画はあきらめるしかない。
既然資助者都反對，我們也只有放棄這個計畫了。

◆ 下手だけれども、ピアノを弾くのは楽しい。
我鋼琴彈得雖然不好，但這是我最大的樂趣。

◆ 新車は高価だから、頭金をためてからでないと買えないよ。
新車很貴的，所以不事先準備好訂金是買不了的。

◆ 冷蔵庫の中が空っぽだから、今日は買い物に行かなければならない。
冰箱裡空空的，今天得去買東西了。

◆ ここは静かだから、みんな自然に静かな声で話すようになるのよ。
因為這裡很安靜，所以人們說起話來音量自然就低了下來。

3） 形容動詞連體形的用法

① 做體言修飾。

◆ 政財界の大物が関係していて、これは厄介な事件だ。
這個案件牽連到財政界的大人物，很棘手。

◆ 水族館に行くと、透明なガラスを通していろいろな魚を見ることができる。
到水族館，可透過透明的玻璃看到各種各樣的魚。

◆ 中国の国旗は濃厚な赤に五つの黄色い星が描かれています。
中國國旗是以鮮豔的紅色為底色，上面畫著五顆黃色的星。

② 後接接續助詞「ので」、「のに」和副助詞「だけ」、「ほど」等。

- この辺は気候が温暖なので、野菜や果物がたくさんとれます。
  這個地區氣候溫暖，很適合蔬菜和水果的生長。
- ここは便利なだけで環境はあまりよくない。
  這裡只是方便，環境並不太好。

4）　形容動詞假定形的用法

● 假定形後接接續助詞「ば」表示假設。但也可以省略「ば」。

- まわりがもう少し静かなら(ば)落ち着いて勉強できるのですが。
  周圍要是稍微再安靜些就能靜下心來用功學習了。
- 丈夫なら(ば)、高くても買います。
  要是耐用的話，就算是貴一點也買。
- 反対なら反対で、きちんとした論拠を示すべきだ。
  如果反對，就應拿出像樣的理由。

5）　形容動詞未然形的用法

● 後接推量助動詞「う」，表示對事物的推測。

- この辺は木も多いし、多分昼間も静かだろう。
  這一帶樹木也很多，白天一定很安靜吧。
- そういう言い方のほうが無難だろう。
  這樣説比較保險吧。
- パソコンがなかったら、どんなに不便だろう。
  要是沒有電腦，那是多麼不方便啊。

形容動詞詞幹 5

形容動詞詞幹與其他詞類構成複合名詞、複合動詞和複合形容動詞等。

1）　形容動詞詞幹加上接頭詞「大～」、「真～」、「無～」、「もの～」或接尾詞「～がる」、「～ぶる」、「～的」等構成複合形容動詞、複合動詞等

大嫌いだ	真っ暗だ	無器用だ	もの静かだ
不思議がる	高尚ぶる	積極的だ	

2）　形容動詞詞幹加上「さ」，構成複合名詞，表示程度或狀態

親切さ	立派さ	穏やかさ	豊かさ	勇敢さ	清潔さ

3）　形容動詞詞幹加上其他詞類構成複合形容動詞或複合名詞

得意顔	心静か	負けず嫌い	横好き	口上手	完全無料

4） 某些形容動詞詞幹兼有名詞詞性

◆ 自立すると、自分で幸福と不幸を選択できる。
一旦自立，就可以自己選擇幸福與不幸。

特殊型形容動詞 6

少數形容動詞的形態變化不完全，或者在使用時不像其他形容動詞那樣有規律地變化，這類形容動詞就叫做特殊型形容動詞。

1） 特殊型形容動詞「同じだ」。其特殊用法如下：

① 直接修飾名詞，做體言修飾，也可後接「ような」修飾名詞。

◆ 毎日同じ道を通って学校へ行きます。
每天走同樣的路上學。

◆ この点で妥協することはすべてをあきらめるのと同じことだ。
在這一點上妥協讓步，就等於放棄一切。

◆ あの人が食べているのと同じものをください。
請給我來一份和那個人一樣的套餐。

◆ この人たちはわれわれと同じようなものの考え方をしない。
這些人跟我們的想法不一樣。

② 以「同じ～なら（たら）」等形式做副詞使用。相當於中文的「反正」、「一樣」、「同樣」等。

◆ 同じ買うなら、少々高くても長持ちするものの方がいい。
同樣是買，最好還是買貴一點又耐用的。

◆ 久しぶりの旅行なんだから、同じ行くんだったら思い切って遠くに行きたいな。
好久沒有旅行了，既然要去就乾脆去一個遠的地方。

◆ 同じお金をかけるのなら、食べてなくなるものでなく、いつまでも使えるものにかける方が意味があると思う。
如果同樣是花錢，別光花在吃了就沒了的東西上，而要花在經久耐用的東西上才有意義。

③ 後接接續助詞「のに」、「ので」或句型「～のだ」時，需要用「同じな」的形式接續。

◆ 値段が同じなのに、どうしてあれを買わないのですか。
價格都一樣，你為什麼不買那種呢？

◆ 広く浅く知ることは何も知らないと同じなのです。
什麼都知道一點，又都瞭解得不深，這和不知道是一樣的。

④ 以「同じように」、「同じぐらい」等形式做用言修飾。

◆ 君の兄さんはよく勉強しているよ。君も同じようにやらなくちゃ。
你哥哥很用功啊，你也得同樣用功才行。

◆ 彼は父親と同じぐらいよく飲む。
他跟他父親一樣能喝。

⑤ 做述語時，跟規則形容動詞一樣。

◆ 名前は同じですが、違う人でした。
名字相同，人不同。

◆ 幸せでありたいと願うのは誰でも同じだ。
希望自己幸福，這一點誰都是一樣的。

參考 「同じだ」除了連體形之外，未然形、連用形、終止形、假定形的用法和規則形容動詞一樣。

2） 特殊型形容動詞「こんな」、「そんな」、「あんな」、「どんな」，這一組詞最常見的用法是直接修飾體言作體言修飾，做用言修飾時則後接「に」

◆ こんなときにはどうしますか。例えば、電車の中で急に気持ちが悪くなったとします。
這種時候該怎麼辦？譬如，在電車裡突然之間感到噁心。

◆ よいと思ってやったことなのに、こんな結果になるとは誠に残念でした。
我以為可以才做的，可是得出這樣的結果真是令人遺憾。

◆ 20分ぐらい待たせたからといって、そんな怖い顔をしないでください。
雖然讓你等了20分鐘，可也不要擺著那樣恐怖的表情。

◆ そんな大金は持っていません。
我沒有那麼多的錢。

◆ この本はそんなに難しくないから、一度読んでごらんなさい。
這本書沒那麼難，你先看一下。

◆ やり方が悪かったからこんなになったのですよ。
做法不好，所以才變成這樣子的。

◆ あの人があんな人だとは思わなかった。本当にびっくりした。
沒想到他是那樣的人。真讓我吃驚。

◆ あんな真面目な人は、あまりいません。
很少有那麼認真的人了。

◆ あんなにたくさん集まるとは夢にも思いませんでした。
做夢也沒想到能收集到那麼多。

◆ 私はまじめにやったのに、あんなに怒られるとは思わなかった。
我是認真做了的，可是沒想到他會那麼生氣。

文語形容動詞的殘留用法 7

1） 文語形容動詞的活用形

● 文語形容動詞有「なり」和「たり」兩種。「なり」活用 的文語形容動詞發展成為現代日語的形容動詞；「たり」活用的文語形容動詞因其在現代日語中保留了連用形「と」和連體形「たる」，因此稱之為「タルト」型活用形容動詞。其活用形列表如下：

活用種類	詞例	詞幹	詞尾	未然形	連用形	終止形	連體形	已然形	命令形
ナリ活用	穏やかなり	穏やか	なり	なら	に なり	なり	なる	なれ	なれ
タリ活用	堂々たり	堂々	たり	たら	と たり	たり	たる	たれ	たれ

2） 「なり」活用的文語形容動詞

● 在現代日語中，「なり」使用得最多的是連體形「～なる」和未然形「～なら」。

◆ 妙（たえ）なる笛（ふえ）の音（ね）が聞（き）こえる。
傳來美妙的笛聲。

◆ 都市（とし）の環境（かんきょう）を汚（よご）している元（もと）はほかならぬ煙（けむり）である。
污染城市環境之源的不是別的正是煙塵。

◆ それならばよろしゅうございます。
如果是這樣，那好吧。

◆ 健全（けんぜん）なる精神（せいしん）は健全（けんぜん）なる身体（しんたい）に宿（やど）る。
健全的精神寓於健康的身體。

◆ 自分（じぶん）に独特（どくとく）なる思考能力（しこうのうりょく）を持（も）っている。
具有自己獨特的思考能力。

◆ 石油危機（せきゆきき）は米国（べいこく）のみならず、日本（にほん）にも深刻（しんこく）な影響（えいきょう）を及（およ）ぼした。
石油危機不僅僅對美國，也嚴重地禍及日本。

3） 「タルト」型形容動詞

● 「タルト」型形容動詞在現代日語中多使用連用形「～と」和連體形「～たる」。連體形「～たる」經常以「～とした」的形式做體言修飾來修飾體言；而連用形「～と」則以「～として」的形式做用言修飾來修飾用言。

- 君は前途洋々たる大会社の幹部社員だからね。
  你是前途無量的大公司裡的高級職員嘛。
- 一木は林を成さず、万木こそ森々たれ。
  一木不成林，萬木始森森。
- 外交方針は依然として変わるところがない。
  外交方針依然沒有變化。
- 呆然と(して)立ちすくんでいた。
  呆立不動。
- 自分の家にいても、机の前にぼんやりして、何か漠然たる不安に襲われる。
  即使在自己家中有時也呆坐在桌前，無端地被一種莫名的不安所侵擾。
- これまで無数の赤という色を見てきたが、こんなにも寂寥とした赤は見た ことがない。
  過去見過無數紅色，而像這樣淒涼而又寂寥的紅色卻從未見過。

考點講練

1. あの子は想像力の______な子供です。
   A 豊富　　　　B 豊か

答案：B

譯文　他是一個想像力豐富的孩子。

解題技巧　此題考查形容動詞的用法。當表示某人的才華出眾、想像力豐富時只能用「豊か」，不能用「豊富」，所以答案選擇B。

深度講解

①表示事物（物品）種類繁多時用「豊富」。

- 品が豊富に出回る。
  各種物品大量上市。
- あの店は品数を豊富に取り揃えてある。
  那個店貨物品種齊全。

②表示（在某一製品裡）毫不吝惜地、大量地使用了某些材料時用「豊富」。

◆ カラー写真を豊富に収録する。

收錄了大量的彩色照片。

◆ 魚を豊富に使ったかまぼこ。

含有高比例魚肉的魚板。

③ 表示生活富裕時用「豊か」。

◆ アメリカは豊かな国だ。

美國是一個很富有的國家。

④ 表示身體的某一部分豐滿時用「豊か」。

◆ 豊かな乳房。

豐滿的乳房。

⑤ 表示農作物的籽粒飽滿、碩大時用「豊か」。

◆ 作物が豊かに実る。

農作物籽粒飽滿。

◆ 白い豊かな大輪の花。

一朵大白花。

⑥ 形容人的表情豐富、樂曲起伏跌宕，富於變化時用「豊か」。

◆ 表情豊かな演奏。

表情豐富的演奏。

◆ 豊かなリズム。

起伏跌宕而豐富多變的節奏。

⑦ 表示物品豐富、充足時兩者均可使用。

◆ 食料が豊富だ（豊かだ）。

◆ 資金が豊富だ（豊かだ）。

◆ 物産が豊富だ（豊かだ）。

⑧ 表示知識、經驗、內容等豐富時兩者均可使用。

◆ 経験豊かな（豊富な）人。

經驗豐富的人。

◆ 豊かな（豊富な）学識。

淵博的學識。

◆ 豊かな（豊富な）内容。

豐富充實的內容。

*「豊富」是漢字詞彙，近似書面語，比較鄭重，而「豊か」是日語固有詞彙，口語化強，語感比較柔和。意思相近時，「豊富」側重於表示事物的種類多；而「豊か」側重於表示事物的數量多。

精選練習 下線部を漢字に変える場合、A～Dの中から正しいものを選んでください。

❶ 非常事態発生。すみやかにここから離れてください。
A 早やかに　B 急やかに　C 忙やかに　D 速やかに

❷ パーティーはなごやかな雰囲気の中、始まった。
A 穏やか　B 和やか　C 平やか　D 静やか

❸ ここの職人は皆、たくみな技をつかいこなす。
A 上手な　B 熟練な　C 巧みな　D 粋な

❹ 10年前の記憶があざやかに蘇ってきた。
A 爽やか　B 鮮やか　C 麗やか　D 華やか

❺ 21世紀を背負っていく子供達にすこやかに育っていってほしい。
A 康やか　B 元気やか　C 速やか　D 健やか

答案：D,B,C,B,D

提示 第1題根據前面句子「非常事態発生」，後面句子表示「請儘速離開」的意思。所以答案選D。第2題根據前後句「パーティーは～な雰囲気の中（派對在……氣氛中）」，所以答案選擇B。第3題表示精巧的手藝，因此答案選擇C。 第4題表示「記憶鮮明、記憶猶新」，所以答案選擇B。第5題表示「健壯、茁壯」，所以答案選擇D。

翻譯

❶ 這裡有緊急事態發生。請迅速離開。
❷ 派對在柔和的氣氛中開始了。
❸ 這裡的師傅們都能熟練運用精湛的手藝。
❹ 10年前的記憶清晰地展現在眼前。
❺ 希望承擔21世紀重任的孩子們能健康、茁壯地成長。

2. 大阪の近鉄が＿＿＿＿顔をしているので、しゃくにさわった。
A 大きい　B 大きな

答案：B

譯文　大阪近鐵那傲慢的態度，看了讓人生氣。

解題技巧　此題考查連體詞「大きな」和形容詞「大きい」做體言修飾時的用法。「大きな」通常多修飾抽象事物，而「大きい」多修飾具體的事物。「大きな顔をしている」意為「傲慢」，是一種比喻說法，因此答案應為B。

深度講解

① 體言修飾裡沒有其他詞語做主語時，「大きな」與「大きい」兩者均可用。

◆ 大(おお)きい花瓶(かびん)がほしい。
我想要個大花瓶。

◆ 大(おお)きな花瓶(かびん)がほしい。
我想要個大花瓶。

② 體言修飾裡有其他詞語做主語時，一般用「大きい」而不用「大きな」。

◆ 口(くち)が大(おお)きい花瓶(かびん)がほしい。（×口(くち)が大(おお)きな花瓶(かびん)がほしい）
我想要個大口的花瓶。

③ 表示抽象、比喻的說法時，不用「大きい」而用「大きな」。

◆ 大(おお)きな一歩(いっぽ)。
邁出一大步。

◆ 大(おお)きな試合(しあい)。
大規模的比賽。

◆ 大(おお)きな山場(やまば)。
重要的關頭。

④ 用「大きな」時多修飾抽象事物，用「大きい」時，多修飾具體的事物。

◆ 大(おお)きな事件(じけん)・恩恵(おんけい)・成功(せいこう)・失敗(しっぱい)・責任(せきにん)など。
大的事件、恩惠、成功、失敗、責任等。

◆ 大(おお)きい家(いえ)・川(かわ)・町(まち)など。
大房子、大河、大的街道等。

⑤ 某些帶「～い」或「～な」的複合詞不能互換使用。

◆ 生白(なまじろ)い（×な）インテリ。
白面書生。

◆ 生(なま)ぐさい（×な）におい。
腥臭的味道。

◆ 生(なま)ぬるい（×な）みそしる。
半涼不熱的醬湯。

◆ 真っ赤な（×い）血。
鮮紅的血。

◆ 真っ青な（×い）顔。
蒼白的臉。

◆ 真っ茶色な（×い）服。
土色的衣服。

精選練習 次の文の中、線を引いた形容動詞は、どんな活用形ですか。その名称をA～Dの中から一つ選びなさい。

❶ こんなに静かな所を歩くのははじめてである。

A 連用形、終止形　　B 連用形、連體形
C 未然形、假定形　　D 終止形、未然形

❷ 仕事は積極的に、しかも真面目にやるのがいいと先生がおっしゃった。

A 連用形、連用形　　B 連體形、連用形
C 未然形、終止形　　D 終止形、連體形

❸ 山は、大丈夫だろうね。うっかり登って遭難したら、それこそみんなに迷惑だからね。

A 連用形、未然形　　B 連體形、連用形
C 未然形、終止形　　D 終止形、連用形

❹ りっぱにできました。これもきみの努力の結果だ。ずいぶん熱心だったからね。

A 連用形、終止形　　B 連體形、未然形
C 未然形、假定形　　D 連用形、連用形

❺ 波が静かなら泳ぎに行こう。君のみごとな泳ぎっぷりを拝見しようじゃないか。

A 假定形、終止形　　B 連體形、未然形
C 未然形、假定形　　D 假定形、連體形

答案：B,A,C,D,D

提示 第1題「こんな」後接「に」，做用言修飾，修飾形容動詞「静かだ」。「静かだ」的連體形是詞幹+「な」，修飾後面的名詞「所」，所以答案應為B。第2題均為形容動詞連用形「～に」，做副詞使用，

修飾後面的動詞「やる」。所以答案應為A。第3題前項的形容動詞「大丈夫だろ」為未然形，後接「う」表示推測。後項的形容動詞「迷惑だ」為終止形，後接「から」表示原因，所以答案應為C。第4題為形容動詞連用形「～に」，後一個為形容動詞連用形「～だっ」。所以答案應選擇D。第5題前項為形容動詞假定形「～なら」，後項為形容動詞連體形「～な」，所以答案應為D。

翻譯

❶ 在這麼安靜的地方走路，還是第一次。
❷ 老師說，工作要積極、認真才好。
❸ 現在登山沒什麼大問題吧。可要是糊里糊塗地就去登，出了意外的話，會給大家帶來麻煩啊。
❹ 任務完成得很出色。這也是你努力的結果。因為你投入了很多的精力。
❺ 等海浪平靜下來，我們就去游泳吧。正好可以看看你那漂亮的泳姿！

3. 次の名詞には形容動詞としての用法を持つものがある。A～Hから五つ選びなさい。

A 完全	B 安全	C 正直	D 合理
E 元気	F 信頼	G 信用	H 経済

答案：A,B,C,E,H

譯文 完全、安全、正直、健康、經濟

解題技巧 D是名詞；A、B、C、E、H既是名詞，又可做形容動詞使用。另外，如果一個名詞在後接「する」後，能構成サ變動詞的話，那麼這個詞一般沒有形容動詞的用法，如F、G。

深度講解 日語中，有部分形容動詞是由沒有形容意義的抽象名詞加接尾詞「的」構成的。如：「科学的」、「技術的」、「伝統的」、「実用的」、「主観的」等。利用接尾詞「的」構成的形容動詞，主要有以下4種用法。

① 以「～的な」的形式修飾體言做體言修飾。

◆ トルストイのもっとも代表的な著作は「戦争と平和」である。
托爾斯泰最有代表性的著作是《戰爭與和平》。

◆ 通常、ある製品を製造すると技術的な経験を積み重ね、それを製造するのに最も効率的なやり方や法則を見出すものです。

通常在生產某種產品時，積累技術經驗；在製造過程中，找到最有效的製造方法和規律。

② 用詞幹「的」直接修飾體言做體言修飾。

◆ 客観的事実についての主観的把握はつつしむべきである。

對於客觀的事實要避免主觀地去看待它。

◆ 今の青年は政治的関心が薄すぎる。

如今青年的政治觀念太淡泊了。

◆ 比較的簡単に扱う。

處理得比較簡單。

③ 以「～に」的形式後接用言做用言修飾。

◆ これは費用的に難しい。

這在經費上有困難。

◆ 時間的に最短コースをとる。

取時間最短的路程。

④ 以「～的である」的終止形形式做述語。

◆ 事件はあまりにも瞬間的で、喜劇的であった。

事件就發生在一剎那間，而且富有喜劇性。

精選練習 次の文の中、線を引いた言葉の品詞名をA～Dの中から一つ選びなさい。

❶ 「今度はあなたが苦しいわ。」と彼女は心配そうに言った。

A 形容動詞　B 動詞　C 名詞　D 形容詞

❷ 女の子はかえって無愛想に、「心配しなくてもいいのよ。」と答えました。

A 形容動詞　B 動詞　C 名詞　D 形容詞

❸ ちょっとした怪我だから、心配はいらない。

A 形容動詞　B 動詞　C 名詞　D 形容詞

❹ 父親の健康が心配で、いつも電話を掛けている。

A 形容動詞　B 動詞　C 名詞　D 形容詞

❺ おじいさんは盗まれるのが心配で、金を地中に埋めておく。

A 形容動詞　B 動詞　C 名詞　D 形容詞

答案：A,B,C,A,A

提示

第1～第5題主要考查「心配」的詞性。「心配」既可以做名詞，又可用做形容動詞，還可以做「サ変動詞」的詞幹。一般情況下，可以在該詞前面加上一個副詞，同時該詞又可以被副詞修飾的，那麼它就是形容動詞；如果不可以被副詞修飾，那麼它就是名詞。如：第1、第4、第5題的「心配」前面均可加上副詞「とても」、「たいへん」、「非常に」等，所以第1、第4、第5題的「心配」是形容動詞。第3題的「心配」前面不能加副詞「とても」、「たいへん」、「非常に」等，所以第3題的「心配」是名詞。第2題名詞「心配」+「する」構成了サ變動詞。

翻譯

❶「這一次可就苦了你了。」她擔心地說道。
❷ 女孩子反而冷淡地回答說：「用不著你擔心。」
❸ 只受了一點傷，不必擔心。
❹ 很擔心父親的健康，所以總打電話問候。
❺ 爺爺怕錢被盜，所以把它埋在地下。

4. A:「住友ビルはあれですよ。分かりますか。」
B:「私は東京に３年すんでいるんです。住友ビルは______知っています。」
A もちろん　　B 当然

答案：A

譯文

A：「那就是住友大樓。你知道嗎？」
B：「我在東京待了三年了，當然知道住友大樓啦。」

解題技巧

「当然」為形容動詞、副詞，「もちろん」為副詞。兩者都有「当然」的意思。有時可以互換，但語感不同。上例中如果用「當然」則給人以「我在日本待了三年哪裡都知道，用不著你告訴我」的感覺。「もちろん」比「当然」柔和，多用於口語，所以答案選A。

深度講解

① 「当然」表示「從道理上考慮當然是那樣」或「從客觀上看誰都會那麼認為，肯定會那樣做」的意思。用於第一人稱時表示説話者強烈的主張，因此語氣較生硬。

◆ 借りたものは返すのが当然だ。
借的東西當然要還。

◆ 彼はハンサムだから、当然人気がある。
他是個美男子，當然受歡迎。

◆ あなたがそうおっしゃるのも当然です。
您那麼説也是當然的。

② 「もちろん」表示「不言而喻」，也用於表示自己的主張或説話者的心情。但語氣比「当然」主觀，並不是「誰都那麼認為」，而是表示説話者「我這麼考慮」。

◆ 日本語を話すのはもちろんのこと、書くこともとても上手です。
講日語那是不用説的了，寫得也特別漂亮。

◆ 来週のパーティーは、いろいろな国のおいしい料理はもちろん、カラオケもディスコもある。
下周的派對，有各國好吃的菜肴自不必説，還有卡拉OK和舞廳。

③ 有時二者可以互換，但語感不同。

◆ 私は当然行かなければなりません。
我當然得去。（因為是義務，所以必須去。）

◆ 私はもちろん行かなければなりません。
我當然得去。（按照自己的意思進行行動。）

④ 「当然」這一形容動詞和部分兼有名詞性用法的形容動詞一樣，構成體言修飾時，可用「詞幹+の」的形式。

◆ それをいただくのは当然の権利だ。
得到這些是理所當然的。

◆ 無理をした当然の結果として病気になったのです。
不顧一切地拼命做，結果當然也就生病了。

精選練習

❶ この辺は前よりずいぶん＿＿＿＿なったものですね。

A にぎやかな　　B にぎやかだ　　C にぎやかで　　D にぎやかに

❷ 計器が＿＿＿＿ば、実験がよくできる。

A 精密なら　　B 精密だ　　C 精密に　　D 精密で

❸ 子供は＿＿＿＿着物を着ている。

A きれいだ　　B きれいに　　C きれいな　　D きれいだった

❹ 昔、この町は＿＿＿＿た。

A 静かだっ　　B 静かに　　C 静かな　　D 静かで

❺ この問題は＿＿＿＿考える必要がある。

A 真面目だ　　B 真面目で　　C 真面目な　　D 真面目に

❻ 中国人民は＿＿＿＿、勇敢だ。

A 勤勉だ　　B 勤勉で　　C 勤勉に　　D 勤勉なら

答案：D,A,C,A,D,B

提示

第1題「にぎやかに」做副詞，修飾後面的動詞「なった」，所以答案為D。第2題表示假定，答案應為A。第3題形容動詞的連體形「～な」，修飾後面的名詞做體言修飾，所以答案應為C。第4題根據前面的時間名詞「昔」，是指過去，所以答案選A。第5題「真面目だ」的連用形「真面目に」，做副詞修飾後面的動詞「考える」，因此答案應選D。第6題根據句意，「勤勉だ」在句中與「勇敢だ」並列，因此應選擇「勤勉だ」的連用形「勤勉で」，所以答案選擇B。

翻譯

❶ 這一帶比以前熱鬧。
❷ 如果儀器精密的話，實驗就能做好。
❸ 孩子穿著漂亮的和服。
❹ 以前這條街是很幽靜的。
❺ 這個問題有必要認真考慮。
❻ 中國人民勤勞而勇敢。

第7章

副詞

知識講解

副詞的定義 1

在句中用於修飾用言或用言性句節、沒有詞形變化的獨立詞叫做副詞。如下面例句中的「非常に」、「しばらく」都是副詞，在句中分別修飾「すばらしい」和「お待ちください」。

◆ 君(きみ)の質問(しつもん)は非常(ひじょう)にすばらしい。
你的問題提得非常好。

◆ ただいま満席(まんせき)でございます。しばらくこちらでお待(ま)ちください。
現在客滿了，請您在這邊稍候。

副詞的構成 2

日語的副詞主要由固有副詞和轉成副詞構成。

1） 固有副詞

少し	まさか	みな	しっかり	はっきり	とても
まったく	もっと	やがて	こんなに	そんなに	あんなに
どんなに	ただ	どう	はなはだ	ゆっくり	すっきり

2） 轉成副詞

① 由動詞轉成的副詞。

初めて	従って	極めて	たいして
かえって	あまり	絶えず	しきりに

② 由名詞轉成的副詞。

普通	大変	結局	今	先ほど
もとより	次第(に)	誠(に)	事実	実際

③ 重疊而成的副詞。

重ね重ね	知らず知らず	一つ一つ	まだまだ	まあまあ
ときどき	たまたま	わざわざ	早々	そろそろ

④ 由其他詞類轉成的副詞。

よく	早く	いくらか	もしくは	少なくとも
すぐ	まもなく	もしかしたら	やむを得ず	思いがけず
たちまち	なお	あるいは	ことのほか	じき

副詞的分類 3

根據副詞所修飾的對象，副詞又分為樣態副詞、程度副詞和陳述副詞3類。

1） 樣態副詞

● 樣態副詞本身能表示事物的屬性狀態，從時間、指示、方式、樣態等方面對行為、動作進行修飾、限定。

① 從時間等角度起修飾限定作用。

◆ 市内観光の前に、ひとまずホテルにチェックインしましょう。
市內觀光前，暫且先辦理旅館入住手續吧。

◆ もうこんな時間！そろそろ失礼しなきゃ。
都這麼晚了，我該走了！

◆ 彼女、たった一ヵ月で５キロもやせたんだって。
聽她說僅僅一個月就瘦了5公斤。

◆ 奥様、ほんの２、３分で結構です。お話を伺いたいんですが。
這位太太，就佔用您短短的兩三分鐘，問點事情。

◆ もうじき到着しますから、そろそろ降りる準備をしてください。
馬上就要到達目的地了，請做好下車準備。

◆ しばらくご無沙汰しておりましたが、お変わりありませんか。
好久沒有問候您了，您別來無恙吧！

◆ この料理は電子レンジであっという間にできて、簡単です。
這道菜如果用微波爐，一眨眼的工夫就能做好，很簡單。

② 用指代的方式予以修飾限定。

◆ こう雨の日ばかりつづいては、何にもできません。
要這樣天天下雨的話，什麼也做不成。

- 山路を登りながらこう考えた。智に働けば角が立つ。情に棹させば流される。意地を通せば窮屈だ。とかくに、人の世は住みにくい。
  我一邊攀登山路，一邊這樣思考：理智行事則人事難處；感情用事則難以自恃；意氣用事則四處受窘。居於人世，往往皆大不易。
- そう急がないでください。私は足が悪いのだから、そうは早く歩くことができません。
  別那樣地趕。我腳不好，走不了那麼快。
- ああして、こうしてと一々教えなければならない。
  得一一教他要這樣做、那樣做。
- あなたは彼のことをどう思いますか。
  你覺得他怎麼樣？

③ 説明動作、行為的狀況。

- 彼女は、あえて困難なレベルの試験に挑戦した。
  她硬是挑戰了難度較大的考試。
- どんな理由があろうと、憲法第九条の改正には絶対反対だ。
  無論有什麼理由，都堅決反對修改憲法第九條。
- たびたびで申し訳ありませんが、中山さんはもうお戻りになりましたか。
  再三打擾您真過意不去，請問中山先生已經回來了嗎？
- 子供のころは体が弱くて、しょっちゅう風邪ばかり引いていた。
  小時候身體弱，總是感冒。
- ほとんど死ぬところだった。
  差一點就死了。

④ 模擬聲音、狀態來修飾動作的行為、樣態。

- あのお嬢さんはあそこに立って、あちこちきょろきょろ見回している。どうやら誰かを待っているらしい。
  那位小姐站在那裡左顧右盼，好像在等什麼人。
- よそ者の言葉遣いをする民工たちが柵の外の街道を行き来している。だれもが頭はボサボサ、顔は垢だらけで、しょんぼりとしている。
  柵欄外的街道上來來回回地走動著一些外鄉口音的民工，一個個蓬頭垢臉，無精打采。

2） 程度副詞

①表示程度。

◆ 事業拡大に伴い、今年の採用人数を大幅に増員することにしました。
隨著事業的擴展，公司決定大量增加今年的錄用人數。

◆ 高齢化により、訪問看護に対する需要がますます高まりそうです。
隨著高齡化的發展，對家庭陪護的需求可能會不斷地升高。

◆ 首相の人気とともに、政治に対する関心が次第に高まってきた。
與首相的受歡迎程度一樣，人們對政治的關心也在不斷地高漲。

◆ 景気は徐々にではあるが、回復の兆しを見せている。
增長是緩慢的，但已呈現出復蘇的跡象。

◆ 何回も練習したが、どうも上手にできない。
練習了好幾次，可就是做不好。

◆ 日本で一番高い山は富士山です。
在日本，最高的山是富士山。

◆ 仕事がなくて甚だこまっている。
因為沒有了工作，非常煩惱。

② 表示選擇、追加。

◆ 電車は込むし、バスはのろいし、タクシーは高いし、いっそ歩いて行ったらどうでしょう。
電車又擠，公車又慢，計程車又貴，乾脆走路去吧？

◆ そんなにこの仕事が嫌なら、いっそのこと辞めてください。
不願意幹這個工作的話，就乾脆辭職算了。

◆ 自分で作るよりむしろ買ったほうが安いです。
與其自己做，還不如買現成的便宜。

◆ この話を聞いて、結婚する当人の私より、むしろ私の両親のほうが結婚を取りやめようと言い出した。
聽了這些，要結婚的我還沒說話，我的父母就先提出要取消婚禮。

③ コソアド係詞中表示程度的副詞。

◆ やり方が悪かったからこんなになったのですよ。
做法不好，所以才變成這樣的。

◆ こんなにりっぱにできるとは思わなかった。
沒想到能做得這麼出色。

◆ 広州はそんなに寒いですか。
廣州有那麼冷嗎？

◆ よくまあ、あんなにずうずうしいことが言えたものだ。
虧你還厚顏無恥地說出那樣的話來！真是大言不慚啊！

◆ 記念切手をどれほど集めましたか。
你收集了多少紀念郵票啊？

◆ どれほどおいしくても毎日食べれば飽きるものだ。
無論有什麼好吃，如果每天吃的話，都會膩的。

◆ あの人はどのぐらい日本語を話すことができますか。
他能說什麼程度的日語？

④ 從數量上起修飾限定作用。

◆ 彼女、ドイツ語が話せるらしいけど、せいぜい挨拶程度じゃないの？
她好像會說德語，充其量也就會一兩句日常用語而已吧？

◆ たかが英語が少し話せるからって威張ることないじゃない。
頂多也就是會說兩句英語，沒有什麼可大吹大擂的。

◆ 単に一般的事実を述べただけだ。
只敘述了一般的事實。

◆ 僅かの金で家族５人が暮らしている。
一家5口就靠一點錢過日子。

◆ うんと食べてね。
多吃點啊。

3） 陳述副詞。

● 陳述副詞又稱為敘述副詞。文法性質與樣態副詞、程度副詞不同。它不是修飾單個用言的，它所導出或限定的是一個用言性句節，通常與述語的陳述方式相呼應，表示說話人的態度、語氣等。

① 表示判斷。

◆ 来週までにきっと仕上げます。
下星期一定完成。

◆ 私にできるかどうかわかりませんが、取りあえずやってみましょう。
還不知道我能否勝任，先試試看吧。

◆ じゃ、この件はとにかくそういうことで。
那麼，這件事暫且就那樣吧。

◆ あしたならたぶん大丈夫でしょう。
明天大概就沒問題了！

◆ 最近の若いやつときたら、ろくにあいさつもできない！
最近的年輕人，連句像樣的招呼也不會打。

◆ この企画でおおむねいいでしょう。
這項計畫大致可以了吧。

② 表示預測。

◆ 私の国がどこにあるか正確に言える人はおそらくいないと思います。
我想沒有人能說出我的老家在哪裡。

◆ どうやら私の考えが間違っていたようだ。
看來好像我的想法錯了。

◆ もしかしたら事故にでもあったんじゃない？
是遇到了什麼事故了吧？

◆ これで、手術は三度目だが、今回はあるいはだめかもしれない。
這已經是第三次手術了。這次說不定也不行。

◆ 彼はひょっとしたら将来有名になるかもね。
說不定他將來會成為名人。

◆ もしかすると、彼女なら世界新記録が出せるかもしれない。
說不定她能創造一個新的世界紀錄。

◆ アンケートの結果は、案の定昨年より悪かった。
不出所料，民意調查的結果比去年差。

③ 表示現狀。

◆ 私は相変わらず、忙しい毎日を過ごしています。
我依舊每天過著忙碌的生活。

◆ 手術したときは、もはや手遅れの状態でした。
等到做手術的時候，已經晚了。

◆ 同期のやつらはとっくに部長になったというのに、俺だけ…。
同屆的那些傢伙早就當了部長了，就我一個……。

◆ 台風は依然強い勢力を保ったまま、北上を続けています。
颱風依然保持強勁勢頭繼續北上。

◆ 中村選手、ついに念願の金メダルを獲得しました。
中村選手終於獲得了夢寐以求的金牌。

◆ ようやく恵みの雨が降り、心配されていた水不足も解消されました。
總算下了場及時雨，解除了令人擔憂的缺水問題。

④ 其他。

◆ いろいろとご迷惑をおかけいたしました。
給您添了很多麻煩，實在過意不去。

◆ なにしろ東京は初めてなもので。
因為是第一次來東京。

◆ 続いてやってきたのは眼鏡をかけたサラリーマン風の人物でした。
接著進來的是一個戴著眼鏡的公司職員打扮的人。

◆ 最後にこれだけはみなさんに伝えたいことがあります。
最後，有一件很重要的事要告訴大家。

◆ 一般に、携帯電話の料金は割高である。
手機的費用通常比較高。

◆ そもそもアルバイトを始めたのは、お金のためではなく、さまざまな経験をしてみたかったからだ。
最初之所以打起工來，不是為了賺錢，而是想多積累一些經驗。

副詞的用法 4

1）　樣態副詞的用法

① 修飾動詞做用言修飾。

◆ 彼って、人がしたことには、やたらとケチをつけるよね。
他那個人總愛對別人做的事瞎挑毛病。

◆ とっさにブレーキを踏んだが、間に合わなかった。
踩了個急煞車，可是沒來得及。

② 部分樣態副詞可後接「だ（です）」做述語。

◆ この服はぴったりだ。
這件衣服很合適。

◆ この仕事を仕上げるのはなかなかだ。
完成這項工作可不簡單。

③ 部分樣態副詞可後接「する」當サ變動詞使用。

◆ 年はとっているが、足腰はまだしっかりしている。
雖然上了年紀，但腰腿還很結實。

◆ 寝不足で頭がすっきりしない。
因睡眠不足而頭腦不清醒。

④ 部分樣態副詞可後加「の」做體言修飾。

◆ あまりの嬉しさに飛び跳ねた。
由於過分高興而跳了起來。

◆ 彼はなかなかの勉強家だ。
他非常用功。

2） 程度副詞的用法

① 在句中做用言修飾。

◆ 遊びの好きな生徒は勉強の好きな生徒よりもずっと多い。
喜歡玩的學生比喜歡學習的學生要多。

◆ みなさん、もっと前のほうにいらしてください。
請大家再往前靠一下。

② 部分程度副詞可加「の」做體言修飾。

◆ 大抵のことは自分でやります。
大部分的事情都是自己做。

◆ 一層の努力を望む。
希望更加努力。

③ 部分程度副詞可後接「だ（です）」做述語。

◆ 駅まではもう僅かです。
到車站只有一點距離了。

◆ 日本は初めてです。
我是第一次到日本。

④ 表示性質、狀態的副詞。

◆ もう少し我慢しなさい。
再忍耐一下。

◆ この絵はかなりよく描けている。
這張畫畫得相當好。

3） 陳述副詞的用法

● 陳述副詞所導出或限定的是一個述語部分或一個句子，所以，它不能像樣態副詞、程度副詞那樣可以做體言修飾、述語或後接「する」構成サ變動詞。根據述語的陳述方式，陳述副詞的用法大致有如下7類：

① 與肯定的陳述方式相呼應。

◆ 北海道へ行ったら、ぜひスキーをしてみたい。
要是去了北海道，真想滑雪啊。

◆ 必ず間に合うように行きます。
一定準時趕到。

② 與推測的陳述方式相呼應。

◆ もしかしたら私の勘違いかもしれない。
或許是我想錯了吧！

◆ この国には、どうやら水を大切にする習慣がないらしい。
這個國家好像沒有珍惜水的習慣。

◆ 財布を落としても、日本ならきっと戻ってくるにちがいない。
若是在日本，錢包丟了也肯定會找到的。

③ 與疑問的陳述方式相呼應。

◆ どうして日本の男性には家事をしようとしない人が多いのだろう。
為什麼日本的男性中不想做家務的人多呢？

◆ どうすれば、現在の状態よりよくなるのだろうか。
如何才能使現狀有所改觀呢？

◆ 火星に生物が存在するというのは、はたして事実だろうか。
火星上真的存在生物嗎？

◆ 地球から戦争がなくなるのは、いったいいつになるのでしょうか。
究竟要到什麼時候，地球上才會沒有戰爭。

④ 與請求、祈禱的陳述方式相呼應。

◆ 近くにお越しの際は、ぜひお立ち寄りください。
到這附近時，請務必來看看。

◆ 神様！どうか、大学に合格しますように。
老天爺！請保佑我考上大學。

◆ ご両親に、くれぐれもよろしくお伝えください。
請向您父母轉達我殷切的問候。

◆ どうぞ、よろしくおねがいします。
請多多關照。

⑤ 與假定的陳述方式相呼應。

◆ 例えば、パソコンは容量が小さいと、動きが悪くなってフリーズしてしまいますが、人間の脳もこれと同じことが言えます。
比方說電腦容量過少，運轉得不好就會反應遲緩，人腦也有同樣的問題。

◆ 例えばの話だけど、奥さんと出会う前に私と会っていたら、私と結婚していた？
比如說，在認識你太太之前認識我的話，你會和我結婚嗎？

◆ 万が一の場合は、この呼び出しボタンを押してください。
一旦發生緊急情況，請按這個呼叫按鈕。

◆ もしも私が男であっても、あんな女は好きにならないだろう。
即使我是個男人，也不會喜歡那種女孩吧！

⑥ 與比喻的陳述方式相呼應。

◆ その豆腐は、見た目はまるでチーズケーキのようだった。
那種豆腐，看起來就像芝士蛋糕一樣。

◆ あたかもそこに行ったことがあるかのように説明してくれた。
他給我們講解的時候，就好像他曾去過那裡一樣。

◆ さも本当のことのように語られているが、事実は違う。
説得像真的一樣，其實根本不是那麼回事。

◆ 納豆は、見た目はいかにもまずそうだったが、食べてみるとみんなが言うほどまずくなかった。
納豆看起來不像好吃的樣子，可是嘗嘗也不覺得像大家所説的那麼難吃。

⑦ 與否定的陳述方式相呼應。

◆ 久しぶりに帰った故郷は、10年前と少しも変わっていなかった。
闊別已久的故鄉，和十年前一模一樣。

◆ 優秀な選手が、必ずしも優秀な指導者になるとは限らない。
優秀的運動員未必都能成為優秀的教練。

◆ 肉は大して好きじゃないのですが、私のために用意してくれたことを考えると、おいしそうに食べるしかありませんでした。
不太喜歡吃肉，不過一想到人家是專為我做的，不得不吃得津津有味。

◆ これは中学校入試用の漢字問題だが、決して易しくない。
這雖然是考中學的漢字題，可一點都不簡單。

其他詞類的副詞性用法 5

1） 形容詞的副詞性用法

◆ 窓辺に置かれた花瓶の中の白百合が芳しく香っていた。
窗臺上花瓶裡的白百合散發著醉人的花香。

◆ 彼は自分の非を潔く認めた。
他挺痛快地承認了自己的不是。

◆ 包丁の刃が鈍くなったようだから、研がなければいけない。

菜刀的刃鈍了，得磨磨了。

◆ 長い入院生活で、彼の顔は青白くやつれてしまった。

因長期的住院生活，他的臉色顯得蒼白而憔悴。

2） 形容動詞的副詞性用法

◆ この新聞記事は、事件を忠実に伝えている。

這條新聞報導忠實地報導了事件真相。

◆ 台風の翌日、空は鮮やかに青く晴れ渡った。

颱風過後的第二天，天空湛藍藍的，萬里無雲。

◆ 失敗したことを謙虚に反省しないと、また同じ失敗をするよ。

不謙虛地反省自己失敗的原因，就會再次導致同樣的錯誤。

3） 動詞的副詞性用法

◆ 彼は小舟を漕いで、川を渡った。

他劃著小船渡過了河。

◆ 王さんは肩を揺すって大笑いをした。

王先生抖抖著肩膀大聲地笑了。

◆ 田中さんは黙ってビールを飲んでいる。

田中一聲不吭地喝著啤酒。

4） 名詞的副詞性用法

◆ 今朝、子供を抱き上げた拍子に腰を痛めてねえ。前にもぎっくり腰をやっているので心配で…。

今天早上，抱孩子的時候閃了腰。以前也扭傷過，所以有點擔心……。

◆ 今夜あたり、横浜のベイ・ブリッジを見に行かない？今夜は満月だし、風もないようだし。

今天晚上去橫濱看東京灣大橋好嗎？今晚正好是滿月，而且好像也沒有風。

◆ 給料をもらって働く会社の仕事だけが仕事じゃないんじゃないかって、最近、考えるようになったんだ。

最近大家對「為拿薪水而工作的工作到底是不是工作」產生了疑問。

◆ 家事や育児にかまけて、長い間、自分を振り返る余裕もなかった。

整天忙於家務和照顧孩子，很長一段時間，都無暇顧及自己了。

◆ 人がおおぜい通りを歩いています。
很多人在大街上走。

5） 數詞的副詞性用法

◆ 一年中あれこれと仕事に追われ、「貧乏暇なし」ですよ。
一年到頭各種各樣的工作不斷，真是「越窮越忙」。

◆ 一個分けていただけませんか。
能不能分給我一個？

◆ この箱にりんごがいくつ入っていますか。
這個箱子裡裝有多少蘋果？

◆ 10分待ちました。
等了十分鐘了。

考點講練

1. ________来たからには、急いで帰る必要はないだろう。

A どうせ　　　B 同じ

答案：A

譯文　既然來了，就不必匆匆忙忙地趕回去。

解題技巧　此題考查陳述副詞的用法。根據慣用句型「どうせAしたからには、B～（既然……就……）」，所以答案選擇A。

深度講解　「同じ」與「どうせ」單獨使用時，意義完全不同。但表示順接時，兩者可構成形式相同、意思相近的句子。

① 用「同じ～なら」做條件句時，表示要達到A這一活動的目的，就要選擇後項B這一做法。

◆ 同じスポーツをやるなら、サッカーをやりなさい。
同樣是做運動的話，你還是踢足球吧！

◆ 同じ日本語を習うなら、日本の風俗、習慣、文化、歴史を知るところまで行きたいものです。

同樣是學日語嘛，我想要達到瞭解日本的風俗、習慣、文化、歷史的程度。

② 「どうせ～（の）なら」表示在某種條件下，應該採取的態度和行動。

◆ 急いでもどうせ間に合わないのなら、ゆっくり行こう。

反正抓緊時間也趕不上了，那就慢慢走吧。

◆ どうせやるならもっと大きいことをやれ。

既然要做的話，就做大事。

③ 「同じ～（の）なら」可以構成「同じことなら」慣用型使用，但不能構成「どうせことなら」。

◆ 同じことなら、大きい方がいい。

哪個都一樣的話，那我要大的。

④ 「どうせ」可以與「～からには」構成順接確定條件，但「同じ」沒有這樣的用法。

◆ どうせ彼があんなに自信を持って断言するからには、何か根拠があるんだと思う。

他既然說得那麼自信，我想一定有他的道理。

◆ どうせ戦うからには勝ちたいと思う。それは人情だ。

既然要戰鬥，都想取得勝利，這是人之常情。

精選練習

❶ 梅干はすっぱいのに、＿＿＿＿＿アルカリ性食品なのだろうか。

A 結局　　B いったい　　C どうして　　D おそらく

❷ いつの日か、お互いに分かり合える日が＿＿＿＿＿来るに違いない。

A むろん　　B きっと　　C どうやら　　D まさか

❸ 簡単だと思っていたが、実際にやってみると＿＿＿＿＿難しい。

A 意外に　　B さらに　　C なんら　　D とうてい

❹ ＿＿＿＿＿彼はまだ帰宅していなかった。思ったとおりだ。

A 案外　　B あえて　　C 案の定　　D あたかも

❺ あなたの今までの苦労は＿＿＿＿＿無駄にはなりません。

A 強いて　　B 大して　　C 特に　　D 絶対に

❻ 「外国人はお断り！」なんて、私たちは______どこに住めばいいのでしょうか。

A はたして　　B たとえ　　C どうして　　D いったい

❼ 登山ルートは２つあったが、______困難なほうを選んだ。

A 従って　　B あえて　　C とりわけ　　D なおさら

❽ 彼が言っていることは、どうやら本当______。

A かもしれない　　B ようだ　　C らしい　　D でしょう

❾ 自分の意見を通すことは、あなたにとって決してプラスには______。

A しません　　B なりません　　C だめです　　D ちがいます

❿. たとえ君と結婚できなかったと______、一生君だけを愛し続けるよ。

A しても　　B したら　　C すとも　　D すれば

答案：C,B,A,C,D,D,B,C,B,A

提示

第1題的關鍵字「～のに」與後面的陳述副詞「どうして～のだろうか」的疑問方式相呼應，表示「……卻為什麼……」所以答案選擇C。第2題陳述副詞「きっと」作為先導詞，與述語部分的「～に違いない」相呼應，表示「肯定、一定」的意思。所以答案選擇B。第3題根據前句的終助詞「が」表示逆接，後句的內容肯定與前句不一樣，所以答案選擇A。第4題根據後句「思ったとおりだ（如……所料）」，所以答案選擇表示逆接的C。第5題陳述副詞「絶対に」與述語的「～ません」否定形式相呼應，表示説話人堅定的態度和語氣，答案應選D。第6題「いったい」是一個陳述副詞，它修飾的不是一個單字，而是與「～か」相呼應，修飾整個述語部分，所以答案選擇D。第7題「あえて」作為樣態副詞，修飾動詞「選ぶ」，表示説話人的行為、態度，所以答案選擇B。第8題陳述副詞「どうやら」與後項的推量助動詞「らしい」呼應，意為「彷彿、似乎」，所以答案選C。第9題陳述副詞「決して」與後項的否定式相呼應，表示「決不會……」所以答案選B。第10題陳述副詞「たとえ」與「ても」呼應，表示逆接假定條件，所以答案選A。

翻譯

❶ 鹹梅乾是酸的，可為什麼是鹼性食品呢？

❷ 相互理解的那一天總會到來的。

❸ 原以為簡單，但實際上做起來，比想像的要難。

❹ 料定他還沒回家。果然如此。
❺ 你先前付出的辛勞絕不會白費的。
❻ 什麼「拒絕外國公民！」，那我們究竟要住哪裡才好呢？
❼ 登山線路有兩條，我硬是選了一條難的。
❽ 他說的話好像是真的。
❾ 硬要自己的意見通過，對你絕不會有什麼好處。
❿ 即使沒能跟你結婚，我這一輩子也只愛你一個。

2. 父は単身赴任で札幌にいるし、兄はアメリカに留学しているし、家族はみんな______暮らしている。

A 別れ別れに　　B いちいち

答案：A

譯文　父親離家在札幌工作，哥哥在美國留學，一家人分居各地。

解題技巧　此題考查樣態副詞的用法。根據句意，是表示「家人各自分居」的意思，所以答案選A。

深度講解　樣態副詞是對動作、行為、狀態等進行修飾、限定的一種副詞。從詞形構成來看，有如下幾個特點：

① 詞尾多帶有或可以添加助詞「と」、「に」。

◆ 田中（たなか）さんはプールをゆっくり（と）泳（およ）いでいる。
田中悠閒自在地在泳池裡遊著。

◆ おのずと分（わ）かる。
自然而然就會明白。

◆ 勉強（べんきょう）してるのに、一向（いっこう）に成績（せいせき）は上（あ）がらない。
我很用功，可是成績一點也沒提高。

◆ 先生（せんせい）は学生（がくせい）が宿題（しゅくだい）をしてこなかったので、かんかんに怒（おこ）っている。
由於學生沒交作業，老師勃然大怒。

＊「～と」的形式著重表現動作本身的狀態或過程，而「～に」的形式著重於事情發生後的結果。

◆ 田中（たなか）さんはその紙（かみ）をびりびりと破（やぶ）った。
田中嚓嚓地把那張紙撕破了。

◆ その紙（かみ）はびりびりに破（やぶ）れていた。
那張紙被撕得粉碎。

② 模仿某種東西的聲音或某種動作的形態。

◆ 地震で棚の上の物ががたがた鳴る。
由於地震，架子上的東西震得喀噠喀噠響。

◆ カーテンが風でふわりと揺れる。
窗簾被風吹得微微擺動。

◆ 道がうねうねと遠くまでつづく。
道路彎彎曲曲延伸到很遠。

◆ ひばりがぴいぴいと鳴く。
雲雀啾啾地叫。

◆ 彼女は足がほっそりしていて美しい。
她的腿修長，很美。

③ 除模仿某種東西的聲音或某種動作的形態以外，還有各種詞素構成的疊詞形式。

◆ たまたま二人は同じ汽車に乗り合わせた。
碰巧兩人坐同一台火車。

◆ 重ね重ねお詫びします。
再三道歉。

◆ 品物を一々手に取って見る。
把貨物逐一拿起來看。

◆ 彼らは代わる代わるやってきた。
他們輪流前來。

◆ まるまると太った赤ちゃんがかわいい。
胖呼呼的嬰兒真可愛。

④ 部分樣態副詞可以受其他副詞（如程度副詞）的修飾。

◆ かなりはっきりしている。
相當清楚。

◆ ずいぶんのんびりしている。
非常悠閒。

⑤ 除了表示狀態概念的詞之外，樣態副詞還包括一些表示時間概念的詞，如：「かつて（曾經）」、「予め（預先）」、「しばらく（暫時）」；表示意志態度的樣態副詞，如：「わざと（故意）」、「ことさら（特別）」；表示相互關係的樣態副詞，如：「直接（直接）」、「ともに（共同）、「互いに（相互）」等。

◆ 今忙しくて手が離せません。すみませんが、しばらくしてから また来てください。
我現在很忙騰不出空來，真不好意思，請你過一會再來。

◆ ことさらに対策は考えない。
不特地重新考慮對策。

◆ 困ったときには、お互いに助け合うのが友達というものです。
困難的時候互相幫助才叫朋友。

⑥ 表示時間概念的樣態副詞與句尾的時、體形式有呼應和制約關係。如表示「過去」意義的樣態副詞不能與表示「現在」、「未來」意義的時、體相共存；反之，表示「將來」意義的樣態副詞不能與表示「過去」意義的時、體相共存等。

◆ この本はかねて読みたいと思っていた。（×この本はかねて読みたいと思っている）
這本書我老早就想看了。

◆ さっき雨が降った。（×さっき雨が降る）
方才下雨了 。

◆ のちほど詳しくお話いたします。（×のちほど詳しくお話いたしました）
過一會兒再詳細地告訴您。

精選練習

❶ ＿＿＿アルバイトを紹介してあげたのに、断るなんて。
A なるべく　B せっかく　C なにかと　D やたらと

❷ アルバイトをしながら勉強するのは＿＿＿大変です。
A そこそこ　B おおむね　C なかなか　D まあまあ

❸ 朝から＿＿＿機嫌がいいけど、何かあったんですか。
A 次第に　B やけに　C 大いに　D はなはだ

❹ 納豆を嫌がる人も多いが、私は＿＿＿平気です。
A ほぼ　B 多少　C わりと　D やけに

❺ 雨が降りそうだから、＿＿＿傘を持っていこう。
A 一応　B ひとまず　C とにかく　D なんとなく

❻ 最近、彼はアルバイもやめて＿＿＿勉強しているらしい。
A たいがい　B めったに　C とびきり　D 相当

❼ 忙しくて、つい彼に電話するのを忘れて＿＿＿。
A しまった　B おいた　C あった　D きた

❽ 二人はてっきり結婚すると＿＿＿＿けど、すぐに別れてしまった。

A 話した　　B 伝えた　　C 言った　　D 思った

❾ 勉強してるのに、一向に成績は＿＿＿＿。

A 上げる　　B 上げない　　C 上がる　　D 上がらない

❿. せめて休みの日ぐらい、家でのんびり＿＿＿＿。

A してくれる　　B してあげる　　C させてくれ　　D させてやる

答案：B,C,B,C,A,D,A,D,D,C

提示

第1題「せっかく」作為副詞，使用時通常以「せっかく～のに」或「せっかく～ても（とも）」的形式來表示「好不容易」、「特意」等意思，所以答案選擇B。第2題「そこそこ」是「還挺…」；「おおむね」是「大約、大致」；「まあまあ」是「大致，還算」，只有「なかなか（相當）」是可以用來說明「大変（嚴重、非常、了不得）」的，所以答案選擇C。第3題根據句意是表示「心情從早上開始就特別好」，給人一種跟平時分外不一樣的感覺，所以答案選擇B。第4題與「～人も多いが（也有很多人……）」做比較來說明自己的態度，所以答案選擇C。第5題「一応」與前句的「～降りそうだから」及述語部分的「～持っていこう」前後相呼應，表示「看樣子要下雨了……，暫時先……吧」，所以答案選擇A。第6題「たいがい」表示「大概」，「めったに」表示「不常……」，後常接否定句；「とびきり」表示「出色、出眾」；「相當」表示程度、狀態，相當於「很、相當」等意思。根據句意，答案選擇D。第7題「つい～てしまった」相呼應，表示「導致最後……」的狀態和結果。所以答案選擇A。第8題因為原來是這麼想的，所以答案選擇D。第9題「一向（に）」後接否定述語，表示「一點也、全然」等。「上がらない」是自動詞，此處不需要受詞可以直接做「成績は」的述語，所以答案選擇D。第10題根據前面的句子「せめて休みの日ぐらい～」，它表達的是一種希望對方能滿足自己一種最低限度的願望，所以答案選擇C。

翻譯

❶ 好意給你介紹一份臨時工，你卻不領情。

❷ 邊打工邊學習真是不容易。

❸ 看你從早上開始心情就特別好，有什麼事嗎？

❹ 也有很多人討厭吃納豆的，但我不太在意。

❺ 看樣子要下雨了，我們還是帶著傘去吧。
❻ 最近他好像把打工也辭掉了，在用功學習。
❼ 由於太忙了，最後忘了打電話給他。
❽ 原認為兩人一定會結婚的。可是很快就分手了。
❾ 我很用功，可是成績一點也沒提高。
❿ 至少假日能讓我在家悠閒自在地過。

3. 社長が怖いので、社員はいつも＿＿＿＿＿＿している。

A ひりひり　　B ぴりぴり　　C ばりばり　　D ぷりぷり

答案：B

譯文　社長很可怕，因此員工的神經總是繃得緊緊的。

解題技巧　此題考查擬聲詞、擬態詞的用法。「ひりひり」表示「辣呼呼的」；「ぴりぴり」除了表示「辣呼呼」之外，還有「因緊張，（神經）繃得緊緊的」的意思；「ばりばり」表示「緊張積極地進行工作的狀態」；「ぷりぷり」表示「不高興的樣子」或「肌肉緊繃繃的富有彈性」。根據句意，答案應為B。

深度講解

① 日語中有一些清濁成對的擬聲擬態詞。一般情況下，詞義相近，但語感差異較大。清音表示敏銳、輕巧、小巧、美麗；濁音則表示遲鈍、沉重、龐大、污穢。如：「さらさら」和「ざらざら」、「きらきら」和「ぎらぎら」、「ころころ」和「ごろごろ」等等。

◆ チーム・ワークがいいと、仕事もすらすらと運んで気持ちがいい。
只要大家配合得好，工作便能順利進行，心情也舒暢。

◆ 紙面にびっしり並んだ漢字にはびっくりする。本文に移る間にも切れ目がなく、ずらずら続けて書いてある。
紙上全是漢字，沒有一點空隙，真嚇人。序文與正文之間，依舊不分段不換行密密麻麻連成一片。

＊有相當一部分詞，標上半濁音後，所表達的程度要強一些；標上濁音之後，其表達的強度又加深了一層。如表示乾燥的「かさかさ」和「がさがさ」；表示隨風飄動的「ひらひら」、「ぴらぴら」和「びらびら」等等。

② 有一些清濁「對應」的擬聲擬態詞，不僅語感，而且連同詞義本身都相距甚遠。

◆ そろそろ出番が近づき、どきどきしてきた。
就要出場了，心裡怦怦直跳。

◆ 学生たちがぞろぞろ会場に入る。
學生們絡繹不絕地進入會場。

◆ こっそり賄賂を受け取ったことが露見し、失脚した。
偷偷受賄的醜聞暴露了，因而下了台。

◆ あの店のおかみさんは、私がごっそり買うのでいつも負けてくれる。
因為我每次都買很多，所以那家商店的女店主總是幫我打折。

③ 有部分擬聲擬態詞既可以做擬聲詞，又可以做擬態詞使用。

◆ どの子犬も、ころころと太っていて可愛い。
所有的小狗都胖得溜圓，招人喜愛。

◆ 床に落ちた鉛筆は、そのままころころと向こうの椅子のうしろに転がっていった。
掉到地板上的鉛筆，一直咕嚕咕嚕地就滾到對面的椅子後頭去了。

◆ どしどしと地鳴りをさせながら、象が歩き回っている。
大象走來走去，使地面發出轟隆隆的聲響。

◆ 至れり尽くせりのプランで、観光客をどしどし海外に送り出そうという商法だ。
那是按照一項盡善盡美的計畫，把旅客陸續不斷送到國外去的生意經。

精選練習

❶ 私の主人は、美人の店員に＿＿＿＿されると、必要のないものでも買ってきてしまう。

A くすくす　B げらげら　C にっこり　D にやにや

❷ ディズニーランドってどんな所か、大人でも行くまでは＿＿＿します。

A くすくす　B げらげら　C ほっと　D わくわく

❸ 両親は銀婚式の記念に、海外旅行へ＿＿＿＿出かけた。

A いそいそ　B げらげら　C にやにや　D ほっと

❹ 元気な赤ちゃんが生まれたので、みな＿＿＿＿＿した。

A にやにや　B いそいそ　C ほくほく　D ほっと

❺ 私はスピーチをしなさいと言われると、いつも心臓が＿＿＿＿して、うまく話せない。

A おずおず　B こわごわ　C どきどき　D はっと

❻ 電話が切った後で、大事なことを言い忘れたのに＿＿＿＿気がついた。

A どきどき　B はっと　C はらはら　D びくびく

❼ 目の前で友達が急に倒れたので、私はどうしていいかわからず＿＿＿＿するばかりで、救急車を呼ぶこともできなかった。

A おろおろ　B こわごわ　C はっと　D びくびく

❽ 公衆電話で前の人が長話をしているので、私は＿＿＿＿してきた。

A いらいら　B かんかん　C ぴりぴり　D ぶすっと

❾ この間、彼女に「少し太ったね」と言ったら、＿＿＿＿した顔でにらまれた。

A いらいら　B かんかん　C ぴりぴり　D むっと

❿ 先生は学生が宿題をしてこなかったので＿＿＿＿に怒っている。

A かんかん　B ぴりぴり　C むかむか　D むっと

答案：C,D,A,D,C,B,A,A,D,A

提示

第1題「くすくす」表示「竊笑」；「げらげら」表示「大笑不止」；「にっこり」表示「莞爾一笑」；「にやにや」表示「暗笑、冷笑」，根據前後句意，答案應選C。第2題「ほっと」是表示「放心、鬆口氣」；「わくわく」則表示「心撲通撲通地跳，很興奮的樣子」，所以答案選擇D。第3題「いそいそ」表示「高興地、雀躍地」，因此答案選擇A。第4題「ほくほく」表示「掩飾不住喜悅狀」。根據前後句意，應為「放心、安心」的意思，所以答案選擇D。第5題「おずおず」表示「戰戰兢兢、怯生生」；「こわごわ」表示「提心吊膽」；「どきどき」表示「心情緊張得心直跳」；「はっと」表示「因意外的事情而驚訝」。根據前一句的「～いつも心臓が」及前後文的意思，所以答案應為C。第6題「はらはら」表示「靜靜地連續落下的狀態」；「はっと」除了表示「驚訝」之外，還可以表示「忽然想起」；「びくびく」表示「戰戰兢兢、畏首畏尾」，根據句意，答案應為B。第7題「おろおろ」表示「驚慌失措、坐立不安」；「こわごわ」表示「提心吊膽」，所以答案選擇A。第8題「いらいら」表示「焦躁、煩躁」；「かんかん」表示「大發脾氣」；「ぴりぴり」表示「辣呼呼、神經繃得緊緊的」；「ぶすっと」表示「不高興、悶聲不響」等。根據句意，答案應為A。第9題「むっと」表示「發火」或「不高興或生氣的樣子」，所以答案選擇D。第10題「むかむか」表示「噁心、作嘔」或「怒火直冒狀」。根據前後句意，答案應為A。

翻譯

❶ 我丈夫只要漂亮的女店員對他微笑，他就會把不需要的東西都買回家。
❷ 迪士尼樂園是個什麼樣的地方呢，即使是大人到了那裡也會感到興奮的。
❸ 為紀念銀婚（結婚25週年），父母高高興興地去海外旅行了。
❹ 嬰兒生下來很健康，大家都鬆了一口氣。
❺ 只要別人一叫我發言，我的心就會撲通撲通地跳，所以說不好。
❻ 掛掉電話之後，才猛然發覺把重要的事情說漏了。
❼ 朋友就在我的眼前突然倒下，讓我不知如何是好，只會驚慌，連救護車都不會叫。
❽ 打公用電話的人在講長舌電話，讓我感到心煩。
❾ 前陣子，我對她說「妳胖了耶」，就被她氣嘟嘟地瞪了一眼。
❿ 由於學生沒上交作業，老師大發脾氣。

4. 10万円、20万円と借りていくうちに、借金は______500万円になってしまった。

A ついに　　B とうとう　　C ようやく　　D やっと

答案：B

譯文 10萬日元、20萬日元地借，最後欠下了500萬日元。

解題技巧 此題考查「ついに」、「ようやく」、「やっと」、「とうとう」四個副詞的用法。這四個副詞在用法、含義上雖有相似之處，但是也存在著差異。表示事態的成立時，「とうとう」通常帶有感情色彩，即雖然想要避開，卻又無法阻止事態朝著不好的方向發展，而當事態最終成立時，說話人又常常懷有絕望、無力、遺憾、不滿等情緒。因此，答案應為B。

深度講解

① 「やっと」和「ようやく」。兩者主要著眼於事情的實現，敘述的是其過程及狀態，不可以用於表述未實現的事情，其述語一般是肯定的。

◆ 能力試験にやっと（○ようやく）合格した。
日語能力測試總算合格了。

◆ 会議も終わる頃になって、彼はやっと（○ようやく）現れた。
會議快結束時，他終於來了。

◆彼は（×やっと/×ようやく）来なかった。
他終於還是沒來。

② 「やっと」能給人強烈地體會到説話者因為困難得到克服、事情得以實現而產生的放心感，而「ようやく」給人一種在實現的過程中所帶有的艱難感。

◆能力試験にやっと合格した。
● 例1強調盡了最大的努力，困難終於被克服後的心情。

◆能力試験にようやく合格した。
● 例2強調熬過漫長的時間，經過三番五次的應試才取得合格後的心情，有「好（不）容易」的感覺。

③ 副詞「やっと」雖然表達了困難被克服、事情得以實現後帶給説話人的一種放心感，但其背後還隱藏著「過於花費時間了」這種批判性評價；而「ようやく」強調的是實現過程中的艱難。這種語氣往往會給人以「低估主體的能力」的暗示，因此，在與長輩、上級交談時，應儘量避免使用「やっと」或者「ようやく」。但可以選擇「ついに」或者「とうとう」。

④ 「ついに」和「とうとう」與「やっと」和「ようやく」不同，兩者並不關注預期的事情是否實現，其想表達的是「決定性的事態最終成立了」，因此它們的述語既可以是肯定式也可以是否定式。

◆彼はついに（○とうとう）来なかった。
他（終於）還是沒有來。

⑤ 單純表示與「實現」有關的句子不能使用「ついに」或「とうとう」。

◆約束の時間に（×ついに/×とうとう）間に合った。
趕上約定的時間。

⑥ 「ついに」和「とうとう」也會因為説話者對事態成立這一點的理解方法的不同而產生差異。「ついに」表示在未實現的狀態下保持持續著的事態，並使其轉化為決定性的結果，或者是説某種狀態在未實現的狀況下作為決定性的結果而存在；「とうとう」則表示將預感到的事態作為一種趨勢來把握，並且通過緩慢的過程，進而導致該種事態的最終成立。

◆今世紀の恐怖を代表する核兵器が、幸いなことに、この戦争ではついに使用されなかった。
幸運的是，代表本世紀恐怖武器的核武器，最終沒有使用。

◆ところが、（紙オムツは）今ではすっかり市民権を得て、布オムツを使わず、とうとう紙オムツだけで過ごした赤ちゃんもたくさんいます。
不過，（紙尿布）如今完全獲得了人們的認可，有許多不使用布尿布，只使用紙尿布的嬰兒。

＊在使用「ついに」表達事態的成立時，通常情況下是從理性的角度來把握的。「とうとう」則帶有感情色彩，即雖然想要避開，卻又無法阻止事態朝著不好的方向發展，而當事態最終成立時，説話人又常常懷有絕望、無力、遺憾、不滿等情緒。因此，我們可以説「入院していた母がとうとう死んでしまった。」而不説「入院していた母がついに死んでしまった。」

精選練習

1. 文の中の＿＿＿＿＿に入れるのに最も適当なものを、A.B.C.D.Eの中から選びなさい。

学生：あのう、すみません、今＿＿①＿＿よろしいですか。

先生：あっ、もうすぐ会議が始まるので、＿＿②＿＿時間がないんだけど、＿＿③＿＿急ぎの用ですか。

学生：いえ。実は先生に＿＿④＿＿ご相談したいことがあって…。

先生：そうですか。じゃあ、悪いけど、明日もう一度来てくれませんか。

学生：はい、分かりました。じゃあ、また明日、来ます。

A あまり　　B ちょっと　　C 多少　　D 折り入って　　E 何か

2. 文の中の＿＿＿＿＿に入れるのに最も適当なものを、A.B.C.D.E.F.G.の中から選びなさい。

男：今日、＿＿①＿＿いつもよりきれいだね。

女：えっ？そう？

男：うん。＿＿②＿＿デザインの勉強してるだけのことあるね。

女：＿＿③＿＿ほめるのね。何か頼みでもあるの？

男：え？ばれた？実はさあ、今、お金ないんだ。

女：やっぱりね。＿＿④＿＿そんなことだろうと思った。パチンコで、また負けたんでしょう。

男：いや、ちょっとだけにしようと思ったんだけど、＿＿⑤＿＿…。

女：＿＿⑥＿＿もう…。いつもそんなこと言ってるよね。

A うっかり　B なんか　C さすが　D やけに　E つい　F どうせ　G まったく

答案：1.①B ②A ③E ④D
2.①B ②C ③D ④F ⑤E ⑥G

提示

第1題：第①個「ちょっと」表示的是「（時間）一會」，所以答案選B。第②個「あまり」與後面的否定述語「～ないんだけど」相呼應，表示「不怎麼，不太……」，所以答案選A。第③個「何か」與述語的疑問終助詞「～か」呼應，表示不明確的或尚未定下的事，所以答案選擇E。第④個「折り入って」用於請求、拜託時的「懇切地」、「特別地」，所以答案選擇D。第2題：第①個「なんか」表示「之類、等等」，在此句中表示提出某一事物或話題，所以答案選B。第②個「さすが」與後項的「だけのことある」呼應，表示「真不愧是、到底是」，所以答案選C。第③個「やけに」是俗語，意為「非常、特別」的意思，所以答案選D。第④個「どうせ」表示「無論如何」、「反正」，所以答案選F。第⑤個「つい」表示「不知不覺」、「無意之中」，所以答案選E。第⑥個「まったく」表示「實在、簡直」，強調判斷中沒有謊言和誇張，所以答案選擇G。

翻譯

❶ 學生：老師，對不起打擾您了，能佔用您一點時間嗎？
老師：啊，會議馬上要開始了。沒時間了。有什麼要緊的事嗎？
學生：沒什麼。其實，我有一件事特別想跟老師您商量……。
老師：是嗎？那麼，不好意思我今天沒有時間，你明天再來一趟好嗎？
學生：好的，我明白了。那麼，我明天再來。

❷ 男：你今天特別漂亮喲。
女：噢，是嗎？
男：是啊。不愧是學設計的。
女：難得你誇獎啊。要我做什麼嗎？
男：啊？看出來啦？不瞞你說，現在我沒錢用了。
女：果然沒猜錯。反正我就這麼想的。小鋼珠又玩輸了吧？
男：沒有啦。只是想賺一點，不知不覺就……。
女：你真是沒救了。整天就會說這些。

5. 彼は＿＿＿来ないのだ。

A きっと　　B 必ず　　C ぜひ

答案：A

譯文

他肯定不會來。

解題技巧

此題考查「きっと」、「必ず」、「ぜひ」三個陳述副詞的用法。它們都是和特定的句尾形式相呼應的先導副詞，如：「ぜひ～ください/～てほしい/たい」、「きっと～だろう/～にちがいない」、「必ず～ます/～てください」等。其中「きっと」即使不附帶特定的句尾形式也能使用。如：「明日はきっと雨だ」。「必ず」一般不能用於否定句，「きっと」可以用於否定。所以，答案應為A。

深度講解

① 表示永恆不變的自然規則、邏輯關係、常識、本能等必然結果時，使用「必ず」。

◆ ３から２を引ければ必ず１になる。
3減2必定等於1。

◆ 努力すれば必ずそれだけの成果は上がるものだ。
只要努力，一定會取得相應的結果。

◆ 朝になれば必ず日が昇る。
到了早晨太陽必定昇起。

② 設定在某一條件下確信某結果成立時，使用「必ず」。

◆ この薬を飲めば、必ず治る。
服用這個藥，一定會好的。

◆ 机に向かうと、必ず居眠りをする。
一坐在桌子前肯定會打瞌睡。

◆ 選挙に立候補すれば必ず当選する。
只要在選舉中提名為候選人，就一定當選。

③ 表示説話人的斷定時，使用「必ず」。

◆ 曇っているから、必ず雨になる。
天陰了，一定會下雨的。

◆ 今度の試合は必ず勝って見せます。
這次比賽一定要贏。

◆ もう７時だから、彼は必ず帰ったはずだ。
已經7點了，他肯定已經回來了。

④ 表示對對方的強烈的要求、命令時，使用「必ず」。

◆ 雨が降ったら、必ず駅へ迎えに来てね。
要是下雨的話，你務必要到車站接我。

◆ 必ず時間を守ってください。
請你一定遵守時間。

◆ 必ずこの本を読みなさい。
一定要讀這本書。

⑤ 當表示説話人對某種結果滿懷信心時，「きっと」可以與「必ず」互換，但所表達的意義不完全相同。「必ず」的成功率高，説話者有百分之百的把握實現其結果，但「きっと」多少帶有不確切的語氣。

◆明日はきっと雨だ。

明天一定下雨。

◆先生はきっと怒るにちがいない。

老師一定會生氣。

◆彼は今頃はきっと家に着いているはずだ。

他現在肯定到家了。

⑥ 表示對對方的要求與願望時，使用「きっと」。這時「必ず」與「ぜひ」可以互換，但語氣有所不同。「必ず」含有要求對方絕對聽從的語氣，而「きっと」是尊重對方的意見的説法，「ぜひ」則表示説話者強烈的要求。

◆5時に駅の待合室で待っているから、必ず来てね。

我5點鐘在車站的候車室等候，你一定要來。

◆必ず間にあうように行ってください。

請一定準時趕到。

◆ぜひ引き受けてください。

務請接受。

＊「必ず」一般不能用於否定句，「きっと」可以用於否定句。

◆彼は必ず来ない。（×）彼はきっと来ない。（○）

◆そんなやり方では必ず合格できない。（×）そんなやり方ではきっと合格できない。（○）

⑦ 表示説話者的推斷或希望時，使用「きっと」。

◆明日きっとうかがえるでしょう。

明天我一定能拜訪您。

◆この薬はきっとあの病気には効くでしょう。

這個藥對那種病一定會有療效吧。

＊「きっと」的使用範圍很廣。從接近斷定的「～にちがいない」到表示推量的「～だろう」，它的句尾表現形式有「～にちがいない/～はずだ/～する/～てください/～でしょう」等。

⑧ 「ぜひ」在表示請對方「無論如何也必須……」等意時，後面常伴隨表示希望、要求和願望的詞語。

◆ぜひお願いします。

請您務必幫忙。

◆近くへお越しの時はぜひお立ち寄りください。

到附近來的時候，請務必來我家。

⑨ 以「ぜひ～たい」的形式，表示説話人的強烈的意志。

◆服が傷んできたので今年はぜひ新しいのを買いたい。

衣服已經破舊了，所以今年一定要買件新的。

◆ 今年（ことし）はぜひ大学（だいがく）に合格（ごうかく）したい。

今年無論如何也要考上大學。

＊「ぜひ」所表現的通常是對自己或對他人的願望，限於意志性的行為和狀態。其表現形式主要有「ぜひ～てください」、「ぜひ～てほしい」、「ぜひ～てもらいたい」、「ぜひ～たい」等等。

精選練習

❶ ＿＿＿＿、事件に関する新しい情報は入ってきておりません。

A 今ごろ　B ただ今　C 今のところ　D 目下

❷ この川には＿＿＿＿ホタルが多く生息していたが、今では一匹もいなくなってしまった。

A かつて　B さきほど　C 先ごろ　D たった今

❸ ＿＿＿＿、空気の乾燥した状態が続きますので、火の元には十分お気をつけください。

A そのうち　B 当分　C いずれ　D いつか

❹ さあ、緊張の一瞬。＿＿＿＿第１位の発表です。第１位に輝いた方は…。

A まもなく　B いよいよ　C そろそろ　D もうじき

❺ この川は、＿＿＿＿あふれそうで、危険な状態です。

A 今に　B いまだに　C 今にも　D 今しがた

❻ 残業に次ぐ残業で＿＿＿＿病気になってしまった。

A すでに　B とうとう　C やっと　D ようやく

❼ ノックもしないで＿＿＿＿入ってくるなんて信じられない。

A にわかに　B 途端に　C いきなり　D 急きょ

❽ 警察は連絡を受けると、＿＿＿＿事件現場に急行した。

A すかさず　B とっさに　C 早急に　D すぐさま

❾ お酒を飲むと、＿＿＿＿顔が真っ赤になってしまった。

A 至急　B 即座に

C たちまち　D あっという間に

❿ ＿＿＿＿行われるオリンピックの会場作りが急ピッチで進められています。

A まもなく　　B しばらく　　C じきに　　D やがて

答案：C,A,B,C,B,C,D,C,A

提示

第1題「今ごろ」表示「此時」，籠統地指「現在」；「ただ今」除了表示「現在」的意思之外，還有「馬上、立刻」的意思；「目下」表示「當前」。「今のところ」則強調「眼下、現時」，所以答案選C。第2題用「かつて～た」表示過去曾發生過的事情，所以答案選A。第3題「そのうち」、「いずれ」、「いつか」均表示不定的時間，只有「当分」是表示「目前、當前」，所以答案選B。第4題「まもなく」表示「不久、一會兒」；「そろそろ」表示「漸漸地」、「就要、不久」；「もうじき」「馬上、快」；「いよいよ」則表示「越來接近、終於到了……」的意思，所以答案選B。第5題「今にも」表示「眼看、差點」的意思，正好與後面表示樣態的「～そうで」相呼應，所以答案選C。第6題表示由於長期加班這麼一個過程，最終導致了「病気になってしまった」這種事態發生，所以答案選擇B。第7題表示「在毫無防備的情況下突然闖進」，所以答案選C。第8題「すかさず」表示「不失時機」；「とっさに」表示「轉瞬之間（毫無準備的情況下）」；「早急」表示「至急」；「すぐさま」表示「立即、馬上」，所以答案選D。第9題根據句意，表示「喝了酒之後不到一會……」，所以答案選C。第10題「まもなく」修飾後面的動詞「行われる～」表示「即將舉辦的……」，所以答案應選A。

翻譯

❶ 目前，尚沒有這個事件的最新消息。
❷ 曾有很多螢火蟲在這條河流生息過，現在卻一隻都看不到了。
❸ 目前天氣乾燥的情況還在持續，請多注意防火。
❹ 哎，要進入緊張的一刻了。馬上要宣讀第一名了。獲得第一名的是……。
❺ 這條河流的水眼看就要溢出來了，非常危險。
❻ 由於連續不斷的加班，我終於病倒了。
❼ 也不敲一下門就突然闖入，真是難以置信。
❽ 警察一接到通報，就馬上趕赴了現場。
❾ 一喝酒臉就紅。
❿ 人們正馬不停蹄地為不久即將舉行的奧運會會場趕進度。

第8章

連體詞

知識講解

連體詞的定義 1

限定或修飾體言做體言修飾的詞叫做連體詞。連體詞是獨立詞，沒有詞尾變化，不單獨使用，也不受其他詞修飾。

連體詞的種類 2

按照形態特徵，連體詞主要有「る型」連體詞、「～の」、「～が」形連體詞、「～な」形連體詞、「～た」、「～だ」形連體詞以及來自部分副詞的連體詞。

連體詞的用法 3

1）「る型」連體詞。主要有「ある」、「あらゆる」、「いわゆる」、「いかなる」、「あくる」、「さる」、「かかる」、「きたる」、「単なる」等等

◆ あらゆる困難(こんなん)を乗(の)り越(こ)えて進(すす)む。
克服一切困難向前進。

◆ これがいわゆるインディオの生活(せいかつ)だ。
這就是所謂的印第安人的生活。

◆ いかなる試練(しれん)にもたえる。
經得住任何考驗。

◆ 去(さ)る者(もの)は追(お)わず来(き)たる者(もの)は拒(こば)まず。
往者不追,來者不拒。

◆ かかる次第(しだい)につき御了承(ごりょうしょう)下(くだ)さい。
事已如此,請予諒解。

◆ それは単(たん)なる猿真似(さるまね)にすぎない。
那只不過是表面上的模仿而已。

2）「～の」、「～が」形連體詞。主要有「この」、「その」、「あの」、「どの」、「例の」、「当の」、「ほんの」、「わが」等等

◆ このマンションは買得じゃないか？駅から近いし、間取りもよく考えられているし…。
這公寓不是很合算嗎？離車站又近，房間佈局又合理……。

◆ この夏に、南の島に遊びに行けたらいいなあ！バリ島だとか、海南島だとか。
這個夏天如果能去南方的島上玩玩該有多好啊。峇里島呀、海南島之類的。

◆ その手紙を読むなり、彼は顔面蒼白になった。
讀了那封信，他的臉驟然變得蒼白了。

◆ あの会社は値上げを見込んで、在庫があるのに売り渋っている。
那家公司看到價格往上漲，倉庫裡有貨卻不肯賣。

◆ あの有名な事業家がそんなに若い女性とは驚いた。
沒想到那位著名的企業家竟是一位那麼年輕的女性，真讓人吃驚。

◆ どの品を選ぶか。
選擇哪一種呢？

◆ 例の話はどうなりましたか。
上次說的事怎麼樣了？

◆ 当の本人は淡白な人ですから、あまり怒ったり泣いたりされないです。
他本人是個性格恬淡的人，並不怎麼愛發怒或哭泣。

◆ 学校はここからほんの百メートルほどの所にある。
這裡離學校只有一百公尺左右。

◆ 友達が成功したことをわが事のようによろこぶ。
對朋友的成功,就像是自己成功一樣感到高興。

◆ 我が田へ水を引く。
往自家田地引水。自私自利。

3）「～な」形連體詞。主要有「こんな」、「そんな」、「あんな」、「どんな」、「大きな」、「小さな」、「おかしな」等

◆ こんな短い距離も歩けないようでは夏の登山はとても無理だ。
這麼短的距離都走不了，那夏天沒法去登山。

◆ そんな些細なことで傷ついて泣くようではこれから先が思いやられる。
為這麼點小事就傷心哭泣，那今後可真令人擔心。

◆ あんなふうに頭ごなしに否定されたのでは議論にならないじゃないですか。
像這麼不問青紅皂白就給全盤否定了的話，那怎麼討論啊。

◆ どんな状況においても対応できる準備ができている。
做好了應付一切的準備。

◆「古池や蛙飛び込む水の音」は、静寂な自然の中で小さな水の音に感動した有名な芭蕉の俳句です。
「寂靜古池塘水，蛙縱身躍池中"噗通"濺漣漪」這首俳句是芭蕉的名作。它描繪出了在靜寂的大自然中，一池清澈的古池水，青蛙縱身躍入池中所濺起的小小的水聲而由此引起的感銘。

◆ 晩年の祖父は、大きなソファーに座って、いつも物静かに微笑んでいた。
晚年的祖父坐在大沙發上，臉上總是露出安詳的笑容。

◆ おかしなことに彼はそれについて何も言わない。
奇怪的是他對那事緘口不言。

4）　「～た」、「～だ」形式的連體詞。主要有「たった」、「たいした」、「とんだ」、「ありふれた」等

◆ 財布にはたった百円しか残っていない。
錢包只剩下一百日元了。

◆ 偉そうなことを言うやつに限ってたいしたことはない。
越是説大話的傢伙越不怎麼樣。

◆ お前はとんだことをしたね。
你做了一件糟糕事。

◆ ありふれた品で珍しくもない。
常見的東西,沒有什麼新奇。

5）　來自部分副詞的連體詞。如：「ずっと」、「ほぼ」、「じき」、「かなり」、「やや」、「もっとも」、「すぐ」、「つい」、「わずか」、「およそ」、「もっと」、「ちょうど」等

◆ ずっと向こうの方に村がある。
在遙遠的那邊有個村子。

◆ すぐ近くまで来たので寄りました。
到這附近來,所以順道看你。

◆ もうじき夏休(なつやす)みだ。
快要放暑假了。

◆ かなり長(なが)い間(あいだ)待(ま)った。
等了老半天。

◆ 円周(えんしゅう)は直径(ちょっけい)のほぼ三倍(さんばい)にあたる。
圓周約等於直徑的三倍。

◆ 世界(せかい)でもっとも人口(じんこう)の多(おお)い国(くに)。
世界上人口最多的國家。

◆ もっと不景気(ふけいき)になるかもしれない。
明年也許更不景氣。

◆ 彼(かれ)の話(はなし)はおよそ意味(いみ)がない。
他的話多半沒有什麼意義。

◆ ついこの近所(きんじょ)に住(す)んでいる。
就住在離這裡不遠的地方。

◆ 今日(きょう)は昨日(きのう)よりやや体(からだ)の具合(ぐあい)がよい。
今天身體的狀況要比昨天稍好些。

◆ 竹(たけ)の子(こ)は今(いま)がちょうど食(た)べ頃(ごろ)だ。
竹筍現在正是好吃的季節。

考點講練

最近は＿＿＿＿学校にプールや体育館がどんどん作られている。

A ある　　B いかなる　　C いわゆる　　D あらゆる

答案：D

譯文　最近，所有的學校都在不斷地建造游泳池和體育館。

解題技巧　此題考查連體詞的用法。「ある」意為「某個」，用於不明確地提出名稱、時間或地點等；「いかなる」意為「如何的、什麼樣的」；「いわゆる」意為「所謂、通常所說」；「あらゆる」表示「所有的」，根據句意表達的是「目前所有的學校都在……」所以答案選擇D。

深度講解

日語中，除了連體詞構成的連體修飾結構之外，還有「用言連體形+體言」、「體言+の+體言」、「副詞+の+體言」、「動詞+の+體言」、「體言、動詞連體形+副助詞+の+體言」、「體言+格助詞+の+體言」以及「短語+の+體言」等構成的連體修飾結構。

① 用言連體形+體言

◆ 中国人気で、おびただしい数の旅行客が北京を訪れている。
因中國熱，眾多的遊客訪問了北京。

◆ でこぼこな道を揺れながら進んでいたら、突然車のタイヤがパンクしてしまった。
車子正顛簸著行進在凹凸不平的路上，輪胎突然爆了。

◆ 先生の編集した辞書を買った。
我買了老師編撰的詞典。

◆ 姉は友達と騒ぐのが好きだが、私は姉と反対に静かに音楽でも聞いている方が好きだ。
姐姐喜歡和朋友一起玩鬧，我和姐姐相反，喜歡靜靜地聽音樂。

② 有個別形容詞，如：「多い」、「少ない」、「遠い」、「近い」不能單獨直接做連體修飾語使用，要用「く＋の」的形式來表達。但是，這些詞的前面如果有一個修飾用語時可以使用。

◆ 教室に多くの学生がいる。（×多い学生）
教室裡有很多學生。

◆ 近くのスーパーで買い物をします。（×近いスーパー）
在附近的超市買東西。

◆ 遠くの本屋まで本を買いに行った。（×遠い本屋）
到很遠的書店去買書。

◆ 世界で人口が一番多い中国。
世界人口最多的中國。

◆ 白髪の多い女の人が歩いてきた。
一位滿頭白髮的女人走了過來。

◆ 髪の毛の少ない男の人があそこに座っている。
一位頭髮稀薄的男人坐在那裡。

◆ 考え方の近い彼らはよく行動を共にした。
彼此想法接近的他們經常在一起行動。

③ 體言+の+體言

◆ 昨日うちの坊主が、夕食時間になっても学校から戻らず、九時を過ぎるに至ってようやく帰宅してね。
昨天我那小子到吃晚飯時還沒從學校回來，直到過了9點才到家。

◆ 世界の四大文明は全て、大河の流れる温暖な地域から起こった。
世界的四大文明均孕育在大河川流經的溫暖地域。

◆ 北の寒冷な地方では、厳しい冬を乗り切るために、食料の備蓄や生活の仕方にさまざまな工夫をしています。
北方寒冷的地區為了度過嚴冬，在糧食儲備、生活方式上都想出很多辦法。

④ 副詞+の+體言

◆ 彼が語るところでは、彼の実家はかなりの資産家らしい。
據他所說，他的父母好像很有錢。

◆ やっとのことで病気が治った。
終於把病治好了。

◆ 今日中にすべての仕事を終わらなければならない。
今天之內要把所有的工作做完。

⑤ 動詞+の+體言

◆ そのままにしてのやり方。
照原樣的做法。

◆ 泣いたり、笑ったりの騒ぎ。
又哭又笑的鬧。

◆ よく考えての決心。
深思熟慮後下的決心。

⑥ 體言或動詞連體形+副助詞+の+體言

◆ それだけのことで、死ぬほどのことはない。
只是那點事情，還不至於去死。

◆ あなたがやれと言ったから、やったまでのことです。
因為你叫我做我才做的。

◆ 買う買わないは別として、一見するだけの価値はある。
買還是不買無所謂，看還是值得一看的。

⑦ 體言+格助詞+の+體言

◆ 母からの電話。
母親來的電話。

◆ 日本での生活。
在日本的生活。

◆ 父への手紙。

給父親的信。

◆ 友人との話し合い。

跟朋友的談話。

◆ 自転車でのサイクリング。

騎自行車郊遊。

⑧ 短語+の+體言

◆ 「今日の日はさようなら」の音楽が流れてきた。

播放著「今天再會了」的音樂。

◆ お父さんにお休みなさいの挨拶に来た。

專門來給父親道晚安。

◆ 「お母さん、行かないで」の泣き声が聞こえてきた。

傳來了「媽媽，你不要去」的哭泣聲。

精選練習 次の文の中から連体詞のある文を選びなさい。

❶ わがままな人は誰からも嫌われる。________

❷ 彼女等の幸せをわがことのように喜んだ。________

❸ かかる状態に満足すべきでない。________

❹ 敬語の混乱といわれることの代表的な例の一つがこれだと言えよう。____

❺ これがいわゆる日本式経営というものですか。________

❻ 年が明けるとすぐ新しい仕事を始める予定だ。________

❼ 日本へ来た明くる日から仕事を始めた。________

❽ 次郎はいつもおかしいことをいってみんなを笑わせる。________

❾ いろんな人がいて、いろんな考え方があって、それが世の中というものだ。________

❿ 会議ではいろいろな意見が出た。________

⓫ 台風で屋根のかわらがとんだ。________

⓬ 図書館の本をなくすという、とんだ失敗をしてしまった。________

⓭ 金がたくさんある人がうらやましい。________

⓮ ある人に聞いた話だが、近いうちに大きな地震があるそうだ。________

⓯ 大して面白い映画ではないから、おすすめしません。________

⓰ こんなに土地が高くては、一生家は持てない。________

答案：2,3,5,7,9,12,14

提示

第1題 「わがまま」是一個單字，表示「任性」的意思，所以不是連體詞。第2題中的「わが」是連體詞，修飾「こと」。第3題「かかる」是連體詞，表示「如此、這樣的」。第4題中的「いわれる」是動詞「言う」的被動形式，所以不是連體詞。第5題的「いわゆる」是連體詞，修飾後面的體言「日本式経営」，表示「所謂的日本式經營……」。第6題中的「明ける」表示「過年」，是動詞，不是連體詞。第7題中的「明くる」是連體詞，修飾後面的名詞「日」，表示「第二天」。第8題中的「おかしい」是形容詞，表示「好笑的、滑稽的」，所以不是連體詞。第9題「いろんな」是連體詞，表示「各種」，修飾後面的體言「人」。第10題中的「いろいろな」是形容動詞連體形，後續「な」，修飾後面的體言「意見」。第11題中的「とんだ」是動詞「飛ぶ」的過去時，而不是連體詞。第12題的「とんだ」是連體詞，修飾後面的體言「失敗」，表示「意想不到的、不可挽回的」的意思。第13題中的「ある」是存在動詞，表示「有」，所以不是連體詞。第14題中的「ある」是連體詞，修飾後面的體言「人」，表示「某、有」。第15題中的「大して」是副詞，修飾限定後面的用言「面白い」，所以不是連體詞。第16題中的「こんなに」是「こんな」加「に」後做副詞使用，所以不是連體詞。

翻譯

❶ 誰都討厭任性的人。
❷ 我把她們的幸福當做是自己的事那般高興。
❸ 不應該滿足這樣的現狀。
❹ 可以說，這就是人們常說的敬語混亂中最典型的例子之一。
❺ 這就是所謂的日本式經營嗎？
❻ 計畫過了年，就開始新的工作。
❼ 來日本的第二天就開始工作了。
❽ 次郎經常說一些搞笑的話帶給大家歡笑。
❾ 不一樣的人，不一樣的想法，這就是人世間。
❿ 大家在會議上提出了各種不同的意見。
⓫ 颱風把房頂的瓦礫吹跑了。
⓬ 把圖書館的書弄丟了，真失敗。
⓭ 有錢的人令人羨慕。
⓮ 我聽某人說，最近要發生大的地震。
⓯ 因為不是什麼特別有意思的電影，所以不跟您推薦。
⓰ 這麼貴的地皮，這輩子就別想有自己的房子了。

第9章

接續詞

知識講解

接續詞的定義 1

本身沒有詞形變化，主要用來連接詞、分句、句及段落，起承前啟後作用的獨立詞叫做接續詞。

- その地方(ちほう)は道路(どうろ)があまり整備(せいび)されていない。したがって、初心者(しょしんしゃ)のドライバーは避(さ)けたほうがよい。
  那個地方路況不是很好，所以新手開車最好能不走這個地方。
- いろいろ理由(りゆう)はあるが、要(よう)するに、君(きみ)の考(かんが)えは甘(あま)い。
  是有各種理由，不過總而言之你的想法太幼稚。
- 切符(きっぷ)はまとめて２０人分予約(にんぶんよやく)することにした。そうすると、少(すこ)し割引(わりびき)があって助(たす)かるのだ。
  我們決定一次預購20人的票。這樣可以有優惠省點錢。
- そんなこと、あるわけがないでしょ。でも、見(み)てみるわ。万一(まんいち)ってこともあるから。
  不可能有這種好事。不過，看看吧。也說不定會遇到。
- 私(わたし)だって女(おんな)よ。白(しろ)いウェディングドレスを着(き)るのが少女時代(しょうじょじだい)からの夢(ゆめ)だったの。花嫁姿(はなよめすがた)を両親(りょうしん)にも見(み)てもらいたいわ。それに、多少(たしょう)お金(かね)がかかったとしたって、お祝(いわ)い金(きん)が集(あつ)まるから、何(なん)とかなるわよ。
  我也是女人，穿上白色的婚紗可是少女時代的夢想。還有，我希望讓我父母看一看我穿婚紗的樣子。即使花點錢，可是能收到禮金，總會有辦法的。

接續詞的構成 2

日語的接續詞幾乎都是由其他詞轉成而來的。主要有以下幾種：

1） 副詞直接轉成的接續詞

もっとも	あるいは	なお	また	かつ	かくて

2） 接續助詞直接轉成的接續詞

と	けれども	が

3） 名詞轉成的接續詞

つまり	つまるところ

4） 動詞連用形轉成的接續詞

及び

5） 動詞與助詞、接續助詞複合而成的接續詞

よって	並びに	因みに	すると	したがって	されば

6） 指示代名詞與助詞複合而成的接續詞

そこで	それから	それに	それで

7） 代名詞、助動詞、助詞複合而成的接續詞

それだが	それなのに	このように	ですから
だが	でも	だけど	であるから

8） 連體指示代名詞與名詞複合而成的接續詞

そのうえ	そのうち	その代わり	そのくせ	その結果	そのため

9） 名詞與助詞複合而成的接續詞

ときに	ところが	ところで	ものの	ものを	ゆえに	おまけに

10） 接續詞的其他複合形式

① 副詞與助詞的複合。如：または

② 副詞型指示代名詞與動詞的複合。如：そうして、そうすると、そうすれば

接續詞的接續類型 3

從接續的成分考慮，可將接續詞分為以下4個類型：

1） 連接詞與詞的接續詞

◆ 400字詰(じづ)め原稿用紙(げんこうようし)に手書(てが)きまたはＡ４の用紙(ようし)にワープロで打(う)つこと。

要求寫在400字稿紙上或使用文字處理機打在A4的紙上。

◆ 会議終了後(かいぎしゅうりょうご)、名札及(なふだおよ)びアンケート用紙(ようし)を回収(かいしゅう)します。

會議結束以後，要將名牌和徵詢意見調查表收回。

◆ お問い合わせは、電話もしくは往復葉書でお願いします。
諮詢請打電話或郵寄往返明信片。

◆ 今年もまた、あと一日で終わらんとしている。
還有最後一天，今年就結束了。

◆ 進学か、それとも就職かとずいぶん悩んだ。
是升學還是找工作，我猶豫了很長時間。

2） 連接分句與分句的接續詞

◆ 我々は久しぶりの再会に、陽気に騒ぎ、かつ、大いに飲み、時間のたつのも忘れた。
我們為這次久別重逢一面大聲歡鬧一面開懷暢飲，竟忘記了時間的流逝。

◆ はっはっ、何となくか。それで、その際どちらの両親も賛成してくれたの？何といっても国際結婚だから。
哈哈，是不知不覺的啊。那麼，當時你們雙方的父母也贊成嗎？不管怎麼説這可是國際婚姻啊。

◆ 部屋には財布とかぎ、それに手帳が残されていた。
我把錢包、鑰匙，還有記事本都留在屋裡了。

◆ 面白くて、そして人の役に立つことをしたい。
我想做有意思的，而且對別人有益的工作。

3） 連接句與句的接續詞

◆ 彼は新しい、いい車を持っている。でも、めったに乗らない。
他雖然買了一輛好的新車，可是很少開。

◆ 彼は背が高くて、ハンサムでユーモアがあって、おまけに金持ちときては、女性にもてるわけだ。
他個子高，長得又帥，再加上有錢，當然討女孩子喜歡了。

◆ ハイキングの参加費はバス代を含めて一人２千円です。ただし、昼食は各自ご用意ください。
參加這次小旅行的費用，包括交通費在內，每人2千日元。但午飯請大家自備。

◆ この辺りは非常に交通の便がよい。したがって地価が高い。
這一帶交通特別方便，所以地價很貴。

◆ 彼はその日、部下にすべてを打ち明けた。そして今後の対応を夜遅くまで話し合った。
那天，他把所有的事情都告訴了他的屬下。然後和他們商量對策一直到深夜。

◆ 天気予報では、今日は雨になると言っていた。ところが、少し曇っただけで、結局は降らなかった。
天氣預報説今天有雨。可是只是天稍微陰了點，最終沒有下。

◆この作品で3等賞ぐらいとれるかなと期待していた。けれども、結果は思いがけなく1等賞だった。

原來期待這個作品只能獲得一個第3名。可沒想到，最後竟然獲得了第1名。

◆王：僕の生活の場は家庭であり、会社である。けれども、地域社会に対する意識が低いことに気がついたよ。

我覺得我生活的場所不是在家就是在公司。好像對社區的意識很淡薄啊。

良子：私も結婚してからは、家庭一辺倒だったわ。それにしても、日本の男性が関心があるのは、家庭でもなく、地域でもなく、ただ会社だけってきらいがあるわ。

我也是結婚後就只圍著家轉。不過，日本男人傾向於關心的既不是家庭，也不是社區，而只是公司。

4）　連接段與段的接續詞。這類接續詞與連接句的接續詞並無本質上的區別，只是在連接規模上較前者大一些。所以，可以連接句的也可以連接段落。連接段落的，也可以連接句。例：

劇場やコンサートの席は普通は、S席からA席、B席、C席と分かれています。このうちS席は英語のspecialからきていて、特別席という意味です。

ところが、電話で席を予約した場合など、S席だからきっとすばらしい席だろうと期待して、当日行ってみたら、3階の後ろの方でがっかりしたという例もあります。現在、S席の割合はぐっと増えていて、全体の8割から9割がS席という場合も珍しくありません。ですから、S席は今では特別席というよりむしろ普通席と考えたほうがよさそうです。

劇場和音樂廳的座位通常從S席開始分A席、B席、C席。其中，S席的S來自英語的special，是特別席位的意思。

然而，打電話預約的時候也會遇到這樣的情況。即以為訂了S席，就一定是好的座位。可當天到那一看，卻是3樓靠後排的位置，因此而大失所望。現在，S席所占的比例越來越大，有些幾乎占到全部席位的80%、90%。所以，與其說它是特別席位，還不如說是普通席位更合適。

接續詞的用法 4

根據意義及用法的不同，接續詞大致分為順接、逆接、添加並列、對比選擇、 轉換話題、說明及補充說明等6種。

1）　表示順接的接續詞

● 這類接續詞主要有：それで、だから、そこで、従って、すると、それでは、それゆえ（に）、かくて、こうして、それなら…。

◆ ロケットの燃料タンクに重大な欠陥が見つかった。従って、打ち上げ計画は当分の間、延期せざるを得ない。
由於發現火箭燃料箱有重大缺陷，因此只好決定暫時推遲發射計畫。

◆ 春になった。すると花が咲き始めた。
春天到了，於是，花開了。

◆ こうして、二人は結ばれた。
就這樣，兩人在一起了。

◆ 踏み切りで事故があった。だから、学校に遅刻してしまった。
在平交道出了事故。所以，上學才遲到了。

◆ みなさん、この問題には大いに関心をお持ちのことと存じます。そこで専門家のお立場からご意見をお聞かせいただければと存じるのですが、いかがでしょうか。
我想大家對這個問題都非常關心，所以我想請諸位從專家的角度給我們提一些建議，大家意下如何？

◆ 小さい時に海で怖い思いをした。それで海が好きになれない。
小時候我在海上受過驚，所以不喜歡大海。

◆ 彼は自分の能力を過信していた。それゆえに人の忠告を聞かず失敗した。
他過於相信自己的能力，所以不聽別人的勸告，最後失敗了。

◆ これ以上の援助はできないといっているが、それならこちらにも考えがある。
他們說不能再繼續援助了。那樣的話，我們也有我們的考量。

2） 表示逆接的接續詞

● 常用的有：けれども（けど、けれど）、しかし、でも、それなのに、それにしても、だが、ところが、が…

◆ 姉は貧乏な画家と結婚した。でも、とても幸せそうだ。
我姐姐跟窮畫家結婚了，但是卻過得很幸福的樣子。

◆ A：予選ではあんなに強かったのに、どうして決勝で負けたんでしょうね。
預賽時那麼強，怎麼在決賽時就輸了呢。

B：プレッシャーでしょう。
是精神上有壓力吧。

A：それにしてもひどい負け方ですね。
可是也輸得太慘了點了。

◆ いつもは８時半ごろ会社に着く。ところが、今日は交通事故に巻き込まれ、１時間遅れで到着した。
我總是8點半到公司，可是今天遇上交通事故，晚了1個小時才到。

◆ 今日の試合は、がんばった。けど、負けてしまった。
今天的比賽，雖然大家都很努力，但還是輸了。

3）　表示添加、並列的接續詞

● 常用的有：かつ、なお、次に、しかも、並びに、それに、そのうえ、そうして、そして、及び、それから…

◆ 今回の大胆かつ巧妙な手口の犯行は犯人像を割り出す手がかりになるものと思われる。
我想這個既大膽又巧妙的作案手段，將成為我們推斷罪犯肖像的重要線索。

◆ あなたが来てくれれば、なお都合がよい。
你來的話，就更好了。

◆ いいアパートを見つけた。部屋が広くて、南向きで、しかも駅から歩いて５分だ。
我找到公寓了。房間既寬敞又向陽，而且從車站只要走5分鐘就到。

◆ 夏休みにタイ、マレーシア、それからインドネシアの３カ国を回ってきた。
暑假的時候，我去了泰國、馬來西亞還有印尼這3個國家。

4）　表示對比、選擇的接續詞

● 常用的有；それとも、或いは、または、そのかわり、一方、もしくは等。

◆ 雨が降ってきましたが、どうしますか。行きますか、それとも延期しますか。
下雨了。怎麼辦啊？是去呢？還是改天去呢？

◆ この本は今読んでいるから、貸してあげられませんが、そのかわりに別の本を貸してあげましょう。
這本書我正在看，暫時不能借給你，我借另一本給你吧？

◆ 応募書類は、５月10日までに郵送するか、もしくは持参すること。
請於5月10日前，將申請文件郵寄過來或直接帶來。

◆ 彼は全面的に協力すると言う。その一方で、こちらが何か頼んだら忙しいからと言って断ってくる。
他一方面説要全面給予協助，可一旦真求他做點什麼又總説太忙而拒絕。

5）　表示轉換話題的接續詞

● 常用的有：時に、それでは、さて、ところで、では…

◆ それでは、次は天気予報です。
那麼，下面播送天氣預報。

◆ さて、そろそろ行こうか。
那麼，我們該出發了吧？

◆ では、次の議題に入りましょう。
那麼，我們進入下一個議題。

◆ やっと夏休みだね。ところで、今年の夏休みはどうするの？
終於到暑假啦。可是今年暑假你有何打算？

◆ 時に、ご家族の皆様はお元気ですか。
我說，你們家人都好嗎？

參考 「時に」用於會話中，多表示新的話題。稍有點書面語的味道。因此一般情況下多使用「ところで」、「さて」等。

6） 表示說明及補充說明的接續詞

● 常用的有：例えば、すなわち、要するに、つまり、ただし、なぜなら、というのは…。

◆ 日本語の中には、例えばパン、ドア、ラジオなどたくさんの外来語が入っている。
日語中有許多外來語，像麵包、門、收音機等都是。

◆ テニスコートの使用料は１時間千円。ただし、午前中は半額となります。
網球場的使用費為1小時1千日元。不過上午是半價。

◆ 相思相愛の仲とは、つまりお互いのことを心底から愛し合っている関係のことである。
所謂相親相愛，就是兩人都是發自內心的互相愛慕。

考點講練

次の文の線を引いた言葉は、副詞、接続詞のどれですか。

1.どうぞ、また来て下さい。

A 副詞　　B 接続詞

答案：A

譯文 請再來。

解題技巧 此題考查接續詞與其他詞的關係。上例中的「また」是副詞，主要修飾後項「来て下さい」，說明該句的動作或行為的次數等，所以答案選擇A。

深度講解 接續詞中有相當一部分來自於副詞、動詞、名詞等其他詞類。因此，在形態、用法等方面與其他詞多有相似之處。

1） 易和副詞混淆

◆ 同じ問題をまた間違えた。
又做錯了同樣的題。

◆ これはもっとも大きい島である。
這是世界最大的島嶼。

● 上述二例中的「また」、「もっとも」主要是修飾、限定後續的用言，為副詞。

◆ 教科書は大学生協で購入できる。また、大きな書店でも販売している。
教材可以在大學生協同聯合會購買。另外，在大書店也有賣的。

◆ レポートは来週提出してください。もっとも、はやくできた人は今日出してもかまいません。
下星期請將報告書交上來。不過，提早寫完的人今天也可以交。

● 上述兩例中的「また」、「もっとも」位於後句的句首，起著承接前句、連接後句的作用。在句中補充說明前句的內容，為接續詞。

2） 易和接續助詞混淆

◆ 今日の試合は、がんばったが、負けてしまった。
今天的比賽，雖然大家都很努力，但還是輸了。

◆ これは給料はよくないけれども、やりがいのある仕事だ。
這工作雖然報酬不高，但卻值得一試。

● 上述兩例中的「が」、「けれども」接用言的終止形後，用於連接兩個對立的事物。表示前後內容相互對立，或後面產生的結果與前面事物預想的結果相反。為接續助詞。

◆ 我々医師団は患者の命を救うために、最大限の努力をいたしました。が、どうしても助けることができませんでした。
我們醫療組為了挽救病人的生命竭盡了全力，但是，最終沒能把他救活。

◆ 2時間待った。けれども、一郎は姿を現さなかった。
我等了兩個小時。可一郎始終沒有來。

● 上述二例中的「が」、「けれども」雖然同樣表示逆接，但是它們是獨立位於後句的句首，表示後項的結果與前項的結果相反，為接續詞。

3） 易和其他詞混淆

◆ 二人の争いはそれから起こった。
兩個人的紛爭從那時就開始了。

◆ 今日は約束の日だが、友達はまだ来ない。
今天是約定好的日子，可是朋友還沒有來。

◆ そんなことをすると、人に笑われるよ。
做那種事，會被人看笑話喲。

● 上述三例中的第1例「それから」是指示代名詞「それ」+補助助詞「から」；第2例的「だが」是判斷助動詞「だ」+接續助詞「が」；第3例的「すると」是サ變動詞「する」+接續助詞「と」，接非為接續詞。

精選練習 次のそれぞれの文で、線を引いた言葉はどれが接続詞か。

❶ そこで待ってください。
❷ 雨が降り、それに風も吹き始た。
❸ それに電話番号を書いてください。
❹ そんなことをすると、怒られますよ。
❺ なるほど。すると、こういうことですか。
❻ そこでお願いしたいのだが。

答案：2,5,6

提示 第1題「そこで」是指示代名詞「そこ」加助詞「で」，所以不是接續詞。第2題的「それに」是對前句進行補充，在句中起承前啟後的作用，所以是接續詞。第3題的「それ」是指示代名詞「それ」加助詞「に」，表示「在那裡」，所以不是接續詞。第4題「すると」是動詞「する」加接續助詞「と」構成，表示「一旦做……就……」，所以不是接續詞。第5題的「すると」在句中連接前後項，所以是接續詞。第6題所敘述的事情與前句有關，再附加理由「因此……」，所以是接續詞。

翻譯

❶ 請在那裡等候。
❷ 下了雨，又刮了風。
❸ 請把電話號碼寫在那裡。
❹ 做那種事，他會生氣的。

❺ 原來如此。這樣說來，是這麼一回事啊。

❻ 所以想拜託您。

2. 公文書類を接受し、発送し、編集し、＿＿＿保存すること。

A 並びに　　B 又は　　C 若しくは　　D 及び

答案：D

譯文　接受公文資料，並進行發送、編輯及保存。

解題技巧　此題考查接續詞。根據「A、B、C、D及E」的慣用表達形式，答案應選D。

深度講解　「並びに」、「及び」、「又は」、「若しくは」在意思上的區別不大，但是，用於法令、公文時，卻有如下區別。

① 同時提出兩種事物時，通常用「及び」。組句形式為「A及びB」。

◆ 国語及び英語。

國語及英語。

◆ 委員及び臨時委員。

委員及臨時委員。

② 同時提出三種以上的事物時，僅在最後部分用「及び」，其餘用逗號「，」（限於橫文書寫時）或頓號「、」隔開。構句形式為「A、B、C、D及E」。

◆ 国語、英語、数学及び理科の４教科。

國語、英語、數學以及理科的4門學科。

③ 將三種以上事物中的某兩種與其他相比，因某種意義上的類似、近似或相近關係而形成大、小或強、弱兩個層次。其中小、弱的層次用「及び」，大、強的層次用「並びに」連接。即「A及びB並びにC及びD」、「A及びB並びにC」。

◆ この法律に規定するものを除く外、第六条第一項及び第二項並びに第七条第一項及び第三項の場合において必要な事…。

除了該條文所規定的事項之外，在第六條的第一項和第二項以及第七條第一項和第三項的場合時，必要的事項為……。

④ 在兩種事物中選擇某一種時，使用「又は」。即「A又はB」。

◆ 新築又は改築。

新建或者改建。

◆ 建設大臣又は総裁。

建設大臣或者總裁。

⑤ 從三種並列事物中選擇其中一種時，通常在最後一項前使用「又は」，而其他用逗號或頓號隔開。即「A、B、C又はD」。

◆ 詐欺その他不正の行為により、分担金、使用料、加入金又は前条第一項の手数料の徴収を免れた者については条例で、…。

根據欺詐以及其他不法行為，對有關免除分擔費、使用費、參加費或者前面條文第一項的手續費徵收，依照條例，……。

⑥ 從三種事物中挑選一種，當某兩種事物的選擇與第三種存在層次的區別時，通常小的層次用「若しくは」，大的層次用「又は」。即「A若しくはB又はC若しくはD」。

◆ 古物を売買し、交換し、若しくは委託を受けて売買し、交換することを営業とし、又は市場を設けてはならない。

不得對二手貨進行買賣、互換或者接受委託進行買賣，或以互換貨物為營，又或者設立市場等。

精選練習

❶ 若者は希望をもつのが当然だが、＿＿＿近頃の若者は…。

A しかるに　　B ゆえに

❷ 君の気持ちはよく分かった。＿＿＿君ひとりのために規則を変えることはできない。

A ですから　　B しかしながら

❸ 勝つか＿＿＿負けるかは、やってみなければ分からない。

A あるいは　　B かつ

❹ ＿＿＿、お考えを伺いたいのですが。

A たとえば　　B ところで

❺ 出かけるのはやめたほうがいい。＿＿＿明日は雨が降るそうだから。

A なぜなら　　B すなわち

❻ どうすればよいのか、僕一人では分かりません。＿＿＿今日はご相談にうかがったのですが。

A それで　　B すると

❼ あたりはすっかり暗くなり、______雨まで降ってきた。

A おまけに　　　B むしろ

❽ この人形はフランスで二百年前に作られたもので、同種のものは世界に五体しかないと言います。______お値段は一体五百万円。

A それとも　　　B ちなみに

答案：A,B,A,B,A,A,A,B

提示

第1題「しかるに」表示「然而、可是、不過」的意思。「ゆえに」則表示「因而、所以」。所以答案選A。 第2題「しかしながら」作為接續詞連接前後兩個句子，表示逆接關係，「然而、但是」。「ですから」則表示一種順接的關係，所以答案應為B。第3題是一種選擇的關係，所以答案應選A。第4題的題意不是説明，而是轉換話題，所以答案應選B。第5題根據句意，是説明「為什麼不要出門的理由」，所以答案選擇A。第6題表示一種原因和結果的關係。即「因為我一個人不知道怎麼辦，所以想找您商量」這樣一種順接關係，所以答案選A。第7題「おまけに」表示「再加上」、「而且」。「むしろ」則表示「與其……不如……」，所以答案應選A。第8題在表述主要內容「～五体しかないと言います。」之後，補充一些與之相關聯的內容，「ちなみに」表示「附帶説一下，僅供參考」的意思，所以答案選擇B。

翻譯

❶ 青年理當抱有希望，可是當今的年輕人……。

❷ 我明白你的心情。可是不能因為你一個人而改變規則。

❸ 是贏或是輸，做了才知道。

❹ 可是，我想聽聽您的看法。

❺ 你還是別出門為好。據説明天會下雨。

❻ 怎麼辦才好呢，我自己一個人想不出任何辦法，所以今天是來跟您商量的。

❼ 周圍完全黑了下來，而且又下起了雨。

❽ 這個娃娃是二百年前在法國製作的。據說同樣的娃娃，現今世界上只有五個。順便介紹一下，它的價錢是五百萬日元一個。

3. 試合に負けたのはしかたがないが、______一点も取れないとは情けない。

A それにしては　　　B それにしても

答案：B

譯文 比賽輸了也是沒辦法的事，可是連一分都沒得太可悲了。

解題技巧 此題考查接續詞「それにしては」和「それにしても」兩者的用法。「それにしても」意思是在確認前項事實的基礎上，「超出預想或標準，讓人難以接受」之意。「それにしては」帶有「被認為是理所當然的結果或與預期相反，事實是……」的語感，所以答案選擇B。

深度講解

① 「それにしては」多用於分句、句的連接。表示後項內容與前項內容相矛盾。可以將前項視為一種衡量的標準，後項多為說話人依此而作的判斷。

◆ あの人は外国語学部の出身だ。それにしては、少々語学に弱い。
他是外語出身的。照此看來，語言能力還差了點。

② 「それにしては」也可略去「それ」，以「にしては」的形式，接前句句尾，起接續助詞的作用。

◆ 日本に１０年も住んでいたにしては、彼の日本語はあまり上手ではないね。
要說他在日本住了10年，日語可實在不怎麼樣。

③ 「それにしても」多用於句的連接。表示對前項敘述的內容儘管認可，但後項的結果仍然超出說話人的想像。

◆ 品物が少ないので、値段が上がっているが、それにしてもあまりに高すぎる。
貨少，所以價錢貴。但貴得也太離譜了。

④ 「それにしても」的後項多為說話人的主觀判斷，所以，述語部分多使用形容詞、形容動詞或狀態動詞。

◆ 今度の試験はよくできたと思っていましたが、それにしてもやっぱり発表を見るまでは心配でした。
這次考試我認為會考得好。儘管如此，未看到公佈以前，還是很擔心。

⑤ 「それにしても」可略去「それ」，接在用言連體形或體言後，表示讓步關係。

◆ 子供のいたずらにしても笑って済ませられる問題ではない。
即使是小孩子的惡作劇也不是能一笑了之的問題。

◆ たとえ失敗作であるにしても十分に人を引き付ける魅力がある。
雖然是失敗之作，但也有十分吸引人的地方。

精選練習

❶ この子はまだ三歳です。＿＿＿大きいですね。

A それにしては　　B それにしても　　C にしては　　D それに

❷ 改革開放後、中国の経済は目覚しい発展を遂げた。______まだまだすべてにおいて満足できる状態ではない。

A しかしながら　B けど　C だけど　D たしか

❸ あの人は中国に来たことはないそうだが、______中国のことを実によく知っている。

A しかも　B それに　C だが　D でも

❹ 意見はいろいろ出た。______大同小異で、名案はない。

A さて　B そして　C だが　D すると

❺ 今日は非常に寒い。______会場は満員だ。

A それにしても　B にかかわらず　C それでは　D にひきかえ

❻ あの人は奉仕活動への参加を皆に呼びかけている。______自分は何もしない。

A それにしても　B しかも　C それにしては　D そのくせ

❼ 始めたばかり______ずいぶん上達したものだ。

A にしては　B むしろ　C にかかわらず　D かかわらず

❽ 夏______暑すぎる。

A それとも　B にしても　C しかも　D ところが

答案：A,A,C,C,A,D,A,B

提示

第1題將前項「～まだ三歳です」作為一個衡量的標準，「這麼説來……」，所以答案選擇A。第2題四個選項雖然都表示逆接關係。但「しかしながら」的語氣更鄭重更符合句中的書面語形式，所以答案選擇A。第3題四個選項雖然都表示逆接關係。但子句意來看，雖然是前後意思相反的兩個句子，卻是一種對比的關係，所以答案選擇C。第4題表示「意見雖然很多，可是……」，所以答案選C。第5題表示超出説話人的想像，「今天很冷，人應該不多，可是……」，所以答案選擇A。第6題在表示逆接關係時，「そのくせ」多帶有不滿、譴責、鄙視等語氣。符合本句的句意，所以答案選擇D。第7題表達了一種「超出標準或與預期相反」的語感，所以答案選擇A。第8題表示對前項敘述的內容「夏は暑い」儘管認可，但後項的結果仍然超出説話人的想像。所以答案選擇B。

翻譯

❶ 這個孩子才三歲，這麼說來，個頭挺大的呢。
❷ 改革開放後，中國的經濟取得了令人矚目的成就。然而，還遠遠沒有達到富裕的狀態。
❸ 聽說他沒來過中國，可是他對中國的事情非常瞭解。
❹ 雖然大家提出了各種不同的意見。但都是大同小異，沒有好的方案。
❺ 今天很冷。儘管如此，會場還是座無虛席。
❻ 他積極地呼籲大家參加公益活動，可他自己什麼也不做。
❼ 做為一個剛學不久的人，你的進步確實很快。
❽ 雖說是夏天，也太熱了點。

4. それ本当？______、うれしいんだけど。

A それでは　　　　B それなら

答案：B

譯文

那是真的嗎？要真是這樣，就太高興了。

解題技巧

此題考查接續詞「それでは」與「それなら」的用法。二者均表示承接關係。對前述的事項、對方的意見等首先予以承認，然後引出後面的內容。相當於中文的「那樣的話」、「那麼」。除此之外，「それなら」還可以表示懷疑、猶豫等語氣，相當於「もしそうだとすると」，所以答案選擇B。

深度講解

現代日語中，除接續詞之外，還有一部分詞被稱為接續性詞語。這些接續性詞語一般泛指接續詞、接續助詞及部分具有接續功能的副詞、連體詞、連語（慣用短語）等，它們在接續過程中起著非常重要的作用。

① 接續性副詞。常用的有：「いわば」、「結局」、「さらに」、「まして」、「要するに」等。這些詞中有相當一部分屬呼應副詞，作用是將後項的內容與前項的意義有機地相連接，使前後兩項之間形成某種邏輯關係。

◆ この小説（しょうせつ）は、いわば現代（げんだい）の源氏物語（げんじものがたり）とでもいったような作品（さくひん）だ。
這部小說可以說是現代版的源氏物語。

◆ 結局（けっきょく）、世（よ）の中（なか）は万事金（ばんじかね）で決（き）まるということだよ。
歸根到底這世上還是金錢決定一切啊。

◆事故の全貌が明らかになるに従って、更に犠牲者が増える見込みである。
隨著事故全貌逐步被查明，估計死亡人數還會有所增加。

◆日本語の勉強を始めて３年になるが、まだ新聞を読むのも難しい。まして古典などはとても読めない。
開始學習日語已經3年了，但看報紙還很困難，何況古典作品之類的更讀不了了。

◆いろいろ理由はあるが、要するに君の考えは甘い。
是有各種理由，不過總而言之你的想法太幼稚。

② 接續性慣用短語。如：「そういえば」、「だからといって」、「というのは」、「どちらかといえば」、「そうかといって」、「いずれにしても」、「とはいうものの」、「いわゆる」、「なぜかといえば」等等。

◆最近の大学生は、どちらかといえば、男子より女子のほうがよく勉強して成績もよい傾向がある。
要説起最近大學生的傾向的話，女生比男生更努力學習，成績也好。

◆そういえば朝から何も食べてないね。
説起來從早上到現在我還什麼東西都沒吃呢。

◆毎日忙しい。しかし、だからといって、好きな陶芸をやめるつもりはない。
每天確實很忙。但是，我並不打算因此而放棄我所喜歡的陶藝。

◆申し訳ありませんが、来週お休みをいただけないでしょうか。というのは、国から母が突然尋ねてくることになったんです。
對不起，下周能給我假嗎？因為老家的媽媽突然要來看我了。

◆山田は仕事の都合で遅れるとは言っていたが、いずれにしても来ることにはなっている。
山田説因工作要晚一點來，總之他是要來的。

◆フランス語は大学時代に習った。とはいうものの、もうすっかり忘れてしまった。
雖然在大學時學過法語，但是全忘了。

◆彼も、いわゆるワールドミュージックのブームに乗って世界的に売れるようになった歌手の一人だ。
他也是隨著所謂世界音樂之潮而走紅的歌手之一。

精選練習

❶ 人生は選択である。＿＿＿＿どの学校に入るか、どこに就職するか。

A いわば　　B たとえば

C とりもなおさず　　D というのは

❷ 人間の考え、＿＿＿＿思考には、大きく分けて二つの種類がある。

A つまり　　B むしろ　　C 要するに　　D たとえば

❸ 確かに難しいと思います。＿＿＿＿不可能だというのではありません。

A いずれにしても　　B そういえば　　C だからといって　　D というのは

❹ 働き盛りの人々の過労による突然死、＿＿＿＿過労死が大きな問題となっている。

A いわゆる　　B 結局　　C とりもなおさず　　D すなわち

答案：B,A,C,A

提示

第1題「いわば」表示一種斷定的語氣。意為「可以説、説起來」。「たとえば」表示例舉關係，意為「例如、譬如」。「とりもなおさず」是接續性詞語，表示「即是、換句話説」。「というのは」表示説明關係，意為「是因為、因為」。根據句意，答案應選B。第2題「つまり」原為動詞「詰まる」的名詞形。表示「終點、極點、盡頭」，作為接續詞，多以總結、下結論的語氣將前項內容換而言之，意為「即」、「也就是説」。「むしろ」表示取捨關係，意為「與其……不如……」。「要するに」意為「總而言之、總之」，即用點明主旨的簡單字句將前述內容概括言之。「例えば」表示例舉關係，意為「例如、譬如」。根據句意，答案選擇A。第3題「いずれにしても」表示「其前提無論怎樣或有何種情況，結果都……」等意，強調概括性的結論。「そういえば」用於承接對方話題並就此敘述某個相關的事項時，意思是「這麼説來……」。「だからといって」表示對前項不能無條件地全面接受，相當於中文的「雖然如此、話雖如此」。根據句意，答案應選C。第4題「いわゆる」多置於名詞之前，表示「人們所説的、所謂」之意。「結局」主要表示最後結果或最終結論，意為「結果、最終」。「とりもなおさず」是接續性連語，表示「即是、換句話説」。「すなわち」表示對前項內容的解釋或説明，意為「即、也就是説」。根據句意，答案應選A。

翻譯

❶ 人生充滿選擇。譬如説，上什麼學校、在哪裡工作等等。

❷ 人的想法，即思考，大致可分為兩類。

❸ 的確很難。可話雖如此，也不是不可能的。

❹ 正當年富力強的中年卻因疲勞過度而突然死亡。所謂的「過勞死」已經成了一個大問題。

5. 彼は簡単には承諾しないだろう。＿＿＿＿、いい考えを思いついた。

A そこで　　　　B それで

答案：A

譯文　他是不會輕易承諾的，所以我想到了一個好主意。

解題技巧　此題考查接續詞「それで」與「そこで」。在上例中，述語是一個意志動詞。通常，意志動詞做述語的句子是不可以用「それで」來替換的，所以答案選擇A。

深度講解

① 「そこで」多用於承接上文，引導下文。是事實在先行為在後，通常表示的是主動性行為，所以後面多使用意志動詞。

◆ 分からなくて困った。そこで、先生に尋ねた。
實在是搞不明白。於是，請教了老師。

◆ 昨夜は疲れていて、とても眠かった。そこで、お風呂に入ってからすぐ寝てしまった。
昨晚太累了。因此，洗完澡馬上就睡了。

◆ 彼の承諾を得た。そこで、問題は解決した。
他同意了。那麼，問題就解決了。

② 「それで」前項多以客觀陳述的語氣表示原因、理由，後項是自然而然的結果或是一種狀態。

◆ 近年、景気がよくない。それで、失業も増えている。
近年來不景氣，所以失業率也在上升。

◆ 財布は落としてしまうし、知った人は誰もいないし、それで、やむなく家まで2時間も歩いて帰ったというわけだ。
丟了錢包而且又沒有認識的人，所以不得已走了兩個小時才回到家。

◆ 昨夜は子供に泣かれて良く寝られなかった。それで、少し頭が痛い。
昨晚被小孩哭鬧得沒睡好覺，所以有點頭痛。

＊「それで」也用於催促對方繼續把話說下去。

◆ それで、どちらが勝ちましたか。
那麼，是誰贏了呢？

精選練習

❶ 嘘なんかつくなら、＿＿＿＿死んだほうがいい。

A まして　　B いわゆる　　C むしろ　　D さらに

❷ 彼女は大学を卒業して、＿＿＿＿大学院で勉強した。

A さらに　　B 結局　　C すなわち　　D そのうえ

❸ このバラを純子さんにあげようか、雪子さんにあげようかとずいぶん迷ったが、＿＿＿＿だれにもあげなかった。

A 要するに　　B 結局　　C 結果　　D すなわち

❹ すっかり忘れてたけれど、＿＿＿＿明日は日本語の授業があったんだ。

A いずれにせよ　　B 要するに　　C とはいうものの　　D そういえば

答案：C,A,B,D

提示

第1題「むしろ」表示一種取捨關係，所以答案選擇C。第2題「さらに」表示在原有事項的基礎上，再增加或補充新的事項，意為「又、再」。「結局」主要表示最後結果或最終結論，意為「結果、最終」。「すなわち」表示對前項內容的解釋或說明，意為「即、也就是說」。「そのうえ」表示事態、行為等的累加，意為「而且、加之」等。根據句意，答案選擇A。第3題「要するに」意為「總而言之、總之」，即用點明主旨的簡單字句將前述內容概括言之。「結果」不是接續詞，而是一個名詞。根據句意，答案應選B。第4題「いずれにせよ」表示後項為說話者的重點，意為「總之、不管怎樣、反正」等。「とはいうものの」表示對前項所敘述的內容姑且作為事實予以承認，後項則提出與其相反或予以修正、補充的內容，相當於中文的「雖然……但……」、「雖然如此……但……」。「そういえば」意為「這麼說來……」，主要用於承接對方話題並就此敘述某個與之相關的事項時。根據句意，答案應選D。

翻譯

❶ 與其撒謊，還不如死了好。
❷ 她大學畢業之後，又繼續讀了研究生。
❸ 這支玫瑰是送給純子小姐還是送給雪子小姐呢？我猶豫了很久，最後誰也沒送。
❹ 忘得一乾二淨了。這麼說來，明天有日語課！

第10章

感 歎 詞

知識講解

感歎詞的定義 1

表示感歎、招呼、應答、寒暄等的詞叫做感歎詞。感歎詞是一種沒有詞形變化的獨立詞。作為句子的獨立成分，可以置於句首，也可單獨構成獨詞句。

感歎詞的用法 2

1）置於句首，作句子的獨立成分

◆ ねえ、今日の飲み会、行くよね。
喂，今天的聚餐會，你會去吧！

◆ A：おとなしそうな顔してるけど、わりと大胆なことするのね。
你看起來很老實敦厚，可做起事來膽子挺大的。

B：えっ？そうですか。
什麼？是嗎？

◆ あのう、折り入って先生にご相談があるのですが…。
有件事得跟老師商量一下。

◆ A：何か楽器が弾けますか。
會演奏什麼樂器嗎？

B：ええ、ピアノなら多少…。
是的，會彈點鋼琴。

2）單獨構成獨立句

◆ A：このコースは初心者でも大丈夫ですか。
這門課程初學者也能學嗎？

B：ええ、それなりに楽しめますよ。
是的，會相應有所收穫的。

C：はあ…。
是喔。

◆A：週末、友達とハワイへ行くんです。
週末，要和朋友一起去夏威夷。

B：ご主人はいらっしゃらないの？はあ、結構な話ですね。
你先生不去嗎？聽起來真不錯啊！

C：ええ。
是啊。

感歎詞的種類 3

從意義上可將感歎詞分為以下3類：

1）用於應答的感歎詞

◆客　：あのう、すみませんが、荷物があるもんで、後ろのトランク開けていただけませんか。
啊，對不起，我有行李，請把後車廂打開好嗎？

運転手：はい、いいですよ。これだけですか。
好，可以。就這些嗎？

客　：ええ、そうです。
嗯，就這些。

◆父　：おい、清子、ちょっと肩を揉んでくれ。
喂，清子，給爸揉揉肩膀。

清子：はーい。
是～。

◆A：もう一杯、どう？
再來一杯，怎麼樣？

B：いや、もういい。
不，夠了。

2）表示招呼、建議、確認、提醒等意義的感歎詞

◆ねえ、そう思わない？
哎，你不這樣認為嗎？

◆運転手：えっと、ここは長く止められないんで、あそこでいいですか。
哦，這裡可不能久停。停那裡可以嗎？

客　：ああ、はい。
啊，可以。

◆花子ももう26歳で、この間なんか冗談めかして、「誰かいい人がいたらお願いします」なんて言われちゃった。ねえ、あなたどう思う？
花子也26歲了。前不久還半開玩笑地說，要有合適的叫我介紹給她認識認識呢。哎，你覺得怎麼樣？

◆よし。じゃ、今年は木村さんの提案を入れて日光にしよう。
好。那，今年接受木村先生的提議，去日光。

◆おいおい、うそだろ？
喂喂，唬我的吧？

◆こら、やめろ。
喂，快停下！

◆ねえねえ、このワンピースはお買い得だわ。買おうかしら。ねえ、あなたどう思う？
喂，這件連衣裙很划算，要不要買呢？我說，你覺得怎麼樣？

3）表示驚訝、感動、喜悅、困惑等意義的感歎詞

◆うわあ、丸川雑貨店じゃないですか。子供のころよく使いにやらされましたよ。
哎呀，那不是丸川雜貨店嘛！小時候我們家常讓我跑腿去那裡買東西。

◆お、やってくれたのか。ありがとう。
喲，這是幫我們做的嗎？謝謝！

◆あ、そうか。あの二人、結婚したのか。
是嗎？他們倆結婚了呀。

◆ほら、ハンサムじゃない。
你看，長得挺帥的吧？

◆あら、どうしたの？
哦，怎麼啦？

◆ほんと？やった！合格するっていいよな。やっと実感できたよ、おばさん。
真的，太棒了！考上了可真不錯！姑姑，我這下才找到感覺了！

◆ああっ！雨！しまったあ。洗濯物、外に出しっぱなしだあ！
哎喲不好！下雨了！我外面還晾著衣服呢！

◆母：まあ、食べてごらんなさいよ。旅館で出たんだけど、すっかり気に入っちゃって買ったのよ。今お茶入れるから。
你嚐嚐嘛！我在旅館吃過，覺得很好吃，就買回來了。我這就泡茶去。

息子：あっ、これツブあんだ。おれツブあん嫌いなの知ってるだろ。こしあんしか食べないのに。それにこれユズのにおいがする。ユズも苦手なんだよ。オレ。

喲，這是豆餡的！你知道我不愛吃豆餡的嘛！我就吃豆沙的。而且還有香柚味。香柚我也吃不慣的嘛。

考點講練

1. ＿＿＿、これいいわね。すてき。気に入ったわ。サイズもぴったりだし、これください。

A あら　　B ほら　　C いや　　D はて

答案：A

譯文　喲，這個不錯哇！很漂亮。我看上了。大小也正合適。我要了。

解題技巧　此題考查感歎詞的用法。「ほら」意為「喂、瞧、你看」，多用於喚起對方注意時發出的聲音。「いや」作為感歎詞，意為「呀、哎呀」，表示吃驚或感動。「はて」意為「唉呀、咦」等，表示懷疑、迷惑。「あら」是女性用語，相當於中文的「喲、哎呀」，與後項的「～わね」（女性語）相呼應，表示驚歎，所以答案選擇A。

深度講解　感歎詞涵義豐富，使用時需根據語言環境、聽話人的身份以及與聽話人的關係等進行選擇。

① 日語會話中常用的感歎詞有：「ああ」、「あら」、「いや」、「うん」、「おい」、「こら」、「さて（さあ）」、「そら」、「はて」、「ほう」、「まあ」、「やあ」、「やれやれ」、「よし」等等。

◆ ああ、こんな感じ、これいいわ。（感歎）
哦，就是這樣的。這個就挺好。

◆ まあ、４万円もするの。高くて手が出ないわ。（驚訝）
喲，要4萬日元啊？太貴了。我可買不起。

◆ あら、ちょっときついわね。23.5のはありますか。（感歎）
喲，有點小。23.5的有嗎？

◆ いや、素晴らしいなあ。（強調）
呀，太好了。

◆ うん、大丈夫ですよ。大丈夫。（肯定）
嗯，可以嘛！沒問題。

◆ おい、どうした。（驚訝）
呀，怎麼啦？

◆ こら、また何と。（意外）
哎呀，又怎麼啦？

◆ さて、行きましょう。（催促）
喂，我們走吧。

◆ そら、その通り。（促使對方注意）
瞧，就是那樣。

◆ はて、何だろう。（驚疑、迷惑不解）
唉，那是什麼呀？

◆ ほう、車？（吃驚）
喔，買車了？

◆ やあ、しばらく。（驚訝、感歎）
哎呀，好久不見了。

◆ やれやれ、うまくやった。（感歎）
喔！幹得太好了。

◆ やれやれ、また駄目か。（失望）
唉～，又不行嗎？

◆ よし、歌うぞ。（決定）
好，我要唱啦！

＊某些感歎詞不止表達一種感情，既可以表示感歎，同時又可以表示招呼。

◆ ああ、嬉しい。（激動）
啊，太高興了！

◆ ああ、君だったのか。（驚訝）
啊，是你啊！

◆ ああ、田中さん。（招呼）
哎，田中先生！

◆ ああ、思い出した。（想起）
啊，想起來了。

◆ A：もう帰ろうか。
我們回去吧。

B：ああ。（應答）
好吧。

② 用於應答、呼喚的感歎詞主要有：「あ」、「あの」、「いいえ」、「うん」、「えっ」、「ええ」、「はい」、「ええと」、「おい」、「おう」、「そら」、「それ」、「どれ」、「ねえ」、「なに」、「はあ」、「へえ」、「もしもし」、「やあ」、「よう」、「さあ」…

◆ あ、君、ちょっと。（召喚）
喂，你等等。

◆ あの、趙さん。（招呼）
喂，趙先生。

◆ いえ、そうじゃないんです。（否定）
不，不是這樣的。

◆ いいや、俺は知らないよ。（否定）
不，我不知道呀。

◆ うん、いいよ。（肯定）
嗯，可以。

◆ えっ、何ですって？（反問、疑問）
啊，你說什麼？

◆ ええと、今日はたしか土曜日ですよね。（思考）
嗯，今天確實是週六吧。

◆ おい、見ろよ。これ、いいじゃん。（招呼）
喂，你看，這件多好！

◆ おう、そうだ。思い出した。（應答）
啊，對了！想起來了。

◆ こら、待て。（喝止）
喂，站住。

◆ そら、急げ。（促使對方注意）
喂，快點。

◆ それ、行け。（促使對方注意）
喂，走吧。

◆ どれ、見せてごらん。（督促）
喂，給我瞧瞧。

◆ へえ、そういう人でも、こんなにうまく歌えるもんなのね。信じられないわあ。（驚訝）
喲，像那樣的人，也能唱得這麼好啊？真不敢相信。

◆ やあ、おはよう。（招呼）
啊，早上好。

◆ もしもし、ハンカチが落（お）ちましたよ。（招呼）
喂，手帕掉了。

◆ よう、買（か）ってよ。（呼喚）
嗨，快來買呀。

◆ さあ、いっしょにやろう。（呼喚、勧誘）
來吧，我們一起做吧。

＊表示應答的「はい」、「うん」、「ほう」、「ええ」、「いや」，要根據使用的場合，有的正式，有的隨便，有的謙恭，有的傲慢，如選用不當會給人失禮的感覺。

精選練習　次の会話から、感動詞を取り出し、下線で示しなさい。

A：あのー、こちらのお宅、何かあったんですか。

B：あら、江上さんのご主人。今、お帰りですか。

A：ええ。角を曲がったとたん、この人だかりですから、びっくりしましたよ。

B：あら、じゃあ、まだ何もご存知ではないんですか。

A：はい、いったい、なにが…。

B：いえね。実はね、驚かないでくださいよ。先日起きた通り魔殺人事件のこと、覚えてらっしゃるでしょ？

A：はい。それが曽根さんのお宅とどう…。

B：そう。その曽根さんのご主人が犯人だったんですよ。

A：ええ？まさかそんな。なにかの間違いでしょう、きっと。

B：いいえ、そのまさかなんです。私も間違いであってほしいと思ったんですが、本人も自供したそうよ。それで今、警察が来て家宅捜査をやっているんです。

A：ええ？そんなばかな。まだ信じられないなあ。

B：でしょう？私もいまだに半信半疑で、おっとりして、人のよさそうな方でしたのに。

A：んー。人は見かけによらないって、こういうことを言うんでしょうかねえ。

B：ええ。そういう方がご近所にいらしたなんて、想像もできませんでしたわ。

A：いや、まったく同感です。

答案：

A：あの一、こちらのお宅、何かあったんですか。

B：あら、江上さんのご主人。今、お帰りですか。

A：ええ。角を曲がったとたん、この人だかりですから、びっくりしましたよ。

B：あら、じゃあ、まだ何もご存知ではないんですか。

A：はい、いったい、なにが…。

B：いえね。実はね、驚かないでくださいよ。先日起きた通り魔殺人事件のこと、覚えてらっしゃるでしょ？

A：はい。それが曽根さんのお宅とどう…。

B：そう。その曽根さんのご主人が犯人だったんですよ。

A：ええ？まさかそんな。なにかの間違いでしょう、きっと。

B：いいえ、そのまさかなんです。私も間違いであってほしいと思ったんですが、本人も自供したそうよ。それで今、警察が来て家宅捜査をやっているんです。

A：ええ？そんなばかな。まだ信じられないなあ。

B：でしょう？私もいまだに半信半疑で、おっとりして、人のよさそうな方でしたのに。

A：んー。人は見かけによらないって、こういうことを言うんでしょうかねえ。

B：ええ。そういう方がご近所にいらしたなんて、想像もできませんでしたわ。

A：いや、まったく同感です。

提示

「あの一」意為「哎」，表示打招呼。「あら」意為「喲、哎呀」等，表示驚訝。「ええ」意為「哎、啊」，表示肯定。「はい」意為「是」，表示應允。「いえね」的「いえ」此處是感歎詞，不表示否定。「いえ」兩個音節都讀低調。「ええ？」意為「啊」，表示懷疑及驚訝。「いいえ」意為「不」，表示否定回答的用語。「んー」意為「嗯」，表示承認對方的意向。「いや」此處表示感歎，兩個音節都讀低調。

翻譯

A：哎，這家是不是出什麼事了？

B：喲，江上太太的先生啊！您剛回來呀？

A：是的。剛過了那個拐角，就見這裡聚著這麼多人。嚇我一跳。

B：是嗎？那，您還是什麼都不知道吧？

A：是啊，到底出什麼事了？

B：是這麼回事。你可別嚇著了。您還記得那天在我們這裡發生的兇殺案吧？

A：嗯。那事和曾根家有什麼……？

B：那個曾根太太的丈夫就是兇手！

A：什麼？不可能吧？肯定是搞錯了。

B：不不，就是你說的那個不可能。我也希望是弄錯了。可據說本人都招供了！所以員警才來家裡搜查的。

A：有這等事？真不敢相信！

B：是吧？我到現在也還是半信半疑的呢。那人挺斯文的，人品看起來又不錯。

A：這就叫做「知人知面不知心」！

B：是啊。真沒想到我們這裡會有這樣的人。

A：唉，我也這麼想。

2. ＿＿＿＿、ジュースがこぼれるわ。

A おい　　B あらあら　　C いや　　D はて

答案：B

譯文

哎呀呀，果汁都要灑出來啦！

解題技巧

此題考查感歎詞的用法。「おい」意為「喂」，是招呼平輩或晚輩時的男性用語。「あらあら」意為「哎喲、哎呀呀」，表示吃驚或感動時發出的叫喊，為女性用語。「いや」意為「不、不是」，表示否定或反對。「はて」意為「唉呀、咦」等，表示懷疑、迷惑。此句句尾使用了與句首「あらあら」對應的女性常用終助詞「わ（呀、喲）」，表示驚訝時發出的感歎，所以答案選擇B。

深度講解

日語男女用語的不同主要表現在以下3個方面：

① 人稱代名詞。

● 第一人稱男性用語，有「ぼく」、「おれ」、「わし」、「わが輩」等；第二人稱男性用語，有「きみ」、「お前」、「貴様」、「てめえ」等；第一人稱女性用語，有「あたくし」、「あたし」、「うち」等；第二人稱女性用語，有「あなた」、「あんた」等。

◆ おれはあいつに会(あ)わなきゃいけないんだ。
我得見見她。

◆ 君(きみ)、何(なに)にする。
你要點什麼？

◆ 薬(くすり)なんか持(も)っていないか、お前(まえ)？
帶藥了嗎，你？

② 感歎詞。男性常用的感歎詞主要有「やあ」、「いやいや」、「おい」、「おう」、「よっ」、「よう」、「ほう」、「えっ」、「ちぇっ」、「なあ」、「うん」等；女性常用的感歎詞主要有「うわあ」、「ねえ」、「ああ」、「まあ」、「あら」、「あらあら」、「あらら」、「あらまあ」等。

◆部下：部長は俳句をお詠みになるのだそうですね。それも、大変な名手でいらっしゃると伺いましたが。
聽說部長您在寫俳句，而且還是個箇中好手呢！

部長：いやいや、ほんの手慰み程度で、たいしたことはないんだよ。
哪裡哪裡，也就是解解悶，沒什麼水準。

◆花子：あら、どちら様でございましょうか。
喲，您是哪一位呀？

太郎：おいおい、ふざけるのはよせよ。太郎だよ。ほんとはわかってんたろ？
喂喂，你正經點行不行？我是太郎呀！其實你聽出來了是不是？

③ 終助詞。

● 男性常用的終助詞主要有「ぞ」、「ぜ」、「さ」、「のだ」、「だよ」、「のさ」、「よ」、「かい」等；女性常用的終助詞有「わ」、「わよ」、「わね」、「の」、「のよ」、「のね」、「こと」、「ことよ」、「だもの」、「ですもの」、「かしら」等。

◆太郎：頼まれた豆腐、買ってきたよ。１個８０円だけど、２個で１２０円だったから、２個買っちゃった。
你要我買的豆腐我可是買回來了啊。一塊80日元，買兩塊120，我就買了兩塊。

花子：今日は寒いし、張り込んで寄せ鍋にしようかしら？
今天挺冷的，乾脆我們做個火鍋吧。

太郎：鍋にするなら、ねぎや魚介類がいるだろ？買ってこようか。ついでに酒もね。なんだかうれしくなってきたぞ。
做火鍋得要蔥、魚和貝類什麼的，我去買吧？順便買點酒。瞧我又高興起來了。

花子：でも、財布はだんだん軽くなっていくわね。
不過，錢包可是越來越扁了。

◆山下：この店のデザートは食べ放題だよ。自分で好きなものを、好きなだけ取ってきてもかまわないんだよ。
這家店的甜點是自助的，你想吃什麼儘管拿。

良子：私が太ってもいいの？今持っている洋服、ほとんど着られなくなるわよ。
我胖了你不在乎嗎？現在很多衣服都會穿不下喔。

山下：僕は一向にかまわないけど。太ると健康によくないから、まあ、ほどほどにね。

我可是一向都不在乎的。不過胖了對身體不太好，你還是注意點好。

精選練習 次の会話から、男性用の感動詞と女性用の感動詞を取り出し、下線で示しなさい。

A：あら、あなただったの？びっくりさせないでよ。ゴトゴト音がするから、ネズミかと思ったわ。

B：うん。

A：珍しいわね。あなたが台所にいるなんて。何か探しているの？

B：ああ。おまえ、あのスルメ、どこにやった？

A：冷蔵庫なんかのぞいたって出てこないわよ。ここよ。

B：そこか。

A：あら？まあ、なくなっているわ。

B：ん？

A：確かここに置いといたはずなんだけど…。

B：ほんとにないのか。

A：まあ…、変ねえ。誰も取らないはずなのに…。

B：よく探してみろ。

A：あらあら、こーんなところにあったわ。

B：自分でどこに置いたかも忘れているんじゃ、しようがないな。

A：そろそろボケが始まったのかしら？

答案：

A：あら、あなただったの？びっくりさせないでよ。ゴトゴト音がするから、ネズミかと思ったわ。

B：うん。

A：珍しいわね。あなたが台所にいるなんて。何か探しているの？

B：ああ。おまえ、あのスルメ、どこにやった？

A：冷蔵庫なんかのぞいたって出てこないわよ。ここよ。

B：そこか。

A：あら？まあ、なくなっているわ。

B：ん？

A：確かここに置いといたはずなんだけど…。

B：ほんとにないのか。

A：まあ…、変ねえ。誰も取らないはずなのに…。

B：よく探してみろ。

A：あらあら、こーんなところにあったわ。

B：自分でどこに置いたかも忘れているんじゃしようがないな。

A：そろそろボケが始まったのかしら。

提示

以上是夫婦之間的對話。A是妻子，B是丈夫。場景是：丈夫在廚房找下酒菜時妻子過來看。A（妻子）在對話中使用了女性常用的感歎詞「あら」、「まあ」、「あらあら」。其中，「あら」在句中表示吃驚；「まあ」表示疑惑；「あらあら」表示找到魷魚後那種驚喜的心情。B（丈夫）在對話中使用的「うん」表示應答；「ああ」表示叫喚；「ん？」表示疑問。

翻譯

A：哎呀，是你啊！嚇我一跳！喀拉喀拉的，我還以為是老鼠呢！

B：嗯。

A：你在廚房裡，這可少見啊。是在找什麼呢？

B：嗯。哎，那魷魚，你放哪裡啦？

A：你把冰箱翻過來也找不出魷魚來。在這裡啦。

B：哪兒哪？

A：哎？喲，怎麼沒有？

B：嗯？

A：記得就是放這裡的嘛。

B：真的沒有啊？

A：嗯？怪呀！沒人拿呀！

B：好好找！

A：嗯。哎呀呀，在這裡呢！

B：自己做的，都不知道放哪裡了，你真沒救了。

A：是不是到了老年癡呆的年齡了？

第11章

格助詞

知識講解

助詞的定義 1

助詞屬於附屬詞，既沒有形態上的變化，也沒有具體的、實質性的詞彙意義，不能單獨構成句子成分。主要接在體言或體言性詞語之後，說明該體言或該體言性詞語在句中的地位以及與其他詞之間的文法關係。

◆ 息子(むすこ)が、たった一度(いちど)の受験(じゅけん)で司法試験(しほうしけん)に合格(ごうかく)しようとは夢(ゆめ)にも思(おも)わなかった。
做夢也沒有想到兒子只一次就通過了司法考試。

◆ 辺(あた)りは水(みず)を打(う)ったように静(しず)まりかえっている。
周圍變得鴉雀無聲。

◆ 山本(やまもと)さん、結婚(けっこん)したらしいよ。
聽說山本先生結婚了。

◆ 彼女(かのじょ)は3年(ねん)もアフリカにフィールドワークに行(い)っていたそうですよ。
聽說她去了非洲，進行了3年的實地考察。

◆ うちの母親(ははおや)は僕(ぼく)の顔(かお)を見(み)ると、いつも「勉強(べんきょう)、勉強(べんきょう)」とうるさくてかなわない。
我媽一看見我就「讀書、讀書」的，煩死了。

助詞的種類 2

根據其文法功能，日語的助詞又分為格助詞、提示助詞、並列助詞、接続助詞、副助詞、終助詞6種。

格助詞的定義 3

接在體言或體言性詞語之後，說明該體言或該體言性詞語在句中的地位或與其他句子成分之間的關係的助詞，叫做格助詞。常用的格助詞主要有「が」、「を」、「の」、「に」、「で」、「と」、「から」、「まで」、「へ」、「より」等。

格助詞的種類 4

格助詞根據各自的文法功能，又分為以下4種：

1）主格助詞「が」、「の」

2）受格助詞「を」

3）連體格助詞「の」

4）補格助詞「に」、「で」、「と」、「から」、「まで」、「へ」、「より」、「を」

格助詞的主要特點 5

1）可以被提示助詞代替，如用「は」、「も」代替「が」、「を」等；

2）可以和提示助詞或副助詞等疊用，如「には」、「にも」、「だけが」等；

3）格助詞之間可以疊用，如「からの」、「までの」、「への」、「との」等。

格助詞的主要用法 6

1）主格助詞「が」

● 接在體言或體言性詞語之後，表明該體言主格地位的詞，稱為主格助詞。在句中做主語。

① 接在名詞、代名詞或疑問詞之後。

◆ 息子（むすこ）が一流大学（いちりゅうだいがく）に入（はい）ってくれないかな。
多希望兒子能考進一流大學啊。

◆ 彼（かれ）が失敗（しっぱい）するなんてありえない。
他會失敗？那是不可能的。

◆ 給料（きゅうりょう）が安（やす）くて、一人（ひとり）で暮（く）らすのがせいぜいだ。
薪水很低，頂多夠一個人生活。

◆ あんなくだらない番組（ばんぐみ）、誰（だれ）が見（み）るもんですか。
那麼無聊的節目，誰看呀！

② 用於描述自然景色或眼前看到的景象。

◆ どうしたの？目が兎みたいに赤いよ。
怎麼了，你的眼睛怎麼紅得像兔子眼似的。

◆ 雲間から富士山が見えつ隠れつしていた。
富士山在雲間忽隱忽現。

◆ ゴーと音をたてながら、電車が通り過ぎていった。
隨著「嗚」的一聲汽笛長鳴，電車開了過去。

③ 用於存在句之中。

◆ 何事にも適度というものがある。
任何事都有適切與否的問題。

◆ 翻訳を原文と比べると、やはり微妙な点で違いがある。
與原文相比，譯文還是有些微妙的差異。

◆ 品質に違いがないなら、価格が安いに越したことはない。
若是品質沒有太大差別的話，最好是價格便宜的。

◆ 日本のアニメ作品には、いつも胸を打たれるものがある。
日本的動畫片作品總能打動人心。

④ 用於表示動作、行為發生後的狀態句之中。

◆ えっ？私の絵が入選したの？夢にも思わなかったわ。
什麼？我的畫入選了？真是做夢也沒想到。

◆ あのA証券が倒産したなんて、いやあ、耳を疑ったよ。
那家A證券公司倒閉了，哎呀真不敢相信。

◆ 多くの絵画が陳列されているが、鑑賞にたえる作品と言うのは少なく、多くは見るにたえない代物ばかりだ。
雖然陳列了許多繪畫，但具有鑒賞價值的作品很少，許多都是不值得一看的贗品。

◆ 一年間の休職の分だけ、仕事がたまっていた。
因為休息了一年，所以工作積壓了很多。

◆ まさに風前の灯火、さしもの帝国にも、終わりの日が刻一刻と迫りつつあった。
宛如風前之燭，那麼大的帝國在逐步走向滅亡。

⑤ 用於子句之中。

◆ あなたがお口添えくださるなら、それに越したことはありません。
如果你能幫我說好話那是最好的了。

◆ 飢餓が蔓延するこの国の惨状を見るにつけ、隣国の一人として同情にたえない。
看到這個國家饑餓蔓延的慘狀，我作為鄰國的一員感到萬分同情。

◆ 日本で仏教が広く民衆の間に広まったのは、鎌倉時代のことだ。
在日本，佛教在民間廣泛地傳播開來時是在鎌倉時代。

◆ みんなが真剣に討論しているときに、冷やかしめいたことは言うもんじゃない。
大家都在認真討論問題的時候，不適合開玩笑。

◆ 僕が君を叱るのは、君が憎いからではなく、君に期待しているからだ。
我斥責你不是因為討厭你，而是因為對你抱有期望。

⑥ 構成表示某一部分或某一方面的主語。

◆ 女は男より能力が劣ると見なされてきたが、今や女たちのほうが元気な時代だ。
女性通常被認為比男性能力差。但是現在是女性活躍的時代。

◆ パソコンは性能がいいに越したことはない。
對於個人電腦而言，沒有比性能優越更重要的了。

◆ 彼は目がつりあがり、口が突き出ていた。
他眼梢上吊，嘴巴突出。

⑦ 表示對象。

◆ ああ、暑い。何か冷たいものが飲みたい。
啊，真熱。我真想喝點冷飲。

◆ フェスティバルの日程が知りたいんですが。
我想瞭解一下這次慶祝活動的日程。

◆ 水が一杯ほしいんだけど。
我想要杯水。

◆ はたで見ているぶんには楽そうだが、自分でやってみるとどんなに大変かが分かる。
在一邊看別人做，好像很輕鬆，自己一做就知道有多不容易了。

⑧ 修飾體言，做體言修飾。

◆ 今わがチームは劣勢を挽回し、優勢に転じつつある。
現在我隊正處於轉敗為勝之際。

◆あまりわがままにさせておくと、大きくなってから、ろくな人間にはならないぞ。

過於隨他任性的話，長大後可是成不了器的。

◆女性であるがゆえに差別されることがある。

有時因為是女性所以受到歧視。

◆親が放任していたがゆえに非行に走る若者もいる。

也有的年輕人是因為家長的放任而墮落。

2）主格助詞「の」

● 接在體言或體言性詞語後，做體言修飾子句中的主語。此時「の」的文法功能相當於「が」。

◆特派員の伝えるところによると、アフリカの飢饉は更に悪化しているらしい。

據特派記者報導，非洲的饑荒更加嚴重了。

◆私の知る限りでは、そのようなことは一切ございません。

據我所知，絕沒有那樣的事情。

◆日本軍の行った行為は日本人として恥ずかしく思う。

對於日本軍隊的所為，我作為日本人感到羞恥。

◆彼の言うことは聞き流しておいてください。

他說的你就左耳進右耳出吧。

◆気の置けない仲間たちと差しつ差されつ飲む酒が格別だ。

和親密無間的朋友交杯換盞，別有一番情趣。

3）受格助詞「を」

● 接在體言或體言性詞語之後，做受詞。

① 表示動作直接涉及的對象。

◆空港で中国のお金に両替するのを忘れましたが、大丈夫ですか。

在機場忘了兑換人民幣，不要緊吧？

◆金メダルを獲得したあの日のことは、今でも昨日のことのように鮮明に思い出される。

那天獲得金牌的情景就像昨天的事一樣至今還記憶猶新。

◆もしかしたら…と淡い期待を抱いたが、宝くじはやはり当たらなかった。

「碰碰運氣吧……」本來就沒有太期待它，結果果然沒有中。

◆華やかな衣裳が彼女を実際より若く見せている。

華麗的服裝使她看上去比實際年齡要年輕。

② 在使役句中表示使役的對象。

◆ どんなことでもいたします。給料はいくらでもかまいません。私を働かせてください。
我什麼事都做。錢多少都沒關係，讓我在這裡工作吧。

◆ 山田さんが馬鹿なことばっかり言うから、百恵ちゃんをかんかんに怒らせてしまったじゃないか。
山田淨說些蠢話。你看吧，讓人家百惠火冒三丈。

◆ ふとした運命のいたずらが、彼女の人生を狂わせてしまった。
命運對她開了個玩笑，使她的人生計畫全亂了。

◆ 二年も続けて落第して母をがっかりさせた。
連續兩年都高考落榜，使母親很失望。

4）連體格助詞「の」

● 接在體言或體言性詞語後做連體修飾的詞叫做連體格助詞。它所接的兩個詞是修飾與被修飾的關係，表示所屬、性質、主體、數量、時間、地點等，在句中做體言修飾。

① 表示所屬、所有。

◆ 昨日はうちの坊主が夕食時間になっても学校から戻らず、九時をすぎるに至ってようやく帰宅してね。
昨天我那小子到吃晚飯時還沒從學校回來，直到過了9點才到家。

◆ 彼は何かにつけ私のことを目のかたきにする。
他不論做什麼事都總把我當成眼中釘。

② 表示主體。

◆ 料理自慢の彼にとっては、和食はもちろん、中華から洋食まで、何でもお茶の子さいさいだ。
對於廚藝高超的他來說，日本料理就不用說了，從中餐到西餐都十分拿手。

◆ 学長の代理として会議に出席した。
作為校長代理我出席了會議。

③ 表示性質。

◆ 何事であれ、実践してからでないと、事の是非は分からない。
任何事情不經過實踐，都是難以分清是非正誤的。

④ 表示地點。

◆ 日本の海外協力に対するたゆまぬ地道な努力は、世界的に認められつつある。
日本在國際援助上踏踏實實、堅持不懈的努力逐漸在世界上得到了認同。

◆ 線路沿いの銀杏並木が紅葉できれいだよ。
鐵路沿線的銀杏樹葉已經黃燦燦的了，可好看了。

⑤ 表示時間。

◆ 日本経済は1950年代の前半には、戦前並みの水準に回復するに至った。
日本經濟到1950年代中期已恢復到了與戰前相同的水準。

◆ 俺が子供の頃は、ちょっとでも親に口答えでもしようものなら、親父にぶん殴られたものだ。
我小的時候，要是稍跟父母頂嘴的話，肯定會被父親痛打一頓。

⑥ 表示數量。

◆ 一億円の宝くじに当たった夢を見たよ。五枚買ってるけど、今朝の朝刊に当選番号が出てるはずだよ。
我夢見我中了一億日元的彩票。我買了五張彩票。今天的早報該登出中獎號碼了吧。

⑦ 表示狀態。

◆ 今は不幸のどん底であっても、禍福はあざなえる縄の如し、前途を悲観するにはおよばない。
即使如今處在不幸的底層，也用不著對前途悲觀失望。所謂「禍福相依」嘛。

◆ 九月に入って、さすがの猛暑も衰えを見せるようになった。
進入九月以後，本來的酷熱也顯示出了衰勢。

⑧ 表示有關方面。

◆ 姪っ子さんのことだけど、御両親としたら期待を寄せる反面、心配でもあるでしょうね。一人娘でしょう？
關於你侄女，她父母一方面雖然對她寄予期望，另一方面也擔心她吧？就那麼一個女兒嘛。

◆ 人間の倫理観はあまり変わっていないね。時代にかかわらず、良いことは良いし、悪いことは悪い。
人類的倫理觀是不大會改變的。不論什麼時代，善就是善，惡就是惡。

⑨ 與其他助詞疊用，構成「からの」、「への」、「までの」、「との」、「での」等的形式。

◆ 国連からの要請に応えて、政府は救援チームを派遣することにした。
應聯合國的請求，政府決定派遣救援隊。

◆ 住民への説明もそこそこに、ゴミ処理場の建設が始められた。
也沒好好跟居民說明一下就開始建造垃圾回收處理場。

◆ 会社でのポストが高くなると共に責任も重くなった。
隨著在公司地位的提升，肩上的責任也變重了。

⑩ 接在某些體言性詞語、副詞或慣用語後，做體言修飾。

◆ 受験に際しての注意事項が書いてありますから、ご一読ください。
考試時的各種注意事項已經寫在這裡了，請您過目。

◆ 今回の大売り出しの品ぞろえは、当社ならではのものです。お客様の高い評価は間違いなしです。
這次大拍賣的貨物一應俱全。只有我們公司才辦得到，保證客人的評價會很高。

◆ この自動車はアジア市場向けの低燃費の小型車です。
這種汽車是主打亞洲市場的省油小型車。

◆ それはわたしにとって、初めての体験だった。
那對於我來說是第一次經驗。

◆ 池田先生は当代きっての日本画家としての誉れが高い。
池田老師作為當代首屈一指的日本畫家有著很高的聲譽。

5）補格助詞「に」

● 接在體言或體言性詞語後，做補語。

① 表示動作或作用的時間。

◆ 上京の折には、御一報ください。
來東京的時候，請告訴我一聲。

◆ 買ってもらえるなら、どこでもいいわよ。いつものあそこで、5時半に待ち合わせましょうよ。
你要是幫我買的話，到哪買都可以。5點半在老地方見面吧。

◆ あの先生の授業は退屈で、聞いているうちに、いつも眠くなる。
那個老師的課很沒意思，聽著聽著就想睡。

◆ 鉄は熱いうちに打て。
趁熱打鐵。

◆ 食事の前には、手ぐらい洗いなさい。
吃飯之前至少應該洗洗手。

◆ その腎臓移植手術は、六時間にわたる大手術となった。

那次的腎臟移植手術，是一次長達6個小時的大手術。

◆ 試合に臨むにあたって、相手の弱点を徹底的に研究した。
面臨比賽之際，我們全面研究了對方的弱點。

◆ 動物たちは地震の前に地震が来ることが分かるそうです。人間にはない不思議な力があるのでしょう。
據說許多動物在地震來臨之前就能預知，也許牠們具有人類所沒有的能力。

② 表示存在的場所。

◆ あそこに映画館があるじゃないか。あのとなりだよ。
你看那不是有一家電影院嗎？就在它隔壁。

◆ 日本と大陸の間には二千年にわたる交流の歴史がある。
日本和大陸之間有著長達2,000年的交流史。

◆ ほんの十年前の中国でも、靴下に穴があいたら、つぎ当てして履いたものですが、今では使い捨てです。
稍早在10年前的中國，襪子破了的話，經常是補了再穿的，現在是用完就丟。

◆ 高級なマンションに住んでいる人たちを見ると、うらやましいよ。
看到那些住在高級公寓的人們，真是羨慕極了。

③ 表示序列。

◆ この写真を眺めるたびに、昔のことが思い出される。
一看到這張照片就讓人想起過去的事。

◆ 自動車・電気製品に次いで精密機械が、日本の主な輸 出 品だ。
精密機器是日本僅次於汽車和電器製品的重要出口商品。

④ 表示比例、分配、比較的基準。

◆ 一人に３つずつキャンディーをあげましょう。
給你們每人3顆。

◆ ＡはＢに等しい。
A等於B。

◆ 週に一回スーパーへ行きます。
一個星期去一次超市。

◆ 彼は今時珍しい親孝行だよ。４日おきに養老院の母親のもとへ通ってるらしいよ。
他從現在看來是一個少有的孝順孩子，每隔四天就去養老院看他的母親。

- 昨年に比べると、今年は桜の開花がちょっと遅いようだ。
  和去年相比，今年的櫻花開得稍晚了些。
- あなたの一言は、何にもまして私を勇気づけてくれました。
  你的一句話，比什麼都更能給我增添勇氣。

⑤ 表示情感、能力、感知的主體。

- 私にはロシア語ができない。
  我不會俄語。
- そんな話では子供に分からない。
  那種事，孩子不懂的。
- 彼には運転ができる。
  他會開車。
- それは私には無理ですよ。
  那事我可做不來。
- 政治家は大衆に分かる言葉で話さなければならない。
  政治家必須用大眾聽得懂的語言來講話。
- 彼の言葉は、僕にはどこか皮肉めいて聞こえた。
  他的話聽起來有點諷刺我的意思。
- 窓越しに見える無数の星を見るのが好きだ。
  我喜歡隔著窗戶觀看天上無數的星星。
- サッカーの試合の後、完敗したチームの選手たちが退場する姿は、とても哀れに見えた。
  足球比賽結束後，慘敗隊的選手們離場的情景令人感到可憐。

⑥ 表示被動句或使役句中動作的實施者。

- 山田、お前もそろそろ潮時じゃないか。いつまでも結論を出さずにいると、彼女に逃げられちゃうぞ。
  山田，你的機會終於來了。別老是拿不定主意。不然，她可就跟別人跑了啊。
- 贅沢な時代だ。僕が子供の頃は、鉛筆一本粗末にしても、親に叱られたものだった。
  真是個奢侈的時代。我小時候連浪費一支鉛筆都會被父母責罵。
- その仕事、私も興味があります。私にも協力させてくださいませんか。
  那個工作我也有興趣，讓我也來協助你們好嗎？

⑦ 表示敬語句中的主體。

◆ 父上にはご健勝の由、何よりのことと存じます。
令尊貴體安康，甚是欣慰。

◆ 皆々様にはお変わりもなく、心からお喜び申し上げます。
看到各位都好，我從內心感到高興。

◆ 大統領閣下におかれましては、午後から外賓の方々と御会食の御予定でございます。
總統閣下預定午後開始為外賓舉行宴會。

◆ 貴社におかれましては、念願のアメリカ進出を果たされたとのこと、まことにおめでとうございます。
我們聽説貴公司終於把業務拓展到了美國，謹表熱烈祝賀。

⑧表示動作、行為所關聯、涉及的對象。

◆ 君に協力しないこともないが、ただし、いくつか条件がある。
不是不幫你，只是有幾個條件。

◆ ね、この話、佐藤さんにはまだ言わないでおいてね。びっくりさせてやりたいの。
這話先別對佐藤先生説，我要讓他大吃一驚。

◆ 彼女に何度も恋文を書いたが、どれも出さずにある。
給她寫了許多封情書，可一封也沒有發出。

◆ 女のくせに、気が利かないなあ。忙しいのならまだしも、みんなにお茶を一杯ぐらい出したらどうだ。
還是個女的呢，辦事這麼不周到。要是忙的話還情有可原，快給大家倒杯茶吧。

◆ バイオリン奏者は、音色やメロディーにとても敏感です。
小提琴演奏家對音色和旋律非常敏感。

⑨ 表示事物或狀態變化的結果。

◆ 学生時代に思い描いた夢は、今も変わらずにある。
學生時代在心中描繪的夢想至今都沒有改變。

◆ 主人は朝早く出かけたきり、この時間になっても帰ってきません。
我丈夫一大早就出門了。到現在還沒回來。

◆ A銀行が倒産するに至って、人々は事態の深刻さに気づいた。
直到A銀行倒閉，人們才意識到事態的嚴重性。

◆ 商いとしてものになるかどうかは別として、話だけは聞いてみてもいいだろう。
不管做不做得成生意，先聽聽總可以吧。

◆ 失業者人口が過剰になり、政府の雇用対策が重要な課題となっている。

失業人口過多成為政府雇用政策的重要課題。

◆ 一人っ子で親が大事にしすぎたせいか、わがままな子に育ってしまった。

因是獨生子，父母太嬌愛了。長成了一個任性的孩子。

⑩ 重複同一個動作表示強調。

◆ 試行錯誤を繰り返し、改良に改良を重ねながら、ついにコンピューターは実用化されるに至った。

經歷了多次失敗，不斷改進，電腦才終於達到了實用階段。

◆ 待ちに待った帰国の日がついやってきた。

盼望已久的歸國之日終於到來了。

◆ 苦労に苦労を重ねて勝ち取った今の地位を、手放してなるものか。

歷經千辛萬苦才坐到今天的位置，能隨便放棄嗎？

◆ 飛行機の出発の刻限が近づいているのに、空港に向かう途中で渋滞に巻き込まれ、私は焦りに焦った。

飛機就要起飛了。可車子還塞在去機場的路上，我焦急萬分。

⑪ 表示動作的到達點。

◆ 好き嫌いは別として、ボーダーレスの時代に進みつつある。

不管你是喜歡還是討厭，這世界已經漸漸地進入了無國界的時代。

◆ 人類が火星に移住するってことは、近い将来、起こりうることだ。

在不遠的將來，人類遷居到火星上是完全可能發生的事。

◆ 日本に来たばかりの頃は、何度となく不愉快な思いや、恥ずかしい思いをしたものだ。

剛來到日本的時候，有過好幾次不愉快的或者丟人的經歷。

◆ 来日の際はぜひとも私どもの家にお立ち寄りくださいますよう、家族一同、首を長くしてお待ちしております。

希望來日本的時候一定到我家去玩，我們全家期望著您的光臨。

⑫ 表示原因、理由或依據。

◆ 日に焼けて顔が真っ黒になりました。

臉被太陽曬得黑黝黝的。

◆ 彼の大胆なアイディアには皆驚いたが、会社の再建のためには他に方法がないかもしれない。

對於他的大膽設想，大家都很吃驚。不過，為了公司的重建，也許只有如此了。

◆ 私は素晴らしい演技に感動しました。
我被精湛的表演所感動。

◆ 彼は驚きのあまりに、手に持っていたカップを落としてしまった。
由於受驚過度，他手中的杯子滑落到了地上。

⑬ 表示動作的目的。

◆ このごろは退屈しのぎに絵を習っています。
最近為了解悶正在學畫畫。

◆ この水は飲用に使われています。
這是飲用水。

◆ 仕事始めに、全員で交通安全祈願に行こうじゃないか。
在開始工作前，大家先去為交通安全做祈禱吧。

⑭ 表示動作、行為進行的方式、狀態。

◆ 外出しようとした矢先に先方から断りの電話が入ってね。蕎麦屋とは渡りに船だ。僕がおごろう。
正要出門的時候對方來了拒絕的電話。你們恰好邀我去吃蕎麥麵，對於我來説，真是正中下懷。我請客。

◆ 味付けに工夫して、食べやすいようにしてあるわ。
我可是在味道上下了工夫，讓它更好吃。

◆ 過去を顧みて教訓を汲み取れぬものには未来もまた開けない。
不能回顧過去汲取教訓的人，也不能很好地開創未來。

◆ あきらめずに最後まで頑張ってください。
不要灰心，要堅持到底。

6）格助詞「で」

● 接在體言或體言性詞語後，做補語。

① 表示動作、行為發生的場所。

◆ どこかでお茶でも飲みませんか。
在哪裡喝點茶吧。

◆ ニューヨークで働いていたときに、彼女と知り合った。
在紐約工作時和她相識了。

◆ 朝はずっと雪の中で鳥の観察をしていたんです。
早上我一直在雪中觀察鳥。

◆ 踏み切りで事故があった。だから、学校に遅刻してしまった。
在平交道發生了事故。所以上學才遲到了。

② 表示動作、行為進行時所使用的手段、方法或材料。

◆ われわれは、とかく学歴や身なりで人間の価値を判断してしまう傾向がある。
我們有一種傾向，那就是往往憑學歷和衣著打扮來判斷人的價值。

◆ この問題は補償金で済むことではない。心からの謝罪が必要だ。
這個問題光靠賠償金是解決不了的。需要有發自內心的賠禮道歉。

◆ 電話で話がついたので行かずに済んだ。
都打電話商量好了，不用去就辦成了。

◆ 一人でやってごらん。ここで見ててあげるから。
你自己做做試試看，我在這裡幫你看著。

◆ その絵の素晴らしさは、とても言葉で表わしうるものではない。
那幅畫的精彩之處是很難用言語表達的。

③ 表示範圍、範疇。

◆ 北海道では、今はもう寒いだろう。
北海道現在已經很冷了吧。

◆ 今度の試験で何が出るのかさえ分かったらなあ。
哪怕只能知道這次考試出什麼題也好啊。

◆ 今度この地方で地震が起こるとすれば、それはかつてないほどの規模のものになる恐れがある。
如果這一地方再發生地震，恐怕會是前所未有的大地震。

④ 表示期限或限度。

◆ これでもう１ヶ月酒を飲まずにいることになる。
到現在，我已經有1個月沒喝酒了。

◆ 一日一回では効かないので、さらに薬の量を増やした。
因為一天吃一次不見效，所以又增加了藥量。

◆ ３年ごしの話し合いで、やっと離婚した。
經過3年的協商，終於離婚了。

◆ 今の話はこの場限りで忘れてください。
剛才說的話我們就在這裡說說就算，說完就忘了吧。

◆ その種の陶器は今では貴重で、小皿一枚が10万からしている。
現在這種陶器特別貴重，一個小碟子就值10萬日元。

◆ 彼は入社して３ヶ月で一流企業を退職してしまった。やめて何をするかというと、インドへ行って仏教の修行をするらしい。

他進公司才3個月就辭去了這家一流公司的職位。問他辭職以後要做什麼，好像是要到印度去修行佛教。

⑤ 表示行為的主體。

◆ その件は私たちの方で今話し合っている最中だから、最終結論を出すのはもうちょっと待ってくれないか。

關於這件事我們正在討論，請再等一等我們就會拿出最後結論。

◆ 寒い冬のために、農家では野菜を囲っておきます。

農民把蔬菜圍了起來，以備對抗嚴冬。

⑥ 表示動作進行時的狀態。

◆ この寒さで、あの元気な加藤さんですら風邪を引いている。

天這麼冷，連身體那麼棒的加藤先生也感冒了。

◆ 飲まず食わずで三日間も山中を歩き続けた。

不吃不喝地在山裡連續走了三天。

◆ ちょっと風邪気味で、咳が出る。

稍微有點感冒、咳嗽。

◆ 彼はあくまでも知らぬ存ぜぬで押し通すつもりらしい。

他可能要自始自終堅持一問三不知的態度。

◆ 戦力が五分五分の状況下では、強気で攻める側が勝つだろう。

當勢力不分上下的時候，頑強進攻的一方肯定取勝。

◆ 中途半端な気持ちでは、留学しても良い成果は得られないよ。

不抱著堅定的信念去留學，是不可能獲得好結果的。

⑦ 表示數量、總和。

◆ さらに二人のメンバーが入って、団員は全部で１８人になった。

又有兩個人參加，隊員總數達到了18人。

◆ 二十冊で一そろいの本ですから、一冊欠けても困ります。

這書20本1套，哪怕缺1本也都很困擾。

◆ 五つでたったの百円です。

5個才100日元。

⑧ 表示原因、理由。

◆ 脱線事故で、今日一日、電車は不通の見込みだという。だとすると、道路は相当混雑するだろう。

據説因為脱軌事故，估計今天一天電車不通，那麼道路會相當擁擠吧。

◆ 女だというだけで、とかく軽く見られがちだ。
僅僅因為是女性，往往就被人看不起。

◆ 今度の台風で、村は田畑だけでなく、家屋も大きな被害を受けた。
這次的颱風，村裡不光田地受了很大損失，房屋也遭到了嚴重的破壞。

◆ 暖冬の影響で、冬物衣料の売れ行きがさっぱりだという。
據説因為今年冬天比較暖和，冬裝的銷售狀況極差。

⑨ 表示基準、根據。

◆ うちの息子の実力では、東大合格はとうてい無理だ。
按照我兒子的實力，根本就不可能考上東大。

◆ このままでも十分おいしいのだが、クリームを入れるとさらにおいしくなる。
就這樣吃也挺好吃的。要是再加點奶油就更好吃了。

◆ これでは、問題の解決になっていない。
現在這個樣，問題根本還沒有解決。

◆ 私一人の力ではとてもなしえないことでした。
這是靠我一個人的力量怎麼也做不到的事情。

◆ 国際陸上大会では、0.01秒というわずかな差で、彼はメダルを逃した。
國際田徑比賽大會上他僅以0.01秒之差失去獎牌。

7）補格助詞「と」

● 通常接在體言或體言性詞語後。當表示引用、思考、敘述等內容時，可接在某些用言、助動詞或副詞後，做補語。

① 表示動作、行為的共同者或對象。

◆ わがままな人とは、一緒に仕事ができませんよ。
和任性的人不能一起共事。

◆ 彼と付き合っても、何ら得るところはない。
和他交往也是白費工，什麼都得不到。

◆ 昨夜は山田と飲みに飲んで、気がついたら、駅のベンチに寝ていてね。終電が出ていたら、おおごとだった。
昨晚和山田喝了又喝，醒來才發現躺在車站的長椅上。要是錯過了末班車就慘了。

② 表示比較的對象或基準。

◆ 最近のステレオは小型で性能もいいし、値段も昔と比べものにならないくらい安くなったな。しかし、レコードが使えなくて困ったよ。

最近立體聲音響體積小而且性能好。價格也比以前便宜了很多，可是聽不了唱片，我覺得不大方便。

③ 表示事物演變、轉化的結果。

◆ 彼は相当酔っていると見えて、足下がふらついている。

他好像醉得很厲害，站都站不穩了。

◆ 完全無欠とまでは行かないとしても、才色兼備で気立てがよく、魅力的な女性だった。

她雖不能説是完美無缺，但才色俱佳，是位很有魅力的女性。

◆ あんなに宣伝したのに参加者は二十人と集まらない。

雖然大力宣傳了，參加的還是不到20人。

④ 後接「～という」、「～と思う」、「～と考える」、「～といえる」等，表示引用、稱謂、思考、敘述等內容。

◆「天は自ら助くる者を助く」という言葉は、勤勉に努力する者には運命が味方する、という意味です。

「天助自助者」這句話説的是，命運會青睞勤勉、不斷努力的人。

◆ あの人は、私より1ヶ月早く入社しただけなのに、「あれをしなさい」、「それはだめ」と、いちいちおせっかいなことを言う。

那人不過比我早進公司一個月，就經常指手畫腳地説「你做這，你做那。」「這不行，那不可以。」不停地管別人閒事。

◆ 晩年の父は過去の思い出に浸り、僕が生まれた時のことをよく話題にした。僕はそのたびに、「また始まった。くどいなあ」と思った。

父親到了晚年總是沉浸在對往事的回憶裡。經常喋喋不休地談我出生時候的事情。一到這時候，我就想：「又開始了，真嘮叨。」

◆ CDを買い込むほど熱を上げているとは知らなかったよ。気だけはまだ若いんだね。

我還不知道你對這個歌手如此著迷，竟然要買他的CD。心態上還很年輕呢。

◆ 今や中国は、アメリカに次ぐスポーツ大国と言える。

如今，中國可以説是僅次於美國的體育大國。

⑤ 表示動作、行為進行的方式、樣態。

◆ たまには仕事を忘れて、のんびりと息抜きをしないではいられないですよ。
有時不能不暫時將工作忘掉，好好地歇一歇。

◆ すらすらと質問に答える。
流利地回答問題。

8）補格助詞「から」

● 接在體言或體言性詞語後，做補語。

① 表示動作、作用在時間、空間、事項、人物關係等方面的起點或出處。

◆ 窓から陽射しが射し込んでいて、その部屋はとても暖かかった。
陽光從窗戶照射進來，那間屋子很暖和。

◆ 実用性という点からみると、あまり使いやすい部屋ではない。
從實用的觀點來看，這房間並不怎麼好用。

◆ あのホテルといい、このレストランといい、観光客からできるだけ搾り取ろうとしているのが明白だ。
那家飯店也好，這家餐廳也好，顯而易見都是儘量榨取顧客。

◆ 中野さんという人から電話があった。
一個叫中野先生的人打來了電話。

◆ 子供から大人まで楽しめる番組です。
大人和小孩都可以看的節目。

② 表示材料或構成要素。

◆ 日本は衆議院・参議院からなる二院制を取っている。
日本採取的是由眾議院、參議院組成的兩院制。

◆ この全集は、全部で五巻からなっている。
這部全集共由五卷構成。

③ 表示被動句中動作的主體。

◆ 父からはこっぴどく叱られるし、母からはいやみを言われるし、さんざんな失敗だった。
挨了爸爸一頓臭罵，又挨了媽媽嘮叨，簡直糟透了。

④ 表示原因、理由或依據。

◆ あのクラスでは、試験の成績と出席率から成績が決められるそうだよ。
據說在那個班，是根據考試成績和平時的出席情況來決定成績的。

◆ 成績不振から解雇されたそのチームの監督はいまテレビの解説者をしている。

因為成績不佳而被解雇的那支隊伍的總教練，現在在電視臺做體育節目解說員。

◆ この魚は、蛇そっくりなところから、ウミヘビという名前を持つ。

這種魚因長得跟蛇一模一樣，所以取名叫海蛇。

⑤ 接在數量、重量的詞語後，表示「某一數量或重量以上」。

◆ その説明会には1000人からの人々が詰め掛けたという。

據說那次說明會上聚集了1000多名聽眾。

◆ あの人は3000万からの借金を抱えているそうだ。

聽說他欠了3000多萬日元的債。

◆ その遺跡からは、20キロからある金塊が出土した。

從這處遺跡中，出土了重達20公斤的金磚。

◆ 自動車産業は好調で12万元からする車が飛ぶように売れている。

汽車產業發展迅速，價值12萬元的小汽車賣得飛快。

9）補格助詞「まで」

● 接在體言、體言性片語或某些用言、助動詞後，做補語。

① 表示動作、作用在時間、空間、事項、人物關係等方面的終點或到達點。

◆ バスに乗らずに駅まで歩いて行くことにした。

決定不坐公車而走到車站。

◆ 分からないことがありましたら、係員までお尋ねください。

如有不明白的地方，請到主管人員那裡去問。

◆ バンコクまで往復でいくらぐらいしますか。

往返曼谷請問要多少錢？

◆ 私は怠け者で、日曜日はもちろん、普通の日でもたいてい11時頃まで寝ている。

我是個懶人，星期天不用說，就是平時也要睡到11點左右。

◆ 昨日は結局朝方まで飲んでいた。

結果昨天一直喝到天亮。

② 表示該事件發生前一直持續同樣的狀態或動作。

◆ あなたが帰ってくるまで、いつまでも待っています。

我會永遠等著你，一直等到你回來。

◆ 私がいいと言うまで目をつぶっていて下さい。

在我說好之前不要睜開眼睛。

◆ 田中さんは結婚して退職するまで、貿易会社に勤めていたそうだ。
聽説田中先生在結婚退休前，一直在貿易公司上班。

10）補格助詞「へ」

● 接在體言或體言性詞語後，做補語。

① 表示動作、行為的方向或到達點。

◆ 一行は明日ハワイへ立つ予定である。
一行人決定明天前往夏威夷。

◆ 一匹の猿が木の上に上っては、また下へ降りる。
一隻猴子在樹上爬上爬下。

◆ 列車は北へ北へと走り続けている。
列車不停地向北駛去。

◆ ミサイルが地面から宇宙へと向かう途中、軍用衛星を撃墜する。
飛彈從地面向太空飛射的途中擊落軍用衛星。

② 表示動作、行為的實現地點。

◆ 出張で香港へ行ったが、忙しくて友達には会わずじまいだった。
出差去了一趟香港，但是因為太忙，結果朋友也沒見成。

◆ 卒業後は、故郷へ帰って教師をしているという。
聽説他畢業後回鄉當了老師。

◆ 向こうへ着いたらすぐ知らせます。
到了那邊就立即通知你。

◆ お客は奥のほうへ座をしめた。
客人到裡面就了座。

◆ 学校の方へ申し込んでください。
請到學校那裡去報名。

③ 表示動作、行為的目標、對象。

◆ 田中さんへは人形を贈りましょう。
送個人偶給田中先生吧。

◆ これは母へのプレゼントです。
這是給母親的禮物。

④ 表示時間上的某一點。

◆ ようやく実行する方向に意見がまとまったところへ思わぬ邪魔が入った。

總算在實施的方向上取得了一致的意見，沒想到又有了障礙。

◆ 出(で)かけようとしたところへ電話(でんわ)がかかってきた。
要出門的時候，電話響了。

11）補格助詞「より」

● 接在體言、體言性詞語或某些用言、助動詞後，做補語。

① 表示相對比較的基準。

◆ 田中(たなか)さんの送別会(そうべつかい)には予想(よそう)していたよりずっと多(おお)くの人(ひと)が集(あつ)まってくれました。
田中先生的歡送會，比預想的出席人數多得多。

◆ 仕事(しごと)は思(おも)ったよりも大変(たいへん)だった。
工作比想像的還要難。

◆ 事件(じけん)の背景(はいけい)は私(わたし)が考(かんが)えていたよりも複雑(ふくざつ)なようだ。
事件的背景，似乎比我想像的要複雜。

◆ 身長(しんちょう)は１メートル以下(いか)は不合格(ふごうかく)である。
身高1公尺以下為不合格。

② 表示比較，捨前項取後項。

◆ やらずに後悔(こうかい)するよりは、無理(むり)にでもやってみたほうがいい。
與其沒做而後悔，還不如拚一下試試。

◆ 休(やす)みの日(ひ)は外(そと)へ出(で)かけるよりうちでごろごろしている方(ほう)が好(す)きだ。
假日，比起外出我還是喜歡在家閒待著。

◆ 彼女(かのじょ)はきれいというよりはむしろ個性的(こせいてき)なタイプで、独特(どくとく)のファッション感覚(かんかく)がある。
與其說她漂亮倒不如說她有個性，具有獨特的時裝品味。

③ 表示時空等範圍的基準點或起點，可用「から」代替。

◆ ここより西(にし)50メートル、露店(ろてん)の商売(しょうばい)を禁(きん)ずる。
由此以西50公尺內禁止擺販營業。

◆ 千里(せんり)の行(こう)も足下(そっか)より始(はじ)まる。
千里之行始於足下。

◆ 天井(てんじょう)より一線(いっせん)の陽光(ようこう)が射(さ)し込(こ)んでくるような気(き)がした。
覺得似乎從天花板上射進一縷陽光。

④ 常與「しか」、「ほか」疊用，句尾並與否定呼應，表示限定。

◆ もうあきらめるより仕方があるまい。
恐怕除了放棄沒有別的辦法了。

◆ どう答えていいのか分からず、笑ってごまかすよりほかしかたがなかった。
不知該怎麼回答，只好笑一笑給搪塞過去了。

⑤ 表示原因、理由、根據。

◆ 病気の悩みより、遂に浅はかな考えを持つに至った。
由於疾病的煩惱終於導致輕生的念頭。

◆ 失敗は往々にして不注意より生ずる。
失敗往往源自於疏忽。

⑥ 表示構成要素或原材料。

◆ この委員会は各地区の代表より構成される。
本委員會由各地區的代表組成。

⑦ 做副詞用，表示程度更高。

◆ より現状に合った報告書。
更符合現狀的報告。

◆ より正しい芸術観を持っているものが、必ずしもよりよい作品を書くとは限らない。
未必藝術觀正確的人就一定能寫出更好的作品。

⑧ 用做副詞的詞素。

◆ 英語はもとよりドイツ語もフランス語も知っている。
英語不在話下，還懂德語和法語。

◆ 何よりの品ありがとうございました。
多謝您送我最稱心的東西。

12）補格助詞「を」

● 接在體言或體言性詞語後，做補語。

① 表示動作、作用移動的場所或離開的地點。

◆ きれいな川が町中を流れている。
一條清澈的河流經市內。

◆ 飛行機が空を飛んでいる。
飛機在天上飛著。

◆ この角をまがって，歩道を少し歩くとすぐです。
拐過這個彎，沿著人行道再走一小段就到了。

② 表示動作進行的空間環境。

- あらしのような拍手の中を、背広姿の男が歩いてきた。
  在雷鳴般的掌聲中，走來一個西裝革履的人。
- 雨の中をさんざん待たされた。
  我在雨中等得好苦。
- 遠いところをわざわざどうもありがとうございました。
  謝謝你特意遠道而來。

③ 表示動作進行的時間、數量、界限。

- 集会は六時を過ぎると二百人を超えた。
  集會過六點時超過了二百人。
- 新たな決意をもって、2011年を闘います。
  將以新的決心在2011年努力奮鬥。
- 五年を隔てて再会する。
  隔五年後重逢。
- 毎日30度を越える日が続いている。
  連續每天超過30度。
- 今年の受験生は3万人を割るでしょう。
  今年的考生將不足3萬人。
- 今年の米の収穫高は平年を下回ると見られる。
  看來今年的稻米產量將低於往年。

考點講練

1. 部長が席________立った。

A から　　　B を

答案：B

譯文 部長不在。

解題技巧 此題考查格助詞「を」與「から」的用法。當表示「動作、作用移動或離開的場所」時，用「を」，所以答案選擇B。

深度講解

① 強調動作的起點時要用「から」，強調動作本身或與動作本身有關的客觀事項時則用「を」。

◆ 電話をかけるために電車を（から）降りた。
為了打電話，我下了電車。

◆ 噴火が怖いから山を（から）離れよう。
火山爆發太可怕了，快離開這座山吧。

◆ 虎が洞穴を（から）飛び出した。
老虎從洞中竄了出來。

◆ 飛行機が滑走路を（から）離れる。
飛機飛離了滑行道。

② 當動詞表達的是非意志性行為時，用「から」，不可用「を」。

◆ テーブルから花瓶が落ちた。
花瓶從桌子上掉了下來。

◆ 子供が夜中に寝ぼけて部屋から出た。
半夜時分，孩子迷迷糊糊地走出了房間。

③ 當表示「離開」的起點時，用「を」，不用「から」。

◆ 彼は大学を卒業した。
他大學畢業了。

◆ あの女のひとは夫と喧嘩をして家を出た。
那個女人和丈夫吵架後，離家出走了。

④ 當以「起始」為焦點時，用「から」，不用「を」。

◆ 東京から埼玉県のほうに転居いたしました。
我們已從東京搬到埼玉縣住。

◆ モンゴルへは関西空港から出発するのが便利です。
去蒙古從關西機場出發比較方便。

⑤ 以方向或界限不明的區域作為起點時，用「から」，不用「を」。

◆ 太陽が東から出る。
太陽從東方升起。

◆ 外国(がいこく)から持(も)ってきたものだ。
從國外帶回來的東西。

◆ 向(む)こうからだれか来(き)たようだ。
好像有人從對面來。

⑥ 「を」著重表示移動的路線、經過的場所；「から」著重強調一個場面向另一個場面過渡時的界限。

◆ 泥棒(どろぼう)が玄関(げんかん)から入(はい)った。
小偷從前門而入。

◆ 光(ひかり)が窓(まど)から差(さ)し込(こ)む。
陽光從窗戶射進來。

◆ 車(くるま)が道(みち)を走(はし)っている。
汽車在路上行駛。

◆ 鳥(とり)が空(そら)を飛(と)んでいる。
小鳥在天空飛翔。

⑦ 為了避免「を」的重複出現，「起點」用「から」表示。

◆ 虎(とら)を檻(おり)から出(だ)す。
把老虎從籠子裡放出來。

精選練習

❶ 私は大きい時計______ほしいです。

A に　B が　C で　D の

❷ 花子さんは来月太郎______結婚します。

A に　B が　C を　D と

❸ 私は毎週父______電話をします。

A に　B を　C は　D が

❹ 日本のお酒は米______作ります。

A にも　B を　C から　D の

❺ 私はコーヒー______お茶の方が好きです。

A より　B から　C にも　D ほど

答案：B,D,A,C,A

提示

第1題「ほしい」意為「想要…」，關聯的對象要用「が」表示，所以答案選B。第2題的述語動詞「結婚します」前接補格助詞「と」，表示動作、行為的共事者或對象，所以答案選擇D。第3題「父」後，用「に」表示動作、行為所涉及的對象，意為「打電話給父親」。所以答案選擇A。第4題的四個選項中只有「から」可以表示原料來源，所以答案選C。第5題根據句型「～より～方が～」，所以答案選擇A。

翻譯

❶ 我想要一支大的手錶。
❷ 花子小姐下個月要和太郎結婚。
❸ 我每週都打電話給父親。
❹ 日本的酒是用米製作的。
❺ 比起咖啡，我更喜歡喝茶。

2. もしもし、社長＿＿＿田中さんをお願いします。

A の　　　B が

答案：A

譯文

喂，麻煩您我找田中社長。

解題技巧

此題考查格助詞「の」在句中所表達的一些關係和意義。日語中，「の」是被用來表達「所有」或「所屬」的標誌詞。「の」在大多數情況下可以用做主格助詞、並列助詞、連體詞甚至終助詞使用。除此之外，「の」還可以表示其他含義。如同位關係等。上例的「社長」與「田中さん」便是一種同位關係，所以答案選A。

深度講解

① 表示所屬關係。

◆ 自分（じぶん）のうちにいるような気（き）がします。
感覺就像在自己家裡。

◆ 彼女（かのじょ）はふたことめにはご主人（しゅじん）のことを口（くち）にする。
她總是把丈夫的事掛在嘴邊。

② 表達邏輯上的主述關係。

◆ 私たちの結婚に、父はもとより母まで反対する。
對於我們的婚姻，不只是父親，連母親也反對。

◆ 天気の変化を正確に早く知ることが必要である。
有必要儘早知道天氣的變化。

③ 表達邏輯上的動受關係。

◆ 彼は子供の送り迎えはもちろん、料理も洗濯もなんでもやります。
別說接送孩子了，洗衣做飯他什麼都做。

◆ 日本語の勉強ばかりでなく、英語の勉強もします。
不僅學日語，而且學英語。

④ 表達同位關係。

◆ これは友達の田中さんから来た手紙です。
這是我的朋友田中先生的來信。

◆ 初めまして、会長の小林康雄です。
初次見面，我是會長，叫小林康雄。

⑤「の」所表達的其他含義。

◆ そのころの人形は、竹で人の形を作り、それに紙の着物を着せたものだっただそうです。（材料）
據說那時人偶是用竹子做的，然後再給它們穿上紙衣服。

◆ 今日の掃除当番はだれですか。（時間）
今天誰是值日生？

◆ 400円の果物をたたいて、200円で買った。（數量）
討價還價後賣四百日元的水果用二百日元就買下了。

◆ 病気がちの子供はこの薬を飲むといいです。（性質）
這種藥對常生病的孩子有好處。

◆ ズボンの長さと幅は、これぐらいでいいですか。（狀態）
褲子的長短和寬窄可以嗎？

◆ 田舎の人の話し方は率直だ。（來源）
鄉下人說話直率。

◆ 駅の前は広場になっている。（位置）
車站前有個廣場。

◆ いつ帰ってきたの？（女性用語表疑問）
什麼時候回來的？

精選練習

❶ この糊は写真を貼るの＿＿＿使います。

A に　　B と　　C か　　D を

❷ これは兄＿＿＿私にくれた辞書です。

A を　　B へ　　C が　　D は

❸ 橋＿＿＿渡ると、右側に図書館があります。

A に　　B を　　C で　　D の

❹「何を食べますか。」「私はカレーライス＿＿＿します。」

A が　　B に　　C で　　D を

❺ ノートにジョンスミス＿＿＿大きく書いてあります。

A に　　B を　　C で　　D と

答案：A,C,B,B,D

提示

第1題表示動作的目的。所以答案選擇A。第2題表示子句中的主語，用「が」表示，所以答案選C。第3題表示「移動、經過」的場所，用補格助詞「を」表示，所以答案選B。第4題與後接的動詞「する」搭配，表示「選擇、決定」，所以答案選B。第5題根據述語動詞「～書いてあります（寫著…）」，應選補格助詞「と」表示「寫的內容」，所以答案選擇D。

翻譯

❶ 這個膠水是用來貼照片的。
❷ 這是哥哥給我的詞典。
❸ 過了橋，右邊就是圖書館。
❹「你吃什麼？」「我吃咖喱飯。」
❺ 筆記本上寫著「約翰・瓊斯」。

3. 日本人の家はたいてい木＿＿＿作られている。

A で　　B から

答案：A

譯文 日本人的房子大多是木造的。

解題技巧 此題考查補格助詞「で」與「から」在表示「材料」時的用法。一般來說，用一種材料製成某東西後，這材料仍然不失其形的，用「で」，失其形、改變其性質或產生化學變化的用「から」，所以答案選擇A。

深度講解

① 製成東西後材料不失其形的，用「で」，失其形、產生化學變化的用「から」。

◆ 私(わたし)たちは木(き)でテーブルを作(つく)る。
我們用木材做桌子。

◆ 私(わたし)たちは綿(わた)ぼろから紙(かみ)を作(つく)る。
我們用破布造紙。

② 若表示「合成」、「構成」或「組成」的，則只能用「から」，不能用「で」。其中文的意譯也是「由」，不是「用」。

◆ 水(みず)は酸素(さんそ)と水素(すいそ)からなる。
水是由氧元素和氫元素構成的。

◆ この本(ほん)は上下(じょうげ)二冊(にさつ)からなる。
此書由上下兩冊合成。

◆ 今度(こんど)の代表団(だいひょうだん)は１２名(めい)からなっている。
這次的代表團由12人組成。

＊表示「米釀成酒」或「麵粉做成麵包」等句時，雖然已不見其形，但不失其味，因此，這兩者的材料既可以用「で」也可以用「から」來表示。

◆ 日本(にほん)のお酒(さけ)は米(こめ)で（○から）作(つく)る。
日本的酒用米釀造。

◆ メリケン粉(こ)で（○から）パンを作(つく)る。
用小麥麵粉做麵包。

精選練習

❶ 花子さんは目＿＿＿大きくて、かわいいです。
A の　B が　C に　D で

❷ 私の父は兄＿＿＿たばこをやめさせました。
A が　B を　C に　D より

❸ 学校へ行くとき、銀行の前＿＿＿通ります。
A に　B を　C で　D から

❹ カーテンがきたなくなったので、新しいの______換えました。

A に　　B が　　C で　　D を

❺ 私は部屋を間違えて友達______笑われました。

A が　　B で　　C を　　D に

答案：B,C,B,A,D

提示

第1題是一個主述述語句，主題用「は」、主語用「が」表示，所以答案選B。第2題是使役句，使役的施事用「に」表示，所以答案選C。第3題述語用了「通りました（通過、經過）」，而「經過或移動」的場所要用「を」表示，所以答案選B。第4題表示結果，「換做……」，所以答案選A。第5題是被動句，表示被動的施事用「に」表示，所以答案選D。

翻譯

❶ 花子小姐眼睛大大的，很可愛。
❷ 父親讓哥哥戒煙了。
❸ 去學校的時候，會路過銀行。
❹ 窗簾髒了，換了新的了。
❺ 我弄錯了房間，給朋友看笑話了。

4. 火遊び______起こった火事。

A に　　B から

答案：B

譯文

由玩火引發的火災。

解題技巧

此題考查格助詞「に」、「で」、「から」在表現因果關係方面的區別。「から」表示由於某一種原因、理由，發展演變成為某種結果，所以答案選B。

深度講解

① 名詞+補格助詞「に」表示原因和理由，多用於書面語。後接表示心理現象和

情感狀態的動詞。一般不後接形容詞、形容動詞，也不以意志、命令、勸誘等表達形式結句。

◆ あまりのおかしさについ笑ってしまった。
因為太滑稽，所以不覺笑了出來。

◆ 昨夜の地震に大変驚いた。
因昨晚的地震而感到驚恐。

② 名詞+補格助詞「で」。主要用於口語和口語化的書面語。除後接動詞外，還可後接形容詞、形容動詞。後接的動詞多數為無意識動詞或者是表示不得已的行為動詞。不可用表示心理現象的詞語，也不可用意志、命令、勸誘等表達形式結句。

◆ 地震で家が倒れてしまった。
由於地震，房子倒塌了。

◆ 昨日は病気で学校を休んだ。
昨天因病沒上學。

③ 名詞+補格助詞「から」。表示由於某一種原因、理由，發展演變成某種結果，通常不能用命令、意志、勸誘等形式結句。

◆ 私の不注意から皆さんにご迷惑をおかけしました。
由於我不注意，給各位增添了麻煩。

精選練習

❶ この店はケーキ＿＿＿＿おいしいです。

A が　　B で　　C を　　D と

❷ どの外国語を勉強するか先生に相談したあと、日本語＿＿＿＿しました。

A を　　B で　　C と　　D に

❸ 買い物に行くなら花屋＿＿＿＿よって花を買ってきてください。

A で　　B を　　C が　　D に

❹ これは私が始めて日本語＿＿＿＿書いた手紙です。

A を　　B に　　C で　　D が

❺ りんごを５個とみかんを１０個ください。ぜんぶ＿＿＿＿いくらですか。

A を　　B に　　C で　　D が

答案：A,D,D,C,C

提示

第1題是一個主述述語句，主題用「は」表示，主語用「が」表示，它們之間是整體與部分的關係。所以答案選A。第2題表示結果，「最終決定了……」所以答案選D。第3題「に」表示「寄って（經過、路過）」的場所、地點，所以答案選D。第4題「で」表示方法、手段，所以答案選C。第5題「で」表示數量的總和，所以答案選C。

翻譯

❶ 這家店蛋糕好吃。

❷ 究竟學哪門外語好？經與老師商量之後，決定學日語。

❸ 去買東西的話，經過花店順便買些花回來。

❹ 這是我第一次用日語寫的信。

❺ 請給我5個蘋果和10個橘子。一共多少錢？

5. 私は東京＿＿＿住んでいます。

A に　　　B で

答案：A

譯文

我住在東京。

解題技巧

此題考查格助詞「に」、「で」在表達場所時的區別。除了「ある」、「いる」之外，像「住む」、「生える」、「咲く」、「並ぶ」等表示存在的狀態動詞，通常用「に」表示場所，所以答案選A。

深度講解

①「に」表示動作的基準點；「で」表示動作進行的空間、場所、範圍。

◆ 約1500メートルの上空に飛び立った飛行機はまもなく事故に起こした。

在離地面約1500公尺的上空飛行的飛機不久就發生了事故。

◆ 飛行機は空中で回転しながら飛んでいる。

飛機在空中盤旋著。

②「に」後接的動詞大多是具有存在性語義特徵的動詞。

◆ 道路に雨水がたまっている。（＝道路に雨水がある）

路上積有雨水。

◆ 山の頂上に雪がまだ残っている。（＝山の頂上に雪がある）

山頂上還有積雪。

◆ 生徒たちが運動場に集まっている。（＝生徒たちが運動場にいる）
學生們在運動場集合。

◆ 山田さんは東京に長く住んだ。（＝山田さんは東京に長くいた）
山田在東京住很久了。

③ 與「に」表示的存在性語義特徵相對應，「で」表示動作進行的場所，強調的是動作性語義特徵。

◆ この部屋（○に/○で）寝る。

● 用「に」，強調存在的場所，表現為靜態和固定性，意為「睡在此屋」。用「で」強調動作性場所，表現為動態及非固定性。意為「寝る」的動作在此屋進行。

④ 日本的俳句、和歌中常用「に」表現其特有的靜態性和描寫性意境，這種作用是「で」所沒有的。

◆ 枯枝に鳥のとまりけり秋の暮れ（芭蕉）
秋日黃昏時，形單影隻一烏鴉，兀立在禿枝。

◆ 閑かさや岩にしみ入る蝉の声（芭蕉）
靜寂，蟬聲入岩石。

精選練習

❶ 広州の夏は北京の夏＿＿＿暑いです。

A より　　B が　　C から　　D まで

❷ 10時ごろ山中さん＿＿＿いう方から電話がありました。

A が　　B を　　C と　　D で

❸ どこの公園も花見客＿＿＿いっぱいだ。

A を　　B に　　C で　　D が

❹ 卒業するとき先生＿＿＿言われたことをときどき思い出します。

A で　　B へ　　C と　　D に

❺ 先生がこんなに喜んでくれる＿＿＿思ってもいませんでした。

A には　　B とは　　C では　　D から

答案：A,C,C,D,B

提示 第1題表示比較的基準，所以答案選A。第2題表示引用的內容，所以答案選C。第3題根據慣用搭配「～でいっぱい」（滿是……、全是……），所以答案選C。第4題根據被動態動詞述語「言われた」，前面的助詞應該是表示被動句的施事，所以答案選D。第5題表示「思ってもいませんでした」所思考的內容，所以答案選B。

翻譯

❶ 廣州的夏天要比北京熱。

❷ 10點前後，有一個叫山中先生的人來過電話。

❸ 無論哪個公園都人山人海。

❹ 畢業時，我常常想起老師跟我說的話。

❺ 沒想到老師會為我這麼高興。

6. 東京あたりでは３月半ばごろ＿＿＿なると、桜の花が咲きます。

A と　　　B に

答案：B

譯文 東京一帶三月中旬櫻花就開了。

解題技巧 此題考查「格助詞に＋なる」與「格助詞と＋なる」的不同。表示時節轉變、時間流逝等意時，一般用「～になる」，所以答案選B。

深度講解

① 「～となる」多用來表示人或事物一時的、表面的、意料之外的變化，著重強調變化的結果。

◆ 小降りの雨が急に土砂降りとなった。
濛濛的細雨變成了傾盆的大雨。

◆ 長い間の努力も水の泡となった。
長期的努力化為泡影。

◆ ちりも積もれば山となる。
積少成多。

② 「～になる」表示人或事物的永久、實質、自然地變化，著重強調變化的過程。

◆ 姉は大学を卒業して先生になった。
姐姐大學畢業以後，當了老師。

- 日が沈んで夜になった。
  太陽落山，到晚上了。
- 病気になる。
  得病。
- 信号が青になった。
  信號變綠了。

③ 有些孤立的句子，前後情況不是很明確，這時既可用「～になる」也可用「～となる」。

- どうか私の先生（○と/○に）なってください。
  請當我的老師吧。
- かれは私達の代表（○と/○に）なった。
  他當了我們的代表。

精選練習

❶ 選挙の結果、古川氏＿＿新会長として、この１年、活動していくことになった。

A を　　B に　　C と　　D の

❷ この飛行機は、モスクワ＿＿経由してパリに行きます。

A を　　B で　　C へ　　D に

❸ 花子のことは、だれ＿＿も私が一番良く知っている。

A から　　B より　　C と　　D で

❹ 今夜から明日にかけて、石川県＿＿中心に大雨の降る恐れがあります。

A が　　B に　　C を　　D で

❺ 都市開発は計画＿＿そって進められた。

A を　　B に　　C が　　D へ

答案：A,A,B,C,B

提示　第1題根據句型「～を～とする」，所以答案選A。第2題表示「經由」的場所，要用補格助詞「を」表示，所以答案選A。第3題表示比較的基準，並使用了提示助詞「も」表示強調，所以答案選B。第4題根據句型「～を中心に」，表示「以…為中心」，所以答案選C。第5題根據慣用搭配「～にそって」，所以答案選B。

翻譯

❶ 選舉的結果，古川作為我們的新會長，將繼續開展這一年的工作。
❷ 這架飛機將經莫斯科飛往巴黎。
❸ 我比任何人都了解花子。
❹ 今晚到明天，以石川縣為中心，將有大暴雨。
❺ 按照計畫推進城市開發。

第12章
提示助詞

知識講解

提示助詞的定義 1

用來強調句中的某部份，使之成為後面述語部分著重説明的對象，並和述語部分一起表示説話人陳述態度的詞叫做提示助詞。提示助詞所提示的成分既可以是主語，也可以是受詞、用言修飾、補語等。常用的提示助詞主要有「は」、「こそ」、「しか」、「さえ」、「すら」、「も」、「でも」、「だって」等。

- あのころは授業料どころか、家賃さえ払えないほど貧しかった。
  那時候我們窮得別説交學費了，就連房租都付不起啊。
- 医者だって、風邪ぐらい引くよ。
  醫生也會得感冒的。
- ことしこそ『源氏物語』を終わりまで読むぞ。
  今年我一定要把《源氏物語》從頭到尾都讀完。
- 仕事が忙しくて日曜日すら休めない。
  工作忙得連星期天也休息不了。
- 銀行は３時までしか開いていません。
  銀行營業到3點。

提示助詞的種類 2

提示助詞根據其在句中的陳述作用，可以分為以下3種：

1）表示突出強調的：「は」、「こそ」

2）表示限制性強調的：「しか」、「さえ」、「すら」

3）表示追加、例示性強調的：「も」、「でも」、「だって」

提示助詞的主要特點 3

1）可以疊用，如「さえも」等；

2）除了提示作用外，還可以給句子增添某種意義。如「は」表示主題、「も」表示追加等；

3）可以與某些格助詞、副助詞以及部分接續助詞、並列助詞重疊使用，構成「～にも」、「～などは」、「～ばこそ」、「～と～とは」等多種形式

提示助詞的主要用法 4

1）提示助詞「は」

① 提示主語、受詞、補語、用言修飾為句子主題。

提示主語

◆ 彼は、友達に嫌われてしまったと言う。
他說，朋友都討厭他了。

◆ 彼女は、現代語ばかりか古典も読める。
她不僅能看現代文，還能看古典。

◆ 社会人になったばかりの新入社員は、挨拶がぎこちない。
剛出社會的新職員們打招呼結結巴巴的。

◆ 一人息子が有名な大学に合格したので、父親はとても満足だった。
獨生子考上了著名的大學，父親非常滿意。

◆ 兄弟は３人とも頭がよいが、次男はとりわけ優秀だ。
兄弟3人都很聰明，尤其老二特別出色。

◆ 私は数学が苦手です。
我數學不好。

提示受詞

◆ あの人の歌は聞くにたえないものだったよ。
那人唱的歌真是不堪入耳。

◆ このことは、君が成人するまで知らせないでおくつもりだったんだが、この際だから話そう。

這事本想在你長大成人後再告訴你，不過現在該是告訴你的時候了。

◆ 夕食はそとで食べます。

晚飯在外面吃。

提示補語

◆ 子供たちには自分の利益ばかり考えるような人間にだけはなってほしくない。

只希望孩子不要成為只考慮個人利益的人。

◆ 母にはいつまでも元気で長生きしてほしい。

希望母親永遠健康長壽。

◆ この事故では、橋本さんに責任がある。もっとも相手の村田さんにも落度があったことは否定できない。

在這次事故中，橋本先生有責任。但話又說回來，不能否認對方村田先生也有過錯。

◆ 駅までは、あっても２キロ足らずだよ。歩いて行こうよ。

到車站也就是不到兩公里的距離，走著去吧。

提示用言修飾

◆ 十分ではないにしても、これだけの金があれば、なんとか２、３年は暮らしていけるでしょう。

雖不是很多，但有了這些錢，也能應付兩三年了。

◆ どんなに忙しくても週に一回ぐらいはジムへ行きたくなる。

無論怎麼忙，一個星期總想去一次健身房。

② 表示對比、比較。

◆ スポーツは好きですが、野球やなんかの球技はあまり得意ではないんですよ。

我喜歡運動，但不太擅長棒球等球類運動。

◆ 東京へは行きましたが、浅草へは行きませんでした。

東京是去過了，但沒去淺草。

◆ 左手は公園で、右手は学校です。

左邊是公園，右邊是學校。

③ 表示讓步、否定或轉折。

- 納得したとまでは言わないが、彼の言い分は分かった。
  雖說我還沒有完全接受，但我已經明白他的解釋了。
- ねえ、私たちの老後、どうなるのかしら？年金もどうなるか分からないし、心配せずにはいられないわ。
  我說，我們老了之後會怎麼樣呢？退休金也不知會怎麼樣，真叫人擔心啊。

2）提示助詞「こそ」

● 接在體言、體言性詞語、副詞、部分助詞以及用言、助動詞的連用形後。作用基本上與「は」相同，但它的提示作用比「は」更強烈。

① 提示主題，加以強調。

- あの老人こそ、野にあって政界を裏で操る戦後政治の黒幕である。
  正是那位老人，在幕後操縱著戰後的日本政界。
- 好きこそものの上手なれ。
  只有感興趣才能做得好。
- こちらこそすみませんでした。
  是我們該道歉。
- 前回は思わしくありませんでしたが、今回こそ成果をあげて、皆をあっと言わせますよ。
  上次宣傳效果不佳。這次一定要爭取豐碩成果，讓大家大吃一驚。
- このような環境の中でこそ、健全な精神が育てられる。
  正是在這種環境中才能培育健全的精神。

② 接在接續助詞「ば」、「から」、「て」等之後，強調條件、原因。

- それでこそ、わが社のホープだ。最小の費用で最大の効果をあげてほしいからこその君の起用だよ。
  這樣做才是我們公司的明日之星。我們正是希望能以最小的費用得到最大的效果，所以才錄用你的。
- 体が健康であればこそ、つらい仕事もやれるのだ。
  正是因為身體健康才能夠做繁重的工作。
- これは運じゃない。努力したからこそ成功したんだ。
  這不是靠運氣。正是因為努力了才會取得成功。
- いい素材と技とが相まってこそ、おいしい料理は生まれる。
  只有好的材料和高超的烹調技藝相結合，才能做出美味佳餚。

③ 與接續助詞「が」、「けれども」呼應，表示先明確地肯定前一事項，然後轉折。

◆ 彼は学校の成績こそ悪いが、素直でいい子ですよ。
他只是在學校時學習成績不好，其實是個誠實的好孩子。

◆ 口にこそ出しませんでしたけれども、会社のやり方には賛成ではありません。
嘴上沒説，可實際上對公司的做法是不贊成的。

3）提示助詞「しか」

● 接在體言、體言性詞語、動詞的連體形、部分副助詞、助詞之後，可提示主語、受詞、補語、用言修飾。

① 與否定形式的述語相呼應，對數量、種類、程度等進行限定。

◆ 朝はコーヒーしか飲みません。
早上只喝咖啡。

◆ こんなことは友達にしか話せません。
這種事情只能對朋友説。

◆ この映画は１８歳からしか見ることはできません。
這部電影，只有18歲以上成人才能看。

◆ あそこの店は8時までしかやっていません。
那家商店只營業到8點。

◆ 彼は自然のものだけしか食べない。
他只吃自然生長的食品。

◆ 今月はもうこれだけしかありません。
這個月就只有這一點了。

② 接在動詞的連體形後，用「～するしかない」的形式表示除此之外沒有別的選擇。

◆ 人は過去には戻れない。辛くったって、前に向かって歩くしかないんだよ。
人不能回到過去，再怎麼辛苦，也只能往前邁進。

◆ 進むも地獄、退くも地獄、こうなったら、なるようになれと開き直るしかない。
如果到了進退都沒有活路的情況，就只能順其自然了。

③「しか」有時可接在助動詞「だ」的連用形「で」之後，表示不值得評價或評價並不高的事物，句尾與否定用法相呼應。

◆ 彼は学長にまでなったが、親の目から見るといつまでも子供でしかないようだ。
別看他都當了大學校長，在父母的眼裡，到任何時候都只不過是一個孩子。

◆どんなに社会的な地位のある人でも、死ぬときはひとりの人間でしかない。
無論社會地位多高的人，到死的時候也只不過是一個普通的人。

4）提示助詞「さえ」

● 接在體言、體言性詞語、用言和助動詞連用形、部分助詞之後。提示主語、受詞、補語、用言修飾。

① 舉出事例，類推其他。

◆その小説はあまりにも面白くて、食事の時間さえもったいないと思ったほどだった。
那本小説太有意思了。我甚至連吃飯的時間沒有看都會覺得可惜。

◆腰が痛くて、じっと寝ているのさえ辛い。
腰很痛，就連躺著都痛。

② 表示添加。

◆あのころは授業料どころか、家賃さえ払えないほどまずしかった。
那時候我們窮得別説交學費了，就連房租都付不起啊。

◆漢字が書けないばかりでなく、平仮名さえ書けない。
不僅不會寫漢字，連平假名也不會寫。

◆王さんが日本に行くことは、友人ばかりでなく、家族でさえも知らなかった。
王先生去日本一事，不但朋友不知道，就連家裡人也不知道。

③ 與接續助詞「ば」呼應，強調某種假設條件。

◆自分さえ良ければ、他人はどうなってもいいというのか。
你是説只要自己好，別人怎麼樣都無所謂嗎？

◆あなたさえ良ければ、私は別にかまいません。
只要你覺得好，我怎麼樣都沒關係。

◆金さえあれば何でも買えるという風潮が支配的だ。
「只要有錢什麼都能買到」，這種觀念仍占主導地位。

◆私としては息子に高望みはしていません。元気でいてくれさえすればいいんです。
我對兒子的期望並不高，只要身體健康就行。

5）提示助詞「すら」

● 接在體言及部分助詞後。在句中提示主語、受詞、補語。

① 舉出事項，類推其他。

◆ そのことは親にすら言っていない。
這件事我連父母都沒有說。

◆ 仕事が忙しくて日曜日すら休めない。
工作忙得連星期天都休息不了。

◆ 足し算すらろくにできないんだよ。微積分が分かるはずがないじゃないか。
加法都不行，更別提微積分了。

② 表示添加。

◆ 大企業はもちろんのこと、この辺の町工場ですら週 休 2日だという。
大企業就更不用說了。據說連這一帶的地方工廠也都實行周休二日了。

參考 「すら」是文語助詞。書面語感較強。口語中多用「さえ」。

6）提示助詞「も」

● 接在體言、體言性詞語、用言及部分助動詞的連用形、部分副詞、助詞之後。在句中提示主語、受詞、補語、用言修飾。

① 提示主題。

◆ さっきまであんなに泣いていた赤ん坊もようやく寝ました。
剛才還大哭的嬰兒終於也睡著了。

◆ 長かった夏休みも終わって、明日からまた学校が始まります。
長長的暑假也已結束，明天又要開學了。

◆ 部屋ももう契約済みだし、新生活を始めるに当たって、そろそろ必要なものをそろえなくてはね。
房子的租約也已經簽好了，在開始新生活之前，得趕快備齊所需物品呀。

② 表示累加同類事物。

◆ 私のアパートは日当たりが悪い。その上、風通しも良くない。
我住的公寓，光線不好，而且不通風。

◆ 今日は風が強いし、雨も降り出しそうだ。
今天風大，而且看樣子又要下雨了。

③ 並列提出同類事物。

◆ 空港までは地下鉄でもバスでも行ける。
坐地鐵和乘公車都能到機場。

◆ 田中さんにも木村さんにも連絡しておきました。
田中先生和木村先生，兩人都通知了。

◆ 猫が好きな人もいるし、嫌いな人もいる。
有人喜歡貓，也有人不喜歡貓。

◆ 寒くも暑くもなく、ちょうどいい気候だ。
既不冷也不熱，這氣候正好。

◆ 最近は男も女もない時代だ。
最近是凡事不分男女別的時代了。

④ 表示全面否定或肯定。

◆ この辞書はどれも役に立たない。
這些詞典，一本都用不上。

◆ 外国へは一回も行ったことがない。
一次也沒去過外國。

◆ この料理は少しもおいしくありません。
這菜一點也不好吃。

◆ 何の経験もありません。
沒有任何經驗。

◆ 彼女はみんなと仲良くやっていく。
她跟大家都相處得很好。

⑤ 列舉極端的事例，類推其他。

◆ 日本語を始めて１年になりますが、まだ平仮名も書けません。
學日語都快1年了，可還連平假名都不會寫呢。

◆ 人類は月にまでも行くことができるようになった。
現在人類甚至能登上月球了。

◆ 立っていることもできないほど疲れました。
累得甚至站都站不住了。

⑥ 以「數量詞+も」的形式，強調數量多或時間極短或長。

◆ 雨はもう３日も降っています。
雨已經下了3天了。

◆ デモには十万人もの人が参加した。
有10萬人參加了遊行。

◆ ほしいけれど、１０万円もするなら、買えない。
真想要，可是要10萬日元的話，買不起。

◆ベッドに入(はい)って１０分(ぷん)もたたないうちに寝(ね)てしまった。
他上床後，10分鐘都不到就睡著了。

７）提示助詞「でも」

● 接在體言、體言性詞語、用言及部分助動詞的連用形、部分副詞、助詞後。在句中提示主語、受詞、補語、用言修飾。

① 舉出極端事例、類推其他。

◆このデジタル・カメラは操作(そうさ)が簡単(かんたん)で、子供(こども)でも使(つか)えます。
這種數位照相機操作很簡單，即使孩子也能使用。

◆この算数(さんすう)の問題(もんだい)は大人(おとな)でも難(むずか)しい。
這道算術題即使對大人也很難。

◆嘘(うそ)でもいいから、あのときの気持(きも)ちに嘘(うそ)はなかったと言(い)ってくれ。
即使是謊話也好，跟我說你當時是真心的。

② 表示例舉。

◆待(ま)っている間(あいだ)、この雑誌(ざっし)でも見(み)ていてください。
等候時，請您看看這本雜誌。

◆この夏(なつ)は、山(やま)にでも登(のぼ)ってみたい。
今年夏天，想登登山。

◆寒(さむ)いから鍋物(なべもの)でもしたらどうでしょうか。
挺冷的，吃點火鍋什麼的好嗎？

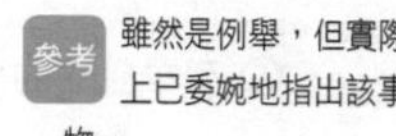

雖然是例舉，但實際上已委婉地指出該事物。

③ 與不定代名詞呼應，表示全面肯定與否定。

◆彼(かれ)に聞(き)けば、どんなことでも教(おし)えてくれる。
如果去問他，不論什麼他都會告訴我們的。

◆この会(かい)は誰(だれ)でも自由(じゆう)に参加(さんか)できます。
這個會無論誰都可以自由參加。

８）提示助詞「だって」

● 接在體言、體言性詞語、部分副詞、助詞之後。在句中提示主語、受詞、補語、用言修飾。

① 舉出極端事例，類推其他。

◆先生(せんせい)だって間違(まちが)うことはある。
老師也有錯的時候。

◆ 誰にだって、一つや二つは秘密がある。
誰都有一兩個秘密。

② 表示例舉。

◆ 好き嫌いはありません。魚だって肉だって何だって大丈夫です。

我並不挑。魚啦、肉啦什麼都行。

③ 以「疑問詞+だって」的形式，表示「……都……」。

◆ そんな仕事は誰だってやりたくない。
那種工作，誰都不願意做。

◆ 助けが必要なら、いつだって手伝いますよ。
如果需要幫忙，我什麼時候都可以幫你。

參考 與「でも」相比，「だって」多用在比較隨便、親切的談話中。

考點講練

1. これだけ真面目に仕事をしている国会議員はそう何人＿＿＿いません。
A は　　　B も

答案：B

譯文 這樣認真工作的國會議員沒有幾個。

解題技巧 此題考查提示助詞「も」。「疑問數量詞+も+否定」，有強調數量多或少兩種情形。此句強調數量少，答案選B。

深度講解

①「一+數量詞も+肯定」強調數量比預想的多。

◆ 床と壁の間にも隙間が生じ、ひどい所は一センチも広がってしまいました。
地板與牆壁間也出現了裂縫，嚴重的地方有一公分之寬。

②「一+數量詞も+否定」除了表示全面否定之外，還用來強調數量比預想的少。

◆ 主人には友達が一人もいません。
我的丈夫沒有一個朋友。

◆ この本は簡単な内容なので、読み終わるのにわずか一日もかからなかった。

這本書內容很簡單，沒花一天時間就把它讀完了。

◆ 私の知り合いにも、出会って一週間もしないうちに婚約したカップルがいるけど。

我的熟人當中也有相遇不到一周就訂婚的男女。

③「二以上的數量詞+も+肯定」，強調數量比預想的多、大。

◆ タイでは正月が年に三回もあります。

泰國一年過三次新年。

◆ 中国の湖で、3メートルもある巨大な魚が発見されたそうだ。

聽説在中國的湖泊中發現了足有三公尺長的巨大的魚。

◆ お相撲さんが百人も来たのがすごく面白かった。

來了一百個相撲力士，非常有趣。

④「二以上的數量詞+も+否定」強調數量比預想的多或少。

◆ タクシーで帰るのには、お金が三千円も足りない。

坐計程車回去的話，還不夠3千日元。

◆ 一日中かかっても募金はわずか五千円も集まらなかった。

花了一整天才只募集了不到5千日元。

⑤「疑問數量詞+も+肯定」強調數量多。

◆ 雨は何日も降り続いた。

連續下了好幾天雨。

◆ 次の問題には、答えがいくつもあります。

以下的問題有好多種答案。

⑥「疑問數量詞+も+否定」強調數量多或少。

◆ 何時間も変化がありません。

好幾個小時沒有變化。

◆ 部屋を見渡せば、趣味のよい家具が配置され、いくつもない椅子とテーブルが置かれています。

環顧房間，擺放著品味高雅的傢俱、寥寥無幾的桌子和椅子。

⑦ 以「數量詞+も+ば、たら」的形式表示一定的數量。如果達到這個數量或程度，後項所述內容就能成立。

◆ 600～700円もあればお腹が一杯になる。

有六、七百日元就能吃飽。

◆ 私は500メートルも走ったら倒れちゃうよ。

我跑500公尺就會累倒。

⑧「數量詞+も+推量」表示大致的判斷或推斷。

- 直径(ちょっけい)3センチもあろうかという氷(こおり)の固(かた)まりが降(ふ)ってきた。
  天空下起了直徑有3公分左右的冰雹。
- 昔(むかし)、家(いえ)の庭(にわ)に大(おお)きな木(き)があった。高(たか)さは4.5mもあっただろうか。杉(すぎ)か何(なに)かだったと思(おも)う。
  以前我家的院子裡有棵大樹。有4.5公尺高吧。我想可能是杉樹或什麼樹吧。

精選練習

❶ カメラのフィルムはどこ________売っていますか。

A とも　　B しか　　C へも　　D でも

❷ 夏休みにタイ________マレーシアへ行きたいです。

A も　　B か　　C へ　　D の

❸ 朝ごはんを食べず________出かける人が多いそうです。

A と　　B も　　C で　　D に

❹ 日本語________中国語とどちらが難しいですか。

A と　　B は　　C が　　D や

❺ 暑いですね。何か冷たいもの________飲みませんか。

A しか　　B より　　C でも　　D まで

答案：D,B,D,A,C

提示

第1題「疑問詞+でも」，表示「……都」，所以答案選D。第2題表示選擇性並列，從中擇一，所以答案選B。第3題「ず」是文語否定助動詞「ぬ」的連用形，後接「に」做副詞使用，所以答案選D。第4題表示並列、列舉，所以答案選A。第5題表示例舉，同時也是一種委婉的說法，所以答案選C。

翻譯

❶ 照相機的軟片哪裡都有賣的嗎？
❷ 暑假想去泰國或馬來西亞。
❸ 據說很多人不吃早餐就出門的。
❹ 日語、中文哪個語言比較難？
❺ 天氣真熱啊。要不要喝點冷飲什麼的？

2. 私____今月の20日で20歳になります。

A が　　　　B は

答案：B

譯文　這個月的20號我就20歲了。

解題技巧　此題考查表示主語與主題的「が」與「は」。通常第一人稱「我」就是説話人，是已知情況，所以第一人稱代名詞一般用「は」提示做主題，作為述語著重説明的對象，所以答案選B。

深度講解

① 主題就是談話的題目。它是談話的中心。其最典型的表現形式是「名詞+は」。主題的特點之一就是提出一個對象，使之成為後面述語部分著重説明的對象。提示的對象既可以是主語，也可以是受詞、用言修飾、補語等。因此，主語可以成為主題，其他對象也可以成為主題。

- 山田さんは昨日中央図書館から歴史の本を借りた。
- 昨日は山田さんが中央図書館から歴史の本を借りた。
- 中央図書館からは昨日山田さんが歴史の本を借りた。
- 歴史の本は昨日山田さんが中央図書館から借りた。

② 用「が」做主語的句子，稱為「現象句」。現象句又叫「無題句」，是客觀地描寫某種現象或事實的句子，它所傳達的內容對聽話者而言，是一個「新資訊」，是初次聽到的話題。

- 300人が広場に集まった。
  廣場上聚集了三百人。
- 交通事故で3人が死んだ。
  因交通事故死了3個人。

③ 用「は」提示主題的句子稱為「主題敘述句」，簡稱「主題句」。作為主題，它必須是談話雙方都知道的人或事物，即「舊資訊」。如果只有説話人知道，而聽話人不知道時，就必須先用別的句子把該事物（或人）引出來，然後才能把它當做主題加以解説，構成主題句。

- 太郎はテレビのスイッチを入れた。
  「太郎」必須是談話雙方都知道的人，否則句子就不能成立。
- 机の上に新聞が置いてあります。その新聞は昨日の新聞です。
  先用「が」把新資訊「新聞」介紹出來。然後就可以用「は」把「新聞」作為主題展開敘述。

④ 用「は」提示做主題的成分，必須是已知的人或事物。

◆彼はパソコンも使えず、経験もないので、事務を任せるには頼りない。
他既不會使用電腦又沒有經驗，把文書工作交給他實在不放心。

◆煙草一本吸えない入院生活はつらかった。
連一根煙也不能抽的住院生活實在是慘透了。

⑤ 主題和主語的區別是，主語只跟後面的一個述語成分有關聯，而主題則關聯到整個句子。

◆電車が止まると、乗っている人が降り始めた。
電車停下後，乘客開始下車。

● 上面例句中的「電車が」和「乗っている人が」兩個主語，分別與句中的兩個述語「止まる」和「降り始めた」發生關聯。

◆田中先生は親切だから、みんなに好かれる。
田中老師很和藹，大家都很喜歡他。

● 上面例句的主題是「田中先生は」，它既是前一個述語「親切だから」的主語，又是後一個述語「みんなに好かれる」的主語。

精選練習

❶ 兄はビールを一人で７本＿＿＿＿＿飲みました。

A か　　B で　　C も　　D を

❷ 私は今朝コーヒー＿＿＿＿＿飲みませんでした。

A が　　B にも　　C しか　　D でも

❸ ガラス＿＿＿＿＿われていますから、ここはあぶないです。

A を　　B は　　C が　　D で

❹ 私は一度＿＿＿＿＿外国へ行ったことがありません。

A で　　B に　　C と　　D も

❺ 私はスキーもスケート＿＿＿＿＿できません。

A が　　B も　　C は　　D や

答案：C,C,C,D,B

提示

第1題「數量詞も＋肯定」強調數量比預想的多，所以答案選C。第2題「しか」與述語的否定式相呼應，表示限定，意為「只……，僅……」等，所以答案選C。第3題表示初次進入話題，是新資訊，所以答案選C。第4題根據「一+數量詞も+否定述語」，表示全面否定，所以答案選D。第5題根據句型「～も～も」表示同類事物的累加、並列，所以答案選B。

翻譯

❶ 哥哥一個人就喝了7瓶啤酒。
❷ 我今天早上只喝了咖啡。
❸ 這裡玻璃破了，很危險。
❹ 我一次也沒去過外國。
❺ 我既不會滑雪也不會溜冰。

3. 部屋は一つ＿＿＿ないので、それは居間であると同時に客間でもある。

A きり　　B しか　　C だけ　　D こと

答案：B

譯文

房間只有一個，它既是臥室又是客廳。

解題技巧

此題考查提示助詞「しか」。「しか」通常與述語的否定式相呼應，相當於中文的「只……」，所以答案選B。

深度講解

① 「しか」接在名詞、數詞後，與述語的否定式「ない」相呼應，表示A希望有更多的C，但實際上只有B，因此多少帶有一種失望的語氣。

◆ 試験まで、泣いても笑っても、後一週間しかない。
高興也好，不高興也好，距離考試只剩一周的時間了。

◆ 彼女は英語しか分かりません。
她只懂英語。

◆ あそこの店は6時までしかやっていない。
那家商店只營業到6點。

◆ ここには傘が一本しかありません。
這裡只有一把雨傘。

② 「しか」接在動詞後，構成「AはCするしかない」句型，表示說話人希望進行其他的活動，但實際上只能進行C這一活動，含有失望和不滿的語氣。

- 高すぎて買えないから、借りるしかないでしょう。
  太貴了，買不起，所以只有用租的了。
- ここまでくればもう頑張ってやるしかありません。
  已經到了這一步，只有硬著頭皮做，別無選擇了。

③ 「しか」還可以接在「と」、「に」等助詞後面，構成「～としか～ない」、「～にしか～ない」等句型，相當於中文的「只……」。

- どんなに社会的な地位のある人でも、死ぬときは一人の人間でしかない。
  無論社會地位多麼高的人，死的時候也只不過就是一個普通人。
- 風邪で行けないというのは口実としか思えない。
  我總覺得他說感冒了不能去是一個藉口。
- 田中先生は学生たちの質問にしか答えられませんでした。
  田中老師就只好回答學生們的問題了。

④ 「しか」還可以接在補格助詞「より」後面，構成「～よりしか～ない」的句型，相當於中文的「只……」。

- 終電が出てしまったので、タクシーで帰るよりしかありませんでした。
  末班車已經開出，只好打計程車回家了。

⑤ 還可以用「名詞でしかない」的形式表示「名詞である」的意思。相當於中文的「只是……」。

- あの人は普通の教師でしかない。
  他只是一個普普通通的教師而已。

精選練習

❶ 田中さん＿＿＿＿＿＿どの方ですか。

A が　B は　C も　D に

❷ あしたはどこ＿＿＿＿＿＿出かけないで、うちにいます。

A へ　B に　C へも　D には

❸ 4時に出発します。3時50分＿＿＿＿＿＿自由に見学してかまいません。

A までに　B までは　C には　D でからは

❹ こんな簡単な問題、小学生＿＿＿＿＿＿できるよ。

A でも　B をも　C には　D へは

❺ あの人の考え＿＿＿＿＿＿、人間も自然の一部なのだ。

A には　　B では　　C のに　　D との

答案：B,C,B,A,B

提示

第1題提示主題，重點在未知資訊的述語部分，所以答案選擇B。第2題根据「疑問句も+述語否定形式」表示全部否定，所以答案選C。第3題「まで」表示「在……之前」，再用「は」加以強調述語部分，所以答案選B。第4題根據句意，表示極端的事例，所以答案選A。第5題根據句意，表示行為的主體，所以答案選B。

翻譯

❶ 田中先生是哪位？

❷ 明天哪裡也不去，要待在家裡。

❸ 4點鐘出發。3點50分之前自由觀光。

❹ 這麼簡單的問題，連小學生都會呀。

❺ 他認為人也是大自然的一部分。

第13章

並列助詞

知識講解

並列助詞的定義 1

連接兩個或兩個以上具有對等關係的內容的詞或片語的助詞，叫做並列助詞。在句中主要表示列舉、累加或表示選擇等。常用的並列助詞有「とか」、「か」、「や」、「と」等等。

◆ 休日はテレビを見るとか、買い物をするとかして過ごすことが多い。
多半以看電視，購物等方式度過假日。

◆ 同窓会には中村だの池田だの、20年ぶりの懐かしい顔がそろった。
在老同學的聚會上，見到了中村、池田，都是些20多年沒見的老朋友。

◆ 叱るなり褒めるなり、はっきりとした態度をとらなければだめだ。
是批評還是表揚，必須有個明確的態度。

◆ 試験は難しかったり、易しかったりです。
考試有時難，有時容易。

◆ 英語の本やら日本語の本やらを持ってきました。
把英語書、日語書都拿來了。

並列助詞的種類 2

根據句子前後的詞語、意義等關係，並列助詞可分為以下4種：

1） 表示單純性並列的：と

2） 表示列舉性並列的：や、たり、とか、やら、だの

3） 表示選擇性並列的：か、なり

4） 表示添加性並列的：に

並列助詞的主要特點 3

1） 文法功能只是將前後兩個處於對等關係的詞或片語連接起來，不具備「格」，也不具備副助詞的添意作用；

2） 在接續上，既有接在體言、助詞、副詞、用言連體形之後，也有接在用言連用形之後的；

3） 形式上看，並列助詞有與格助詞、提示助詞、副助詞等疊用的現象。如「～なり～なりに」、「～と～とは」、「～と～とを」等。

並列助詞的主要用法 4

1） 並列助詞「と」

● 接在體言或體言性詞語後，表示單純的並列、列舉。

◆ 政治と経済とは、別個に考えられない。
政治和經濟是無法分開看待的。

◆ 地震災害に関しては、わが国は多くの知識と経験を持っている。
有關地震災害方面的問題，我國有著豐富的知識和經驗。

◆ 朝日と毎日と読売は日本の三大新聞である。
《朝日新聞》、《每日新聞》和《讀賣新聞》是日本的三大報紙。

◆ 夏と冬と、どっちがしのぎやすいですか。
夏天和冬天，哪個好過一些？

◆ 物価の安定と経済の成長とをどう両立させるか。
怎樣使物價穩定和經濟發展並舉呢？

2） 並列助詞「や」

● 接在體言或體言性詞語後，表示列舉。最末一個被列舉的物件一般不需加「や」，常和副助詞「など」一起使用，構成「～や～や～など」的形式。

◆ バスは中学生や高校生で、すぐいっぱいになった。
公車一下子就被國、高中生擠滿了。

◆ その村には米や野菜はあるが、肉はなかなか手に入らない。
那個村子裡有米、有蔬菜，但是肉很難找。

◆ 机の上には皿や紙コップなどが置いてあった。
桌上放著盤子、紙杯什麼的。

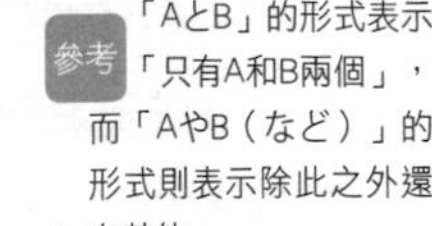
參考 「AとB」的形式表示「只有A和B兩個」，而「AやB（など）」的形式則表示除此之外還有其他。

◆ 日本語の本と英語の本があります。
只有日語書和英語書。

◆ 日本語の本や英語の本（など）があります。
除了日語書和英語書之外，還有別的書。

3） 並列助詞「たり」

● 接在體言和用言、助動詞連用形後。

① 表示列舉。

◆ コピーをとったり、ワープロを打ったり、今日は一日中忙しかった。
今天一天我又影印，又打字，真是忙壞了。

◆ 休みの日には、ビデオを見たり音楽を聞いたりしてのんびり過ごすのが好きです。
假日我喜歡看看電視、聽聽音樂，過得悠閒一些。

◆ 彼女の絵のモチーフは鳥だったり、人だったりするが、一貫して現代人の不安が描かれている。
她繪畫的主題有時是鳥類，有時是人物，但都始終在表現一種現代人的不安。

② 表示舉一例。

◆ 子供が大きくなって家族がそろうことはめったにないのですが、年に数回は一緒に食事したりします。
孩子大了以後，全家人很難聚在一起，但我們每年也會在一起吃幾次飯。

◆ その人のいないところで悪口を言ったりしてはいけない。
別背著人家說壞話。

③ 表示交替進行。

◆ 何か心配なことでもあるのか、彼は腕組みをして廊下を行ったり来たりしている。
他好像有什麼心事，抱著胳膊在走廊裡踱來踱去。

◆薬はきちんと飲まなければいけない。飲んだり飲まなかったりでは効果がない。

藥要好好吃，斷斷續續是不會有效果的。

◆靴を買おうと思うが、いいと思うと高すぎたり、サイズが合わなかったりで、なかなか気に入ったのが見つからない。

我想買雙鞋，可是看上的不是太貴，就是尺寸不合適，總是碰不上中意的。

4） 並列助詞「とか」

● 接在體言、體言性詞語和用言、助動詞終止形後。並列體言時最後的「とか」可以省略。

① 表示例舉或舉出幾個類似的行為、動作。

◆病気のお見舞いには果物とか花が好まれる。

探望病人時送水果或鮮花等會比較受歡迎。

◆私はケーキとかお菓子とかの甘いものは、あまり好きではありません。

我不太喜歡吃蛋糕、和式點心等甜食。

◆休日はテレビを見るとか、買い物をするとかして過ごすことが多い。

多半以看電視啦，購物等方式度過假日。

◆あの二人は結婚するとかしないとか、いつまでたっても態度がはっきりしない。

他們倆一會又説要結婚，一會又説不結婚，態度總是那麼含含糊糊的。

◆奨学金をもらっていない留学生には授業料を免除するとか、部屋代の安い宿舎を提供するとかして、経済面での援助をする必要がある。

需要對沒得到獎學金的留學生給予經濟方面的援助，比如減免授課費、提供房價便宜的宿舍等。

② 與「言う」、「話す」等詞一起使用，表示引用或傳聞的內容。

◆田中さんは今日は風邪で休むとか言っていました。

田中説是今天得了感冒要休息什麼的。

◆隣の娘さんは来月結婚式を挙げるとかいうことだ。

聽説鄰居的女兒下個月要舉行婚禮。

◆途中で事故があったとかで、彼は1時間ほど遅刻してきた。

他遲到了1個小時，説是因為半路上發生了事故什麼的。

5） 並列助詞「やら」

● 接在體言、體言性詞語和用言、助動詞連體形後，表示並列，最後的一個詞通常也要加一個「やら」。

◆ スケート場は子供やら付添いの母親やらでごったがえしていた。
溜冰場上又是孩子，又是照料孩子的母親們，真是亂七八糟的。

◆ 来月はレポートやら試験やらでひどく忙しくなりそうだ。
下個月又是報告又是考試，看起來要非常緊張了。

◆ みなさんにこんなに祝ってもらえるとは恥かしいやら、嬉しいやら、なんともお礼のいいようがありません。
得到大家如此的祝賀，又高興又不好意思，真不知該説些什麼。

6） 並列助詞「だの」

● 接在體言、體言性詞語和用言、助動詞終止形、形容動詞詞幹後，表示列舉，其內容多為負面的。

◆ 彼は給料が安いだの、休みが少ないだのと文句が多い。
他老是那麼多牢騷，一會薪水低，一會又嫌假日少。

◆ 彼はいつ会っても会社をやめて留学するだのなんだのと実現不可能なことばかり言っている。
每次見到他都嘮叨些不可能實現的事情，什麼辭掉工作去留學之類的。

◆ 彼女は市場に出かけると、肉だの野菜だの持ちきれないほど買ってきた。
她一到菜市場，就又買肉又買菜，一直買到最後都拿不動了才罷休。

參考 「だの」由於帶有比較粗俗的語感，所以一般不用在鄭重的文章中。

7） 並列助詞「か」

● 接在體言、體言性詞語和用言、助動詞連體形後。

① 表示列舉若干事項，從中擇一。

◆ 木曜日か金曜日の夜なら都合がいいのですが。
週四或週五的晚上，我比較方便。

◆ ネクタイはこれかそれかどっちがいいだろう。
這條領帶或那條領帶，哪一條好？

◆ 夏休みは、香港か台湾かシンガポールに行きたい。
暑假的時候，我想去香港、臺灣，或者是新加坡。

② 以「～か＋疑問詞＋か」的形式，表示從幾個選項中舉出其中最重要的。

◆ プレゼントはコーヒーカップか何かにしよう。
禮物準備送咖啡杯或別的東西。

◆ 夏休みは、北欧かどこか、涼しいところに行きたい。
暑假的時候，我想去北歐或別的比較涼快的地方。

③ 以「～か～かで」的形式，舉出兩種不利的因素，表示不是這個就是那個的意思。

◆ あの人の話は、大抵自分の自慢話か仕事の愚痴かで、聞いているとうんざりする。
他一開口，要麼是吹噓自己，要麼就是對工作發牢騷，都聽煩了。

◆ 彼は毎晩飲み屋で飲んでいるかカラオケバーに行っているかで、電話してもほとんどつながらない。
他每天晚上不是去酒館喝酒，就是去卡拉OK，你打電話基本上找不到他。

◆ 家賃が安い家は交通が不便か部屋が汚いかで、どこか欠点があるような場合が多い。
房租便宜的房子，不是交通不方便，就是房間很破舊，一般都會有缺陷。

● 以「～かどうか」的形式，表示「是否……」。

◆ このようなアドバイスが適切かどうか分かりませんが、お役に立てれば幸いです。
我也不知道這個建議是否合適，如果能提供你們做為參考，我將感到非常榮幸。

◆ その映画が面白いかどうかは見てみなければ分からない。
那部電影是否有意思，你只有看了才知道。

8） 並列助詞「なり」

● 接在體言、體言性詞語、用言終止形或助詞後，表示數者擇一。

① 列舉兩個同屬一組的人、事、物，選擇其中之一。除此兩項之外，還有其他的可能性。

◆ 彼の父親なり母親なりに相談しなければならないだろう。
必須跟他的父親或母親商量商量。

◆ 叱るなり褒めるなり、はっきりとした態度をとらなければだめだ。
是批判還是表揚，必須要有個明確的態度。

② 以「～なり何なり」的形式，舉出同類事物中的一例。

◆ 転地療養するなり何なりして、少し体を休めたほうがいい。
換地方療養啦或什麼的，總之，還是休養一下較好。

◆ ここは私が支払いますから、コーヒーなり何なり好きなものを注文してください。
今天我做東，咖啡什麼的喜歡就點吧。

◆ チューリップなり何なり、少し目立つ花を買ってきてください。
鬱金香也好什麼也好，請買些顏色鮮豔些的花來。

9） 並列助詞「に」

● 接在體言、體言性詞語或動詞連用形後。並列體言時，最後一個體言不加「に」。

① 表示添加、搭配。

◆ その男は、黒のジーンズに白いセーターを着ていた。
那個男的穿了條黑色牛仔褲，上身配了件白毛衣。

◆「鬼に金棒」という慣用語は、これ以上強いものはないというたとえです。
「如虎添翼」這句成語是比喻「十分厲害、非常強大」。

◆ 汗じみた服に、油染みた手、そんな男らしい姿が私にはまぶしく見えた。
浸透汗水的衣服，滿是油污的手，如此充滿陽剛之氣的男性身影，在我看來是那麼耀眼。

② 重複同一動詞，強調動作或作用的程度。

◆ 汽車は遅れに遅れて深圳駅に着いたときは夜中を過ぎていた。
火車不斷誤點，到深圳車站的時候，已經過了半夜了。

◆ 残業続きで無理に無理を重ねていたから、つい飲みたくなってね。今日の運転は君が代わってくれよ。
最近加班到沒完沒了地加班，累得受不了，才想要喝點酒。你替我開車吧。

◆ 待ちに待った息子の帰国の日が、いよいよ近づいた。
兒子就要回國了，盼望已久的日子終於要到了。

考點講解

1. 健康のために毎日散歩をし＿＿＿、体操をし＿＿＿しています。

A たり/たり　　B なり/なり

答案：A

譯文

為了健康，我每天都散步、做操。

解題技巧

此題考查並列助詞「なり」與「たり」的用法。兩者分別接在動詞後面，構成「～たり～たりする」、「～なり～なりする」句型，形態相似，但接續不同，意義也不同。「なり」主要接在用言、助動詞終止形後面，構成「AするなりBするなりする」句型；「たり」則主要接在用言連用形後面。上例的「し」是サ變動詞「する」的連用形，後接「～たり～たり」，表示動作的並列或同時進行，所以答案選A。

深度講解

① 「なり」表示從兩個動作之中選擇其中之一。相當於中文的「或……或……」、「……還是……」等。

◆ 焼いて食うなり煮て食うなり、好きなようにしろ。
烤也好，煮也好，隨你的便吧。

◆ 来るなり来ないなりをきちんと連絡してもらわなければ困ります。
是來還是不來，得不到你的正式通知，我們會很困擾。

◆ そんなに心配なら先生に相談するなりしてみてはどうですか。
你那麼擔心的話，和老師商量商量怎麼樣？

② 以「形容詞終止形なり、形容詞終止形なりする」或「形容詞連用形（く）なり、形容詞連用形（く）なりする」表示選擇。相當於中文的「或……或……」、「不是……就是……」等。

◆ 長いなり短いなりして体に合うような服がなかなか見つからない。
不是長就是短，很難找到合乎自己身材的衣服。

◆ 大きくなり、小さくなり、お望み次第にこしらえてあげます。
要大些的，還是要小些的，按著您的要求製作。

③ 「～たり～たりする」用於並列或列舉，而「～なり～なりする」則表示從兩個動作中選擇其中之一。

◆ 夏休みになると、水泳に行ったり、山登りをしたりして過ごします。

每到暑假，總是遊游泳、爬爬山來度過。

◆ 夏休みになると、水泳に行くなり、山登りをするなりして、過ごします。

每到暑假，不是游泳，就是爬山來度過。

④ 「なり」還可以接在名詞、代名詞後面，構成「AなりBなり～」的句型，表示從A、B之中選擇其中之一。「たり」不能直接接在名詞、代名詞後面。

◆ 東京なり大阪なり、好きなところで生活すればいい。

東京也好，大阪也好，只要是在自己喜歡的地方生活就好。

◆ 彼の父親なり母親なりに相談しなければならないだろう。

必須和他的父親或母親商量商量吧。

◆ ファックスでなり、電話でなり、ご連絡くだされば、いつでもお伺いします。

傳真也行，電話也行，只要你跟我聯繫，我隨時可以去拜訪。

精選練習

❶ 兄弟は兄二人＿＿＿＿＿姉一人です。

A か　　B に　　C で　　D. さ

❷ ダンス＿＿＿水泳をすると、スタイルがよくなるといわれている。

A し　　B へ　　C で　　D. や

❸ テーブルの上に、お寿司＿＿＿味噌汁などがおいてあります。

A や　　B の　　C へ　　D に

❹ 知っている人もいない＿＿＿、言葉も分かりません。

A を　　B や　　C し　　D の

❺ 花は三日＿＿＿四日で、散ってしまいます。

A の　　B に　　C で　　D か

答案：B,D,A,C,D

提示

第1題表示添加。所以答案選擇B。第2題表示列舉，所以答案選D。第3題「や」與「～など」呼應，表示「有……等」，所以答案選A。第4題表示列舉理由，所以答案選C。第5題表示「或者……」，所以答案選D。

翻譯

❶ 我的兄弟姐妹是兩個哥哥、一個姐姐。
❷ 據說，跳舞和游泳能使體形變優美。
❸ 桌上擺著壽司和味噌湯等。
❹ 既沒有認識的人，語言也不通。
❺ 三到四天花就會凋謝。

2. お寿司を______ビールを飲みます。
A 食べますと、　　B 食べて

答案：B

譯文 吃壽司，喝啤酒。

解題技巧 此題考查並列助詞「と」。一般情況下作為並列助詞的「と」不能連接體言以外的詞或句子，所以答案選擇B。

深度講解

① 並列助詞「と」用於列舉敘述要素的全部內容。

◆ 夕食(ゆうしょく)は刺身(さしみ)とてんぷらを食(た)べました。
晚餐我吃了生魚片和天婦羅。

② 「や」用於列舉其中的部分例子，表示除此之外還有其他的事物存在。

◆ 夕食(ゆうしょく)は刺身(さしみ)やてんぷらを食(た)べました。
晚餐我吃了生魚片和天婦羅等。

③ 「か」表示從列舉的範圍內進行選擇。

◆ 夕食(ゆうしょく)は刺身(さしみ)かてんぷらを食(た)べたはずだ。
他晚餐吃的應該是生魚片或天婦羅。

④ 「と」和「や」作為並列助詞不能連接體言以外的詞或句子。

◆ 飛(と)んだり跳(は)ねたり（×飛(と)ぶや跳(は)ねるや；×飛(と)ぶと跳(は)ねる）、元気(げんき)な子供(こども)だな。
又蹦又跳的，這孩子真精神啊。

⑤ 「か」可以連接名詞以外的詞或句子。但最後一個「か」通常不省略。

- あの人(ひと)の話(はなし)は、たいてい自分(じぶん)の自慢話(じまんばなし)か仕事(しごと)の愚痴(ぐち)かで聞(き)いているとうんざりする。
  他一開口，要嘛是吹噓自己，要嘛就是對工作發牢騷，都聽膩了。
- 二次会(にじかい)は、カラオケに行(い)くかもう少(すこ)し飲(の)むか、どっちがいいでしょうか。
  續攤我們是去唱卡拉OK呢？還是找個地方再喝點酒呢？

精選練習

❶ キャンパスには桜______桃の花______いろいろな花が咲いています。

A か　か　　B や　など　　C と　と　　D に　に

❷ 近くに喫茶店もない______、とにかく不便な所だよ。

A と　　B か　　C し　　D や

❸ 日頃どうも寝付きが悪い______眠りが浅い、寝足りないと悩んでいる方が多いようです。

A たり　　B とか　　C へ　　D の

❹ 公園には桜______松______竹______が植わっている。

A たり　たり　たり　　B や　や　や

C だの　だの　だの　　D か　か　か

❺ 調子は悪か______良か______だ。

A ったり　ったり　　B なり　なり

C だの　だの　　D か　か

答案：B,C,B,C,A

提示

第1題表示例舉，因有形容動詞「いろいろ」，説明説話人只是羅列了應列舉事物的一部分，至少還有其他，所以答案選B。第2題表示例舉「不便的原因」，所以答案選C。第3題「とか」接形容詞「悪い」終止形之後，表示例舉，其餘A、C、D三項不符合句意，所以答案選B。第4題表示列舉。「～たり～たり」需要接用言或助動詞的連用形後，「～や～や～」接在名詞後，暗含其他。「か～か～か」表示選擇性並列。此句列舉了櫻花、松樹、竹子三種植物，所以答案選C。第5題「悪い」與「良い」是一對反義詞，表示兩種情況反覆出現。「～たり～たり」作為一個整體，在該句被當做一個副詞或名詞使用，所以答案選A。

翻譯

❶ 校園裡開著櫻花、桃花等各色各樣的花。

❷ 附近又沒有咖啡店，總之是一個很不方便的地方。

❸ 似乎有許多人為平時入睡不好啦、睡眠很淺或睡眠不足而煩惱。

❹ 公園裡種有櫻花、松樹、竹子。

❺ 狀況時好時壞。

第14章

接續助詞

知識講解

接續助詞的定義 1

連接兩項陳述內容，表示前後兩項內容存在某種句法關係的詞叫做接續助詞。接續助詞在句中主要起承上啟下的作用，同時表示條件、因果、讓步、轉折、並列等各種邏輯關係。

◆ タクシーで行ってもよかったのだが、車で送ってくれるというので、乗せてもらった。
本來坐計程車去也是可以的。因為說是有車可搭，所以我就坐他們的車了。

◆ 手紙でも、電話でもいいから、連絡してみてください。
寫信也行，打電話也好，請你聯繫一下。

◆ 彼と話していると、なんとなく気が休まるんです。
和他談了談，覺得心情輕鬆多了。

◆ 日ごろから復習していれば、試験前に慌てずに済むものだ。
如果平時復習的話，臨考時就不必慌張了。

◆ A：このマンションは買い得じゃないか？駅から近いし、間取り も よく考えられているし…。
這公寓不是很合算嗎？離車站又近，房間佈局又合理……。

B：近くに商店街があるし、学校や病院も遠くないし。でも問題は値段ね。
附近就是商店，學校和醫院也不遠。可問題是價錢啊。

接續助詞的種類 2

按邏輯關係劃分，接續助詞可分為以下5種：

1） 表示條件關係的：と、ば、ては（では）

2） 表示因果關係的：から、ので

3） 表示讓步關係的：ても（でも）、たって（だって）、とも

4） 表示轉折關係的：が、けれども、のに

5） 表示並列、同時或先後關係的：て、し、ながら、つつ

接續助詞的主要特點 3

1） 有固定的接續方法。

2） 部分接續助詞後面可以與某些提示助詞、副助詞甚至格助詞重疊使用。如「からこそ」、「てから」、「てばかり」、「ての」等。

3） 某些接續助詞兼有兩種或兩種以上的接續關係，如：接續助詞「て」既可以表示並列，也可以表示原因等。

接續助詞的主要用法 4

1） 接續助詞「と」

● 接在用言或助動詞的終止形後。

① 表示事物的自然規律以及人們的生活習慣等。

◆ 生活(せいかつ)があまり便利(べんり)だと、人(ひと)は不精(ぶしょう)になる。
生活太方便，人就懶了。

◆ 誰(だれ)でも年(とし)を取(と)ると昔(むかし)が懐(なつ)かしくなるものだ。
誰到老了都會懷念過去的。

◆ 二(に)に三(さん)を加(くわ)えると、五(ご)になる。
二加三等於五。

◆ お酒を飲むと、いつも頭が痛くなる。
一喝酒就會頭痛。

◆ 梅雨時になると、雨が多くなる。
到了梅雨期，雨就多起來了。

◆ 兄は冬になると、毎年スキーに行く。
每年一到冬天，哥哥就去滑雪。

◆ 学生のころは試験が始まると、胃が痛くなったものだ。
學生時，一到考試我就胃痛。

② 表示假定條件。

◆ この小説を読むと、世界観が変わるかもしれません。
如果讀了這部小說，也許世界觀會改變。

◆ 雨天だと明日の試合は中止になります。
如果明天是雨天，就停賽。

◆ 生活がこんなに不安定だと、落ち着いて研究ができない。
生活這麼不安定，不能安下心來研究。

◆ この道をまっすぐ行くと、どこに出ますか。
這條路一直走下去，會到哪裡？

③ 表示緊接著又發生了某一件事。

◆ 駅に着くと、友達が迎えに来ていた。
到了車站，朋友已經在那裡等了。

◆ トンネルを出ると、そこは銀世界だった。
一出隧道，就看到一片銀白色世界。

◆ 母は受話器を置くと、ため息をついた。
媽媽放下話筒後，歎了一口氣。

◆ 彼は家へ帰ると、すぐテレビのスイッチを入れた。
他一回到家立刻打開了電視。

◆ 彼女は大学を卒業するとすぐ結婚した。
她大學一畢業馬上就結婚了。

◆ 彼らは土地の開発許可が降りるとすぐ工事にとりかかった。
土地開發許可證下來後，他們便立即開工了。

◆ スポーツをやめるとすぐ太り出した。
一不運動，馬上就胖了。

④ 接「言う」、「考える」等動詞後，表示發話的態度或條件。

- 今になって考えてみると、彼のいうことももっともだ。
  到現在一想，他所説的也有道理。
- 母に言わせると、最近の若者は行儀が悪くなっているようだ。
  按媽媽的話説，最近的年輕人似乎禮貌很差。
- 正直に言うと、そのことについてはあまりよく分からないのです。
  説實話，那件事我不太清楚。

2） 接續助詞「ば」

● 接在用言或助動詞的假定形後。

① 表示一般事物的條件關係。

- 台風が近づけば気圧が下がる。
  颱風臨近，氣壓就會降低。
- 信じていれば、夢はかなうものだ。
  只要相信，美夢就能成真。
- 終わりよければすべてよし。
  結尾好就一切都好。

② 表示經常或反覆進行的動作、行為。

- 父は私の顔を見れば「勉強しろ」という。
  爸爸一看到我就説「趕緊用功」。
- 愛犬のポチは主人の姿を見れば飛んでくる。
  愛犬小小一看到老公的身影就飛跑過來。
- 彼は暇さえあればいつもテレビを見ている。
  他只要有時間就看電視。
- 学生の頃は暇さえあればお酒を飲んで、友達と語り明かしたものだ。
  學生時代我只要有時間就和朋友喝酒聊天到天亮。

③ 把一般事物的條件關係，作為特定的、個別性的事情進行預測。

- もし私が彼の立場ならば、やっぱり同じように考えるだろう。
  如果我是他的話，也會是一樣的想法吧。
- 手術をすれば助かるでしょう。
  如果進行手術的話，就能得救吧。

◆ 普段物静かな夫が珍しく１時間も説教していた。あれだけ叱られれば、息子も少しは反省するに違いない。

平時很文靜的丈夫，今天居然對著兒子教訓了一個小時，兒子受到這樣的斥責，一定會做些反省的。

◆ 掃除を手伝ってくれれば、お小遣いをあげる。

你要是幫我掃除，就給你零用錢。

◆ お時間があれば、もう少しゆっくりしてくださいよ。

如果您有時間就請再多坐一會吧。

◆ どこに行けばその本を見つけることができるでしょうか。

到哪裡才能找到那本書呢？

◆ 何年勉強すればあんなに上手に英語がしゃべれるようになるのだろう。

要學幾年才能把英語說得那麼好呢？

④ 表示與事實相反。

◆ 宿題がなければ夏休みはもっと楽しいのに。

如果沒有作業，暑假會更快樂。

◆ あの時すぐに手術をしていれば、助かったにちがいない。

如果當時馬上手術的話，肯定會得救的。

◆ もう少し若ければ、私が自分で行くところだ。

要是再年輕一點，我就自己去了。

◆ きちんとした説明があれば、私も反対しなかった。

如果有個像樣的說明，我也就不會反對了。

⑤ 表示瞭解事實後的理解心情。

◆ 彼は変わり者だという評判だったが、会ってみれば、うわさほどのことはなかった。

聽大家說他是個怪人，見面一看，倒不像所說的那樣。

◆ 始める前は心配だったが、すべて終わってみれば、それほどたいしたことではなかったと思う。

之前的擔心，在一切結束以後，覺得也沒什麼大不了。

⑥ 用於勸說聽話人採取某個行動。

◆ そんなに痛いの？会社を休めば？

那麼痛嗎？那就別上班了吧？

◆ 教えてあげれば？

就告訴他吧。

⑦ 接「言う」、「思う」、「比べる」等動詞後，表示說明。

◆ 50年前と比べれば、日本人もずいぶん背が高くなったといえる。
和50年前相比，可以說日本人的個子長高了許多。

◆ 今は円高なので、国内旅行よりも海外旅行のほうが安くつくらしい。考えてみればおかしな話だ。
因為現在日元升值，所以去海外旅行比在國內旅行還便宜。想起來還真是個怪現象啊。

◆ 思えば、事業が成功するまでのこの10年は辛く長い年月だった。
想起來，事業成功前的10年是艱苦漫長的歲月。

⑧ 以「～も～ば～も」的形式，把類似的事情並列起來加以強調。

◆ 人の一生には良いときもあれば、悪いときもある。
人的一生既有好的時候，也有不好的時候。

◆ 彼は心臓が悪いくせに酒も飲めば煙草も吸う。
他的心臟不好，還喝酒、吸煙。

3） 接續助詞「ては（では）」

● 接在名詞或動詞、助動詞連用形之後。

① 表示假定條件，後項多為消極或否定的內容。

◆ この程度の練習にまいってしまうようでは、もうやめたほうがいい。
這種程度的訓練都受不了，那乾脆別練了。

◆ そんなに遠くから通勤していらっしゃるのでは大変ですね。
你從那麼老遠的地方來上班，那可真夠辛苦的啊。

◆ そんなに煙草ばかり吸っていては、体に障りますよ。
你總是這麼抽煙，可對身體有害啊。

◆ そんなに大きな声を出しては魚が逃げてしまう。
你那麼大聲把魚都嚇跑了啦。

② 表示某動作、現象反覆出現。

◆ 降ってはやみ降ってはやみの天気が続いている。
這幾天陰雨綿綿，總是下下停停，停停下下。

◆ 家計が苦しいので、母はお金の計算をしてはため息をついている。
因為家庭經濟狀況不好，母親總是一邊算錢一邊歎氣。

◆ 一行書いては考え込むので、執筆はなかなかはかどらない。
每寫一行就要思考一會，所以稿子寫得特別慢。

◆食べては寝、寝ては食べるという生活をしている。
過著吃了睡，睡了吃的生活。

4） 接續助詞「から」

● 接在用言、助動詞的終止形後。

① 表示基於主觀判斷的原因或理由。

◆危ないから、触ってはいけません。
危險，嚴禁觸摸。

◆よく知らないから聞いてみよう。
因為不太清楚，我們問一問吧。

◆まだ子供なのだから分からなくても仕方がないでしょう。
因為還是個孩子，不明白也就算了。

◆あした出発するのだから、今日中に準備をしておいたほうがいい。
因為明天要出發，所以最好在今天做好準備。

◆それは私が持ちますから、あれを持って行っていただけますか。
這個我來拿，您拿一下那個好嗎？

② 接在接續助詞「て」後面，構成「～てから」的形式，表示動作相繼發生。

◆日本に来てから経済の勉強を始めた。
來日本以後我開始學習經濟。

◆今は昼休みですので、1時になってから来て下さい。
現在正在午休。請你1點鐘以後再來。

◆大学を卒業してから、ずっと銀行に勤めています。
大學畢業後，我一直在銀行工作。

5） 接續助詞「ので」

● 接在用言或助動詞連體形後，強調客觀原因。

◆もう遅いので、これで失礼いたします。
天不早了，我這就告辭了。

◆風邪を引いたので会社を休みました。
因為感冒了，沒有上班。

◆ 入学式は１０時からですので、９時頃家を出れば、間に合うと思います。
因為開學典禮是10點開始，所以我想9點左右出家門就來得及。

> 參考 如果後項是表示說話人的推量、命令、禁止、勸誘、請求等主觀想法時，用「から」而不用「ので」。

◆ 星が出ているから、あしたもきっといい天気だろう。
今晚有星星，所以明天也肯定是個晴天。

◆ A：たまご、買ってくるのを忘れちゃった。
哎呀，忘記買雞蛋了。

B：いいから、いいから。それより早く手を洗いなさい。
沒關係，沒關係。你還是快點洗手吧。

6） 接續助詞「ても（でも）」

● 「ても」接在動詞、動詞型活用助動詞、形容詞、形容詞型活用助動詞的連用形後；「でも」接在名詞、形容動詞詞幹、形容動詞型活用助動詞詞幹後。

① 表示逆接條件。

◆ 国へ帰ってもここの人々の親切は忘れないだろう。
即使回國，也忘不了這裡人們的熱情。

◆ 不便でも、慣れた機械のほうが使いやすい。
即使不方便，也還是用慣了的機器好用。

◆ たとえ両親に反対されても彼との結婚は諦めない。
即使遭到父母反對，我也要和他結婚。

② 同時列舉兩個或兩個以上條件，表示不論在什麼情況下結果都相同。

◆ 一日ぐらいなら食べても食べなくても、体重はたいして変化しない。
一天的話，無論吃不吃飯，體重也沒什麼變化。

◆ スポーツをしても映画を見ても気が晴れない。
不管做運動，還是看電影，都開心不起來。

◆ 2を二乗すると4になりますが、－2を二乗しても4になります。
2乘2等於4，-2乘-2也等於4。

◆ 仕事が多すぎて、やってもやっても終わらない。
工作太多，做也做不完。

③ 以「疑問詞～ても（でも）」的形式，表示不論在什麼條件下，事態不受其影響。

◆ いくら華やかな職業でも、つらいことはたくさんある。
不管多麼體面的職業，也有很多的辛苦。

◆ どんなに大きい地震が来てもこの建物なら大丈夫だ。
不管發生多麼大的地震，這棟建築都不會有事。

◆ どう計算してみても、そこへ着くまで10時間はかかる。
不管怎麼算，到那裡也要10個小時。

◆ あの店の料理は何度食べても飽きない。
那家店的菜可好吃了。去吃多少次都不膩。

7）　接續助詞「たって（だって）」

● 「たって」接在動詞、動詞型活用助動詞、形容詞、形容詞型活用助動詞的連用形後；「だって」則接在名詞、形容動詞詞幹、形容動詞型活用助動詞詞幹後。「たって（だって）」的意義與「ても（でも）」基本上一樣，表示逆態接續關係，一般多用在口語中。

◆ 笑われたって平気だ。たとえ一人になっても最後までがんばるよ。
即使被人看笑話我也不在乎，就算剩下我一個人也要堅持到底。

◆ あの人はいくら食べたって太らないんだそうだ。
聽說他無論怎麼吃都吃不胖。

◆ あの人はどんなにつらくたって、けっして顔に出さない人です。
他這個人，即使多麼痛苦也從不表現在臉上。

8）　接續助詞「とも」

● 接在形容詞或形容詞型活用助動詞的連用形及助動詞「まい」、「よう」、「う」的終止形後，表示逆態接續。「とも」為文語接續助詞，多用於書面語。

◆ どんなに苦しくとも、最後まで諦めないで、がんばるつもりだ。
無論多麼苦，也打算不懈地奮鬥到最後。

◆ たとえ両親に反対されようとも、彼と結婚するつもりだ。
即使父母反對，我也打算跟他結婚。

◆ 無理に彼を引き止めなくともよい。「去る者は追わず、来る者は拒まず」だ。
不要強留他。正所謂「來者不拒，去者不留」。

9） 接續助詞「が」

● 接在用言和助動詞的終止形後。

① 表示逆態接續。

◆ もっとゆっくりお話をしたいのですが、あいにく今日は会議が入っておりますもので、…。
還想和您再多聊聊的，可是不巧，今天有個會議，所以……。

◆ その点は十分承知しておりますが、拙速な判断は禁物かと存じます。
這一點我也十分瞭解，不過求快不求好的判斷是要不得的。

◆ お言葉を返すようですが、どうしても今回の会社の決定には納得がいきません。
恕我冒昧，無論如何我也不能理解公司這次的決定。

◆ そこまでおっしゃっていただけるのなら、難しいとは思いますが、私なりに全力を尽くします。
既然您都這麼説了，那麼儘管我覺得這個工作有難度，我還是會盡全力完成的。

② 用於交代後項所需的前提，做為承上啟下的作用。

◆ つかぬことをお伺いしますが、お宅には息子さんがいらっしゃいますか。
恕我冒昧問您一件事，您府上有個兒子吧？

◆ 先月パソコンを買ったのですが、使い方がよく分からないので、教えてほしいんですが。
上個月我買了一台電腦，可是不知道怎麼用，想請您指教一下。

◆ 今日が商品の納入のお約束の日だったはずですが、いったいどういうことなのでしょうか。
今天應該是既定的到貨日，你們究竟是怎麼回事？

◆ 値段はあまり変わらないようですが、二つはどう違うんですか。
價錢看起來差不多，這兩種之間有什麼區別呢？

◆ 部長、今回の仕事ですが、ぜひ、私に担当させていただけませんか。
部長，這次的工作請務必讓我來負責，好嗎？

③ 用於句末，使語氣顯得委婉。

◆ 王君、実は、君にやってもらいたい仕事があるんだが。
小王，有件工作想請你完成……。

◆ もし、まだ、十分にご理解いただいていない点がございましたら、ご説明いたしますが。

如果還有什麼不理解的地方，我來說明一下……。

◆ あいにく佐藤は席をはずしております。代わりのものでよろしければ、同じ課の者をお呼び致しますが。

恰巧佐藤不在。如果別人也可以的話，我幫您叫一下與他同科室的人。

◆ あのう、勝手なことを言って、誠に申しわけないのですが、先日のお約束、日時を変更していただけるとありがたいんですが。

擅自而為，不好意思。上次訂的時間如果能更改一下我將不勝感激。

10）接續助詞「けれども」

● 接在用言和助動詞的終止形後。口語常用「けれど」、「けど」、「けども」等形式。

① 表示逆態接續。

◆ パーティーではだれも知っている人がいなかったけれども、みんな親切でとても楽しかった。

宴會上一個熟人也沒有。但是所有的人都非常熱情，所以過得非常愉快。

◆ 下手だけれど、ピアノを弾くのは楽しい。

我彈得雖然不好，但彈鋼琴是我最大的樂趣。

◆ このカメラ、貸してもいいけど、ちゃんと扱ってくれよ。

這台相機可以借給你用，可是你得小心點用啊。

◆ 一見なんてことない仕事のようだけれど、やってみると非常に手間がかかる。

乍看好像是很簡單的工作，但是做起來才知道非常費事。

② 用於交代後項所需的前提，起承上啟下的作用。

◆ こんなことを言ったら失礼かもしれないけれど、最近少し仕事の能率が落ちているんじゃないですか。

我這麼說可能有些失禮，最近你的工作效率是不是不太高啊？

◆ お口に合わないかもしれませんけれど、どうか召し上がってください。

也許不大合您的口味，就請您嚐嚐吧。

③ 用於句末，表示委婉的陳述理由。

◆ 書類が一枚足りないんですけれど。
文件還少一張啊……。

◆ 紅茶は切らしています。コーヒーならありますけれど。
紅茶賣完了，不過還有咖啡……。

參考 「が」、「けれども」文法意義基本相同。「が」語氣鄭重一些，多用於書面語；「けれども（けれど、けど、けども）」比較隨便一些，多用於口語。

11） 接續助詞「のに」

● 接在用言及助動詞的連體形或終止形後，表示轉折關係。

① 表示說話人對預想外的結果感到意外或懷疑。

◆ 五月なのに、何でこんなに暑いんだろう。
才5月，怎麼就這麼熱呢？

◆ 今日は日曜日なのに会社に行くんですか。
今天是星期天，還去公司上班啊？

② 表示前後兩項對比。

◆ お兄さんはよく勉強するのに、弟は授業をよくサボる。
哥哥很用功，而弟弟卻經常翹課。

◆ あの日本人は英語はあまり上手でないのに、中国語はうまい。
那個日本人英文不太好，但中文很棒。

③ 表示轉折關係。

◆ 今晩中に電話するつもりだったのに、うっかり忘れてしまった。
原準備今天晚上打電話，可是稀裡糊塗地給忘了。

◆ 知っているのに知らんぷりをして、空とぼけてる。
明明知道卻裝糊塗。

◆ 親しい間柄なのに、他人のように振舞う。
明明是親密的關係，卻像陌生人那樣打交道。

◆ せっかくみんなの写真を撮ってあげようと思ったのに、カメラを忘れてきてしまった。
本來想好要給大家照張相，可是忘記帶照相機了。

④ 用於句尾，表示由於結果與預測的不同而感到遺憾的心情。

- もっと早く出発すればよかったのに。
  要是再早點出發就好了。
- あと5秒早ければ始発電車に間に合ったのに。
  要是再早5秒鐘就趕上頭班車了。
- だから、言わないことはない。あれほどやめろと忠告したのにするからだ。
  所以該說的還得說。叫你別做，但你還要做。

⑤ 以「でも～のに」的形式，表示「…尚且如此，更何況…」的意思。

- 電気屋でも直せないのに、あなたに直せるはずがないじゃないの？
  電器商店都修不了，你不是更修不了嗎？
- こんな簡単な問題は、小学生でも解けるのに、どうして間違えたりしたの？
  這麼簡單的題，連小學生都能解，為什麼你卻錯了呢？

12） 接續助詞「て」

● 接在動詞、形容詞及動詞型活用助動詞、形容詞型活用助動詞連用形後。

① 表示中頓、並列或對比。

- 彼は東大を目指して猛勉強を始めた。
  他以東大為目標拼命地用功了起來。
- イランに向けて、強い態度をとり続けた。
  繼續對伊朗採取強硬態度。
- 社会施設も整っていて、環境もよく、住みよい町ですね。
  社會福利設施齊備，環境良好，是個適合居住的地方。

② 表示原因、理由。

- 珍しい人から手紙をもらって、うれしかった。
  收到了一個很少寫信給我的人來信，我好高興。
- この録音テープは雑音が入っていて、聞き取りにくい。
  這的錄音帶有雜音，聽不太清楚。
- 足にまめができて、歩きづらい。
  腳上起了泡，走路困難。
- あの人は怒りっぽくて困るよ。
  他總愛發脾氣，讓人受不了。

◆ 靴が軽くて歩きやすい。
鞋子很輕，走起來很舒服。

③ 表示動作進行的方式、方法或狀態。

◆ 私はラジオの講座を聞いて日本語を勉強しています。
我在聽廣播講座學習日語。

◆ その犯人は白っぽいセーターを着て、きざっぽい髪型をしていました。
那個犯人穿著白色的毛衣，髮型很刺眼。

◆ 町ぐるみのゴミを少なくする運動が功を奏して、一年でゴミの量が半減した。
全市減少垃圾的運動頗具成效，一年中垃圾量減少了一半。

◆ 事態が悪化していて、もはや平和的解決など望むべくもない。
事態發展到這一步，已經沒有和平解決的希望了。

④ 表示動作、作用的相繼發生，表示進行的先後順序。

◆ しっかり安全を点検して、それからかぎをかけた。
徹底檢查了安全情況以後，我鎖上了鎖。

◆ 着替えして出かけた。
我換了衣服出門了。

⑤ 表示前後兩項是逆接關係。

◆ 体に悪いと知っていて、煙草が止められない。
雖然知道抽煙對身體不好，可還是戒不掉。

◆ 老人であって派手な水着を着ている。
老年人反倒穿著花俏的泳裝。

◆ 知っていて、知らんぷりをしている。
明明認識，卻裝作一副素不相識的樣子。

⑥ 連接補助動詞、補助形容詞。

◆ 大筋は固まったのですが、もう少し細部について検討しなければならないことが残っています。
大體上都定下來了，只剩些細節還需要討論討論。

◆ この展覧会には、たくさんの人に来てほしい。
希望有更多的人來參加這個展覽會。

◆ いつもお世話になっております。
長期以來多蒙您的關照。

◆ 必ず成功してみせる。

一定要成功給你看。

◆ このワインは冷たい方がいいから、飲むときまで冷蔵庫に入れておこう。

這種葡萄酒冰的才好喝，所以喝之前把它存放在冰箱裡吧。

⑦ 反覆使用同一動詞或形容詞，以表示對其程度的強調。

◆ 走って走ってやっと間に合った。

跑呀跑呀，拼命地跑，終於趕上了。

◆ お土産を買いすぎたので、トランクが重くて重くて腕が痺れた。

伴手禮買太多了，箱子沉甸甸的，手臂都發麻了。

13）接續助詞「し」

● 接在用言或助動詞的終止形後。

① 表示兩個事物同時存在，或兩個事物有所關聯。

◆ このアパートは静かだし、日当たりもいい。

這間公寓又安靜，採光又好。

◆ 家の修理にはお金がかかるし、それに時間もない。だから、当分このままで住むつもりだ。

修理房屋需要花錢，而且我也沒有時間，所以我打算暫時就先這麼住著。

◆ 小さな庭ですが、春になると、花も咲きますし、鳥も来ます。

院子雖然不大，但是一到了春天，又開花，又有小鳥飛來。

◆ 瀬戸内地方は気候も温暖だし、魚もうまいし、果物も豊富です。

瀨戶內地區的氣候又溫暖，魚又好吃，水果也很多。

② 舉出一例作為理由，並暗含其他理由。

◆ 暗くなってきたし、そろそろ帰りましょうか。

天快黑了，我們該回去了吧。

◆ まだ若いんだし、諦めずにもう一度挑戦してみてください。

你還年輕，別灰心，再試一次。

◆ そこは電気もないし、ひどく不便なところだった。

那裡沒有電，是一個非常不方便的地方。

14） 接續助詞「ながら」

● 接在動詞的連用形、形容詞終止形式、形容動詞詞幹、某些名詞、副詞後。

① 表示兩個動作同時進行。

◆ 音楽を聞きながら、仕事や勉強をする人のことを「ながら族」という。

把邊聽音樂邊工作、學習的人稱為「一心兩用的人」。

◆ よそ見をしながら運転するのは危険です。

邊東張西望邊開車很危險。

② 表示保持原樣的持續狀態、情況。

◆ この清酒メーカーは、昔ながらの製法で日本酒を造っている。

這家清酒工廠按照傳統的釀造方法釀造日本酒。

◆ 生まれながらの優れた才能に恵まれている。

天生就有卓越的才能。

③ 表示逆接。

◆ このバイクは小型ながら馬力がある。

這輛摩托車雖然是小型的，但是馬力不小。

◆ 子供ながら、なかなかしっかりとした挨拶であった。

雖然是小孩，但是講話很得體。

◆ 狭いながらもようやく自分の家を手に入れることができた。

雖然窄了點，但是終於有了自己的家了。

◆ ゆっくりながらも作業は少しずつ進んでいる。

雖然慢了點，但是工作在一點一點地進行中。

15） 接續助詞「つつ」

● 接在動詞連用形後。

① 表示兩個動作同時進行。

◆ この会議では、個々の問題点を検討しつつ、今後の発展の方向を探っていきたいと思います。

本次會議在研究一個個具體問題的同時，還要探討一下今後的發展方向。

◆ その選手は怪我した足をかばいつつ、最後まで完走した。

那個運動員一邊護著自己受了傷的腿，一邊堅持跑完了全程。

◆ 妻は航海の無事を祈りつつ、夫の船出を見送った。

妻子目送著丈夫出航，心中祈禱著航海能一帆風順。

② 表示逆態接續。

◆ 夏休みの間、勉強しなければいけないと思いつつ、毎日遊んで過ごしてしまった。
雖然想著暑假期間要好好學習，但還是每天貪玩，一下就晃過去了。

◆ 親というものは厳しく子供をしかりつつも、心の中では愛しくてたまらないものなのです。
父母都是這樣，對子女雖然很嚴厲，心中卻愛得要命。

◆ 早く煙草をやめなければいけないと思いつつ、いまだに禁煙に成功していない。
儘管總想著要戒煙，但直到如今還沒有戒掉。

③ 以「～しつつある」的形式，表示動作、行為正逐步進行。

◆ 地球は温暖化しつつある。
地球溫室化現象正在日趨嚴重。

◆ この会社は現在成長しつつある。
這家公司正在持續發展中。

◆ 地球の人口は、年々増えつつある。
地球的人口每年都在增長。

◆ 病状は回復に向かいつつあるので、ご安心ください。
病情正在朝好的方向轉變，請您放心。

參考 「つつ」是文語接續助詞，多用於書面語。

考點講練

1. 危ない＿＿＿＿＿、そっちに行ってはいけない。

A から　　　　B ので

答案：A

譯文 那邊危險，不要到那邊去。

解題技巧 此題考查接續助詞「から」、「ので」。「から」表示從主觀判斷出發，說明後項事實的理由或根據，所以答案選擇A。

深度講解

① 「から」和「ので」的共同點均表示動作、行為發生的原因或理由。「から」接用言的終止形，「ので」接用言的連體形。相當於中文的「因為……所以……」。

◆ 患者(かんじゃ)があまり苦(くる)しいようなので、一本注射(いっぽんちゅうしゃ)をした。
患者好像很痛苦，所以打了一針。

◆ 試験(しけん)が近(ちか)づいたから、遊(あそ)んではいられません。
要考試了，可不能玩耍。

② 「から」是從主觀判斷出發，作為後項某種判斷、主張、命令、希望、疑問等的依據。「ので」通常用於表示某種既定的或恒常的客觀原因，因此著重在客觀描述。而主觀性強的句型，如「～と思う」、「～てはいけない」等句子一般不用「ので」。

◆ 電車(でんしゃ)の事故(じこ)があったので会社(かいしゃ)に遅(おく)れました。
電車發生了事故，所以上班遲到了。

◆ あの人(ひと)は親切(しんせつ)だから皆(みな)に好(す)かれている。
因為他對人熱情，所以受大家喜歡。

◆ あぶらっこいから嫌(きら)いです。
因為太油膩，我不喜歡。

③ 「～からだ」表示比較肯定的判斷。「ので」接在用言連體形後，有「～なので」的形式，而沒有「～のでだ」的形式。

◆ 我慢(がまん)して今日(きょう)の日(ひ)まで待(ま)ったが、うんともすんとも言(い)って来(こ)ない。こういうことなら、いつまで待(ま)っても切(き)りがない。
耐著性子等到今天，卻連一聲回應也沒有。這樣下去，不知道要等到什麼時候。

◆ 思(おも)ったより元気(げんき)なので安心(あんしん)しました。
比想像還要健康，所以放心了。

④ 「から」的倒裝句在口語裡經常出現。

◆ そこで待(ま)ってて、すぐ来(く)るから。
在那裡等一下，我馬上就來。

⑤ 「から」除了「～からだ」的形式之外，還有「～からこそ」、「～からとて」、「～からには」等形式，這些都是「ので」所沒有的用法。

◆ 計算(けいさん)が複雑(ふくざつ)だからこそ、コンピューターを使(つか)うのだ。
因為計算複雜才用電腦的。

◆ 子供(こども)だからとて、見逃(みのが)してよいものだろうか。
難道說是小孩就可以放過嗎？

◆ 学生であるからには、勉強をまず第一に考えなければならない。
既然是學生，首先就得以讀書為優先。

精選練習

❶ 太郎はスポーツ＿＿＿＿＿何でも上手です。
A のに　　B なら　　C たら　　D にも

❷ 100円入れて、このボタンを押す＿＿＿＿＿切符が出ます。
A なら　　B ながら　　C と　　D のに

❸ 住所の漢字が分からないのですが、漢字で＿＿＿＿＿いいですか。
A 書いたら　　B 書かなくても　　C 書いても　　D 書けば

❹ 私は日本語を１年間勉強したので、辞書を＿＿＿、新聞が読めます。
A 使うのに　　B 使えば　　C 使うなら　　D 使っても

❺ 作文が＿＿＿＿＿、見せてください。
A 書けば　　B 書けると　　C 書けたら　　D 書けて

答案：B,C,B,B,C

提示

第1題「なら」表示順接的假定條件。「如果是……話」，所以答案選B。第2題「と」表示「一……就……」，所以答案選C。第3題「～ても」表示逆接的假定條件，「不……也可以」，所以答案選B。第4題「ば」表示順接的假定條件。「如果……就……」，所以答案選B。第5題「～たら」表示順接的假定條件，意為「要是……」，所以答案選C。

翻譯

❶ 要是運動的話，太郎什麼都擅長。
❷ 先投100日元硬幣，再按這個按鈕，票就會自動出來。
❸ 我不會寫住址的漢字，可不可以不用漢字寫呢？
❹ 我學日語1年了，查字典就能看懂報紙。
❺ 作文寫好後，請給我看看。

2. インターネットのおかげで、家にい＿＿＿＿にして買い物ができる。

A まま　　　　B ながら

答案：B

譯文　由於有網際網路，不出門就能購物。

解題技巧　此題考查接續助詞「ながら」表示持續的狀態時與「まま」的區別。「ながら」接名詞、形容詞、形容動詞詞幹、動詞連用形、副詞等後面，表示逆接。而「まま」通常接在「名詞+の」或「動詞連用形+過去助動詞た」之後，所以答案選擇B。

深度講解

① 「ながら」表示同一主體並行兩項動作，句子的重點在後項。

◆ 彼は汗を拭きながら山を登っている。
他邊爬山邊擦汗。

◆ 食事をしながら本を読むのは体によくない。
邊看電視邊吃飯對身體不好。

② 表示原樣不變的持續狀態。

◆ いつもながら、彼は7時ごろ家を出た。
像平常一樣，他7點離開家。

◆ 生まれながらの社交的な才能に恵まれている。
天生就有社交的才能。

③ 表示逆接。

◆ たばこが体によくないと分かっていながら吸う人がたくさんいる。
有很多人雖然知道香煙對身體不好，但還是吸煙。

◆ 悪いと知りながら授業をサボった。
雖然我知道蹺課不好，但還是翹課了。

④ 「まま」接「名詞+の」或「動詞連用形+過去助動詞た」之後，表示狀態一直持續著。

◆ 10年ぶりにふるさとへ帰ったが、町は昔のままだった。
闊別10年回到家鄉，還是老樣子。

◆ バスが込んでいて、家から学校まで立ったままだ。
汽車很擁擠，從家到學校一直是站著。

⑤ 「まま」接指示性連體詞或動詞的連體形後，表示動作、行為在某一狀態下進行，或表示任憑、隨意、擱置不管等。

- 彼はいつも親に言われるままやる。
  他總是按照父母說的去做。
- 道具はそのままにしておいてください。
  工具就這麼放著吧。
- 足の向くまま、散歩している。
  走到哪算到哪，毫無目的地散步。

精選練習

❶ 週末にレポートを二つ＿＿＿＿＿なりません。

A 書くと　B 書けば　C 書かなくても　D 書かなければ

❷ 昨日はとても疲れていた＿＿＿＿＿、仕事を休みました。

A と　B が　C ので　D のに

❸ 漢字が分からない人は辞書を＿＿＿＿＿いいです。

A 見ては　B 見ないと　C 見なければ　D 見ても

❹ 窓を＿＿＿＿＿、富士山が目の前に見えました。

A 開けるし　B 開けるなら　C 開けて　D 開けると

❺ カメラを＿＿＿＿＿、あの店がいいでしょう。

A 買ったら　B 買うなら　C 買うと　D 買ったと

答案：D;C;D;D;B

提示

第1題「～なければなりません」是慣用型，表示「必須得……」，所以答案選D。第2題前後項是一種因果關係，所以答案選C。第3題「～てもいいです」是慣用句型，表示「可以……」，所以答案選D。第4題表示順接的條件，「一……就……」，所以答案選D。第5題表示順接假定條件，「如果……就……」，所以答案選B。

翻譯

❶ 週末得寫兩篇小報告。
❷ 昨天太累了，所以沒上班。
❸ 不會漢字的人可以看字典。
❹ 一開窗戶，富士山就展現在眼前。
❺ 買照相機的話，推薦你到那家店。

3. ＿＿＿なんでもお客を長く待たせるのは失礼だぞ。

A いくら　　　　　B どんなに

答案：A

譯文　無論如何，讓客人久等都是很失禮的。

解題技巧　此題考查接續助詞「ても」在表示假定或讓步條件時的用法。「いくら」或「どんなに」和接續助詞「ても（でも）」相呼應，構成表示假定或既定的讓步條件子句。但各自都有慣用的搭配，上例的「いくらなんでも～」是慣用搭配，不能換用「どんなに」，所以答案選擇A。

深度講解

① 「いくら～ても」強調無論前項數量有多少，後項都不受影響。

◆ この本はいくら読んでも分からない。
這本書不管看多少遍，都懂不了。

◆ いくら電話をかけても、話中です。
不管打多少次電話，都還是占線。

◆ 子供たちはテレビに夢中で、いくら呼んでも返事もしない。
孩子們沉浸在電視情節中，無論我怎麼叫他們都沒有反應。

② 「どんなに～ても」強調無論前項的方法和手段如何，後項都不受其影響。

◆ どんなに謝っても、やっぱり許してはもらえなかった。
不管怎麼道歉都始終沒能得到對方的諒解。

◆ どんなに探しても、なくした鍵は出てこなかった。
不管怎麼找都沒有找到丟失的鑰匙。

③ 「いくら～ても」與「どんなに～ても」和名詞、形容詞、形容動詞以及表示狀態的動詞述語呼應使用，均強調其程度之甚，可以互換。

◆ いくら若くても、3日も続けて徹夜したら体に悪いぞ。
無論怎樣年輕，連續3天熬夜對身體總是不好的！

◆ 仕事だから、いくら嫌いでもやらなければならない。
因為是工作，就算討厭也都必須要做。

◆ どんなにいやでも、引き受けた以上最後までやりなさい。
不管怎麼不願意，既然接受了，就必須做到最後。

◆ どんなに忙しくても、新聞の見出しには目を通す時間があるだろう。
無論怎麼忙，看看報紙標題的時間總該有吧？

精選練習

❶ おじは若いころ仕事をし＿＿＿＿＿＿＿、夜学校へ通っていました。

A ながら　B たので　C ても　D たのに

❷ 親友が遠くの町へ転校することになり、＿＿＿＿＿＿＿たまらない。

A 悲しい　B 悲しいので　C 悲しいから　D 悲しくて

❸ 隣の部屋はだれもいない＿＿＿＿＿＿＿、電気がついています。

A ので　B から　C のに　D なら

❹ この傘をつかってください。＿＿＿＿＿＿＿いいですよ。

A 返しては　B 返さなくては　C 返さないと　D 返さなくても

❺ 子供はお酒を＿＿＿＿＿＿＿いけません。

A 飲んでは　B 飲んで　C 飲めば　D 飲むなら

答案：A;D;C;D;A

提示

第1題「ながら」接サ變動詞的連用形「し」之後，表示同時進行。「一邊工作，一邊……」，所以答案選A。第2題根據慣用句型「～てたまらない」，表示「……得受不了」、「……不得了」，所以答案選D。第3題前後兩項表示逆接關係「可是……」，所以答案選C。第4題根據慣用句型「～てもいいです」，所以答案選D。第5題「～てはいけません」表示禁止，所以答案選A。

翻譯

❶ 叔叔年輕的時候，一邊工作一邊上夜校。

❷ 好朋友轉校到很遠的城市，我難過極了。

❸ 隔壁的房間一個人都沒有，卻亮著燈。

❹ 請用這把雨傘吧，不用還了。

❺ 小孩不能喝酒。

第15章

副助詞

知識講解

副助詞的定義 1

接在體言、體言性詞語以及部分副詞、用言、助動詞後，增添某種意義的助詞叫做副助詞。主要有「ほど」、「だけ」、「ばかり」、「ぐらい」、「きり」、「か」、「なんて」、「など」、「ずつ」、「まで」等。

◆ 苦(くる)しみが多(おお)ければ多(おお)いだけ、成就(じょうじゅ)したときの喜(よろこ)びも大(おお)きい。
吃的苦越多，獲得成功時的喜悅就越大。

◆ 君(きみ)までこの僕(ぼく)を裏切(うらぎ)る気(き)か！
連你也要背叛我嗎！？

◆ 弱(よわ)いものいじめぐらい、卑劣(ひれつ)な行為(こうい)はない。
沒有比欺負弱者更卑鄙的行為了。

◆ 忙(いそが)しくて目(め)が回(まわ)るほどだった。
忙得團團轉。

◆ あいつは人(ひと)のあら探(さが)しばかりする嫌(いや)な奴(やつ)だ。
他是一個專挑別人毛病的討厭的傢伙。

◆ 約束(やくそく)したのに、今更(いまさら)行(い)けないなんて言(い)えないよ。
都已經約好了，現在怎麼能開口說不去。

副助詞的種類 2

根據其意義以及在句中所起的文法作用，副助詞可以分為以下3種：

1） 表示程度、限定的：ばかり、ほど、だけ、ぐらい（くらい）、きり、まで、ずつ

2） 表示例舉的：など、なんて

3） 表示不定的：か、やら

副助詞的主要特點 3

1） 可以與提示助詞重疊使用。如：「だけしか」、「などは」等；

2） 可以取代主格助詞「が」、受格助詞「を」，做主語、受詞，也可以與「が」、「を」及其他格助詞重疊使用；

3） 副助詞通常在格助詞之前，但在強調副助詞作用時，副助詞也可以在格助詞之後；

4） 副助詞也可以接斷定助動詞「だ」、「です」做述語。

副助詞的主要用法

1） 副助詞「ばかり」

● 接在體言、體言性詞語、用言及助動詞的連體形或某些助詞、副詞後。

① 表示大致的數量。

◆ りんごを三つばかりください。
請給我三個蘋果。

◆ ちょっとばかり頭がいいからといって、あんなに威張ることはないじゃないか。
雖說有點小聰明，也用不著那麼囂張啊。

◆ この道を100メートルばかり行くと、大きな道路に出ます。
沿著這條路走100公尺左右就會看到一條大路。

② 表示限定的範圍。

◆ 母は末っ子にばかり甘い。
母親總是嬌慣最小的孩子。

◆ うちの子は漫画ばかり読んでいる。
我家孩子光看漫畫書。

◆ 4月に入ってから、毎日雨ばかりだ。
進入4月以後，每天總是下雨。

◆ 食べてばかりいると、太りますよ。
老是吃的話，會發胖的喔。

◆ 遊んでばかりいないで、勉強しなさい。
不要總是玩，用功點吧。

◆ このごろの野菜はきれいなばかりで、味はもうひとつだ。
現在的蔬菜光只是新鮮好看，味道則就另當別論了。

③ 表示一個動作完成後還沒有過多長時間。

◆ 日本に来たばかりのころは、日本語もよく分からなくて本当に困った。
剛到日本的時候，也不太懂日語，當時真的很辛苦。

◆ 山田さんは一昨年結婚したばかりなのに、もう離婚を考えているらしい。
山田先生前年剛結婚，好像就已經在考慮離婚了。

◆ この間買ったばかりなのに、テレビが壊れてしまった。
前幾天剛買的電視就壞了。

④ 表示一直朝著壞的方向發展。

◆ パソコンが導入されてからも、仕事は増えるばかりで、ちっとも楽にならない。
即使購進電腦後，工作也越增越多，一點也沒變輕鬆。

◆ 手術が終わってからは、母の病気は悪くなるばかりでした。
動了手術後，母親的病情反而越來越糟了。

◆ 英語も数学も学校を出てからは、忘れていくばかりだ。
從學校畢業後，英語和數學都快忘光了。

⑤ 表示一切準備就緒。

◆ 果樹園のりんごは赤く実り、収穫を待つばかりだ。
果園的蘋果已經紅了，隨時可以摘下來了。

◆ 夕食の支度も終わり、もう食べるばかりになっているのに、子供たちはまだ帰ってこない。
晚飯也準備好了，只等著吃了，可孩子們卻還不回來。

◆ みんなが出発するばかりのときになって、突然、一人がお腹が痛いと言い出した。
已經到了我們要出發的時候，突然有個人説肚子痛。

⑥ 表示由於某種原因導致某種不利的結果。

◆ 英語ができるといったばかりに、通訳をさせられ、赤恥をかく羽目に陥った。
就因為曾學過英語，就被推舉去做翻譯，結果當眾丟了醜。

◆ 学歴がないばかりに、能力があっても認めてもらえないという不合理が、まだ残っている。
現在仍存在著只因為沒學歷，就算有能力也不被認同的不合理現象。

◆ コンピューターを持っているといったばかりに、余計な仕事まで押し付けられる羽目になってしまった。
只因為說了有電腦，結果就連份外的工作也都推到我這兒來了。

⑦ 以「～ばかりでなく～も」的形式，表示更進一步地遞進關係。

◆ 田中さんは英語ばかりでなく、中国語も話せる。
田中不僅會講英語，還會講中文。

◆ その方法は非効率なばかりでなく、費用もかさむ。
那方法不但沒有效率，而且又費錢。

2） 副助詞「ほど」

● 接在體言、體言性詞語、用言及部分助動詞連體形後。

① 表示大致的數量。

◆ 仕事はまだ半分ほど残っている。
工作還有一半沒有完成。

◆ 完成するまでに1ヶ月ほどかかります。
到完成為止，需要1個月左右。

② 表示比較的基準。

◆ この地域は大都市近郊ほどは宅地開発が進んでいない。
這一地區的住宅開發沒有大城市近郊進展那麼快。

◆ 今年の夏は去年ほど暑くない。
今年的夏天沒有去年那麼熱。

◆ これほど素晴らしい作品はほかにありません。
沒有比這更好的作品了。

③ 表示程度。

◆ 今日は死ぬほど疲れた。
今天累得要死。

◆ 恋は盲目とは言うものの、彼ときたら、あばたもえくぼといっていいほどだよ。
雖說愛情是盲目的，但說到他，可真是情人眼裡出西施了。

◆ ずいぶん元気になって、昨日なんか外に散歩に出かけたほどです。
完全恢復了健康，像昨天甚至能出去散步了。

◆ このシャツは着易いし、値段も安いので、とても気に入っている。色違いで3枚も持っているほどだ。
這種襯衫穿著舒服價錢也便宜，我非常中意，甚至買了3件不同顏色的。

◆ 医者に行くほどの怪我ではない。
這傷很輕，還用不著看醫生。

◆ 酒は好きだが、毎日飲まないではいられないというほどじゃない。
雖然喜歡酒，但並非每天不喝不行。

④ 以「～ば～ほど」的形式，表示按比例隨之變化。

◆ 誤りを正すのは、早ければ早いほどいい。
改正錯誤，越快越好。

◆ 読めば読むほどこの随筆は面白い。この著者の考え方は知れば知るほど、たいしたものだと思う。
越讀越覺得這篇隨筆有趣，越瞭解作者的想法越覺得他了不起。

◆ 眠ろうとすればするほど目が冴えてくる。
越想睡越睡不著。

3） 副助詞「だけ」

● 接在體言、體言性詞語、用言及助動詞連體形、某些副詞後。

① 表示限定，除此之外別無其他。

◆ ここは便利なだけで、環境はあまりよくない。
這裡就只是方便，環境並不太好。

◆ あの人にだけは負けたくない。
我就是不想輸給他。

◆ 旅行といってもせいぜい2泊するだけです。
說是旅行，頂多也就住兩個晚上。

◆ 早く帰ったところで犬が待っているだけだ。
即使早回去了也只有狗在等著我。

◆ ただ話しただけではあの人の本当の良さは分からない。
光和他說話你是不能瞭解他的優點的。

◆ イルカのダンスなんて考えただけで楽しくなる。
海豚的舞蹈，你光憑想像就會覺得非常愉快。

② 以「～れるだけ（盡可能）」、「～たいだけ（想……就……）」、「～るだけは（起碼得……）」、「～だけのことはする（盡其所能）」、「～るだけの～（能夠……的……）」、「～ば～るだけ（越……越……）」、「これだけ～のだから（如此程度）」等形式，表示程度。

◆ 頑張れるだけ頑張ってみます。
我能堅持多久就堅持多久。

◆ ここが気に入ったのなら、いたいだけいていいですよ。
你要是喜歡這個地方，你想呆多久就呆多久吧。

◆ やるだけはやったのだから、静かに結果を待とう。
能做的都做了，接下來就聽天由命了。

◆ お金をいただいただけのことはしますが、それ以上のことはできかねます。
您付多少錢我們做多少事，除此之外的事情恕我們無法做到。

◆ どんなところでも生きていけるだけの生活力が彼にはある。
他具備無論在哪裡都能生存下去的能力。

◆ 交渉は時間をかければかけるだけ余計にもつれていった。
這次談判，花得時間越長，糾紛卻顯得越大了。

◆ これだけ努力したんだからいつかは報われるだろう。
你都這麼努力了，我想總有一天會有回報的。

③ 以「～だけに」（正因為是……）、「～だけになおさら」（正是因為……）等形式，提示某事物的一般性質，並敘述由此而必然產生的推論。

◆ かれらは若いだけに徹夜をしても平気なようだ。
他們到底年輕，即使熬個通宵也不在乎。

◆ 苦労しただけになおさら今回の優勝は嬉しいでしょうね。
正是因為付出了很多，所以對這次的取勝才感到格外高興。

◆ 若くて体力があるだけにかえって無理をして体を壊してしまった。
正因為他年輕、有體力，反而逞強，結果把身體搞壞了。

◆ この商品は今までの物よりもずっと性能がいいのですが、値段が値段だけにそうたくさんは売れないでしょう。
這種商品比起以往，性能要好多了。但價錢也很可觀，估計不會賣出很多吧。

4） 副助詞「ぐらい（くらい）」

● 接在體言、體言性詞語、用言及助動詞的連體形、指示連體形後。

① 表示大概的數量、時間。

◆ この道を5分ぐらい行くと、大きな湖があります。

從這條路往前走5分鐘左右，有一個湖。

◆ 燃料が少なくなっているので、あと10キロぐらいしか走れない。

燃料不多了，最多還能跑10公里左右。

◆ 今忙しいので、ちょっとお茶を飲むぐらいの時間しかありませんが、いいですか。

現在比較忙，只有喝杯茶的時間，行嗎？

◆ 1ヶ月ぐらい帰国しますが、留守中よろしくお願いします。

我要回國待一個月左右，不在家的這段時間請多關照。

② 表示狀態、程度。

◆ あの人は会社を三つ持っているぐらいだから、金持ちなんだろう。

他開著三家公司呢，肯定很有錢吧。

◆ 一歩も歩けないぐらい疲れていた。

累得連一步都走不動了。

◆ 素人の作品でも、こんなに面白いくらいだから、プロが作ればもっと面白いものができるだろう。

連業餘愛好者的作品都那麼有意思，要是行家來做，一定會更有意思。

◆ 忙しくて新聞を読む暇もないぐらいだ。

忙得幾乎連看報紙的時間都沒有。

③ 表示微不足道。

◆ ビールぐらいしか用意できませんが、会議の後で一杯やりましょう。

我們只準備了點啤酒，開完會我們喝一杯吧。

◆ 田中さんは1キロメートルぐらいなら、片手でも泳げるそうです。

要是1公里距離，據説田中先生一隻手就能遊到。

◆ 少し歩いたぐらいで疲れた疲れたって言うなよ。

就走這麼點路，別老喊累了累了的。

④ 以「～くらい～はない」的形式，表示「沒有比……的了」。

◆ 言葉も分からない外国で、病気になるぐらい不安なことはありません。

在語言不通的外國，沒有比生病更讓人感到不安的事了。

◆ お前ぐらい馬鹿な奴は見たことがない。
像你這麼笨的人，真沒見過。

◆ 煙草ぐらい体に悪いものはない。
沒有比香煙對身體更有害的了。

⑤ 以「～くらいなら」的形式，表示「與其……不如……」。

◆ あんな大学に行くくらいなら、就職するほうがよほどいい。
與其上那種大學，還不如工作呢。

◆ 途中で投げ出すぐらいなら、むしろ初めからやらないほうがいい。
與其要半途而廢，還不如一開始就不做的好。

◆ そんな思いをするぐらいなら、いっそ結婚しなければよかったのに。
你要是這麼想，還不如當初不要結婚呢。

5） 副助詞「きり」

● 接在體言、體言性詞語、用言及助動詞的連體形後。

① 表示限度、限定。

◆ 年をとって、一人っきりで暮らすのは心細いものです。自分しか頼れる者がいませんからねえ。
上了年紀，一個人生活就會感到心中不安。因為可以依靠的人只有自己了。

◆ 今日は特別に許しますが、これっきりですよ。
今天是特別許可，僅此一次啊。

② 以「～たきり」的形式，表示以此為最後機會，再也沒有發生預想的事態。

◆ 彼は卒業して日本を出ていったきり、もう5年も帰ってこない。
他一畢業就離開了日本，已經有5年多沒回來了。

◆ あの方とは一度お会いしたきりで、その後、会っていません。
我和那位先生只見過一面，後來就再也沒見過。

◆ 東京で仕事を探すなどと言って、家を出たきり帰ってこない。
說是去東京找工作，離家之後就再沒回來。

參考 在口語對話中，「きり」一般說成「っきり」。

6） 副助詞「まで」

● 接在體言、體言性詞語、用言及部分助動詞的連體形或連用形、某些副詞後。

① 表示程度、限度。

◆ 落ちぶれた身には、風までが冷たい。
對於窮困潦倒的人來說，連風都是冷酷無情的。

◆ 私にも悪い点はあるが、そこまで言われたら、黙ってはいられない。
我雖然也有不好的地方，不過被說到那種地步的話，就不能保持沈默了。

◆ 苦労の甲斐あって、やっと日本語で論文が書けるまでになった。
辛勤努力有了結果，終於達到能用日語寫論文的程度了。

② 提出一個極端的事例暗示其他。

◆ 彼は友達を騙してまで、出世したいのだろうか。
他就那麼想出人頭地嗎？甚至不惜欺騙朋友。

◆ 夢にまで見るほど彼女のことが脳裏に焼きついて離れない。
她在我的腦海裡留下了深刻的印象，我連做夢都夢到她。

◆ いくら生活に困ったとはいえ、盗みまでしでかすとは、あきれ果ててものも言えない。
雖說生活非常艱難，可是連偷竊這種勾當都做的出來的話，那真是無可救藥了。

③ 以「～るまで（のこと）もない」的形式，表示「無需、沒必要」。

◆ みなさんよくご存知のことですから、わざわざ説明するまでもないでしょう。
都是大家知道的事，用不著特意說明吧。

◆ その程度の用事ならわざわざ出向くまでもない。電話で十分だ。
為那點事，沒必要親自前去，打個電話就行了。

7） 副助詞「ずつ」

● 接在表示數量、程度的體言和部分副詞、助詞後。

① 表示按同樣數量分配。

◆ 5人ずつでグループを作った。
每5個人組成了一個小組。

◆ 一人に1つずつキャンディーをあげましょう。
給你們每人1顆糖。

◆ ちょっと窓口の数も足りないね。一人に3分ずつかかっても、1時間で20人の勘定だよ。
窗口也太少了些。一個人排上3分鐘的話，一個小時也只能處理20個人的結賬。

② 表示按同等程度反覆進行。

◆ 毎朝、この錠剤を三錠ずつ服用してください。
每天早上服用3粒這種藥片。

◆ 毎日1ページずつ訳していくつもりです。
打算每天翻譯一頁。

◆ いくらかずつでもお金を出し合って、焼けた寺の再建に協力しよう。
我們每人都各出一點點錢，幫助把燒毀的寺廟重新蓋起來吧。

③ 表示均勻變化。

◆ 雪が溶けて、少しずつ春が近づいてくる。
積雪融化了，春天一步一步向我們走來。

◆ 病状は少しずつ回復に向かっている。
病在一點一點地好轉。

◆「ちりも積もれば山となる」だね。わずかずつでも積み立てた貯金が三十万になったよ。
積少成多，一點一點存起來的錢已經有30萬日元了。

8） 副助詞「など」

● 接在體言、體言性詞語、用言及部分助動詞終止形或部分助詞後。「など」在口語中通常説成「なんか」、「なんぞ」、「なぞ」、「なんて」等。

① 表示例舉，包含其他。

◆ デパートやスーパーなどの大きな店ができたために、小さな店は経営が苦しくなった。
因為開了大的商店和超市等，小店經營變得困苦。

◆ ウェートレスや皿洗いなどのアルバイトをして学費を貯めた。
當女服務員或者刷盤子什麼的，打工賺些學費。

◆ 休みの日は本を読んだりなんかして過ごします。
假日就看看書什麼的打發過去。

② 舉出一例，概括其他。

- ひげをそるなどして、もう少し身だしなみに気を付けてほしい。
  還是希望你刮了鬍子，稍微注意一下穿著打扮。
- 時には呼びつけて注意するなどしたのですが、あまり効き目はなかったようです。
  有時也叫來提醒提醒，可是沒有什麼效果。
- お酒はワインなんかが好きで、よく飲みます。
  酒類我喜歡葡萄酒之類的，而且經常喝。
- 食料品なんかは近くの店で買うことができます。
  食品之類的可以在附近的商店購買。

③ 通過「など（なんて）」，對例示的東西表示輕蔑、謙遜或意外的心情。

- あんな人となどいっしょに働きたくない。
  我不想和那種人一起工作。
- そんな馬鹿げた話など、だれが信じるものか。
  那麼蠢的事，誰信啊？
- 学生が教師に対して暴力を振るうなんて、もってのほかだ。
  學生竟然打老師，真是豈有此理。
- こんな難しい問題が私のようなものになど解けるはずがありません。
  這麼難的問題，像我這樣的人根本解不開。

9） 副助詞「なんて」

● 接在體言、體言性詞語、用言及部分助動詞終止形後。表示例示，常伴有疑問、輕視、驚訝、感歎、意外等語氣。

- このことを知ったら、お母さんなんてどう思うのかしら？
  媽媽知道了這件事會怎麼想？
- さっき来た人はなんていう人ですか。
  剛才來的那個人叫什麼來著？
- あなたなんて大嫌い。
  我討厭透你了。
- みんなには時間を守れなんていったけど、そういった本人が遅刻してしまった。
  對大家說什麼要遵守時間，可是說這種話的人卻遲到了。
- こんなところであなたに会うなんて、びっくりしましたよ。
  在這種地方碰到你，太讓我吃驚了。

◆ 一家そろって海外旅行だなんて、羨ましいですね。
全家一起出國旅遊，真令人羨慕啊。

◆ あの人なんてどうでもよい。
他那種人，就不用理會了。

10 ）副助詞「か」

● 接在體言、體言性詞語、動詞及形容動詞終止形、形容動詞詞幹、部分助動詞、助詞後。

①「疑問詞+か」表示不確定。

◆ 彼はどうも何かを隠しているらしい。
他好像隱瞞了什麼。

◆ あの人にはいつか会ったことがある。
我曾經見過他。

◆ 郊外のどこかに安くて広い土地はないだろうか。
郊區或其他什麼地方就沒有又便宜又寬敞的地方嗎？

◆ 鉢植えをいくつか買ってきて、ベランダに置こう。
買幾個盆栽放在陽臺吧。

◆ ビールなら冷蔵庫に何本かある。
要啤酒，冰箱裡還有幾瓶。

②「句子+か」表示不明確。

◆ パーティーに誰を招待したか忘れてしまった。
派對上邀請了誰，我都忘了。

◆ 人生において重要なのは、何をやったかではなく、いかに生きたかということであろう。
人的一生，重要的不是做了什麼，而是怎樣走過的。

◆ 去年彼女に会ったのは、確かゴールデンウィークに入るか入らないかの頃だったと思います。
我記得去年見到她，好像是剛要進入黃金周的時候。

③ 以「～か～か」、「か＋疑問詞＋か」、「～かどうか」、「～か～ないか」、「～かのように」、「疑問詞+だか」等的句型表示疑問、不確切。

◆ 進学か就職かで悩んでいる。
正在為是升學還是找工作而煩惱。

◆ プレゼントはコーヒーカップか何かにしよう。
禮物準備送咖啡或別的什麼東西。

- それが本物のパスポートかどうかはあやしい。
  這本護照是真是假，非常可疑。
- 面白いか面白くないか分からない。
  我也分不清楚是有意思還是沒意思。
- 彼は毎日エネルギッシュで、疲れを知らないかのようだ。
  他每天都精神飽滿，就好像不知道疲勞似的。
- なんだか寒気がします。
  不知為什麼有點發冷。

11）副助詞「やら」

● 接在含有疑問詞的詞語後。

① 表示不確定。

- お祝いに何をあげていいのやら分からない。
  真不知道祝賀時送些什麼好。
- 妻の誕生日がいつやらはっきり覚えていない。
  記不清妻子的生日是哪一天了。
- ４０年も会っていないので、はじめは誰が誰やらさっぱり分からなかった。
  因為40年沒有見面了，剛開始都分不清誰是誰了。
- 毎日カバンを持って家を出るけど、どこで何をしているのやら。
  每天都拿著皮包出家門，可有誰知道他在哪裡做什麼呢？

② 以「～のやら～のやら」的形式，表示「不知道二者當中是哪一個」。

- 行きたいのやら、行きたくないのやら、あの人の気持ちはどうもよく分からない。
  一會想去，一會又不想去，實在不明白他的心思。
- 息子に結婚する気があるのやらないのやら、わたしには分かりません。
  兒子有沒有結婚的意思，我不清楚。

考點講練

1. 私たちは日の出を見たい＿＿＿、朝早く山へ登った。

 Aばかりに　　　　Bやら

答案：A

譯文　我們一心想看日出，所以一大早就上山了。

解題技巧　此題考查副助詞「ばかり」及其相關的用法。副助詞「ばかり」以「～たいばかりに」的形式，表示動作主體的強烈願望，相當於中文的「一心想……」，所以答案選擇A。

深度講解

① 在表示數量和程度方面，「ばかり」與「ほど」、「ぐらい」的意思基本相同。但「ほど」比「ばかり」要鄭重，多用於正式、鄭重的場合。「ぐらい」較為隨便，多用於口語，並帶有輕視的語氣。

◆ 一年ばかりしたら帰ってくると約束していたのに、出かけたきり、帰ってこなかった。
說好一年左右就回來。可是，出去就再也沒有回來。

◆ そればかりのことで泣くな。
不要為那麼一點小事哭啦。

◆ これぐらいのお金では何にもならない。
這一點點錢什麼也辦不了。

② 「ばかり」和「だけ」表示限定時，語感上有一定的差異。「ばかり」不可以完全排除其他事物的存在，而「だけ」卻完全排除其他事物的存在。

◆ 暇になると、買い物にばかり行っている。
一有空總去購物。

◆ いただくばかりで、恐縮です。
總是拿您的東西，真不好意思。

◆ 本棚にある本は日本語の本だけだ。
書架上的都是日文書。

◆ いいところだが、交通だけが不便だ。
地方好，只是交通不方便。

③ 「ばかり」接在接續助詞「～て」的後面，以「～てばかりいる」的形式限定動詞，相當於中文的「淨」、「光」、「只」。這種形式不可以和「だけ」互換使用。

◆ 学生時代は毎日遊んでばかりいて、全然勉強しなかった。
學生時代光顧著玩，一點都不用功。

④ 接在動詞的終止形後，以「～ばかりに」的形式，表示狀態、程度，可以和「ほど」互換使用，相當於中文的「幾乎……」。

◆ 目を奪われるばかりに、町が大きく変わっている。
城市變化之大，令人刮目相看。

⑤ 「ばかり」接在格助詞「と」之後，以「～とばかりに」的形式，表示動作幾乎要發生。

◆ 私が話しかけたら、あの人はいやとばかりに、横を向いてしまった。
我跟他說話，他幾乎要說出「討厭」似地，就把頭別了過去。

⑥ 接在文言推量助動詞「ん」的後面，表示樣態，相當於中文的「就要……」、「幾乎要……」。「～んばかりに」的形式可以與樣態助動詞互換使用。

◆ 今にも泣き出さんばかりに興奮している。
興奮得幾乎要哭出來。

◆ 子供は倒れんばかりにふらふら走っている。
孩子蹣跚地跑著，一副要摔倒的樣子。

精選練習

❶ 新入社員のころは会社をやめたくなる＿＿＿仕事がきつかった。

A ばかり　　B だけに　　C あまり　　D ほど

❷ あの人は今回の地震で、家＿＿＿か家族も失ったということだ。

A ばかり　　B だけ　　C のみ　　D まで

❸ 銀行勤めの友人は、毎年連休には海外へ行っている＿＿＿。うらやましいかぎりだ。

A など　　B ほど　　C やら　　D とか

❹ 花子：「京子さんはピアノが上手ですね。あなたもピアノを弾きますか。」
幸子：「ええ、でも、京子さん＿＿＿上手ではありません。」

A ほど　　B ぐらい　　C より　　D まで

❺ 台風で、まっすぐ歩くこともできない______強い風が吹いている。

A こそ　　B ぐらい　　C まで　　D ばかり

答案：D,A,D,A,B

提示

第1題「ほど」接用言連體形之後，表示程度，所以答案選D。第2題根據慣用型「～ばかりか（不僅……而且……）」，表示遞進關係，所以答案選A。第3題「とか」接在活用詞的終止形後面，表示不確定，所以答案選D。第4題「ほど」表示比較的基準，意為「不如……」，所以答案選A。第5題「ぐらい」接否定助動詞「ない」的連體形後，表示程度「幾乎……」，所以答案選B。

翻譯

❶ 剛進公司的那時期，辛苦得真想不做了。

❷ 這次地震，他不僅房子沒了，連家人也失去了。

❸ 在銀行工作的朋友每年都會去國外旅行什麼的，真令人羨慕。

❹ 花子：「京子小姐鋼琴彈得很好啊。你也在學鋼琴嗎？」
幸子：「是啊。不過，我彈得沒京子小姐好。」

❺ 颱風非常強烈，幾乎不能挺直身走。

2. まだ日本に来た______なので、一人で買い物をすることもできません。

A ところ　　B ばかり

答案：B

譯文

剛來日本，所以還不能一個人去購物。

解題技巧

此題考查「たばかり」和「たところ」的用法。「日本に来たばかりなので」與後面的「一人で買い物もできない」是因果關係，言外之意是「目前還沒有完全適應這裡的生活」，所以答案選擇B。

深度講解

① 表示動作（狀態）剛剛完了或結束時，均可使用「～たばかり」、「～たところ」。

◆ 私(わたし)も今(いま)来(き)たばかり（○ところ）です。

我也剛來。

◆ 日本語を習い始めたばかり（○ところ）で、挨拶ぐらいしかできません。
剛開始學日語，只會些簡單的寒暄語。

＊ 例2中的「で」既可以做中頓，又可以做原因來理解，做中頓時表示純粹的時間概念，做原因時則表示談話者的主觀意識。

② 「～たところ」所表示的時間概念具有單純性和客觀性等特點，並且與後面句子所表示的動作、狀態不發生任何關聯；「～たばかり」所表示的時間概念往往包涵著談話人的某種主觀意識，給人一種「言外之意」之感，與後面句子所表示的動作、狀態有關聯。

◆ 聞いた（×ところ/○ばかり）なのに、もう忘れた。
剛聽完就忘了。

◆ 今大阪に着いた（○ところ/△ばかり）です。今からそちらに向かいます。
我剛到大阪，現在就去你那裡。

＊ 例1「聞いたばかり」與「忘れた」構成一個逆接條件句，表示談話者對「忘れた」狀態的一種無奈，言外之意是在抱怨「自己的記憶出現了問題」；例2應該是從外地來到大阪的人正在打電話給自己的一個熟人，而打電話的當時,他正處於「大阪に着いたところです」的狀態之中。

③ 「～たばかり」可以以「～たばかりの＋名詞」、「～たばかりな＋ので」、「～たばかりな＋のに」等形式使用，而「～たところ」則不行。相對來說，在句中起連接作用的「～たところ」也不可以用「～たばかり」替換。

◆ これは昨日買った（×ところ/○ばかり）の靴です。
這是昨天剛買的鞋子。

◆ 門を出た（○ところ/×ばかり）で、王さんに出会って帰ってきた。
剛剛走出大門就遇見了王先生，所以就回來了。

精選練習

❶ 昨日の九時＿＿＿＿＿大きな地震がありました。

A ほど　　B ばかり　　C ぐらい　　D ごろ

❷ 新しいワープロは使いやすい＿＿＿＿＿持ち運びにも便利なので、とてもいい。

A ながら　　B どころか　　C とは言え　　D ばかりでなく

❸ お前＿＿＿＿＿素人にこの仕事のつらさがわかってたまるか。

A くらいの　　B なりの　　C ほどの　　D ごとき

❹ 人は経験を重ねる＿＿＿＿＿＿謙虚になるという。

A きり　　B まで　　C あまり　　D ほど

❺ 先生は女の人＿＿＿＿＿＿です。

A しか　　B でも　　C ほど　　D ばかり

答案：D,D,D,D,D

提示

第1題「ほど」、「ぐらい」、「ばかり」均表示概數。而「ごろ」接在時間名詞之後，表示「此時前後」、「左右」，所以答案選D。第2題根據前後文，表示的是一種遞進的關係，所以答案選D。第3題「くらいの」表示「像……樣的」，語氣中帶有輕視；「なりの」表示「與……相應的」、「與……相似的形狀（樣子）」；「ほどの」強調程度。「ごとき」是助動詞「ごとし」的連體形，意為「與……一樣的」、「像」、「如」、「同」等，所以答案選D。第4題根據前後文，是表示程度的提高，「越是……就越……」，所以答案選D。第5題只有「ばかり」表示限定，所以答案選D。

翻譯

❶ 昨晚9點左右，發生了大地震。

❷ 新的文字處理機不僅好用，而且攜帶方便，我非常滿意。

❸ 像你這種外行人怎麼知道這項工作的辛苦呢！？

❹ 一般來說越有經驗的人就越謙虛。

❺ 老師全是女性。

3.「愛してる」＿＿＿＿言葉は日本人にはなかなか言えません。

Aなんて　　Bなんか

答案：A

譯文

「我愛你」這句話日本人總是難以說出口。

解題技巧

此題考查副助詞「なんて」和「なんか」的區別。「なんて」表示引用，相當於「なんという」、「という」，所以答案選擇A。

深度講解

① 「なんか」和「なんて」二者的共同之處在於列舉某一事例，然後做出評價或說明。表達「諸如此類」、「……之類」的意思。

◆ それが彼のことなんか気にかけてもないという証拠だよ。
這就是你一點也不在乎他的證據。

◆ しかし、この世に母親を必要としない幼児なんて、いるもんだろうかね。
但是，這個世界上真有不需要母親的小孩嗎？

◆ 夫婦なんて、ある瞬間を境に、一つの屋根の下で共同生活を始めるわけだ。
所謂夫婦，就是從某一瞬間開始，在同一屋簷下開始共同生活。

◆ 私は教育ママなんかじゃありませんよ。
我不是超關心小孩教育的媽媽。

② 「なんか」、「なんて」提出某一事物，表達對其輕視或意外之意。

◆ 大抵は嫌なことばばかりよ。お前なんか死んでしまえとか。
都是些不好聽的話，像你這種人快去死之類的。

◆ テストでこんな点しか取れないなんて、悔しくて泣きたいぐらいだ。
考試才考了這麼幾分，真讓我羞愧得要哭了。

③ 建議類的舉例大多是用「なんか」，不用「なんて」。

◆ プレゼントに花なんかいかがでしょう。
送束花什麼的當禮物怎麼樣？

④ 「なんか」後面可以加上提示助詞「は」、「と」、「に」，但「なんて」卻不行。

◆ お前なんかとは口もききたくない。
我不想和你這種人說話。

⑤ 「なんて」與「は」一樣有提示主題的作用。這種場合的「なんて」不能與「なんか」互換。

◆ 私なんて暇さえあれば一日中でも見てるわ。
我只要有空，一整天都在看。

◆ そんな解決方法なんて、次元が低すぎる。
那種解決方法，層次太低了。

⑥ 「なんて」表示引用。此外，還可後接形式名詞「こと」、「もの」，構成同格舉例，相當於「…などという」。

◆ おれはね、自分に才能があるなんて思っちゃいないよ。
我根本就不認為自己有什麼才能。

◆ こういう問題には、罪なんてものはないんだ。
這種問題構不上犯罪。

⑦ 「なんか」一般接在體言後面，而「なんて」除體言之外，還可接在用言終止形之後。

◆ 洋子（ようこ）さんが無断（むだん）で外泊（がいはく）するなんて、初（はじ）めてのことなんです。

洋子小姐無緣無故地住在外面，這可是頭一次啊。

精選練習

❶ せっかくの機会だ。やるだけやってみようよ。うまく行かなければ諦める＿＿＿＿＿＿＿＿。

A までだ　　B ほどだ　　C 以上だ　　D よりだ

❷ 谷に落ちた登山者は声＿＿＿＿＿＿＿＿助けを求めた。

A はおろか　　B ばかりに　　C をかぎりに　　D どころか

❸ バスは１５分＿＿＿＿＿＿＿＿出発します。

A おきに　　B ずつ　　C まで　　D 間に

❹ みんなの前で部長にひどく怒られ、恥ずかしくて死にたい＿＿＿＿＿＿＿＿だった。

A ころ　　B くらい　　C もの　　D ところ

❺ 嬉しい＿＿＿＿＿＿＿＿、来学期から奨学金がもらえることになったんです。

A せいで　　B だけに　　C ことに　　D ばかりに

答案：A,C,A,B,C

提示

第1題「までだ」表示限度，即最後手段、最後一種可供選擇的情形，所以答案選A。第2題「限りだ」表示限度、界限，表示「盡可能地……」，所以答案選C。第3題「おきに」表示「每隔……」，所以答案選擇A。第4題「くらい」表示一種消極的狀態、程度，所以答案選B。第5題「ことに」接在形容詞連體形之後構成副詞，修飾後項，意為「高興的是……」，所以答案選C。

翻譯

❶ 機會難得呀。能做就做吧。不行的話，就算了。

❷ 掉落在山谷的登山者盡可能大聲地呼救。

❸ 公共汽車每隔15分鐘發一班。

❹ 部長在大家面前對我大發脾氣，丟臉到我真想死掉算了。

❺ 令人高興的是，下學期可以拿獎學金了。

第16章

終助詞

知識講解

終助詞的定義 1

主要用於句末，以表示説話人的感歎、疑問、命令、希望、勸誘等各種語氣的助詞叫做終助詞。主要包括「か」、「かしら」、「な」、「ね」、「かしら」、「さ」、「の」、「ぜ」、「ぞ」、「こと」、「や」、「よ」等。終助詞多用於口語。請看下面的對話：

女: 送別会、立食パーティーがいいと思うんだけど、どうかしら？
歡送會，我認為立食型派對比較好，你看怎麼樣？

男: 立食か…。安くできるのはいいけど、どうかなあ。
立食型派對啊……。費用可能便宜一些，不過……。

女: どうして。
怎麼了？

男: うん、この前出た立食パーティー、先生がスピーチしてるのに、だれも聞いてないんだぜ。失礼だよ。それに立ってると疲れちゃって。
噢，前幾天我出席一次立食型派對，老師在講話，可是誰也不聽，多沒禮貌，而且長時間站立很累。

女: でもね、席が決まってると、となりの人としか話せないでしょ。
不過，座位固定的話，不就只能和旁邊的人講話嗎？

男: うん、まあそうだね。
嗯，那倒也是。

女: 今度のパーティーはとにかく、いろんな人と楽しく話せるようにしたいのよ。
不管怎樣，這次派對我想和更多的人開心地聊聊。

終助詞的種類 2

根據終助詞在句中所起的作用，可以將其分為以下４種：

1） 表示疑問的：か、かしら、かい

2） 表示禁止的：な

3） 表示反問的：ものか

4） 表示感歎的：ね（え）、よ、な（あ）、や、こと、わ、ぞ、ぜ、もの、さ、の、かな

終助詞的主要特點 3

1） 可以疊用。如：「よね」、「のよ」、「わよ」等；

2） 存在男女性別差異。如：「かい」、「ぞ」、「ぜ」等為男性專用，「かしら」、「の」、「わよ」等為女性多用；

3） 一個終助詞可以用不同的語調表示不同的語氣，具體意思需要根據上下文才能確定。

終助詞的主要用法 4

1） 終助詞「か」

● 接在動詞、形容詞、助動詞終止形、體言、體言性詞語、形容動詞詞幹等後面。

① 表示疑問。

◆ お出(で)かけですか。
出門啊？

◆ 花子(はなこ)さんは、どんなジャンルの音楽(おんがく)が好(この)みですか。
花子小姐，你喜歡哪一類的音樂？

◆ どうですか。ご家族の皆さんも、お変わりございませんか。
怎麼樣？家裡人都好嗎？

◆ おばあさんの腰の具合はどうですか。まだ痛みますか。
奶奶的腰怎麼樣了？還疼嗎？

◆ 鹿児島にはよくお帰りになるんですか。
你常回鹿兒島嗎？

② 表示反問、詰問。

◆ お宅のまわり、原っぱだったじゃありませんか。よく遊んだもんですよ。
你們家旁邊原來不是空地嗎？我以前常到那裡玩喔。

◆ 姉：いつも言ってるでしょ？私の机、勝手に触らないでって。
我跟你説多少次了？不許動我的桌子！

◆ 弟：お姉ちゃんだって、ぼくの机、引っ掻き回すじゃないか。
姊妳還不是常把我的桌子弄得一團糟！

◆ 日曜日は月曜日の準備をしなきゃいけないんだよ。それに日曜日に遊園地に行ったら、パパ疲れて、次の日のお仕事に行けなくなっちゃうじゃないか。
周日得為週一做準備呀。而且，要是周日去了遊樂場，爸爸就累了，第二天不就不能去工作了嗎？

③ 表示請求、徵詢、驚訝、意志、委婉的命令等語氣。

◆ じゃあ、明日の映画、またにしようか。
那，明天的電影，改天吧？

◆ もう駅だ。今度一緒にいっぱいどうですか。
到站了。下回一起喝一杯怎麼樣？

◆ うん、しかし驚いたなあ。6…7年ぶりか。
嗯，但真沒想到！相隔六七年了呀。

◆ やめなさい！2人ともっ。なんですか。みっともない。
你們倆都給我住嘴！像什麼樣子！沒規矩！

◆ 雪の上って、ひんやりしてとっても気持ちがいいですよ。田中さんも一度試してみてはいかがですか。
雪地上涼颼颼的很舒服。田中先生您也試一試怎麼樣？

2） 終助詞「かしら」

● 接在動詞、形容詞、助動詞終止形、體言、體言性詞語、形容動詞詞幹及部分助詞後，表示疑問、詢問、自問自答、勸誘等語氣。女性用語。

◆ これ、どう？私に似合うかしら？
這個怎麼樣？還適合我吧？

◆ 風邪を引いたのかしら？頭が痛くてたまらないわ。
會不會是感冒了？頭真的好痛呀！

◆ 朝早くからどこへ行くのかしら？
一大早的，上哪去呢？

◆ 早く終わってくれないかしら？
怎麼還不趕快結束呢？

◆ 自分でどこに置いたかも忘れているんなんて、そろそろボケが始まったのかしら？
自己放的都不知道放哪裡了，是不是到了老年癡呆症的年齡了？

◆ バスが早く来ないかしら？間に合わないわ。
公車怎麼還不來呢？來不及了呀。

◆ ちょっとコピーしていただけないかしら。
您能不能幫我影印一下？

3） 終助詞「かい」

● 接在體言、體言性詞語、形容詞和動詞的終止形、形容動詞詞幹等後面。「かい」多用於上對下、長對幼的關係。

① 表示輕微的詢問。

◆ あ、美子かい？もしもし、おれだよ、元気かい？
哎，是美子嗎？喂，是我呀！你好嗎？

◆ 手伝ってくれないかい？
能不能幫我一下？

◆ もういいかい？
好了嗎？

◆ お利口さんだねえ。ちゃんと「ありがとう」言えるんだね。幼稚園は楽しいかい？
這孩子真聰明，會說「謝謝」了。幼稚園好玩嗎？

◆ おいおい、それ、本気かい？
喂，你是當真的嗎？

② 表示反問、反對。

◆ 果たしてそうなのかい？

果真是那樣的嗎？

◆ 雨なんか降るかい。

哪裡會下雨！

◆ こんなに止めても行くのかい？

我這麼留你，你還是要走？

4） 終助詞「な」

● 接在動詞終止形後，表示「禁止」、「不可以」、「別」、「勿」等。女性一般少用。

◆ 部屋に入るな。

禁止入內。

◆ そこを動くな。動くと撃つぞ。

不許動。一動就開槍。

◆ あぶない！それに触るな！

危險！別摸那個。

◆ たとえ冗談でも、そんなことを言うな。

就算開玩笑，也不可以說那種話。

◆ ささいなことで、いちいち叱るな。子供をもっとおおらかに見てくれ。

不要為芝麻小事一次一次地數落孩子，對孩子要再寬容一些。

5） 終助詞「ものか」

● 接在用言或助動詞終止形後，表示反問或強烈的否定。

◆ 持って生まれた性格が、そう簡単に変わるものか。

天生的性格哪是一下子就能改變的呢！

◆ あんな失礼な人と2度と会うものですか。

那種失禮的人，誰還再跟他見面啊！

◆ 誘われたって、誰が行くものか。

就算是接到邀請，誰會去呀？

◆ あんたなんかに持てるものか。

就憑你拿得動嗎？

6） 終助詞「ね（え）」

● 接在體言、體言性詞語、用言和助動詞終止形後。

① 表示推測、感歎。

◆ 祖母：妙子はもう着いたころかねえ。
這個時候妙子差不多該到了吧。

母：そうですねえ。もうそろそろ着いてもいい時間ですよねえ。
是啊。這時候也該到了。

◆ ん…変ねえ。誰も取らないはずなのに…。
嗯……，怪呀！沒人會拿呀！

◆ 人は見かけによらないって、こういうことを言うんでしょうかねえ。
這就叫做「知人知面不知心」啊！

② 表示徵求意見，促使對方回答。

◆ これでいいね。
這樣行了吧？

◆ 君、賛成してくれるね。
你同意吧？

◆ 分かったね。
明白了吧？

③ 調整語氣。

◆ 私立ねえ。とりあえずかんがえさせてくれ。今すぐには決められん。
私立嗎？你讓我想想再說。現在沒辦法馬上決定。

◆ それがねえ、この前、山田さんに貸しちゃったのよ。
還說呢，上次借給山田先生了。

◆ いやねえ。帰るたびにどこ歩いているのか分からなくなりますね。今度お帰りになったらびっくりされますよ。昔の面影はほとんどないですから。
哎呀，每次回去都不認得路了。你下次再回去一定會吃驚的，以前的景象幾乎不見了。

◆ 放課後ねえ、みんなでケーキ食べに行かない？お祝いしよう。
放學後，我們一塊去吃蛋糕怎麼樣？慶賀一下吧。

◆ 川瀬：鹿児島にはよくお帰りになるんですか。
你常回鹿兒島嗎？

木田：いや、それがね、年の離れた姉が一人いるんですが、博多へ嫁ぎましてね。そのあとしばらくして父と母が続いて亡くなったんです。それで…。
不常回。是這樣的，我有一個年齡相差很多的姐姐，她嫁到博多去了。沒過多久，父母都相繼過世了。因此……。

7） 終助詞「よ」

● 接在體言、體言性詞語、用言和部分助動詞的終止形、動詞命令形、終助詞「わ」、「の」等之後。

① 表示斷定、叮囑或提醒對方。

◆ 俺だよ、おれ。藤沢武！
是我呀！我！藤澤武！

◆ お前全然、変わらないなあ。見てすぐ分かったよ。
你可是一點都沒變啊。我一眼就認出來了。

◆ 母、母って何よ。あなた嬉しくないの？この一年好きな映画一本見ないで頑張ったっていうじゃない。聞いてるわよ。
別媽、媽的，你自己不高興嗎？這一年來連電影都沒看一場，一直學呀學呀的。我可聽說了喲！

◆ 解放感もいいけど、羽目をはずしてお母さんに心配かけないようにね。いくら大学が居心地いいからって、留年はだめよ。ちゃんと4年で卒業するのよ。
放鬆也無妨，但你可別一鬆懈就讓你媽擔心啊！大學裡再好混，留級可不行喔！一定得唸完四年就畢業。

◆ これからは無理なさらないで、体第一にしてくださいよ。
以後你就別那麼拼命了，把身體放第一吧！

◆ それを聞いてほっとしたわ。気が気じゃなかったのよ。
聽了這話，我算放心了。剛才我真是坐立不安啊！

② 句中有疑問詞時，多帶有怪嗔、責難、懷疑的語氣。

◆ でもいいわ。今日は何を言われても平気よ。
不過，我不在乎，今天隨你們怎麼說去吧。

◆ なぜ僕にみせてくれなかったんだよ。
為什麼不給我看呀！？

◆ どこへ行くんだよ。
你要去哪裡呀？

③ 加強語氣。

◆ 正美：あっ、あたしの誕生日は6月7日だからね。忘れちゃだめよ。
對了，我的生日可是6月7日，不許忘了！

幸子：もちろんよ。
那當然！

◆母(かあ)さん、ただ今(いま)ー！今(いま)、着(つ)いたわよー。
媽，我回來了，我們到了！

參考 在會話中，女性多用「わよ」、「のよ」、「ことよ」；男性多用「だよ」或「よ」。

8） 終助詞「な（あ）」

● 接在用言或助動詞的終止形後。

① 表示感歎、徵求意見、願望、斷定等語氣。

◆へーえ、そりゃ羨(うらや)ましいなあ。
是嗎？真羨慕你們！

◆今夜(こんや)はひどく冷(ひ)えるな。あしたは雪(ゆき)かもしれない。
今晚真冷啊！説不訂明天會下雪。

◆母親(ははおや)が生(い)きていたらなあ。
要是媽媽還活著該多好啊！

◆それができればなあ。
要是能做到就好啦！

◆なんか心配(しんぱい)だなあ。何(なに)もないといいけど。
我有點擔心，但願別出事。

◆研究(けんきゅう)のほうは一向(いっこう)に進展(しんてん)しないなあ。
研究還是不見進展。

◆早(はや)く来(こ)ないかなあ。
怎麼還不來呀！

◆一戸建(いっこだ)ての家(いえ)とまでは言(い)わないが、せめて、中古(ちゅうこ)マンションでも買(か)えるといいなあ。
獨門獨戶不敢奢求，能買一套半新的公寓就可以了。

◆山下君(やましたくん)なら仕事振(しごとぶ)りも真面目(まじめ)だし、しっかりした好青年(こうせいねん)だから、だれとでもうまくやってゆけそうだな。
山下嘛工作挺認真，人也很可靠，是個不錯的好青年，跟誰都會相處得不錯的。

◆いつになったら、枕(まくら)を高(たか)くして寝(ね)られるのかなあ。
到什麼時候才能高枕無憂呢？

② 調節語氣，引起聽話人的注意。

◆君(きみ)にな、倒(たお)れられたら困(こま)るから。
要把你累倒了可就糟了。

◆君(きみ)はな、ここんとこずっと残業(ざんぎょう)だろ？たまには一息入(ひといきい)れたらどうかね。
你最近總在加班吧？適當地喘口氣怎麼樣？

◆僕もな、参加したいのはやまやまなんだが、なにしろ手が離せないもんで…。
我也非常願意參加，但是實在騰不出時間來……。

9） 終助詞「や」

● 接在用言的終止形、命令形以及助動詞「う（よう）」、體言等之後，男性多用。

① 接在表示勸誘、命令或願望的句子之後，用於緩和語氣。

◆早く行けや。
快點去呀。

◆そろそろ帰ろうや。
我們回去吧。

◆さあ、行こうや。
喂，走啊！

◆今日ぐらいは休みたいや。明日にしてくれよ。
今天想休息一下啊，明天再說吧。

② 表示一種輕鬆隨意的語氣，多用於自言自語。

◆まあ、いいや。何とかなるだろう。
好了，算了！總會有辦法的。

◆いまさらどうしようもないや。
事到如今，沒有辦法啦！

◆まあ、いいや。
唉、算了。

③ 用於關係親近的招呼。

◆英子や、おいで。
英子，過來！

◆次郎や、ちょっとその眼鏡を持ってきてちょうだい。
次郎啊，把那副眼鏡拿過來！

④ 接在副詞後面表示強調。

◆必ずや成功するであろう。
一定會成功的吧。

10） 終助詞「こと」

● 接在用言、助動詞終止形或連體形後面。

① 置於句末，表示願望或輕微的命令語氣。

- 廊下を走らないこと。
  不要在走廊裡奔跑。
- 休むときは、必ず学校に連絡すること。
  如果要請假，必須聯繫學校。
- 体育館には土足で入らないこと。
  禁止穿著鞋進入體育館。
- 図書館から借りた本は1週間以内に返すこと。
  從圖書館借的書必須在一周內歸還。

② 表示感動或強調。女性用語。

- 立派なお屋敷ですこと。
  你這房子真漂亮！
- まあ、可愛い赤ちゃんだこと。
  啊，這個寶寶真可愛！
- え？この子まだ2歳なの？まあ、大きいこと。
  啊？這孩子剛剛兩歲啊？個子長得挺大的。

③ 表示提問、徵詢或確認。

- 明日、お電話していいこと？
  明天給你打電話好嗎？
- これでいいこと？
  這麼行嗎？
- そうすると、あなたは参加しないってこと？
  這麼說，你不參加？
- つまり、来月も帰れないってことですよ。
  就是說，下個月也回不來。

11） 終助詞「わ」

● 接在用言或助動詞終止形後。

① 表示感歎、驚奇。

- そうですか。なんだか、まだ信じられませんわ。
  是嗎？我到現在還不敢相信這是真的。

◆ そう。よかったわ。
是嗎？真是太好了！

◆ あらあら、こーんな所（ところ）にあったわ。
哎呀呀，在這裡呢！

◆ とってもいい子（こ）で、嬉（うれ）しいわ。
這孩子真乖！真讓人高興！

◆ 修（おさむ）ちゃん、ずいぶん大（おお）きくなったわ。おいで、おいしいお菓子（かし）あげよう。
阿修又長大了呀！來，有好吃的點心給你。

② 表示輕微的主張、決定。

◆ 度（ど）が過（す）ぎるわ。
也太過分了。

◆ 冷蔵庫（れいぞうこ）なんかのぞいたって出（で）てこないわ。ここよ。
翻冰箱也找不出來的。在這裡啦。

◆ あ、そうだ。合格祝（ごうかくいわ）い、何（なに）がいい？まあ、一生（いっしょう）に一度（いちど）のことだから、ふんばつしてあげるわ。
噢，對了。你合格禮物要什麼東西呢？嗯，一生就這麼一回，我咬咬牙你儘管說！

◆ 父（とう）さん、修（おさむ）の相手（あいて）もほどほどにしたほうがいいわ。ぎっくり腰（ごし）になっても知（し）らないから。
爸，您別老跟阿修玩了，小心閃到腰！

12）終助詞「ぜ」

● 接在用言或助動詞終止形後，促使對方注意或加強斷體言修飾氣。男性用語。

◆ もう十時（じゅうじ）だぜ。
已經十點鐘啦。

◆ 今日（きょう）は休（やす）みの日（ひ）だぜ。
今天是假日呀。

◆ 勝手（かって）にしろ。俺（おれ）は知（し）らんぜ。
你看著辦好了，我可不管。

◆ がんばるぜ。
加油！

13）終助詞「ぞ」

● 接在用言或助動詞終止形後，強調自己的主張。男性用語。

◆ そろそろ出かけるぞ。

該出門了喔。

◆ あ、郵便屋さんだぞ、手紙が来たかな。

啊，是郵差啊。不知道有沒有信。

◆ 二度とこんないたずらをしてはいかんぞ。

可不要再做這種惡作劇了。

◆ せっせとやれ。油を売るな。

快點做啊!別偷懶。

14 ） 終助詞「もの」

● 接在用言、助動詞終止形後，表示辯解、申述、多含有不滿、惱恨、撒嬌等語氣。

◆ 雨が降ったんだもの。行けるわけないでしょう。

下著雨呢，不可能去嘛！

◆ 借りたお金は返しておきました。もらいっぱなしでは、いやだもの。

借的錢已經還了，因為我不喜歡借了東西不還。

◆ 私、姉ですもの。弟の心配をするのは当たり前でしょう。

我是姐姐，所以擔心弟弟的事是應該的呀。

◆ 忙しいから、今週までにはできないもの。

太忙了，這週要做好，沒辦法啦。

◆ これだもん。いやになるよな。

你就是這樣，真夠煩人的。

15 ） 終助詞「さ」

● 接於句末動詞和形容詞終止形、形容動詞詞幹，部分助詞以及名詞和形式名詞「の」之後。男性多用。

① 表示斷定的語氣。

◆ 肝心なのはこれからさ。

今後才是關鍵。

◆ でしょう？私も絶対、似合うと思ってさ。

是不是？我也是覺得肯定合適的。

◆ だからさ、ごめんって言ってるだろ。今度から気をつけるからさ。さあ、機嫌なおして、映画を見よう。

好啦，我這不是在道歉嗎？下次一定注意行了吧？快別生氣了，看電影去吧。

◆ 言伝よりは直接本人に会って相談するのさ。
別傳話了，要不就直接找本人商量。

◆ 若返りした気持で老後をたのしく生きていくさ。
以返老還童的心情，愉快地度過晚年。

② 接疑問詞後，用於發問或反駁。

◆ 何さ、どうってことないのに。
什麼呀？這又算不了什麼。

◆ 俺のどこが不満なのさ。身のほどを知れよ。
不滿意我的哪一點？你要知道自己有多少斤兩。

◆ どうして食べないのさ。味でも悪いのかい？
怎麼不吃啊？是味道不好嗎？

◆ 今まで一体何をしていたのさ。
至今你到底做了些什麼呀？

③ 表示引用。

◆ 昔々、山に一人の男が住んでいたとさ。
據說很久很久以前，山上住著一個男人。

◆ 明日は晴れるってさ。
聽說明天是晴天。

◆ 今は機械のコントロールにもテレビを使っているとさ。
據說現在操作機器也用電視呢。

◆ あいつ、あの声でノド自慢に出たんだってさ。
據說他就憑那嗓子出席歌唱比賽呢。

④ 加重語氣，調整語調。

◆ あのさ、頼みがあるんだ。
那個，我有事相求。

◆ じゃあさー、ついでにもっと驚かせてあげようか。きっと腰抜かすわよ。
那好，順便再讓你嚇一跳怎麼樣？你肯定會嚇呆的。

參考 「さ」帶有一定的判斷性，所以在某些場合可以代替「だ」。但「さ」只用在較隨便的對話中，文章以及正式談話中基本不用。

16）終助詞「の」

● 接在用言、助動詞的連體形後。

① 表示疑問。

◆ どうするの？
怎麼啦？

◆ 結婚の相手はどんな人なの？
結婚對象是個什麼樣的人啊？

◆ どこへ行くの？
你要到哪兒去？

② 用於婉轉地表達斷定的心情。

◆ ええ、そうなの。
嗯，是那樣。

◆ 雨が降るようなの。
快下雨似的。

◆ 家のことは心配しないで、よく養生していればいいの。
不要惦念家裡的事，好好養病就行了。

◆ 私は日本料理が好きですの。
我喜歡日式料理。

◆ とっても面白いの。
可真有趣呢。

◆ 私もそう思うの。
我也是那麼想的啊。

③ 表示督促、命令。

◆ 来なさいと言ったら、すぐにこっちへくるの。
叫你來，你就馬上過來。

◆ 何も分からないくせに、文句など言わないの。
你什麼也不懂，不要發牢騷啦。

17）終助詞「かな（あ）」

● 接在用言、助動詞終止形或體言、體言性詞語、形容動詞詞幹的後面。

① 表示詢問、疑問。

◆ 夢見てるんじゃないかな。ほっぺたつねってくれない？
我不是在做夢吧？你捏一下我臉頰好嗎？

◆ 常識的に言って、君のほうが間違っているんじゃないかな。
照常識說，應該是你的錯呀！

◆ これ、おいしいのかな。
這個，好吃嗎？

② 表示自問，帶有懷疑、遲疑的語氣。

◆ そうかな。
是嘛？！

◆ 五百円では足りないかな。
是不是不夠500日元？

◆ 最近なんでこんなに疲れやすいのかなあ。
最近我怎麼這麼容易累啊？

③ 以「～ないかな」的形式，表示願望。

◆ ちょっと手伝ってくれないかな。
你能稍微幫我一下嗎？

◆ 早く夏休みが来ないかな。
暑假怎麼還不快點到呀？！

考點講練

1. 何であたしがこんなひどい目にあわされなくちゃならない＿＿＿？

A の　　B ね　　C か　　D なあ

答案：A

譯文　為什麼我這麼倒楣呢？

解題技巧　此題考查終助詞「の」的用法。疑問句中的「の」有時是任意附加的，有時則是必須添加的。一般情況下，帶有「なぜ」、「どうして」、「何で」等疑問詞的疑問句當中的「の」都是必須的，所以答案選擇A。

深度講解

① 述語中的事態已經成立，並以該事態的成立為前提，就該事態以外的情況進行詢問時，要用「の」。

◆ これ、叔母さんが撮ったの？
這個是姨媽照的嗎？

◆ 父さん、これ買ったの？
爸，你買這個啦？

② 由推論的根據（前提）所得到的情況與說話人預先設想的情況不同時，用「の」。

◆ 結婚されてたの？
結婚了嗎？

③ 由推論的根據（前提）推導出命題，確認其真偽的場合，要用「の」。

◆ 黒沢：生放送のドラマでとちっちゃった。
在直播的連續劇中把臺詞弄錯了。

徹子：セリフ多かったの？
是不是臺詞太多了？

④ 沒有前提的場合，不可以用「の」。

◆ テレフォンカード持ってる？
有帶電話卡嗎？

⑤ 疑問句中的「のか疑問句」和「か疑問句」所表達的意思是不同的。

◆ 誰が行くの？（「行く」是已經確定的）
誰去？

◆ 誰が行くのか。（「行く」本身是未定的事）
誰去？

⑥ 表示說話人所設想的事態與事實不符時，要用「の」。

◆ どうしてそんなあぶない所に行ったの？
你為什麼去那麼危險的地方？

◆ あれほど言ったのに、君は言うことを聞かなかったの？
我跟你說了那麼多遍了，為什麼你不聽呢？

⑦ 用「の」將說話人設想的事態與現實事態的差異表示出來。

◆ どうしてこんな会社を選んだの？
你怎麼會選擇這樣的公司？

精選練習

❶ 「明日は晴れるそうです＿＿＿＿＿＿」。
「そうですか。よかったですね。」
A か　B かい　C よ　D さ

❷ これからデパートへ行くんだけど、君も行く＿＿＿＿＿＿。
A かい　B さ　C よ　D わ

❸ 計画をなんとしても成功させるために、みんなで＿＿＿＿＿＿。
A がんばるまでもない　B がんばることはないか
C がんばるかねない　D がんばろうではないか

❹ 「あの講演会に行きましたか。」「ええ、行くことは行ったんですが、＿＿＿＿＿＿＿＿＿＿＿＿」。
A とても面白かったよ　B さっぱり分かりませんでした
C はたして、役に立ちましたよ　D やっぱりいい話だったでしょう

❺ １０年ぶりの帰国なんだから、会いに行かないまでも、＿＿＿＿＿＿。
A 一度ぐらい会えよ　B 二度と会うな
C 一緒に食事でもしろよ　D 電話ぐらいかけろよ

答案：C,A,D,B,D

提示

第1題「よ」表示喚起對方注意。所以答案選C。第2題表示詢問，所以答案選A。第3題以「～ではないか」的形式，加重肯定的語氣，所以答案選D。第4題前項使用了表示連接關係的慣用句型及終助詞「～ことは~のですが～」，所以答案選B。第5題使用了表示逆接關係的條件句「～ないまでも（即使不……也）」，因此答案選D。

翻譯

❶「據說明天是晴天呀。」「是嗎？太好了。」
❷ 我現在要去百貨公司，你也去嗎？
❸ 無論如何，為了讓計畫成功，我們一起努力吧。
❹「你參加那場演講了嗎？」「是的。但完全都聽不懂。」
❺ 這次回國相隔10年沒見了，就算你不去見人家，也該打個電話什麼的。

2. A：この部屋は二人で住むには少し狭いです＿＿＿。

B：そうですね。

Aの　　　　Bね　　　　Cか　　　　Dなあ

答案：B

譯文

A：這間房子兩個人住有點窄啊。

B：是啊。

解題技巧

此題考查終助詞「ね」。當説話人要求聽話人同意或確認自己的想法或意見時，用「ね」，所以答案選擇B。

深度講解

① 説話人不能確定自己所知道的事實，要求聽話人給予證實時，用「ね」。

◆ 法律(ほうりつ)のご専攻(せんこう)でしたね。

你的專業是法律吧？

◆ あれからいろんなことがあったね。

自那以後，發生了很多事情吧？

◆ 遅(おそ)かったね。

你來晚了吧？

② 説話人表示贊同或同意時，用「ね」。

◆ A:日本(にほん)の食(た)べ物(もの)は高(たか)いでしょう。

日本的食品很貴吧？

B:ええ、高(たか)いですね。

是啊，很貴。

◆ A:今晩一緒(こんばんいっしょ)にビールを飲(の)みませんか。

今晚一起喝啤酒吧？

B:ええ、いいですね。

嗯，好啊。

③ 表達説話人驚喜、驚訝、讚歎等意時，用「ね」。

◆ A:いいシャツですね。

很不錯的襯衫啊。

B:これですか。誕生日(たんじょうび)に太郎(たろう)からもらいました。

是這件嗎？生日的時候，太郎送我的。

◆ やあ、田中(たなか)さん、しばらくですね。お元気(げんき)ですか。
喂，田中先生，好久不見啦，近來可好？

④ 説話人對自己聽到或看到的事抒發自己的情感或感受時，用「ね」。

◆ A:新(あたら)しい家(いえ)はどうですか。
新家怎樣？

B:近(ちか)くにスーパーがあって、買(か)い物(もの)に便利(べんり)です。
附近有超市，買東西很方便。

A:それはいいですね。
那真是太好了。

◆ 綺麗(きれい)な夕日(ゆうひ)だね。
好美的夕陽啊。

＊「ね」也可用於自言自語。

⑤ 説話人表示猶豫，一時拿不定主意時，用「ね」。

◆ A:日本語(にほんご)の勉強(べんきょう)はどうですか。
日語學得怎麼樣啊？

B:そうですね。難(むずか)しいですが、面白(おもしろ)いです。
嗯～很難但還算有趣。

◆ どうだろうね、これから。
今後，該怎麼辦呢？

⑥ 説話人表達請求、期盼、希望時。

◆ 待(ま)っているから、早(はや)く帰(かえ)ってね。
我在家等著，你早點回來呀。

◆ もうちょっと待(ま)ってくださいね。
請再稍等一下。

⑦ 説話人提醒或叮囑對方時。

◆ 気(き)をつけてね。
請多保重。

◆ 子供(こども)のためにがんばらないとね。
要為孩子而努力啊。

⑧ 説話人對被問到的事進行回憶，仔細考慮後再回答時。

◆ A:それで…。
之後怎麼啦？

B:そうですね…。
是啊……。

⑨ 表示説話人的印象。一般接樣態助動詞「そうだ」或比況助動詞「ようだ」後面。

◆ やあ、久しぶり。元気そうだね。
啊，好久不見。看上去挺有精神的嘛！

◆ 向こうにパトカーが止っていますよ。どうも事故のようですね。
對面停著一輛警車。好像出車禍了。

⑩ 表示説話人的推測或不肯定的語氣。

◆ 2ヶ月は長いかもしれませんね。
兩個月也許有點長了。

◆ この分だと、約束の時間に間に合いそうだね。
按這個程度，看來趕得上赴約的時間。

精選練習 以下は母と息子の会話です。次のA～Dから適当な言い方を選んで、❶～❺の所に入れなさい。

母：あら、そうだった？じゃ、この漬物は ❶
息子：おれ、たくあんみたいなのは駄目❷。くさくてさ。
母：あんた好き嫌いが多すぎる❸。
息子：いい加減に子供の好み覚えろよ。
母：あとは、塩辛と、クサヤと、うるか買ってきた。
息子：オレ食わないからね。オレは「イカモノ食い」❹。
母：あんたもかわいそうね。こういうおいしいものの味がわかんないんだから。
息子：わかんなくて結構。駅弁だけじゃ物足りないから、駅前のファミリーレストラン行って❺。

❶ A どうですか？　B いかがでしょうか？
C どう？　D おいしいかい？

❷ A なんですよ。　B なんだよ
C なのか　D なんだか

❸ A わよ　B のね
C だよ　D のか

❹ A じゃないからよ　B じゃないからね
C じゃないからだ　D じゃないからなあ

❺ A 食べてきたよ　　B 食ってきた

C 食べる　　D 食べてくるよ

答案：C,B,A,B,D

母：あら、そうだった？じゃ、この漬物はどう？

息子：おれ、タクアンみたいなの駄目なんだよ。くさくてさ。

母：あんた好き嫌いが多すぎるわよ。

息子：いい加減に子供の好み覚えろよ。

母：あとは、塩辛いと、クサヤと、うるか買ってきた。

息子：オレ食わないからね。オレは「イカモノ食い」じゃないからね。

母：あんたもかわいそうね。こういうおいしいものの味がわかんないんだから。

息子：わかんなくて結構。駅弁だけじゃ物足りないから、駅前のファミリーレストラン行って食べてくるよ。

提示

第（1）題是母親詢問兒子對「この漬物（這種醬菜）」的看法。母子對話，通常使用簡體，所以答案選C。第（2）題兒子不喜歡吃醬菜，用「～なんだよ」加在「だめ（不行）」之後，表示自己強烈的反對，所以答案選B。第（3）題母親對兒子的回應既表示對兒子不懂得品嚐而感到可惜，同時也對兒子的挑剔感到不滿，所以答案選A。第（4）題強調「自己不是什麼東西都往嘴裡放的人」，所以答案選B。第（5）題表示自己現在就到車站前的家庭餐廳去吃，所以答案選D。

翻譯

母親：喲，是嗎？那這個醬菜呢？

兒子：我不吃醃蘿蔔一類的東西，很臭。

母親：你也太挑食了。

兒子：您還是好好記住自己孩子喜歡吃什麼吧！

母親：我還買了些醃魷魚啦，魚乾啦，醃香魚腸啦什麼的。

兒子：我反正不吃。我可不是什麼東西都往嘴裡送的人。

母親：你也太可憐了。不吃這麼好吃的東西！

兒子：不吃又怎樣。車站便當不夠我吃，我到車站前的家庭餐館去吃。

3. 若い人はみんな座っているのに、誰一人お年寄りに席を譲らない＿＿＿。

A のよ　　B とは　　C のか　　D なあ

答案：B

譯文　年輕人都坐著，可沒有一個給老年人讓座，真不像話。

解題技巧　此題考查感歎句。格助詞「と」加副助詞「は」用於句末，表示吃驚。「なあ」表示輕微的感歎或叮囑。「のよ」表示輕微肯定的心情。「のか」用於疑問。此句表示驚訝，所以答案選擇B。

深度講解

① 「～ことか」表示其程度之甚不可量定，含有非常感概的心情。

◆ とうとう成功した。この日を何年待っていたことか。
終於成功了，這一天我們盼了多少年啊。

◆ つまらない話を３時間も聞かされる身にもなってください。どれほど退屈なことか。
你也設身處地想想，這麼無聊的談話要聽3個多小時，會有多煩呀。

② 「～ことだ」表示説話人的驚訝、感動、諷刺、感慨等心情。

◆ いつまでもお若くて、うらやましいことです。
你總那麼年輕，真讓人羨慕啊。

◆ 家族みんな健康で、結構なことだ。
全家人都健康，這太好了。

③ 以「なんと～んだろう」、「なんと～だろう」的形式表示吃驚或認為非常棒的事情。

◆ 軽装で雪山に登るとは、何と無謀な若者たちなんだろう。
穿著很少的衣服登雪山，那是一群多麼莽撞的年輕人啊。

◆ 酢漬けタマネギを食べてから一週間で２キロも痩せたなんて、何と不思議なことだろう。
吃了醋醃洋蔥一個星期，竟然瘦了2公斤，簡直不可思議。

④ 「どんなに～だろう（か）」伴有喜悦、悲傷、希望等語氣。

◆ 希望校に合格できたら、どんなにいいだろうか。
如果能考上自己期望的學校有多好啊。

◆ 私はこの日がくることをどんなに望んだことだろう。
我是多麼期待這一天的到來啊。

◆ 母(はは)が生(い)きていたら、どんなに喜(よろこ)んでくれたことだろう。

母親還活著的話，該會有多高興啊。

精選練習　次の文の下線部の文末表現の意味を書きなさい。

❶ 能ある鷹は爪を隠すって言う<u>じゃないか</u>。いくら才能があっても彼みたいにひけらかしたんじゃ、嫌味なことこの上ないよ。

❷ へえー、人は見かけによらないね。そんな隠れた才能があった<u>とはね</u>。

❸ 確かに人はいいけど、可も不可もなくって感じで、物足りないわ。

❹ 頭の回転は速いが、ちょっとひねくれ者<u>というか</u>、変わっているところがあって、一見とっつきにくいかもしれないい。

❺ 男勝りで負けず嫌いの上、口も達者なら喧嘩も強いが、あれで結構根は優しい子なんだ。涙もろい<u>しね</u>。

❻ ほんとに育ちがいい<u>というか</u>。おっとりしていて今時珍しいような子だ。

❼ さわやかさを絵に描いたような好青年<u>だなあ</u>。

❽ 結局器用貧乏で、これはってもんがないん<u>だよね</u>。

答案：

1. 表示確認。　2. 表示驚訝。

3. 表示輕微的斷定、主張。　4. 表示一時想到的印象和判斷。

5. 表示確認。　6. 表示一時想到的印象和判斷

7. 表示感歎。　8. 表示向對方強調自己的主張。

提示　第1題「じゃないか」多在會話中使用。表示將自己的看法或推測向對方確認。第2題「とはね」表示吃驚、感歎。第3題「わ」表示輕微的斷定或主張。女性多用。第4題「というか」表示以「比如可以這麼說」的心情，插入說話人的印象，後接敘述總結性的判斷。第5題「しね」中的「し」與前項的「～も強いが」中的「も」呼應，表示羅列相同的事物。「ね」表示所列舉的「優しい子なんだ」與「涙もろい」兩個事物同時存在，同時使用「ね」希望對方認同。第6題「というか」表示一時想到的印象和判斷。第7題表示感歎，是較為粗俗的口語說法，多為男性用語。第8題「だよ」表示向對方強調自己的主張。「よ」後面的「ね」用於緩和語氣。

翻譯

❶不是都說「真人不露相」嗎？即使再有才能，像他那麼喜歡炫耀，沒有比這個更討人厭了。

❷喔，真是「人不可貌相」啊。沒想到他還有這種不露之才呢！

❸人確實不錯，但有點可有可無，讓人覺得不太夠分量。

❹腦子轉得倒是挺快，就是有點彆扭，看上去不太好接近。

❺你別看她女強人似的不服輸，嘴又厲害吵架又兇，其實她本質上是一個心地善良的女孩，還很愛哭。

❻真是，怎麼說呢？是一個受過良好家教的穩重的女孩，如今這樣的孩子可不多見了。

❼真是個標準的爽朗青年啊。

❽說到底是「樣樣精通、樣樣稀鬆」，沒有一樣上得了台面的。

第17章

助動詞

知識講解

助動詞的定義 1

有形態變化，主要接在用言後，表示時、態以及各種陳述方式的功能詞叫做助動詞。

◆ あまり寒(さむ)くない。
（助動詞「ない」接形容詞「寒い」的連用形後，表示否定。）

◆ 無事到着(ぶじとうちゃく)した。
（助動詞「た」接サ變動詞「到着する」的連用形後，表示過去。）

◆ 会社(かいしゃ)へ行(い)きます。
（助動詞「ます」接在動詞「行く」的連用形後，表示鄭重、禮貌。）

助動詞的種類 2

根據意義、句法作用和形式特徵，助動詞可分為15個種類：

1）判斷助動詞　だ・である

2）否定助動詞　ない・ぬ（ん）

3）過去助動詞　た

4）被動助動詞　れる・られる

5）可能助動詞　れる・られる

6）自發助動詞　れる・られる

7）敬語助動詞　れる・られる

8）敬體助動詞　ます・です

9）使役助動詞　せる・させる

10）意志助動詞　う・よう・まい

11）推量助動詞　らしい

12）願望助動詞　たい・たがる

13）比喩助動詞　ようだ・みたいだ

14）樣態助動詞　そうだ

15）傳聞助動詞　そうだ

助動詞的形態變化 3

助動詞的形態變化有以下4個類型：

1）　動詞型活用：れる・られる、せる・させる、たがる、である

2）　形容詞型活用：たい、ない、らしい

3）　形容動詞型活用：そうだ（傳聞）、ようだ、みたいだ、だ、そうだ（樣態）

4）　特殊型活用：ます、です、た、ぬ（ん）、う・よう、まい

＊區別於一般活用變化的助動詞叫做特殊型活用助動詞。

助動詞的文法功能 4

助動詞的文法功能主要有以下4種：

1）　表示「時」的助動詞

① 過去、完了助動詞た

◆ いつもの佐藤さんに似合わず、口数が少なかった。

佐藤先生與平日不同，今天話不多。

◆ 美智子さんは、今風のしゃれた装いでパーティーに現れた。

美智子小姐穿著現今流行的衣服出現在派對上。

◆ 天気予報は「今日は曇りのち晴れ」と言っていた。ところがなんと雨が降り出した。

天氣預報說今天陰轉晴，卻下起雨來了。

2） 表示「態」的助動詞

① 表示被動態的助動詞れる・られる

- この話は人に知られては困る。
  這件事被人知道了就麻煩了。

② 表示使役態的助動詞せる・させる

- 花に水をやるのを忘れて、枯らせてしまった。
  忘了給花澆水，枯死了。

③ 表示可能態的助動詞れる・られる

- 李さんは100メートルを何秒で走れますか。
  李先生多少秒能跑完100公尺？

④ 表示自發態的助動詞れる・られる

- 昔のことが思い出される。
  不由得想起從前。

3） 表示尊敬的助動詞

① 敬體助動詞ます・です

- 電話で済むことを、わざわざお越しくださり、恐縮です。
  打個電話就行了，還特意跑來，真過意不去。
- いろいろ行き届かない点もあるかとは思いますが、今後ともどうぞよろしくお願いいたします。
  照顧不周，今後還請多加關照。

② 敬語助動詞れる・られる

- 先生が今日も来られました。
  老師今天也來了。

4） 表示各種陳述方式的助動詞

① 表示斷定的助動詞だ・である

- 喜んでいいものやら悲しんでいいものやら、複雑な心境だ。
  心情很複雜，不知道是該高興還是該難過。

◆ 成功するには、夢を持ち続けることが大切である。
為了成功，堅持理想是關鍵。

② 表示願望的助動詞たい・たがる

◆ もう一度、あの夢に燃えた時代にもどりたいものだ。
希望再回到那熱衷於夢想的時代。

◆ 佐藤さんはジュースを飲みたがっています。
佐藤先生想喝果汁。

③ 表示否定的助動詞ない・ぬ（ん）

◆ 目前に入試が迫っているのに、旅行どころではない。
馬上就要考試了，哪裡還能去旅遊？

◆ やってみせて、やらせてみせ、誉めてやらねば人は動かない。
先給他做示範，然後讓他自己做，人需要鼓勵。

◆ 彼は一旦思い立ったら、すぐにせずにはいられぬ性分だ。
他生性如此，一旦決定要做，就會立即動手。

④ 表示意志、推斷的助動詞う・よう・まい

◆ 中古品だから、そんなに高くなかろう。
因為是中古品，所以不會太貴吧。

◆ 約束したのだから、きっと彼は来よう。
已經約好了，他一定會來的。

◆ まさか僕を騙しているなんてことはあるまいね。
大概不會欺騙我吧。

⑤ 表示樣態的助動詞そうだ

◆ 今にも雨が降り出しそうな雲行きだ。
看雲象，馬上就要下雨了。

⑥ 表示比喻的比況助動詞ようだ・みたいだ

◆ 彼はそのことについて何も知らないようだ。
他好像並不知道那件事。

◆ あなた、最近少し太ったみたいよ。
老公，你最近好像胖了點。

◆ 彼みたいな恩知らずの人間にだけは、なりたくないものだ。
我可不想成為像他那樣忘恩負義的人。

⑦ 表示推測的助動詞らしい

◆道路が濡れているね。昨夜、雨が降ったらしい。
路濕濕的，昨晚好像下雨了。

⑧ 表示傳聞的助動詞そうだ

◆新聞によると、また株が暴落したそうだ。
據報紙報導，股票又暴跌了。

過去、完了助動詞た 5

1） 過去、完了助動詞「た」的接續方法

● 過去、完了助動詞「た」接在用言以及部分助動詞的連用形後，表示動作、狀態已經過去或動作、作用已經完成。

◆何度君に忠告したことか。しかし君はそれに耳を貸そうともしなかった。
提醒你不知多少次了，可你就是不聽。

◆今日の仕事はもう全部おわった。
今天的工作已全部結束。

◆炭鉱の町の灯が一つまた一つと消えていった。
礦城裡的燈一盞盞地熄滅了。

2） 過去完了助動詞「た」的活用

● 「た」屬於特殊型活用的助動詞，其活用如下表。

基本形	未然形	連用形	終止形	連體形	假定形	命令形
た	たろ	╳	た	た	たら	╳

3） 「た」的各種活用形用法

① 過去、完了助動詞「た」的未然形。

◆彼のことを聞いたろう。
你聽說他的事了吧。

② 過去、完了助動詞「た」的終止形。

◆急いだので、どうやら間に合った。
因為加快速度，總算趕上了。

③ 過去、完了助動詞「た」的連體形。

◆ 今度(こんど)発売(はつばい)された辞書(じしょ)は、すごくいいみたいだよ。
這次發售的詞典，好像特別好。

④ 過去、完了助動詞「た」的假定形。

◆ ここまで来(き)たら、一人(ひとり)でも帰(かえ)れます。
到了這裡，我自己就能回去了。

4） 過去、完了助動詞「た」的意義

① 表示過去、完了。

◆ 朝(あさ)から頭(あたま)が痛(いた)かった。だけど、彼(かれ)との約束(やくそく)を破(やぶ)るのはいやだった。
從早上起來就頭疼。但是，我不願意與他失約。

◆ 祝賀会(しゅくがかい)が華々(はなばな)しく行(おこな)われた。
慶祝會隆重地舉行了。

② 表示回想。

◆ 子供(こども)の頃(ころ)は、大人(おとな)になるのが待(ま)ち遠(どお)しかった。
孩提時候期盼著自己早日長大。

◆ 初(はじ)めて外国旅行(がいこくりょこう)をしたとき、パスポートと財布(さいふ)をなくしてしまい、とても心細(こころぼそ)かった。
第一次去國外旅行時，丟了護照和錢包。那時，心裡感到很不安。

③ 表示經驗。

◆ ああ、その本(ほん)なら子供(こども)のころ読(よ)んだことがあります。
啊，這本書，我小時候看過。

◆ そんな話(はなし)は聞(き)いたこともないよ。
這種事我連聽都沒聽說過。

④ 表示事物的狀態或說話人當時的感覺。

◆ 檻(おり)の中(なか)のライオンは、飼育係(しいくがかり)から与(あた)えられた肉(にく)の塊(かたまりするど)を鋭い歯(は)で食(く)い ちぎっていた。
欄中的獅子用它尖鋭的牙齒把馴養員給的肉塊撕得粉碎。

◆ 包丁(ほうちょう)の刃(は)が鈍(にぶ)くなったようだから、研(と)がなければいけない。
菜刀的刃鈍了，得磨磨了。

◆ 受験前なのに、息子が勉強しないので、母親はとても歯がゆかった。

臨近考試了，兒子還不好好用功，母親顯得焦慮不安。

◆ ああ、困った。

啊！真沒有辦法啊。

◆ ああ、腹がへった。

啊！餓了。

⑤ 表示發現、確認、想起等。

◆ 自分の学説を否定されたA教授は凄まじい顔で怒り始めた。

因自己的學説被否定，A教授一副震怒的表情，開始大發雷霆。

◆ いた、いた。あんなところに。

在，在，他在那裡。

◆ ああ、ここにあったよ。

啊，在這裡。

◆ あなたは田中さんでしたね。

你是田中先生沒錯吧。

◆ なんだ、君だったのか。

哎呀，原來是你啊。

⑥ 未然（未發生）事項表示為已然（已發生）事項。

◆ これ以上議論を続けたところで、堂々めぐりだ。

即使再這樣議論下去也還是沒有什麼進展。

◆ 妻の誕生日に何を贈ったものか、う～ん、困ったなあ。

妻子的生日送什麼好呢？真傷腦筋呀。

◆ お金はないよりあった方がいい。

有錢總比沒錢好。

⑦ 表示命令、強調、感歎。

◆ やった。

太好了！

◆ やっぱり来てよかった。

這一趟來對了。

◆ どいた、どいた。

讓開！讓開！

判斷助動詞だ・である 6

1） 判斷助動詞だ・である的接續方法

● 判斷助動詞「だ」、「である」接在體言、相當於體言的詞語、部分副詞、部分助詞後，對主語或主題所提出的事物加以肯定或否定的判斷。從語體上來說，「だ」為簡體，「である」為書面語體。前者多用於口語，後者一般用於文章中。

◆ A：あのさ、ちょっと君に相談したいことがあるんだ。
我有點事想和你談談。

B：うん、いいわよ。何？
嗯，好啊。什麼事？

A：今月の給料日まで、二万円ほど貸してもらえない？
到這個月發薪之前，能借我兩萬日元嗎？

B：二万円？それで、何に使うの？
兩萬日元？做什麼用呀？

A：うっかり定期券を落としちゃってね。新しく買わなくちゃならないんだ。
我不小心把月票丟了，不得不再買一張。

B：そうだったの？わかったわ。
是這樣啊。好的。

◆ わが国は従来より日本との友好協力関係を発展させることを重視しており、両国は経済的にも互いに補い合うという関係にある、地理的にもとなりあっている国であるし、協力の潜在力は非常に大きなものである。
我國歷來重視和日本發展友好合作關係，我們中日兩國經濟上可以互補，且地理上比鄰，合作的潛力很大。

2） 判斷助動詞だ・である的活用

● 判斷助動詞「だ」屬於形容動詞型活用，「である」屬於五段動詞型活用，其活用變化如下表。

基本形	未然形	連用形	終止形	連體形	假定形	命令形
だ	だろ	だっ、で	だ	な	なら	×
である	であろ	であっ、であり	である	である	であれ	であれ

3） 判斷助動詞だ・である的各種活用形用法

① 判斷助動詞「だ」的未然形。

◆ 王さんが今勉強しているのは日本語だろう。
王小姐現在學的是日語吧。

◆ ね、やはり僕が言った通りになっただろう。
瞧，還是我說對了吧。

② 判斷助動詞「だ」的連用形。

◆ 父親は教師で、母親は医者だ。
父親是教師、母親是醫生。

◆ 情けないことに、今回の試験は３科目が０点だった。
這次考試三門課都考了零分，懊惱不已。

③ 判斷助動詞「だ」的終止形。

◆ ここは、気候といい、景色といい、休暇を過ごすには、最高の場所だ。
不論氣候，還是景色，這裡都是休假的最好場所。

◆ それは願ったりかなったりだ。
這正合我意。

④ 判斷助動詞「だ」的連體形。

◆ 学生なので、半額である。
因為是學生，所以半價。

◆ 日曜日なのに、用事があるので、どこへも遊びに行けない。
雖是星期天，但因有事，所以哪裡都不能去玩了。

⑤ 判斷助動詞「だ」的假定形。

◆ ストレス解消ならゴルフに限る。
說到緩解精神緊張的方法，最好就是打高爾夫球。

◆ 単なる冗談ならまだしも、彼の話にはいつもとげがある。
如果僅僅是玩笑倒也罷了。可是他的話裡總是帶刺。

⑥ 判斷助動詞「である」的未然形。

◆ あの人が高名な僧侶であろう。
他就是名望很高的和尚吧。

⑦ 判斷助動詞「である」的連用形。

◆ 田中先生は大学の教授であり、国会議員でもある。
田中老師是大學教授，也是國會議員。

◆「鉄の母」と言われた彼女も、家にあっては良き母であった。
被稱做「鐵娘子」的她在家也是個好母親。

⑧ 判斷助動詞「である」的終止形。

◆ 首相が代わってからというものの、住宅問題も教育問題も手付かずで、軍事面にいたっては予算が増加する一方である。
雖説換了首相，但不論住宅問題還是教育問題都沒有著手解決，而軍事方面卻在不斷地增加預算。

⑨ 判斷助動詞「である」的連體形。

◆ 管理職である人は、組合に加入できない。
公司的管理人員不能參加工會。

⑩ 判斷助動詞「である」的假定形。

◆ ビールであれば、飲める。
是啤酒的話，我能喝。

⑪ 判斷助動詞「である」的命令形。

◆ いかなる天才であれ、人知れぬ努力をしているものだ。
不管是多麼了不起的天才，也都要付出人們難以想像的努力。

4） 判斷助動詞だ・である的意義

① 表示對事物或狀態的斷定、判斷。

◆ 私が言いたいのは、緊急に対策を打たなければならないということなのだ。
我想説的就是必須採取緊急對策。

◆ ここまで来たのだから、あともう一息だ。
已經到了這裡了，只需再加把勁了。

◆ やはり私の考えは間違っていなかったのだ。
我的想法果真沒有錯。

◆ この仕事はやめたくてたまらないが、事情があってやめられないのだ。
其實我非常想辭掉這份工作，可是因為某種原因又辭不了。

◆ あの政治家は、いつも優柔不断であるかのごとく振舞っているが、実はそう簡単には真意を見せないタヌキである。
那個政治家看上去優柔寡斷似的，其實是一個不輕易表露真實意見的老狐狸。

② 代替上文提到的或可以想見的其他詞語。

◆ ぼくはうなぎだ。
我吃鰻魚。

◆ 私たちは明日はマラソンだ。
我們明天是（跑）馬拉松。

◆ 私は地下鉄だ。
我是（坐）地鐵。

◆ 花子さんは今バレエのレッスンだ。
花子小姐現正在上芭蕾舞蹈課。

否定助動詞ない・ぬ（ん） 7

1） 否定助動詞ない・ぬ（ん）的接續方法

● 接在動詞未然形、動詞型助動詞未然形後面，表示否定。

◆ この事故では、橋本さんに責任がある。もっとも、相手の村田さんにも落度があったことは否定できない。
在這次事故中，橋本先生有責任。但話又說回來，不能否認對方村田先生也有過錯。

◆ 人間が食べないものはないみたいだね。広東では、四つ足はテーブル以外何でも食べるなんていうよ。
人類好像無所不食啊。在廣東有這樣的說法：四條腿的除了桌子以外什麼都可以吃。

◆ この妥協案すらのめないとあっては、交渉の決裂は避けられない。
如果不能接受這個妥協方案的話，談判破裂便是不可避免的了。

◆ このことは、君が直接彼に謝らないでは済まないぞ。
就這件事，你必須直接向他道歉。

◆ 秋葉原に行けば、電気製品で手に入らないものはないと言っていいだろう。
到了秋葉原，可以說沒有買不到的電器。

2） 否定助動詞ない・ぬ（ん）的活用

● 否定助動詞ない・ぬ（ん）活用表

基本形	未然形	連用形	終止形	連體形	假定形	命令形
ない	なかろ	なく なかった	ない	ない	なけれ	×
ぬ（ん）	×	ず	ぬ（ん）	ぬ（ん）	ね	×

3） 否定助動詞ない・ぬ（ん）的各種活用形用法

① 否定助動詞「ない」的未然形。

◆ あの映画(えいが)を見(み)たら、誰(だれ)だって感動(かんどう)しないでいられなかろう。
看了那部電影，誰都會感動的吧。

② 否定助動詞「ない」的連用形。

◆ 運動(うんどう)してもちっとも痩(や)せなくて困(こま)った。
雖然運動了，還是一點沒瘦，真傷腦筋。

◆ 朝起(あさお)きられなくて、汽車(きしゃ)に間(ま)に合(あ)わなかった。
早上起不來，所以沒趕上火車。

③ 否定助動詞「ない」的終止形。

◆ 人手(ひとで)が足(た)りないので、やめるにやめられない。
因為人手不夠，所以想不做也不行。

◆ 矢(や)でも鉄砲(てっぽう)でも持(も)って来(こ)い。俺(おれ)は逃(に)げ隠(かく)れはしない。
把你的本事都拿出來，我決不會跑的。

④ 否定助動詞「ない」的連體形。

◆ 言(い)わないほうがよいことは分(わ)かっているが、話(はな)さないではいられなかった。
明知不說為佳，可是又不能不說。

◆ 戦時中(せんじじゅう)は言(い)うに言(い)えない苦労(くろう)をしてきた。
戰爭期間我經歷了無法用語言表達的艱辛。

⑤ 否定助動詞「ない」的假定形。

◆ 勉強(べんきょう)しなければ、怒(おこ)られますよ。
不學習，就要挨罵的。

◆背が高くなければファッションモデルにはなれない。
個頭不高，當不了時裝模特兒。

⑥ 否定助動詞「ぬ」的連用形。

◆東京には行かず、京都と奈良に行った。
沒有去東京，而去了京都和奈良。

◆デジタルカメラの説明をよく読まずに使っている人は多いようだ。
好像很多人都是沒怎麼好好看說明書就開始使用數位照相機。

◆これは君のあずかり知らぬことだ。知らずともよい。
這事跟你毫無關係，不知道也好。

⑦ 否定助動詞「ぬ」的終止形。

◆急いで対策を考えなければならぬ。
必須立即考慮對策。

◆国際世論に逆行するような核実験を、決して許してはならぬ。
核武試驗這種與國際輿論背道而馳的做法是絕不允許的。

⑧ 否定助動詞「ぬ」的連體形。

◆暗くならぬうちに家にたどり着けるといいのだが。
趁天黑之前能趕回家就好了。

◆知らぬ間にこんなに遠くまで来てしまった。
不知不覺間就走了這麼遠。

◆海のものとも、山のものともつかぬ変なやつだ。
他是個讓人難以捉摸的傢伙。

⑨ 否定助動詞「ぬ」的假定形。

◆人生には、我慢せねばならぬこともある。
人生當中也有必須要忍耐的事情。

4） 否定助動詞ない・ぬ（ん）的意義

① 表示對動作、作用、狀態、屬性的否定。

◆辞書なしでは、英語の新聞を読めない。
沒有詞典，就讀不了英文報。

◆膨大な資料を調査してみたが、彼らの残した記録は何一つ見つからなかった。
調查了龐大的材料，但是沒有發現任何他們所留下的記錄。

◆ この番組は生放送だから、やり直しがきかない。
這個節目是現場直播，所以錯了也沒法改。

◆ 人生において、一番大切なものは何なのだろう？あれもこれもで、一つには絞りきれないなあ。
人的一生中最重要的東西究竟是什麼？這個也重要，那個也重要，真不知道哪個是最重要的。

② 「ない」用在句尾，表示非確定性敘述以及徵詢、請求、願望、勸誘等，一般用升調。

◆ 彼の様子、ちょっと変だと思わない？
你不覺得他的樣子有點怪嗎？

◆ 君にはちょっと難しくない？
這對你稍微有點難吧？

◆ この本、2、3日貸してもらえない？
這本書能借我兩三天嗎？

◆ 明日もう一度ご来店いただけないでしょうか。
明天能再來本店一趟嗎？

◆ 今度、一緒にスケートに行かない？
下次一起去溜冰吧。

③ 以「～てはならない」、「～てはいけない」、「～てはいかん」等構成的慣用型表示禁止。

◆ 一度や二度の失敗で諦めてはならない。
千萬不要因為一兩次失敗就放棄。

◆ この場所に駐車してはいけないらしい。
這裡好像不能停車。

◆ 君、はじめて会った人にそんな失礼なことを言ってはいかんよ。
你啊，對初次見面的人不能說那麼沒有禮貌的話。

④ 以「～なければならない」、「～なくてはいけない」、「～ないといけない」、「～ねばならぬ」、「～なくてはいかん」等構成的慣用型表示必須、必要、義務。

◆ 政府は国民の福祉に貢献しなければならぬ。
政府就是要為國民的福利做貢獻。

◆ 男は男らしくなければならず、女は女らしくなければならぬと言われてきた。
常被說男的要有男孩子樣，女的要有女孩子樣。

◆ 目上の人と話す時は言葉遣いに気をつけなくてはいけない。
和比自己年長資深職位高的人說話時必須注意措辭。

◆ 履歴書は自筆のものでなくてはいけない。
履歷表必須是本人親筆填寫。

被動助動詞れる・られる 8

1） 被動助動詞れる・られる的接續方法

● 「れる」接在五段活用動詞的未然形後，「られる」接在一段活用動詞、サ行變格活用動詞、カ行變格活用動詞的未然形後，構成動詞的被動語態。其中，サ行變格活用動詞會發生約音現象。如：せられる→される；発表せられる→発表される。

◆ 表紙に美しい絵が描かれている。
封面上畫著美麗的畫。

◆ 私は今朝、電車の中で足を踏まれた。
今天早上，我在電車上被人踩了腳。

◆ 実験の結果はあさって発表される予定だ。
實驗結果預定後天發表。

2） 被動助動詞れる・られる的活用

● 被動助動詞 れる・られる活用表

基本形	未然形	連用形	終止形	連體形	假定形	命令形
れる	れ	れ	れる	れる	れれ	れろ
られる	られ	られ	られる	られる	られれ	られろ られよ

3） 被動助動詞れる・られる的各種活用形用法

① 被動助動詞れる・られる的未然形。

◆ 残念ながら、代表に選ばれなかった。
很遺憾，沒被選為代表。

② 被動助動詞れる・られる的連用形。

◆ 車にはねられて怪我をした。
被車軋著受了傷。

◆ 地震後、その教会は地域の住民によって再建された。
地震後，那座教堂被當地居民重建。

③ 被動助動詞れる・られる的終止形。

◆ この地方では主に赤ワインが作られる。
這個地區主要生產紅葡萄酒。

◆ 先生に褒められる。
受到老師表揚。

④ 被動助動詞れる・られる的連體形。

◆ 木曜日の会議は3時から開かれることになっている。
週四的會議預定於3點召開。

⑤ 被動助動詞れる・られる的假定形。

◆ 彼は頼まれれば、いやと言えない人だ。
他是個有求必應的人。

參考 被動助動詞雖然在形式上有完整的活用形，但是命令形用法比較少用。

4） 被動助動詞れる・られる的意義

① 表示被動。

◆ 田中さんは知らない人に名前を呼ばれた。
田中先生被不認識的人叫了名字。

◆ 私は祖母に育てられた。
我被祖母撫養長大的。

◆ 娘は皆に可愛がられて育っている。
女兒在大家的疼愛下成長。

◆ 先生に発音を褒められて英語が好きになった。
因被老師誇讚發音好而喜歡上了英語。

② 表示「被……」、「由……」、「受到……」。

◆ 彼は観客から花束を贈られた。
他得到了觀眾的獻花。

◆ 漫画週刊誌は若いサラリーマンによく読まれている。
許多上班族都閱讀漫畫週刊。

◆ その展覧会はフォード財団によって支援されている。
這個展覽會，受到了福特財團的援助。

◆ 彼は正直なので、誰からも信頼されている。
他很正直，受到所有人的信賴。

③ 表示動作對象受到動作主體的影響，也稱為「受害被動」。

◆ 忙しいときに客に来られて、仕事ができなかった。
正忙的時候，來了客人，結果沒辦法工作。

◆ 家族でハイキングに行ったんですが、途中で雨に降られてしまいました。
一家人去郊遊，結果途中被雨淋了。

◆ 母に死なれた子供ほどかわいそうなものはない。
沒有比失去了母親的孩子更可憐的了。

④ 突顯動作對象、結果，隱藏動作主體。

◆ 狭い部屋で煙草を吸われると気分が悪くなる。
在窄小的房間裡聞到煙味就不舒服。

◆ 夜遅くまで会社に残って仕事をされると、電気代がかかって困る。
如果你們留在公司加班到很晚，那還得多花電費，不行。

◆ つぎつぎに料理を出されて、とても食べ切れなかった。
一道一道地上菜，怎麼吃都吃不完。

◆ 皆様が待ち焦がれる第13回大連国際ファッション祭は9月20日から26日にかけて正式に開催されることになりました。
我們盼望已久的第13屆大連國際服裝節將於9月20日至26日正式舉行。

⑤ 被動助動詞與使役助動詞「せる」、「させる」連用，表示被迫或由某事引發的行為。

◆ 昨夜お酒を飲みたくなかったが、お客さんに付き合わされて飲まされた。
昨晚我不想喝酒，但為了勉強應付客人不得不喝。

◆ 残業させられる人の身にもなってほしいものだわ。若い独身の女性がこんな時間まで残業してるようじゃあ、いい人に巡り合えないわ。
希望他們也能替加班的人想想。要是年輕的女性總是這麼晚還在加班的話，那就永遠沒有機會找到對象了。

◆ 昨日の空中ブランコは見ていて、はらはらさせられた。
昨天的空中飛人看得我心驚膽顫的。

可能助動詞れる・られる 9

1） 可能助動詞れる・られる的接續方法

● 「れる」接在五段活用動詞未然形後，「られる」接在一段活用動詞、サ行變格活用動詞、カ行變格活用動詞的未然形後，構成動詞的可能態。

◆ この野菜(やさい)は生(なま)では食(た)べられない。
這個菜不能生吃。

◆ この動物園(どうぶつえん)では、子供(こども)は無料(むりょう)でイルカのショーが見(み)られる。
在這個動物園，孩子可以免費看海豚表演。

2） 可能助動詞れる・られる的活用

● 可能助動詞れる・られる活用表

基本形	未然形	連用形	終止形	連體形	假定形	命令形
れる	れ	れ	れる	れる	れれ	×
られる	られ	られ	られる	られる	られれ	×

● 五段活用動詞後接「れる」和サ變活用動詞後接「られる」時通常要進行約音。

使う	→	使わ	＋れる	→	使われる	→	使える
話す		話さ			話される		話せる
書く		書か			書かれる		書ける
読む		読ま			読まれる		読める
利用する		利用せ	＋られる		利用せられる		利用される
変更する		変更せ			変更せられる		変更される

3） 可能助動詞れる・られる的各種活用形的用法

① 可能助動詞れる・られる的未然形。

◆ この本(ほん)は読(よ)み出(だ)したら、やめられない。
這本書你只要一讀，就欲罷不能。

② 可能助動詞れる・られる的連用形。

◆ 王(おう)さんは刺身(さしみ)が食(た)べられますか。
王先生能吃生魚片嗎？

③ 可能助動詞れる・られる的終止形。

◆ この木の実は食べられる。
這種樹的果實可食用。

④ 可能助動詞れる・られる的連體形。

◆ これは300人が楽に入れる教室です。
這是一個很寬敞的、可以容納300人的教室。

⑤ 可能助動詞れる・られる的假定形。

◆ 補聴器を付けられれば、耳が良く聞こえるようになる。
如果能戴上助聽器，耳朵就能聽清了。

4） 可能助動詞れる・られる的意義

① 表示可能性。

◆ あの店ではいつも珍しいものが食べられる。
在那個店經常能吃到珍奇的東西。

◆ 午後来られる人だけでよいから、来て手伝ってほしい。
下午能來的人就可以了，希望大家來幫幫忙。

② 表示能力。

◆ この漢字は読めない。
我不會念這個漢字。

◆ 一日に新しい単語を30ぐらい覚えられます。
一天能記30個左右的新單字。

自發助動詞れる・られる 10

1） 自發助動詞れる・られる的接續

● 「れる」接在五段活用動詞未然形後；「られる」接在一段活用動詞、サ行變格活用動詞、カ行變格活用動詞的未然形後，構成動詞的自發語態。大部分的サ行變格活用動詞會發生約音現象。如：せられる→される；想像せられる→想像される。

◆ 春の到来が待たれる。
盼望春天到來。

◆ 故郷への道が急がれる。
回鄉心切，不由得加快腳步。

◆ つい言ってしまったあの一言が悔まれてならない。
我對無意中吐漏的那句話感到非常後悔。

◆ この冬、降り積もった雪を見れば、来年も豊作の年に違いないと思われる。
看看今年的積雪，覺得明年也絕對是個豐收年。

2） 自發助動詞れる・られる的活用

● 自發助動詞れる・られる活用表

基本形	未然形	連用形	終止形	連體形	假定形	命令形
れる	れ	れ	れる	れる	れれ	×
られる	られ	られ	られる	られる	られれ	×

3） 自發助動詞れる・られる的各種活用形用法

① 自發助動詞れる・られる的連用形。

◆ この二週間を振り返りますと、各界との交流や観光の日々が、走馬灯の如く思い出されてきます。
回顧這兩個星期，與各界交流、觀光的情景，一幕一幕地浮現在我的眼前。

◆ その鳥の鳴き声を聞くたびに、故郷のことが懐かしく思い出されます。
每當聽到蟲鳴聲，我就不由得想起了故鄉。

② 自發助動詞れる・られる的終止形。

◆ 一日も早く失業問題の解決が望まれる。
希望能夠早一天解決失業問題。

◆ この本は君たちには易しすぎるように思われる。
這本書對於你們來說，似乎過於簡單了。

③ 自發助動詞れる・られる的連體形。

◆ 自然の移り変わりに季節を感じられることは、とても幸せなことかもしれない。
能從自然的變化中體會到季節的變化也許是件很幸福的事。

◆ 彼は育ちの良さが感じられる人です。
他是一個讓人覺得很有教養的人。

參考 自發助動詞「れる」、「られる」沒有命令形，未然形與假定形的用法一般也很少使用。

4） 自發助動詞れる・られる的意義

● 多用於表示某種心情、感情。

◆ 気の毒に思われてならない。
不禁覺得可憐。

◆ 子供の行く末が案じられてならない。
非常擔心孩子的前途。

◆ 昔のことが思い出される。
不由得想起往事。

◆ 年月がたてば忘れられる。
歲月流逝，自然也就淡忘了。

敬語助動詞れる・られる 11

1） 敬語助動詞れる・られる的接續方法

● 「れる」接在五段活用動詞未然形後，「られる」接在一段活用動詞、カ行變格活用動詞、サ行變格活用動詞的未然形後，構成尊敬動詞。

◆ 張技師長はお若いころ日本に留学され、日本語に堪能で、日本の事情を熟 知しており、日本人には兄弟にも勝る深い友情をお持ちです。
張工頭年輕時代曾留學日本，精通日語。熟知日本情況，與日本人的交往勝似兄弟。

◆ 皆さんは、数時間後の日本でのご家族や友人との再会を思い、すでに帰心矢の如しとなっておられるのではありませんか。
幾個小時以後，大家就要回到日本，同家人、朋友見面了，此刻肯定是歸心似箭。

◆ もう一つのことですが、午前10時に野村貿易の山下さんがお見えになって、この書類を置いて行かれました。午後3時に改めて連絡するとのことです。
還有一件事。上午10點野村貿易的山下先生來過，把這份資料放下就走了。他說下午3點再跟您聯繫。

2） 敬語助動詞れる・られる的活用

● 敬語助動詞れる・られる活用表

基本形	未然形	連用形	終止形	連體形	假定形	命令形
れる	れ	れ	れる	れる	れれ	×
られる	られ	られ	られる	られる	られれ	×

3） 敬語助動詞れる・られる的各種活用形的用法

① 敬語助動詞れる・られる的未然形。

◆ 社長は出席されないと思います。
我想社長不出席會議。

② 敬語助動詞れる・られる的連用形。

◆ 田中さんはおられますか。
田中先生在嗎？

③ 敬語助動詞れる・られる的終止形。

◆ 校長先生は明日登校されます。
校長明天會到學校來。

④ 敬語助動詞れる・られる的連體形。

◆ ご主人の帰られる頃にまたお伺いします。
您丈夫回來時，我再來打擾。

⑤ 敬語助動詞れる・られる的假定形。

◆ 一日も早くご健康を回復されれば、みんな幸せです。
您早日康復就是大家的幸福。

行かれよう	→	行かれるでしょう
来られよう		来られるでしょう

＊敬語助動詞「れる」、「られる」的推量形式「れよう」、「られよう」通常用「れる（られる）＋でしょう」表示。

4） 敬語助動詞れる・られる的意義

● 用於表示對動作主體的尊敬之情。

◆ 田中さんは七連休にどこかへ行かれましたか。
田中先生，您在七天長假中去了什麼地方嗎？

◆ 先生の言われたことはまちがいないと思います。
我認為老師講的沒有錯。

◆ 状況を把握するには、ご本人が行かれればいいと思います。
要想掌握情況，還是您本人親自去好。

敬體助動詞ます・です 12

1） 敬體助動詞ます・です的接續方法

● 「ます」接在動詞或動詞型助動詞的連用形後，「です」接在體言、形容詞終止形、形容動詞詞幹、部分副詞和助詞之後，構成敬體，表示對聽者和讀者的一種客氣、禮貌。

◆ 見積もりの件ですが、よく検討させていただき、来週早々にお返事いたします。

關於報價的事，讓我們仔細研究一下，下周初再給予您答覆。

◆ 申し訳ございません。ただ今担当の者が外出しておりますので、戻りましたらすぐ連絡いたします。失礼ですが、お名前とお電話番号を教えていただけませんか。

實在對不起，負責這項工作的人員外出了。他回來之後，再跟你們聯繫。能否把您的名字與電話號碼告訴我們？

◆ 客：ここのしみが落ちていないのですが。

這裡的污漬沒弄下來。

店長：申し訳ございません。すぐ洗いなおします。

對不起。馬上給您重新洗。

客：すみませんが、急いでいますので、早めにお願いできませんか。

抱歉。我急著用。能不能拜託您快點。

店長：はい、夕方までには必ず仕上げておきますので。

是。傍晚之前一定弄好。

2） 敬體助動詞ます・です的活用

● 敬體助動詞ます・です均屬於特殊型活用。其活用變化如下表。

基本形	未然形	連用形	終止形	連體形	假定形	命令形
ます	ませ、ましょ	まし	ます	ます	ますれ	ませ
です	でしょ	でし	です	（です）	×	×

3） 敬體助動詞ます・です的各種活用形的用法

① 敬體助動詞ます・です的未然形。

◆ 一粒の米と言えども、粗末にしてはいけません。

即使是一粒米，也不能浪費。

◆ きっとうまいに違いありません。じゃ、さっそく注文しましょうか。

味道一定不錯，來，趕快點菜吧。

◆ この問題が解ける人は何人もいないでしょう。

能解這個問題的沒幾個人吧。

② 敬體助動詞ます・です的連用形。

◆ 知らぬこととは言いながら、誠に失礼いたしました。

雖然不知者不為過，但內心還是實感抱歉。

◆ お待ちどうさまでした。紅茶とコーヒーです。

讓您久等了。這是您要的紅茶和咖啡。

③ 敬體助動詞ます・です的終止形。

◆ 入社して３年になりますが、毎日同じ仕事の繰り返しなので、退屈です。

進公司3年，每天都重複同樣的工作，感到很無聊。

◆ おじは天気が良ければ毎朝近所を散歩します。

只要天氣好，爺爺每天都去公園散步。

④ 敬體助動詞ます・です的連體形。

◆ あそこに見えますのが図書館です。

那裡看到的就是郵局。

⑤ 敬體助動詞ます・です的假定形。

◆ 来年になりますれば時間的にも多 少 余裕ができますものと期待し て お ります。

希望到了明年，在時間方面多少能有些寬裕。

⑥ 敬體助動詞ます・です的命令形。

◆ よろしかったらお召し上がりくださいませ。

不知合不合您的口味，如果願意的話，請品嚐。

◆ いらっしゃいませ。

歡迎光臨。

4） 敬體助動詞ます・です的意義

● 敬體助動詞ます・です是用來表達説話者或作者對聽者、讀者表示尊敬或禮貌的一種語體。多用於日常談話、講演或信函文章中。

◆ A：お迎えに上がりました。
我來接您了。

B：わざわざどうもすみません。
謝謝你特地來接我。

A：お荷物をお持ちします。
我來拿行李。

B：すみません。
不好意思。

A：あのう、長旅でお疲れではございませんか。
長途旅行，您一定很累了吧。

B：ええ、少し。
是呀，有點累。

A：でしたら、ホテルに直行いたしましょうか。少しお休みになられたほうがいいかと思います。
那麼我們直接回飯店吧。我想還是稍微休息一下比較好。

B：ええ、そうしていただけると助かります。
是啊，能那樣的話，就太好了。

◆ A：もし宝くじに当たったら、何に使いますか。
如果中了彩票你準備用來做什麼？

B：すぐに使わないで貯金しておきます。
我不會馬上用，會先存起來。

◆ 今日の宴席には、中国の銘酒茅台酒や紹興酒も用意しております。日本の方は酒豪と伺っておりますので、どうぞお料理とともに、存分にお召し上がりください。
今天的宴會，我們準備了中國的名酒——茅臺酒和紹興酒。聽說日本的朋友喝起酒來是海量，請你們多吃多喝。

◆ 先日、頼まれました日本語 教 師 招 請の件ですが、慎重に検討した結果、私の知人、日本の名門大学大学院卒の35歳の田中君を紹介することになりました。彼は私の日本 留 学時代の同窓、同じゼミの仲間です。人に親切、客好き、勉学、やる気満々、仕事も確実で、彼なら貴大学の仕事を確実にこなしてくれると思います。
上次您提到的聘請一位日語教師，經再三考慮，現將我的朋友日本名門大學研究生畢業的，現年35歲的田中先生介紹給您。他是我日本留學時的同學，同研究小組的朋友。他為人熱情、好客、勤奮、事業心強，辦事可靠，我想他定能勝任貴大學的工作。

使役助動詞せる・させる 13

1） 使役助動詞せる・させる的接續

● 「せる」接在五段活用動詞未然形後，「させる」接在一段活用動詞、サ行變格活用動詞、カ行變格活用動詞的未然形後，構成動詞的使動語態。サ行變格活用動詞的使動態會發生約音。如：せさせる→させる；発展せさせる→発展させる。

◆ そのことについて、私からも意見を言わせていただきたいと思います。
關於那件事，請允許我也發表自己的意見。

◆ 人間も雨を降らせることが出来るようになった。
人們也能用人工降雨了。

◆ そんなお化けの話をして子供たちを怖がらせてはいけない。
不要講那種鬼怪的故事來嚇唬小孩。

◆ 少し疲れました。すみませんが、30分ほど休ませていただけませんか。
有點累了，對不起，能不能讓我休息30分鐘？

◆ あ～んと口を開けて、お母さんが食べさせてあげる。
啊，把嘴張開，媽媽喂你。

2） 使役助動詞せる・させる的活用

● 使役助動詞せる・させる屬於一段動詞型活用，其活用變化如下表。

基本形	未然形	連用形	終止形	連體形	假定形	命令形
せる	せ	せ	せる	せる	せれ	せろ せよ
させる	させ	させ	させる	させる	させれ	させろ させよ

3） 使役助動詞せる・させる的各種活用形用法

① 使役助動詞せる・させる的未然形。

◆ 未成年にはお酒を飲ませないでください。
不要讓未成年人喝酒。

② 使役助動詞せる・させる的連用形。

◆ 社長は秘書にタイプを打たせた。
總經理叫秘書打字。

◆ 子供たちは目を輝かせて話に聞き入っている。
孩子們睜著大眼睛聚精會神地聽著故事。

◆ 自分の不注意で彼を怪我させてしまった。
由於我的不小心，使他受傷了。

③ 使役助動詞せる・させる的終止形。

◆ 彼は、いつも冗談を言ってみんなを笑わせる。
他總講笑話逗大家笑。

④ 使役助動詞せる・させる的連體形。

◆ 金融不安が、日本の経済状態を悪化させる原因となっている。
金融不穩定是使日本經濟狀態惡化的原因。

⑤ 使役助動詞せる・させる的假定形。

◆ この件については、田中さんに調べさせれば、すぐ分かると思います。
我認為這件事如果能讓田中先生調查一下，馬上就會清楚。

⑥ 使役助動詞せる・させる的命令形。

◆ 先生に対し、また学友に対し、必ず、はっきり声を出して挨拶せよ。
對老師、對同學，必須聲音響亮地打招呼。

4） 使役助動詞せる・させる的意義

● 讓對方按照某命令或指示去行動。在實際的語言運用中，使役助動詞還兼有「指示」、「強制」、「原因」等用法，比一般意義的使役要寬泛得多。

① 表示指示、強制命令。

◆ 教師が学生に本を読ませた。
教師讓學生朗讀了課文。

◆ 申し訳ありません。すぐに係りの者を伺わせます。
對不起，我讓負責人員馬上就過去。

◆ 犯人は銀行員に現金を用意させた。
兇犯勒令銀行行員準備現金。

② 表示允許。

◆ 少し疲れました。すみませんが、30分ほど休ませていただけませんか。
有點累了，真對不起，能不能讓我休息30分鐘？

◆ 社長は給料を前借させてくれた。
總經理允許我預支薪水。

◆ そんなにこの仕事がやりたいのなら、やらせてあげましょう。
既然他那麼想做這項工作，那就讓他做吧。

③ 表示放任。

◆ あまりわがままにさせておくと、大きくなってから、ろくな人間にはならないぞ。
過於隨他性子的話，長大後可是成不了大器的。

◆ 風呂の水を溢れさせるな。
別讓澡盆裡的水溢出來。

◆ 疲れているようだったので、そのまま眠らせておいた。
他好像很累，就讓他那麼睡吧。

④ 表示原因。

◆ 二年も続けて落第して母をがっかりさせた。
連續兩年都落榜，讓母親很失望。

◆ 運命のいたずらが彼の人生を狂わせた。
命運的捉弄，使他一生坎坷。

◆ フロンガスが地球を温暖化させている。
是氟利昂在使地球暖化。

⑤ 使動與被動連用，表示被迫或引發的行為。

◆ 毎日遅くまで残業させられたんじゃ、たまらないよなあ。
每天不得不加班到很晚，真讓人受不了。

◆ 食べたくもないのに、食べさせられるのは、ほとんど拷問に近い。
被迫吃不想吃的東西，簡直跟受刑差不多。

◆ そのお話を聞いて、すっかり考えさせられた。
聽了那番話，使我深有所思。

意志助動詞う・よう・まい 14

● 意志助動詞「う」、「よう」、「まい」在句中除了表示意志之外，還有推測、勸誘等含義，所以又叫做「推量助動詞」。

◆来年こそよい成績がとれるように頑張ろう。

明年一定要取得好成績。

◆忙しいのなら、手伝ってあげよう。

忙的話，我來幫你吧。

◆今夜は飲み明かそうよ。

今晚喝個通宵吧。

◆よろしければ一緒に食事でもしようじゃありませんか。

如果可以的話，一起去吃飯怎麼樣？

◆彼は若く見えるが、本当はかなり年輩なのではあるまいか。

他看上去很年輕，但實際上已有相當的年紀了吧。

◆忙しいからと一度は断ったのだが、なんとかやってもらえまいかと何度も頼まれてしかたなく引き受けた。

我說很忙曾一度拒絕了他。可他幾次求我說能不能想辦法幫幫他。沒辦法，我就接受了。

◆嘆いても詮無いことだ。今更くよくよ考えまい。

悲歎也無濟於事，到如今也不再自尋煩惱了。

◆知られまいとして、隠そうとすると、かえって知られてしまうものだ。

因不想讓人知道而遮遮掩掩，其結果反而會被人識破。

1） 意志助動詞う・よう・まい的接續方法

意志助動詞「う」	接在用言推量形及助動詞「ます」、「です」、「た」、「だ」、「ない」、「たい」、「ようだ」、「そうだ」等的推量形後；
意志助動詞「よう」	接在一段活用動詞、サ變活用動詞、カ變活用動詞的未然形及助動詞「せる」、「させる」、「れる」、「られる」的未然形後；
意志助動詞「まい」	接在五段活用動詞、一段活用動詞、カ行、サ行變格活用動詞及助動詞「れる」、「られる」、「せる」、「させる」的未然形後。 カ行、サ行變格活用動詞，有以下3種接續形式。 来る→きまい·こまい·くるまい する→すまい·しまい·するまい

2） 意志助動詞う・よう・まい的活用

● 意志助動詞う・よう・まい的活用變化如下表所示，基本上屬於無活用型助動詞。

基本形	未然形	連用形	終止形	連體形	假定形	命令形
う	×	×	う	（う）	×	×
よう	×	×	よう	（よう）	×	×
まい	×	×	まい	（まい）	×	×

3） 意志助動詞う・よう・まい的終止形和連體形的用法

① 意志助動詞う・よう・まい的終止形。

◆明日、朝が早いから、今日は早く寝よう。
明天要早起，今晚早點睡吧。

◆足が痛いのか。おぶってやろう。
腿還痛嗎？我背你吧。

◆一度ゆっくり話し合おう。
找機會好好談談。

◆ビールをもう一本もらおう。
再來一瓶啤酒。

◆この嬉しさは他人には分かるまい。
這份喜悅，別人也許不會明白。

◆酒はもう二度と飲むまい。
我再不喝酒了。

② 意志助動詞う・よう・まい的連體形。

● 意志助動詞「う」「よう」「まい」的連體形，一般只連接「こと」、「もの」、「はず」、「わけ」等幾個有限的形式名詞。

◆これ以上この金融危機が長引こうものなら、いくつかの銀行は倒産の憂き目に遭うことになる。
如果這次金融危機再持續下去的話，有些銀行恐怕要倒閉了。

◆君のひらめきに賭けようものなら、びた一文戻って来そうもないな。
如果只靠你的靈感，會輸得精光的。

◆あの人に限って、そんな悪いことをしようはずがない。
他是絕對做不出那種壞事的。

◆二度とここへ戻ることはあるまい。
我不會再回到這裡了。

4） 意志助動詞う・よう・まい的意義

① 意志助動詞「う」「よう」表示推測、推量，相當於中文的「大概……吧」、「也許……吧」的意思。「まい」則表示否定的推測。有中文的「大概不……吧」、「也許不……吧」等意思。

◆中古品だから、そんなに高くなかろう。
因為是中古貨，不會太貴吧。

◆ 約束したのだから、きっと彼は来よう。
已經約好了，他一定會來的。

◆ まさか僕を騙しているなんてことはあるまいね。
大概不會欺騙我吧。

◆ こんな話をしてもだれも信じてくれまいと思って、今まで黙っていたのです。
我想這事大概也不會有人相信，所以沈默至今。

② 意志助動詞「う」「よう」表示意志，相當於中文的「要……」、「想……」、「打算……」的意思。「まい」與「う」「よう」相對應，表示否定的意志。有中文的「不打算……」、「決不……」等意思。

◆ これからどうして暮らしていこうか。
今後如何生活下去呢？

◆ いいことを教えてあげよう。
告訴你件好事吧。

◆ 母を悲しませまいと思って、そのことは知らせずにおいた。
因不想讓母親傷心，那件事就沒有告訴她。

◆ 二日酔いの間はもう二度と飲みすぎるまいと思うが、ついまた飲みすぎてしまう。
宿醉的時候雖然下定決心不能再喝了，可是不知不覺又喝多了。

③ 意志助動詞「う」「よう」還可以表示勸誘、邀請、提議等。

◆ 忙しいのなら、手伝ってあげよう。
很忙的話，我來幫你吧。

◆ 君も一緒に行こう。
你也一起去吧。

◆ 横断するときは左右の車に注意しよう。
過馬路時要注意左右車輛。

④ 以「～う（よう）とする」的形式表示動作將要開始或表示意向行為，相當於中文的「剛要……」、「就要……」、「想要……」。與此相對，「～まいとする」則表示「不讓……而……」的意思。

◆ お風呂に入ろうとしていたところに、電話がかかってきた。
剛要洗澡，電話響了。

◆ 日は地平線の彼方に沈もうとしている。
眼看太陽就要落到地平線的那邊去了。

◆寝ようとすればするほど、目がさえてきてしまった。
越想睡，眼睛就越睜得大大的睡不著。

◆本人にやろうとする意欲がなければ、いくら言っても無駄です。
本人如沒有想做的意願，怎麼説都沒用。

◆家族の者を心配させまいとする気持ちから、会社をやめたことは言わずにおいた。
為了不讓家人擔心，我沒把辭職的事告訴他們。

推量助動詞らしい 15

1） 推量助動詞らしい的接續方法

● 推量助動詞「らしい」接在體言、形容動詞詞幹、動詞終止形、形容詞終止形、助動詞終止形以及部分副詞、助詞之後，表示有客觀依據的推測或委婉的斷定。

◆夜中に雨が降ったらしく、地面が濡れています。
好像夜裡下了雨，地面濕了。

◆太郎はピーマンが嫌いらしいね。いつもそれだけ残すよ。
太郎好像不喜歡吃青椒，每次都剩下青椒。

◆君の腕前はなかなかのものらしいね。
你的手藝好像不錯啊。

2） 推量助動詞らしい的活用

● 推量助動詞「らしい」屬於形容詞型活用，但其活用形只有下面3種形式。

基本形	未然形	連用形	終止形	連體形	假定形	命令形
らしい	×	らしく らしかっ	らしい	らしい	×	×

3） 推量助動詞らしい的各種活用形用法

① 推量助動詞「らしい」的連用形。

◆兄は試験がうまくいかなかったらしく、帰ってくるなり部屋に閉じこもってしまった。
哥哥似乎考試沒有考好，一回到家，就悶在房裡不出來。

◆ 田中さんは急いでいるらしかったので、私は彼に何も言わなかった。
田中先生好像很急，所以我什麼也沒有對他説。

② 推量助動詞「らしい」的終止形。

◆ 天気予報によると、明日は雨らしい。
據天氣預報説明天好像有雨。

③ 推量助動詞「らしい」的連體形。

◆ それを聞いて田中さんもびっくりしたらしい様子であった。
聽到那件事田中先生好像也很吃驚的樣子。

4） 推量助動詞らしい的意義

① 表示推測。

◆ 新聞によると、近く消費税が値上げされるらしい。
據報導，最近好像要增加消費税。

◆ 道路が濡れているね。昨夜、雨が降ったらしい。
路是溼的，昨晚好像下雨了。

② 表示委婉的斷定。

◆ 料理は即席で用意したらしく、インスタントのものがそのまま並んでいた。
飯菜像是臨時準備的，就擺了幾樣速食品。

◆ A：昨夜も地震がありましたね。
昨晚又發生了地震了吧。

B：ええ、そうらしいですね。
嗯，好像是的。

參考 接尾詞「らしい」和推量助動詞「らしい」形式相同。接在名詞、副詞或形容動詞詞幹之後，構成形容詞，表示該事物所具有的典型性質。有中文的「像……樣的」、「典型的……」的意思。

◆ 最近は子供らしい子供が少なくなった。
最近孩子氣十足的孩子已經不多了。

◆ 今日は春らしい天気だ。
今天真是個典型的春天天氣。

◆ 彼は男らしく、実に竹を割ったような性格です。
他很有男子氣概，性格非常爽直。

願望助動詞たい・たがる 16

1） 願望助動詞たい・たがる的接續方法

● 接在動詞連用形、動詞型助動詞連用形後，表示願望、希望。「たい」用於表示說話人自己的願望；「たがる」用於表示第三人稱的願望。

◆ 年(とし)はとっても、心(こころ)の若(わか)さだけは保(たも)ち続(つづ)けたいものだ。
就算老了，也要保持年輕心態。

◆ 子供(こども)は辛(から)いものを食(た)べたがらない。
小孩子不願意吃辣的東西。

◆ たまには海外旅行(かいがいりょこう)で、ぱあっと豪遊(ごうゆう)したいものだ。
真想偶爾在國外旅遊一下，痛痛快快地玩一場。

◆ A：今度遊(こんどあそ)びに来(こ)ない？僕(ぼく)の手料理(てりょうり)をごちそうするよ。ところで君(きみ)が中華料理(ちゅうかりょうり)で食(た)べたいものと言(い)うと、何(なに)？
下次來玩吧。請你嚐嚐我做的菜。對了，你想吃的中國菜是什麼？

B：食(た)べたいものと言(い)うと、北京(ペキン)ダックにフカヒレのスープだな。
說起想吃的中國菜，那就是北京烤鴨外加魚翅湯了。

A：作(つく)ったことないから、弱(よわ)ったなあ。まあいいか。何(なん)とかやってみるよ。ただし、材料費(ざいりょうひ)は君持(きみも)ちだよ。
傷腦筋，我以前沒做過這些。不過沒關係，我做做看。只是材料費可得由你付。

2） 願望助動詞たい・たがる的活用

● 「たい」屬於形容詞型活用，「たがる」屬於五段動詞型活用。其活用變化如下表。

基本形	未然形	連用形	終止形	連體形	假定形	命令形
たい	たかろ	たかっ たく	たい	たい	たけれ	×
たがる	たがら たがろ	たがり たがっ	たがる	たがる	たがれ	×

3） 願望助動詞たい・たがる各種活用形用法

① 願望助動詞たい・たがる的未然形。

◆ 赤(あか)ちゃんが泣(な)いています。ミルクをほしたがろう。
嬰兒在哭，想喝牛奶吧。

◆ 子供は学校に行きたがらないので、心配しています。
小孩不想去學校，很擔心。

◆ 彼女は歯医者に行きたがらない。
她不願意去看牙。

② 願望助動詞たい・たがる的連用形。

◆ 大学をやめたくはなかったのだが、どうしても学資が続かなかった。
雖然我本人並不想中斷大學的學習，可是怎麼也交不起學費了。

◆ 日本語の通訳として貿易会社に勤めたかった。
曾經想在外貿公司當日語口譯。

◆ 花子さんがあなたに会いたがっていましたよ。
花子小姐正想要見你呢。

◆ あの子供は高い靴を買いたがり、親を困らせた。
那孩子非要買價錢不菲的鞋，讓父母很為難。

③ 願望助動詞たい・たがる的終止形。

◆ 子供というものは何でも知りたがる。
小孩子就是什麼都想知道。

◆ 海外へ旅行に行きたい。
我很想去國外旅行。

④ 願望助動詞たい・たがる的連體形。

◆ 読みたい本がいっぱいあります。
有很多書想看。

◆ 入社後一年はやめたがる人が多いが、それを過ぎると、たいていは長く勤めるようだ。
進公司第一年有很多人想辭職不幹，過了這個時期一般就可以長期工作下去。

⑤ 願望助動詞たい・たがる的假定形。

◆ 使いたければ、いつでもどうぞ。
什麼時候想用，你就用吧。

◆ 帰りたがれば、帰してやったほうがいい。
他想回去，就讓他回去吧。

4） 願望助動詞たい・たがる的意義

● 「たい」表示說話人內心的願望，主語為第一人稱，但通常省略。「たがる」則表示第三人稱的願望。

- 今は単身赴任だが、来年３月までになんとか家族そろって住むところを見つけたい。
  我現在是單身赴任。到明年3月份為止，我想找一處可以和家裡人一起居住的地方。
- 避難している住民は一刻も早く家に帰りたがっている。
  在外面避難的居民都想儘快地返回家園。
- 夏になると、みんな冷たくてさっぱりしたものばかり食べたがる。
  一到夏天，大家都喜愛吃又涼又清淡的東西。
- あなたも行きたいでしょう。
  你也想去吧。
- 一部の学生は今回の能力試験に参加したくないようだ。
  一部分學生好像不想參加這一次的能力考試。

參考 第二、第三人稱表示願望、希望時也可用「たい」，但通常採用發問、傳聞、推測、判斷等形式。

比喩助動詞ようだ・みたいだ 17

1） 比喩助動詞ようだ・みたいだ的接續

● 接在體言、用言連體形、部分助動詞連體形之後，表示比喻、示例以及表示說話人根據某種情況進行的判斷。

- 玄関で音がする。誰か来たみたいだ。
  大門那裡有聲音，好像有誰來了。
- 靴やかばんみたいなものはどの売り場で売っていますか。
  鞋子、皮包之類的東西在哪個櫃檯？
- 本当にうれしい。まるで夢みたい。
  真讓人高興，簡直像做夢一樣。
- まだ四月なのに、夏のような暑さだ。
  才到四月，就像夏天一樣熱。

2） 比喻助動詞ようだ・みたいだ的活用。

● 比喻助動詞ようだ・みたいだ均屬於形容動詞型活用。如下表。

基本形	未然形	連用形	終止形	連體形	假定形	命令形
ようだ	ようだろ	ようだっ ようで ように	ようだ	ような	ようなら	×
みたいだ	みたいだろ	みたいだっ みたいで みたいに	みたいだ	みたいな	みたいなら	×

3） 比喻助動詞ようだ・みたいだ的各種活用形用法

① 比喻助動詞ようだ・みたいだ的未然形。

◆ その絵（え）は逆（さか）さまのようだ。

那幅畫好像掛反了吧。

◆ 試験（しけん）は来週（らいしゅう）みたいだ。

考試是安排在下周吧。

② 比喻助動詞ようだ・みたいだ的連用形。

◆ 調整（ちょうせい）が難航（なんこう）するようだったら、私（わたし）が相手方（あいてがた）に直接（ちょくせつ）会（あ）って、話（はなし）をつけてもいいよ。

如果難以調解的話，我也可以直接和對方當面交涉。

◆ 彼（かれ）は何（なに）も知（し）らなかったかのように振舞（ふるま）っていた。

他好像什麼也不知道似的泰然自若。

◆ 王（おう）さんみたいに英語（えいご）が上手（じょうず）になりたい。

真想像王先生的英語那麼好。

③ 比喻助動詞ようだ・みたいだ的終止形。

◆ 家族（かぞく）が一堂（いちどう）に揃（そろ）い、あたかも盆（ぼん）と正月（しょうがつ）が一緒（いっしょ）に来（き）たようだ。

親屬們會聚一堂，就像盂蘭盆節和新年一起到來一樣。

◆ 何（なに）か焦（こ）げているみたいだ。へんな匂（にお）いがする。

好像什麼燒焦了，有股焦味。

④ 比喻助動詞ようだ・みたいだ的連體形。

◆ 極楽（ごくらく）にでもいるかのような幸（しあわ）せな気分（きぶん）だ。

真像到了極樂世界那般幸福。

◆ 何か細くて長い棒みたいな物はありませんか。
有沒有細長的、像棍子一樣的東西？

⑤ 比喻助動詞ようだ・みたいだ的假定形。

◆ 時間があるようなら、今日の会議に顔を出さないか。
如果有時間的話，今天的會儀你要不要出席？

◆ このプールが海みたいならすばらしいな。
如果這個游泳池像大海一樣的話，那就太好了。

4） 比喻助動詞「ようだ」的意義

① 表示比喻。

◆ あたりは一面霧に包まれ、まるで別世界にいるようだ。
周圍被霧籠罩著，簡直是別有天地。

◆ まるで雪のように白い肌だ。
像雪一樣白的肌膚。

◆ 彼女はペットの犬を、あたかも実の子であるかのように可愛がっている。
她像愛護自己的孩子一樣愛護寵物狗。

② 表示例示。

◆ 母親が美人だったように、娘たちもみな美人ぞろいだ。
像母親過去那麼漂亮一樣，女兒們也都個個是美人。

◆ このままほおっておくと、取り返しがつかないようなことになりかねない。
就這麼擱置不管的話，説不定就補救不了了。

◆ 東京のように世界中の人々が住む都市では、各国の本格的な料理を味わうことができる。
在東京那種住著世界各國人的城市裡，可以品嘗到各國正宗的佳餚。

◆ 風邪を引いたときはみかんのようなビタミンCを多く含む果物を食べ　るといい。
感冒的時候，吃像橘子那樣富含維生素C的水果最好。

③ 表示推測。

◆ あの人はこの大学の学生ではないようだ。
他好像不是這個學校的學生。

◆ 田中さんはお酒がお好きなようだ。
田中先生好像很喜歡喝酒。

- この新しく買ったテープレコーダーは便利なようですね。
  這個新買的錄音機好像很好用啊。

④ 表示指示。

- 私が発音するように、あとについて言って下さい。
  按我的發音，跟我一起唸。
- すでに述べたようにアフリカの食糧不足は深刻な状況にある。
  如前所述，非洲的糧荒，已到了很嚴重的地步。
- 以下に示すように、わが国の出生率は下がる一方である。
  如下所示，我國出生率呈下降趨勢。
- 上の実験で分かるように、広い水面はいつも鉛直線と直角になっている。
  由以上實驗得知，寬廣的水面總是與垂線成直角。

⑤ 表示行為的目的。

- 後ろの席の人にも聞こえるように大きな声で話した。
  我為了讓後面座位的人也能聽到，大聲地講了話。
- 病気が治るように薬を飲む。
  吃藥治病。
- 日本に留学できるように、日本語を学んでいる。
  為去日本留學而學日語。

⑥ 表示希望、請求、勸告、要求等。

- 二度とこのような間違いを犯さないようにしなさい。
  請不要再犯相同的錯誤。
- 風邪を引かないようにお気をつけください。
  請注意不要感冒。
- 授業中はおしゃべりしないように。
  上課時請不要講話。
- 現状がさらに改善されるよう期待している。
  期待著能進一步改善現狀。
- お酒を飲み過ぎないように注意してください。
  當心不要飲酒過量了。

5) 比喻助動詞「みたいだ」的意義

① 表示比喻。

◆ この薬はチョコレートみたいな味がする。
這藥有點巧克力的味道。

◆ 飛行機みたいな形の雲が浮かんでいる。
天上漂浮著一朵像飛機形狀的雲彩。

◆ 私が合格するなんてうそみたい。
我能通過，簡直不可思議！

◆ まるで年寄りみたいなことを言うね。
說話的口氣像個老人似的。

◆ この服は、買って何年にもなるが、新品みたいにきれいだ。
這件衣服，買都買了好幾年了，可還像新的一樣那麼漂亮。

② 表示不確切的判斷或推測。

◆ あの人は近所に住んでいる人じゃないみたいだね。
他好像不是住在這附近的人。

◆ 田中さんはすごく怒ってるみたいだった。
田中先生好像發了很大的火。

◆ あなた、最近少し太ったみたいよ。
老公，你最近好像胖了點。

③ 表示舉例。

◆ 君みたいなあわて者、見たことがないよ。
真沒見過像你這樣的冒失鬼。

◆ 広州や上海みたいな大都会には住みたくない。
不想住在像廣州、上海這樣的大城市裡。

參考 「みたいだ」是由「ようだ」轉變而成的一種較為隨便的說法，多用於口語。

様態助動詞そうだ 18

1） 様態助動詞そうだ的接續

● 接在形容詞詞幹、形容動詞詞幹、動詞連用形、部分助動詞的連用形之後，表示說話人根據事物的外觀進行的主觀推斷，相當於中文的「似乎……」、「好像……」等。

◆ 利口そうな子供だね。
像是一個聰明的孩子啊！

◆ 火が消えそうだ。
眼看火要滅了。

◆ 今年は雨が多いから、桜はすぐに散ってしまいそうだ。
今年雨水多，櫻花可能一下就凋謝了。

◆ その人はコートも着ずに寒そうにしていた。
那個人也沒穿大衣，顯得冷颼颼的樣子。

◆ このりんごは赤くておいしそうです。
這個蘋果紅紅的，看樣子很好吃。

◆ こんな山の中に家がありそうにない。
這樣的深山裡，似乎不會有住家。

◆ 君はいつ見ても健康そうだ。
任何時候見你，都這麼健康。

2） 樣態助動詞そうだ的活用

● 樣態助動詞そうだ屬於形容動詞型活用。如下表。

基本形	未然形	連用形	終止形	連體形	假定形	命令形
そうだ	そうだろ	そうだっ そうで そうに	そうだ	そうな	そうなら	×

3） 樣態助動詞そうだ的各種活用形用法

① 樣態助動詞そうだ的未然形。

◆ 星が出ているから明日は天気になりそうだ。
今天晚上有星星，看來明天是個晴天。

② 樣態助動詞そうだ的連用形。

◆ 社長は年はとっているが、元気だからなかなかやめそうにもない。
社長雖然上了年紀，但身體還很健康，所以還不太可能辭職。

◆ お元気そうで、安心しました。
看來身體不錯，這我就放心了。

③ 樣態助動詞そうだ的終止形。

◆ 服のボタンがとれそうだ。
衣服的鈕子快掉了。

◆今年（ことし）は雨（あめ）が多（おお）いから、桜（さくら）はすぐに散（ち）ってしまいそうだ。
今年雨水多，櫻花可能一下就凋謝了。

④ 樣態助動詞そうだ的連體形。

◆今（いま）にも雨（あめ）が降（ふ）り出（だ）しそうな雲行（くもゆ）きだ。
看雲象，馬上就要下雨了。

◆おいしそうなケーキが並（なら）んでいる。
擺著看上去很好吃的蛋糕。

⑤ 樣態助動詞そうだ的假定形。

◆具合（ぐあい）が悪（わる）そうなら、病院（びょういん）へ連（つ）れて来（き）てください。
要是身體不舒服，就帶到醫院來。

參考 形容詞「ない」、「よい」後接樣態助動詞「そうだ」時，詞幹後面要加「さ」，構成「なさそうだ（なさそうです）」、「よさそうだ（よさそうです）」的形式。

◆聞（き）いたところでは、そんなに昔（むかし）のことでもなさそうだ。
聽起來，似乎不像是很早以前的事。

◆あの人（ひと）はお金（かね）がなさそうだ。
他好像沒什麼錢。

◆これもよさそうだ。
這個看起來也不錯。

◆生（なま）ものは健康（けんこう）に悪（わる）いから避（さ）けたほうがよさそうだ。
生冷的東西對身體不好，還是不吃為好。

4） 樣態助動詞そうだ的意義

① 表示對某種狀態做出判斷。

◆会議（かいぎ）はまだ始（はじ）まりそうもない。
會議似乎尚未要開始的樣子。

◆この民家（みんか）はちょっとやそっとでは壊（こわ）れそうもないほど頑丈（がんじょう）な造（つく）りだった。
這間民房造得很結實，一般情況是不會壞的。

◆今日（きょう）は傘（かさ）を持（も）って出（で）かけたほうがよさそうだ。
今天最好是帶著雨傘去。

② 根據某些經驗，做出主觀上的推測。

◆彼（かれ）はもう１０日（とおか）も無断（むだん）で休（やす）んでいる。どうも会社（かいしゃ）をやめそうだ。
他已經有10天無故不來上班了，我看他是要辭職了。

◆ あんなに叱ったら、あの子は家出しそうな気がします。
我想，你那麼狠地罵他，那孩子會離家出走的。

③ 表示某種情況就要發生。

◆ あの様子では二人はもうじき結婚しそうだ。
看那樣子，他們倆很快就要結婚了。

◆ あの古い家はもうちょっとで倒れそうだ。
那間舊房屋差不多要塌了。

參考 由樣態助動詞「そうだ」構成的否定句，否定意義比較強烈，通常譯為「根本不……」、「一點沒有……樣子」，否定式一般為「～そうもない」、「～そうにない」、「～そうにもない」。

◆ この仕事は木曜日までに終わりそうにもない。
這項工作週四以前根本做不完。

◆ 雨が降りそうだ。
好像要下雨了。

傳聞助動詞そうだ 19

1） 傳聞助動詞そうだ的接續方法

● 接在形容詞終止形、形容動詞終止形、動詞終止形、部分助動詞終止形的後面，表示説話人直接或間接從別處得來的資訊，對事情進行判斷或説明，相當於中文的「聽説……」、「據説……」等。

◆ 田中さんの話では、山田さんはテニスが上手だそうだ。
據田中先生説，山田先生的網球打得很好。

◆ 留守中にお越しくださったそうで、失礼しました。
據説我不在家時您來過了，真是抱歉！

◆ 診断によると、流感だそうだ。
據診斷是流感。

◆ 田中さんは若く見えるが、もう50歳だそうだ。
田中看起來很年輕，但據説已經50歲了。

◆ 天気予報によると、明日も雨だそうだ。
據天氣預報説，明天也會下雨。

2） 傳聞助動詞そうだ的活用

● 傳聞助動詞そうだ屬於形容動詞型活用。如下表。

基本形	未然形	連用形	終止形	連體形	假定形	命令形
そうだ	×	そうで	そうだ	×	×	×

3） 傳聞助動詞そうだ連用形和終止形的用法

① 傳聞助動詞そうだ的連用形。

◆ 大学(だいがく)にお入(はい)りになったそうで、おめでとうございます。
聽說你考上大學了，恭喜你！

② 傳聞助動詞そうだ的終止形。

◆ 王君(おうくん)の就職先(しゅうしょくさき)が決(き)まったそうだ。
聽說小王的工作定下來了。

◆ 昔(むかし)はこの辺(あた)りは湖(みずうみ)だったそうだ。
據說這一帶從前是個湖。

◆ うわさではA課長(かちょう)が営業部長(えいぎょうぶちょう)に昇進(しょうしん)するそうだ。
小道消息說A科長要晉升為營業部長了。

◆ 新聞(しんぶん)によると、また株(かぶ)が暴落(ぼうらく)したそうだ。
據報紙報導，股票又暴跌了。

◆ 昨日(きのう)はお客(きゃく)さんがおおぜい来(き)てたいへんだったそうですね。
據說昨天來了很多客人，忙壞了吧。

4） 傳聞助動詞そうだ的意義

● 表示說話人轉述從別人那裡得到的情況，為了明示傳聞資訊的來源，句首通常出現幾種固定的表達形式，如：「～によると」、「～によれば」、「～の話では」等，與句尾的「そうだ」搭配使用。

◆ 新聞(しんぶん)によると、今年(ことし)は交通事故(こうつうじこ)の死者(ししゃ)が激増(げきぞう)しているそうだ。
據報紙報導，今年因交通事故死亡的人數劇增。

◆ パンフレットによれば、この寺(てら)は200年前(ねんまえ)に建(た)てられたのだそうだ。
據簡介介紹，這座寺廟是二百年以前建成的。

◆ 日本(にほん)では今回(こんかい)の大地震(だいじしん)で多(おお)くの死傷者(ししょうしゃ)が出(で)ているそうだ。
據說這次在日本的大地震造成了大量的死傷。

文語助動詞的殘留用法 20

與用言的文語殘留現象一樣，助動詞的文語殘留也限於諺語、格言、法律條文、標題、習慣用法以及文語色彩濃厚的書面語中。比較常見的主要有以下3種：

1） 否定助動詞「ず」

● 文語助動詞「ず」既可以接在動詞或動詞型助動詞的未然形後，如:「立たず」、「られず」、「起きず」，也可以接在形容動詞及形容動詞型助動詞的未然形後，如:「静かならず」、「べからず」、「ならず」，表示否定。「ず」在現代日語中的殘留用法主要有以下3種。

① 構成副詞。

◆ 銀座は相変わらずにぎやかです。
銀座依然熱鬧。

◆ とりあえずお知らせまで。
先且告知。

◆ 絶えず聞こえてくる音。
不斷聽到的聲音。

◆ 少なからず迷惑した。
諸多打擾。

② 構成名詞或片語。

◆ 物知らず
無知的人。不懂事的人。

◆ 恥知らず
厚臉皮。

◆ 食うや食わずの貧しい暮らし。
有上頓沒下頓的貧困生活。

◆ 知らず知らずのうちにのめりこむ。
不知不覺地迷上。

③ 在某些諺語中使用。

◆ ローマは一日にしてならず。
羅馬不是一天建成的。

2） 文語比喻助動詞「ごとし」

● 在口語中常用的只有連用形「ごとく」、連體形「ごとき」和終止形「ごとし」。

◆ 時間というものは、矢のごとく早く過ぎ去っていくものだ。
時光就像箭一樣飛快逝去。

◆ その二人はまずしかったが、世界中が自分たちのものであるかのごとく、しあわせであった。
他們倆人雖然很貧窮，但他們感覺就好像擁有全世界似的，過得非常幸福。

◆ 彼女はそのことを知っているはずなのに、まったく聞いたことがないかのごとき態度だった。
她應該知道這件事，可那態度就好像根本沒有聽説過似的。

◆ 光陰矢の如し。
光陰似箭。

3） 文語推測助動詞「べし」

● 文語推測助動詞「べし」接在動詞助動詞「れる」、「られる」、「せる」、「させる」的終止形後。接サ變動詞時，有「すべし」和「するべし」兩種形式。

文語推測助動詞「べし」活用表

基本形	活用類型	未然形	連用形	終止形	連體形	已然形	命令形
べし	形容詞	べから	べく べかり	べし	べき べかる	べけれ	×

在現代日語中，文語推測助動詞「べし」主要用於對某一事項應採取某種行動或態度。「～べきだ」、「～べきではない」的形式較為常見。

◆ 言うべきことははっきり言わなければならない。
該説的事情必須説清楚。

◆ A：やるべきことが山積みで、何から手を付けたらいいのか、頭が痛いなあ。
要做的事堆積如山，不知從哪裡下手，真是頭痛。

◆ B：何もかも自分でやろうと思わないほうがいいわよ。一人で背負い込むのは、あなたの悪い癖よ。働くべき時は働き、休むべき時は休むというけじめをつけるべきよ。
你最好不要什麼都自己來做。你的壞習慣就是什麼都要包攬下來。該工作的時候工作，該休息的時候休息，你應該分清楚。

◆ そういうことは自分一人で決めずに皆に相談して決めるべきだと思う。
這種事不要一個人決定。應當先和大家商量一下。

◆ 近頃は小学生まで塾に通っているそうだが、子供はもっと自由に遊ばせるべきだ。

聽說現在連小學生都在上補習班，應該讓孩子更加自由地玩耍。

◆ 日本はアジア各国に先立って、非軍事平和国家への道を進み、模範となるべきだ。

日本應該走在亞洲各國之前，成為非軍事和平國家的模範。

考點講練

1. この暑さは＿＿＿＿ものではない。

A たまる　　B たまった　　C たまっている　　D たまり

答案：B

譯文　這麼熱，真受不了。

解題技巧　此題考查過去・完了助動詞「た」。根據上下文，此句表示說話人現在的感受或狀態，所以答案選B。

深度講解　某些慣用句型中的「た」，在句中除了表示過去或完了之外，還帶有各種意義。如：

① 「～たことがある（ない）」表示過去的經驗、體驗、經歷。相當於中文的「……過」。

◆ どこかで見たことがある顔だなあ。えっと、だれだったっけ？

好像是在哪裡見過似的。嗯，到底是誰呀？

◆ 見たことも聞いたこともないなあ。

既沒見過也沒聽過。

② 「～たほうがいい」表示兩項相比較，從中選一，帶有委婉的建議、勸誘的語氣，相當於中文的「最好……」。

◆ 僕が話すより、君が直接話したほうがいいと思う。

我認為你直接去說比我說要好。

③ 「～たばかりだ（の）」表示動作剛剛結束、完了。相當於中文的「剛剛……」。

◆ さっき着いたばかりだ。
剛剛到。

◆ 中国に来たばかりの頃は中国語もよく分からなくて本当に困った。
剛到中國的時候，也不懂中文，真是為難極了。

④ 「～たばかりに」表示因果關係，多用於消極場合，相當於中文的「只因為……才……」。

◆ あんなものを食べたばかりに食中毒になった。
只因為吃了那種東西，才食物中毒的。

⑤ 「～たとたん（に）」表示前項動作、變化完了的同時，緊接著發生了後項，相當於中文的「剛一……就……」。

◆ 教室を飛び出したとたんに、先生とぶつかった。
剛從教室跑出來，就撞上老師了。

⑥ 「～たところで」表示擬態接續，相當於中文的「即使……也……」。

◆ たとえ失敗したところで、失うものがあるわけじゃないし、まずやってみるよ。
即使失敗也沒有什麼損失。先試試看。

⑦ 「～たところだ」表示某種動作剛剛結束，相當於中文的「剛剛……」。

◆ 海外勤務を終え、先日帰国したところです。
結束了國外的工作，前兩天剛回國。

⑧ 「～たとおりに（だ）」表示按前項內容做某事，或表示贊同，相當於中文的「按……那樣……」。

◆ 私の言ったとおりに繰り返して言ってください。
請按照我所說的重覆說一遍。

◆ おっしゃるとおりです。
正如同您所說的。

⑨ 「～たあとで（に）」表示後項動作在前項的基礎上進行，相當於中文的「在……之後……」。

◆ 映画を見たあとで日本料理を食べに行こう。
看完電影后，我們去吃日本料理吧。

◆ 食事を済ませたあとで、1時間ほど昼寝をしました。
吃過飯以後睡了1個小時午覺。

精選練習　次の＿＿の「た」の使い方がA.B.C.D.のどれに当たるか。適当と思うものを選びなさい。

❶ 行ってよかった。

A 過去　　B 強調　　C 命令　　D 確かめる

❷ ここには昔、池があった。

A 過去　　B 完了　　C 命令　　D 存続狀態

❸ あなたは交通課長の山中さんでしたね。

A 過去　　B 確かめる　　C 強調　　D 完了

❹ 買った、かった、安いよ。

A 存続　　B 強調　　C 命令　　D 確かめる

❺ 会議が終わったばかりです。

A 完了　　B 強調　　C 命令　　D 確かめる

答案：B,A,B,C,A

提示

第1題「た」表示強調，說明自己去對了。第2題「た」表示過去曾經存在。第3題「た」表示確認。第4題「た」表示語氣輕微的命令。第5題「た」後續「ばかり」表示動作剛剛結束。

翻譯

❶ 還好我有去。
❷ 以前這裡有個池塘。
❸ 你是交通課長山中先生吧。
❹ 買吧！買吧！可便宜啦。
❺ 會議剛剛結束。

2. A:なぜ映画を見に行かないのか。

B:明日は試験＿＿＿＿＿＿。

A なのだ　　B だ　　C である　　D のである

答案：A

譯文 A:你怎麼不去看電影啊？
B:明天要考試。

解題技巧 此題考查斷定助動詞「だ」。「だ」只是單純的説明或描寫。「のだ」則是説明某一種情況出現或形成的原因。表明「説話人不去看電影的原因是因為明天要考試」，所以答案選A。

深度講解 「～の（ん）だ」的具體用法有以下4種：

① 表示有事實根據的説明、解釋。

◆道路が渋滞している。きっとこの先で工事をしているのだ。
道路堵塞，一定是前面正在施工。

◆行く予定だったんだが、急に用事が入って行けなくなったんだ。
本來是準備去的，突然有事不能去了。

② 「～の（ん）だ」和終助詞「か」或與相關的疑問片語成疑問句時，表示説話人就所見所聞的事情提出自己的判斷，並要求予以説明。

◆君は私を避けようとしている。いったい私の何が気に入らないのだ。
你老躲著我，到底是看我哪裡不順眼？

◆こんな馬鹿げたことを言い出したのはだれなのだ。
説出這種蠢話的究竟是誰？

◆君もどうして反対するのか。
你為什麼也反對呢？

③ 「～の（ん）だ」和條件句等一起使用時，通常帶有主張、告誡、責備或抱怨等語氣。

◆誰がなんと言おうと、私の意見は間違っていないのだ。
不管誰説什麼，反正我的意見沒有錯。

◆なんといってもぼくはやるのだ。
不管怎樣，我也要做。

◆会社の経営は最悪の事態を迎えている。要するに、人員削減はもはや避けられないことなのだ。
公司的經營正面臨著最嚴重的局面。總之，裁減人員已是不可避免的事了。

◆コンセントが抜けている。だからスイッチを入れてもつかなかったのだ。
插頭沒插上，所以不管怎麼開開關，燈也不會亮。

④ 用「だ」結句時，只是一般的説明、描寫或斷定。「～の（ん）だ」則不單純是説明、描寫等，而是加強語氣，進一步確認所述內容完全是事實，且含有促使對方接受自己這一説法的意思。

◆ それっぽっちのはした金じゃ、焼け石に水だ。

就這麼一點錢，真是杯水車薪。

◆ 一時限目から試験なのだ。

第一堂課就是考試。

精選練習

❶ まだ子供＿＿＿ガウスは先生をびっくりさせた。

A だ　　B です　　C である　　D のである

❷ なん＿＿＿、もう一度言ってみろ。

A だ　　B です　　C である　　D のである

❸ そう＿＿＿。あれは確か一昨年だった。

A だ　　B です　　C である　　D のである

❹ ああ、あれは新しくできた図書館＿＿＿。これからご案内します。

A だ　　B です　　C である　　D のである

❺ 明日は雨＿＿＿と思う。

A だ　　B です　　C である　　D のである

答案：C,A,A,B,A

提示

第1題「子供」與「ガウス」是同位元關係，「だ」、「です」是終止形，沒有後接名詞的用法，所以答案選擇C。第2題「なんだ」用於表示對意外事態的驚訝、失望或責備、反駁等，所以答案選擇A。第3題「そうだ」表示突然想起什麼或恍然大悟時，所以答案選A。第4題「です」作為敬體判斷助動詞使用，答案選B。第5題「～と思う」、「～と考える」等之前要用簡體，所以答案選擇A。

翻譯

❶ 還是小孩子的高斯把老師嚇了一跳。

❷ 什麼，你再說一遍！

❸ 對啊，那確實是去年。

❹ 啊，那是新建的圖書館，這就帶你去。

❺ 我想明天會下雨。

3. 桜の花はまだ＿＿＿＿＿＿。

A 咲かない　　　　B 咲かないでいる

答案：A

譯文　櫻花還沒有開。

解題技巧　此題考查否定助動詞「ない」。「咲く」是無意志動詞。一般只能接「ない」或「ぬ」，而不可以接「～ないでいる」，所以答案選A。

深度講解

① 「～ないでいる」是否定助動詞「ない」的連用形「ないで」後接「いる」構成，多用於口頭語言。接在意志動詞後面，表示「有意識地不……」；而「～ない」或「～ぬ」是一般的　述，表示「不……」、「沒有……」。

◆ 手紙をもらったが、返事はまだ書いていない。
收到信了，可是還沒有寫回信。

◆ 書くことが多すぎてどこから書いていいか分からず、未だに書かないでいる。
要寫的事太多，不知從何寫起，所以現在還沒有寫。

② 「～ないでいる」表示客觀的狀態，相當於中文意思「一直沒有……」、「一直不……」，而「～ない」「～ぬ」只表示一般的否定。

◆ ずっと海外にいた彼はまだ学校の新しい状況を知らないでいる。
他一直待在國外，還不知道學校的新情況。

◆ 私は彼のことをあまり知らない。
我不太瞭解他。

③ 「～ない」或「～ぬ」還用在否定或雙重否定的慣用句型中。

◆ わざわざ来るには及ばぬ。電話で知らせてくれればいい。
你不必特意來，打個電話告訴我就可以了。

◆ カンニングをしてはいけない。カンニングをした場合、受験の資格を取り消す。
禁止作弊。如作弊，取消考試資格。

◆ いつまでも親のすねをかじってはいられない。
不能永遠靠父母養活。

◆ 日本では、自動車は道路の左側を走らなければならぬ。
在日本，汽車必須沿公路左側行駛。

◆ 辞書は学生にはなくてはいけないものです。
詞典對學生來說，是學習的必備品。

◆ 日本料理なら、私は食べないものはありません。

若是日本菜，我沒有什麼不吃的。

◆ いくら忙しくても、親友の結婚式であれば、出席しないわけにはいかない。

無論怎麼忙，如果是好朋友的結婚儀式，就不能不出席。

精選練習 次の文の中から助動詞の「ない」を取り出しなさい。

暇が①ないから書物が読め②ないという人があるが、この言い方は、必ずしも正しくは③ない。あえて言えば、多くは、読む暇を作ら④ないのである。それほどには読みたく⑤ないのである。あまり読もうとし⑥ないのである。つまり、読め⑦ないのでは⑧ない。読ま⑨ないのである。先の言い方はつまら⑩ない弁解である。

答案：②；④；⑥；⑦；⑨

提示 「ない」有兩種形式。一種是否定助動詞「ない」，另一種是形容詞「ない」。助動詞的「ない」屬於附屬詞，通常接在動詞或動詞型助動詞的未然形之後，即不能單獨使用。如:「会社へ行かない」，助動詞「ない」與它連接的詞中間，也不能插入助詞。相比之下，形容詞的「ない」通常接在形容詞和形容詞型助動詞、形容動詞和形容動詞型助動詞及判斷助動詞「だ」的連用形後面，與它連接的詞中間可以插入助詞「は」、「も」、「こそ」、「など」等。如:「王さんは日本語が下手ではないが、また上手でもない。」小王的日語不那麼壞，但也不那麼好。

翻譯 有人說沒有時間看書，事實並非如此。我敢說，沒有時間的人，很多都是沒有安排好讀書時間。這些人其實並不那麼喜愛書，並做出行動真的打算要去讀。也就是說，並不是沒有時間讀不了，根本原因就是不去讀。所以前面的那種說法完全是毫無意義的辯解。

4. 私は花子さん＿＿＿＿家に招待された。

A に　　　　B から

答案：B

譯文 我被花子小姐邀請到她家做客了。

解題技巧

此題考查被動助動詞「れる」、「られる」。被動句裡如果有其他用「に」構成的補語時，其施事者通常用「から」，而不用「に」，所以答案選B。

深度講解

① 在被動句裡，表示施事者的助詞既可以用「に」，也可以用「から」表示。

◆ 私は外国人（○から/○に）道を尋ねられた。
一個外國人向我問了路。

◆ 私は彼（○から/○に）多くのことを教えられた。
我從他那裡學到了好多東西。

◆ 人を嫌えば、自分も人（○から/○に）嫌われる。
你要討厭別人，你自己也會受到別人的討厭。

◆ 娘は時々先生（○から/○に）褒められる。
孩子偶爾會受到老師的表揚。

◆ 新製品は人々（○から/○に）好まれている。
新產品受到人們的歡迎。

② 由客觀事物構成主語的被動句，施事一方通常用「に」而較少用「から」或「によって」表示。

◆ 大地は一面に雪に覆われている。
大地完全被雪遮蓋住了。

◆ ボートは海の上で八時間も大波に揺られていた。
小船在大海裡被波濤搖盪了八個小時。

③ 表示手段、原因時，書面語通常用「によって」，有時也可換用「で」，但不能用「から」表示。

◆ つまり、地球上のすべての生物は太陽のエネルギーによって支えられている。
也就是說，地球上的一切生物都是靠太陽能維持著的。

◆ 先日の台風で木がだいぶ倒されました。
因前些日子的颱風，樹木被刮倒了很多。

◆ 運転手の不注意によって大事故が起こされた。
由於司機的疏忽大意，發生了嚴重事故。

＊下面例句中的「から」不表示施事，而是用來說明事物的由來。

◆ 日本の清酒は米から作られる。
日本清酒是由米釀造的。

精選練習

❶ 買い物に行く途中、雨＿＿＿＿＿降られました。

A に　　B から　　C によって

❷ 貴重な絵は学校＿＿＿＿＿代表団に贈られることになっている。

A に　　B から　　C によって

❸ この報告は新聞社の記者＿＿＿＿＿書かれたらしい。

A に　　B から　　C によって

❹ ロボットの装置はこの大学＿＿＿＿＿研究されているそうです。

A に　　B から　　C によって

❺ 宇宙開発の大規模な計画は国家＿＿＿＿進められているところです。

A に　　B から　　C によって

答案：A;B;C;C;C

提示

第1題屬「受害被動（迷惑の受身）句」，即主語受到困惑、連累或蒙受損失。述語多為自動詞。施事者後面通常用「に」表示。第2題已經出現了「～代表団に」這樣的補語，應選擇其他助詞，以免混淆。第3、第4、第5題作為書面語，使用「によって」，表示動作主體，帶有鄭重語氣。

翻譯

❶ 購物途中被雨淋濕了。
❷ 決定把這幅貴重的畫由學校贈送給代表團。
❸ 這份報告好像是報社記者寫的。
❹ 據說機器人裝置是由這所大學研發出來的。
❺ 目前國家正在推進大規模的宇宙開發。

5. この次の日曜日にお会い＿＿＿と思います。

A される　　B できる

答案：B

譯文 我想下個星期天可以見你。

解題技巧 此題考查可能助動詞。上例使用了「お（ご）動詞連用形+する」這一表示謙遜的形式。而サ變動詞「する」的可能形式是「できる」，所以答案選B。

深度講解 「れる」、「られる」、「～ことができる」均表示可能的意思，但使用的場合不同。

① 「れる」、「られる」接在動詞的未然形後，一般表示內在的原因，即由於動作主體本身條件所造成的「能」或「不能」。

- 朝(あさ)6時(じ)から練習(れんしゅう)を開始(かいし)しますので、起(お)きられたら来(き)て下(くだ)さい。
  早晨6點開始練習，能起來的話就來吧。
- 昨夜(さくや)のスポーツニュースは忙(いそが)しくて見(み)られなかった。
  我忙得連昨天晚上的體育新聞都沒能看到。
- 最近(さいきん)は年(とし)のせいか、酒(さけ)が飲(の)めなくなった。
  也許最近是因為上了年紀的關係，喝不了多少酒了。

② 「～ことができる」接在動詞的連體形後，主要指由於外部或客觀上的原因，造成了「能」與「不能」。

- 残念(ざんねん)ですが、ご要望(ようぼう)にお応(こた)えすることはできません。
  很可惜，我們不能滿足您的要求。
- 道(みち)が悪(わる)いから、車(くるま)は1時間(じかん)に30キロしか走(はし)ることができなかった。
  因為路不好走，車子1小時只能跑30公里。

③ 由於サ變動詞後面用「れる」、「られる」容易和被動句混淆，因此，即使由於本身原因造成的「能」與「不能」，也用「サ變動詞詞幹+できる」表示。

- この施設(しせつ)は誰(だれ)でも利用(りよう)できる。
  這個設施誰都可以使用。
- 風邪(かぜ)を引(ひ)いたので、会議(かいぎ)に参加(さんか)できなかった。
  因為感冒，所以不能去參加會議了。

④ 表示某種東西具有某種性能或價值，一般用「れる」、「られる」表示。

- こりゃ相当(そうとう)見(み)られる絵(え)だ。
  這是一幅很值得看的畫啊。
- ここには食(た)べられるようなものを売(う)っている店(みせ)なんか一軒(いっけん)もありませんよ。
  在這裡沒有一家店賣值得一吃的東西。

＊「れる」、「られる」與「～ことができる」在某些場合雖然可以換用，但含義不同。

◆ 芝生に入れません。

不能進入草坪。

◆ 芝生に入ることができません。

不能進入草坪。

＊強調自身沒能力進入草坪；例2則表示由於受到外在條件的制約，不讓進入草坪。

精選練習

❶ 健康な人なら、8時間眠れば疲れが＿＿＿＿＿。

A 抜けます　　B 抜けることができます

❷ 私はそんな強いお酒は＿＿＿＿＿んですよ。

A 飲めない　　B 飲むことができません

❸ 教室で煙草を＿＿＿＿＿。

A 吸えない　　B 吸うことができません

❹ 彼の言うことなら信用＿＿＿＿＿。

A されます　　B できる

❺ このハイテク製品は外国へ＿＿＿＿＿。

A 持ち出すことができない　　B 持ち出さない

答案：A,A,B,B,A

提示

第1題表示健康人本身內在條件能做到的。第2題表示由於動作主體本身條件所造成的。第3題表示外部條件不允許所造成的。第4題為「サ變動詞詞幹+できる」的形式。第5題表示外部或客觀條件不允許。

翻譯

❶ 只要是健康人，有8小時睡眠就能消除疲勞。

❷ 我喝不了那麼烈的酒。

❸ 在教室不能吸煙。

❹ 他說的話可以相信。

❺ 這種尖端產品不能帶出國外。

6. チームメートと口論したあとはいつも悔いられる。

A 尊敬　　B 可能　　C 自発　　D 被動

答案：C

譯文　我每次跟隊友爭吵後，總感到懊悔。

解題技巧　此題考查自發助動詞。自發助動詞「れる」、「られる」多接在表示「喜怒哀樂」的動詞未然形後，所以答案選C。

深度講解

① 自發是指某一個動作的主體，受到客觀事物的影響，如看到、聽到、感到某種情況，引發出某種感情。常用單字有「思われる」、「考えられる」、「思い出される」、「覚えられる」、「感じられる」、「案じられる」等。

◆ 初めて大学で先生の講義を聴いたときの情景を思い出すと、何となく幸福感が覚えられます。

每當想起第一次在大學裡聽老師講課的情景，就覺得非常幸福。

② 日常生活中，還可利用自發助動詞「れる」、「られる」表示委婉的斷定。既表示了講話人的謙遜，也表示講話留有餘地、不果斷。因此，喜歡含蓄的日本人在新聞報導、演講座談時常用這種表達方式來表達自己的想法和意見。

◆ 中日両国間の経済交流はますます発展していくのではないかと思われます。

我認為中日兩國之間的經濟交流將日益發展。

精選練習　下線の引いてある「れる」、「られる」について説明しなさい。

❶ この六月には日本へ旅立たれるとのことです。

A 尊敬　　B 可能　　C 自発　　D 受身

❷ 互いに助けたり助けられたりする。

A 尊敬　　B 可能　　C 自発　　D 受身

❸ なぜか分からないが、そう思われますよ。

A 尊敬　　B 可能　　C 自発　　D 受身

❹ 先生の話を聞いて、教えられるところが多かった。

A 尊敬　　B 可能　　C 自発　　D 受身

❺ 物価がだんだん高くなるのは中国だけではないと私には思わ<u>れ</u>ます。

A 尊敬　　B 可能　　C 自発　　D 受身

答案：A,D,C,D,C

提示

第1題的「れる」不增添實際意義，只表示「敬意」。第2題如果補上主語，就比較清楚了，它是一個合乎文法的被動句。第3題表示自發。第4題「教えられる」直譯表示「我被老師教……」，意即「從老師那裡學到很多」。第5題「思われる」為個人看法，是一種委婉的斷定。

翻譯

❶ 據說今年六月動身去日本。
❷ 我們互相幫助。
❸ 不知為什麼我總是那麼想。
❹ 聽了老師的話，我感到受益良多。
❺ 我認為物價一天比一天上漲的現象不僅僅是中國才有。

7. お二人とも一遍に________なんて、すごいじゃありませんか。

A 合格される　　B 受かられる

答案：A

譯文

兩人一次就考上了，這不是太厲害了嗎？

解題技巧

此題考查敬語助動詞。「れる」、「られる」作為敬語助動詞，通常不能接在帶有「可能」意義的詞語後使用，所以答案選A。

深度講解

① 敬語助動詞「れる」、「られる」常與含有敬意的人稱代名詞、稱呼搭配使用。

◆ これは佐藤先生(さとうせんせい)が書(か)かれた本(ほん)です。
這是佐藤老師寫的書。

◆ 四月(しがつ)に新(あたら)しい学校(がっこう)へ転任(てんにん)された先生(せんせい)は３人(にん)もいました。
4月調往其他學校的老師有3個人。

② 敬語助動詞「れる」、「られる」處於結句位置，通常後接敬體助動詞「ます」，使語意與語體協調一致，增加尊敬程度及禮貌語氣。

◆ 田中先生は明日午前８時に北京を発たれます。
田中老師將於明天上午8點從北京出發。

③ 五段活用動詞若要使用尊敬語表達時，除了敬語助動詞「れる」、「られる」，還可使用「お～になる」的形式。

◆ この薬は食後にお飲みにならなければなりません。
這個藥必須在飯後吃。

◆ 先生もそのうわさをお聞きになりましたか。
老師，您也聽說那個傳言了嗎？

精選練習 下線の引いてある「れる」、「られる」について説明しなさい。

❶ 地球以外には、生物がいないと考えられている。

A 尊敬　B 可能　C 自発　D 婉曲

❷ 毎朝、何時ごろ出られますか。

A 尊敬　B 可能　C 自発　D 婉曲

❸ 生徒から贈り物をもらって、先生は大変喜ばれた。

A 尊敬　B 可能　C 自発　D 受身

❹ 社長さんはもう東京へ帰られました。

A 尊敬　B 可能　C 自発　D 婉曲

❺ 市長殿が面会されるそうです。

A 尊敬　B 可能　C 自発　D 受身

答案：C,A,A,A,A

提示 第1題的「られる」結合前接的動詞「考えられる」，表示「一般認為」、「普遍認為」。第2題省略了主語，使用敬語助動詞「出られる」表示對對方的「敬意」。第3、第4、第5題的「喜ばれた」、「帰られました」、「面会される」是敬語助動詞，分別與含有敬意的人稱代名詞「先生」、「社長」、「市長殿」呼應使用。

翻譯

❶ 一般認為除了地球以外，不存在其他生物。
❷ 您每天早上幾點出門？

❸ 老師收到學生們的禮物非常高興。

❹ 經理已經回東京去了。

❺ 聽說市長要接見。

8. いま田中先生が＿＿＿＿＿歌は何でしょうか。

A 歌いました　　　B お歌いになった

答案：B

譯文　田老師唱的是什麼歌？

解題技巧　此題考查敬體助動詞「ます」。「ます」通常放在句子末尾使用。在句中若要對對方的動作、行為表示敬意時，可使用「お～になる」等形式，所以答案選B。

深度講解

① 某些特殊的演講場合，「ます」可以在句中做連體修飾語。

◆ ご講演くださいます中村先生につきましては、その必要もないかと思いますけれども、簡単にご紹介させていただきます。
首先，（雖可能不必要，但）請允許我簡單的介紹為我們作學術報告的中村老師。

◆ ご紹介にあずかりました八田太郎です。
我就是剛才承蒙介紹過的八田太郎。

◆ この度、私どもが日本で見聞いたしましたことは、私たちにとりまして、終生忘れられないものであります。
我們這次在日本的所見所聞都使我們永生難忘。

◆ と申しますのは…。
說起來……。

② 「ます」出現在句中做連用修飾語時，一般後接「が」或「けれども」，其他接續助詞以簡體接續為多。

◆ できるだけのことはしますが、今月中に仕上げるのは難しいと思います。
我們會盡最大的努力的，但我覺得這個月之內完成還是有困難。

◆ 係長はもうすぐ帰ると思いますけれど、ここでお待ちになりますか。
我們主任馬上就回來，您就在這裡等他嗎？

③ 「ます」等形式出現在句首時，多用於鄭重場合。

◆ わが工場の全職員を代表いたしまして、皆様のご協力に対して心から感謝いたします。
我謹代表本公司所有員工對大家的協助表示衷心的感謝。

◆ この度の見学を通じまして、私たちは大変多くのものを学び取りました。
通過這次參觀使我們學到了很多東西。

◆ 続きまして、中日友好協会からの祝電をご披露いたします。
接下來，宣讀中日友好協會發來的賀電。

精選練習 次の訳文A.B.C.の中から一番いいと思うものを一つ選びなさい。

❶ せっかくのご厚意ですので、ありがたく頂戴いたします。

A 感謝您的盛情招待。

B 謝謝你的厚意。你們的心意我領了。

C 盛情難卻，只好收下。

❷ これに対して、どうこう言うつもりはありません。

A 對此，我不能奉陪到底。

B 對這件事情我沒有其他意見。

C 對此我不想說什麼。

❸ 皆さまの勧めに甘えてそうさせていただきます。

A 我愧對各位的忠告，實出無奈。

B 各位的心意我領了，實在抱歉。

C 各位如此熱情，那我就不客氣了。

❹ 駅前でもぶらぶらなさってからお越しいただけないでしょうか。

A 我們先去車站前看看，之後再回來。

B 您先去車站那玩一會，我去找您。

C 請您先去站前那邊走走，過一會請您再回來。

❺ 私は酒を飲めないので、彼に助けてもらうしかなかったんです。

A 他不會喝酒，根本幫不上我的忙。

B 我跟他一樣，都不會喝酒。

C 我不會喝酒，只好請他幫忙。

答案：C,C,C,C,C

提示

第1題關鍵字是「頂戴いたす」，有中文的「領到、受到、收到」等意思，是「もらう」的謙遜語。第2題的關鍵字是「どうこう言う」意為「這個那個」、「指手畫腳、説三道四」。第3題的「～に甘えて」是慣用表達方式，意為「領受、承蒙」。第4題動詞「越す」前加敬語接頭詞「お」表示「前去」、「來到」的意思。「なさる」是「する」的尊敬語。第5題的「～てもらう」和「～しかない」分別是「請……」，「只有……」的意思。

翻譯

❶ 盛情難卻，只好收下。
❷ 對此我不想說什麼。
❸ 各位如此熱情，那我就不客氣了。
❹ 請您先去站前那邊走走，過一會再回來。
❺ 我不會喝酒，只好請他幫忙。

9. 首を＿＿＿＿＿＿。

A 回した　　　　B 回らせる

答案：A

譯文

轉動脖子。

解題技巧

此題考查使役助動詞。「首を回らせる」的説法不成立。因為自動詞「回る」的對象「首」不是動作主體，自身沒有實現動作的能力，所以答案選A。

深度講解

① 使役對象是無情物、並由自動詞構成的使役句，使役對象後面一般用「を」表示。

◆ コロンブスが卵(たまご)を立(た)たせた。
哥倫布讓雞蛋立了起來。

◆ フロンガスが地球(ちきゅう)を温暖(おんだん)化(か)させている。
氟利昂使地球變暖。

② 對象是無情物、由他動詞構成的使役句，使役對象後面一般要用「に」表示。

◆ コンピュータに計算(けいさん)させたほうがずっとはやいです。
讓電腦來算，要快得多。

③　使役對象是有情物、並由自動詞構成的使役句，使役對象一般用「を」表示。

◆ 両親が早く亡くなったので、兄が働いて私を大学に行かせてくれた。
父母早逝，是哥哥賺錢供我上的大學。

＊使役助動詞前接的自動詞如果是表示移動的動詞，如:「通る」、「渡る」等時，一般要用「を」來表示移動或離開的場所，但為了避免重複使用兩個「を」，通常將使役對象後面的「を」用「に」表示。

◆ 通行人に右側を歩かせなさい。
讓來往行人走右側。

④　使役對象是有情物、並由他動詞構成的使役句，使役對象後用「に」表示。

◆ 社長は秘書にタイプを打たせた。
經理讓秘書打字。

＊「休む」是自動詞，但它常用「会社を休む」、「学校を休む」形式做為慣用搭配使用，所以使役對象通常用「を」表示。

◆ 疲れているかもしれないから、かれを休ませてください。
也許是累了，讓他休息一下吧。

⑤　表示喜怒哀樂情感的句子，使役對象後用「を」表示。

◆ 立派な学生になって、母を喜ばせたい。
我想成為一個優秀的學生，讓母親高興。

精選練習

❶ 兄はオートバイ＿＿＿＿唸らせて出かけてしまった。
A に　　B を

❷ うっかり失礼なことを言って彼＿＿＿＿怒らせた。
A に　　B を

❸ 君＿＿＿＿飲ませてやるから、機嫌を直してくれよ。
A に　　B を

❹ 給料はいくらでも構いませんから、私＿＿＿＿ここで働かせてください。
A に　　B を

❺ 子供＿＿＿＿煙草を吸わせてはいけません。
A に　　B を

答案：B,B,A,A(B),A

提示 第1題自動詞構成的使役句，使役對象一般用「を」。第2題使役助動詞前接的動詞「怒る」是自動詞，用「を」。第3題他動詞構成的使役句，使役對象用「に」。第4題是意志動詞「働く」。既可以用「を」也可以用「に」，用「を」時含有強制的意思，即不這樣不行。用「に」時沒有強制的意思，一般表示使役對象有意這樣做，而使役主體容許這樣做。第5題他動詞構成的使役句，使役對象用「に」。

翻譯

❶ 哥哥啟動摩托車，呼嘯著出門了。
❷ 不小心說了一些失禮的話，讓他生氣了。
❸ 給你喝吧，不要生氣了。
❹ 薪水多少都沒關係，讓我在這裡工作吧。
❺ 不能讓孩子吸煙。

10. 彼はまもなく__________。

A 来るだろう　　B 来よう

答案：A (B)

譯文 他不久後會來吧。

解題技巧 此題考查意志助動詞「う」、「よう」。現代日語中，像「来る」、「晴れる」這樣的動詞已經較少直接接「う」、「よう」來表示推斷，所以答案選A。

深度講解 下面幾種動詞可以直接接「う」、「よう」表示推斷。

① 形容詞、形容詞型助動詞，後接「う」表示推斷。或以「終止形+だろう（でしょう）」的形式表示。

◆ お寿司はおいしかろう。（お寿司はおいしいでしょう。）
壽司好吃吧。

◆ 彼は一日も早くあなたに会いたかろう。（彼は一日も早くあなたに会いたいでしょう）
他也想早一天見到你吧。

② 「う」、「よう」接在存在動詞後面，表示推斷。

- 道を挟んで、向かい側には本屋と煙草屋があろう。
  馬路對面有書店和香煙店吧。

③ 「う」、「よう」接在表示可能的動詞，如「できる」、「言える」或接在可能助動詞「れる」、「られる」構成的可能態後面，表示推斷。

- この点に関しては次のように説明することができよう。
  關於這一點，可以作如下説明吧。
- これは明確な言い方を避け、間接的で断定しない表現だと見られよう。
  這大概可以看成是一種避免明確的措辭，採用間接的、不做斷定的表達方式吧。

＊「言える」後接「～ましょう」時，往往表示委婉的判斷或推斷。

- 暗く閉ざした胸を開かせ、冷たく固まった心を解かし、和らげるのは、こういう言葉であります。こういう言葉こそ、命のある言葉であると言えましょう。
  打開幽閉的心扉，緩和、溶解冰凍的心靈的，正是這樣的語言。可以説唯有這樣的語言，才是有生命力的語言。

④ 某些慣用句型裡的「う」、「よう」也可表示意志、推斷。

- 時計は正午を知らせようとしている。
  時針眼看就要指到中午了。
- 嘘をつこうものなら、ただではおかない。
  如果你要撒謊，我可不饒你。
- 水蒸気になろうと、氷になろうと、水の本質は変わらない。
  變成水蒸氣也好，結冰也好，水的本質不會改變。
- 誰が何と言おうが、私は決心を曲げないつもりだ。
  不管誰説什麼，也改變不了我的決心。
- そんなことを小さな子供に言って聞かせても分かろうはずがない。
  那種事情説給小孩子聽，他們是不會明白的。

精選練習

❶ このデジタルカメラを５万円以下で________と思っている。

A 買いたい　　B 買おう

❷ 私は父を説得________が、だめだった。

A したい　　B しようとした

❸ ________と、僕の勝手だ。

A 行こうとする　　B 行こうと行くまい

❹ ________としたところへ郵便配達が速達を持ってきた。

A でかけたく　　　B でかけよう

❺ これには論理上の欠陥はほとんどないと________。

A 言えよう　　　B いいよう

答案：A,B,B,A

提示

第1題「～買いたいと思う」表示希望、願望。「～買おうと思う」表示意志、推斷。第2題「しようとした」表示「曾經這麼做過、努力過……」。第3題「～う（よう）と～まいと」表示「不管是……還是不……」。第4題「～う（よう）とするところへ」表示「剛要……時……」。第5題「よう」接在可能動詞「言える」的連用形後，表示推斷。

翻譯

❶ 我打算用低於5萬日元的價錢買這台數位照相機。
❷ 我極力想說服父親，但行不通。
❸ 去還是不去，是我自己的事。
❹ 剛要出門時，郵差送來了快遞。
❺ 可以說，在理論上幾乎是沒有什麼缺陷的。

11. 昨夜雨が降った________。庭が濡れている。

A だろう　　　B らしい

答案：B

譯文

昨晚好像下了雨，院子都濕了。

解題技巧

此題考查推量助動詞「らしい」。「らしい」表示有根據的判斷，所以答案選B。

深度講解

① 「らしい」表示根據眼前看到的事實作判斷。

◆ 兄（あに）はどうも試験（しけん）がうまく行（い）かなかったらしく、帰（かえ）ってくるなり部屋（へや）に閉（と）じこもってしまった。

哥哥似乎考試沒考好，一回到家，就悶在屋裡不出來。

◆ドアが開きません。鍵が掛けてあるらしい。
門開不了。好像被上了鎖。

② 表示根據某種傳聞而做的判斷。通常用「～によると」、「～の話では」等説明消息的來源。

◆天気予報によると、明日は雨らしい。
據天氣預報説，明天好像有雨。

③ 對沒有什麼可靠的根據做出的判斷時，通常用「だろう」，而不用「らしい」。

◆北海道では、今はもう寒いだろう。
北海道現在已經很冷了吧。

④ 「らしい」表示有根據的推斷；「だろう」表示主觀上的推斷。

◆ここなら停車してもいいらしい。
好像可以在這裡停車。

◆ここなら停車してもいいだろう。
在這裡可以停車吧。

精選練習

❶ 「明日彼が来ると思う？」
「うん、たぶん＿＿＿＿＿＿と思うよ。」
A 来るだろう　　B 来るらしい

❷ 「思った通り、彼は来ないようだね。君はどう思う？」
「うん、どうも来ないつもり＿＿＿＿＿＿。」
A だろうね　　B らしいね

❸ 「ここに辞書があったんだけど、知らない？」
「いや、いったい誰が持って＿＿＿＿＿＿」
A 行ったんだろう　　B 行ったらしい

❹ 「明日の天気はどうなの？」
「天気予報では大丈夫＿＿＿＿＿＿」
A だろう　　B らしい

❺ 「田中さんは今日必ず来ると言ってたんですが。」
「そうですね。彼はなぜ来なかった＿＿＿＿＿＿」
A んだろう　　　　B らしい

答案：A,B,A,B,A

提示

第1題表示主觀上的判斷。第2、第3題表示根據眼前看到的事實所做的判斷。第4題用「天気予報では」説明是有根據的消息來源。第5題主觀上對田中先生不來的原因進行了推測。

翻譯

❶ 「你覺得他今天會來嗎？」「嗯，我想會來吧。」
❷ 「如我所料，他好像不來了吧。你覺得呢？」「是啊，好像是不打算來了呀。」
❸ 「這裡有本詞典的，你知道嗎？」「是啊，究竟誰拿去了呢？」
❹ 「明天的天氣怎麼樣？」「據天氣預報說，沒問題。」
❺ 「田中先生說他今天一定能來的呀。」「是啊，他為什麼不來了呢？」

12.　鳥になって空＿＿＿飛びたいなあ。
Aを　　　　　　　　Bが

答案：A

譯文

真想變成一隻鳥，飛上天空。

解題技巧

此題考查願望助動詞「たい」。 表示移動、離開的自動詞後接願望助動詞「たい」，其對象格助詞仍然要用「を」表示，所以答案選A。

深度講解

① 在表示希望、願望的句子裡，受詞後面的助詞既可用「を」，也可用「が」表示。

◆ 暑(あつ)いから、冷(つめ)たい飲(の)み物(もの)が（○を）飲(の)みたい。
太熱了，我想喝冷飲。

◆ 僕(ぼく)は日本語(にほんご)が（○を）習(なら)いたい。
我想學日語。

② 句中如出現「に」、「まで」、「として」、「から」等連用修飾語時，「たい」的對象語一般用「を」。

◆ 今は単身赴任だが、来年8月までになんとか家族そろって住むところを見つけたい。
現在我是單身赴任，到明年8月份為止，我想找一處可以和家人一起居住的地方。

③ 「たい」後接「～と思う」、「～と考える」、「～と言う」等述語動詞時，其對象語一般也用「を」表示。

◆ 彼は大学をやめたくはなかったのだが、どうしても学資が続かなかったと言っていた。
他説，他並不想中斷大學的學習，可是怎麼也交不起學費了。

④ 表示移動、離開的自動詞後接「たい」時，其對象格助詞仍然要用「を」。

◆ 公園を散歩したい。
想在公園散步。

⑤ 「たい」接在使役助動詞之後時，原句中的受格助詞「を」通常不能改用「が」。

◆ どんなやり方を採用したらいいかを自分で考えさせたい。
想讓他們自己考慮採用什麼做法好。

⑥ 對象語與「たい」之間夾有其他較長的句子成分時，其對象格助詞基本上都要用「を」。

◆ 今度の試験問題をこの教科書の中から出したい。
這一次的試題想從這本書中出。

⑦ 「たい」所接的動詞是複合動詞時，動詞前面仍用「を」，而不用「が」。

◆ 田中先生の演説を書き取りたい。
想把田中老師的講演記下來。

◆ 時間があれば、小説を書き始めたい。
有時間的話，我想開始寫小說。

精選練習

❶ 両親＿＿＿＿喜ばせたい。

A を　　　　B が

❷ もっと安くて、質の良い品物＿＿＿＿作りたいと思います。

A を　　　　B が

❸ 私も故郷＿＿＿＿出たい。

A を　　　　B が

❹ 私は酸っぱいもの＿＿＿＿食べたい。

A を　　　　B が

❺ 今年の秋にこの家＿＿＿＿建て直したい。

A を　　　　B が

答案：A,A,A,B(A),A

提示

第1題的動詞是「喜ばせる」，使役對象用「を」表示。第2題以「～たいと思う」的形式，對象格助詞一般用「を」表示。第3題「出る」表示移動、離開，後接「たい」時，其對象格助詞仍然要用「を」。第4題表示願望。第5題「建て直す」是複合動詞，對象語用「を」表示。

翻譯

❶ 我想讓父母高興一下。
❷ 我們想生產價格更便宜、品質更好的產品。
❸ 我也想離開故鄉。
❹ 我想吃酸的東西。
❺ 打算今年秋天把這個房子重新蓋一下。

13. ご存知＿＿＿＿日本は人口密度の高い国です。

A のように　　　　B みたいに

答案：A

譯文

眾所周知，日本是一個人口密度很高的國家。

解題技巧

此題考查比喻助動詞「ようだ」、「みたいだ」。上例屬於較鄭重的説法，通常用「ようだ」表示，所以答案選A。

深度講解

① 在書面語中，一些慣用的比喻用法，一般用「ようだ」，而很少用「みたいだ」。

◆ 月日がたつのは水の流れるようだ。
光陰如流水。

◆ 講演が終わると、嵐のような拍手が沸き起こった。
演講完了之後，響起了暴風雨般的掌聲。

② 一些表示推斷的慣用型，如「～ようにする」、「～ようになる」、「～ように見える」、「～ように思う」等，一般只能用「ように」，而不用「みたいに」。

◆ 英語は、聞けるようになるまでものすごく時間がかかる。
英語要達到能聽懂的境界，需要花費很長時間。

◆ 近頃ではビニールハウスを利用して、一年中野菜が作れるようにしている。
近來人們用塑膠溫室，一年四季都可以種菜了。

◆ この音楽はどこかで聞いたように思いますが。
這音樂，我似乎在哪裡聽過。

③ 在推斷別人的情況時，一般用「ようだ」，而不用「みたいだ」。

◆ 少しぐらいの困難に挫けるようでは、いつまで経っても立派な人間になれはしない。
如果遇到一點困難就沮喪，就永遠也不會成為一個優秀的人。

◆ 気兼ねすることはないよ。無理をして病気が長引くようだったら、かえって困るよ。
不要想得太多了。要是勉強撐著而延誤病情的話，反而更麻煩。

◆ 時間があるようなら、今日の会議に顔を出さないか。
如果有時間的話，今天的會議你要不要出席？

④ 「ようだ」可以接在「この」、「その」、「あの」、「どの」後面表示例示，而「みたいだ」沒有這樣的接續法。

◆ あのような人は結局何をやってもだめだろう。
那樣的人到最後恐怕做什麼都不行。

精選練習 次の❶～❽の文の中、線を引いた「ようだ」は、A.B.C.Dのどれの意味に当たるか。

A 今日のような大雨はめったに見られない。

B 本当に嬉しい。まるで夢のようだ。

C 合格できるように徹夜で復習した。

D どの人でも、返事は同じようであった。

❶ 今のようなことをもう一度したら、黙っておかないぞ。

❷ 汽車に間に合うようにタクシーを呼んだ。

❸ まだ解決していない問題があるようである。

❹ あの人は魚のように上手に泳ぐ。

❺ この服はちょっとあなたに合わないようです。

❻ 昨夜雪が降ったようです。

❼ 今日は暑くてまるで夏のようだ。

❽ 湖の水面は鏡のようだ。

答案：1.A 2.C 3.D 4.B 5.D 6.D 7.B 8.B

提示 A題表示例示；B題表示比喻；C題表示行為目的；D題表示不確切的推斷。

翻譯

A. 像今天這麼大的雨很少見。

B. 真的很高興。簡直像做夢一樣。

C. 為了要考上，我通宵達旦地復習。

D. 好像每個人的回答都是一樣的。

❶ 今天的事要是今後再犯的話，決不饒你。

❷ 為了能趕上火車我叫計程車了。

❸ 似乎還有尚待解決的問題。

❹ 他游得像魚兒那般自如。

❺ 這衣服好像不適合你。

❻ 昨晚好像下雪了。

❼ 今天很熱，像夏天一樣。

❽ 湖面像一面鏡子。

14. 明日は天気がくずれそうだ。

A 様態　　B 伝聞

答案：A

譯文 明天天氣要變壞了。

解題技巧 此題考查樣態助動詞「そうだ」。「そうだ」既可以表示傳聞，又可以表示樣態，用法可通過接續方法來區別。傳聞助動詞「そうだ」接在活用詞的終止形之後；樣態助動詞的「そうだ」則接在動詞和部分助動詞的連用形、形容詞和形容動詞的詞幹之後。上例「そうだ」接在動詞「くずれる」的連用形之後，表示天氣變化所呈現的樣態，所以答案選A。

深度講解

① 「そうだ」表示從外面看到的情況、樣子或狀態。

- あの人(ひと)はお金(かね)がなさそうだ。
  他好像沒什麼錢。
- このおもちゃはちょっと見(み)たところ丈夫(じょうぶ)そうだが、使(つか)うとすぐに壊(こわ)れてしまう。
  這玩具看起來挺牢固的，可是一玩就壞了。

② 所表示的事物有時是看不到的，這時的「そうだ」則表示主觀的推斷或用來緩和語氣。

- 生(なま)ものは健康(けんこう)に悪(わる)いから避(さ)けたほうがよさそうだ。
  生冷的東西對身體無益，還是不吃為好。

③ 「そうだ」接在表示狀態的動詞或某些補助動詞後面，表示主觀推斷某種事物處於某種狀態。

- 今年(ことし)は雨(あめ)が多(おお)いから、桜(さくら)はすぐに散(ち)ってしまいそうだ。
  今年雨水多，櫻花可能一下子就凋謝了。
- 今日中(きょうじゅう)に原稿(げんこう)が書(か)けそうだ。
  今天之內有可能把稿子寫完。
- 星(ほし)が出(で)ているから、明日(あした)は天気(てんき)になりそうだ。
  今天晚上有星星，明天可能會是個晴天。

精選練習 次の文の中、線を引いた「そうだ」は「様態」、「伝聞」のどちらの意味を表わしているか。

❶ あの山は、いかにも高<u>そうに</u>見える。

A 様態　　B 伝聞

❷ ここは夏はとても暑い<u>そうです</u>。

A 様態　　B 伝聞

❸ いまにも飛び出して行きそうな様子であった。

A 様態　　　　B 伝聞

❹ みなさんお元気だそうで安心しました。

A 様態　　　　B 伝聞

❺ あの部屋はとても暖かそうですね。

A 様態　　　　B 伝聞

❻ お天気が崩れそうになってきた。

A 様態　　　　B 伝聞

答案：A,B,A,B,A,A

提示

第1題「いかにも」為副詞，意為「的確」。「～そうに見える」，表示從外表看「顯得……」。第2題「暑い」是終止形。後接傳聞助動詞「そうだ」表示「據説……」。第3題樣態助動詞「そうだ」與「今にも（眼看就、現在就）」等副詞一起使用，表示某事即將發生。第4題「そうだ」接形容動詞終止形「元気だ」後，表示傳聞。第5題「そうだ」接形容詞「暖かい」的詞幹後，表示樣態。第6題「そうだ」接狀態動詞「崩れる」的連用形後，表示「快要、可能要、看樣子要……」。

翻譯

❶ 那座山看上去似乎很高。
❷ 據説這裡夏天非常熱。
❸ 恨不得現在就想飛出去的樣子。
❹ 聽説大家都身體健康，我也就放心了。
❺ 那間房子好像挺暖和的。
❻ 天氣要變壞了。

15.　田中さんはタイへ行く＿＿＿だったが、行かなかった。

A そう　　B ということ　　C と言われる　　D という

答案：B

譯文

聽説田中先生要去泰國，可是後來沒有去。

解題技巧

此題考查傳聞助動詞「そうだ」與「～という」、「～と言われる」、「～ということだ」的不同用法。「～という」、「～と言われる」、「～ということだ」做為慣用句型，意思與「そうだ」近似，接在活用詞的終止形後面，表示傳聞。但使用的場合不同。時態上，「そうだ」一般只能用現在時「そうだ」或連用形「そうで」，而不能用過去時「そうだった」。「～と言われる」、「～という」的形式多用於結句，此題答案選B。

深度講解

① 帶傳聞助動詞「そうだ」的句子可用可不用資訊來源。明示資訊的來源部分時，往往使用「～によると」或「～の話では」等形式。

◆ 新聞（しんぶん）によると、今年（ことし）は交通事故（こうつうじこ）の死者（ししゃ）が激増（げきぞう）しているそうだ。

據報紙報導，今年因交通事故死亡的人數劇增。

② 「そうだ」表示的傳聞不同於引用。引用句一般表示特定的人在特定的時間、特點的地點講了特定的內容。而「そうだ」只是借用其內容對某一事情加以敘述或說明。

◆ そのコンサートには一万人（いちまんにん）の若者（わかもの）がつめかけたそうだ。

聽說這次演唱會聚集了1萬多位年輕的歌迷。

◆ 去年（きょねん）の冬（ふゆ）は寒（さむ）かったそうだ。

聽說去年的冬天很冷。

③ 「そうだ」可以後接「から」、「が」構成從屬句，但通常不和「ので」、「のに」搭配使用。

◆ 午後（ごご）から雨（あめ）になるそうだから、傘（かさ）を持（も）って出（で）かけたほうがいいよ。

聽說下午有雨，你最好帶傘出門。

◆ あの人（ひと）はもう50歳（さい）だそうだが、若（わか）く見（み）える。

據說他已經50歲了，但看起來很年輕。

④ 用「という」表示傳聞時，通常不用消息來源，結句形式不能用「といった」或「といっている」，而只能用「という」。

◆ 卒業後（そつぎょうご）は郷里（きょうり）へ帰（かえ）って教師（きょうし）をしているという。

聽說他畢業後回鄉當了老師。

◆ 昔（むかし）はこんなことがよくあったという。

據說過去這樣的事是常有的。

⑤ 使用「～ということだ」、「とのことだ」做句尾形式時，可用或可不用資訊來源。表示傳聞時，直接引用的語感較強。

◆ 募集（ぼしゅう）の締（し）め切（き）りは5月（がつ）21日（にち）ということだから、応募（おうぼ）するのなら急（いそ）いだほうがいい。

據說徵稿的截止日期是在5月21日，想應徵的話請加緊腳步。

◆ 先生の話によると、冬、富士山に登るのは非常に危ないということだ。

據老師說，冬天爬富士山非常危險。

◆ 田中さんとおっしゃる方からさきほどお電話がありまして、あしたの会合には失礼するとのことでした。

有位名叫田中先生的人剛來了電話，說他不出席明天的聚會。

⑥ 「～といわれる」表示傳聞時，一般不用資訊來源。常用形式有「～といわれる」、「～といわれている」等，但一般不用「～といわれた」結句。

◆ 塩は日本では清める力があるといわれる。

在日本，人們一般認為鹽有潔淨的作用。

◆ あれはとてもいい本だといわれている。

據說那是非常好的一本書。

精選練習

❶ 田中さんによると、彼は今度の音楽会には＿＿＿＿そうです。

A 来ない　　B 来なさ

❷ さっきは今にも雨が＿＿＿＿そうだったのに、もう晴れ上がった。

A 降り　　B 降る

❸ 昨日買ったメロンは、見たところとても＿＿＿＿そうでしたが、食べてがっかりしました。

A 甘い　　B 甘

❹ 近く＿＿＿＿そうで、おめでとうございます。

A 退院される　　B 退院され

❺ これが信用できる証拠と＿＿＿＿そうだ。

A 考えられる　　B 考えられ

答案：A,A,B,A,B

提示

第1題「田中さんによると」明示消息來源。第2題「そうだ」與「今にも/眼看就、現在就」等副詞一起使用，表示某事即將發生。第3題「見たところ」意為「看起來」。第4題借用「退院されるそうで」這一傳聞加以　述，表明「おめでとうございます」的理由和態度。第5題表示樣態。

翻譯

❶ 田中先生說，這次的音樂會他不來了。
❷ 眼看就要下雨的，卻又放晴了。
❸ 昨天買的哈密瓜看上去挺甜的，嚐過之後卻令人失望。
❹ 聽說您要出院了，恭喜您！
❺ 似乎可以認為，這就是可靠的證據。

第18章

句子的分類

知識講解

句子 1

句子是表達思想的最基本的語言單位之一。它是由詞或片語按照一定的規則排列組合而成，具有一定的文法特徵，能夠表達一個完整的意思。

- A:先生、長い間ご無沙汰し、誠に申し訳ありませんでした。これはつまらないものですが、…。
  老師，好久沒和您聯繫了。真是抱歉。這是一份小小的心意……。
  B:ありがとう。せっかくだから遠慮なく。それにしても、しばらく見ない間に、ずいぶんたくましくなったね。
  謝謝。你特意送給我，那我就不客氣了。話説回來，這一段時間沒見到你，你可是壯實多了。
  A:そうですか。日本の企業に勤めていると、何かと鍛えられますし、それに子供も生まれましたから。
  是嗎？我在日本企業工作，各方面都得到了鍛鍊。而且還有了一個孩子。
- 今でこそ有名だが、10年ほど前には彼の名前を知っている人はほとんどいなかった。
  他現在才有名的。10年前幾乎沒有人知道他的名字。
- 子供のころ、チフスでほとんど死にかけたことがある。
  小時侯，差一點因傷寒喪命。
- 生まれたばかりの猫の子は目が見えない。
  剛生下來的小貓眼睛看不見。
- 莫大な借金をものともせずに、彼は社長になることを引き受け、事業を立派に立ち直らせた。
  他沒把龐大的債務放在眼裡，接下了總經理一職，並出色地重振了事業。

句子的分類 2

日語是一種「突出述語」的語言，述語在句中的作用不同，就會產生了不同的句子形式。日語的句子可以從以下幾個角度進行分類：

1） 根據述語構成分為判斷句、描寫句、敘述句、存在句;

2） 根據句子性質、作用分為陳述句、疑問句、命令句、感歎句;

3） 根據句尾形態分為敬體句和簡體句;

4） 根據句子結構分為獨詞句和主謂句等。

按句子述語構成分類 3

1） 判斷句（斷定文）

● 以體言加判斷助動詞「です」、「だ」、「である」做述語、用以判斷主語「是什麼」的句子叫做判斷句。

◆ あの人は天才というより、むしろ努力の人です。
與其說他是個天才，倒不如說他是個很努力的人。

◆ 東大というのは東京大学のことだ。
東大就是東京大學。

◆ セルソさんもイサベラさんもペルーの人です。
塞盧梭先生和伊莎蓓小姐都是秘魯人。

◆ 銀座が東京の中心なら心斎橋は大阪の中心である。
如果說銀座是東京的中心，那麼心齋橋就是大阪的中心。

◆ 時間というものは、誰に対しても平等だ。
時間對任何人都是平等的。

2） 描寫句（描寫文）

● 以形容詞、形容動詞做述語、用以描寫主語「怎麼樣」的句子叫做描寫句。

◆ 王さんはレスリングと柔道をしているので、体がたくましい。
王先生從事摔跤和柔道，所以體格很強壯。

◆ ここ数ヶ月間の彼女の日本語は上達が目覚しい。
這幾個月她的日語進步顯著。

◆ 子供の可能性は無限だ。
兒童的發展潛力是無限的。

◆ コンクールでの彼女のピアノ演奏は、完璧だった。
演奏會上她的鋼琴獨奏非常精彩。

◆ 愛してやまないアルプスの山々は今日もきれいだ。
讓人們愛慕不已的阿爾卑斯山今天還是那麼美麗。

3） 敘述句（敘述文）

● 以動詞做述語，用以敘述主語「做什麼」的句子叫做敘述句。

◆ まだこの株は上がる。
這一股票還會升值。

◆ 彼は給料が入ると、全部競馬に使ってしまう。
他一發薪水就全部拿去賭賽馬了。

◆ 彼はまじめすぎて、面白みに欠ける。
他這個人過於認真，缺乏風趣。

◆ 今に見てろ。きっと大物になってみせる。
你等著瞧吧，我一定要做個大人物給你瞧瞧。

◆ 功績に応じた報酬を与える。
根據業績的多少給予報酬。

4） 存在句（存在文）

● 以存在動詞「ある」、「いる」或「おる」做述語、說明主語「有什麼」或「在哪裡」的句子叫做存在句。

◆ あの人は外国にはまだ一度も行ったことがない。
他還沒有去過一次外國呢。

◆ 日本は中国の東にある。
日本在中國的東面。

◆ 大学を卒業するに至っても、まだ自分の将来の目的があやふやな若者が大勢いる。
有許多年輕人即使到了大學畢業，對自己將來的職業還很模糊。

◆ 何事にも適度というものがある。
任何事情都有所謂的適當性。

◆ 人間は長所もあれば短所もある。
人既有優點又有缺點。

按句子性質、作用分類 4

1） 陳述句（平敘文）

● 陳述客觀事物或事實的句子叫做陳述句。

◆ 料理を作るのが何より得意だ。
做菜是我最拿手的本事。

◆ なまじ急いでタクシーに乗ったために、渋滞に巻き込まれてかえって遅刻してしまった。
急急忙忙坐上了計程車，卻正好遇到交通堵塞，反而遲到了。

◆ 給料は安いが、子供の一人や二人は育てられる。
薪水很低，不過養一兩個孩子沒問題。

◆ 地球の自然環境の悪化はもはや無視できないところまで来ている。
地球自然環境的破壞程度已到了不可忽視的地步。

2） 疑問句（疑問文）

● 表達疑問或反詰的句子叫做疑問句。

◆ 学生ならば、料金は安くなりますか。
如果是學生的話，費用可以便宜些嗎？

◆ 模擬試験の結果の如何によらず、志望校を受験したいんですが、間に合うでしょうか。
不管模擬考試的成績如何，我都想報考我要唸的學校。不知道是否來得及？

◆ 昨日はどうしてパーティーに来なかったんですか。
你昨天為什麼沒來參加派對？

◆ これ、あしたまでに修理してもらえますか。
這個，明天以前能修好嗎？

參考 除了以「か」形式表示的疑問句之外，在口語中還有用「かい」、「かしら」、「の」、「ものか」、「だって」、「だい」等表示的疑問句。

◆ あ、美子かい？もしもし、おれだよ、元気かい？
哎，是美子嗎？喂，是我呀！你好嗎？

◆ 男も育児休暇が取れることになったんだって？
聽說男性也能休產假啦？

◆ これ、どう。私に似合うかしら？
這個怎麼樣？還適合我吧？

◆ どこへ行くの？
你要到哪裡去？

◆ 誘われたって、誰が行くものか。
就算是接到邀請，誰希罕去呀？

◆ どうだい？元気かい？
怎麼樣？最近好嗎？

3） 命令句（命令文）

● 表示命令、禁止、祈使等的句子叫做命令句。

◆ しっかり勉強しろ。
好好用功！

◆ 早く行け。
快去！

◆ こっちへ来い。
過來！

◆ そんなに勉強が嫌だったら大学なんかやめてしまえ。
要是那麼不願意學習，乾脆就別上大學了。

◆ 他人のものを黙って使うな。
不要沒告知就使用別人的東西。

◆ 必ず時間を守ってください。
請務必遵守時間。

4） 感歎句（感嘆文）

● 表示感歎的句子叫做感歎句。一般在句首或句尾部分使用感歎的終助詞，如：「よ」、「ね」、「こと」、「もの」以及某些慣用句型表示。

◆ ああ、嬉しい。
啊，太高興了！

◆ やれやれ、うまくやった。
嘿！做得太好了。

◆ うちの息子ときたら、本一冊読もうともしないのよ。
別提我那兒子了，書本連摸都不摸一下。

◆ 君のことをどんなに心配したことか。でも、無事でよかった。
多為你擔心啊。不過沒事就好。

◆ あたしのせいじゃないもん！
這不是我的錯嘛！

◆ 私はこの日がくることをどんなに望んだことだろう。
我多麼期待這一天的到來啊。

◆ 外国で同じバスに乗り合わせるなんて、何という偶然だろう。
在國外不期而遇搭了同一輛公車，簡直太巧了。

◆ もっと家が広かったらいいのになあ。
家裡要是再寬敞一點該多好啊。

按句尾形態分類 5

日語的句尾形態包括「だ體」、「である體」、「です・ます體」、「であります體」、「でございます體」。其中最常用的是「だ體・である體」和「です・ます」體。前者稱為「簡體」（常體、普通體），後者稱為「敬體」（丁寧體）。日語中，根據交際者雙方關係的不同而區別使用敬體和簡體。有關敬體、簡體的具體用法請參見第四章第13節。

1） 敬體句（敬體、丁寧體）

● 用敬體助動詞「です」、「ます」結句的句子叫做敬體句。

◆ そんなに心配しなくても何とかなりますよ。
不必那麼擔心，總會有辦法的。

◆ 先生におかれましては、ますますご壮健の由、私ども一同喜んでおります。
得知老師身體愈加康健，我們都非常高興。

◆ あの人が山本さんです。
那個人就是山本先生。

◆ 雨がふりそうなんで洗濯はやめときます。
看樣子要下雨了，所以就不洗衣服了。

◆ その人その人で考え方が違うのは当然です。
每個人的想法都不同，這是很正常的。

2） 簡體句（常體、普通體）

● 以用言終止形或「です」、「ます」以外的助動詞結句的句子叫做簡體句。

◆ 卒業するに至って、やっと大学に入った目的が少し見えてきたような気がする。
到了畢業，才漸漸看清楚上大學的目的。

◆ 卒業式は大講堂において行われた。
畢業典禮在禮堂舉行了。

◆ 絵付けの技術において彼にかなうものはいない。
在陶瓷繪畫技術上沒有人比得上他。

◆ 自動車がないとさぞ不便だろうと思っていたが、なければないでやっていけるものだ。
原以為沒有汽車一定很不方便，但是沒想到沒有也能過得去。

◆ 田舎は空気が綺麗なので星がよく見える。
農村空氣清新，因此可以清楚地看到星星。

◆ 猫であろうと、虎であろうと、動物の子供がかわいいのは同じである。
不論是貓還是老虎，動物的孩子都一樣可愛。

◆ 窓が開けてあるのは空気を入れかえるためだ。
開著窗戶是為了換換新鮮空氣。

◆ 僕は金もなければ才能もない平凡な男だけど、君を愛する気持ち だ け は誰にも負けない。
雖然我是個沒錢又平庸的男人，可是愛你的心比誰都強烈。

按句子結構分類 6

1） 獨詞句（一語文）

● 僅有一個詞語構成的句子稱為獨詞句。一般不分主語和述語，通常由單個體言、用言、副詞、感歎詞等構成。

◆ ほんと？
真的？

◆ わかった。
明白了。

◆ まったく。
真是的！

◆ めがね！
眼鏡兒！

◆ 他には？
其他呢？

◆ 火事だ！
著火啦。

◆ いたい！

好痛！

2） 主謂句（主述文）

● 有主謂兩部分構成的句子叫做主謂句。

◆ カラオケだ、ゴルフだと彼(かれ)はいつも遊(あそ)びまわっている。

又是卡拉OK，又是高爾夫的，他總是玩個不停。

◆ 私(わたし)は地質学(ちしつがく)に関(かん)する本(ほん)を読(よ)んでいる。

我正在閱讀有關地質學的書。

◆ 日本(にほん)はドイツ並(な)みにきちんと戦争(せんそう)の総括(そうかつ)をするべきだった。

日本戰後應該像德國一樣好好地對戰爭進行總結。

◆ 今年(ことし)は野菜(やさい)の出来(でき)がいい。

今年的蔬菜收成好。

參考 因日語的獨特性或具體語境而省略了主語或述語的句子，仍視為主謂句。

◆ おいおい、それ、本気(ほんき)かい？

喂，你是當真的嗎？

◆ 人(ひと)にやらせないで、自分(じぶん)でやったら？

別總是叫別人做，自己做怎麼樣？

◆ さあ、そろそろ帰(かえ)りましょう。

時間差不多了，我們回去吧。

◆ 暑(あつ)くて、勉強(べんきょう)もなにもできなかった。

熱得我沒讀書也沒做到任何事情。

◆ 夏休(なつやす)みは毎日泳(まいにちおよ)いでばかりいました。

暑假我每天都光是游泳。

◆ 福田(ふくだ)さんって方(かた)から、お電話(でんわ)が…。

有個叫福田的先生打電話來……。

◆ 田中(たなか)と申(もう)します。

我叫田中。

考點講練

1. なにしている＿＿＿？

A か　　B の　　C よ　　D ね

答案：B

譯文　你在做什麼呢？

解題技巧　此題考查疑問句。上例後接終助詞「の」表示疑問，多用於口語。

深度講解　日語疑問句分為疑問詞疑問句和非疑問詞疑問句。

① 包含疑問詞的疑問句叫做疑問詞疑問句，又叫特殊疑問句。

◆ どういう風(かぜ)の吹(ふ)き回(まわ)しだい？突然(とつぜん)訪(たず)ねてくるなんて。
哪陣風突然把你給吹來了？

◆ 何(なに)か申告(しんこく)するものはありますか。
有什麼要申報的嗎？

◆ どうしたのかなあ。彼女(かのじょ)、ずいぶん遅(おそ)いねえ。
怎麼回事？她怎麼還不來。

② 非疑問詞疑問句。又分為一般疑問句和選擇疑問句。要求回答的疑問句通常都屬於一般疑問句。

◆ A:留守番(るすばん)ありがとう。変(か)わったことはありませんでしたか。
謝謝你留下來值班。有情況嗎？

B:間違(まちが)い電話(でんわ)が一本(いっぽん)かかってきただけで、ほかには何(なに)も変(か)わったことはありませんでした。
只有一個打錯的電話。其他沒什麼。

◆ A:この店(みせ)は高(たか)すぎるね。
這家商店太貴了啊。

B:そうね。ほかの店(みせ)へ行(い)きましょう。
是啊，我們去其他家吧。

◆ A:この部屋(へや)、少(すこ)し寒(さむ)いんじゃないか。
這屋子是不是有點冷啊。

B:そうね。暖房(だんぼう)を入(い)れましょう。
是有點冷。開暖氣吧。

＊有些疑問句的句尾用「ね（よね）」、「だろうね（でしょうね）」、「（ん）じゃないか」表示，這些問句通常也要求回答。如上例2、例3。

③　選擇疑問句一般用「～か～か」、「～か、それとも、～か」等形式表示。

◆ 答えはイエスかノーか、二つに一つだ。
回答只有一個，是「是」還是「不是」。

◆ 進学か、それとも就職かとずいぶん悩んだ。
是升學還是找工作，我猶豫了很長時間。

◆ 雨が降ってきましたが、どうしますか。行きますか。それとも延期しますか。
下雨了，怎麼辦？是去呢，還是改天再去？

精選練習　次のそれぞれの文がどんな文か、A.B.C.Dの中から選びなさい。

❶ あつい。
A 主述文　B 一語文　C 疑問文　D 平敘文

❷ 何かと思ったら、買出しの手伝いかい？
A 命令文　B 疑問文　C 存在文　D 感嘆文

❸ 何を考えてるの？
A 疑問文　B 感嘆文　C 一語文　D 平敘文

❹ 仕事は山ほどある。
A 命令文　B 疑問文　C 存在文　D 感嘆文

❺ クラシックとポピュラーとどちらが好きですか。
A 命令文　B 選択疑問文　C 存在文　D 感嘆文

答案：B,B,A,C,B

提示　第1題此句只有一個形容詞「あつい」。第2題有表示疑問的疑問詞「何か」和表示疑問的終助詞「かい」。第3題句尾的終助詞「の」加在帶有疑問詞「何」的句子後，表示疑問。第4題存在動詞「ある」做述語。第5題句型「～と～とどちらが～」在句中表示選擇。

翻譯

❶ 好熱！
❷ 我還以為什麼事呢。原來是幫你買東西啊。
❸ 你在想什麼呢？

❹ 工作堆積如山。

❺ 古典音樂和流行音樂你喜歡哪一類？

2. タクシーで行きましょう。そうしなければ＿＿＿＿＿。

A 間に合いませんよ　　　　B 間に合わないよ

答案：A

譯文　坐計程車去吧，不然就來不及了。

解題技巧　此題考查敬體句與簡體句。前項的述語句尾使用了「～ましょう」，顯然是敬體句，為保持前後語體一致，答案應選A。

深度講解

① 敬體句多用於口語、信函。表示鄭重和敬意。

◆ 狭苦しいところですが、どうかおくつろぎください。
房間不怎麼寬敞，請不必拘束。

◆ 私は本日の司会をつとめさせていただきます。なにとぞご協力のほど、よろしくお願い申し上げます。
今天由我主持大會，請多多協助。

◆ 私たちは今後ともに協力しあい、友好を象徴するこの松と檜を、この両手でしっかりと育てていこうではありませんか。そしてあの泰山の頂きの常磐の松のように、厳しい風雪にも耐えて、強くまっすぐ育っていくことを願っています。
我們今後仍將繼續合作，要用雙手栽培這象徵著友誼的蒼松翠柏，願它像泰山頂上的勁松，經得起風雨嚴寒，永遠青翠挺拔。

② 簡體句多用於關係密切的同輩或文章中。

◆ じゃあ、賛成してくれるわけだね。
這麼說，你是贊成的？

◆ そんなデザインは今や古くさいよ。
那種設計如今已經過時了。

◆ A：かばんが壊れちゃった。
皮包壞了。

B：そんな小さなかばんに無理に詰め込むからだよ。
誰叫你硬要往那麼小的皮包裡塞那麼多東西。

◆ A：辞書どこ？
詞典在哪裡？

B：辞書なら机の上においてあるだろ？
不是放在桌子上嗎？

◆ ゴールデンウィーク期間中、全国で人々が大移動を行いました。交通機関はもちろん、各種の商店も全力を上げてセールスに取り組み、飲食店にも大きな商機となった。
黃金週假期間全國上下「人潮洶湧」，不僅交通部門，就連商店都全力促銷，也為飲食店帶來了巨大的商機。

③ 敘述句使用敬體表達時，要用「動詞連用形+ます」。用言各種形態後接「です」時，通常加上「の（ん）」，構成「～の（ん）です」的形式。此形式除了表示敬體之外，還帶有解釋、説明或強調的語氣。

◆ 父は最近体の調子がいいらしく、前よりずっと元気に見えます。
父親最近身體狀況好像不錯，看上去比以前有精神多了。

◆ 誰が何と言おうと私の意見は間違っていないんです。
不管誰説什麼，反正我的意見沒有錯。

◆ やっぱりこれでよかったのです。
果然還是這樣好。

精選練習

❶ 田中さんはまだ＿＿＿＿＿＿。

A 来なかった　　B 来ていません　　C 来る　　D 来ている

❷ いいえ、あの日、日曜日じゃ＿＿＿＿＿＿。

A ありませんでした　B ない　　C ないんです　　D ないでした

❸ 明日は順子さんの誕生日＿＿＿＿＿＿ね。

A ます　　B でした　　C ません　　D ました

❹ なんて静かな場所＿＿＿＿＿＿。

A だろう　　B ましょう　　C です　　D ですね

❺ 午後から本屋にでも＿＿＿＿＿＿。

A 行きましょう　　B 行くでしょう

C 行かないでしょう　　D 行くんです

答案：B,A,B,A,A

提示

第1題「まだ」與表示否定的述語「～ていません」相呼應，表示「現在還沒有……」。第2題因為是「あの日」，所以要用「ありませんでした」表示過去否定。第3題選擇B表示想起、確認。第4題句型「なんて～だろう」表示感歎。第5題表示勸誘，希望對方跟自己一起去做某事。

翻譯

❶ 田中先生還沒來。
❷ 不，那天不是星期天。
❸ 明天是順子的生日吧。
❹ 多麼安靜的地方啊。
❺ 下午我們去書店吧。

3. 王さんは成績が＿＿＿＿。
A いかったです　　B よかったです

答案：B

譯文

王先生成績很好。

解題技巧

此題考查描寫句。形容詞「いい」和「よい」二者意義相同，只是「いい」無活用變化形式，而「よい」具備各種活用變化形式。因此，無需變化時，既可用「よい」也可用「いい」。一旦有活用變化時，只能用「よい」，所以答案選B。

深度講解

① 「體言が（は）+形容詞（です）」為形容詞描寫句的基本句型。句尾的「です」表示敬體，無活用變化。所有的活用變化應在「です」前，即形容詞詞尾「い」這一部分完成。

◆ 裁判の弁護士は、有名な中山弁護士が担当してくださるので、とても頼もしいです。
辯護律師是有名的中山律師，所以完全可以信賴。

◆ 今月の売り上げは先月に比べて、芳しくないです。
這個月的營業額與上個月相比不太好。

② 表示推測時，通常用「形容詞終止形+でしょう（だろう）」的形式表示。

◆ 昨今のＩＴ産業は、同業者間の競争が凄まじいでしょう。
如今的IT產業，同行間的競爭非常激烈吧。

③　「體言が（は）+形容動詞詞幹だ（です・である）」為形容動詞描寫句的基本句型。所有的活用變化均發生在形容動詞詞尾「だ」上。

- 教師が生徒に教えられるなんて、逆さまだね。
  教師讓學生教，那不是倒過來了嗎？
- 子供の肌は滑らかで、柔らかいので、触っていて気持ちがいい。
  小孩的肌膚光滑柔軟，摸上去很舒服。
- 昨日のコンサートの入場者は、過去最低だった。
  昨天音樂會的入場人數是史上最低的。

④　形容動詞描寫句表示推測時，通常用「形容動詞詞幹+でしょう（だろう）」的形式表示。

- 一人息子が有名大学に合格したので、父親はとても満足だろう。
  獨生兒子考上了有名的大學，父親應該非常滿意吧。
- 日本での留学生活は、今のところ順調でしょう。
  日本的留學生活目前很如意吧。
- 電気がなくて不便でしょう。
  沒有電應該很不方便吧。

精選練習　❶～❺の各文の下線部の状態に合う適当な選択を、それぞれA.B.C.Dの中から選びなさい。

❶ パンを焼いていたら、焼き過ぎて真っ黒になってしまった。

A 芳しい　　B きな臭い　　C こうばしい　　D 焦げ臭い

❷ 初夏とはいえ、朝は半袖の服を着て歩けるほどではない。

A 温暖だ　　B 生暖かい　　C 生ぬるい　　D 肌寒い

❸ 平原の向こうには、動物の姿らしいものが小さく少しだけ見えた。

A 淡く　　B 微かに　　C 淡白に　　D 不透明に

❹ その部屋はエアコンも冷蔵庫もあり、パソコンも使える状態だった。

A 快適だった　　B 暖かかった　　C 清々しかった　　D だるかった

❺ 親が勉強のことばかり何度も厳しくいうので、子供は家出してしまった。

A うっとうしく　　B 騒がしく　　C 耳障りに　　D やかましく

答案：D,D,B,A,D

提示

第1題「きな臭い」主要是「火藥味很濃」，而「焦げ臭い」則是「烤焦了」。第2題從「還沒熱到要穿著短袖走路」來看，說明天氣還有點涼。第3題因為是在「平原の向こうに」，所以動物看起來「微小、模糊」。第4題「那個房間既有空調、冰箱，又有電腦」，所以非常愜意。第5題「やかましく」有「聲音吵鬧、囉唆、愛嘮叨」等意思。

翻譯

1. 本來想烤一烤，結果烤焦了。
2. 雖說是初夏，但早晨的太陽還沒熱到要穿短袖走路的程度。
3. 在平原的對面看到了一隻像動物似的小東西。
4. 那房間既有冷氣、冰箱，同時又能使用電腦。
5. 由於父母總在嘮叨要用功，所以孩子離家出走了。

第19章

句子的成分

知識講解

句子成分 1

句子的各個組成要素叫做句子成分。對於大多數句子來說，主題是要明確出來的，這時就需要有主語。有些述語，沒有補語的幫助就不能表達完整的意思，這時補語就成了必需的成分。以他動詞做述語時，缺少受詞就不能表達完整的意思，此時受詞就成了必需的成分。因此，主語、述語、受詞、補語是日語句子的基本成分。體言修飾、用言修飾主要是形成修飾、限定的作用。有了它們，句子的意思可以表達得更清楚、更準確、更生動。

主語 2

主語是一個句子所敘述的主題，是述語陳述的對象。主語的構成形式一般有：

1)　體言、體言性片語+が（は、も）

◆ 首相が今月のすえに、訪中する。
首相在這個月的月底將訪問中國。

◆ 風も強くなってきました。
風也越來越大了。

◆ 庭の木が大きくなり過ぎて、うっとうしくなってきた。
院子裡的樹長得太大了，周圍變得陰暗起來。

2)　用言、用言性片語、句子＋名詞（形式名詞）+が（は、も）

◆ 現在の繁栄をもたらしたのも、自然破壊をもたらしたのも、他ならぬ人間である。
帶來現在繁榮和造成自然破壞的，都是人類自身。

◆ いつもは生気のない彼の目は、サッカーのこととなれば、急に生き生きと輝いてくる。
一說到足球，就連一直眼神黯淡的他也會突然雙目生輝。

3） 子句中的主語「が」，常用「の」取代

◆ 今回の優勝は彼の努力の賜物にほかならない。
這次奪冠，完全是他努力的結果。

◆ 日本政府のはっきりしない態度が、アジア諸国との関係を悪化させているのではないか。
難道不是日本政府不明朗的態度，使其和亞洲各國的關係開始惡化的嗎？

4） 在表示好惡、巧拙、可能、願望等的句子中，會出現兩個主語。主題為大主語，用「は」表示，對象為小主語，用「が」表示

◆ 彼女の気持ちが理解できなかったなんて、俺はなんと馬鹿だったのだろう。
沒能理解她的心情，我有多麼傻啊。

◆ ああ、暑い。（私は）何か冷たいものが飲みたい。
啊，真熱。我真想喝點冷飲。

◆ 田中さんは甘いものが嫌いみたいだ。
田中先生好像不喜歡吃甜的東西。

◆ こちらこそすみませんでした。
是我們該道歉才對。

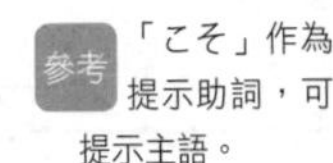

「こそ」作為提示助詞，可提示主語。

◆ これこそ私の探していたものです。
這正是我要找的。

述語 3

述語是對主語的陳述，說明主語的動作、狀態或狀況等。述語是日語句子中最重要的成分，是日語句子的核心。日語句子中的述語構成形式一般有以下幾種：

1） 體言或體言性片語加判斷助動詞「だ（です）」、「である」或某些助動詞等

◆ この映画は子供向きだ。
這部電影適合兒童觀賞。

◆ このような名誉ある賞をいただき、光栄の至りです。
能得到如此高評價的獎項，感到極為榮幸。

◆生まれながらにして体の弱い子供だった。
我是個天生體弱的孩子。

◆いつまでもお若くて、うらやましいことです。
你總是那麼年輕，真讓人羨慕啊！

2） 形容詞、形容動詞或後加助動詞、補助成分等

◆この車は新車なので、乗り心地が快適だ。
這輛車是新車，坐上去很舒服。

◆ここ数週間は、毎日、雨ばかり降っていてうっとうしい。
這幾周，每天下雨，真是令人煩悶。

◆今度の発表では、先輩がいろいろ助けてくれたので、とても心強かった。
這次發表，多虧前輩給了不少幫助，所以很有自信心。

◆いくら好意でも、押し付けがましいのはよくないよ。
就算是好心，強加於人也不好啊。

◆暑くてたまらない。
熱得受不了。

3） 動詞或動詞加助動詞、動詞加補助成分等

◆この不況にもびくともしないとは、さすが大企業だけある。
到底是大企業，能頂得住這種經濟蕭條的影響。

◆実際にあった話に基づいて小説を書いた。
我根據實際發生的事寫了小說。

◆この建物は有名な建築家によって設計された。
這座建築是由著名的建築師設計的。

◆今日はがらにもなく背広なんかを着ている。
他今天與往常不同，穿上了西裝。

◆株価が急落したために市場が混乱している。
由於股票價格暴跌，股票市場發生混亂。

4） 在口語中，由於有具體的語言環境，會出現述語被省略或存在多個述語的情況

◆あのう、先日、そちらで買ったパソコンの調子がどうもよくないんですが、それでお電話を……。
前些日子在貴公司買的電腦，用起來怪怪的，所以我打電話問一下。

◆彼に会おうか会うまいかと悩んで、家の前を行きつ戻りつしていた。
不知是去見他好呢？還是不去見他好呢？煩得我在自家門前踱來踱去。

受詞 4

受詞是動詞的連帶成分。一般表示動作、行為所涉及的對象或者是表示動作、行為造成的直接結果。受詞的構成是由體言或體言性片語加受格助詞「を」構成。

- 彼は背広とネクタイを新調した。
  他買了新西裝和領帶。
- 疲れをいやすためにサウナへ行った。
  為了解除疲勞，我去洗了三溫暖。
- 電車の中に傘を忘れてきてしまった。
  把雨傘忘在電車裡了。
- バレーボールを始めたら、毎日お腹がすいてしょうがない。
  自從練了排球以後，每天我都特別容易餓。

> 參考 在一些特別強調的場合，受格助詞「を」通常被提示助詞、副助詞等取代。

- あの新車は売ってしまったので、もうここにはない。
  那輛新車已經賣掉了，不在這裡了。
- 取り越し苦労はするもんじゃないよ。心配し出すと、きりがないものだ。
  你也不要自尋煩惱了。擔心起來可是沒完沒了的。

體言修飾 5

修飾體言或體言性片語的詞叫做體言修飾。在日語中，體言修飾一定處在它所限定、修飾的體言之前。日語的體言修飾構成方式有以下6種：

1） 體言或體言性片語加連體格助詞「の」

- 今年の日本留学試験は、相当に難しい。
  今年的日本留學考試相當難。
- 試験の前の日は、十分な睡眠をとったほうがいい。
  考試的前一天，要保持充足的睡眠。
- コピー機の感度が鈍いから、きれいに印刷できない。
  影印機的感光度變弱了，不能清晰地印刷。

2） 指示性連體詞直接做體言修飾

- あの晩の彼の不可解な笑いの意味は、実は今でもよく分からないんだ。
  那天晚上，他那讓人費解的一笑，說實話，至今我仍不知道是什麼意思。
- どんなことがあってもいつもと変わらない様子。
  無論發生什麼事情都依然故我的樣子。

◆ この高層ビルは新しくてきれいだけど、地震にはもろいかもしれないね。
這座高樓雖然新並且漂亮，可是也許不耐震。

3） 用言、用言性片語的連體形

◆ 商品の過剰な生産は、消費者の購買意欲を失わせる結果になった。
商品的過剩生產導致消費者失去了購買熱情。

◆ この子は生まれながらにして、優れた音楽的感性を備えている。
這個孩子天生就具備了良好的音樂感受力。

◆ 彼の性格が暗いのは、ひとつにはさびしい少年時代を送ったためである。
他性格孤僻的原因之一是因為他的少年時代過於寂寞造成的。

4） 體言+補格助詞+「の」

◆ この清酒メーカーは、昔ながらの製法で日本酒を造っている。
這家清酒工廠按照傳統的製造方法釀造日本酒。

◆ 住民への説明もそこそこに、ゴミ処理場の建設が始められた。
也沒好好地跟居民說明一下，就開始建造垃圾回收處理場。

5） 副詞或副助詞加「の」

◆ 健康には自信があるが、家族のことを考えて、まさかのときのために、保険に入っている。
雖然對自己的健康很有自信，但考慮到家庭的利益，為萬一起見還是加入了保險。

◆ みごとな絵だ！さすが国宝だけのことはある。
很棒的畫呀！不虧是國寶啊。

補語 6

補語是對述語進行補充說明的成分。它的主要作用是幫助述語動詞、形容詞、形容動詞等進一步表達完整的意思，或者說明述語的動作、狀態達到什麼程度，數量上是多少等。補語的構成通常是由體言或體言性片語後加補格助詞構成。

◆ せっかくここまで努力したのだから、最後までやりとおしましょう。
好不容易堅持到這一步了，就堅持到底吧。

◆ 今年の２月の平均気温は平年より数度も高いそうです。
據說今年2月的平均氣溫比往常高好幾度呢。

◆ ２週間休館だと、今日のうちに必要な本を借りなければならないな。
如果休館兩周，今天之內就得把需要的書借出來。

◆ その会議には、歴史学者をはじめ、町の研究家から一般市民に至るまで、様々な人々が参加した。
參加那個會議的有歷史學家、鄉鎮問題研究人員以及一般市民等各界人士。

◆ 病気のお見舞いには果物とか花が好まれる。
探望病人時送水果或鮮花等更為討好。

用言修飾 7

用言修飾是修飾、限定用言、用言性片語乃至整個句子的成分。用言修飾的構成方式有如下幾種：

1） 副詞、副詞性詞語

◆ この本は子供にはまだ難しいのではないでしょうか。
這本書對孩子是不是還太難了呢？

◆ 宿題がなければ夏休みはもっと楽しいのに。
如果沒有作業，暑假會更快樂。

◆ いったいどういうふうに説明すれば分かってもらえるのか。
究竟怎樣說你才明白呢？

◆ その光景を見て、我にもなく動揺してしまった。
看到那種情景，就連我也不知不覺地動搖了。

2） 表示數量、時間、方位等意義的名詞、體言性片語

◆ どのぐらい入院すればよくなるでしょうか。
得住院多長時間才能好呢？

◆ 今日の午後、花火工場で爆発事故がありました。
今天下午，煙火工廠發生了爆炸事故。

◆ 前に述べた如く、円高は日本経済に影響を与えた。
如前所述，日元的升值對日本經濟產生了影響。

3） 體言或體言性片語、用言或用言性片語後附某些助動詞、形式名詞或慣用型

◆ この建物は有名な建築家によって設計された。
這座建築是由著名的建築師負責設計的。

◆ 彼は柔道の形を教えるためにまずやってみせた。
他為了傳授柔道的招式，先做了示範。

- もしかすると、彼女はこの秘密を知っているのではないかと思う。

  我看說不定她也知道這個秘密。

- 無謀な森林の伐採は森に住む小動物の命を奪うだけでなく、ひいては地球的規模の自然破壊につながるものである。

  盲目的森林砍伐不僅奪去了住在森林裡的小動物的生命，進而還關係到全球性的自然破壞。

4） 體言或體言性片語、用言或用言性片語後接副助詞

- 朝起きたら、顔ぐらい洗えよ。

  早上起床後，至少也該洗個臉吧。

- 苦しみが多ければ多いだけ成就したときの喜びも大きい。

  吃的苦越多，獲得成功時的喜悅就越大。

- 穴があったら入りたいほど恥ずかしかった。

  羞得恨不得找個地縫鑽進去。

- せっかく休暇をとるからには、二日や三日でなく、10日ぐらいは休みたい。

  好不容易請一回假，就不能只請兩三天，我想至少要休息10天。

5） 用言或用言性片語後接接續助詞

- はたして彼の言うことが事実であったとしても、彼に責任がないということにはならない。

  即使他說的是事實，也不能證明他就沒有責任。

- 雨がふりそうなので、試合は中止します。

  因為看起來要下雨了，就此中止比賽。

- 入学式は10時からですので、９時ごろ家を出れば間に合うと思います。

  因為開學典禮是10點開始，所以我想9點鐘左右出家門就來得及。

6） 形容詞、形容動詞的連用形

- 外の空気が湿っぽくなって、今にも雨が降りそうだ。

  外面的空氣濕漉漉的，看樣子馬上要下雨了。

- 誠に遺憾に思います。

  我覺得非常遺憾。

- 彼女はどんなことにも素早く対応できるので、上司から信頼されている。

  她什麼事都能隨機應對，深得上司的信任。

- 斉藤さんは、今春、めでたく一流企業に入社した。

  齋藤小姐今年春天很榮幸地進入了第一流企業。

◆ 独身は身軽で、いいよな。

真是獨身一身輕啊 。

考點講練

1. 次の文で、線を引いた言葉に対する主語文節はどれですか。

   女性は男性より<u>丁寧な言葉を使う</u>。

   A 男性より　　　　　B 女性は

   答案：B

譯文　女性使用的語言比男性更禮貌。

解題關鍵　此題考查主語。「丁寧な言葉」在句中做受詞，「使う」的主語應該是「女性は」。「男性より」在句中做補語，所以答案選B。

深度講解

① 日語中，主語等表人稱的要素並不是必不可少的。根據具體語境，部分人稱可省略。

◆ A:あいにく佐藤は席をはずしております。代わりの者でよろしければ、同じ課の者をお呼び致しますが。

不巧佐藤現在不在。如果別人也可以的話，我幫您叫一下與他同科室的人。

B:そうですか。では、申し訳ございませんが、そうしていただけないでしょうか。

是嗎？那麼，麻煩您幫我叫一下吧。

A:かしこまりました。早速連絡を取りますので、今しばらくお待ちください。

好的。我這就聯繫，請您稍等。

◆ 今回の皆様のご旅行には、外事係より王林と張雷の二名を随行させ、お世話をさせていただくことになっております。何かお気づきの点やご要望がありましたら、どうかご遠慮なくお申し付けください。

在各位旅行期間，外事組派王林和張雷兩位陪同你們。如果你們感到有什麼不便或有什麼要求，請不客氣地向他們提出來。

② 命名句、命令句和表示事物客觀規律以及人們生活習慣等的句子，主語通常被省略。

- パソコンとは、個人で使える小型のコンピューターのことだ。
  個人電腦就是個人能使用的小型電腦。
- 21世紀の日本で求められる福祉の形態とはどのようなものだろうか。
  在21世紀，日本所尋求的福利形態是什麼樣的呢？
- この花をプリムラ（prumula）という。
  這種花稱為櫻草花。
- それ、持って来い。
  把那個給我拿來。
- 2を二乗すると4になりますが、-2を二乗しても4になります。
  2乘2等於4，-2乘-2也等於4。
- ハンドルを左に回し、起動する。
  將方向盤向左扳，發動引擎。
- 3分おきに電車が通ります。
  每隔三分鐘就會有電車通過。

③ 自述句一般省略主語。

- 子供のころ、天気がいいと、この辺を祖母とよく散歩したものだ。
  小時候，一遇到好天氣，就和祖母在這一帶散步。
- 明日の試験に遅れては大変だからと思い、今晩は早寝することにした。
  想到明天的考試不能遲到，決定今晚早睡。
- 会議が長引いたので、家に帰ったのが12時を過ぎてしまった。
  會議延長了，所以回到家已經是12點多了。
- 試験に合格したので、嬉しくてしかたがない。
  考試及格了，我高興得不得了。

精選練習 次の文で、線を引いた言葉に対する主語文節はどれですか。

❶ 風が窓に当たるので、うるさくて寝られない。

A 風　　B 私　　C窓　　D うるさくて

❷ このごろの天気予報があまり当たらないので、毎日傘を持って出ることにしている。

A 天気予報　　B 毎日　　C 傘　　D 私

❸ 例えば、諸君が野原を歩いていて一輪の美しい花が咲いているのを見たとする。

A 諸君　　B 花　　C 私　　D 野原を歩くこと

❹ 画家でも音楽家でも同じことで、彼らは、色を見、音を聞く訓練と努力の結果、普通の人がほとんど信じられないほどの、色の微妙な調子を見分け、細かな音を聞き分けているにちがいないのです。

A 画家でも音楽家でも　　B 彼ら

C 普通の人　　D わたしたち

❺ この問題は皆で話し合ってこそ意味がある。規則だけ急いで決めてしまうというやり方には反対だ。

A 皆　　B この問題　　C 私　　D 規則

答案：B,D,C,B,C

提示

第1題的「風」是自然現象，「窓にあたるので」在句中當主體，睡不著覺應該是主語「私」，因為是自述句，主語被省略。第2題前項表示原因，所造成的結果是「我每天都……」。第3題「諸君」應是「～見た」的主語，而整個句子的主體應該是說話人。第4題「彼ら」所指就是「畫家和音樂家」。第5題的「この問題は」是「話し合う」的受詞。「反対だ」的主語應該是「私」，屬自述句，主語被省略。

翻譯

❶ 風吹打著窗戶，吵得我無法睡覺。
❷ 最近的天氣預報不太靠得住，所以我每天都帶傘出門。
❸ 比如，假設各位在原野行走時看到一朵美麗的花盛開著……。
❹ 畫家和音樂家都是如此。他們經過看顏色、聽聲音的訓練和加上自身的努力就能區分普通人難以置信的色彩的微妙格調，分辨細小的聲音。
❺ 關於這個問題，只有大家在一起討論協商才真正有意義。所以我反對草率地訂一些規則的做法。

2. 次の文の中で、主語・述語の関係にある文節を取り出しなさい。

どんなにめまぐるしい時代になっても、人がそこにいるかぎり、人間性が失われることはありません。ただ、世の中の進歩、変化に惑わされ、物事の本質が忘れられ、軽んじられがちなだけだと思うのです。

答案：1.「人が～いるかぎり」
2.「人間性が～失われる」
3.「ことは～ありません」
4.「本質が～忘れられ軽んじられがちなだけだ」

譯文　無論時代怎樣變化，只要有人類生存，人性就不會失去。只是我們人類太執迷於前進與改變，從而忘卻或者輕視了事物的本質而已。

解題關鍵　此題考查主謂句節（文節）。上例的長句中，處於主謂關係的句節一共有四組。它們的主謂關係主要以「體言—用言」的方式表現出來，學會辨別它們在句中的職能和地位，有助於對整個句子構成的理解。

深度講解　句節的相互關係，主要有6種：

① 主謂關係。主語在前，述語在後。主語不是句子裡不可缺少的句節，述語卻是全句的中心，處於句尾，是不可缺少的句節。

- 男は白っぽい服を着ていた。
  那男的穿了一件白色的衣服。
- 同業者間の競争が凄まじい。
  同行間的競爭非常激烈。
- 藤田さんは私の義兄である。
  藤田先生是我的姐夫。

② 連體修飾關係。

- ガンが早く発見できたので、危ういところで命が助かった。
  幸虧癌症發現得早，不然就有喪失生命的危險。
- 株価の変動は誰にも分からない。上がることもあれば、下がることもある。
  股市的變動誰也摸不清，有漲也有跌。
- 友達が熱心に進めるので、不本意なお見合いをすることになった。
  經不住朋友的再三勸說，才不情願地決定去相親。

- こんな無能な医者では助かる命も助からない。
  找這麼無能的醫生看病，就算是能救的命也救不回來。

③ 連用修飾關係。

- 彼女は食事も取らずに、けが人の看病をしている。
  她護理著受傷的病人，飯都沒吃。
- 明るいライトが商品をいっそうきれいに見せている。
  明亮的燈光使商品看上去更漂亮。

參考 連用修飾語在句子裡的位置比較靈活，即不一定是與被修飾語緊密地聯繫在一起。

④ 對等關係。在句中可以合成主語、述語、受詞等。

- 太郎と花子さんが来るんだね。
  太郎和花子小姐來都會來吧。
- 彼女は教師で作家だ。
  她既是老師又是作家。
- 私たちは英語と日本語を習っています。
  我們學英語和日語兩門語言。
- 私は日本料理も韓国料理も好きです。
  日本菜和韓國菜我都喜歡。
- その映画が面白いか面白くないかは見てみなければ分からない。
  這部電影有沒有意思，你只有看了才會知道。

⑤ 補助關係。即述語句節表示主要的意思，同時又需要有後面的句節增添某種文法關係。處於補助關係的述語句節在句子裡相當於述語句節的作用。

- 君を見込んで頼むのだが、ぜひ今度の仕事に参加してほしい。
  因為相信你才來拜託你的，希望你務必參加這次的工作。
- 隣の家は留守と見えて、ドアの前に数日分の新聞がたまっている。
  看來鄰居不在家，門前堆了好幾天的報紙。

⑥ 獨立的關係。即與其他句節之間不構成任何關係，形式上處於獨立地位的句節。

- A：吉田さん、まだ姿が見えませんね。
  還沒見到吉田先生來啊。
- B：いや、さっきまでいたんですが、もう帰りました。今夜から出張するということです。
  剛才還在這裡，現在已經回去了。他說今晚要出差。

精選練習 次のそれぞれの文を主語・述語・修飾語・獨立語を示しなさい。

❶ 柔らかな日ざしが窓いっぱいに降り注ぐ。

❷ 障子をあけると、木の葉は部屋のなかまでも舞い込んでくる。

❸ 家々の窓も障子もいっせいに開け放されて、どこからかカナリヤのさえずりが朗らかに聞こえてくる。

❹ けたたましい鶏のさけび声を夢の中で聞いた。

❺ 母がかざすろうそくの火に照らされた鳥小屋の中には、鶏の羽がむざんに散らばっていた。

答案：

1. 「柔らかな」連體修飾語：「日ざしが」主語：「窓いっぱいに」連用修飾語：「降り注ぐ」述語。
2. 「障子をあけると」連用修飾語：「木の葉は」主語：「部屋のなかまでも」連用修飾語：「舞い込んでくる」述語。
3. 「家々の窓も障子も」主語：「いっせいに」連用修飾語：「開け放されて」述語：「どこからか」連用修飾語：「カナリヤの」連體修飾語：「さえずりが」主語：「朗らかに」連用修飾語：「聞こえてくる」述語。
4. 「けたたましい鶏のさけび声を」受詞：「夢の中で」連用修飾語：「聞いた」述語。
5. 「母がかざすろうそくの火に照らされた鳥小屋の中には」連用修飾語：「鶏の羽が」全句的主語：「むざんに」連用修飾語：「散らばっていた」述語。

提示 第1題嚴格地說，主語應是「日ざしが」，「柔らかな」是連體修飾關係，但用連句節的概念來解釋的話（相鄰的句節結合成一個整體，作用相當於一個句節，這樣結合起來的句節就叫連句節），主語應是「柔らかな日ざしが」。述語部分亦然。「窓いっぱいに」是連用修飾語，「降り注ぐ」是述語，用連句節概念來劃分，整體是一個述語。第2題「障子をあけると」是連用修飾語，「木の葉」為主語。述語部分的「部屋のなかまでも」是連用修飾語，「舞い込んで」是述語句節，「くる」是給該述語句節增添「……來」等意義。第3題「家々の窓も障子もいっせいに開け放されてどこからかカナリヤの」均為修飾語。該句主語是「さえずり」。述語部分的「朗らか」是連用修飾語，「聞こえて」是動詞述語，

「くる」為補助句節。第4題「けたたましい鶏の叫び声を夢の中で」分別是受詞和連用修飾語，「聞いた」為述語。第5題「母がかざすろうそくの火に照らされたとり小屋の中には」整體為一個連用修飾語，「鶏の羽が」為主語，其中「鶏の」是連體修飾語，「むざんに」是連用修飾語，「散らばって」為述語，「いた」作為補助句節表示狀態。

翻譯

❶ 柔和的陽光灑在整個窗臺上。
❷ 一拉隔門，樹葉就飄進了房間。
❸ 不知從何處傳來了金絲鳥那悅耳的鳴聲，家家戶戶同時敞開了窗戶和拉門。
❹ 在夢中聽見了母雞尖銳的蹄叫聲。
❺ 雞的羽毛淒涼地撒滿了母親用明燭照著的雞籠裡。

3. 次の文の修飾語を下線で示しなさい。

「あいさつ」の言葉にも、それを使う場合の節度がある。

答案：「あいさつ」の言葉にも、それを使う場合の節度がある。

譯文 寒暄語的使用也講究場合。

解題關鍵 此題考查修飾成分。一個基本的句子，透過一定的文法手段添加單字、片語或分句之後，句子所描述的內容變得更具體、更豐富，這就是擴展。上例的句子基本句型是存在句。透過「あいさつの」做連體修飾語，具體說明了是哪方面的「言葉」；後項的「それを使う場合の」做連體修飾語修飾限定「節度」，其中的「それを使う」是一個動受片語，做體言修飾修飾後面的名詞「場合」。「ある」為全句的述語。

深度講解 想要透過句子表現出更複雜的意思，或使句子內容更具體、描述更生動、層次更分明，則需要擴展片語或句子。如擴展用言修飾、體言修飾、補語等。

① 擴展用言修飾成分。

◆ 日本語を身につけるためには、一生懸命に勉強することが必要だ。

要掌握日語，就必須努力學習。

◆ 彼女は恭しく先生にお辞儀をしてポケットからあの書簡を出した。

她恭恭敬敬地向老師鞠了個躬，然後從口袋裡掏出了那封信。

◆思いがけないことに、彼は子供のようにそんなことを言い出した。

沒想到他會像孩子一樣說出那種話來。

◆そうおかしくもないのにゲラゲラと笑うし、そうかなしくもないのに、ポロポロと泣いてしまうのだった。

並非那麼好笑，卻哈哈大笑；並非那麼可悲，卻哭得淅哩嘩啦。

② 擴展體言修飾成分。

◆けさ四時にけたたましい電話に起された。

今早四點，就被一陣電話鈴聲吵醒了。

◆その明媚な風光に心を打たれた。

那明媚的風光令我心蕩神馳。

◆何でも薄暗いじめじめした所でにゃーにゃー泣いた事だけは記憶している。

總之，我只記得自己在那微暗而潮濕的地方「咪——咪——」地哭過。

◆落第したからって、死ぬほどのことではない。

雖說考試落榜，但也不至於去死。

◆一本のろうそくの照らしている窓にもまして、奥深い、神秘な、豊かな、薄暗い、魅惑的なものがまたとあろうか。

難道還有比那僅用一支蠟燭照亮的窗戶更深奧、更神秘、更豐富、更朦朧、更富有魅力的嗎？

③ 擴展補語成分。擴展句子的方法除了給體言加體言修飾，給用言加修飾語即用言修飾外，還可以加補語。

◆しかし、分かろうとしない、という態度を捨てるだけで、ずいぶんとわかりやすくなるはずである。

可是，只要你丟棄不想瞭解對方的態度，按理說就應該變得更容易瞭解。

◆一日一日の生活はけっして同じではない。先生や友だちの話から新しいことを一つでも知れば、それだけ君の生活もかわる。

每天的生活絕非完全相同。只要你從老師或朋友的言談中獲得哪怕是一點新知識，這就足以使你的生活產生變化。

◆仏教では人は死ぬと仏になると言われている。

佛教認為：人死即成佛。

◆魚だって、鳥だって、殺されるより、生きてるほうが楽しいに決まってる。

無論魚，還是鳥，活著必定比被殺要痛快。

◆それは自分のことを知ると同時に、他人のことを理解しようと努めるということである。

這意思就是在瞭解自己的同時，還應努力去理解他人。

精選練習 次の二つの文の中から修飾語を正しく取り出し、下線で示しなさい。

❶「遅いのね。今日は。四十五分ぐらい遅れているかもしれないわよ。」それを聞くと、なつかしそうに立ち止まって、何か話し掛けそうにした子供たちは本気にして走り出した。

❷ 広い構内は低くて、白い垣がめぐらされ、細い道の両側に青い芝生がいろいろな草花と相対して鮮やかな色彩をしている。

答案：

1.「遅いのね。今日は。四十五分ぐらい遅れているかもしれないわよ。」それを聞くと、なつかしそうに立ち止まって、何か話し掛けそうにした子供たちは本気にして走り出した。

2. 広い構内は低くて、白い垣がめぐらされ、細い道の両側に青い芝生がいろいろな草花と相対して鮮やかな色彩をしている。

提示 第1題作者在好幾處都使用了修飾限定用言、用言性片語的用言修飾。如第一句中的「今日は」是修飾限定「遅い」的倒裝用言修飾；第二句中的「四十五分ぐらい」限定它後面的動詞「遅れる」；第二句之首的「それを聞く」是一個動受片語，接接續助詞「と」之後，便成了全句的限定構造。第二句中還有幾個對用言進行修飾限定的用言修飾成分。如：「なつかしそうに」是修飾「立ち止まる」的，然後「なつかしそうに立ち止まる」這個用言性片語又接接續助詞「て」限定「何か話し掛けそうにした」。在「何か話し掛けそうにした」中，「何か話し掛ける」則接樣態助動詞「そうだ」的連用形「そうに」修飾「した」。「本気にして」是一個限定用言的用言修飾成分。第2題共出現了「広い」、「低い」、「白い」、「細い」、「青い」、「いろいろな」和「鮮やかな」以及「細い道の」…等體言修飾。除「細い道の」，其他體言修飾對中心語有明顯的修飾、描繪作用並使語意範圍更為具體。

翻譯

❶ 孩子們不舍地站在那裡，想要說些什麼。當他們聽到：「好慢喔，今天。可能要遲到45分鐘了」的時候，便開始認真地跑了起來。

❷ 寬闊的場內被低矮的白色牆垣圍著，小道兩旁綠色的草坪與各種花草相映，顯得色彩鮮明。

第20章

複合句

知識講解

簡單句 1

句中只有一層主謂關係的句子叫做簡單句（単文）。

- 私は同窓会で20年ぶりに中学時代の友人に再会した。
  在同學會上，我與20年不見的中學時代的朋友重逢了。
- かれは約束したからには、必ず守る男だ。
  他是一個信守承諾的男人。
- 吉田さんは、風邪を引いたか何かで会社を休んでいます。
  吉田先生好像因感冒請假了。
- 彼女の日本語力は過去３ヶ月間で著しく上達した。
  她的日語能力比起過去三個月有顯著的長進。
- 売れっ子ジャーナリストの彼は世界中を飛び回っている。
  他是一名走紅的記者，在世界各國飛來飛去。
- 動物は植物や植物を食べている他の動物をえさとしてとらえなければならないために、植物のように動かず、一ヵ所にじっとしているわけにはいかないのです。
  動物必須把植物和吃植物的其他動物等當作食物，故不能像植物似的待在一個地方不動。

參考 無論句子多麼複雜，只要句中只存在一層主謂關係，都是簡單句。

複合句 2

由兩個或兩個以上的簡單句複合而成、在意義上是一個整體的句子叫做複合句（複文）。複合句又分為並列複合句和主從複合句兩種。

◆私から連絡をとろうと思っているところに、ちょうど当人から電話がかかってきた。
我正想跟他聯繫時，剛好他本人打來了電話。

◆いわゆる外来の物質文化は、外国で作られた物質文化を手本にして、日本でそのまま複製したものだ。だから、外国では本物であっても、日本では偽者になるのは自明である。
所謂外來的物質文化，其實是模仿外國所創的物質文化。是在日本依樣畫葫蘆而形成的一種複製品。所以，儘管這種外來的物質文化在外國是真品，而在日本卻成了贗品，這一點是不言而喻的。

◆自分のやりかけた実験がどうなっているかを、自分の研究室で、真剣に見つめている。
他正待在自己的研究室裡，仔細觀察自己已著手的實驗進展情況。

並列複合句和主從複合句 3

1） 並列複合句

● 由兩個或兩個以上的分句並列而成的句子叫做並列複合句。主要有以下5類：

① 表示對等關係的並列句。

◆育児もあるし、炊事や洗濯もあるし、家の中の仕事だけでもたくさんあります。
又要帶孩子，又要洗衣做飯，光是家裡的事就不少。

◆信じていれば、夢はかなうものだ。
只要相信，美夢就能成真。

◆国の経済力の発展と共に、国民の生活も豊かになった。
國家經濟發展的同時，人們的生活也富裕起來了。

② 表示對應關係的並列句。

◆彼は大学生だが、私は社会人だ。
他是學生，而我已經工作了。

◆このままずっとここにいたいけれども、いつか国へ帰らなければならない。
我是想一直在這裡待下去，可是總有一天我必須得回國。

◆私が手を振って合図したのに対して、彼女は大きく腕を振って応えてくれた。
我向她揮手示意，她使勁揮動手臂回應我。

③ 表示順承關係的並列句。

- 先に風呂に入ってから、食事にしよう。
  先洗澡，然後再吃飯吧。
- 朝ごはんを作って、子供を起こした。
  做好早飯，叫了孩子起床。
- 映画を見たあとでトルコ料理を食べに行きましょう。
  看完電影以後，我們去吃土耳其料理吧。
- 今日は食事の後、友達と花火をすることになっている。
  今天晚飯以後，我要和朋友們一起放煙火。

④ 表示遞進關係的並列句。

- 東京は日本の政治の中心であるばかりでなく、経済、教育、文化などの分野でも日本の中心地になっています。
  東京不但是日本的政治中心，而且是日本的經濟、教育、文化等領域的中心。
- 学期末になれば、学生のみならず、先生も相当疲れる。
  到了期末，不僅學生，老師也感到相當疲勞。
- 大気汚染による被害は、老人や幼い子供たちにとどまらず、若者たちにまで広がった。
  大氣污染的危害不僅對老人和孩子，也危及到了年輕人。

⑤ 表示選擇關係的並列句。

- あまり勉強ばかりしないで、ときどき散歩するとか、スポーツをするとかしないと、病気になります。
  不要光顧著讀書，如果不經常散散步，做做體育運動的話，會生病的。
- 考えてばかりいないで、やってみれば、或いは易しいことかもしれませんよ。
  不要光思考，做做看，也許是件容易的事啊。
- １４日までに到着するように郵送するか、または、持参してください。
  請在14日之前寄過來或是直接帶過來。

2） 主從複合句

● 主從複合句有兩層或兩層以上的主謂關係，通常分為兩部分：前一部分是子句，後一部分是主句。子句往往從原因、條件、目的、讓步、比喻等方面修飾限定整個主句；主句表示在子句的修飾限定下所出現的結果或作出的推論等。子句與主句間常常用接續助詞、某些修飾慣用型以及助動詞等產生關聯。根據子句與主句之間的語義關係，可將主從複合句分為主語子句、述語子句、受詞子句、補語子句、體言修飾子句、用言修飾子句。其中，用言修飾子句又分為表示時間、程度、比喻、列舉、方式、原因、條件、讓步、目的等多種類型。

① 主語子句。

● 子句充當主句的主語，這樣的句子叫做主語子句。由於句子不能直接做句子成份，所以一般需要用形式名詞「の」或「こと」來連接。主語子句的構成形式有：「句子+形式名詞+が（は）」，也有在子句與形式名詞之間加進「という」、「ような」的。

◆ 同じ仕事をしているのに、女性のほうが給料が低いのは不公平というものです。

做同樣的工作，給女職員的薪水就少，這太不公平了。

◆ 私の言いたいことは、この問題の責任は経営者側にあって…。つまり、社員はその犠牲者だということです。

我想說的就是，這個問題責任歸屬於管理者…也就是說，公司職員是受害者。

◆ 地方自治体がこの点で住民の納得をうることは必ずしも容易ではない。それは廃棄物問題はいろいろな都市問題にかかわりをもっているからである。

地方政府在這一點上要得到居民的理解並非易事，因為廢棄物問題是與各種城市問題緊密相連的。

◆ この投資が危険だというのは何かわけがあってのことでしょうか。

你說這筆投資危險，有什麼依據嗎？

◆ 平常はそう親しくない間柄でいて、汽車の長旅が思いがけない打ち解けた談話の機会ともなるようなことは、われわれの経験でもときどき起こりうる。

平時，雖說彼此間並不親密，但乘坐長途火車時卻意外地促成了投機的談話機會。諸如此類的情況在我們的生活中也時時發生。

◆ 私は、人生で最も尊いもの、そして欠かすことのできないものは、人間としての自覚と自負心、自信と自重の念であると思います。

我覺得人生難得可貴的和不可或缺的是人的自覺性、自豪感、自信心及自愛。

◆ 君が今回の上層部の処置に不満なのはもっともだ。

你對這次上層的處置表示不滿是理所當然的。

◆ この作品がコンクールに入選するなんて意外だ。

沒想到這部作品會在比賽中入選。

◆ あなたが信じるかどうか、問題ではない。

你相不相信，不是問題。

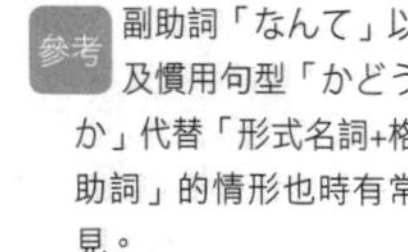

參考 副助詞「なんて」以及慣用句型「かどうか」代替「形式名詞+格助詞」的情形也時有常見。

◆ 責任ある仕事が任せられるかどうかは、君の能力いかんだよ。性別で差別するわけにはいかない時代だよ。

責任重大的工作能不能交給你來做，就要看你的能力了。現在已是不能用性別劃分的時代了。

② 述語子句。

● 子句充當主句述語的句子叫做述語子句。構成形式有：「子句+形式體言+斷定助動詞」、「句子+補助慣用型（ようになる・はずだ・といっていい・のだ・わけだ・ではないか）」以及「子句+ようだ、らしい」等。

◆ 最近やかましく言われる開発のための自然破壊ということも、こうした社会のゆがみが露呈したものであるかもしれない。

最近人們議論紛紛，這種因開發而導致的自然破壞，或許正暴露了社會的畸形。

◆ 川田さんは、彼の本当の恩師だといってもいいだろう。

可以說川田先生是他真正的恩師吧。

◆ 月並みな表現で申し訳ありませんが、「過ぎたるは及ばざるが如し」です。

真對不起，表現平平，不過，「過猶不及」嘛。

◆ 最近円高が進んで、輸入品の値段が下がっている。だから洋書も安くなっているわけだ。

最近日元持續升值，進口產品的價格有所下降。所以，進口書當然也就便宜了。

◆ 彼をすっかり怒らせてしまった。よほど私の言ったことが気にさわったのだろう。

我把他徹底惹火了。是不是我的話嚴重傷害了他的感情。

◆ ファーストフード産業が伸びれば伸びるほど、ゴミも増えるのではないか。

速食業發展越快，垃圾不也就越多嗎？

參考 左側是述語子句的第一種形式。述語子句的另外一種形式是主述語句。

◆ パソコンは性能がいいに越したことがない。

對於個人電腦而言，沒有比性能優越更重要的了。

◆ ITの分野では、日本はインドに先を越された感がある。

在IT領域，日本覺得被印度超越了。

◆ 運動はいいが、程よい運動が好ましい。

運動雖好，但是適度運動更好。

③ 受詞子句。

● 子句充當主句受詞的句子叫做受詞子句。受詞子句的形式有：「句子+形式名詞+受格助詞」、「句子+か+受格助詞」、「句子+か或など」等。

◆ 技師長が工場見学をご案内してくださいました。日本から導入された機械設備が順調に稼動しているのをみて、大変うれしく思いました。

總工程師陪同我們參觀了各工廠。看到從日本引進的機械設備正常運轉，感到很高興。

◆ 自分のやりかけた実験がどうなっているかを、自分の研究室で、真剣に見つめている。

他正待在自己的研究室裡，仔細觀察自己已著手的實驗進展情況。

◆ 彼がいったい何をするつもりであるか僕には分からない。

我不明白他到底想幹什麼。

◆ だれでも煙草の煙が体によくないというのを知っている。

誰都知道吸煙對身體不好這一事實。

◆ 水と植物が豊かにあることは、日本列島が、人間の暮らしにとって、誠に恵まれた土地であることを示している。

擁有源源不絕的水和植物，表示日本列島對於人類的生活來説，確實是片得天獨厚的土地。

◆ 食塩が、どのように製造されているか調べてみよう。

研究一下，食鹽是怎樣製成的？

④ 補語子句。

● 子句充當主句補語的句子叫做補語子句。補語子句句型有：「句子+形式名詞+助詞」、「句子+補格助詞」等。

◆ 仏教では人は死ぬと仏になるといわれている。

佛教認為：人死即成佛。

◆ 物質文化が直ちに精神生活の堕落を誘うと考えられる。

人們認為，物質生活會直接誘使精神生活墮落。

◆ その独特な地理的条件、好ましい気候、絵のような自然と風景、すぐれた投資環境などに恵まれた大連、その神秘的な地域にますますより多くの国内外の友人達が注目するようになってきているだろうと思います。

對於有著得天獨厚的地理條件、宜人的氣候、風景優美如畫，又有著優越投資環境的大連，將會引起越來越多的海內外友人對這塊神秘地區的關注。

◆ 学生数が増えるのにともなって、学生の質も多様化してきた。
隨著學生數量的增加，學生的程度也變得良莠不齊。

◆ 皆様とともに歴史を回顧し、未来を展望し、友情を語り合う機会を得ましたことはさらにわれわれが相互理解を深める上で誠に有意義でした。
使我們有機會回顧往事，展望未來，共敘友情，從而進一步加深了相互間的理解。

◆ 最後に中日友好の事業が泰山、富士山のように永遠に保たれるようにと願っております。
最後願我們的友好事業像泰山、富士山一樣萬古長存。

⑤ 體言修飾子句。

● 子句在句中做體言修飾的句子叫做體言修飾子句。體言修飾子句的形式有「句子+體言」、子句與體言或體言性片語間加進「という」、「ような」、「の」等。

◆ すべてのものが短く終わるような時が来た。
一切事物皆為曇花一現的時期已經到來。

◆ 夕べは屋根がとぶほどの強い風が吹いた。
昨晚的風非常猛烈，幾乎把房頂揭了。

◆ 中国のことわざに、遠い所から持ってきたお土産が、心のこもったものだという意味の言葉があります。その言葉どおり、ささやかな物ですが、私どもの友情をこめて差し上げたいと思います。
中國有句俗語：「千里送鵝毛，禮輕情意重」，我們的禮物雖然小，但是表達了我們的情意。

◆ 開幕式には式典のほか、ファッション、舞踊と千人のブラスバンドによる大型芸術の披露も行われる予定です。
開幕式上預計除了例行儀式外，還有時尚表演、舞蹈及千人管弦樂隊組成的大型文藝演出。

◆ 貴大学には造詣の深い学者や、教育の意欲に燃えた教師陣が揃い、研究施設や図書館も充実し、環境も素晴らしく、最高学府にふさわしい条件がそろっています。
貴大學有許多造詣很深的學者和熱心於教育的老師，研究設施和圖書館也很完備，環境良好，具備高等學府應有的條件。

用言修飾子句 4

用言修飾子句在句中做用言修飾，修飾主句。其形態是：子句後接接續助詞、副助詞、比喻助動詞「ようだ」的連用形、修飾慣用型等。

◆ デパートをぶらぶら歩いていて、かわいいネックレスを見つけた。とても気に入ったのだが、なにしろ値段が値段だったので、買うのは諦めた。

在百貨公司裡隨便逛的時候，看到了一條非常可愛的項鏈。雖然我非常喜歡，可是價錢太貴了，結果還是沒有捨得買。

◆ 皆が言うように、中華民族は自尊心と誇りに満ちた民族であります。

人們常說：中華民族具有民族的自尊心和民族的自豪感。

◆ あなたが直接手を下したのではないにせよ、犯行に手を貸したことは疑いの余地がない。

儘管不是你直接插手，可也是幫了罪犯的忙，這一點是無可置疑的。

◆ 来年の春から公共の場が禁煙になるとの新聞報道をきっかけに、賛否両論が巻き起こっている。

從明年春天開始在公共場所將禁煙。以這則新聞報導為契機，掀起了贊成與否的爭論。

◆ 円は1ドル79円75銭をピークに下がる一方だ。有効な対策が立てられないものだから、内閣の支持率もピーク時から下がりっぱなしだ。

日元從1美元比79.75日元的最高值開始一直在貶值。由於沒有有力的政策，內閣的支持率在達到最高值以後便開始持續下降。

◆ 不況で会社も先が見えてきたし、転職しようかなあ。

由於經濟不景氣，公司前途渺茫，是不是要換個工作了呢？

◆ 父は年を取ったが、精力にあふれ、皆も舌を巻いている。

父親雖上了年紀但精力充沛，大家都很佩服他。

用言修飾子句與主句間的關聯詞主要有：「けれども」、「ので」、「が」、「ば」、「と」、「て」以及某些修飾慣用型，如：「～ために」、「～によって」、「～にしたがって」、「～につれて」等。因此，根據關聯詞語的句法意義，用言修飾子句又分為表示時間，表示程度，表示比喻、列舉、方式，表示原因，表示條件，表示讓步，表示目的等7種類型。

1） 時間用言修飾子句

● 時間用言修飾子句說明事件發生或將要在什麼時候發生。通常用「～ところに」、「～やいなや」、「とき」等表示。

◆ みんながやきもきしているところに、インターネット経由で現地情報が入ってきたんだ。

大家正著急的時候，透過網路收到了當地的消息。

◆ 彼女が壇上に立つや否や、会場には割れんばかりの拍手が沸きあがった。

她一站到講臺上，會場就響起了熱烈的掌聲。

◆ 子供がまだ小さかったときは、いろいろ苦労が多かった。

在孩子還小的時候，我吃了很多苦。

◆ 陸からの救助が困難な場合には、ヘリコプターを利用することになるだろう。

陸地上的救援出現困難時，也許會動用直升機。

◆ 勝負が分からないうちは、枕を高くしてはいられない。

還不知道勝負，所以不能高枕無憂。

◆ 映画が始まるまでまだ1時間ある。時間をつぶすためにコーヒーでも飲もう。

離電影開場還有一個小時。為了消磨時間，我們去喝咖啡吧。

2） 程度用言修飾子句

● 表示程度的用言修飾子句其程度往往隨主句變化而變化。表示程度的關聯詞有「だけ」、「ぐらい」、「ほど」等。

◆ 動物は世話をすればするだけなついてきます。

動物嘛，你越照顧它，就越跟你有感情。

◆ 人間は失うものが多くなるほど臆病になる。失うものがないほど強いものはない。

人們擁有的東西越多就越膽怯。一無所有的人才最堅強。

◆ 東京中を足が棒になるほど歩き回ったが、探していた本は見つからなかった。

跑遍整個東京，腿都要跑斷了，也沒有找到我要找的書。

◆ 言葉も分からない外国で病気になるぐらい、不安なことはありません。

在語言不通的外國，沒有比生病更讓人感到不安的事了。

3） 表示比喻、列舉、方式的用言修飾子句

● 這類子句通常用「～ように」「～なんて（など）」「～とおり」等表示。

◆ こちらのほうがお似合いになるように思います。

我覺得這個對你似乎合適。

◆ 学生が教師に対して暴力をふるうなんて、もってのほかだ。
學生竟然打老師，真是豈有此理。

◆ あなたがおっしゃっていたように、彼は本当に素敵な方です。
如同你説的那樣，他真是一個很有魅力的人。

◆ 私が言うとおりに繰り返して言ってください。
請按照我所説的重複一遍。

◆ 泥棒は目が高かったらしく、高価なものだけを盗んでいったそうだ。
據説小偷好像很有眼光，就偷高價的東西。

4） 原因用言修飾子句

● 原因用言修飾子句説明事件發生的原因。通常用「から」、「ので」、「ため」等表示。

◆ 彼らは彼らなりにいろいろ努力しているのだから、それは認めてやってほしい。
他們盡了他們應盡的許多努力，希望這一點能給予肯定。

◆ この辺りは、５年後にオリンピックの開催が予定されているために、次々と体育施設が建設されている。
因為預定5年後要在這裡舉行奧林匹克運動會，所以不斷地建起新的體育場館設施。

◆ 二人は大学が同じだったので、話が合い、商談も順調に進んだ。
因為兩人是同一所大學畢業的，所以話談得很投機，而且買賣也進展順利。

◆ ボーナスが少なすぎるから、彼は不平をこぼした。
因為獎金太少了，他大發牢騷。

◆ バスが途中で故障したので、歩いて帰るほかはなかった。
因為公車在半路上拋錨了，所以不得不走路回家。

◆ 古い学歴信仰が残っているばかりに、多くの才能が宝の持ち腐れになってるんだ。
就因為過去的學歷崇拜還存留著，使得許多有才華的人才被埋沒了。

5） 條件用言修飾子句

● 條件用言修飾子句説明事件發生的條件，通常用「～かぎり」、「～なら」、「～たら」、「～ば」等與條件相關的詞語表示。

◆ 戦争が続く限り、人類の悲劇は終わらないだろう。
只要戰爭不斷，人類的悲劇大概就不會結束。

- 隕石が地球に衝突していなかったら恐竜は絶滅していなかったかもしれない。
  要不是隕石撞擊了地球，也許恐龍還不會滅絕呢。
- それだけ成績がよければ、どの大学にでも入学できるはずです。
  要是成績好的話，上哪個大學都應該不成問題。
- もし天気が悪ければ、試合は中止になるかもしれない。
  如果天氣不好，比賽可能會中止。
- あまり生活が便利だと、人は不精になる。
  生活太方便，人就懶。
- 仕事が終わったら、お茶でも飲みに行きましょう。
  工作完成後，一起去喝茶好嗎？

6）　讓步用言修飾子句

● 讓步用言修飾子句用來對比兩個事項，通常用「～が」、「～ても」、「～けれど」、「～にもかかわらず」等與讓步、轉折等相關的詞語表示。

- 君も僕のことを好きだと思ってたけど、僕は一人相撲を取っていたんだね。
  我一直以為你也喜歡我的，原來是我一廂情願啊。
- 彼は目が不自由なのにもかかわらず、高校を首席で卒業した。
  儘管眼睛失明，他仍以第一名的成績高中畢業了。
- 彼女は話すのが下手だけれど、彼女の話し方には説得力がある。
  她不善於講話。但是她說話很有說服力。
- あのう、私がここにいてもさしつかえありませんか。
  對不起，我可以待在這裡嗎？
- 過労死という言葉がありますが、会社のために死ぬなんて馬鹿げていると思います。
  有個詞叫「過度勞累而死」，但我覺得為公司而累死也太傻了。
- 俺も大学が大学ならもう少しましな仕事にもつけたのだろうが、この大学ではせいぜいこの会社ぐらいがいいところだ。
  要是能上個好一點的大學，我說不定還能找到更好一點的工作，就這所大學，能找到現在這家公司就算不錯了。

7）　目的用言修飾子句

● 目的用言修飾子句説明事件以什麼目的而發生，通常用「～ために」、「～ように」、「～には」等與目的相關的詞語表示。

◆ この老人介護センターは、地域のお年寄りがいつでも使えるようにしています。

這個老人看護中心，考慮周到，儘量讓當地的老人能隨時過來使用。

◆ 病気が治るように薬を飲む。

吃藥治病。

◆ ばい菌に触れても、それに負けない健康な体を作るには、常に衛生に注意し、十分に栄養をとって体を丈夫にし、また伝染病の流行する季節には予防注 射をして、ばい菌に打ち勝つ力を体に蓄えておかなければなりません。

要鍛鍊出一副即使接觸細菌，也不受感染的體魄。為此，必須經常注意衛生，充分攝取營養，使身體強壯起來。同時，在傳染病流行的季節，必須打預防針，在體內積聚戰勝細菌的能力。

◆ 田中さんは息子さんを有名大学に入れんがため、塾に通わせた。

田中先生為了讓兒子進入知名大學，讓他去補習班補習。

◆ 結晶ができるように適当な温度に調節してきた。

為了形成結晶，一直在適當地調試溫度。

考點講練

1. 次の文で、線を引いたところはどんな意味を表わしているか。

A しっかり練習すれば、合格するだろう。

B しっかり練習しても、合格しないだろう。

C しっかり練習したので、合格した。

D しっかり練習したのに、合格しなかった。

答案：A.條件 B.讓步 C.理由 D.逆接

譯文

A 如果認真踏實地練習，會合格的。

B 即使認真踏實地練習，也不會合格。

C 因為認真踏實地練習，所以合格了。

D 雖然認真踏實地練習，但是沒合格。

解題技巧 此題考查表示條件、因果、讓步和轉折關係的複句。讓步是假定新的逆接，其差異在於前項是否是事實，基本上與條件和理由的差異相對，如A、C。因為讓步和逆接的差異在於前項的事實性，所以表示讓步時，如果前項內容是事實，則和逆接表示相同的意思，如B、D。

深度講解

① 順接條件句一般由「なら」、「たら」、「ば」、「と」構成。

◆ ピクニックに行（い）くのなら、サンドイッチにジュースでも用意（ようい）しましょう。
如果去郊遊的話，就準備一些三明治和果汁吧。

◆ 仕事（しごと）が終（お）わったら、お茶（ちゃ）でも飲（の）みに行（い）きましょう。
工作完成後，一起去喝茶好嗎？

◆ 応募人数（おうぼにんずう）が多（おお）ければ、抽選（ちゅうせん）になります。
如果報名的人數多就抽籤決定。

◆ レポートを提出（ていしゅつ）しなければ、合格点（ごうかくてん）はあげません。
不提交報告就不給及格。

◆ もし雨（あめ）が降（ふ）れば中止（ちゅうし）しよう。
如果下雨就中止吧。

◆ あまり生活（せいかつ）が便利（べんり）だと、人（ひと）は不精（ぶしょう）になる。
生活太方便，人就懶。

參考 左側的「たら」、「と」不表示條件，而是表示以前項的事情為契機，發生了後項的事情。

◆ ベルを鳴（な）らすと、女（おんな）の子（こ）が出（で）てきた。
一按門鈴，就出來了一個小女孩。

◆ 変（へん）な音（おと）がするので隣（となり）の部屋（へや）に行（い）ってみたらネズミがいた。
我聽到一種怪聲音，跑到隔壁房間一看，原來有一隻老鼠。

◆ 卒論（そつろん）のめどが立（た）たないと、卒業旅行（そつぎょうりょこう）の日程（にってい）も決（き）められない。
如果畢業論文沒有頭緒的話，畢業旅行的日程也決定不了。

◆ 下（した）の子（こ）が生（う）まれると、上（うえ）の子（こ）は焼（や）きもちを焼（や）くことが多（おお）い。
往往下面的孩子一生下來，上面的孩子就會嫉妒。

② 因果條件句包括事件發生的原因、理由以及判斷的根據等。

◆ 風邪（かぜ）を引（ひ）いたので、会社（かいしゃ）を休（やす）みました。
因為感冒沒有上班。

◆ ここまで来（き）たのだから、あともう一息（ひといき）だ。
已經到了這裡了，只需再加一把勁。

精選練習

❶ 日本語は勉強すればする＿＿難しいと感じる。

A から　B くらい　C ほど　D なら

❷ 王さんは日本語を話すこと＿＿＿＿日本語できちんとした文章を書くこともできる。

A はもう　B はもちろん　C はともかく　D ほど

❸ 能力がない人＿＿＿、人に自慢したがる。

A くらい　B ばかりに　C ほどに　D ほど

❹ 遊んでばかりいて両親からの仕送りをやめられてしまった。アルバイトをする＿＿＿。

A ほかしかたがない　B ならしかたがない

C ばかりだ　D ものではない

❺ 社長に直接自分の意見を言った＿＿＿、部長に睨まれた。

A だけに　B ばかりに　C のに　D くらいに

❻ 対日非難・批判は、現在、経済＿＿、政治、社会、文化にまで及び、日本の社会システムこそ問題にすべきだ、という意見も強まった。

A ばかりに　B の反面　C ばかりでなく　D ほど

答案：C,B,D,A,B,C

提示

第1題「～ば～ほど」是慣用句型，意為「越……越……」。第2題「～はもちろん」是慣用句型，意為「自不必說、不用說、當然」等。第3題「ほど」表示程度，「越是……就越……」。第4題「～ほかしかたがない」是慣用句型，「只有、只好」。第5題「～ばかりに」表示「正因為……」。第6題「～ばかりでなく」是慣用句型，表示「不僅……而且……」。

翻譯

❶ 我感到日語越學越難。

❷ 王先生不僅會說日語，日語文章也寫得很好。

❸ 越是沒能力的人，就越會吹噓自己。

❹ 只顧著玩，所以父母不匯錢給他了。沒辦法，他只好去打工。

❺ 正是因為他對總經理直接說了自己的意見，因此被部長瞪了一眼。

❻ 目前，譴責日本、批評日本的不僅是經濟方面，甚至已涉及到政治、社會和文化。多數人認為，日本的社會體制問題才是最根本的問題。

2. 次の文は、単文・複文・重文のうち、どれか。

夏は日が長く、冬は日が短いです。

A 単文　　B 複文　　C 重文

答案：C

譯文　夏季白天長，冬季白天短。

解題技巧　此題考查多層次複句。這是外層為並列關係的多層次複合句，並列的兩個分句又都包含了述語子句。所以答案選C。

深度講解　多層次複合句即指複合句中又包含著複合句，主要有包孕句、主子句和並列句三種。

① 外層為包孕關係的多層次複合句。

◆ けれども、そういうあまりにも当然なことが、なかなか行われない。それは、日常すべての問題について、自分の頭で物事を考える人があまり多くないからである。

可是，像那樣極為理所當然的事情卻總是實行不了。那是因為對日常所有的問題，能用自己的頭腦去思考的人不多。

上例的句子前面一句是簡單句。後面一句則包孕有述語子句的包孕句。後句與前句的關係是一個因果句。陳述方式是「～は～からである」，「それ」是指代前面一句的內容。

② 外層為主從關係的多層次複合句。

◆ もし、先方に理屈があり、または、何か事情があったら、返答があるはずである。

如果對方有道理，或者是有什麼原因的話，就一定會有回應的。

上例句子的外層是主從關係的多層次複合句。子句「もし～たら」與主句是一種條件關係，在這個多層次複合句中，子句本身是個並列句，即「先

方に理屈があり、または、何か事情があった」。陳述方式是「もし～たら、～はずである」。

③ 外層為並列關係的多層次複合句。

◆ 雨が多すぎれば、作物は生長しないし、日照りが続けば、枯れてしまいます。

雨水過多的話，作物就不生長；如果連續乾旱，作物就要枯萎。

上例的句子外層關係是並列句，陳述方式是「～し」。而並列句的兩個分句又是一個主子句，陳述方式是「～ば」。

精選練習 次の文は、単文・複文・重文のうち、どれか。

❶ 彼は、英語はできたけれど、数学はだめだった。

A 単文　　B 複文　　C 重文

❷ こんな話を持ってきた彼について、主人はひどく怒った。

A 単文　　B 複文　　C 重文

❸ なんといっても、彼の好きなごちそうをみては、もう彼も我慢できなかった。

A 単文　　B 複文　　C 重文

❹ さらさらとしている皮膚の面に、ときとして無数の水滴が現れる。

A 単文　　B 複文　　C 重文

❺ それが流れ落ちるほどになることもある。

A 単文　　B 複文　　C 重文

答案：B,A,B,A,B

提示 第1題「英語は～できたけれど」與「数学はだめだった」為兩層主謂關係，是複句。第2題是簡單句。「主人は～怒った」是主謂關係，前句是連用修飾成分。第3題「彼の好きな～」、「彼も我慢できなかった」是兩個主謂關係。第4題是簡單句，只有「水滴が現れる」一層主謂關係。第5題是複句。有兩個主謂關係，即「それが流れ落ちるほどに」和「こともある」。

翻譯

❶ 他英語好，可是數學不行。
❷ 聽他說這樣的話，老公震怒了。
❸ 不管怎麼說，看到自己所喜歡的菜餚，他已經忍不住了。
❹ 皮膚乾爽的表面，偶爾也會出現很多水滴。
❺ 有時幾乎到了要流落下來的程度。

第21章

敬語

知識講解

敬語 1

敬語是對他人表示敬意的語言。它是日本人在交際活動中根據説話人、聽話人、話題中的人之間的尊卑、長幼、親疏等關係，對他人表示尊敬或　貌而使用的一種語言表達形式。日語的敬語可分為尊敬語、謙讓語、鄭重語和美化語4種。

尊敬語 2

尊敬語是説話者對話題中的人或聽話者的言行及所屬的事物表示恭敬時使用的一種語言表達形式。表尊敬的對象一般為身份地位較高者、年長者、生疏者和客人等。

尊敬語的表達形式 3

1）　對人表尊敬

◆ お客様、ご注文は何になさいますか。
請問客人您點什麼？

◆ お出迎えありがとうございました。
感謝各位前來迎接。

◆ 他にご意見のある方はございませんか。
還有其他的意見嗎？

2）　對聽話者所屬事物的表尊敬

◆ お手紙どうもありがとうございました。
謝謝您的來信。

◆ 何かご用があれば、どうぞご遠慮なくお申し出ください。
如果有什麼需要，請不要客氣地提出來。

◆ ただ今の部長のご意見について、どなたかご意見はございませんか。
關於剛才部長的意見，各位有什麼要說的嗎？

3） 對聽話者行為的表敬

◆ 社長は何をお召し上がりになりますか。
社長，請問您要吃什麼？

◆ 長旅でお疲れではございませんか。
長途旅行，您一定很累了吧。

◆ どうぞこちらでお待ちください。
請到這邊來等候。

◆ 個人的な相談事があるんですが、今晩、お時間いただけないでしょうか。
有些私事想和您談談，今晚可以佔用您一點時間嗎？

4） 對人數的表敬

お一人	一位	お二人	兩位	お一人様	一位	お二人様	兩位
一名様	一位	二名様	兩位	三名様	三位	四名様	四位

尊敬語的構成 4

1） 敬稱名詞

あなた	您，你	あなたがた	你們	どなた	哪位
このかた	這位	そのかた	那位（中稱）	あのかた	那位（遠稱）
こちらさま	這位	どちらさま	哪位	先生	先生、老師、大夫
閣下	閣下、您	貴下	閣下、您	足下	足下
貴殿	兄台、您	貴兄	仁兄、您	大兄	仁兄、兄台

2） 尊敬語動詞

なさる(あそばす)	做	おっしゃる	說、講	ご覧になる	看
いらっしゃる	在、來	おいでる	來、在	みえる	來
くださる	給予	たまわる	賜予、賞賜	召し上がる	吃、喝

3） 構成尊敬語的接頭詞和接尾詞

① 接頭詞。

お	+	美しい、好き、大事、電話、待ち、誕生日、宅、休み、出かけ、手紙、越し、話…
ご		一緒に、ゆっくり、出発、遠慮、無事、親切、在宅、満足、希望、両親、心配…
高		志、位、名、見、配…
芳		名、志、顔、意…
令		息、嬢、夫人、孫…

② 接尾詞。

社長、田中、姉、兄、伯父、叔母	+	様（さま・さん）
田中、部長、社長、事務長		殿
田中、山中、八田		君・氏・先生
田中、山中、八田		夫人・女史

③ 接頭詞和接尾詞並用。

お	+	子、父、母、兄、嬢、花嫁	+	様（さま・さん）
ご		苦労、馳走、隠居		様（さま・さん）

4） 動詞的尊敬語構成形式

① お（ご）＋動詞連用形（サ變動詞詞幹）＋になる。

◆ 道中(どうちゅう)いかがでしたか。さぞお疲(つか)れになったでしょう。
旅途順利嗎？各位一定都很累了吧？

◆ 今日(きょう)の新聞(しんぶん)をご覧(らん)になりましたか。
今天的報紙您看了嗎？

◆ ここでしばらくお待(ま)ちになってください。
請您在這稍等一會。

② お（ご）＋動詞連用形（サ變動詞詞幹）＋なさる。

◆ 彼(かれ)とは友達(ともだち)として付(つ)き合(あ)っているだけで、あなたがご想像(そうぞう)なさっているような関係(かんけい)ではございませんわ。
跟他只是朋友的交往關係，不是像你所想像的那樣。

◆ ご心配(しんぱい)なさらなくてもよろしいです。
請您不必擔心。

- どうか、もう一度お考えなさってください。
  請您再考慮一下！

③ お（ご）＋動詞連用形（サ變動詞詞幹）＋くださる。

- ようこそおいでくださいました。
  歡迎各位光臨。
- さあ、ＶＩＰルームに着きました。どうぞ、おかけください。
  好，到貴賓室了。請在這裏坐一會兒吧。
- お電話ください。
  請給我電話。

④ お（ご）＋動詞連用形（サ變動詞詞幹）＋です。

- 課長、社長がお呼びです。
  課長，社長叫您。
- 何時にご出発ですか。
  幾點出發呢？

5） 尊敬語助動詞

● 尊敬語助動詞「れる」接於五段活用動詞和サ變活用動詞的未然形後、「られる」接於一段活用動詞和カ變活用動詞的未然形後構成尊敬語。

- 娘さんは今度高校一年生になられるんですか。おめでとうございます。
  令嫒即將成為高中一年級的學生了呀，恭喜您。
- 皆様は、数時間後の日本でのご家族やご友人との再会を思い、すでに帰心矢の如しとなっておられるのではありませんか。
  幾個小時之後，你們就要回到日本，和家人、朋友見面了。此刻定是歸心似箭。
- いつごろお戻りになられるでしょうか。
  請問什麼時候能回來？

6） 尊敬語補助動詞

● 以「～てください」、「～ていらっしゃる」等形式接於動詞連用形後構成尊敬語。

- 八田先生は私たちに日本語を教えてくださいました。
  八田老師教了我們日語。
- 技師長が工場見学をご案内してくださいました。
  總工程師陪同我們參觀了工廠。

◆ お元気でいらっしゃいますか。
您近來好嗎？

◆ 先生、上海は初めてでいらっしゃいますか。
老師，您是第一次來上海嗎？

◆ わざわざ来てくださって、ありがとうございます。
特意來看我，非常感謝！

謙讓語 5

以謙遜的態度敘述自己的行為或向自己行為的涉及對象間接表示敬意的一種語言表達形式。表示謙恭的對象通常為身份地位較高者、年長者、生疏者和客人等。

謙讓語的表達形式 6

1） 自我謙稱

◆ 私個人の一存では、何ともなりませんので、上の者と相談して再度お返事するということでよろしいでしょうか。
我個人的意見不算數，所以和上級商量一下後再給您答覆，可以嗎？

◆ 私どもといたしましても、最大限の譲歩をいたしたつもりですが。
對我們來説，這已經是做出了最大限度的讓步了。

◆ こちらこそ。これをご縁に弊社をお引き立てください。
哪里哪里。以此為緣，請多提攜敝公司。

2） 謙稱自己一方事物和人物

◆ つかぬことをお伺いしますが、お宅には息子さんがいらっしゃいますか。
恕我冒昧問您一件事，您府上有個兒子對吧？

◆ 父が先生のお宅に伺ってきたそうです。
聽説父親來過老師這裏。

3） 謙卑地表述自己一方行為

◆ ご予算から申しますと、この二種類の機種がお勧めですが、いかがでしょうか。
根據您的預算，向您推薦這兩種機型，您覺得怎麼樣？

◆ 調査の上、お返事を差し上げます。
我們查實後給你們答覆。

◆ 私(わたくし)のミスで、たいへんご迷惑(めいわく)をおかけして、申(もう)し訳(わけ)ございませんでした。

由於我的失誤，給您添了很大的麻煩，實在抱歉。

◆ では、その時(とき)、もう一度(いちど)伺(うかが)わせていただきます。

那好，屆時我再來拜訪。

謙讓語的構成 7

1） 謙稱名詞

わたくし	我	わたくしども	我們	てまえ	我	せがれ	犬子
豚兒	犬子	愚妻	拙荊	家內	內人	愚息	小兒
愚女	小女	粗品	薄礼	薄謝	薄礼、心意	小宴	便宴
寸志	薄礼、小心意	卑見	拙見	小生	小弟、敝人	微意	薄意、薄礼
弊社	敝公司	拙宅	寒舍	小著	小作、拙文	乱文乱筆	拙文劣字

2） 自謙動詞

① 自謙語動詞。

いたす	做	つかまつる	侍奉、做	申す	說、講、告訴
伺う	問、聽、拜訪	承る	聽、聽從、接受	参る	去、來
差し上げる	獻上、敬送	拝見する	看、拜讀	存ずる(存じる)	想、認為、知道
いただく	領受、吃、喝	かしこまる	知道、明白、遵命	承知する	知道、答應

② 自謙語複合動詞。

承知つかまつる	知道、聽從	申し上げる	說、講、申述、匯報
失礼いたす	失礼、失陪、對不起	祝福申し上げる	祝福、祝願
念じもうしあげる	希望、祈禱	存じ上げる	認為、知道

3） 構成謙讓語的接頭詞和接尾詞

① 接頭詞。

小	+	生、宅、見、論、著…
拙		宅、著、作、妻、筆、者…
弊		店、社、邦、国、家…
拝		観、聴、呈、見、借、読、受、領…
愚		妻、兄、考、意、息…

② 接尾詞。

わたくし	+	ども
ぼく		ら

4） 動詞的自謙語構成形式

① お（ご）＋動詞連用形（サ變動詞詞幹）＋する。

◆ 田中さんと三時にお約束しています。
我和田中先生約好三點鐘見面。

◆ お荷物をお持ちしましょう。
我替您拿行李吧。

◆ ちょっとご紹介しましょう。
我來介紹一下。

◆ 旅行の日程が決まり次第、お知らせします。
旅行的日程一旦訂下來就通知您。

② お（ご）＋動詞連用形（サ變動詞詞幹）＋いたす。

◆ それでは、応接室にご案内いたします。どうぞ、こちらへ。
那麼，我帶您去會客室。請跟我來。

◆ おことづけをお願いいたします。
請您轉告一下。

◆ 午後、お宅へお伺いいたしたいと存じます。
下午我想到府上去拜訪。

◆ お邪魔いたします。
打擾了。

③ お（ご）＋動詞連用形（サ變動詞詞幹）＋申す。

◆ よろしくお願い申します。
拜託您多多關照。

④ お（ご）＋動詞連用形（サ變動詞詞幹）＋申し上げる。

◆ B社の王様でいらっしゃいますね。お待ち申し上げておりました。
是B公司的王先生吧。恭候光臨。

⑤ お（ご）＋動詞連用形（サ變動詞詞幹）＋願う。

◆ ご了承願いたいと思います。
切望給予諒解。

◆ 勝手ながら、二、三日お待ち願います。
對不起，請您再等兩三天。

◆ ご連絡願います。
請您聯繫一下。

⑥ お（ご）＋動詞連用形（サ變動詞詞幹）＋いただく。

◆ かしこまりました。お取次ぎいたしますので、少々お待ちいただけますか。
知道了，馬上為您傳達，請稍等。

◆ 私はただいまご紹介いただきました佐藤です。
我就是剛才承蒙介紹的佐藤。

◆ ちょっとお教えいただきたいことがあるんですが、ご都合はいかがですか。
我有事想請教，您方便嗎？

⑦ お（ご）＋動詞連用形（サ變動詞詞幹）＋にあずかる。

◆ ご招待にあずかり、誠にありがとうございます。
承蒙招待，不勝感激。

◆ このたび御地滞在中は温かいおもてなしにあずかり、数々のご便宜を図っていただき、御礼の言葉もございません。
這次在貴地逗留期間，承蒙盛情款待並給予許多方便，對此不知如何感謝才好。

5） 自謙語補助動詞

● 以「～ていただく」、「～させていただく」等形式，接在動詞連用形後構成自謙語。

◆ 伝えていただけませんか。
能請您轉告一下嗎？

◆ 部長、今回の仕事ですが、ぜひ、私に担当させていただけませんか。
部長，這次的工作請務必讓我來負責，好嗎？

◆ 本日、休業させていただきます。
今天休息不營業。

◆ もう一度確認させていただきます。
請讓我再確認一遍。

6） 自謙語慣用片語

ご迷惑をかける	添麻煩、造成困擾	お世話になる	受到照顧、給人添麻煩
お手数をかける	添麻煩	お目にかかる	見面、拜會
お役に立つ	有用處、有益處	お力になる	幫助、援助
お礼を申し上げる	表示感謝	ご指導承る	承蒙指導

鄭重語 8

鄭重語是表示客氣、有　貌、文雅、鄭重的態度時所用的一種語言表達方式。使用對象一般為身份地位較高者、長者、生疏者、客人及公眾等。

鄭重語的表達形式 9

1） 向聽話者表示客氣、尊敬

◆ 検査では何も異常は見つかりませんでした。すっかり元気になりましたから、ご心配には及びません。
在檢查中沒有發現任何異常，已經完全康復了，請不要擔心。

◆ 王さんは日本の納豆が食べられますか。
王先生敢吃日本納豆嗎？

◆ こちらの化粧品は、もし奥様が一週間お使いになって、それで効果が出ないようでしたら、料金はいただきません。ぜひお試しになられては？
我們的化妝品，如果夫人您使用一個星期還沒有效果的話，我們不收錢。請您務必試試看。

2） 鄭重表述話題內容

◆ どの車を買うか決める前に、車に詳しい人の意見を聞いてみようと思っています。
在決定買什麼車之前，想問一問精通車的人的意見。

- 中華料理が皆様のお口に合うかどうか分かりませんが、中国の食生活を知っていただくために、今日はあえてこの料亭にお招きした次第です。
  中國菜不知合不合大家口味，為了方便大家瞭解中國的飲食習慣，今天特意安排在這個餐廳。
- ご講演くださいます中村先生につきまして、その必要もないかと思いますけれども、簡単にご紹介させていただきます。
  首先，（雖可能不必要，但）請允許我簡單的介紹為我們作學術報告的中村老師。
- お待たせいたしました。予定の時刻を少し過ぎてしまいましたが、これから今日の講演会を始めます。
  讓大家久等了。有些超過預定時間了，今天的學術報告會現在開始。
- ご講演は1時間、その後、5分休憩してから30分間、皆さんからの質問にお答えいただくという予定になっております。では、中村先生よろしくお願いいたします。
  預計講演時間為1個小時。之後休息5分鐘。休息之後再用30分鐘的時間，回答大家的提問。下面請中村老師為我們作學術報告。請！

鄭重語的構成 10

1） 鄭重語動詞

- もしまだ十分にご理解いただけていない点がございましたら、ご説明いたしますが。
  如果還有什麼不理解的地方，我來説明一下。
- 不愉快な思いをさせてしまって、お詫びのしようもございません。
  給您帶來不快，真不知該怎麼道歉才好。
- 高校三年になる息子がおります。
  我有一個上高三的兒子。
- 佐藤はまもなくまいりますので、どうぞ、あちらにおかけになってお待ちください。
  佐藤馬上就來，請到那邊坐下等候。
- ただ今連絡を取りましたが、あいにく佐藤は外出しております。いかがいたしましょうか。
  剛剛聯繫了一下，不巧佐藤不在，您看我們能為您做些什麼？

◆ 品物は少ないので、お早めにお求めください。
數量不多了，欲購從速。

◆ 私は36歳の時、母に亡くなられました。
媽媽在我36歲的時候死了。

參考 「いたす」、「まいる」除了表示自謙的語意外，還可以表示恭謹、禮貌。「求める」、「なくなる」分別是「買う」、「死ぬ」的文雅説法。

2） 構成鄭重語的接頭詞

お	＋	金、米、トイレ、茶、粗末、こづかい…
ご		来店、飯、馳走、存知…

◆ そんなことまでご存知だったのですか。
連這種事您都知道啊？

◆ お名刺を頂戴できますか。
能要一張您的名片嗎？

◆ いかがでしょう。お近づきの印に、今夜お付き合い願えませんか。
怎麼樣？作為友誼的一點表示，今晚聚聚吧。

3） 敬體助動詞

① 「です」是判斷助動詞和形容動詞詞尾「だ」的鄭重體。接在形容詞或形容詞性詞語的終止形後能使其變為鄭重語體。

◆ お茶の先生だけに言葉遣いが上品です。
到底是茶道老師，講起話來很文雅。

◆ この靴は、デザインこそ古いですが、とても歩きやすいです。
這雙鞋雖然款式老了一些，但走起路來很舒服。

◆ この工場の建設はわが国の重点プロジェクトの一つです。
這一工廠的建設是我國的重點建設項目之一。

② 「ます」接在動詞或動詞型助動詞的連用形後，構成鄭重語。

◆ 上司とも相談の上、折り返しお電話差し上げます。
跟上司商量之後，馬上給您打電話。

◆ サファリといいますと、アフリカの大自然が連想されます。
提到狩獵旅行，馬上就聯想到非洲大自然。

③ 「であります」是「である」的鄭重語；「でございます」是「である」、「だ」的特別鄭重體。

◆ 渡辺実先生は日本の有名な言語学者であり、日本語研究の面においても、たいへん造詣の深いお方であります。

渡邊實老師是日本著名的語言學家，在日語研究方面有很深的造詣。

◆ B社の田中様でございますね。お待ち申し上げておりました。

是B公司的田中先生吧，恭候光臨。

◆ 私ども日本友好協会は今後とも中国鋼鉄工業部、中国交流センターとの協力関係を一層緊密にし、さらに日中両国の冶金工業部門相互間の技術交流と貿易促進のため、出品者各位とともに、努力する決意であります。みなさまの暖かいご支援ご協力をお願い申し上げます。

我們日本鋼鐵協會願意在今後的工作中，進一步加強與中國鋼鐵工業部、中國交流中心的聯繫；和日本的展出單位一起，為促進中日兩國冶金工業部門的技術交流和擴大貿易，做出最大的努力。衷心希望各位繼續給予熱情支持和大力協助。

◆ 中日両国は地理的に近く、もともと歴史的、文化的なつながりの深い両国ですので、経済交流と貿易往来が発展、拡大するのは当然のことであります。

中日兩國地理上毗鄰，本來從歷史、文化上就有著密切的聯繫。發展擴大經濟交流及貿易往來是順理成章的。

4） 鄭重語補助動詞

● 以「～ております」、「～てまいります」等形式，接在動詞連用形後，構成鄭重語體。

◆ 皆様の、私ども代表団に寄せてくださった深い友情とご厚意に対し、誠にありがたく感謝いたしております。

各位對本代表團的深情厚誼真是令人感謝不盡。

◆ ご来訪を私どもは首を長くしてお待ちしておりました。

我們一直在殷切盼望你們的光臨。

◆ あっという間に二週間が過ぎてしまい、もうお別れの時刻が迫ってまいりました。

轉眼兩周已經過去了。離別的時刻就要到了。

參考 某些中文詞比和語詞更具文雅、鄭重的色彩。

◆ 少々お待ちください。

請稍等一下。

◆ 上の者と相談して、再度お返事するということでよろしいでしょうか。

和上司商量一下後再給您答覆。可以嗎？

普通動詞和敬語動詞 11

本身具有表示敬意的動詞叫做敬語動詞。

敬語動詞和普通動詞的對應關係表

普通動詞	尊敬語	謙譲語	鄭重語
する	なさる	いたす	いたす
いる	いらっしゃる おいでになる	（おる）	おる
ある	×	×	ございます
来る	いらっしゃる おいでになる 見える	参る、伺う、 上がる	まいる
行く	いらっしゃる おいでになる	参る、伺う、 上がる	まいる
会う	×	お目にかかる	×
訪ねる、訪問する	おたずねになる	参る、伺う	×
言う	おっしゃる	申す 申し上げる	申す
思う		存じる	×
知る	ご存じです	存じる	×
分かる	×	承知する かしこまる	×
食べる 食う、飲む	あがる 召し上がる	いただく	頂戴する
見る	ご覧になる	拝見する	×
見せる	×	お目にかける	×
聞く	お聞きになる	伺う、拝聴する うけたまわる	×
借りる	お借りになる	拝借する	×
上げる	お上げになる	差し上げる	×
もらう	×	いただく	頂戴する
くれる	くださる	×	×

如表中所示，「行く」、「食べる」、「見る」等普通動詞有相應的敬語動詞，可以直接構成敬語表達方式。但是，更多的動詞是沒有相應的敬語動詞的，如「読む」、「書く」等等。這類動詞主要依靠接辭「お・ご」、補助動詞「～てください・～ていただく・～てもらう」、助動詞「れる・られる」以及普通動詞構成尊敬表達的幾種形式來表示。如：「お+動詞連用形+です/ご(お)＋サ變動詞詞幹+です・お+動詞連用形+になる/ご(お)＋サ變動詞詞幹+になる・お+動詞連用形+なさる/ご(お)＋サ變動詞詞幹+なさる」等。

美化語 12

美化語是説話人為了使自己的語言變得柔和或表示自己富有教養而使用的一種語言表達形式。

美化語的種類及其表現形式 13

1） 避免平俗語感而使用的美化語

- 私なりに努力もし、曲がりなりにも今日まで勤め上げてまいりました。
  我也盡了自己的努力，好歹也撐到了今天。
- 各会社の先生がたにおかれましても、どうか引き続きご支援、ご愛顧くださいますよう心からお願い申し上げます。
  我們衷心希望公司各位繼續給予惠顧和關照。
- ご注文は以上でよろしいでしょうか。
  以上是您點的餐點，沒問題嗎？
- もう少し勉強していただくわけにはまいりませんか。
  能否再稍微便宜一點？

2） 表示情感的美化語。主要以幼兒為對象，表示親切、愛撫等情感，所以又稱為「幼兒語」、「親愛語」

おしっこ	小便	おそと	外面	おにぎり	飯糰
おやつ	零食	おわん	飯碗	おむつ	尿布

3） 為了裝飾語言的美化語

- おビールをお持ちしました。
  給您拿啤酒來了。
- 私って最近引越してきたばかりじゃないですか。
  我不是最近剛剛搬家嗎。
- こちらが和風セットです。
  這是日式套餐。
- お礼なんてしていただいては、かえって恐縮です。お気持ちだけ、ありがたく頂戴します。
  您要是送給我　物，我反倒不安了。您的心意我領了，謝謝您。

◆店員：お客様、ご注文は何になさいますか。
這位客人，請問您要點什麼？

田中：刺身と豆腐をください。
請給我生魚片和豆腐。

店員：お飲み物はいかがいたしましょうか。
您要點什麼飲料呢？

田中：じゃ、ビールを一本お願いします。
那來一瓶啤酒吧。

店員：はい、かしこまりました。少々お待ちください。
好，明白了。請稍等。

考點講練

1. 田中先生の＿＿＿論文が雑誌に掲載されていらっしゃる。

A 書いた　　B お書きになった

C お書きした　　D 書く

答案：B

譯文　田中老師所寫的論文被刊登在雜誌上。

解題技巧　此題考查尊敬語。根據句中的主語「田中先生の論文」以及述語部分使用了表示尊敬的補助動詞「～ていらっしゃる」，説明表尊敬對象是身份地位較高者，所以答案選擇B。

深度講解　動詞的敬語法一般有三種形式。

①「れる」「られる」形式。可以附加於所有動詞之後，簡單易行，所以使用較普遍。

◆ 皆様(みなさま)がご滞在(たいざい)される間(あいだ)、快適(かいてき)で楽(たの)しく過(す)ごされますことを心(こころ)からお祈(いの)り申(もう)し上(あ)げます。
祝願各位在逗留期間過得舒適愉快。

②「お～になる」形式。通常使用了這種形式之後，無需再變為「お～になられる」的形式。但為了避免平俗，在口語中也有出現「お～になられる」的情況，屬重複使用敬語。

◆ 木村様(きむらさま)がお戻(もど)りになられましたらお電話(でんわ)をいただきたいと、お伝(つた)えいただけませんか。
木村先生回來後，請轉告他回個電話給我，好嗎？

③「お～あそばす」形式。即所謂的「あそばせ言葉」，因為不夠平易簡樸，現代日語中較少使用。

精選練習

❶ もし差し支えなければ、この辞書を一週間ぐらい＿＿＿でしょうか。

A お貸しくださいません　B お貸しできません
C お貸ししてくださいません　D 貸していい

❷ 何分この経済環境下の昨今、思うようにさばけず、このようなご迷惑を＿＿＿＿＿＿＿ことになりました。

A おかけする　B かける
C おかけした　D かけた

❸ 田中君のお話では、四月にはご旅行の予定がおありとか＿＿＿＿が。

A 伺いました　B 聞きました
C お聞きになった　D 聞いた

❹ お二人のご多幸と、御両家のご繁栄をお祈りし、私のお祝いの言葉と＿＿＿。

A します　B させていただきます
C しよう　D いたします

❺ 申し訳ございません。田中はただ今席を外し＿＿＿＿＿。

A ています　　B ます　　C ません　　D ております

答案：A,A,A,B,D

提示

第1題從前後文看，「もし差し支えなければ……でしょうか」等前後的詞句都非常客氣，所以相對也要使用敬語動詞。「お貸しくださいません」中的「～ません」不是表示否定，而是以「～ません+でしょうか」的形式表示委婉。第2題表示自己一方給對方增添了麻煩，應該使用自謙的說法。第3題從「ご旅行」、「おあり」等看出，表尊敬的對象應該是一位長者，所以要使用自謙動詞降低自己的身份，來表示對對方的尊敬。第4題幾乎每個名詞前都使用了敬語接頭詞「お」，所以句尾的動詞應該使用相應的表示自謙的補助動詞「させていただきます」。第5題前項的「申し訳ございません」，是對對方說的，而後句使用了「田中」的簡體說法，說明「田中」是自己一方的人，所以要使用表示自謙的補助動詞「ております」。

翻譯

❶ 方便的話，這部詞典能借我用一個星期嗎？
❷ 無論如何，在如今這種經濟狀況下很難如願，因此給貴公司添了這麼大的麻煩。
❸ 據田中說，您四月份有出行的計畫。
❹ 在此祝願兩位幸福，雙方家庭美滿。
❺ 實在抱歉，田中現在不在。

2. ＿＿＿＿＿くださいますか。

A お世話になって　　B お力になって

C ご馳走になって　　D お力を貸して

答案：D

譯文 您能幫幫我嗎？

解題技巧 此題考查與敬語相關的一些習慣用法。「お世話になる」、「お力になる」、「ご馳走になる」是慣用片語，這一類的慣用片語雖然大部分帶有「お（ご）～になる」的形式，但其敬語性質卻是屬於自謙語類，不能用來表述尊敬對象的行為，所以答案應選D。上例的「お世話になってくださいますか」、「お力になってくださいますか」、「ご馳走になってくださいますか」可分別改為：

A. よろしくお願いいたします。　　請多多關照。
B. お力を貸してくださいますか。　　您能幫幫我嗎？
C. ご馳走していただけますか。　　能請客嗎？

深度講解

① 「お」和「ご」構成的單詞，有很多既不表示尊敬，也不表示謙讓，只起美化的功能。其中一些詞跟「お」和「ご」的搭配已經習慣成自然，少了就不能使用。

おかず	菜餚	おまけ	附送	お昼	午飯	お腹	肚子
おやつ	點心	おせっかい	多管閒事	おしゃれ	流行	おしゃべり	大嘴巴
おばけ	妖怪	おにぎり	飯糰	おでん	關東煮	ご飯	飯

② 「お」通常接在和語前面。後接的詞通常為名詞、動詞連用形或形容詞等。

お皿	盤子	お話	話	お鍋	鍋子	お知らせ	通知
お忙しい	忙	お心遣い	留心	お湯	熱水	お帰り	回來

③ 「ご」通常接在漢語詞前面。

ご案内	陪同、介紹	ご説明	說明	ご協力	協助、配合	ご希望	希望
ご許可	許可	ご都合	情況、方便	ご到着	到達	ご意見	意見

④ 漢語詞中一些使用時間較長、使用頻率較高的詞，往往也加上接頭辭「お」。

お歳暮	贈送年終礼品	お勘定	結帳、付款	お洗濯	洗衣服
お勉強	學習	お化粧	化妝	お布団	被子
お散步	散步	お財布	錢包	お誕生日	生日
お電話	電話	お食事	吃飯	お天気	天氣
お時間	時間	お料理	菜餚	お弁当	便當
お正月	新年	お菓子	點心	お帽子	帽子

⑤ 原則上「お」、「ご」不能接在外來語前。但少數一些外來語習慣上也有加「お」的。

おビール	啤酒	おタオル	毛巾	おソース	調味料	おトイレ	廁所

＊「お」、「ご」一般不接在「大家」、「降り」等以「お」音開頭的詞語前面。

精選練習

❶ 「いってまいります。」

「＿＿＿＿＿＿＿＿。」

A いってらっしゃい　　B はい、どうぞ

C では、お元気で　　D お気をつけて

❷ 「ただいま。」

「＿＿＿＿＿＿＿＿。」

A お元気ですか　B さようなら　C お帰りなさい　D 失礼します

❸ 「どうぞ、お上がりください。」

「＿＿＿＿＿＿＿＿。」

A ありがとうございます　　B 失礼します

C 失礼しました　　D 分かりました

❹ 「では、お先に失礼します。」

「＿＿＿＿＿＿＿＿。」

A どうぞ、お先に　　B はい、分かりました

C お帰りなさい　　D さようなら

❺ 「どうも、ありがとうございました。」

「＿＿＿＿＿＿＿＿。」

A いいえ、どういたしまして　　B 失礼します

C どうぞ、おかまいなく　　D かまいません

❻ 「ご馳走さまでした。」

「＿＿＿＿＿＿＿＿。」

A どういたしまして　　B いいえ、お粗末さまでした

C 失礼しました　　　D いただきます

❼「どうぞ、よろしくお願いします。」

「＿＿＿＿＿＿＿＿＿。」

A いいえ、ご遠慮なく　　　B たいしたことはありません

C こちらこそ、よろしくお願いします　　　D はい、わかりました

❽「では、いってきます。」

「＿＿＿＿＿＿＿＿＿。」

A さようなら　　　B どうぞ、お気をつけて

C では、また　　　D どうぞ、お大事に

答案：A,C,B,A,A,B,C,B

提示

第1題向即將出門或去上班、上學的人表示送行時用。第2題對自家人或對外出歸來的同事、旅館的客人等表示寒暄時用。第3題用於請人進門時的寒暄。第4題表示　讓對方先於自己進行某行為時用。第5題表示致謝時用。第6題款待客人用餐時用。第7題是彼此見面的客套話。第8題向即將出門的人表示送行時用。

翻譯

❶「我出門了。」「你慢走。」
❷「我回來了。」「你回來啦。」
❸「請進。」「打擾了。」
❹「那麼，我先走了。」「好，您先請。」
❺「太謝謝您了。」「不，不用謝。」
❻「謝謝您的款待。」「不用謝，招待不周。」
❼「請多多關照。」「彼此彼此，也請您多多關照。」
❽「那麼，我要走了。」「請一路小心。」

第22章

段落與文章結構

知識講解

段落 1

段落是構成篇章整體框架的語言單位。由一個句子或圍繞一個小主題，由相互關聯的幾個句子構成。從形式上來看，每個段落都要另起一行，這種段落叫做自然段落。由一個或幾個自然段落構成、表達一個相對完整意思的段落叫做意義段。

段落類型 2

文章的段落形式或段落結構往往因文體、作者而不同。現代日語中常見的段落類型有以下幾種：

1） 開頭段落

① 描述現象法。以描述現象為切入點，限定話題，從而引出作者觀點的方法。

青少年の犯罪は、ますます増大し、悪化し、低年齢化し、社会の人々を驚かせている。法務省発表の犯罪白書は、これを数字等で裏付けている。今や、青少年の非行化は重大な社会問題であり、世をあげてその対策に取り組むべき問題となっている。

② 質疑法。先描寫某種普遍的現象，然後對此現象提出質疑，由此導出自己的觀點。

最近は長期休暇の取れる企業も現れてきたが、現実には会社生活の範囲から抜け出さないものがまだ多い。旅行していても、まだ頭の中のどこかに会社の仕事のことが残っているのだ。我々一人一人が、本当に人生を楽しむ「ゆとり」をもてるのは、いったいいつのことだろうか。

③ 敘述故事法。以故事做引言，然後提出作者自己的想法。

私が、教師になりたいと決意したのは、兄の影響である。兄は、一流大学を出て一流商事会社に入社したが、会社の弱肉強食の世界や、出世競争のために平気で親友を裏切っていく空気に耐えきれず、3年で退社した。そして、通信教育を受けて教師になり生き生きと勤めている。その兄をみて私は、「私も教師になり、自分に自信をもつ子供を育てよう」、「みんなで手をとり合って生きる社会を作る子供を育てよう」という抱負をもつようになった。

④提問法。以提問開頭，而問題的答案就是作者的觀點。

親友とは何か。自分のいちばん親しい友だちというものはどういう友だちであるか。私の考えによると、いちばん親しい友だちというのは、いちばん深い孤独を与えてくれる友達だ。

⑤對比法。先比較各種不同的觀點，然後再提出自己的觀點。

よく、「中国人はまだ教養が低い」と聞く。町を歩いていると、突然、誰かが後ろを向いて「ポイッ」と吸殻を捨てる。或いは駅など禁煙の場所で、公然と煙草を銜えている人もいる。その場合必ず誰かの他の中国人が言い始める。「中国人はまだ教養が低い」と。また、そのような言葉を好んで言うのは、責任のある方が多いようである。例えば、あるレストランに入って、食事をしていると、隣の席より煙が立ち上がる。そんな時にマネージャーを呼んで「禁煙ではないか」と聞いてみれば、「向こうもお客様ですからね」と答える。そのついでに、「中国人はまだ教養が低いから」とも漏らす。お客さんを大事にすることはいいことである。また、私も含めて確かに「中国人はまだ教養が低い」ところもある。しかし、その前に考えなければならないこともあるのではないかと思う。

⑥引用法。以普遍認可的權威觀點來表達並支持自己的觀點。

「日本人は、どうも、抗議する義務を知らないから、困る。」と言った友人があった。何か不正なことがあった場合に、それに抗議を申し込むのは、権利ではなくて、義務だというのである。これはなかなか味わいのある言葉である。

⑦定義法。在開頭段對關鍵字下定義，使關鍵字在下文中的意義或範圍更具體、明確，從而導出作者的觀點，並對下文論述或說明的範圍進行必要的限定。

魚河岸とは、「魚の卸売市場」のことで、東京で魚河岸という場合は、中央区築地にある「東京都中央卸売市場築地市場」のことを指す。築地の魚河岸は、広さ約22万平方メートル。1935年に開設され、現在は魚以外に野菜や果物の市場も開設されている。1日平均4０００トンの魚や野菜が運び込まれ、およそ30億円が取引されている。運び込まれた魚や野菜は、東京を中心とする首都圏に出荷されていく。

2） 正文段落

● 就段落而言，一個段落需要作者提供足夠的細節或例證來支援該段落的主題句；同理，就正文段落而言，也需要作者提供足夠的細節或例證來支援開頭段落的中心句。以下是常見的幾種正文段落類型。

① 描寫。

當描寫某件事情或某個人物時，作者必須給讀者表達一個活靈活現的景象。為了景象盡可能的生動真實，作者必須用準確的語言和詳盡的描寫來引導讀者的視覺。請看以下的文例：

中村さんは、ある会社の社員で、この会社に入ったのは、数年前の好景気のころだった。入社して以来、決して会社を休んだことがない。休んだことがないどころか、遅刻したことさえないのだから、みんなが感心したとしても当然だろうに、誰も感心しようとはしない。むしろ軽蔑しているのだ。というのも、中村さんは遅刻もしない代わりに、仕事もあまりしないからだ。もちろん、朝から晩までただ黙って机の前に座っているわけではない。一日中、ちゃんと与えられた仕事をすることはするのだが、自分から積極的に何かをしようという意欲が全然ないのである。それで、他の社員は中村さんに重要な仕事は頼まないことにしてしまっている。だから、中村さんの仕事は、いつもきれいに片付いてしまい、獅子奮迅の努力をした、などということは、たった一度の例外を除いてはなかった。その一度というのは、入社して一年ほどたったある日のこと、課長から非常に大きな商談をまとめる仕事を言い付かった時のことである。中村さんはそのとき実に明瞭に「申しわけございませんが、そんな大きな仕事はとてもできませんので、ご辞退させていただきます」と言って、さっさと自分の席へ帰ってしまい、上着を着るなり、大急ぎで食堂へ行ってしまったというのである。中村さんが、このなんとも不名誉なあだ名を頂戴したのは、このごろだといううわさである。もしかすると、その課長の命名かもしれない。

② 記敘。

以記敘人物故事的方法來展開段落。請看以下的文例：

この青年は生まれた時から足がないという障害をもちながら、普通の学校に通い、多くの友達を作り、希望の大学に入ることができ、楽しく暮している。おしゃれで、お気に入りのセーターを買うためには雪の日に車いすで出かけたこともあるという。手と足は成長するにしたがって10数センチの長さまでなったが、移動は車いす。字を書くときは頬と短い手でペンを挟んで、顔を紙に押しつけるようにして書く。車いすは電動式の特別なもので、これに乗ると普通の人の身長と同じくらいになる。普通の車いすだと、乗った時に座った高さになるが、これなら立っている人と話すこともできるし、友達と話しながら「歩く」こともできるそうだ。小学校などに講演を頼まれて行くと、「目の悪い人が眼鏡をかけるように、足の悪い僕が車いすに乗っているだけだから、ちっともかわいそうじゃない。眼鏡をかけている人を誰もかわいそうと思わないのと同じだ」と言うそうだ。読むものが感動するのは、この人が障害を不幸な境遇としてでなく、単なる身体的特徴として受け止め、積極的に若者らしい活動をしてきたことである。そのためには周囲の人たちの努力があったのはもちろんである。特別の学校でなく普通の学校に入れるためにあちこち奔走し、家を引っ越したり、毎日付き添いに通ったりした両親の努力もたいへんなものだった。小学校のときは先生や級友が彼のために特別のルールを作って、ドッジボールやマラソンに参加できるようにし、プールで泳ぐ経験もさせたという。障害者だからといって、特別扱いせず、甘やかさず接した先生には頭がさがる。こうした人たちのおかげで、この青年が明るく育ったことに、読むものは救われる気がする。

③ 事例。

用事例闡述中心思想，並使文章充實、生動。請看以下的文例：

カラオケが、第三次ブームに突入した。これまで、サラリーマンの特権的風俗だったのに、老いも若きも、と利用客の幅は広がるばかりだ。手軽に歌えるカラオケボックスの普及と、店側の激しいサービス合戦も、ブームに拍車をかけている。

まず、次のことを見てみよう。東京のJR新宿駅にほど近い武蔵野ビル地下二階にある「オーディアム」。きらびやかな照明に、奇抜なインテリアと豪華なラウンジで、ホテルと間違えそうだが、昨年10月に開店したカラオケ専門店だ。ラウンジから放射状に伸びた六本の通路に、全部で32室のブースがある。吉田英司店長は、「カラオケは女性にも娯楽の一つとして定着しました。そこで、OLを対象にしたのですが、期待通りに、客の7割は女性です」と言う。週末になると、若者の行列ができるほどにぎわう。カラオケファンのすそ野の広がりの様が、ここにも表れている。

④ 因果分析法。

通過客觀、正確的推理，分析事物發生的原因及產生的結果來闡述主題、展開段落。請看下面的文例：

一体なぜ、青少年の非行が増大するのであろうか。まず考えられることは、彼らが置かれている精神的な場である。彼らは、華やかな物質文化の中にあり、常に享楽への欲望が刺激されている。また、父母の大きな期待を背負っているにもかかわらず、勉強がわからず圧迫感や焦燥感にとらわれている。これが、青少年期特有の心理状態と一緒になるとき、爆発して非行に走るのである。次に大人たちの価値観の相違があげられる。父母や教師の価値観の相違は、青少年を放任し甘やかすことになり、善悪の判断力や意志力を十分に育てていないことである。第3には大人たちが富の哲学を身につけていない影響である。笠信太郎氏は、「これからの日本は、物質的に豊かになる。富の哲学を身につけなければ、日本は滅びてしまう」と言っている。判断力の乏しい青少年が、大人の影響をもろに受けた姿が非行であるとも言える。

さて、青少年の非行を防ぐにはいかにすべきであろうか。青少年をただ押え込む形で非行を防止しても、それはいつか悪い形となって現われる。必要なことは、世をあげて我が国を節度ある社会にすることである。「この姿を見よ」と青少年に言える家庭、学校、社会づくりに努める中で、青少年の心を育てる教室を徹底しなければならない。そこには、教育は共育という教育心が重要である。

⑤ 比較對照法。

比較對照法有兩種方式，一種是對人物或事物採取逐一比較或對照的方法；另外一種是對人物或事物採取集中比較或對照的方法。以此探討兩種事物或人物之間的相異性和共同性。請看下面的文例：

レッカー車で移動させられる故障車とか、綱引きの綱などであれば、「ひく」ものであるということはよくわかる。しかし「辞書をひく」と言っても、辞書に紐をつけて、引っ張って行く、というようなことではない。「ひく」ことのできるものには、どういうものがあるのだろうか。例えば、「弓をひく」と言う。弓で矢を射るときには両足を踏ん張って弓を構え、弓のつるを自分の方へ引き寄せるような動きをする。だから「綱引き」の場合と似ていて、どうして「ひく」というのか、よくわかる気がする。(そして注意して見ると漢字の「引」の中には「弓」という字が入っている。その隣の「丨」は、弓を引く手の動きを表しているとのことである。)楽器を鳴らすことと関連しても「ひく」という言葉がときどき出てくる。「バイオリンをひく」という場合は、自分の方にバイオリンの弓を引き寄せるような手の動きがあるから、「ひく」というのはよくわかる。しかし「ピアノをひく」という場合になると、もうそのような手の動きはない。でも古くから「琴をひく」という言い方もある。たぶん、もともと弓のつるを指ではじくというしぐさと関係しているのだろう。(このような場合は、漢字では「弾く」と書くことがある。この漢字は、指などで「はじく」という意味である。)「注意をひく」というのは、どうだろう。これはそんなに難しくないと思う。相手の注意に綱でもかけて、引っ張っている様子が目に浮かぶ。「風邪をひく」は、どうだろうか。少しわかりにくいね。でも「田に水をひく」と言うから、ちょうど田に水を引き込むように「風邪」を外から身体の中に引き込むということなのだろう。それにしても、いつごろから、どのようにして、このような言い方をするようになったのか、考えてみると、本当に不思議である。

⑥ 定義法。

以解釋和闡明某個概念的本質特徵，説明段落的中心思想，從而達到論證或反駁某一觀點的目的。請看下面的文例：

日本人の結婚式は主に三種類の形式がある。つまり、「神前結婚」「仏前結婚」「教会結婚」である。「神前結婚」というのは、神様の前で三々九度の杯を交わし、夫婦の契りをするものである。ふつうホテルの中や結婚式場には神社を設けた式場があり、挙式後すぐに披露宴ができるようになっていて、たいへん便利である。現在は約70%がこのような神前結婚で占められている。「仏前結婚」というのは、仏教の教えで男女の結びつきは前世の因縁によるものと考えられているため、仏様(仏)の前でその因縁に感謝して夫婦の契りをするものである。「教会結婚」はカトリックとプロテスタントの違いで条件が変わる。カトリックは厳しく、新郎も新婦も信者(信徒)で初婚でなければ、教会は受け付けてくれない。これは、カトリックは離婚を認めないからである。プロテスタントは二人のうち、一人でも信者であれば、教会で式を挙げることができる。また、最近では、ロマンチックな教会での結婚式が若い人の間で人気があり、信者でなくても、教会に信者の知人がいれば頼んで式を挙げることができる。そのほか、「人前結婚」といって、神様や仏様に一切関係なく、親兄弟、姉妹、親戚、友人の前で夫婦の誓いをして、みんなに証人になってもらう結婚式がある。

3) 結尾段落

● 結尾段落和開頭段落同樣重要。開頭段落是對文章主題的提出，結尾段落則是對整篇文章的歸納與總結，或者突出文章要點，或者重述作者觀點，或者針對文章中的現象做出評論或建議，或者發出號召，或者提出解決問題的方法，或者展望未來等。常見的結尾段落有以下幾種：

① 總結要點法。

總結開頭段落及主體段落的中心思想，做到與開頭段落的主題前後呼應。

青少年は国の宝である。非行などの害毒に汚染させないことが国民の義務である。関心は、更に積極的な愛情となって青少年の上に注がれなければならない。

② 提出建議或措施。

針對某個問題，經過正文段落的討論分析後，在結尾段落提出建議或者措施。

誰でも、羞恥心と言うものはある。しかし、また誰にでも癖や特別な需要もあるであろう。極端な話で、砂漠へ入って、お手洗いを求める「教養人」は馬鹿だとしか言えないし、公衆トイレがどこにもない場合においては、立ち小便も諫められないであろう。だから、概して「中国人はまだ教養が低い」と言う前に、先ずどうすればそれが高められるのかを考えるべきではないかと思う。

③ 展望。

對實際問題進行討論之後，作者在結尾段落中把思緒帶向未來可能出現的情況，或者以美好的未來鼓勵讀者，又或者以未來嚴峻的後果警示讀者等。

様々な差別が人口にかかわるライフスタイルに影響を与えるが、とくに男女差別は直接的な影響を与える。環境と開発に関する世界委員会がまとめた『地球の未来を守るために』は女性の地位の向上が子供の減少につながると指摘したが、これは大切な指摘であろう。女性の地位が向上すれば、家族内での子供を産むかどうかということについて女性の発言権が増大し、そのような社会においては子供の数が減少する。また、女性の雇用機会が十分に与えられている社会では、婚姻年齢が上昇し、そのことが子供数の減少につながっているという。

④ 以反問句形式結尾。

しかし、経済が豊かに、生活が快適になる一方、そのマイナスの面も出ているのではないでしょうか。例えば、日本の子どもの中で、約40 % がアレルギーにかかっているのは家庭環境がその最大の原因だと言われています。冷房から細菌などが冷たい風と一緒に入ってくるし、畳やカーペットにはダニがおり、窓や壁には黴が生えています。また、遅寝遅起きテレビゲーム浸りの生活スタイルや都会生活にありがちな「焦り、不安、悩み」といった精神状態も健康を損なうものです。一方ゴルフ場建設によって丘は無惨に切り取られ、森林は大量に伐採されました。そればかりではなく、農業による環境汚染も深刻な問題です。川や地下水に雨水と共に入り込む農薬は、下流に住んでいる人々の健康を蝕んでいます。「環境と健康を犠牲にしてまで、生活の快適さを求めていいのだろうか」と私たちは真剣に反省すべきではないでしょうか。

⑤ 類比法。

それでは、最後に「ラジオをかける」「ミシンをかける」というのは、どうでしょうか。これは難しいですね。ラジオやミシンは、ふつう、ぶら下げたり、引っ掛けるものではありません。他の似た表現を探してみましょう。「アイロンをかける」と言います。「かんなをかける」という言い方もありますね。「アイロンをかける」——「かんなをかける」——「ラジオをかける」——何か共通しているところはありませんか。どれも道具や機械を働かせるということではないでしょうか。「ミシンをかける」もそうです。もっと何か例はないでしょうか。「(自動車の)エンジンをかける」などとも言いますね。これで、どうして「ミシンをかける」というのかがわかりました。でも、いったい、誰がこのような言い方をし始め、いつの間に皆がそのような言い方をするようになってしまうのでしょうか。本当に不思議です。

段落間的銜接 3

意義段落與意義段落之間，一個意義段落中各個自然段落之間，一個自然段落中各個句子之間，必然存在某種意義上的銜接。段落間或句子間的銜接通常使用一些過渡詞來完成。過渡詞即接續詞或接續性片語，作用是連接上下文，使文章或段落整體連貫、自然、通順、合乎邏輯。請看下面的文章：

人間の世の中は、いったい、どうして変わるのだろうか。もちろん、地震や台風や洪水などの自然の力による世の中の変化も考えられるが、その影響は、一時的には非常に大きなものであったとしても、決して長続きするものではない。長い目で見ると、世の中の大きな変化はおもに人間の営みによってもたらされているものであるということがいえるだろう。

たとえば、交通機関が発達する。自動車や飛行機の数がふえ、そのスピードも速くなってくる。そういうことで、世の中が大きく変っていく。また、通信機関が発達し、電話や、ラジオ、テレビが普及する。そうして、また世の中が大きく変わっていく。こういう種類の変化はこれから先もたびたび起こるであろう。

ところで、こうした変化は、どうして起こったのだろうか。よく考えてみると、いちばん大きな原因として、人間の知識や技術が進んできたことの結果であることがわかってくる。一口に言うと、科学が進歩した結果、世の中が変わったのである。その科学は人間が作り出し、考え出してきたものであって、生きた人間の営みの積み重ねの結果であることは、いうまでもない。科学だけではなくて、そのほかにも世の中を変えていくものになるような人間の営みはいろいろあるが、要するに、これから先の世の中も、生きた人間の営みによって変わっていくのである。

在上面的文字中，段與段的貫通使用了接續詞「たとえば」、「ところで」。此外，每個段落中的句與句之間的銜接也使用了不少的接續詞或接續性片語。如：「もちろん」、「が」、「と」、「そういうことで」、「また」、「そうして」、「一口に言うと」、「要するに」等。由此可以看出，在句與句的銜接中，接續詞或接續性片語發揮很重要的作用。以下歸納一些簡單常見的例子供大家參考：

表示逆接的接續詞或接續性片語主要有：

しかし	けれども	だけど	ですけど
だが	ところが	とはいえ	それなのに
それにしては	それにもかかわらず	でも	それにしても

◆ 子供だ。しかし、ばかにはできない。
雖是個孩子，但不能小看他。

◆ 物価が上がった。けれども月給は上がらない。
物價上漲，可是薪水沒漲。

◆ やっと予定通り仕事を済ませた。それにしても疲れたよ。
終於按預定的計畫完成工作了。不過，好累啊。

◆ この靴はいいことはいい。が、ちょっと高い。
這雙鞋好是好，不過有點貴。

◆ 彼は物事をあまりに単純に考えすぎる。とはいえ、そこが彼のいいところでもある。
他考慮問題總是過於單純。 然而這可能也是他的優點。

◆ 上達しないと嘆きながら、そのくせちっとも勉強しない。
他雖然一邊歎氣怎麼沒進步，但卻一點都不用功。

◆ 体は大きい。それなのに、力は弱い。
個頭雖大，但沒力氣。

◆ あの人に何度も手紙を出してみた。でも、一度も返事をくれなかった。
我寫了很多次信給他。可是，他一次都沒有回信給我。

◆ おなかがすいた。だが、お昼の時間はまだだ。
肚子餓了。可是，離午飯時間還早。

表示順接的接續詞或接續性片語主要有：

だから	ですから	したがって	そのために	それで
すると	そこで	それでは	それなら	というのは

◆ 彼は予備校へ通った。それで成績がよくなった。
他上了補習班。因此，成績提高了。

◆ あの人はけちんぼうだ。だから、みなに嫌われる。
他很吝嗇。所以，大家都不喜歡他。

◆ 分からなくて困った。そこで、先生に尋ねた。
因為弄不明白很煩惱。所以去問老師。

- 来年は大学入試だ。そのため準備を今から怠ってはならない。
  明年要考大學。為此現在就開始準備，不能懈怠。
- 毎日遊んでばかりいる。したがって学校の成績も悪い。
  每天光想著玩，因此學習成績很差。
- 私が歌った。すると、妹も歌いだした。
  我唱了歌，於是，妹妹也跟著唱了起來。
- これは10万円でも安い。というのは一生使えるものだから。
  這個10萬日元也值得。因為可以用一輩子。

表示並列、添加的接續詞或接續性片語主要有：

また	および	ならびに	そして
それから	それに	そのうえ	しかも
おまけに	かつ	そればかりか	それどころか

- 熱があるし、それに咳もでる。
  發燒，還有咳嗽。
- さっき食べたばかりなのに、また食べるのか。
  剛剛才吃過，又吃啦？
- 彼女にはやさしい、同時にしっかりした面がある。
  她善良溫柔，同時也很有主見。
- 先週、交通事故にあって、それからずっと入院している。
  上星期發生交通事故，之後一直住院。
- 今日は楽しくそして有意義な日でした。
  今天是愉快又有意義的一天。
- この店の品物はいいものばかりで、その上値段も安い。
  這家店的東西品質好，而且價錢便宜。
- 私の部屋は広くて、しかも明るい。
  我的房間寬敞，而且光線好。
- 雨はさらに激しくなった。
  雨下得更大了。

表示選擇、對比的接續詞或接續性片語主要有：それとも、または、あるいは、ないし、もしくは等。

- 手紙を出すかまたは電報を打つかしなければならない。
  必須得寫信或者發電報。
- 展示会は北京或いは上海で開催する。
  展覽會在北京或上海舉行。

◆ 電車で行きますか。それともバスで行きますか。
你是坐電車去還是坐公車去？

◆ 若者でもたいへんなのに、まして老人に耐えられるはずがない。
年輕人都覺得辛苦難受，更何況老人。

◆ 誉める一方、悪口を言う。
一面讚揚，另一面卻講壞話。

◆ 人に聞くよりむしろ自分で考えてみた方がいい。
與其問別人，還不如自己想想。

◆ もっと一生懸命やれ。さもないと、失敗するぞ。
要再努力點，要不然，就會失敗！

表示説明、補充的接續詞或接續性片語主要有：ただ、ただし、もっとも、なお、ちなみに等。

◆ 野球はできない。ただし、見るのは好きだ。
我不會打棒球。但是，還是喜歡看的。

◆ なお、詳細は追ってお知らせします。
此外，詳細情況回頭告知。

◆ 父の姉の娘、つまり私のいとこが近く上京してくる。
我父親的姐姐的女兒，就是我的堂姐最近要來東京。

◆ 肉は体にいい。もっとも、食べすぎてはいけないが。
肉類食品有益身體。不過，吃多了不行。

◆ 出かけるのはやめたほうがいい。なぜなら、雨が降りそうだから。
你還是別出門了吧。因為看樣子要下雨了。

◆ ちなみに田中氏は本校の卒業生であります。
順便説一下，田中先生是本校的畢業生。

表示轉換話題的接續詞或接續性片語主要有：ところで、さて、それでは等。

◆ 洗濯は終わった。さて、新聞でも読もうか。
衣服洗好了。來，看看報紙吧。

◆ それでは、これで失礼します。
那麼，我告辭了。

◆ ところで、諸君にひとつ相談がある。
對了，我有件事想要跟大家商量。

◆ それはそれとして、きみに言っておきたいことがあるんだ。
那件事暫且不提。我有事想要跟你説。

◆ 今日はお疲れ様でした。ところで、駅のそばに新しい中華料理屋ができたんですけど、今夜行ってみませんか。
今天辛苦了。對了，車站旁邊有家新開的中國餐廳，要不今晚我們去看看？

◆ さて、次はどこへ行こうか。
那麼，下次去哪裡呢？

◆ では、今日の授業はこれで終わりにします。
那麼，今天的課到此結束。

文章結構 4

文章的結構，就是文章內容的組織安排。日語的文章結構大致可分為歸納法、演繹法、演繹歸納法、起承轉合4種。現分述如下：

1） 歸納法

如果一篇文章將許多個別性的題材、現象、事物歸納為一般性的結論或規律，那麼，這篇文章所採用的結構模式便是歸納法。

歸納法文章的結構特徵是，作者先提出若干分論，然後再做歸納和總括。這種結構模式可用圖解的形式直觀地表示為:

2） 演繹法

所謂演繹法就是用演繹推理的方法安排文章內容的結構模式。演繹推理，就是指根據已知的一般性結論推導出特殊的、個別性事物屬性的推理方法。簡言之，演繹法是從一般到個別，歸納法是從個別到一般。演繹法的結構模式與歸納法正好相反，是總論在前，分論在後。

3） 演繹歸納法

演繹歸納法的結構模式是：第一個意義段提出問題（總論）；第二個意義段則從各個方面展開論述（分論）；第三個意義段歸結全文要旨（結論）。演繹歸納法結構可作如下圖解：

4） 起承轉合

起承轉合屬於四段式文章。在這類文章中，第一個意義段通常提出問題，稱為「起」；第二個意義段承接「起」所提出的問題，並由此展開具體論述，稱為「承」；第三個意義段則改變「承」的論述題旨，而轉換新的視角或思路，從別的方面展開論述，稱為「轉」；第四個意義段是對前面的論述進行整合，以歸結題旨，做出結論，稱為「合」。下面，讓我們詳細分析一下這篇題為「抗議する義務」的文章，其結構模式就是典型的「起承轉合」：

(A) 「日本人は、どうも、抗議する義務を知らないから困る。」と言った友人があった。何か不正なことがあった場合に、それに抗議を申し込むのは、権利ではなくて、義務だというのである。これは、なかなか味わいのある言葉である。

(B) 例えば、電車に乗る場合に、乗客が長い列を作って待っている。やっと電車が来て、乗客が順々に乗り込む。そのとき、わきからその列に割り込んで、電車に乗ってしまう人がよくある。そういうときに、自分の前に、わきから一人くらい割り込んできても、ちょっといやな顔をするくらいで、そのまま黙認してしまうことがある。

(C) こういう場合は、「横から割り込んではいけません。」と抗議を申し込むべきである。それをずるずる黙許してしまうことは、一つの道徳的な罪悪であることを、よく承知すべきである。一人くらいのことに、むやみとやかましく言うことをなんとなくはしたないなどという問題ではない。実は非常に利己的な考えが、その人の心の底に意識されないで潜んでいるのである。

(D) というのは、わきから誰かが割り込んできても黙許してしまうのは、自分も、その人について電車に乗り込めることが明白な場合に限るからである。もし、その人が乗ることによって、自分が乗れなくなる場合だったら、おそらく抗議を申し込むにちがいない。それをずるずる黙許するのは、被害が自分に及ばないからである。しかし、そのために、誰か取り残される人が出てくるかもしれない。そうすると、その人は、次の電車まで長い間待たなければならないのである。

(E) したがって、この場合、抗議をすることは、権利というよりも、むしろ義務である。正直に公衆道徳を守って、列の最後のほうについている未知の一人の友人に対して、当然果たさなければならない義務なのである。決まりが悪いということは、確かにあるが、それくらいのことは押し切って行うべき義務なのである。

(F) 列の中に割り込むというような、明白に悪いことに対してはもちろんのこと、それほどはっきりしていない場合にも、自分で正当と考えた抗議は、平気ですればよいのである。もし、先方に理屈があり、または、何か事情があったら、返答があるはずである。その返答がなるほどと納得できたら、抗議を引っ込めたらよい。これは、極めて当然な話である。

(G) けれども、そういうあまりにも当然なことが、なかなか行われない。それは、日常すべての問題について、自分の頭で物事を考える人があまり多くないからである。理屈が合えば、なるほどと思うとか、筋が通れば、納得するとかいうこと、すなわち、当然なことを当然と思うことは、実は、人類の長い訓練の末に出てきた考え方なのである。

(H) 筋が通った話には納得するということと、筋の通らない話には抗議することとは、同じ頭の作用の両面である。だから、抗議しない人間は、真実に対しても、心から納得のできない人間なのである。

全文的結構關係為：

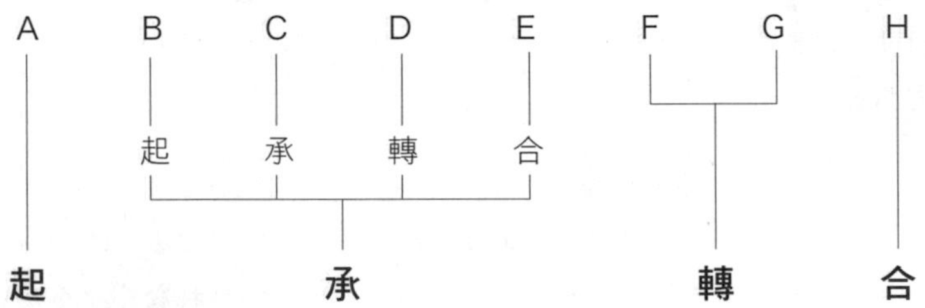

考點講練

1.次の文章の展開はどのような形でなされているか。

①動物界を見渡すと、ちっとも休憩しないかのような生き物がいる。例えば、海洋の上空を飛びつづけるアホウドリやカモメなどがそうである。少なくともこれらの動物には、睡眠が不必要に見える。生物には例外が必ず存在するという原則がある以上、例外的な無眠動物が実在するかもしれない。

②だが、無眠動物の侯補のうち、脳波を観測できる哺乳類や鳥類を調べた結果、意外な事実が分かった。これらの動物は、左右の大脳半球を交互に眠らせているのだ。だから、見かけはまったく休憩しない行動様式を保ちながら、脳内では睡眠が実行されている。

③これを「半球睡眠」という。半球睡眠は、水中にあるいは空中に長期間滞在するための、特殊な技術として、開発された眠りであろう。

④見晴らしのよい草原に住む草食獣も、見かけはほとんど眠らない。草は栄養価値が低いから、十分なエネルギーを得るためには大量に食べる必要があり、時間がかかる。また、隠れる場所のない草原では、いつ肉食獣に襲われるとも限らぬ危険と隣り合わせだ。それゆえ、睡眠を長くまとめてとることは不可能となる。

⑤こうした動物の脳波を観測してみると、「うとうと状態」という特殊な休憩法があることがわかった。半ば覚醒、半ば睡眠という状態で、筋肉の緊張を緩めることなく睡眠を実行しているのだ。

⑥「半球睡眠」にせよ、「うとうと状態」にせよ、こうまでしてでも眠りを確保するのは、睡眠が決して無用ではなく、生存上、極めて重要な役割があるから、と考えなければならないことになる。

⑦そんなわけで、一見して、無眠状態が連続していても、その状況をよくよく分析すると、実際は何らかの方式で睡眠機能が補填されている。だから、完全な意味での無眠は存在しない。睡眠が短いか長いか、表に現れるか現れないかだけの差に過ぎない。

深度講解

這是一篇十分典型的歸納法議論文。論點是「睡眠が決して無用ではなく、生存上、極めて重要な役割があるから、と考えなければならない」、「睡眠が短いか長いか、表に現れるか現れないかだけの差に過ぎない」。論據是「調べた結果」、「意外な事実がわかった」、「これらの動物は、左右の大脳半球を交互に眠らせているのだ」。論證則是①、②、③三個自然段落與④、⑤兩自然段落的並列論述，⑥、⑦兩自然段落對①、②、③、④、⑤的歸納與闡證等。從結構形式上分，①、②、③三個自然段落是分論1；④、⑤兩自然段落是分論2；⑥、⑦兩自然段落是結論。其中「半球睡眠は、水中にあるいは空中に長期間滞在するための、特殊な技術として、開発された眠りであろう」屬於判斷和推理。此外，還使用了「それゆえ、睡眠を長くまとめてとることは不可能となる」、「そんなわけで、一見して～」、「だから、完全な意味での無眠は存在しない」等來分析事理。所以，本題屬歸納法結構。

2.次の文章の展開はどのような形でなされているか。

①もしも、玉子の殻を破らないで、玉子がゆでられているか生であるかを決め

る必要があるときには、どうしたらよいでしょうか。力学の知識は、あなたにこのちょっと面倒なことをうまく解決させてくれるでしょう。

②問題はゆで玉子と生玉子とでは、同じ姿勢では回転しないということです。このことを、今出されている問題を解決するのに利用できるわけです。さて、ためしてみようとする玉子を平らな皿の上に置き、親指と中指で玉子の横の太いところを挟んでこれを回転させます。この場合、ゆでた玉子は生玉子より、目立って速く長く回転します。生玉子は回転させることさえ難しいのに、硬くゆでられた玉子のほうは見た目にはそれの輪郭が白い長円面になってしまうほど速く回転し、また、自ら尖っているほうを下にして、立ち上がることもできるのです。

③こうした原因は、硬くゆでられた玉子は全体として回転するということになります。ところが、生玉子では、それの内部の液状物はすぐさま回転運動を得るということはなく、自分の慣性のため、固い殻の動きを制動する働きをします。つまり、液状の玉子は、制動機の役割を演じるわけです。

④ゆで玉子と生玉子では、同じく回転が停止するときでも、違った様子を示します。もしも、回転しているゆで玉子に指を触れると、それはすぐさま停止してしまうのです。ところが、生玉子だと、一瞬止まってから、手を放すと、さらにいくらか回転を続けるでしょう。こうなるのは、やはり、慣性のためです。つまり、生玉子内部の液状物は固い殻が静止した後にもまだ運動を続けているが、ゆで玉子の固形の内容物は外の殻が止まると同時に止まってしまうからです。

⑤これに似た実験は、他のやり方でも行うことができます。生玉子とゆで玉子に、長円に沿って、ゴムバンドをかけ、同一の紐で吊下げてください。そして、双方の紐を同じ回数だけよじってから、放していただきたい。そうすれば、ゆで玉子と生玉子との間の相違がただちにわかるでしょう。

⑥ゆで玉子のほうは、紐をよじらなかった最初の姿勢の位置を行き過ぎてしまって、慣性によってさらに反対方向へ紐をよじり始め、それから、再びその紐の捩れを戻す。回転数を次第に遅くしながら、こうしたことを数回繰り返すわけです。ところが、生玉子のほうは、一回方向を変えてから、次には、ゆで玉子が静止するはるか以前に止まってしまいます。つまり、液状の内容物によって運動が制動されるわけです。

深度講解

①「力學の知識は、あなたにこのちょっと面倒なことをうまく解決させてくれる」是總論；「ゆで玉子と生玉子とでは、同じ姿勢では回転しない」是分論1；「ゆで玉子と生玉子では、同じく回転が停止するときでも、違った様子を示します」是分論2；「同一の紐で吊下げられたゆで玉子と生玉子では、紐の捩れ方が違う」是分論3。原因分別是「硬くゆでられた玉子は全体として回転するということになり…つまり、液状の玉子は、制動機の役割を演じるわけです」（分論1）；「生玉子内部の液状物は、固い殻が静止した後にも、まだ運動を続けているが、ゆで玉子の固形の內容物は外の殼が止まると同時に止まってしまうからです」（分論2）；「ゆで玉子のほうは、…反対方向へ紐をよじり始め、それから、…つまり、液状の內容物によって運動が制動されるわけです」（分論3）。作者用以上三個分論來説明是慣性的作用，印證了總論的正確性。

3.次の文章の展開はどのような形でなされているか。

①若い人たちが登山についての相談にきたとき、私はいつも「登山三分法」ということを、説いて聞かせることにしている。

②登山は、ほかのスポーツとは大きく異なっているようである。私の言う「登山三分法」とは、山へ登るのに三分の一、山から下りるのに三分の一、そして、無事下山したときに、なお三分の一の余力が残っているように登山計画を立てなさいということである。そんなことを聞くと、すぐ反論が起こってくる。三分の一もの余力を残すなんて、もったいないことではないかという反発である。つまり、登山もほかのスポーツと同じように、全力でやるほうが楽しいのではないかという議論である。

③これは、一応もっともらしい議論のようではあるが、その根底のどこかで間違っているのだ。それはどんなことなのか。まず第一に、陸上競技や水泳やフットボールの場合、選手がゴールに入って倒れたとしても、また中途で事故を起こしたとしても、医療班がすぐ手当てをしてくれるようになっている。安心して全力を使い果たすことができるのである。だから、全力を出し切らない選手が批判されることにもなっている。

④だが、登山の場合はどうであろうか。医療班がついてくるわけでもないし、医者が一緒にいたとしても、倒れた人を収容する場所もあるわけでもない。まして救急車がサイレンを鳴らして駆けつけてくるなどということはありえない。

⑤その上に、登山には、もっと大きな悪条件が付き物になっている。それは気象の急激な変化である。ほかのスポーツでは、暴風雨や暴風雪の中

で競技を行うということはありえないだろう。登山でも、天気予報に暴風雨や暴風雪が予告されているにもかかわらず、計画したのだからといって、わざわざ嵐の中で登山を行うものもあるまい。だが、天気予報によって大丈夫らしいと見当をつけていても、山の気象は地形的にも、局所的に急激な変化をするもので、下界は晴れていても、山は大嵐だということがよくある。

⑥暴風雨に襲われたからといって、山の中で登山を中止するわけにはいかない。どこか安全な場所を求めて、そこまで山を下りるよりしかたがない。これはたいへんなことである。晴天の日の何倍という苦労をしなければならない、そのための体力なり、衣服なり、食料なりを持っていなければならない。その準備がなければ破局である。山へ登り始めたならば、無事に下山して帰ってくるまで、誰も助けてくれる人はいないのだということを、まず、最初から心得ておかなければならない。そのためには、いつも登山には三分の一の余裕がなければならない、というのが「登山三分法」なのである。

深度講解

①自然段落為總論，②、③、④、⑤自然段落以及⑥自然段落中除最後一句話之外的所有文字均為分論。其中，②自然段落為分論1，③、④自然段落為分論2，⑤自然段落為分論3，⑥自然段落中除最後一句話之外的其他文字為分論4，⑥自然段落中的最後一句話為結論。即『そのためには、いつも登山には三分の一の余裕がなければならない、というのが「登山三分法」なのである。』

4.次の文章を読んで、後の問いに答えなさい。

核家族化の進展や家族の個別行動化は従來家族の果たしていた機能に大きな変化を与えました。家族の規模が縮小したことによって、家事や育児など様々な機能の一部が家庭外で処理されるようになったことや、コミュニケーションの機会の減少による家族の絆の弱まり、あるいは最近の少子化の現象などが、その例として挙げられましょう。

（イ）、このような変化を人々は一体どうとらえているのでしょうか。世論調査によれば、全体の7割の人が家庭機能は変化していると感じています。また、この変化に対しては、「時代の趨勢で仕方ない」という人と、「自立化多様化につながるものとして積極的にせよ」と肯定的な評価をしていることが分かり、「変化を食い止めるべき」とする人は3割にも満たないという結果になっています。

（ロ）、一方で人々が家族に最も求めるものは、心の安らぎを得る情緒的なつながりであり、情緒機能の後退については食い止めるべきであるとする人々が多くなっています。

（ハ）、経済的な機能としての家族の重要性が薄れてきているなかで、情緒的機能だけが家族の絆としての役割を高めていると言えましょう。これは、夫婦関係や親子関係など、家族を構成する上で必要不可欠なものであり、人間が社会的存在である以上変わることのない普遍的なものであると思われます。

1. 文の中の括弧（イ）に入る言葉はどれか、次のA、B、C、Dの中から、最も適切と思われるものを一つ選びなさい。

   Aしたがって　　B では　　C しかし　　D でも

2. 文の中の括弧（ロ）に入る言葉はどれか、次のA、B、C、Dの中から、最も適切と思われるものを一つ選びなさい。

   A そこで　　B ところで　　C しかし　　D 例えば

3. 文の中の括弧（ハ）に入る言葉はどれか、次のA、B、C、Dの中から、最も適切と思われるものを一つ選びなさい。

   A あるいは　　B つまり　　C そのうえ　　D いわゆる

答案：B,C,B

深度講解

第1題先找到（イ）處的前一句，重點看句尾「～現象などが、その例として挙げられましょう」，然後再看（イ）後的句子「このような変化を人々は一体どうとらえているのでしょうか」，可知前一句是「實例」，後一句是「提問」，前後文是一個話題轉換的關係。再看四個選項中，只有選項B「では」符合文中話題轉換的關係，所以答案選擇B。第2題首先閱讀（ロ）處的前一句「また、この変化に対しては、～ことが分かり、「変化を食い止めるべき」とする人は3割にも満たないという結果になっています」，但接下來（ロ）的後一句卻是「一方で～については食い止めるべきであるとする人々が多くなっています」。可見，前後文的意思恰恰是相反的，再看四個選項中，只有選項C是表示逆接關係的，所以答案選擇C。第3題按照同樣方法找出（ハ）所在的前一句「情緒機能の後退については食い止めるべきであるとする人々が多くなっています」以及後一句「情緒的機能だけが家族の絆としての役割を高めているといえましょう」，可知前後文是對同一話題進行論述的。四個選項中，表示前後文對同一話題進行論述的詞是「つまり」，所以答案選擇B。

第23章

中譯日常用技巧

知識講解

所謂翻譯就是兩種不同語言的轉換。由於中日兩種語言在句子結構、辭彙、語言表達習慣等方面存在著較大的差異，中譯日時，需要運用一些常用的翻譯技巧。

詞義的選擇與引申 1

1） 詞義的選擇

● 下筆前一定要通讀全文或全句，瞭解其大意之後，再根據上下文選擇恰當的詞義來進行翻譯。這裏僅中文的以「開」為例：

◆ 有了盈利我們四六開。

利益が上がったら４分６分の割合で分けよう。

◆ 這是由北京開往八達嶺的公車。

これは北京から八達嶺へ行くバスである。

◆ 屋裡沒人，卻開著電視機。

部屋にだれもいないのに、テレビがつけてある。

◆ 他是開雜貨店的。

彼は雑貨屋を営んでいる人だ。

◆ 今晚的京劇幾點開演？

今晩の京劇は何時に始まるか。

◆ 他的演講開頭還好，後來就差了。

彼の演説は出だしはよかったが、あとになるとだめだった。

◆ 這件事為以後的工作開了一個先例。

これが以後の仕事に先例を作った。

◆ 昨天我們開了一個見面會。

昨日われわれは打ち合わせ会をやった。

◆ 我現在付款，請開一張收據。

いまお金を支払うから、領収書を書いてちょうだい。

◆ 現將所需零件開列如下。

以下必要な部品を列挙する。

◆ 屋子裡鬧得像開了鍋一樣。

部屋の中は鍋が煮たったような騒ぎだ。

2） 詞義的引申

● 某些詞在原文中有藏而不露的含義，或者字面上的意義並不完全等於它的實際意義。翻譯時如果按字面意義照翻，往往不能確切地反映原作的精神實質，或者不符合中文翻譯的表達習慣。這種情況下，可透 過對上下文的綜合分析，引申出原文略而不談的言外之意，並將此種意義補充到譯文中。

◆ 夥計本來是勢利鬼，眼睛生在額角上的，早就噘着狗嘴的了。（《故鄉》魯迅）

店員は口を尖らして、つんとしていた。もっとも店員なんていうものは、目が額の上にくっついていて、金持ちとえらい人間しか知らぬしろものだが。

日語不能用一個單字表示「勢利鬼」，因此將其含義具體化為「金持ちとえらい人間しか知らぬしろもの」。「狗嘴」、「勢利鬼」同是貶義，日語裏沒有意義完全相同的詞。於是，譯者便用「～なんていうものは」和「～しろもの」等詞從整體上補出其貶義。

省譯、增譯與轉換 2

1） 省譯

● 指在保持原文含義的情況下，省去那些無需譯出、或可有可無、或譯出反倒累贅的詞語。

① 省譯「一（些）+量詞」。

◆ 突然，從床底下鑽出一隻狗來，嚇得我出了一身汗。

ベッドの下から突然犬が飛び出して、びっくりして全身に汗をかいてしまったよ。

◆ 一天早晨，正要上班時，隔壁的大嬸來了。

ある日の朝、出勤しようとしたところへ隣のおばさんがやってきた。

◆ 我不知道這孩子在想些什麼。

この子が何を考えているのか、わたしには分からない。

② 省譯「代名詞」。

◆ 我家孩子總是收您的好東西，真不知怎麼謝您。

うちの子がいつも結構なもの頂戴しまして、ありがとうございます。

◆ 日本人已將柔道推向了世界，我們中國的武術遲早也會走向世界的。

日本の柔道はもう世界中に広まっているが、中国の武術も、やがてそうなるだろう。

③ 省譯「重複性詞語」。

◆ 他從來不遲到、不早退、不請假。

彼はこれまで遅刻や早退きをしたことも、休んだこともない。

◆ 奶奶終於來信了。奶奶說她今年一定來。還要和爺爺一起來。奶奶說了，這回她要好好看看、好好玩玩、舒舒服服地在這裡過個春節！奶奶的語氣，竟像個小孩一樣！

やっとおばあさんから手紙が来た。中には今年こそきっと帰ってきて、それにおじいさんとも一緒に、と書いてある。おばあさんは今度帰ってきたら、あちこち見物したり楽しく過ごしたりしたいし、ゆっくりとこちらで春節を楽しみたい、とも書いてあるおばあさんの手紙の口ぶりはまるで子供のようだ。

2） 增譯

● 指在譯文中增加若干詞語，使其更加通順流暢，更加完滿地表達原文的意思。

① 增譯連接詞、副詞。

◆ 這件事我跟你有不同的看法。

このことについては僕は君と考えが違う。

◆ 時間不變，遇雨中止。

日時は記載のとおりである。なお、雨天のときは中止する。

② 增譯助詞、接續助詞或形式體言等。

◆ 擔心的是時間不夠。

心配なのは時間が足りないということだ。

◆ 周圍的人勸他有些事可以交給別人辦，他不聽，說：「我已經是上了年紀的人，經不起拖拉，我經辦的事，要件件落實，否則我不放心。」

周囲の人は、一部の仕事はほかの人にまかせては、と勧めるのだが、うんと聞かない。「もう年ですから、ぐずぐずしていられません。仕事を引き受けたからには、ひとつひとつきちんと処理してしまわなければ、安心できません。」

◆ 飲茶是中華民族最古老的飲食習俗，在長期的形成與發展過程中，產生了中國特有的茶文化，許多來自飲茶的詞語說明了這一點。

茶を飲むのは中華民族の最も古い飲食習慣であり、長い期間にわたる形成と発展の過程の中で中国特有の茶文化を生み出したことは、喫茶に由来する多くの言葉がこれを裏付けている。

③ 增譯形式用言、指示代名詞等。

◆ A：電影《末代皇帝》就是在這裡拍攝的嗎？

「ラストエンペラー」という映画はここで撮影されたんですか。

B：是的。皇帝登基大典的場面就在太和殿。太和殿在故宮建築中是最壯觀的，還是中國最大的木結構殿宇，已有570多年的歷史。

はい、そうです。皇帝の戴冠式典は太和殿でした。太和殿は故宮建築群の中で、きわめて壮観で、又、中国では最大級の木造宮殿です。その歴史はなんと570年ほどもあると言われています。

3） 轉換

● 日語與中文的語言表達習慣不同，翻譯時主語對主語、受詞對受詞、名詞對名詞、動詞對動詞地硬翻是不可能的。為使譯文表達通順，詞類和句子成分通常會發生轉換。

① 詞類的轉換。

◆ 我打算坐明天的頭班車走。

私は明日の一番列車でたつ考えだ。（動詞轉名詞）

◆ 為時一個月的緊張訓練結束了。

1ヶ月にわたる緊張した訓練が終わった。（形容詞轉動詞）

② 句子成分的轉換。

◆ 誰都喜歡孩子。

子供はだれにも可愛がられる。（受詞轉為主語）

◆ 地震破壞了那座城市。

地震によって、あの都市が破壊された。(主語轉為補語)

◆ 我倆並肩朝前走，踩得殘雪沙沙響。

肩を並べて歩く二人の足元で、残雪がサクサクと音を立てている。（述語轉為補語）

被動句的翻譯 3

日語中被動句用得很普遍，而中文中被動句的使用範圍相對較小。中譯日時，是否譯成被動句，還需視具體情況而定。

1） 中文表示被動的介詞有「被」、「叫」、「讓」、「挨」、「遭」、「給」等。有這類介詞的句子稱被動句。日譯時一般只需在有關動詞的未然形後接被動助動詞「れる」「られる」即可。如：

◆ 錢包被扒手偷了。

財布をすりにすられた。

◆ 叫你這麼一説，我一句話也沒得説了。

そういわれると、一言もないんですが。

◆ 他挨父親訓了。

彼は父に叱られた。

◆ 讓人誤會了不好，有必要解釋一下。

誤解されてはまずいから、説明しておく必要がある。

◆ 唯一的記錄給弄丟了，正為難呢。

唯一の記録をなくされて当惑しているところだよ。

2） 由於中日語表達習慣不同，中文被動句日譯時有不少譯成了主動句。如：

◆ 我被石頭絆了一跤，差點摔了。

私は石につまずいて、転ぶところだった。

◆ 我被他的話深深感動了。

かれの話に深く感動しました。

◆ 每家飯店都給旅客住滿了。

どのホテルも観光客でいっぱいだ。

3） 與上述情況相反，沒有被動介詞的中文句有不少要譯成日語的被動句。一般來說，有以下幾種情況：

① 中文句中沒有「被」等介詞，實際上有被動意。這種句子應按被動句譯。

◆ 考試成績明天公佈。

試験の成績はあした発表される予定である。

◆ 多年的願望終於實現了。

長年の願いがついにかなえられた。

◆ 他已經調動工作了。

彼はもう転勤した。

◆ 病人早送往醫院了。

病 人はもうすでに病院に運ばれていった。

② 中文句中雖無「被」等介詞，但如果受詞是主體的動作結果或動作完成後所存留的狀態，那麼，這種句子便含有被動語義，中譯日時也應譯為被動語態。

◆ 屋頂上掛著一面五星紅旗。

屋上には五星紅旗が立てられている。

◆ 會場上裝飾著幾盞燈籠。

会場にはいくつかの灯篭が飾られている。

◆ 第三屆運動會將於十月二十日舉行。

第三回運動会は十月二十日に行われる。

◆ 這個條約下周就要簽署並公佈了。

この条約は来週 調印され、公布されることになる。

③ 由於中日語表達習慣或方式上的差異，中文主動句要譯成日語的被動句的現象比較常見。

◆ 老師和同學再三勸他回家休息，他都不肯，仍堅持上課。

先生やクラスメートに家へ帰っておやすみと、何度も勧められても、彼は我慢して授業を受けている。

◆ 我問她：「您丈夫在家嗎？」她卻反問我：「您是誰呀？」

「ご主人はいらっしゃいますか」と聞いたら、「どちらさまですか」と問い返された。

④ 表示被動者受到損害、遭致不幸或感到不愉快，這種句子要譯成被動句。

◆ 昨晚小孩子哭了一夜，吵得我一覺也沒睡成。

夕べは一晩中 子供に泣かれて、一睡もできなかった。

◆ 把衣櫃弄得這麼亂怎麼行啊！

タンスの中そんなに取り散らかされては困るわ。

◆ 昨晚淋雨感冒了。

夕べ雨に降られて風邪を引いた。

⑤ 當中文句中的主語泛指人們、大家或表示傳聞時，一般要譯成日語的被動句。

◆ 一般來説，這種藥對胃病很有效。

この薬は胃病によく効くと言われている。

◆ 據説這片草原的面積約有十萬平方公里。

この草原の面積は約10万平方キロもあるといわれている。

◆ 看來，他兩三天內即可出院。

彼は二、三日のうちに退院できると見られる。

反譯 4

在翻譯過程中，有時原文是從正面表達的，而譯文卻從反面表達；原文是從反面表達的，而譯文卻從正面表達。反譯並非故意要與原文不同，而視日語表達習慣進行翻譯為宜。

◆ 日語發音不難。

日本語の発音は簡単である。

◆ 電影都要開演了，他還不慌不忙呢。

映画がもうすぐ始まるというのに、彼はまだ悠々としているんだから。

◆ 你的日語講得不錯嘛。

日本語がなかなかお上手ですね。

◆ 聽説今晚的電影很有意思，您也一起去吧！

今晩の映画はおもしろいそうですよ。一緒に行きませんか。

化繁為簡 5

有些句子由於結構的擴展，變得相當複雜。翻譯這些複雜的句子，首先要弄清楚原文的句法結構，找出整個句子的中心內容及各層意思。然後分析各層次間的相互邏輯關係（時間順序、因果等），再按照日語的特點和表達方式，譯出原文的意思，而不拘泥於原文的形式。化繁為簡的譯法主要有順譯、倒譯、分譯和合譯等。

1） 順譯與倒譯

① 順譯

原文的邏輯關係、表達順序與日語基本一樣的，可採用順譯。

◆ 在中國人與外國人的交際中，有時會看到這樣的場面：一位中國人稱讚一位歐美人：「你的中文説得真好。」這位歐美人立刻高興地回答説「謝謝」。但是當這位歐美人稱讚中國人「你的英語説得也很好」時，這位中國人卻急忙否認説「哪裡，哪裡。還差得遠呢」。

中国人と外国人の交際で、こういう場面に出会うことがある。ある中国人が欧米人に「あなたの中国語は素晴らしい」と誉めると、その欧米人が嬉しそうに「謝謝（ありがとう）」と答える。だが、この欧米人が中国人に「あなたの英語は素晴らしい」と誉めると、中国人は慌てて否定して、「哪裡、哪裡，還差得遠呢（とんでもないです。まだまだですよ）」と言う。

② 倒譯

亦即變序。體現在文字上，最明顯的特徵就是原文的前後文，包括詞句等顛倒錯位。所以稱為「倒譯」。倒譯的原因，一般有三個，即文法、修辭和習慣。所述文法原因，就是原語與譯語之間的句法差異過大，譯文不得不按照譯語的文法規則進行調整；修辭原因的變序通常是為了更準確地轉達原文的資訊內容。有些僅僅是人們語言習慣的體現。請仔細比較下面的譯文。

◆ 文學之所以是文學，不僅因為文學的對象是人，而且還是因為文學的本質是人道。文學一旦失去人道主義本質，就會喪失其感人的力量。

文学の対象は人間であると同時に、その本質は人道主義である。それが文学の文学たる故である。文学が人道主義の本質を失えば、人の心を動かす力も喪失する。

2） 分譯與合譯

① 分譯

就是將一句原文分成幾句或幾段譯，反之就是合譯。分譯也和改序一樣，是翻譯句子時常用的手法。

◆ 地名是人們在社會生活中根據自己的觀察和認識，給一定地域所起的名字。一個民族給自己活動的地域命名，往往反映著該民族的思維方式、民族心理、風俗習慣等文化因素。中國人給地域命名，具有中華民族的文化特徵。

地名は人々が社会生活を営むなかで、自分の観察、認識にもとづいて、一定の地域に与える名称である。一つの民族が自分の活動する地域に名称をつける場合、その民族の思考方式や民族心理、風俗、習慣の文化的な要素がよく反映されるものである。中国人のつける地名は中華民族の文化の特徴を持っている。

◆ 戰國時代的哲學家莊子有一天做了一個夢，夢見自己變成了一隻蝴蝶在花間自由自在地飛舞。

戦国時代の哲学者の荘子がある日夢を見た。夢の中で自分が蝶になり、花から花へと自由自在に飛び回っていた。

② 合譯

合譯和分譯是一個問題的兩個方面，即原文雖然形式上寫成兩句，但兩者之間的邏輯關係密切，譯成一句既符合日語的表達習慣，同時也能更好地表達原文的意思。

◆ 於是，有一天我發現在活動場的角落裡開著一朵美麗的酢漿草花，當時高興得無法形容。

それで、ある日運動場のすみに咲いている美しいカタバミの花を見つけたときの私の嬉しさといったらなかった。

◆ 花蕾一朵接一朵地在僅有的一點陽光和水中開放，開得如同象牙一般驕豔，花蕾一個不剩地全開成花了。

つぼみは次々に僅かな日の光と水との中で象牙のように立派に咲いていった。一つのつぼみも残らずみんな咲いた。

單純的分譯或合譯，應用於簡單的句子還可以，若遇到複雜的長句子就不夠了。這時需將句中某一部分拆開，並到另一個句中，形成分合併用的譯法。

◆ 外語水平考試分為初等、中等和高等三級，《外語水平證書》分為：初等水平證書（A、B、C三級）、中等水平證書（A、B、C三級）、高等水平證書（A、B、C三級），各類證書以A級為最高。

「外国語能力試験」は初級、中級、上級という三つの等級からなっている。「外国語水平証書」は初級レベル証書と中級レベル証書、上級レベル証書に分けられる。各等級の証書はまたA級、B級、C級というように分けられる。そのうちA級は最高である。

該譯文進行了合併同類項。即把原文括弧內的文字（A、B、C三級）另提出來，合併到一起翻譯。兩者既可以説採用了分譯，又可以説採用了合譯。

中翻日的解題思路 6

1） 結合語境理解、分析和翻譯

● 語境，即上下文，是制約理解與翻譯的一個重要因素。翻譯時，對某一詞或句的理解，往往要結合前後詞或上下句的意義來進行。如推敲原文的含義，分析它的來龍去脈，檢查一下自己的理解和譯文的表達是否合情合理。

◆ 掛上日本來的長途電話，我不敢相信田中老師已經離開了我們。

1 日本からの長距離電話を聞き終わってから、私は田中先生が私達から遠ざかって行ったことを信じることができなかった。

2 日本からの長距離電話を聞き終わっても、私は田中先生が私達から永別されたことを信じることができなかった。

原句的「離開了我們」是永別的意思。而譯文1所用的日語詞「遠ざかる」是「離開、走遠」的意思。顯然這只是考慮了字面意義。應譯為譯文2的「永別された」。此外，譯文1的「聞き終わってから」會被誤解為「聽了長途電話之後，我不相信……」。而原句的實際含義應理解為「聽了田中老師的訃告之後仍然不相信……」，所以應譯為譯文2的「聞き終わっても」。

2） 直譯與意譯的關係

● 準確的理解是準確翻譯的基礎。但要做到譯文的準確、自然，還必須處理好直譯與意譯的關係。在翻譯過程中，要儘量直譯，即尊重原文的結構、用詞以及表達方式，不任意刪減或增加詞義。另一方面，也要注意在直譯的基礎上進行適當的變通，其中包括詞性轉換、順序調整、變換句子結構、採用日語習慣表達法等等，以避免逐字死譯。

◆ 俳句的理想境界，就是把這兩個自然，即看到的自然和看不到的自然凝結在一句之中。

1 俳句の理想境界というのはこの二つの自然、見えている自然と見えない自然とを一句にまとめることである。

2 この二つの自然、見えている自然と見えない自然とを一句にまとめるのが俳句のあるべき姿である。

譯文1採用了直譯，且照翻漢字，譯文顯得較「死」；譯文2則採用了主謂顛倒譯法，並對「理想境界」意譯為「あるべき姿」，顯得自然流暢，比較符合日語的表達習慣。

3） 詞義的選擇和引申

● 翻譯時，既要注意辭彙的概念意義或表面意義，又要考慮其引申含義或深層含義，以避免死譯，使譯文符合日語的表達習慣。例如：

◆ 近來，生活方式問題引起了理論界的重視，不少文章對人們衣食住行等消費形式進行了有益的指導。

1 最近、生活方式の問題は理論界の重視を引き起こしたが、少なからぬ文章が人々の衣食住などの物質消費について、有益な指導を与えている。

2 このごろ、人々の生活様式が論壇の話題になっており、衣食住や交通などの物質的消費について、いろいろ適切な指導が与えられている。

譯文1將「引起」直接譯為「引き起こす」，顯然只是考慮了表面意義，「引き起こす」通常指引發壞事。而且，句中的「理論界」也只是個表面意義。而譯文2考慮了引申含義，將兩者譯為「論壇の話題になっており」，不照原句翻，符合日語的表達習慣。

4） 位相語的問題

● 位相語實質就是敬語。位相語在言語交際中可表示年齡、地位、職業、身份的差別，有彼此尊敬或謙讓的作用。日語有尊敬語、自謙語、鄭重語和美化語之分。所謂位相的錯亂，就是指把誰對誰應當使用尊敬語、誰對誰使用自謙語或鄭重語等搞混亂了。

◆ 服務員：「您要什麼飲料？」

客人：「我要果汁。」

ウェーター：「飲み物は何にいたしますか。」

お客さん：「ジュースになさいます。」

「いたす」是「する」的自謙語。只能用於說話人自己。而「なさる」是尊敬語，只能用於對方。因此，該例中的服務員對客人所說的「您要」的「要」，應譯為「なさいますか」，而客人所說的「要」應譯為「します」或「いたします」。

此外，男性用語和女性用語的區別也是位相語的一個重要內容。在現代中文中，除了從感歎詞和語氣助詞中能隱隱約約感受到一點以外，幾乎很少有男女用語的區別。而日本人的對話，除了可以判斷出說話人的身份以及與聽話人之間的關係外，在人稱代名詞、感歎詞以及終助詞等的使用上有男女之別。男性常用的人稱代名詞有「僕、俺、わし、君、てめぇ、お前」等；男性常用的終助詞有「ぞ、ぜ、さ、かい、だい、な（あ）」；男性常用的感歎詞有「おい、やあ、まあ、いや、ほう、これ、うん」等。女性常用的人稱代名詞有

「あたし、あたくし、うち」；終助詞有「わ、わよ、わね、のよ、のね、かしら」；感歎詞有「まあまあ、あら（っ）、うわあ、あらあら」等。中譯日時，應對日語的這些特點予以充分的注意。

5） 説話人的陳述方式

● 説話人在表述某一客觀內容時，其主觀態度往往會根據具體情形的不同而有所不同：或反問，或疑問，或肯定，或否定。除此之外，還有諸如願望、祈使、強調、感歎、可能、傳聞、假設以及比況、推測等等，也都在陳述之列。分析説話人的陳述方式，有助於我們正確把握句子內涵，把句子翻譯準確。例如：

◆ 希望有更多的參考資料。（願望）

参考資料がもっとたくさんあってほしい。

◆ 要是早點那麼説，不就好了！（惋惜）

早くそう言ってくれれば、よかったのに。

6） 前後呼應

● 日語在語序構成上也存在很多規則。其中，「呼應詞」雖然是個不大耳熟的字眼，但在構築「道地的日語」方面卻是一個非常重要的因素。譬如，如果前面的詞是陳述副詞「少しも」，那麼後面的詞就一定要採用否定的形式進行呼應。常見的呼應關係有：

① 與敘述、推量語氣相呼應。

◆ 身体的には、疲労、食欲不振、不眠、感覚鈍麻などをともなうことがある。

◆ 確かに、毎日会社や学校に行かなくても仕事や学習ができる部分はあるでしょう。

◆ 変化が激しく、物質に恵まれた現代社会で、このような問題を抱えているのは、はたして日本だけなのだろうか。

◆ 私だったら、けっしてそうしなかっただろう。

◆ 山本さんはいかにも学者らしい。

② 與假定語氣相呼應。

◆ いずれにしても、一つの例外を拡大して、それを集団の性格であると規定すれば、落とし穴に落ちたことになる。

◆ もし来なければ、電話をかけよう。

◆ もし草木に花が咲かなかったら、自然はどんなに寂しいことだろう。

③ 與陳述時間相呼應。

◆ かつて、モノは貴重だった。しかし、今はちがう。

◆ 去る六日退院した。

◆ 子供のころには、確かにお子様ランチを食べたことがある。

◆ 一般的には、1960年以降に生まれた若者たちが「新人類」と呼ばれている。

④ 與比喻、陳述語氣相呼應。

◆ 時計が歯車や重なりの組み合わせで動くように、人間も骨、神経、筋肉、内臓、静脈、動脈などの部品からなる機械にすぎないというわけである。

◆ 日ざしが暖かくてあたかも春のようだ。

◆ まるで、姉のようにぼくを可愛がってくれた。

⑤ 與疑問語氣相呼應。

◆ 調査の結果と合っているものはどれですか。

◆ そういう木って、どうやってみつけるんですか。

◆ 京都から東京まで新幹線で行くと特急料金はいくらですか。

◆ どこかで少しお休みになりませんか。

⑥ 與祈使語氣相呼應。

◆ あなた、早く帰ってきてちょうだい。

◆ 一緒に行こうか、いま。

◆ つまらん心配はしないで、はやく行け。

◆ どうぞ、使ってください。

⑦ 與否定語氣相呼應。

◆ あまり食べたくない。

- 人は金があるからといって、必ずしも幸福とはかぎらない。
- ちっとも気がつかなかった。
- あの人はどう見ても６０歳には見えない。
- 彼の言うことが少しも分からない。
- 毒が体に入ると、神経がやられて、まったく表情がなくなる。

⑧ 與慣用表達相呼應。

- 無理をしてがんばるより、休んでしまうほうが、かえって効率がよくなるんです。
- 教室に先生もいれば、学生もいます。
- 北へ行けば、行くほど寒くなる。
- 人家の立て込んでいるところだから、静かなはずがない。
- 「新人類」、つまり、今までの大人たちとは生活様式や価値観の異なる若者たちが登場したのである。

模擬練習及參考譯文

次の中国語を日本語に訳しなさい。

模擬練習1

買 鞋

有一天媽媽看見孩子的鞋破了一個洞，就帶他去買鞋。孩子很高興。他用繩子量了鞋的尺寸準備帶去。

媽媽和孩子高高興興地來到鞋店。媽媽請售貨員給拿一雙鞋。這時候孩子忽然發現繩子忘在家裡了。媽媽從鞋盒裡拿出一隻鞋讓孩子試，可是孩子卻向門外跑去了。媽媽跟在後面拼命地追。追到家裡才知道，孩子原來是跑回來拿那根繩子的。

参考譯文1

靴を買う

ある日、母親は子供の靴に穴があいているのを見つけ、子供をつれて靴を買いに行こうとした。子供はとても喜んで、ひもで靴のサイズをはかって、それを持って行こうと思った。

母親と子供は喜んで、靴屋さんにやって来た。母親は店員に靴を一足とってもらった。そのとき、子供は突然ひもを家に忘れたことに気がついた。母親は箱から片方の靴を取り出して子供に試させようとしたが、子供は外に駆け出して行った。母親はそのあとを懸命に追った。家まで追って行って、やっと子供がひもをとりに駆け戻ったことがわかった。

模擬練習2

看乒乓球比賽

上星期六晚上，我到首都體育館看了一場精彩的乒乓球比賽。

這場乒乓球比賽在八張球臺上同時進行。運動員們打得十分激烈。第一張球臺離我很近，看得很清楚。在這張球臺上比賽的兩個運動員都打得很好，風度也高。有一次，一個球打過來打過去，打得又快又猛，一直打了一分多鍾。後來一個運動員滑倒了，另一個運動員就很快地跑過去把他扶起來。還有一次，這邊的運動員打過去的球，擦了對方球臺的邊，裁判員沒看見，判為「出界」。對方那位運動員看得清楚，就主動告訴裁判員，這是一個「擦邊球」。他們這種「友誼第一，比賽第二」的精神，受到觀眾的熱烈稱讚。

参考譯文2

卓球試合を見る

先週の土曜日の夜、私は首都体育館で、すばらしい卓球の試合を見た。

この友好試合は、八つのテーブルで同時に進められた。選手たちの球技は見事なものだった。第一テーブルは私のすぐ近くなので、とてもよく見えた。このテーブルで試合していた二人の選手は、球技も見事だったし、マナーもすぐれていた。スピード感のある、力強い打ち合いが一分以上つづくこともあった。そのうちに、一人の選手が足をすべらせてころんでしまったが、相手の選手はすばやくかけよって、その選手を助けおこした。また、こちら側の選手の打ち込んだ球が、相手のエッジに触れたが、審判は見逃してしまい、「アウト」を宣告したこともある。相手の選手ははっきりと見えたので、すぐに、「このボールはエッジボールだった」と自分から審判に申し出た。選手たちのこうした「友情第一、試合第二」の精神は、観衆の心からの称賛をあびた。

模擬練習3

遊覽長城

A: 很久沒爬山了，爬起來還真有點累呢！

B: 我覺得一點也不累。

A: 我年紀大了，比不上你們年輕人哪！

B: 到這裡來遊覽的人真多啊！還有很多外國朋友呢！

A: 長城是中國古代的偉大建築，在世界上也是非常有名的。所以很多人都想來看一看。

B: 長城有多長？

A: 長城有一萬二千多裏長，所以人們叫它「萬里長城」。

B: 長城是什麼時候修建的呢？

A: 長城是兩千多年以前開始修建的。在秦朝以前，長城是一段一段的。西元前221年秦始皇統一中國以後，才把一段一段的城牆連接起來的。

B: 這麼大的工程，當時修建起來多困難啊！

A: 是啊！當時修建長城的確非常困難，花費的勞動力是無法計算的。長城的修建體現了中國人民的勤勞和智慧。

參考譯文3

長城を見物する

A: 長い間山登りをしなかったので、登ってみると、やはり疲れるね。

B: ぼくは少しも疲れません。

A: 年をとると、若い君たちにはかなわない。

B: 遊覧客が本当に多いですね！外国の友人もたくさんいます。

A: 長城は中国古代の偉大な建築で、世界的にもその名をよく知られている。だから、見たい人が多いのだ。

B:長城の長さはどのぐらいありますか。

A:1万2000華里以上ある。で、万里の長城と呼ばれるようになった。

B:長城はいつごろつくられたのですか。

A:長城の建設は、今から2000年ほど前からはじまった。秦朝以前の長城はばらばらにつくられていた。紀元前221年に、秦の始皇帝が中国を統一してからそれを一つにつないだ。

B:そんな大工事では、当時の苦労が思いやられますね。

A:そうだよ。たしかに大変だったらしい。工事につぎこまれた労働力はとても計算できない。長城は中国人民の勤勉さと知恵を示している。

模擬練習4

魯迅與藤野先生

1902年，魯迅22歲的時候，到日本去留學。1904年他到了仙台，進了那裏的醫學專門學校。在這個學校裏，有一位使魯迅終身難忘的老師，那就是藤野老師。藤野老師擔心魯迅在課堂上記不好筆記，就每星期都把魯迅的筆記收去，進行修改和補充。藤野老師對魯迅表示了深切的關懷，這使魯迅非常感激。

後來，當魯迅要離開仙台的時候，藤野老師把魯迅請到自己家裏，送給他一張照片，後面寫著「惜別」二字。他還希望魯迅常常給他寫信。

魯迅一直懷念著藤野老師。1934年12月魯迅曾經寫信給一位日本朋友，希望在日本編譯《魯迅選集》時，要把《藤野老師》一篇收進去。1936年魯迅在病中還提起過藤野老師。後來，藤野老師聽到了魯迅逝世的消息，寫了《謹憶周樹人》的文章，哀悼魯迅。魯迅和藤野老師的友誼，在中日兩國人民友好的歷史上寫下了光輝的一頁。

參考譯文4

魯迅と藤野先生

1902年、魯迅は22歳で日本に留学した。1904年、彼は仙台に行き、そこの医学専門学校に入学した。その学校で魯迅は生涯忘れることのできない先生にめぐりあった。それは藤野先生である。藤野先生は、魯迅が講義のノートを上手にとれないのではないかと心配して、毎週、魯迅のノートを持ってゆき、間違いをなおし、欠けているところをおぎなった。魯迅は、そうした藤野先生の配慮にとても感激した。

その後、魯迅が仙台を去るとき、藤野先生はかれを自宅に招き、一枚の写真をおくった。写真の裏には「惜別」の二字がしたためてあった。藤野先生はまた、たえず手紙をくれるようにと魯迅に希望した。

魯迅はいつも藤野先生をなつかしんでいた。1934年12月、魯迅はある日本の友人に手紙をおくり、日本で『魯迅選集』を編集・翻訳するときには、「藤野先生」を加えるように希望した。1936年、魯迅は病床についていたが、なおも藤野先生のことを語った。その後、魯迅の逝去を知った藤野先生は「謹んで周樹人様を憶ふ」という文をかいて、魯迅の死を悼んだ。

魯迅と藤野先生の友情は、中日両国人民の友好史に輝かしい一ページをしるした。

模擬練習5

煩惱

A: 啊，請進。

B: 哥，你好。

A: 啊，是你呀。

B: 你找我有什麼事？

A: 今天是你的生日吧。

B: 嗯。

A: 我打算下班後和你一起吃飯的。想不到你來得這麼早，走，我們到外面聊聊。

B: 好吧。

B: 自從過了20歲，我就不覺得過生日有什麼特別高興的了。

A: 為什麼？

B: 你知道嗎？我曾經給自己定了一個目標，最起碼也要達到某個程度吧。但是事實上根本沒有實現自己的目標。所以一直感到苦惱、迷茫。

A: 有迷茫未必就是壞事呀，沒有迷茫的話，就意味著一個人再不會有什麼作為。我雖然是個法官，但也常在想究竟自己有沒有資格去審判別人？每天也很迷茫。

B: 啊，你連煩惱都是這麼認真呀！難道你就沒有不太認真的煩惱嗎？

A: 當然有。

B: 原來如此。

A: 人的煩惱是外人所看不到的，都是自己在煩惱。

B: 哥，咱倆今天一起喝杯酒吧。

A: 嗯？

B: 哎呀，很久沒有和你喝酒了。對了，你還有工作在身吧。那麼，我先到你家等你。

A: 那我先把鑰匙給你。

B: 好吧。

參考譯文5

悩み

A: はい、どうぞ。

B: 兄貴。こんにちは。

A: あっ、お前か。

B: 話って、何？

A: 今日、誕生日だろう。

B: うん。

A: いや、帰りに食事でもと思ったんだけども。いや、こんな早い時間に来るとは思わなかったなあ。食事なんだから、行こう。

B: うん。

B: 誕生日っていっても、二十歳過ぎると、もううれしくも何ともないのに。

A: なんで？

B: 一応ね。あるんだけど。最低このぐらいになっておきたいなあっていう、理想みたいなこと。でも、現実は全然実現されてないもん。ずーっともう、いやんなっちゃう、迷ってばっかり。

A: 迷いはあったほうがいいんだよ。迷いがなくなったら、そいつの人生の可能性はもうないっていうことじゃないか。俺だって、裁判官だけど、自分に人の罪の重さを決めたりする資格はあるんだろうかって、毎日迷っている。

B: へえ、悩みまで、真面目なもんだなあ。もっと、こう、不真面目な悩みってないの？

A: あるよ、もちろん。

B: ふーん、そうなんだ。

A: 人の悩みは外から見えないから、みんな自分だけが悩んでるっていう、 そ

B: 兄貴、今日は飲まない？

A: うん？

B: いや、久しぶりに。あっ、でも、仕事あるか。じゃ、俺さあ、先に兄貴の家で待ってるから。

A: じゃ、鍵、渡しとくよ。

B: うん。

模擬練習6

吵架為送禮

昨夜，一位朋友來我家，說他們老夫妻為給人結婚送禮發生口角，老伴閒言碎語罵聲不絕，他只好躲出來散散心，消消氣。

原來，局長的兒子結婚，給老先生送來一份請柬，老先生早幾年就離休了，每月收入不多。老伴管錢，總喊物價上漲，也常埋怨婚喪事送禮也漲，受不了。於是夫婦倆商量，妻子說：「最多送50元了。」老先生說：「恐怕拿不出手，得送100元。」妻子說：「不行！」吵了一氣，結果是雙方相讓取得共識，拿上50元的兩張鈔票，分別裝在兩個內衣口袋裡，到時看行情再定。

到了飯店，老先生先去收禮的地方，藉口說要看看哪些老朋友到了。只見收禮本已經印好格式：姓名、禮金數兩格，每10個人一頁，老先生翻了好幾頁，都是「某某某100元」。他唉了一聲，從兩個口袋裏把兩張50元的鈔票都拿出去交了。

一回家，老伴問明給了幾張後就火了，開口就罵：「誰逼著你去參加？一人一頓飯100元，吃不起！」老先生強作笑容賠禮說：「算了吧，兒子媳婦都在人家手下工作，不去，得罪了局長，以後在評資、升級上多少報復一下，就不知受多大損失！」妻子的氣還是消不下去。

這風氣該怨誰？

參考譯文6

ご祝儀を贈るためにけんかをする？

昨日の夜、ひとりの友人が私の家にやってきた。彼ら老夫婦が、結婚のご祝儀を贈ることで口論になり、彼の連れ合いがひっきりなしに不満を言うので、とうとう彼は「逃げ出して気分を晴らし、腹の虫を収めることにした」と言う。

それというのも、局長のご子息が結婚することになり、彼らに招待状が送られてきたからである。彼は、すでにもう数年前に退職しており、毎月の収入も多くはない。もちろん彼女がお金を管理しているが、いつも「物価が上がった」とぼやいたり、「冠婚葬祭のご祝儀やお香典も高くなった」と愚痴をこぼしたりしている。彼にはそれが耐えられないようだ。

夫婦で話し合ったところ、彼女は「50元も贈ったら最高よ」と主張、だが彼は「それでは恥ずかしくて、人前では出せない。百元は要るよ」と応酬した。彼女はかんかんに怒って「それはだめです！」と言い張る。またまた話し合いをした。結局、お互いが譲り合い、それぞれの意見をまとめて、50元札2枚を二つのポケットに別々に入れ、「会場の様子を見てからどちらの額にするかを決める」ことにした。

会場のホテルに着くなり、「知り合いの同志が来ているかどうか、見たい」と口実をつくって、ご祝儀を受け付ける場所へ行った。ご祝儀を記帳する冊子は、なんとしっかり印刷されている。姓名とご祝儀の額の欄、しかも10人ごとに1頁である。彼は、頁を何枚もめくってみたが、「だれそれ百元」とばかり記入されている。「ああ！」と溜息をついた彼は、二つのポケットからそれぞれ50元を取り出し、受付の人に手渡した。

家に帰ると、彼女は「いくら渡したの？」と問いただすや、怒り罵り始めた。「だれがあなたを無理やりに行かせたの？一人で一度の食事に百元も食べられないでしょう。」彼は無理に笑顔をつくって、謝った。「息子も嫁も、局長の下で働いているのだ。行かなかったら局長の機嫌を損ねてしまう。今後の昇給の査定や昇格の面で仕返しでもされたら、どれだけ損をするか分かったものではない」。彼女の怒りはまだまだ収まらないでいる。

この習慣はだれを恨めばいいのだろう。

模擬練習7

老鼠的尾巴

「通老鼠，今晚帶你去廚房，不是吹牛，在偷吃雞蛋這方面，沒有誰比得過我吱老鼠了。快，跟我來吧。」鼠爸爸對小老鼠説著。

「哎呀，太好了。」小老鼠用尾巴敲打著地板跳了起來。

「輕點，要是給花貓聽見了，那可不得了。」老鼠爸爸從牆洞裏悄悄地往廚房裡窺探了一下。「花貓不在，快點過來。」老鼠爸爸吱溜地進入廚房，嗅了嗅鼻子。「我聞到油味了，啊，在這裡！」在鍋臺上一口大鍋的鍋底裡，有炸完東西後剩下的油。「舔油，應該是這樣的。」老鼠爸爸說著把長長的尾巴垂到鍋底，伸到了鍋裡。然後舔沾在尾巴上的油，讓小老鼠看。小老鼠也試著和老鼠爸爸爬到一塊去沾油。可尾巴太短，夠不著。於是，把屁股也伸到了鍋裡，這回尾巴上沾上油了。「吧唧吧唧」老鼠爸爸也舔起了沾在尾巴上的油。「學會了吧。趁花貓還沒來，我們帶走一個雞蛋吧。」竹籮裡放著一個白色的雞蛋。老鼠爸爸用長尾巴一下子就把那個雞蛋捲了起來，然後放在背上，慢慢地往牆洞口去。小老鼠吃驚地看著。

但是，真正看到這些的人很少，只是聽說老鼠會用尾巴卷起雞蛋來搬走，還會用尾巴舔油壺裡的油。

參考譯文7

鼠の尻尾

「とんねずみ、今夜は台所へ連れていってやる。自慢じゃないが、玉子盗みの腕前では、このちゅうねずみにかなうものはだれもいないんだ。さあ、ついておいで。」親ねずみのちゅうねずみが子ねずみのとんねずみに言いました。

「わあ、嬉しいな。」とんねずみは、尻尾で床をたたいて飛び上がりました。

「静かにしないか。みけのにゃんきちが聞きつけたらたいへんだ。」ちゅうねずみは、壁穴からそっと台所の中をのぞきました。「みけのにゃんきちはいないようだ。早くおいで。」ちょろちょろと台所に入り込んだちゅうねずみは、鼻をぴくぴくさせました。「油のにおいがするぞ。ああ、ここだ、ここだ。」台の上の大きな鍋の底に、揚げ物をした油の残りがありました。「油を舐めるには、こうするんだ。」ちゅうねずみは、長い尻尾をなべの底に垂らして、油の中につけました。そして尻尾についた油をなめて見せました。とんねずみは、ちゅうねずみと並んで、やってみましたが、尻尾が短くて油に届きません。おしりも鍋の中につきだしました。今度は尻尾が油の中に入りました。ぴちゃぴちゃぴちゃと、とんねずみも、尻尾についた油を舐めました。「もうできるたろう。みけのちゅうきちがこない間に玉子をもらっていくことにしよう。」ざるの中に白い玉子が一つ入っていました。ちゅうねずみは長い尻尾で玉子を一つくるりとまきました。そして、背中に乗せてそろりそろりと、壁穴のほうに引っ張っていきました。とんねずみはびっくりしてみていました。

しかし、ほんとうに見た人は少ないようです。ただねずみは、尻尾で玉子をまいて運んだり、油つぼの油を舐めたりすることができると言われます。

模擬練習8

美麗的城市——香港

這是一個很有意思的海島。一年四季氣候溫和，人們親切友好。街頭巷尾掛著許多用中文和英語標注的招牌。

街上行駛著雙層巴士，也有人力車在奔跑，還有水上出租汽車。如果乘坐輪渡，從島上到對岸只用五分鐘就能渡過。

坐纜車登上陡峭的山坡，就來到了視野開闊的山頂。從山頂往下看，能看見島上的新建築。城裏有許多高大嶄新的樓房和美麗寬廣的道路。然而，在熱鬧狹窄的道路兩旁，也排列著許多舊房屋。在舊房屋一帶到處充滿了乾魚、糖炒栗子的香味以及各種菜餚的油香味等。

島上物價便宜，所以對旅遊者來説，簡直是一個購物天堂。翡翠、牙雕、香水和美麗的絲綢以及漂亮的西裝等一般物品都很便宜。

也有人住在叫做舢板的小船上。在水上生活的人很多。其中有些人在船上過了一輩子而很少上岸。船上也有商店和學校，還有供旅遊者用膳的大西餐廳。

這個海島就是香港島。

香港在世界上來説也是很重要的海港。在這裏居住的大部分是中國人。香港被稱為是世界上最美麗的城市之一。

參考譯文8

美しい町——ホンコン

ここはとても面白い島です。一年中暖かく、人々は親切です。町には、中国語と英語の看板がたくさんあります。

通りを２階だてのバスが走っています。人力車も走っています。水上タクシーもあり、フェリーボートに乗れば、島と大陸の間を５分で渡ることができます。

ケーブルカーで急な坂を登ると、みはらしのいい山の頂上へ出ます。山の上から見ると、この島には新しいものと古いものの、両方があることがわかります。高い新しいビルや、美しく広い道路がたくさんあります。一方、にぎやかな細い道には、古い家もたくさん並んでいます。その古い家のあたりは、干した魚や、甘栗や、いろんな料理の油のにおいなどでいっぱいです。

この島は物価が安いので、旅行者にとってはまるで天国のようです。翡翠・象牙細工・香水・美しい絹や、素敵な洋服などたいていのものがとても安く買えます。

サンパンと呼ばれる、小さな船に住んでいる人たちもいます。水上で生活している人はおおぜいいて、この人たちの中には、船の上で一生を過ごし、めったに陸に上がらない人もいます。船の上には店や学校もあります。旅行者の行く大きなレストランもあります。

この島はホンコン島です。

ホンコンは世界でもたいへん重要な港です。ここに住んでいる人たちのほとんどは、中国人です。ホンコンは世界でいちばん美しい町のひとつだといわれています。

模擬練習9

一滴水的旅行記

我本是一滴雨水，從天空落下，待在山上的樹葉上，被風刮了下來，和很多夥伴一起流進山谷小溪裡。

隨著小河向下流，大家一邊興高采烈地唱著，鬧著。不知不覺來到了懸崖上，我下了決心往下跳，只覺得頭暈目眩，半天失去了知覺。大家你騎我壓地擠在一起。忽然聽到了水落聲和吵嚷聲。我向四周一看，只見兩三個人從遠處看著我們說：「多麼漂亮的瀑布啊！」

一流出山谷，四周便變得開闊了。到處可以看到村莊的房屋。夥伴們從四面八方集聚而來，越來越熱鬧了。

我們來到了一望無際的原野，美麗的田地和村莊接連不斷。白天，烈日當頭照曬，夜晚，映著皎潔的月光，我們慢步前進。路上行人誇獎我們說：「多麼美麗的河流啊！」

突然，在我們頭上傳來一片喧囂聲。抬頭一看，有一座大橋，人、車、馬等從橋上通過。不久我們來到了城裏，只見河流兩岸房屋鱗次櫛比，還看到了高大的煙囪。

一個又大又重的東西壓在我們的身上。原來是載滿了貨物的船隻在通過。就這樣，我們終於流進了大海。

参考譯文9

水のたび

私はもと雨のひとしずくで、空から落ちてきたのです。山の木の葉の上で休んでいましたが、風にゆり落とされて、大勢の友達と一緒に谷川の中へ入り込みました。

谷川をくだりながら、みんなはうれしそうに歌ったり騒いだりしました。そのうちに高い崖の上に出ました。思い切って飛び降りましたが、目が眩んで、暫くは何も分かりませんでした。みんなが重なり合って落ちる音や騒ぐ声にふと気がついて、あたりを見回しました。すると、人が「みごとな滝だ。」といって、私たちを眺めていました。

谷川を出ると、あたりが少し広くなってきました。あちらこちらに村の家が見えました。右からも左からも仲間が集まってきて、ますますにぎやかになりました。

広い広い野原に出ました。美しい畑や田や村が続いていました。その間を、私たちは昼は強い日に照らされ、夜はきれいな月の影を浮かべながら、ゆっくり歩きました。そばの人は「きれいな川だ。」といって、ほめてくれました。

突然、上のほうで騒がしい音がしました。見上げると、大きい橋があって、人や車や馬が通っていました。まもなく町の中へ入りました。両側にはたくさんの家が並んでいました。高い煙突も見えました。

大きな重いものが私たちの上にきました。荷物を積んだ船が通ったのでした。こうしているうちに、私たちはとうとう海へ出ました。

模擬練習10

友誼

前幾天，在路上遇到了S君。他是我六年級的朋友。我跟他打了個招呼，他卻默默地走過去了。我很失望。當初我們是那樣親密無間，可是，上了中學，分了班，彼此不再往來，才像今天這樣成了陌路人。這使我考慮到這樣一個問題：如何培養友誼呢？

我與A君從四年級起直到畢業，一直是同班同學。上中學後照例分了班，不過，至今還一起在學生會的委員會工作，經常接觸。也許是這個緣故吧，直到現在我仍然同他保持著深厚的友誼。説起來，A君是一個決不輕易改變自己觀點的人。這與我很相似，也許正是在這一點上，我們有著共同的感受，才發展成友誼的吧。我以為性格相仿，彼此都堅持自己的觀點，開誠佈公，反而能夠加深相互間的理解。有時我們也氣勢洶洶地爭論一番，也曾吵得不歡而散。儘管如此，只要一會兒就都平靜下來，跟往常一樣了。也許是我們倆性情相投吧。可是，再認真想想的話，我想更重要的原因，是我們一起度過的三年學校生活，並且至今都在學生會工作，相處的機會一直很多。從這一點來看，我和S君只接觸了一年時間，僅以皮毛之交而告終。因此在內心深處存在著隔閡，才發生了這樣的事情。

看來，友誼的加深乃是以性格相似，長期交往，以及相互深刻的理解為基礎的。不過，我和A君即便是性格各異，友誼也會發展下去的。書本上有這樣的例子，性格不同的二個人卻被深厚的友誼連接起來。因此，性格相同也並非必要條件。不過，對這兩點，似乎可以說是勿庸置疑的。那就是，友誼不經長時間交往難於培育，不努力達到相互間的理解就不能加深。

参考譯文11

友情

数日前、六年生のとき友達だったS君と道で会ったので、あいさつをしたところ、黙って行ってしまった。ぼくはがっかりした。六年生のときはあんなに親しくしていたのに、中学生になり、組が変わってからは話したこともなく、今ではこんなに心が離れてしまったのである。ぼくは、この経験から、どうしたら友情は育つかということについて考えてみた。

A君とぼくは、四年生のときから三年間同級だった。中学生になって、やはり組が変わったが、今でも生徒会の委員会などでいっしょになり、よく話をする。そのせいか、A君には今でも深い友情を感じている。

A君は、どちらかといえば、自分の考えをなかなか曲げないほうで、ぼくとよく似ている。そんなことから共感を覚えて友情を感じるようになったのだろうか。性格が似ていたこと、そして、どちらも自分の考えを曲げずに徹底的に話し合うことで、かえってお互いによく理解できたのだと思う。けんか腰で議論したこともある。時には、けんか別れをしたこともある。それでもすぐにけろりとして、もとのように付き合うことができた。ふたりは馬が合うのかもしれない。しかし、さらによく考えてみると、もっと大きな理由は、三年の間いっしょに学校生活をし、その上、今でも委員会などでいっしょになる機会が多いことだと思う。その点、S君の場合は、たった一年間の付き合いだったから、表面だけの付き合いで終わってしまった。そのため、心の中まで打ち解け合えないで、この間のようなことになったのではないだろうか。

こうしてみると、友情は性格が似ていて、長い間付き合い、お互いに相手をよく理解することによって、深くなっていくように思われる。

しかし、これはぼくとA君との場合であって、性格が似ていなくても、友情が深くなっていく場合もあるかもしれない。本などにも、性格が反対の二人が深い友情で結ばれている例が出ている。だから、性格が似ているということは、除いてもよいだろう。しかし、これだけは間違いないと言ってよさそうである。それは、友情は長い間付き合わなければ育ちにくい、そして、お互いに理解しあうように努力しなければ深まらない、ということである。

第24章

日語常用表達方式

意志表達方式 1

● 以「意志助動詞う、よう、まい」或「～と思う」、「～と考える」等形式表示。

◆ 僕も一杯やろう。
我也來一杯。

◆ そんなばかなことは二度とするまい。
我再也不幹那種蠢事了。

◆ あの子は悪いくせを改めようともしない。
那孩子根本不想改正壞毛病。

◆ 君はどうしようと思うのか。
你到底想怎麼樣？

◆ 今まではやめようと考えたことがなかった。
迄今沒有想過要作罷。

● 以「こととする」、「ことにする」形式表示。

◆ あの会社は将来性がないから、やめることにした。
那家公司沒有什麼前途，我決定辭職了。

◆ 私は大切な用件は電話でなく、必ず会って直接伝えることにしている。
我對重要的事從不用電話，一定是直接見面傳達。

◆ 今後一切君には頼らないこととする。
以後什麼都不求你了。

● 用名詞性述語表示。

◆ あすは日本をたつつもりだ。
我準備明天離開日本。

◆ どうする気か。
你想幹什麼！

● 以「終止形+から」、「動詞未然形+なければならない」、「補助動詞てみせる」等形式表示。

◆ うそを言え、只ではおかないから。
鬼才相信啦！絕不能便宜了你。

◆ 我々としても、反省しなければならない点は多々ある。
對我們來說，也有許多地方應當反省。

◆ 明日の試験には、きっと勝ってみせるぞ。
明天的考試我一定要贏！

請求表達方式 2

● 以「動詞連用形+接續助詞て＋授受動詞」、「お(ご)+動詞連用形(サ變動詞詞幹)+になって或なさって～」等形式表示。可後接「よ」、「ね」、「ませ」等，使語氣變柔和。

◆ どうか連れて行ってくれよ。
帶我去嘛。

◆ どうぞお休みになって下さい(ませ)。
請您休息。

◆ どうぞごゆっくり(なさって下さい)。
請你多坐一會。

● 用授受動詞「もらう」、「いただく」的推量或願望形式表示。

◆ 旅行にいっしょに行ってもらおう。
跟我一起去旅遊吧。

◆ 駅まで車で送っていただきたいのですが。
想請您開車送我到車站。

◆ 先生、学校を休ませていただきたいんです。
老師，請您准假。

● 用授受(補助)動詞的否定疑問形式或可能形式表示。

◆ あの、お名前を教えてもらえませんか。
那個，可以請教您的大名嗎？

- 今すぐ行ってもらえない?
  你現在馬上給我去好嗎？
- ちょっと通らせていただけませんでしょうか。
  勞駕，請讓個道。
- もう一枚写していただけないでしょうか。
  再給照一張行嗎？

● 用接續助詞轉成的終助詞「て、てよ、てね」表示。

- 私にも貸してよ。
  也借給我吧。
- 明日の午後、留守しないでね。
  明天下午，你可不要外出啊。
- そのこと、誰にも言わないでよね。
  那件事，可對誰也別說呀。

● 用「～てほしい」的形式表示。

- 新聞を読ませてほしいです。
  請讓我看看報紙。
- 子供たちには自分の利益ばかり考えるような人間にだけはなってほしくない。
  只希望孩子們不要成為一心只考慮個人利益的人。

● 用「お（ご）＋動詞連用形(サ變動詞詞幹)+願います」等形式表示。

- 御承諾願えませんか。
  尊請允諾。
- 勝手ながら、二、三日お待ち願います。
  對不起，請您等兩三天。
- 是非おいで下さいますようにお願い致します。
  請您務必光臨。

被動表達方式 3

● 被動句。

- 日記を他人に読まれてかんかんに怒っている。
  被別人偷看了日記，正在大發脾氣。

◆ 夜中に騒いだから、近所の人に注意された。
在晚上吵鬧，受到鄰居的警告。

● 部分表示接受動作的動詞。如：「見つかる」、「教わる」、「こうむる」等。

◆ 犯人は警察に見つかった。
犯人被員警發現了。

◆ いろいろ教えていただいてありがとうございました。
我學到了很多東西，謝謝你。

◆ 豪雨で大きな被害をこうむった。
因暴雨而蒙受很大損失。

◆ 記念切手が発行された。
發行了紀念郵票。

參考 表示客觀上進行了某件事情時，多用被動表示。

◆ 木曜日の会議は3時から開かれることになっている。
週四的會議決定於3點召開。

感歎表達方式 4

● 用實詞或感歎詞構成的獨詞句表示。

◆ 痛っ!
好痛！

◆ うまい!
好吃！

◆ 野郎!
小子！

◆ いいわね!
好啊！

◆ いやだあ!
我不幹！

◆ しまった!
糟了！

◆ わーい、手鏡だ！
哇，小鏡子！

● 用修飾語+體言+終助詞的形式表示。

◆ きらきらと輝く星よ。
閃閃發亮的星星啊！

◆ すばらしい眺(なが)めだねえ。
景致真好啊！

● 用句子後接終助詞或其他表示感歎的詞語表示。

◆ 大学生(だいがくせい)になるとこうも違(ちが)うものか。
一上大學變化竟這麼大呀。

◆ まあ、よくお似合(にあ)いですこと。
呀，真合身啊！

◆ 新鮮(しんせん)な刺身(さしみ)ときたら、やっぱり辛口(からくち)の日本酒(にほんしゅ)がいいなあ。
說到新鮮的生魚片，還是配烈性的日本清酒好啊。

● 句子結構的倒裝、省略、反覆等形式都可能產生感歎的效果。

◆ 飛(と)んでしまった、一羽(いちわ)の小鳥(ことり)が。
飛走了，一隻小鳥！

◆ また失敗(しっぱい)するとは。
又是失敗，真是的！

◆ えらいぞ、お前(まえ)は。
了不起啊，你！

● 使用表示感歎的特定句型。

◆ なんといい天気(てんき)だろう。
多麼好的天氣啊！

◆ どんなに悲(かな)しんだことか。
多麼悲痛啊！

參考 個別副詞或形容詞採取把某個元音或輔音拉長等辦法來表示感歎。

とても	→	とっても
		とーっても

すごい	→	すっごい
		すんごい
		すごーい

委婉表達方式 5

● 用「ようだ」、「らしい」、「みたいだ」、「～ふうだ」等形式來回避直接判斷。

◆ 心配事でもあるようだね。
你好像有心事。

◆ 君は左ききらしいね。
你是左撇子呀。

◆ あんた、お酒を飲んだみたいね。
你好像喝了酒。

● 借用勸誘、請求等表達法來表示。

◆ 旅行はやめましょう。
別旅行吧。

◆ 今日は休んだ方がいいと思う。
我看今天還是休息好。

● 用雙重否定來表示判斷、願望、命令等。

◆ 今度の旅行は楽しくないこともないが、費用が心配でならない。
這次旅遊倒是不錯，就是費用叫人發愁。

◆ 必ず最新技術を導入しないといけない。
非引進最新技術不成。

● 用否定或不定形式來表示判斷。

◆ こうなったからには、謝るほかない。
既然到了這一地步，也只好道歉。

◆ 雨でも降るんじゃないの?
是不是下雨了？

● 用接續助詞「が」、「けれども」、「て」等增加委婉的語氣。

◆ 私は和子さんをたずねたいんですが。
我想找和子小姐……（你能幫助我嗎？）。

◆ それはそうですけれども。
那倒是，不過……。

● 避免使用忌諱語。如用「なくなる」取代「死ぬ」；用「お手洗い」取代「便所」等。

應答表達方式 6

● 使用表示肯定的感歎詞。

◆ そう、よくやったものだ。
對呀，做的不錯。

◆ はい、かしこまりました。
是，明白了。

● 用否定的感歎詞「いいえ」、「いや」、「なあに」等。

◆ いや、かまいません。
不，沒關係。

◆ なあに、大（たい）したことはないよ。
哪裡的話呢，不是什麼大不了的事。

● 用指示性片語表示。

◆ それほどでもありませんよ。
沒什麼。

◆ こちらこそ。
哪裡，哪裡。

◆ それもあるかもね。
那也是。

◆ それはそれは。
可真是。啊，不得了。

● 其他。

◆ なるほど。
的確，確實。

◆ ほんとうね。
真的。

◆ わかった。
明白了。

◆ いいわよ。
好呀。

確認表達方式 7

● 使用表示確認的終助詞「ね」、「な」、「よ」、「わ」、「ぞ」、「ぜ」等。

◆ 中村君がまだ来ないんですよ。
中村還沒來呢!

◆ いいわ。いいわ。そんなに謝らなくても。
好了，好了。不必這樣道歉了。

● 使用「句子+のだ(んだ)」的形式。

◆ 君が責任を取るんだ。
應該由你負責任。

◆ どう考えたって、彼は犯人に違いないのだ。
怎麼想犯人都是他。

● 使用「たしか」、「やはり」、「さすがに」等陳述副詞表示。

◆ それはたしか関東大震災の年のことだったと思います。
我記的清楚那是關東大地震那年的事。

◆ 私も聞いたが、やはりそうだったね。
我也聽說來著，還是這麼回事啊。

◆ さすがに名勝地だけのことはあります。
真不愧是名勝地。

● 用「～にほかならない」、「～に違いない」、「～にきまっている」等慣用句型表示。

◆ この本に書いてあるのは自分の経験をまとめたものにほかならない。
本書所描寫的內容不外乎對我自己經歷的總結。

◆ どろぼうは非常口から入ってきたのにちがいない。
小偷一定是從逃生門進來的。

◆ そんな言葉づかいをすれば、日本人に誤解されるにきまっている。
使用那樣的措詞，註定要被日本人誤解的。

◆ それはやさしいといえばいえるものだ。
那要說簡單也簡單。

可能表達方式

● 用「できる」或「～ことができる」表示。

◆ 一人でできなければ手伝いますよ。
一個人要是做不來，我幫忙啊。

◆ あなたは水泳ができますか。
你會游泳嗎?

● 用後接可能助動詞「(ら)れる」的形式表示（五段活用動詞用可能動詞）。

◆ 日本語を三年習ってもろくに話せない。
學了三年日語，可還説不好。

◆ 病気がすっかりなおって外にでも出られるようになった。
病已完全治好了，可以到戶外去了。

● 部分自動詞如「見える」、「聞こえる」、「分かる」、「入る」、「受かる」、「助かる」等也表示可能。

◆ めがねをかけないとよく見えない。
不戴眼鏡就看不清楚。

◆ 志望校に受かった。
考上了報考的學校。

● 用接尾詞「得る」、「かねる」表示。

◆ ありえないこと。
不可能的事。

◆ 残念ながら、そのご提案はお受けいたしかねます。
很遺憾，您的這條建議，我們很難接受。

● 用接尾詞「にくい」、「やすい」、「がたい」表示。

◆ ちょっとたのみにくい用事ですが。
這事有點不好開口求你。

◆ あの二人はどちらもよく出来て、甲乙がつけがたい。
他們倆人成績都很好，分不出上下。

● 用「～わけにはいかない」、「～ようがない」形式表示不可能。

◆ 他人のことだからと言って、見殺しにするわけにはいかない。

儘管不關自己的事，但不能見死不救。

◆ どんな場合でも、話に筋道が通っていなければ、伝達は成立しようがない。

無論在什麼情況下，如果語言中沒有邏輯性，傳遞思想就無法成立。

◆ 私は日本語の新聞が読める。

我能讀懂日文報紙。（能力允許）

◆ 私は日本語の新聞を読むことができる。

我能讀到日文報紙。（條件允許）

參考 左側兩句有細微的語義差別。

勸誘表達方式

- 用意志助動詞「う、よう」表示。同時可通過後接終助詞添加各種樣態意義。

◆ 皆助け合ってやろう。

我們互相幫忙吧。

◆ ちょっと休もうよ。

休息一下吧。

◆ 行きましょうや。

我們走吧。

- 使用疑問表達形式「～か、～ない」、「～ないか」、「～ませんでしょうか」。

◆ さあ、そろそろ出発するか。

喂，該出發啦！

◆ ちょっとお寄りになりません?

不到我家坐一會？

◆ 彼にも言ってくれないか。

也跟他說一下吧。

◆ 面白い話を聞かせていただけませんでしょうか。

請您給我們講有趣的事可以嗎?

◆ これからは仲よくしようじゃないか。

今後讓我們和睦相處吧。

- 動詞的假定形式「～ては」、「～たら」後接「どうですか」、「いかがですか」。

◆ もう一度考え直してみてはどうですか。

你再重新考慮一下怎麼樣？

◆ たまには遊(あそ)びにでもいらっしゃったら？
請您抽空來玩。

● 以「どうですか」、「いかがですか」等做述語。

◆ 一杯(いっぱい)どうですか。
來一杯(酒)怎麼樣？

◆ 熱(あつ)いお茶(ちゃ)など、いかがですか。
熱茶怎麼樣？

● 借用希望表達法的形式。

◆ 明日(あした)までには完成(かんせい)してほしいんですがね。
我希望你在明天以前完成。

◆ もう一度(いちど)いらっしゃっていただけませんか。
請您再來一次。

● 以「～ばいい」、「～のがいい」、「～たらいい」等形式表示。

◆ むだな仕事(しごと)はよせばいい。
你不用做沒用的事。

◆ あなたは理科(りか)の勉強(べんきょう)をするのがいい。
你應該學理科。

◆ この絵(え)には色(いろ)を付(つ)けたらよかろう。
這幅畫塗上顏色就好了。

◆ 日時(にちじ)を延(の)ばした方(ほう)がいいと思(おも)います。
我看還是延期為好。

● 有些感歎詞、副詞可與以上形式搭配使用。

◆ ねえ、帰(かえ)りましょうよ。
喂，我們回去吧。

◆ どうです、ちょっと寄(よ)っていきませんか。
怎樣，到我那裡坐一會再走好嗎？

希望表達方式 10

● 用願望句表示。

◆ あなたはどれがほしいの?
你想要哪一個？

◆ 飲みたいなら、飲んでもかまわない。
你想喝就喝吧，沒關係。

● 用「～といい」、「～ばいい」、「～ないか」等表示。可後接終助詞「な(あ)」加強語氣。

◆ 早くクリスマスになるといいなあ。
快點到耶誕節該多好！

◆ 今年の夏は暑くなければいいと思いますが。
我倒是希望今年夏天不熱才好。

◆ 誰か手を貸してくれないかなあ。
有沒有人肯幫我一下？

● 説話者自己不能實現的願望用「たら」、「ば」表示，可後接「なあ」加強語氣。

◆ 小鳥のように自由に飛べたらなあ。
要是能像小鳥一樣自由地飛翔就好了。

◆ もう少し長ければなあ。
若是再長一點就好了！

● 第三人稱用「ほしい」、「たい」後接「のだ」、「だろう」、「らしい」、「そうだ」、「～と言っている」和「ほしがる」、「たがる」表示。

◆ 田中さんはデジタルカメラがほしいのです。
田中先生想要一個數位相機。

◆ 田中さんはデジタルカメラが買いたいと言っている。
田中先生説要買一個數位相機。

◆ 田中さんはデジタルカメラを買いたがっている。
田中先生想買數位相機。

● 客觀描述説話者自己和對方願望時用「ほしがる」、「たがる」表示。

◆ あなたがほしがっているから買ってきたんだよ。
你想要所以我才買來的啊。

◆ 私がいくら見たがっても見せてくれなかった。
我那樣想看，他硬是不給我看。

● 以「～てほしい」、「～てもらう」及「～ていただく」的形式要求對方做某事。

◆ 君からも助言をしてほしいのですが。

希望你也出出主意。

◆ 詳しい事情を聞かせてもらいたい。

想請你談談詳細情況。

◆ ご指導いただけませんか。

敬請指教。

◆ 教えてもらえないでしょうか。

請告訴(教)我好嗎？

◆ 誰にも見せてほしくない。

不希望你給任何人看。

● 其他形式，如「～よう(に)」、無意志動詞的命令形、陳述副詞、表示願望的動詞等。

◆ どうかご自愛なさいますように。

望您多保重。

◆ 何とぞ至急にお出で願いたいものです。

望您及早光臨。

◆ どうぞよろしくお願いします。

請多關照。

◆ 春よ来い来い、花よ咲け咲け。

春天來吧來吧，花兒開吧開吧。

◆ 無事でいてくれ。

祝你平安。

疑問表達方式 11

● 在句子後添加疑問終助詞。

◆ 食事はもう済みましたか。

吃過飯了嗎？

◆ 何か変な音が聞こえませんでしたか。

你沒聽到什麼奇怪的聲音嗎？

◆ これからどうするつもりだい？

今後打算怎麼辦？

◆ 頭でも痛いのかい？

是腦袋疼嗎？

◆ お会(あ)いになったことがあるかしら？
您是不是見過(他)？

◆ 君(きみ)、いくつだっけ？
你幾歲來著？

◆ お宅(たく)では無事(ぶじ)ですこと？
家中可好？

● 實義詞構成的句子，多用升調表示。

◆ どこ？
哪裡？

◆ どちらへ？
去哪？

◆ ほんとう？
真的？

◆ これを使(つか)ってもいい？
我可以用這個嗎？

● 句中使用疑問詞。如「だれ」、「なに」、「どこ」、「いつ」等名詞；「なぜ」、「どう」、「どうして」等副詞；由「どの」和「どんな」構成的片語等。

◆ どこへ行(い)くの？
上哪裡去？

◆ 田中君(たなかくん)はどうしたの？
田中君怎麼了？

◆ なぜこんなざまになったのだ。
怎麼搞得這麼狼狽？

◆ 何(なに)をしているの？
你在做什麼呢？

◆ どうすればいいのやら？
怎麼辦才好啊？

◆ なんかあったのか？
發生什麼事嗎？

● 句子後接「だろう（か）」、「でしょう（か）」，表示疑問。

◆ これはヘブライ語(ご)の本(ほん)だろう？
這是希伯來語的書吧？

◆ 正夫(まさお)さんも行(い)くでしょうか。
正夫先生也去嗎？

◆ それはなぜだろうか。
那是為什麼？

逆接條件表達方式 12

● 用相關的接續詞、接續助詞表示。

◆ 好きではありますが（或けれども）、上手ではありません。
喜歡是喜歡，可是不擅長。

◆ 私は新しい会社を計画している。でも、資金不足で実行をためらっている。
我在策劃新公司。不過，由於資金不足正考慮是否實行。

◆ 登山をすすめる。だけど（或だが）一人ではだめだ。
我建議你登山。不過一個人可不行。

◆ 私は運動が好きだ。しかし、上手ではない。
我喜愛運動，但是並不擅長。

● 用接續助詞「ても」表示逆接條件，口語中常用「たって」形式。

◆ 近くても遅刻する人はいるものだ。
有的人即使住很近也遲到。

◆ 遅くなったって、必ず行きますよ。
即使晚了，我也一定要去。

● 用接續助詞「～くせに」、「～のに」、「～にもかかわらず」、「～ながら」、「～ものを」、「～ものの」、「～からといって」等表示。

◆ 行くことは行くものの、帰りが心細い。
去是要去的，但我擔心回來的時候。

◆ 大学も出たくせに、甚だしく非常識だ。
還是大學畢業呢，太沒有常識了。

◆ 月給があがったにもかかわらず、生活が楽にならない。
儘管薪水提高了，生活仍沒有改善。

◆ 日本に十年も住みながら日本語がへたくそだ。
在日本住了十年，日語卻很差勁。

● 用慣用句型「～（よ）うと(も)」等表示。

◆ どうやろうと（も）、僕には無関係だ。
怎麼樣也與我無關。

● 用「だって」、「とて」、「ところが」、「ところで」等表示逆態條件。

◆ 優等生になったとて、何もいばることはないさ。
就算是成了優等生，也沒什麼好神氣的嘛!

◆ 春先だってまだまだ朝は寒いです。
雖說是初春，一早一晚還是冷。

◆ 今更悔やんだところでしかたがないことだよ。
現在後悔也晚了。

◆ ダイエットを始めて3週間になる。ところが、減った体重は、僅か1キロだけだ。
開始減肥已經三個星期了，可是體重只減少了1公斤。

● 用「にしろ」、「にせよ」、「こそすれ」等形式表示出乎意料的逆態條件。

◆ 事態は悪化こそすれ、収拾がつきそうもない。
情況日趨惡化，難以收拾。

◆ 法律が分からないにせよ、あまりにもひどすぎるのじゃないか。
就算是不懂法律吧，這難道不是太過分了嗎？

◆ 相手を批判するにせよ、人格攻撃は厳に慎むべきだ。
即使批評對方，也不要進行人身攻擊。

● 有些助詞在特定的文脈中也表示逆接條件。

◆ 普段おとなしい兄さんも怒り出しました。
平時很老實的哥哥也發起火來了。

◆ クラスでトップの彼が落第とは!
班上名列前茅的他竟留級了！

順接條件表達方式 13

● 用「ば」表示一般條件的順接，其特點是反映普遍的、反覆的、必然的規律。

◆ 煙草を吸えば、ガンになりやすい。
抽煙就容易得癌症。

◆ そのころは、田舎へ行けば、いつでも米のメシが食べられた。
那時候，如果到鄉下去就能吃上米飯。

◆ 春が来れば、桜の花が咲く。

到了春天，櫻花兒就會開。

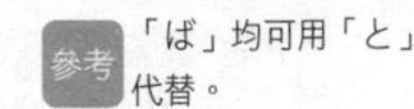

● 用「たら」和「と」表示個別條件。

◆ 大そうじをしたら(すると)、お父さんの大きな登山靴が出てきた。

大清掃時，(結果無意中)找到了爸爸的大登山靴。

● 用「なら」表示主觀　述得以成立的條件。後項多表示推測、判斷、意志、意見、要求等。

◆ よく勉強するならよく出来るにちがいない。

如果用功，就肯定能學好。

◆ 文法の勉強をやるなら、その本が一番いいですよ。

如果你要研究文法的話，那本書最好。

◆ 外国へ留学するなら、この国がいい。

要去留學的話，這個國家不錯。

◆ ハイキングに行くなら、一緒に行きましょう。

你要去郊遊的話，我跟你一起去。

◆ やれるなら、やってみろ。

你做得來，就做一做瞧瞧。

參考 如果用「たら」代替則轉為表示實際內容的條件，句義有變化。

◆ この本を読むなら、貸してあげます。

如果你讀這本書，就借給你。

◆ この本を読んだら、貸してあげます。

這本書等我讀完了，就借給你。

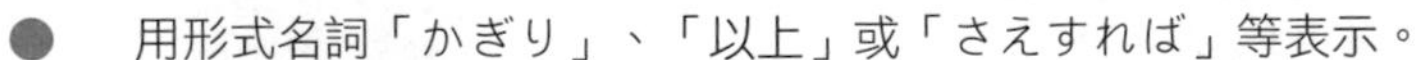

● 用形式名詞「かぎり」、「以上」或「さえすれば」等表示。

◆ 東西の軍事対立が存在するかぎり(以上)、平和はありえない。

東西方的軍事對立存在一天，就一天不會有和平。

◆ 着実に受験勉強をしておきさえすれば、何も心配することはない。

只要做好扎實的考試準備，就沒有什麼可擔心的。

強調表達方式 14

● 利用倒裝法。

◆ この気持ちはだれにも分からない。俺と同じ身の上になった者でなければ。

如果不是和我有過同樣境遇的人，這種心情是誰也理解不了的。

- 使用雙重否定形式。

◆ 政治の不正には抗議せずにはいられない。
對於政治上的不廉正豈能不抗議。

◆ 低学年から基礎知識をしっかり身に付けなければならない。
必須從低年級開始扎實地學好基礎知識。

- 用疑問、反語等形式。

◆ われわれの環境を緑の世界に変えようではないか。
把我們的環境改變為綠色的世界吧！

◆ がんばって勝ち抜こうじゃないか。
加把勁，取得最後的勝利。

- 以「～のだ(んだ)」、「～ものだ（もんだ）」的形式，突出強調的語氣。

◆ 言葉の勉強は若いうちにするものだ。
學習語言要趁年輕。

◆ そんなもの必要なもんか。
怎麼會需要那種東西呢？

- 使用同語或類語反覆。

◆ ウンともスンとも言わない。
毫不吭一聲。

◆ 行っても行っても見渡すかぎり果てのない平野がひらける。
無論走多遠，放眼望去是一片無邊際的平原。

- 利用促音、長音等特殊音。

◆ 目の前の道を、小学生が竹スキーをつけて、すうっ、すうっと通り過ぎました。
小學生穿著竹滑雪板，從前面的道路上唰唰地滑了過去。

◆ 私はそのためながい間苦しんでいたよ。
我因此而痛苦了好長一段時間呢。

- 使用比喻。

◆ 水をうったように静かになった。
靜得鴉雀無聲。

◆ 泣きたいほど痛い。
疼得想哭。

◆ すずめの涙ほど少ない。
少得可憐。

容許表達方式 15

● 以用言後接「～てもいい」、「～てもよろしい」、「～てもかまわない」、「～ても結構だ」、「～てもさしつかえない」等形式表示。

◆ 品物さえ良ければ、少しぐらい高くてもかまわない。
只要東西好，稍貴一點也可以。

◆ 小数点以下は無視しても差し支えない。
小數點以下可以省略。

◆ あなたにあげたものだから、どう処分しても差し支えない。
東西給你了，任憑處置。

◆ 疑問点があれば何でも結構ですから、どうぞ質問してください。
如果有疑問的話，請隨便問。

● 用「許す」、「許可する」、「できる」等動詞表示。

◆ 成人のみの入場を許す。
只允許成人入場。

◆ 図書室は5時まで使うことができる。
圖書室可以利用到5點。

◆ 入学が許可される。
被批准入學。

● 用「させてもらう」、「させていただく」表示請求對方准許。

◆ 私からも意見を言わせていただきたいと思います。
請允許我也談談自己的意見。

◆ じゃ、お先に帰らせていただきます。
那麼，請允許我先告辭了。

◆ 私たちは工場や農村も見物させてもらいました。
我們參觀了工廠和農村。

● 借用請求、希望、可能等表達法的疑問形式。

◆ ちょっと見せて下さいませんか。
能不能給我看一會？

◆ 二日間休ませていただきたいのですが。
我能否請兩天假？

◆ この資料は拝借できますか。
這份資料能借閱嗎？

禁止表達方式 16

● 用動詞或助動詞終止形後接「な」、「ないこと」等表示。

◆ けんかをしないことよ。
不要打架啊。

◆ ふざけるな。
少開玩笑!

◆ ご心配下さいますな。
不必擔心。

◆ 犬に近付くな→犬に近付かないようにしてほしい。
希望不要靠近狗。

◆ 忘れるな→忘れないようにしましょう。
可不要忘了啊。

◆ 部屋の中をちらかすな→部屋の中を散らかしたりしないものだ。
不要把房間裡弄亂了。

◆ 力を落とすな→力を落とすことのないように。
不要消沉。

比較 此類表達法語氣較強烈、生硬，因此在口語中常用左側的表達法來代替。

● 以「～てはいけない」、「～てはならない」、「～てはだめだ」、「～ものではない」、「～んじゃない」、「～ことではない」等形式表示。

◆ 親友に嘘を言うものではない。
不該對好朋友撒謊。

◆ 油断してはだめよ。
可不要馬虎啊。

◆ それぞれの問題には、四つの選択肢があります。正しい答えは一つ だ け ですから、二つ選んではいけません。
每道題有四個選項，正確答案只有一個，所以不要選擇兩個。

◆ いくら失敗しても、諦めてはならない。
無論怎麼失敗，也都不要放棄。

◆ そんな根も葉もないことを言うんじゃない。
不要說無憑無據的話。

◆ 生水を飲むんじゃないよ。
不要喝生水。

● 帶否定意義的動詞命令形。

◆ やめろ。
住手！停止！

◆ よせ。
停下！

● 用動詞未然形後接「ないで」、「ないように」、「ないで下さい」表示。

◆ 人の邪魔をしないで。
不要妨礙別人。

◆ これぐらいのことで、挫けたりしないで。
不要為這麼點小事而氣餒。

◆ 事故が起こらないように、操作規則を堅く守らなければならない。
必須嚴格遵守操作規程，以免發生事故。

● 啟事、文告之類文體常用禁止表達形式

◆ 展示品に手を触れるべからず。
不要用手觸摸展品。

◆ 道端での商売を禁ずる。
禁止路旁銷售。

◆ 通行禁止。
禁止通行。

◆ 天地無用。
請勿倒置。

◆ 禁煙。
禁止吸煙。

限定表達方式 17

● 用副助詞「だけ」、「のみ」、「ばかり」表示。

◆ 万端の準備はととのえた。ただ時機を待つのみだ。
萬事俱備，只欠東風。

- このことは君にだけ話すよ。
  這件事只跟你說。
- うちの子は本の虫で、部屋に閉じこもって本ばかり読んでいます。
  我家的孩子是個書呆子，總是把自己關在房間裡念書。

● 用副助詞構成的片語，如「しかない」、「よりしかない」、「ほかない」、「だけしかない」、「のみしかない」、「以外にない」等形式表示。

- また停電だから寝るより仕方がない。
  又是停電，只好睡覺。
- パンダは中国の四川省にしか住んでいない。
  熊貓只居住在中國的四川省。
- 遊びだけしか知らない。
  只知道玩。
- 兄は仕事以外に好きなことがありません。
  哥哥除了工作之外沒有其他愛好。

● 以片語「～こそ（すれ）」、「～でないと」、「～てこそ」、「～をとわず」、「～にかかわらず」等形式表示。

- 私は英語は読みこそすれ、話すのは一向にできません。
  我雖然能讀懂英語，卻一點也不會說。
- 中華料理はやっぱり中国人でないと、うまく作れないものです。
  中國菜不是中國人就做不好。
- 男女を問わず、選挙権と被選挙権が与えられる。
  不論男女，都享有選舉權與被選舉權。
- 当日は晴雨にかかわらず、会を開きます。
  屆時不論天氣如何，會議如期召開。
- 喧嘩をしてこそ初めて仲良くなれる。
  不打不相識。
- 努力があってこそ、本当の成功がある。
  惟有努力，才有真正的成功。

● 句尾用「～ばかりだ」、「一方だ」等表示。

- 物価は天井知らずにあがる一方だ。
  物價漫無限制地飛漲。
- 首になって、あとは貧乏な暮しをするばかり（だけ）だ。
  被解雇，以後只有過窮日子了。

● 用限制性動詞或形式名詞「限り」、「一点張り」等表示。

◆ 今日に限って、早く帰りました。
只有今天，早早回來了。

◆ 今回の会議では規則の制定にとどめることにする。
這次會議我們只制定規則。

◆ ここの漁民は、売り一点張りでは生活できなくなった。
這裏的漁民如果單憑賣魚就已經生活不下去了。

◆ 物質文明の格差が存在するかぎり、先進国と後進国の間の不平等は不可避である。
只要還存在物質文明的差距，已開發國和未開發國家之間的不平等就是不可避免的。

原因表達方式 18

● 用格助詞「で」、「に」、「から」表示。

◆ この二、三日は、帰国の準備であわただしい。
這兩三天因為準備回國，所以很忙亂。

◆ 大勢の人がガンに苦しんでいる。
有許多人在因為癌症而痛苦。

◆ ちょっとしたことから夫婦喧嘩になってしまった。
因一點小事夫妻倆吵架。

◆ 過度の疲労から病気が再発した。
由於過度疲勞疾病又復發了。

◆ 母は病気で寝ている。
母親因病臥床不起。

◆ 受験勉強で忙しい。
因考前準備而忙碌。

參考 單純表示原因常用「で」，不用「から」。

● 用接續助詞「から」、「ので」表示。

◆ 非常に疲れてたから、途中でひっかえした。
因為太累了，中途就返回了。

◆ この辞書じゃよく分からないから、先生に聞こう。
查詞典也查不明白，還是去問問老師吧。

◆ 物価が高いので、安定した生活ができない。

由於物價高，無法過安定的生活。

◆ 列車が延着しますので、お乗りの皆さん、50分ほどお待ちになって下さい。

由於列車晚點，乘車的旅客請等50分鐘。

參考 由於「から」主觀語氣較強，敬語句中多用「ので」委婉地表示意志、請求等。

● 用複合助詞「だけに」、「ばかりに」、「ばこそ」、「によって」、「こととて」表示。

◆ さすがに大都会だけに（だけあって）どこに行っても人でいっぱいです。

到底是大城市，無論到哪全是人。

◆ ちょっと油断をしたばかりに、とんでもないことになってしまった。

因為一點疏忽，竟釀成了大錯。

◆ あなたのためを思えばこそ言うのだ。

正是為你著想才說的。

◆ イイ戦争によって何十万人が死んでしまった。

由於兩伊戰爭，有幾十萬人死去了。

◆ 昔のこととて良い薬もなかった。

因為是過去，所以也沒什麼好藥。

● 用形式名詞「ため」、「おかげで」、「せい」、「わけ」、「ゆえに」等表示。

◆ 高慢なためか、彼は皆に敬遠されている。

可能是由於高傲吧，他被大家敬而遠之。

◆ 日本語を習ったおかげで、原書が楽しく読めました。

多虧學了日語，能夠很有趣地讀了原著。

◆ どういうわけか体の具合がよくない。

不知什麼原因，身體狀況不好。

◆ ゆるぎのない事実である(が)ゆえに、いかなる中傷も恐れない。

因為是無可動搖的事實，所以不怕任何中傷。

◆ おじいさんに叱られたのはお前のおかげだ。

都怪你害我被爺爺罵。

參考 「おかげ」帶有感謝、感激的口氣。但有時也轉用於表示不滿、意外等。

● 用「もので」、「もんで」表示客觀原因，稍有申辯的語氣。

◆ 皆が品が悪い悪いというもので、買うことをよした。

大家都拼命說品質不好，所以我就沒買。

◆ 気分がすぐれないもんで、酒屋に行った。

由於心緒不佳，到酒店去了。

● 使用接續詞。如「だから（ですから）」、「そこで」、「それで」、「このため」、「したがって」、「それゆえ」等。

◆ 時間がありません。だから、急いでください。
沒有時間了，所以得快點。

◆ 今度の事件ではかなりの被害が出ています。そこで、一つみなさんにご相談があるのですが。
在這次事故中受害非常嚴重，為此，想和大家商量一下。

◆ 私はその場にいなかった。したがって、何も知らない。
我當時不在場，所以什麼也不知道。

◆ 「我思う、故に我あり」なんて言うけど、日本人は自分の意見を人前であまり主張しないよねえ。
人們說「我思故我在」，但日本人不怎麼在他人面前發表自己的意見。

◆ 日本には、火山の噴火によってできた湖がたくさんあります。
在日本，有許多因火山爆發而形成的湖泊。

◆ 彼は自分の能力を過信していた。それゆえ人の忠告を聞かず失敗した。
他過於相信自己的能力，所以不聽別人的勸告而終於失敗了。

● 使用形式化的名詞。如「結果」、「都合」、「～上」等。

◆ 十年も研究を重ねた結果、この本を成した。
積累了十年研究，終於寫成此書。

◆ 都合により、出席できません。
不湊巧，不能出席。

◆ 修理の関係上、本日閉店いたします。
因修理，本日閉店。

經歷表達方式 19

● 以「～たことがある」的形式表示「（曾）……過」。

◆ あなたは日本に行ったことがありますか。
你去過日本嗎？

◆ 歌舞伎は一度も見たことがない。
歌舞伎一次也沒看過。

● 以「連用形+たものだ」的形式表示過去經常性的行為。

- 若いときにはよく登山に行ったものだ。
  年輕時經常去登山。
- 俺が子供の頃は、ちょっとでも親に口答えでもしようものなら、父親にぶん殴られたものだ。
  我小的時候，要是稍跟父母頂嘴的話，肯定會被父親痛打一頓。

● 以「動詞連用形+たっけ」的形式表示對經歷的回憶。

- 子供のころは、君とよくけんかをしたっけ。
  小時候，我經常和你打架來著。
- 昨日の晩御飯、なに食べたっけ。どうもよく覚えていないな。
  昨天的晚飯吃的什麼來著？我怎麼根本不記得啊。

使役表達方式 20

● 用使役句表示。

- 昨夜、ずいぶん遅くまで勉強をしていたようだから、もう少し休ませてあげましょう。
  昨天晚上他讀書讀到很晚，再讓他多睡一會兒吧。
- 愛犬に薬を飲ませる。
  給愛犬吃藥。
- 軽い冗談のつもりで言っただけなのに、彼女を怒らせてしまった。
  本來只想開個小玩笑，卻惹她生氣了。

● 由文言使役態動詞「～す」、「～さす」轉成的他動詞表示。

- 見たままの真実なり、心いっぱいの真実なりが、そのままほとばしり出すような言葉には、不思議なほど、聞く人の心を動かし、暗く閉ざした胸を開かせる力がある、冷たく固まった心を解かし、和らげるのは、こういう言葉である。
  這種親眼所見的真實也好，發自內心的真實也好，毫無掩飾地迸發出來的語言裏面，竟不可思議地有一種打動聽者的心靈，並使其心情開朗的力量。打開幽閉的心扉，溶解、緩和冰凍的心靈的，正是這樣的語言。

● 用授受動詞「もらう」表示。

- パパに写真を撮ってもらいなさい。
  去讓爸爸給你照個相吧。

● 借用引語表示。

◆ 田中社長はあなたは明日の午後家に居なさいとおっしゃいました。
田中社長說讓你明天下午在家裡等著他。

◆ 私は彼によく勉強しろと何度も勧めたが、聞いてくれない。
我多次勸他好好學習，就是不聽。

自發表達方式 21

● 用自發助動詞「れる」、「られる」表示。

◆ 懐かしい故郷が思い出されてならない。
思鄉之情油然而生，難以自持。

◆ 試験の結果が待たれて落ちつかない。
盼望著考試的結果而心神不定。

◆ 手記から、彼がどんな人生を生きてきたかということが十分想像される。
從手記中，可以充分想像到他度過了怎樣的人生。

◆ 私には、横綱の四連勝は難しいと思われる。
我認為四次禪聯最高級角力士冠軍是很難的。

● 用某些可能動詞表示。

◆ 彼女の話を聞いて皆は泣けてきた。
聽了她的話，大家都忍不住哭了起來。

● 用「～ずにはいられない」形式表示。

◆ この本を読み始めたら、面白くて、終わりまで読まずにはいられません。
這本書一開始看就很有趣，所以非讀完不可。

◆ 私はこの写真を見るたびに、母のことを思い出さずにはいられない。
每當我看到這張照片，就不由得想起媽媽。

授受表達方式 22

● 「あげる」類。

◆ このノートをあげますから、日記をつけて下さい。
給你這個筆記本，請你記日記。

◆ 私は記念切手を田中にやるつもりだ。
我想把紀念郵票給田中。

◆ 読んでさしあげますから、お聞きになって下さい。
我唸給您聽，請您聽著。

◆ 私は弟の宿題を手伝ってやりました。
我幫弟弟做了作業。

● 「くれる」類。

◆ 母がイタリアを旅行したとき、案内してくれたガイドさんは、日本語がとても上手だったらしい。
母親在義大利旅行時，據説給她做導遊的那個人的日語特別好。

◆ 父がこの時計をくれました。
爸爸給了我這支錶。

◆ ねえさんがセーターを編んでくれました。
姐姐給我織了毛衣。

◆ 奥さんが教えて下さった道順で訪ねてきました。
我是按照太太您告訴的路線找來的。

◆ わざわざ來てくださって、ありがとうございます。
特意來看我，很感謝。

◆ ご説明くださるようお願いします。
請求您給予説明。

◆ 少々お待ちください。
請稍等。

◆ 踏み切りを渡るときは、汽車にご注意ください。
過平交道口時，請注意火車！

參考 「お+動詞連用形+くださる」或「ご+サ變動詞詞幹+くださる」形式的表敬程度更高。

● 「もらう」類。

◆ 私はこれを友達からもらいました。
這是我向朋友要的。

◆ 早く医者に見てもらったほうがいいですよ。
最好是早點請醫生看看。

◆ 先日御注文をいただいた品物が出来あがりました。
前幾天您訂做的東西已經做好了。

◆ 花子さんは家まで車で送っていただいた。
花子請人用車送到家。

- ご招待いただいて、どうもありがとうございました。
  承蒙招待，非常感謝。

- お招きにあずかりまして、どうもありがとうございます。
  承蒙邀請，非常感謝。

> 參考　「お+動詞連用形(或ご+サ變動詞詞幹)+いただく」形式的表敬程度更高。此外，用於表示授受的動詞還有「与える、あずける、あずかる、たまわる」等。

推測表達方式 23

● 借助主觀意志較強的意志助動詞「う（よう）」、「まい」以及「だろう」、「でしょう」表示。

- 大学に受かってさぞうれしかろう。
  考上了大學，想必很高興吧。

- あすは、雪が降るまい。
  明天不會下雪吧。

- 君が来ようとは思わなかった。
  沒想到你會來。

- おそらくあしたも雨はやむまい。
  恐怕這場雨明天也停不了。

- その話、まさか嘘ではないでしょうね。
  那件事不會是假的吧。

- 今回の会議参加に際しての最大の懸案事項はやはり安全保 証 問題であろう。
  參加這次會議時的最大懸案依然是安全保證問題。

● 以「句子+疑問形式か」、「～かもしれない」、「かしら」、「～にちがいない」、「～にきまっている」等形式表示。

- 自分の書いた本にも、そういうミスがなかったかと、気になって仕方がない。
  十分懷疑自己寫的書上是否也有這種錯誤。

- 気のせいか、顔色が悪い。
  可能是心理作用吧，臉色不好。

- あしたは雪が降るかもしれません。
  明天也許下雪。

- これ、誰かの忘れ物かしら？
  這東西，是誰落在這裡啦？

◆ これは田中さんの忘れ物にちがいない。
這肯定是田中先生遺忘的東西。

◆ 明日は雨が降るに決まっている。
明天一定會下雨。

● 用可能動詞「うる」、「える」表示，常用於書面語。

◆ そのようなことは十分に起りうることだ。
那樣的事是很有可能發生的。

◆ この現象が変わらない限り、日本の芸術的創造力は再び活発になりえない。
只要這種現象不改變，日本的藝術創造力就不會重新振興起來。

● 使用具有想像、推測等意義的詞或片語。

◆ コンピューターは第二次産業革命をもたらしているのではないかと思われる。
一般認為是電腦帶動了第二次產業革命。

◆ 彼のことだから、どんなことも為出かしかねない。
他那個人，什麼事情都可能做出來。

◆ 今年のオリンピック大会には中国も参加する見通しである。
今年的奧林匹克大會，估計中國也會參加。

數量表達方式 24

● 通過某些數量詞以及接頭辭「のべ」等表示總體數量。

◆ 記念切手を千円買った。
買了1千日元的紀念郵票。

◆ この研究は費用が千万円かかる。
這項研究需要經費1千萬日元。

◆ 賠償金を三人で10万円分担した。
三個人分擔了10萬日元賠償費。

◆ 参観者はのべ10万人に及ぶ。
參觀者達到10萬人次。

● 用「まで」、「で」表示數量範圍。

◆ 入学者は20歳まで認める。

許可入學的年齡到20歲為止。

◆ 会議はあと30分で終わる。

會議還有30分鐘結束。

◆ チャンピオンは3人で争うことになった。

冠軍要由三個人來爭奪。

◆ 一人で歩けるようになった。

可以一個人走路了。

● 用格助詞「に」後接「及ぶ、なる、達する、すぎない」等表示數量的變化。

◆ 20mにも及ぶ大樹。

有20米高的大樹。

◆ 人口は14億にのぼった。

人口上升到了14億。

◆ スイカを10個に切って食べた。

把西瓜切成10塊吃掉了。

◆ いくら働いても、一ヵ月の収入はわずか10万円に過ぎない。

無論怎麼做，一個月的收入也只不過10萬日元。

● 用副助詞「ほど」、「ぐらい」、「ばかり」表示模糊數量。

◆ 郷里には四、五年に一回ぐらい帰ることがある。

四五年回去老家一次。

◆ 出張で三日ほど家をあけた。

由於出差，家裡空了三天。

◆ 病気をして5キロばかりやせてしまった。

生病瘦了大約五公斤。

◆ 風邪をひいて10日ほど学校を休んだ。

患感冒，有十來天沒上學。

◆ 四、五日の休暇

四五天的休假。

◆ およそ百人が遭難した。

約有一百人遇難。

◆ 数十人。

數十人。

◆ 百メートル余りの長さ。

百餘公尺的長度。

參考 由鄰近的兩個數組成的片語、接頭詞、副詞等也能表示模糊數量。

- 用接尾詞「以上」、「以下」、「以外」、「以內」、「未滿」等表示數量的界限。

◆ 20歳未満の者。
不滿20歲者。

時點表達方式 25

- 用格助詞「から」表示起始。

◆ あしたは朝から忙しい。
明天從一清早開始就忙。

◆ ずっと前から知っております。
很早以前就認識。

- 用格助詞「に」表示動作發生的時點。

◆ こだまはちょうど3時に大阪に着く。
回音號3點整到達大阪。

◆ 仕事は8時に始まって、12時には家に帰ってくる。
工作8點開始，12點回家。

◆ 会議は3時に終わった。
會議3點結束了。

◆ 眠っている間に、財布がなくなった。
睡覺時，錢包不見了。

◆ 現代に生きる人間は物質的によりも精神的に苦労している。
生活在現代的人比起物質，在精神上更受磨難。

◆ 晩にはいつも家に居る。
晚上總在家裡。

- 用格助詞「まで」表示截止時點。

◆ 都合により、会談は秋まで延期することとした。
根據情況，決定會談延期到秋季。

選擇表達方式 26

● 用並列助詞「か」、「と」、「なり」等表示。

◆ 答えはイエスかノーか、二つに一つだ。
回答只有一個，是還是不是。

◆ 電車なりバスなりで帰るといいです。
可以隨便乘電車或公車回去。

● 用接續詞「または」、「それとも」、「あるいは」、「もしくは」、「ないし」、「むしろ」、「し」、「それより」等表示。

◆ 買ったのですか、それとももらったのですか。
是買的還是別人給的？

◆ 家にじっとするよりむしろ気晴しに散歩に出かけた方がいいんじゃないか。
與其待在家，那還不如出去走一走，散散心。

◆ 2000円ないし6000円はかかる。
需要兩千到六千日元。

◆ 考えてばかりいないで、やってみれば、或いはやさしいことかもしれません。
不要光思考，做做看，也許是件容易的事啊！

● 接續助詞「が」、「と」接於助動詞「う」、「よう」、「まい」後，表示從正反事項中選擇一項。

◆ 勉強しようがしまいが、君の勝手だが、よく考えて見ろ。
學不學習全隨你的便，但是你好好考慮一下。

● 以肯定或否定的重複形式表示。

◆ やさしいかどうかつき合ってみないと分からないのです。
是不是對人和藹，要實際處一處才能知道。

傳聞表達方式 27

● 敘述句+そうだ。

◆ 新聞によると、最近五つ子が生まれたそうだよ。
報紙上説，最近有人生了五胞胎啊。

◆ 噂(うわさ)ではA課長(かちょう)が営業(えいぎょう)部長(ぶちょう)に昇進(しょうしん)するそうだ。

聽說A科長要晉升為營業部長了。

● 以「敘述句+という」、「～ということだ」、「～とのことだ」表示。

◆ これは昔(むかし)から伝(つた)わってきた習(なら)わしだと言(い)う。

據說這是從很早以前傳下來的習慣。

◆ 判決(はんけつ)は来月(らいげつ)にも下(くだ)るという話(はなし)です。

聽說判決可能就在下月做出。

◆ 戦争(せんそう)の可能性(かのうせい)があると言(い)われている。

普遍認為有戰爭的可能性。

◆ 王君(おうくん)の就職先(しゅうしょくさき)が決(き)まったとのことだ。

聽說小王的工作定下來了。

● 敘述句後接「って」、「んだって(のだと)」、「とさ」、「と」、「とか」等終助詞或類似的詞時，表示不確切的傳聞。有時是單純的傳達，近於引語。

◆ あれから足(あし)を洗(あら)ったってね。

聽說從那以後就洗手不幹了。

◆ 大雨(おおあめ)で駅(えき)へ行(い)くタクシーが動(うご)かなくなったんだって。

聽說因為大雨，去車站的計程車不運行了。

◆ 昔(むかし)、3年寝太郎(ねんねたろう)があったとさ。

話說過去曾有個三年睡不醒的太郎。

◆ 3時間半(じかんはん)の路程(ろてい)なんですって。

說是三個半小時的路程。

◆ 沖縄(おきなわ)の方(ほう)にうつりたいとか。

說是想搬到沖繩那邊去。

● 用「～が言うには」、「～に聞けば」等表示傳聞來源。

◆ お医者(いしゃ)さんが言(い)うには、あまり大(たい)した病気(びょうき)でもないらしい。

大夫說，並不是什麼了不得的病。

◆ 本人(ほんにん)に聞(き)けば、お金(かね)を落(お)としたからだという。

據本人講，是因為弄丟了錢。

● 「らしい」、「ようだ」都可以表示推斷，而推斷的根據有時是傳聞。

◆ 聞(き)くところによれば、交通費(こうつうひ)の値上(ねあ)げも今(いま)すぐらしい。

聽說，交通費就要漲價了。

- 本人の話では、全然不本意でもないようです。
  聽他本人的話，好像也不是絕對地不情願的。

● 用實義詞表示。

- 労働者騒動とのニュースが伝わってきた。
  傳來鬧勞工糾紛的消息。
- 歌がうまいそうだから、ちょっと披露しなさいな。
  都説你唱歌好聽，就表演一下吧。

參考 可以用傳聞的形式來作推斷、以避免武斷或逃避責任。

程度表達方式 28

● 用副助詞「ほど」、「ぐらい」、「でも」、「さえ」、「ばかり」表示。

- 手が痛くなるぐらい拍手をした。
  鼓掌鼓得手都疼了。
- 足が棒になるほど歩き回った。
  奔走得腿都僵直了。
- 近付くなと言わんばかりの無表情です。
  毫無表情，就像不讓人接近似的。
- 日本には富士山ほど高い山は他にない。
  日本再沒有像富士山那麼高的山了。
- そんな事は子どもでさえ知っている。
  那事連小孩都知道。
- これぐらいの本は子供でもよめる。
  這個程度的書即使小孩都能讀。

● 用副助詞「ほど」、「だけ」構成的慣用形式表示。

- 蛋白質の多いものほど煮れば固くなる。
  越是蛋白質多的東西煮了就越硬。
- 大豆から油をしぼれるだけしぼって残りは飼料にする。
  從大豆中提取盡可能多的油，剩下的做飼料。

● 用格助詞「に」表示。

- 見物者の人数はおよそ十万にのぼると言われている。
  據説參觀者合計達十萬人次。

◆ 一日の生産量は1トンにまで達した。

一天的產量已達到一噸。

● 用格助詞「を」後接「オーバーする」、「上回る」等動詞表示。

◆ 責任量をオーバーした。

超過了定額。

◆ 目標を5%上回る。

高於目標百分之五。

● 用「～といったらない」、「～てならない」、「～てしかたがない」、「～てしようがない」、「～にたえない」、「 ～といえるだろう」等慣用片語表示。

◆ 眠くてしかたがない。

睏得受不了。

◆ 彼はクラスで一番の勉強家だといえるだろう。

可以說他是全班最用功的。

◆ 夕べの暑さといったら、蒸し風呂のようでした。

提起昨晚那酷熱，簡直就像蒸汽浴池一樣。

◆ この国で交通事故による死傷者の多いことは驚きにたえない。

這個國家因交通事故而造成的死傷人數之多，令人吃驚。

◆ 東京は日本の首都ですから、日本の政治の中心といえるでしょうね。

東京是日本的首都，因此可以說是日本的政治中心。

● 用「～のあまり」、「～限り」、「～すぎる」、「がたい」等接尾詞表示。

◆ うれしさのあまり涙をこぼした。

因為太高興而流了淚。

◆ 言葉ではいいあらわしがたいデリケートさがあった。

有著難以言表的微妙之處。

◆ 有能で将来を期待された同僚を亡くして、悲しい限りだ。

才華橫溢、前程似錦的同事去世了， 我感到異常悲痛。

● 用名詞性片語表示。

◆ 胸は怒りでいっぱいだった。

簡直要氣炸了。

◆ 自分一人が食べていくのが精一杯だ。

養活我自己已算是很勉強的了。

● 用「まったく」、「ぎりぎり」、「せいぜい」、「もっと」等各種程度的副詞表示。

◆ やっと間に合った。
總算趕上了。

◆ まったくだめだ。
簡直不行。

◆ もっと分けていただきたい。
請再給分一些。

◆ 続いても、せいぜい一週間ぐらいだ。
繼續下去最多也就是一個星期的時間。

◆ ぎりぎりと縛り付ける。
緊緊地捆住。

添加表達方式 29

● 使用並列助詞「に」、「し」等表示。

◆ 半袖のシャツに長ズボンを着ている。
穿短袖襯衫配長褲。

◆ 迷いに迷って、一睡も出来なかった。
迷惑不解，一夜未能入睡。

◆ 日本の主な果物としては、リンゴにミカンにブドウが挙げられる。
日本的主要水果，可以舉出蘋果、橘子、葡萄。

◆ このホテルは料理もうまいし、客に親切である。
這個飯店飯菜好，對客人也熱情。

● 使用提示助詞、副助詞「も」、「さえ」、「まで」等表示。

◆ 車がだめになったうえに、雪で道さえ分からなくなった。
車壞了不說，因為雪，連路也找不到了。

◆ 君にまで裏切られるとは思わなかった。
沒想到連你也背叛了我。

◆ 今日は風が強いし、雨も降り出しそうだ。
今天風大，而且看樣子又要下雨。

● 使用接續詞表示。

◆ 彼女は金持ちで、おまけに美女だ。
她有錢，又是美女。

◆ 頭がいい。その上よく勉強する。
聰明，而且用功。

◆ 私のアパートは日当たりが悪い。そのうえ、風通しもよくない。
我住的公寓，光線不好，而且也不通風。

● 使用接續性片語或形式體言表示。

◆ 彼は英語以外に日本語も知っている。
他除英語外還懂日語。

◆ 隣のうちに泥棒が入って、室内を荒らした上、お金も盗んでいった。
鄰居家進了小偷，搞亂了室內擺設，還把錢偷走了。

● 使用有添加意義的動詞。

◆ 苦労に苦労が重なって、つい病床に倒れてしまいました。
積勞過度，終於病倒了。

◆ 資金難に火災が加わって、会社は潰れそうになっている。
資金缺乏又加上火災，公司眼看要垮了。

◆ 経験に経験を積んで、何でもうまく出来るようになりたい。
我希望不斷積累經驗，達到什麼都會做。

各種人際關係表達方式 30

● 用「から」表示主體立場，相當於主語。

◆ 議長から次のようなあいさつが述べられた。
主席做了如下講話。

◆ 事故については、私が全部の責任を受け持ちます。
關於事故，由我來承擔全部責任。

● 用「に」或「から」表示授受對象。

◆ 学校から褒美をもらう。
得到了學校的獎賞。

◆ 山本さんに香港映画のビデオを貸してもらった。
向山本先生借了香港電影的錄影帶。

● 用「に」或「へ」表示行為對象。

◆ お兄(にい)さんによろしくお伝(つた)え下(くだ)さい。
請代我向您哥哥問好。

● 用「と」或「で」表示共同行為的對象或方式。

◆ 彼(かれ)と停留所(ていりゅうじょ)で会(あ)うことを約束(やくそく)した。
約好和他在汽車站會面。

◆ 父母(ふぼ)と相談(そうだん)して志望校(しぼうこう)を決(き)めた。
和父母商量，定了報考學校。

◆ 三人兄弟(さんにんきょうだい)で会社(かいしゃ)の財政(ざいせい)を押(おさ)えている。
三兄弟控制著公司的財政。

◆ 皆(みな)で討議(とうぎ)する。
大家來討論。

● 用「に」和「を」表示使役對象。

◆ 子供(こども)に新聞(しんぶん)を読(よ)ませる。
讓孩子讀報。

◆ 皆様(みなさま)にはお変(か)わりもなく、心(こころ)からお喜(よろこ)び申(もう)し上(あ)げます。
看到各位都好，我從心裡感到高興。

◆ 貴社(きしゃ)におかれましては、念願(ねんがん)のアメリカ進出(しんしゅつ)を果(は)たされたとのこと、誠(まこと)におめでとうございます。
我們聽說貴公司終於把業務拓展到美國，謹表熱烈祝賀。

參考 「～に（おかれまして）」通常用於演講或者禮儀性的書面語中。句型中的「に」相當於「は」，以主語後接助詞的方式表示一種敬意。

當然、義務表達方式 31

● 使用動詞的雙重否定形式表示。

◆ 外国語(がいこくご)の勉強(べんきょう)はまず発音(はつおん)と単語(たんご)から始(はじ)めなければならない。
外語學習首先要從發音和單字開始。

◆ 今(いま)から仕事(しごと)をしなくちゃだめだよ。
現在得開始工作了。

● 用文言助動詞「べし」的連體形「べき」表示。

◆ 近頃(ちかごろ)は小学生(しょうがくせい)まで塾(じゅく)に通(かよ)っているそうだが、子供(こども)はもっと自由(じゆう)に遊(あそ)ばせるべきだ。

聽說現在連小學生都在上補習學校，應該讓孩子更加自由地玩耍。

◆ リーダーぶるのはいい加減にしなさい。人にあれこれ指図する前に、まず、自らやってみせるべきだ。

別總覺得自己是領導。在你指揮別人做之前，你應該先做出來看看。

● 借用禁止、許可表達法。

◆ 一度や二度の失敗で諦めてはならない。

一兩次的失敗，千萬不要放棄。

◆ この部署には若くてもいいから、しっかりした人を入れたい。

這個部門想增加一個比較踏實的人，哪怕年輕點也行。

● 用「はずだ」、「わけだ」、「ものだ」及其否定形式表示。

◆ 体重を測ったら52キロになっていた。先週は49キロだったから、一週間で3キロも太ってしまったわけだ。

測量了一下體重，是52公斤。上周是49公斤，也就是說一周胖了3公斤。

◆ 疲れた時には十分休むものです。

累了的時候就應該充分休息。

◆ 英語辞典だから日本語の単語が引けるわけはない。

英語字典，不可能查到日語單字。

◆ 苦労を買ってする人間がいるはずがない。

找苦頭吃的人是不會有的。

◆ 能力以上に無理をするものではない。

不應該超出能力勉強從事。

◆ 4年も日本に住んでいたのだから、日本語がうまいわけだ。

在日本住了四年之久，難怪日語好。

◆ 4年も日本に住めば日本語がうまくなるはずだ。

如果在日本住上四年，日語肯定好。

參考 「わけだ」表示結論，用於既定事實；「はずだ」表示推論，用於假定事實。

● 用「までもない」、「までのこともない」等表示。

◆ 次は一々説明するまでのことはないと思う。

我想，以下就不必一一解釋了。

◆ 強調するまでもない。

沒有必要強調。

● 用「当然だ」、「当たり前だ」、「無論だ」、「無理もない」、「必要だ」、「必要とする」等做述語。

◆ 借りたものは返すのが当たり前だ。
借的東西應該還。

◆ むろん、そんなことはありえない。
當然，不會有那回事。

◆ 腹を立てるのも無理はない。
生氣也不是沒有道理的。

比喻、比況表達方式 32

● 敘述句後接助動詞「ようだ」、「みたいだ」、「ふうだ」、「ごとし」等。也可以與陳述副詞「まるで」、「たとえば」、「ちょうど」、「あたかも」、「さながら」等搭配使用以加強語氣。

◆ まるでカラスみたいに真っ黒だが、一体何の鳥か分からない。
黑得像烏鴉，不知到底是什麼鳥。

◆ あたかも目の醒めるような美しい風景である。
簡直令人瞠目的美麗風景。

◆ その様子は、何か仮想しているふうに思われた。
那神態似乎在假想著什麼。

◆ 今度の日曜、結婚記念日だよね。もう十年か、「光陰、矢の如し」とはよく言ったものだ。
這個星期天，是我們的結婚紀念日啊。都過十年了，「光陰似箭」這句話說得真好。

● 用副助詞「ほど」、「ぐらい」等表示程度性的比喻。

◆ あごが落ちるほどおいしかった。
好吃極了。

◆ 煙草ぐらい体に悪いものはない。
沒有比香煙對身體更有害的了。

● 用實義動詞構成的比喻性片語表示。

◆ 私を美しい花にたとえるなら、あんたは勤勉な働きバチと言える。
如果把我比成美麗的花兒，你可以說是勤勞的工蜂。

◆ その集いの盛況なことと言ったら、ちょうどお祭りさわぎといったところだった。
要說那集會的盛況，簡直是祭典般的狂歡。

◆リンゴを思わせる子供の顔。

如同蘋果般的小孩臉。

雙重否定表達方式 33

● 以委婉、不確切的語氣表示肯定。

◆書けないわけではない。

不是寫不了。

◆物足りない感じがないでもない。

仍感有些不足之處。

◆このまま円安を放置しておくと、最悪の事態にならないとも限らない。

如果任由日元貶值，也許會使情況更加惡化。

● 以「不由得」、「不得不」的口氣表示肯定。

◆おかしくて吹き出さないではいられなかった。

覺得好笑，不由得笑起來。

◆あんな話を信じてしまうとは、我ながらうかつだったといわざるを得ない。

居然會相信這種事，連我自己都不得不承認太粗心大意了。

● 以「べからざる（べきではない）」、「なければならない」等形式表示肯定。

◆川端康成は日本の文学史上、欠くべからざる作家だ。

川端康成是日本文學史上必不可少的作家。

◆校則は学生諸君が守らなければならないものである。

校規是各位同學必須遵守的。

◆自然破壊は防がねばならぬ。

必須防止破壞自然。

◆嫌なことがあると、飲まないではいられないんだよ。

一碰到煩心事就非喝酒不可呀。

◆どんな立派な人でも、欠点がまったくないとはいえない。

無論多優秀的人物也不能說絲毫沒有缺點。

● 以「～ない～ない」、「～ず～ず」等形式表示。

◆私もそう思わないことはありません。

我何嘗不那樣想。

◆ 日本人だったら知らない人は一人もいない。
日本人沒有一個不知道的。

◆「雉も鳴かずば打たれまい」とは、自分の置かれた状況を考えずに、よけいな発言をし、自ら災いを招くことのたとえだ。
所謂「雉雞不啼就不會被打下來」，就是比喻不考慮自己的立場亂說話，為自己招來災難。

● 用帶有「不、無、未、非」等否定意義的接頭詞與句尾的否定詞語呼應。

◆ 足が悪いけれども不自由なことはない。
腳有毛病，但沒有什麼妨礙。

◆ それは、非合法的とはいえない権利である。
這是一種不能稱之為非法的權利。

◆ 無作法にふるまってはいけない。
不得無禮。

否定表達方式 34

● 使用否定助動詞「ない、ぬ（ん）」、「ず（ざる）」、「まい」等形式表示。

◆ このスープ、ちょっと、味が薄くない？
這湯是不是稍微淡了點啊？

◆ そんなに働いたら病気にならないか。
那麼賣力地工作，不會得病嗎？

◆ あのホテルは、部屋はいいとしても、従業員の態度がよくない。
那家飯店雖然房間好，服務員的態度可不好。

◆ 電話か手紙で用は足りるのだから、わざわざ行くほどのこともあるまい。
打個電話或寫信就能解決的問題，沒必要特別去吧。

● 用表示否定內容的陳述副詞或片語表示。

◆ 怪我がいっこう良くならない。
傷一點也不見好轉。

◆ すべての問題について何一つ解決を見ていない。
所有問題均未見解決。

● 用終助詞「な」、片語「ものか」等形式表示。

◆ 試験中、外の人と話をするな。
考試時不要交頭接耳。

◆ あんな奴に出来るものか。
那種人怎麼能做到呢。

- 用感歎詞「いいえ」、「いえ」、「いや」等表示。

◆ A：とても明日までには終わりそうにないんですけど。
明天前根本完成不了。

B：いや、やる気があればできないことはありませんよ。
不，只要想做也不是辦不到的。

- 在句中用「ないで」、「ず（に）」、「なくて」、「なく」等形式表示。

◆ せめて一ヵ月、何も考えず、何もせず、ただぼんやりと過ごせたらいいなあ。
哪怕就一個月，能什麼也不想什麼也不做，悠哉遊哉地過幾天就好了。

◆ 雨が降っているのに、傘もささないで歩いている。
下著雨，也不打傘就在外面走。

◆ 彼はわき目も振らず、勉強に打ち込んだ。
他目不轉睛，一門心思地投入到學習之中。

- 用「～ないでください」、「～ないでほしい」、「～ないでね」等形式表示。

◆ 名前を書くのを忘れないでね。
可別忘了寫自己的名字啊。

◆ 私のことをそう呼ばないでほしい。
希望你不要那樣稱呼我。

◆ 危ないですから、この機械に触らないでください。
危險，請不要動這台機器。

- 辭彙形式表示否定。如：「非公式」、「否決」、「無愛想」、「未完成」等。

- 慣用句型。如:「～にちがいない」、「～するわけにはいかない」、「～てはかなわない」、「～かもしれない」、「～てはいけない」、「～てはならない」、「～ないとも限らない」等。其中，有些慣用句型形式上是否定，但意思未必是否定，可能是肯定或推測等。如「～にちがいない」、「～かもしれない」。

- 用形式上是肯定，但意思是否定的用言表示。如：「きらいだ」、「だめだ」、「～かねる」、「反する」、「ひかえる」等等。

◆ 僕の口からは、ちょっと言いかねることだ。

這件事我很難開口説。

◆ 彼は結論だけ言って、丁寧に説明しようとしないきらいがあるようだ。

看來他只重結論，不願多作説明。

目的、目標表達方式 35

● 使用助動詞「べく」、「ように」、「う」、「よう」等形式表示。

◆ せめて読書のためにも英語を勉強しようと思う。

至少為了讀書我也要學習英語。

◆ 被災者を救助すべく救助隊を現地に派遣した。

為救助災民向當地派遣了救災隊。

◆ 誰にでも分かってもらえるようにやさしい言葉で説明する。

為使每個人都能懂，用通俗的語言進行解釋。

● 使用助詞「に」、「のに（は）」、「には」表示。

◆ 通訳になるには、会話に力を入れなければなりません。

要當翻譯就要在會話上下功夫。

◆ 五目寿司を作るには、まず始めに普通より少し固めにご飯を炊く。

要做什錦壽司飯，首先米飯要做得比平時稍硬一點。

◆ この本を読むのに一週間もかかりました。

讀這本書用了整整一星期時間。

● 使用片語「～ため（に）」、「～をめざして」、「～に向かって」、「～をめどに」等形式表示。

◆ 病気を治すために、治療を続けている。

為了醫好病，一直在堅持治療。

◆ 優勝を目指して努力している。

以奪取冠軍為目標而努力。

◆ 月末をめどにする。

以月底為期限。

例示表達方式 36

- 用並列助詞「の」、「だの」、「や」、「やら」、「とか」表示逐一例示。

◆ 鉛筆だのノートだのを買う。
買鉛筆啦筆記本啦之類。

◆ 二階にはトイレや浴室などがあります。
二樓有廁所、浴室等等。

◆ からいやら、甘いやら、本当に妙な味だね。
又辣又甜，味道真怪。

- 用副助詞「など」、「なんか」、「なんて」等表示單一例示。

◆ 僕はバドミントンなんかが大好きだ。
我非常喜歡羽毛球之類的運動。

◆ あの店では、薬のほかにジュースなんかも売っている。
那家商店除賣藥之外還賣果汁等東西。

◆ 勉強なんていやだ。
我討厭學習。

◆ よく考えもしないで分からないなんて言うのはいけないことだ。
也不仔細考慮一下就說不知道這類的話可不好。

- 用助動詞「ようだ」、「みたいだ」做比擬、例示。

◆ 会場は割れるような拍手の渦につつまれた。
會場響起了暴風雨般的掌聲。

◆ 何か細くて長い棒みたいな物はありませんか。
有沒有細長的像棍子一樣的東西？

- 用接續詞或接續性片語表示。

◆ 川端康成は多くの作品を書いたが、一例を挙げると、「雪国」がある。
川端康成寫了許多作品，舉一個例子，有《雪國》。

◆ 日本語の中には、たとえばジャンクメール、ランキング、データベース、スピードアップなどたくさんの外来語が入っている。
日語中有許多外來語，像垃圾郵件、排行榜、資料庫、加速等都是。

場所表達方式 37

- 「で」表示動作進行的場所；「に」表示靜態動作、結果保留的位置以及存在的場所。

◆ 会議は東京で行われる。
會議將在東京舉行。

◆ 奇遇だね。こんなところで君に会えるとは思ってもみなかった。
真湊巧呀，我連想都沒想到會在這種地方見到你。

◆ うちにじっとしている。
在家裏乾待著。

◆ 黒板に字を書く。
在黑板上寫字。

◆ 道路の両側にポプラの木が植えてある。
道路的兩側栽種著白楊樹。

● 「から」表示起點，終點則用「まで」表示。

◆ この川は深いところは10メートルからある。
這條河深處至少有10米以上。

◆ 外国から帰ってきました。
從國外回來了。

◆ ここまで来たら、もうひと安心だ。
到這裡，就可以稍微放心了。

● 目的地用「へ」或「に」表示。

◆ 友達の家へ行って受験勉強のことを相談した。
到朋友家去，商量了準備考試的事。

◆ 私は月曜日から金曜日まで、毎日大学に通っています。
我從星期一到星期五每天上大學。

◆ 海外研修に行くかどうか迷っているんだ。
我正在猶豫去不去海外進修呢。

● 遠近基準點用「に」或「から」表示。「に」強調歸著點；「から」強調出發點。

◆ この町は海から(に)近い。
這個鎮離海近。

反議表達方式 38

● 句尾使用疑問終助詞或相關片語表示。

◆ こんな複雑な文章、訳せるものですか。

這麼複雜的文章，怎麼可能譯得了呢？

◆ 悪いのは君のほうではないか。

難道不是你錯了嗎！？

◆ 私たちはこの不公平な裁決に沈黙を守るべきであろうか。

我們難道要對這種不公平的裁決保持沈默嗎？

◆ 持って生まれた性格が、そう簡単に変わるものか。

天生的性格哪裡是一下就能改變的呢。

◆ やさしくて親切？あの男が？どこがやさしいもんか、外見がいいだけだよ。

親切和善？那個男的嗎？什麼地方和善呀，只是外表上看起來不錯罷了。

● 使用特殊疑問句。

◆ こんな屈辱を受けて、どうして生きていられようか。

受了這樣的屈辱，簡直無法活下去。

◆ 誰が苦しい生活をしたいか。

誰願意過苦日子。

◆ 彼はアルファベットも知らないのに、どうして英語が話せようか。

他連26個字母也不會，怎麼會說英語呢？

判斷表達方式 39

● 用普通的敘述句、判斷句表示。

◆ 人間は考える動物だ。

人是懂得思考的動物。

◆ 進むに従って道は険しくなる。

越往前走，道路變得越險峻。

◆ 当該地区はインフラが完備し、交通が便利で、世界ベスト500のビッグカンパニーの百社あまりが当地区に進出しています、土地代も安く、労働力も豊富で、加えて生活環境も抜群にいいです。

該地區的基礎設施完備，交通便利。世界五百強企業中有百餘家進入此地。這裏地價低廉，勞動力充足，生活環境優越。

◆ 世界の経済の中心がアジアに移りつつあると見る向きもあって、西側の注目を集めている。

有一種傾向認為世界的經濟中心正在向亞洲轉移，引起了西方的注目。

● 口語中常用「ね」、「よ」、「さ」等終助詞表示。

◆ あなたが涼子(りょうこ)さんね。
您就是涼子小姐吧。

◆ 人(ひと)から借(か)りた金(かね)を返(かえ)せないでは済(す)まないよ。
借了錢就必須要還。

◆ 当(あ)たり前(まえ)さ。
那當然囉。

● 用「～と言われている」、「～と言う」、「～という見方もある」、「～というのが通説だ」等客觀形式表示。

◆ 魯迅(ろじん)の文章(ぶんしょう)はとても分(わ)かりにくいと言(い)われています。
一般認為魯迅的文章不好懂。

◆ 日本語(にほんご)と朝鮮語(ちょうせんご)とは親族関係(しんぞくかんけい)にあるというのが通説(つうせつ)となっている。
日語和朝鮮語是親屬語言，這已成為一般的看法。

● 用助動詞「らしい」、「みたいだ」、「ようだ」、「かもしれない」等表示不確切的判斷。用「～のだ」、「～にほかならない」等表示確切的判斷。

◆ 夜中(よなか)に雨(あめ)が降(ふ)ったらしく、地面(じめん)が濡(ぬ)れています。
好像晚上下了雨，地面濕了。

◆ 誰(だれ)もいないみたいだ。
好像沒人。

◆ どうも風邪(かぜ)を引(ひ)いてしまったようだ。
總覺得像感冒了。

◆ ああ、分(わ)かったよ。君(きみ)はおいぼれに騙(だま)されたんだよ。
啊，我明白啦！你是被老狐狸騙啦。

◆ 今回(こんかい)の優勝(ゆうしょう)は彼(かれ)の努力(どりょく)のたまものにほかならない。
這次奪冠，完全是他努力的結果。

● 用「～といって(も)いい」、「～といえる」、「～といっても言いすぎではない」等慣用句型表示。

◆ 事実上(じじつじょう)の決勝(けっしょう)はこの試験(しけん)だといってもいいだろう。
這次的考試可以說才是真正的勝負點吧。

◆ 環境破壊(かんきょうはかい)の問題(もんだい)は、これから世界(せかい)の最(もっと)も重要(じゅうよう)な課題(かだい)になるといっても言(い)いすぎではない。
把保護環境的問題說成是今後世界上最重要的課題也不為過。

- 用「結局のところ」、「つまり」、「まさに」、「文字通り」、「全く」等副詞和接續詞表示。

  ◆ 結局のところ、経済の自立無しには政治の自立もできない。
  歸根結底，沒有經濟的自立，就談不上政治的自立。

  ◆ まさに傑作というべきである。
  當然可稱為傑作。

  ◆ 文字通り裸一貫から身を起こす。
  確實是赤手空拳起家的。

- 用「～に違いない」、「～は確かだ、明らかだ、」、「～に決まっている」等形式表示。

  ◆ 人口が増え続けたら、食糧問題はますます深刻になるにちがいない。
  如果人口持續增長的話，糧食問題一定越來越嚴峻。

  ◆ 彼の語学力は確かだ。
  他的語言能力可靠。

  ◆ あいつの言うことなんか、信じられるものか。ほらに決まっている。
  那傢伙說的話，能信嗎？肯定都是吹牛。

對比表達方式 40

- 用格助詞「と」、「に」等表示。

  ◆ 以前と同じだ。
  和以前一樣。

  ◆ これと全く違うんだ。
  與這個根本不同。

  ◆ それは詐欺に等しい。
  那幾乎與欺詐一樣。

  ◆ AはBに似ている。
  A與B相似。

- 用「～と～とどちらが～」、「～のうちで」、「～の中で」、「～より、むしろ」、「(～より)～ほう」等表示（選擇性）比較。

  ◆ コーヒーと紅茶とどちらがお好きですか。
  咖啡和紅茶您喜歡哪樣？

◆ コーヒーの方が好きです。

比較喜歡咖啡。

◆ 紅茶よりもコーヒーの方が好きです。

喜歡咖啡勝過紅茶。

◆ リンゴとミカンとブドウのうちでどれがおいしいですか。

蘋果、橘子、葡萄比起來哪樣好吃？

- 用「に(つき)」、「ごとに」、「おきに」、「ずつ」等形式表示等量基準。

◆ 会費は一人につき三百円です。

會費每人三百日元。

◆ 田中さんは毎日8時間仕事をします。一週間に5日出勤します。

田中先生每天工作八小時。一星期上五天班。

◆ 1000メートル登るごとに気温が6度ずつ下がるそうだ。

據說每攀登1000公尺氣溫就下降6度。

- 使用表示異同的常用詞，如：「～と同様」、「一致する」、「共通だ」、「異なる」、「違う」、「対照的だ」、「反対だ」、「逆だ」、「異にする」等。

◆ 中国語と日本語は、漢字を使うという点で共通しています。

中文和日文在使用漢字這一點上是共同的。

◆ 習慣は国によって違います。

習慣因國家而不同。

- 用「～と(に)比較する」、「～に比する」、「～にてらす」等形式表示。

◆ 法律に照らしてみれば、それは犯罪である。

如果依照法律，這是一種犯罪行為。

- 用副助詞「ほど」、「くらい」表示程度性比較。

◆ 自分の家ほど気の休まるところはない。

沒有比自己家更安心舒適的地方了。

◆ この世に親ほどありがたいものはない。

世上沒有比父母再值得感謝的了。

◆ 弱いものいじめぐらい卑劣な行為はない。

沒有比欺負弱者更卑鄙的行為了。

◆ あなたぐらい非常識な人はいない。

沒有比你更缺乏常識的人了。

同時表達方式 41

- 用接續助詞「ながら」、「つつ」表示同一主體的伴隨動作。

◆音楽を聞きながら、勉強や仕事をする人のことを「ながら族」という。

把邊聽音樂邊學習、工作的人稱為「一心兩用的人」。

◆この会議では、個々の問題点を検討しつつ、今後の発展の方向を探っていきたいと思います。

本次會議在研究一個個具體問題的同時，還要探討一下今後的發展方向。

◆親というものは、厳しく子供をしかりつつも、心の中では愛しくてたまらないものなのです。

父母都是這樣，對子女雖然很嚴厲，心中卻愛得要命。

- 用接續詞「かたがた」、「がてら」、「かたわら」等表示。前項為語義中心，後項為伴隨動作。

◆散歩かたがたパン屋さんに行って来よう。

散步的時候順便去一下麵包店。

◆引越してきてから2週間ほどの間、私は運動がてら近所の町を歩き回った。

搬過來以後兩個多星期，我在出去運動的同時把附近的街道都轉了一圈。

◆その教授は、自分の専門の研究をするかたわら、好きな作家の作品を翻訳をすることを趣味としている。

那位教授一邊從事自己的專業研究，一邊還翻譯一些他所喜歡的作家的作品，以此來作為自己的業餘愛好。

- 用接續詞「一方」或慣用句型「～と共に」、「～と同時に」等表示。

◆彼女はお金に困っていると言う一方、ずいぶん無駄遣いもしているらしい。

她一邊喊沒錢沒錢，可又一邊亂花錢。

◆キリスト教と共に、西洋の文化も日本に伝えられた。

隨著基督教的傳入，西方文化也傳入日本。

◆日本では、結婚と共に退職する女性はまだ多い。

在日本，一結婚就辭職的女性還很多。

◆交通手段や情報手段が発達すると同時に、世界はますます狭くなっていく。

交通手段和資訊傳播方式發展的同時，世界將變得越來越小。

- 用接續助詞「し」、「ば」表示對等的動作和狀態。

- 日本語学科の学生は、日本語も勉強するし、英語なども勉強します。

  日語系的學生既學日語，也學英語等。

- 人の一生にはいい時もあれば悪いときもある。

  人的一生既有好的時候，也有不好的時候。

● 用接續助詞「が」、「けれども」、「ながら」、「つつ」表示互逆關係。

- きょうの試合は、頑張ったが、負けてしまった。

  今天的比賽，雖然大家都很努力，但還是輸了。

- あの人とは仲良く仕事をしたいと思っているんですけれども、なかなかうまく行きません。

  我總想在工作中和他友好相處，可總是搞不好關係。

- 敵ながら、あっぱれな態度であった。

  他雖是敵手，但態度令人欽佩。

述表達方式 42

● 如實地描寫具體事實。

- 彼女は器用な女で、料理もできれば裁縫もできる。

  她是個心靈手巧的人，既會做飯又會做衣服。

- もしも家が買えるなら、海辺の洋館がいい。

  如果能買房子的話，海邊的西式建築比較好。

- 国の両親の顔が見たくなったなあ。テレビ電話があればなあ。何度となく電話しようと思いながら、結局、かけずじまいになってたんだ。

  我真想看一看在國內的父母。如果有電視電話就好了。我好幾次想給他們打電話，可是到頭來卻一次也沒有打。

● 用「～た」的形式對事實加以確認。

- 天気予報では今日雨だった。

  天氣預報說今天有雨來著。

- 去年の夏は雨が少なかった。

  去年夏天雨水少。

● 用「～だ」、「～です」形式表示判斷。

- この1週間毎晩帰宅は12時過ぎだよ。

這個星期，我每晚都是12點以後才回家。

◆ 私(わたし)は1974年(ねん)の卒業(そつぎょう)です。

我是1974年畢業的。

◆ 誰(だれ)にでも多(おお)かれ少(すく)なかれ癖(くせ)があるものだ。

無論誰都多多少少有些習性。

並列表達方式 43

● 用「と」、「も」、「たり」、「の」等並列助詞表示。

◆ 休(やす)みの日(にち)には、ビデオを見(み)たり音楽(おんがく)を聞(き)いたりしてのんびり過(す)ごすのが好(す)きです。

假日我喜歡看看電視、聽聽音樂，過得悠閒一些。

◆ 子供(こども)たちが海(うみ)へ行(い)くの山(やま)へ行(い)くのと騒(さわ)いでいる。

孩子們有的說下海有的說上山，吵吵嚷嚷的。

● 直接用名詞並列。

◆ 東京(とうきょう)・京都(きょうと)・大阪(おおさか)。

東京、京都、大阪。

● 用並列性的接續詞「また」、「し」、「及び」、「そして」、「しかも」等表示。

◆ 喫煙(きつえん)は健康(けんこう)に悪(わる)いし、また周囲(しゅうい)の迷惑(めいわく)にもなる。

吸煙不僅對健康有害，而且會給周圍的人造成麻煩。

◆ いいアパートを見(み)つけた。部屋(へや)が広(ひろ)くて、南向(みなみむ)きで、しかも駅(えき)から歩(ある)いて5分(ふん)だ。

我找到好公寓了。房間既寬敞又向陽，而且從車站只要走5分鐘就到。

◆ 東京(とうきょう)・大阪(おおさか)及(およ)び京都(きょうと)の三大都市(さんだいとし)。

東京、大阪及京都三大城市。

◆ 兄(あに)は特待生(とくたいせい)だった。そして弟(おとうと)も兄(あに)に劣(おと)らず秀才(しゅうさい)だ。

哥哥是一個品學兼優享受特殊待遇的學生，弟弟也不差，也是個學問優秀的人。

◆ 昨日(きのう)は食欲(しょくよく)もなかったし、少(すこ)し寒気(さむけ)がしたので早(はや)く寝(ね)た。

昨天既沒有食欲，又發冷，所以我早早就睡了。

● 用用言的連用形、連體形等表示。

◆ 夏はバカに暑く、冬はバカに寒い所です。
是個夏天特熱，冬天特冷的地方。

◆ 音楽が大好きで、体育はごめんです。
特別喜歡音樂，體育就不行了。

◆ これは立派な、人を親切な気持ちにさせてくれる、愛に満ちた音樂であります。
這是美妙的、使人感到親切、充滿著愛的音樂。

● 用接續助詞「が」、「けれども」、「ば」、「し」等表示。

◆ 彼は話すのが下手だ。けれども、彼の話し方には説得力がある。
他不善於講話。但是他説話的方式很有説服力。

◆ あいつは何も誇ることがないが、いつも大きな顔をしている。
那傢伙沒有什麼了不起的，可總是神氣活現的樣子。

◆ 金などというものは、なければ困るが、あればあったで厄介なものだ。
錢這個東西，沒有的話著急，有錢吧又有它的麻煩。

● 用「～といい」、「～であろうと」、「～にせよ」、「～であれ」等句型表示。

◆ ここは気候といい、景色といい、休暇を過ごすには最高の場所だ。
無論是氣候，還是景色，這裏都是最好的度假場所。

◆ 雨であろうと、雪であろうと、当日は予定通り行う。
無論是下雨還是下雪，當天都按預定的計畫進行。

◆ 来るにせよ来ないにせよ、連絡ぐらいはしてほしい。
不論是來還是不來，希望和我聯繫一下。

◆ 彼ときたら、ビールであれ、ウィスキーであれ、およそ酒と名のつくものには目がない。
他這個人，不管是啤酒還是威士忌，只要帶酒精的東西，他見了就沒輒。

● 用表示並列的「一方では～他方(一方)では」等慣用型表示。

◆ この映画は、一方では今年最高との高い評価を受けていながら、他方ではひどい出来だと言われている。
對於這部電影，一方面有人評價它是今年最好的作品，而另一方面又有人説它拍得很糟糕。

附錄一

同音異字

あう

駅前で友人にあう。	会
彼とは気があう。	合
旅先で災難にあう。	遭

あける

年があける。	明
家をあける。	空
ドアをあける。	開

あつい

あつい湯を注ぐ。	熱
あつい日が続く。	暑
壁があつい。	厚
友情にあつい。	篤

あと

古代の住居のあと。	跡
彼のあとからついて行く。	後

あぶら

オリーブからとったあぶら。	油
あぶらが乗っている時期だ。	脂

あやまる

判断をあやまる。	誤
仲直りのためにあやまる。	謝

あらい

気のあらい猛獣。	荒
粒のあらい砂。	粗

あらわす

先生が姿をあらわす。	現
顔に怒りをあらわす。	表
自叙伝をあらわす。	著

あわせる

時刻をあわせる。	合
三つの町をあわせて市にする。	併

いたむ

友人の死をいたむ。	悼
家財道具がいたむ。	傷
足の傷がいたむ。	痛

いる

新しい服が気にいる。	入
学校の許可がいる。	要

うつ

友人に電報をうつ。	打
敵をうちとる。	討
ライフルでうつ。	撃

うつす

水面に影をうつす。	映
ノートの文字をうつす。	写
住居を郊外にうつす。	移

うれい

備えあればうれいなし。	憂
うれいをおびた表情。	愁

える

留学の許可をえる。	得
川で魚をえる。	獲

おかす

危険をおかして進む。	冒
多くの罪をおかす。	犯
基本的人権をおかす。	侵

おさめる

授業料をおさめる。	納
国をおさめる。	治
学問をおさめる。	修
成功をおさめる。	収

おす

ボタンをおす。	押
友人をキャプテンにおす。	推

おそれる

敵の復讐をおそれる。	恐
神をおそれる。	畏

おどる

音楽にあわせておどる。	踊
期待に胸がおどる。	躍

おもて

紙幣のおもてと裏。	表
おもてをあげる。	面

おる

転んで骨をおる。	折
絹糸で布をおる。	織

かえりみる

彼は家庭をかえりみない。	顧
我が身をかえりみる。	省

かえる

外交方針をかえる。　変
物を金にかえる。　換
夏服にかえる。　替

かかる

試験の結果が気にかかる。　掛
賞金のかかった試合。　懸
新しい橋がかかる。　架
生死にかかる事件。　係

かげ

かげで他人の悪口を言う。　陰
障子にかげがうつる。　影

かたい

あのチームは守備がかたい。　堅
彼らはかたい絆で結ばれている。固
ダイヤモンドはかたい宝石だ。　硬
言うは易く、行うはかたい。難

かわく

洗濯物がかわく。　乾
暑さで喉がかわく。　渇

きく

うわさをきく。　聞
名曲の演奏をきく。　聴
薬がよくきく。　効
左手がきく。　利

きわめる

学問をきわめる。　究
貧困をきわめる。　窮
栄華をきわめる。　極

こえる

国境をこえて走る鉄道。　越
人間の能力をこえる。　超

こらす

工夫をこらす。　凝
悪をこらす。　懲

さがす

迷子の犬をさがす。　捜
仕事をさがす。　探

さく

勉強に時間をさく。　割
用紙を二つにさく。　裂

さげる

テレビの音量をさげる。　下
旅行かばんをさげる。　提

さす

傘をさす。　差
時計の針が五時をさす。　指
指にとげをさす。　刺
花びんに百合をさす。　挿

さめる（さます）

朝早く目がさめる。　覚
スープがさめる。　冷
酒の酔いがさめる。　醒

さわる

彫刻にさわる。　触
気にさわる言い方。　障

しずめる

気持ちをしずめる。　静
薬で痛みをしずめる。　鎮
海に宝物をしずめる。　沈

しぼる

雑巾をしぼる。　絞
牧場で乳をしぼる。　搾

しめる

ネジをしめて組み立てる。　締
獲物の首をしめる。　絞
店をしめる。　閉

すすめる

彼を候補者にすすめる。　薦
入会をすすめる。　勧
二回戦いに駒をすすめる。　進

そなえる

仏前に花をそなえる。　供
台風の襲来にそなえる。　備

たえる

鑑賞にたえる。　堪
地震にたえる構造。　耐
人通りがたえる。　絶

たずねる

駅員に道をたずねる。　尋
先生の家をたずねる。　訪

たつ

快刀乱麻をたつ。　断

登山者が消息をたつ。 絶
布を細かくたつ。 裁
長い年月がたつ。 経
新しい校舎がたつ。 建

つかう

仕事で英語をつかう。 使
職場で気をつかう。 遣

つく

指導員がそばにつく。 付
定刻に列車がつく。 着
会長の職につく。 就
後ろから背中をつく。 突

つぐ

彼につぐ成績。 次
家業をつぐ。 継
木と木をつぎあわす。 接

つつしむ

軽率な発言をつつしむ。 慎
つつしんで祝意を表わす。 謹

つとめる

文化の向上につとめる。 努
議長の役をつとめる。 務
市役所につとめている。 勤

とく

砂糖を水でとく。 溶
幾何の問題をとく。 解
仏の教えをとく。 説

ととのえる

髪をととのえる。 整
晴れ着をととのえる。 調

とぶ

大空をとぶ。 飛
小川をとんで越える。 跳

とる

棚の上の物をとる。 取
会社で事務をとる。 執
新しく社員を数名とる。 採
風景写真をとる。 撮
野原で昆虫をとる。 捕

なおす

エンジンの故障をなおす。 直
けがをなおす。 治

ならう

学校で英会話をならう。 習
前任者の方針にならう。 倣

ねる

ねる暇もないほど忙しい。 寝
新しい作戦をねる。 練

のぞむ

高い地位をのぞむ。 望
海をのぞむレストラン。 臨

のびる（のばす）

髪がのびる。 伸
会議がのびる。 延

のぼる

負傷者が百人にのぼる。 上
エベレストにのぼる。 登
朝日がのぼる。 昇

のる

新幹線にのる。 乗
投稿が新聞にのる。 載

はえ（～ばえ）

鮮やかな夕ばえ。 映
見ばえのいい洋服。 栄

はかる

友人に便宜をはかる。 図
駅までの距離をはかる。 測
所要時間をはかる。 計
荷物の重さをはかる。 量
政府の転覆をはかる。 謀
審議会にはかる。 諮

はなす

机を壁から1メートルはなす。 離
馬を野原にはなす。 放

はやい

日が暮れるのがはやい。 早
走るのがはやい。 速

ひ

暖炉にひをつける。 火
町のひをながめる。 灯

ひく

直線をひく。 引
バイオリンをひく。 弾

ふえる

貯金がふえる。　殖
希望者がふえる。　増

ふく

北風がふく。　吹
火山が火をふく。　噴

ふける

夜がふけて眠くなる。　更
年齢よりもふけて見える。　老

まわり

ひとまわり大きな服を買う。　回
まわりの人に意見を聞く。　周

みる

窓の外をみる。　見
患者をみる。　診

もと

法のもとに保護されている。　下
火のもとに注意する。　元
もとを正す。　本
証言をもとに推理する。　基

やぶれる

決勝戦でやぶれる。　敗
紙がやぶれる。　破

よむ

外国文学をよむ。　読
和歌をよむ。　詠

わずらう

仕事のことで思いわずらう。　煩
心臓病をわずらう。　患

附錄二

用言活用表

1 動詞活用表

種類	行	例語	語幹＼語尾	未然形	連用形	終止形	連体形	仮定形	命令形
五段	カ	聞く	き	か・こ	き・い	く	く	け	け
		行く	い	か・こ	き・っ	く	く	け	け
	ガ	騒ぐ	さわ	が・ご	き・い	ぐ	ぐ	げ	げ
	サ	押す	お	さ・そ	し	す	す	せ	せ
	タ	立つ	た	た・と	ち・っ	つ	つ	て	て
	ナ	死ぬ	し	な・の	に・ん	ぬ	ぬ	ね	ね
	バ	飛ぶ	と	ば・ぼ	び・ん	ぶ	ぶ	べ	べ
	マ	読む	よ	ま・も	み・ん	む	む	め	め
	ラ	ある	あ						
		蹴る	け	ら・ろ	り・っ	る	る	れ	れ
		取る	と						
	ワア	言う	い	わ・お	い・っ	う	う	え	え
上一段	ア	居る	(居)						
		射る	(射)	い	い	いる	いる	いれ	いろ・いよ
		強いる	し						
		悔いる	く						
		起きる	お	き	き	きる	きる	きれ	きろ・きよ
	カ	着る	(着)						
	ガ	過ぎる	す	ぎ	ぎ	ぎる	ぎる	ぎれ	ぎろ・ぎよ
	ザ	恥じる	は	じ	じ	じる	じる	じれ	じろ・じよ
	タ	落ちる	お	ち	ち	ちる	ちる	ちれ	ちろ・ちよ
	ナ	似る	(似)	に	に	にる	にる	にれ	にろ・によ
	ハ	干る	(干)	ひ	ひ	ひる	ひる	ひれ	ひろ・ひよ
	バ	滅びる	ほろ	び	び	びる	びる	びれ	びろ・びよ
	マ	見る	(見)	み	み	みる	みる	みれ	みろ・みよ
		試みる	こころ						
	ラ	降りる	お	り	り	りる	りる	りれ	ろろ・ろよ
下一段	ア	得る	(得)						
		与える	あた	え	え	える	える	えれ	えろ・えよ
		絶える	た						
		植える	う						
	カ	負ける	ま	け	け	ける	ける	けれ	けろ・けよ
	ガ	曲げる	ま	げ	げ	げる	げる	げれ	げろ・げよ
	サ	寄せる	よ	せ	せ	せる	せる	せれ	せろ・せよ
	ザ	混ぜる	ま	ぜ	ぜ	ぜる	ぜる	ぜれ	ぜろ・ぜよ
	タ	捨てる	す	て	て	てる	てる	てれ	てろ・てよ
	ダ	出る	(出)	で	で	でる	でる	でれ	でろ・でよ
	ナ	兼ねる	か	ね	ね	ねる	ねる	ねれ	ねろ・ねよ
	ハ	経る	(経)	へ	へ	へる	へる	へれ	へろ・へよ
	バ	調べる	しら	べ	べ	べる	べる	べれ	べろ・べよ
	マ	染める	そ	め	め	める	める	めれ	めろ・めよ
	ラ	流れる	なが	れ	れ	れる	れる	れれ	れろ・れよ
カ変		来る	(来)	こ	さ	くる	くる	くれ	こい
サ変		為る	(為)	し・せ・さ	し	する	する	すれ	しろ・せよ
主な用法				ナイ・ヌ・レル・ラレル・セル・サセル・ウ・ヨウなどに続く	用言・マス・タ・タイ・ナガラ・テ・テモ・タリなどに続く	言い切る・カラ・ケレドモ・ラシイ・ト・カなどに続く	体言・ノニ・ノデ・ノ・ヨウダなどに続く	バに続く	命令の意味で言い切る

＊詞幹欄括弧內的假名表示該詞的詞幹和詞尾無法區別。

＊五段活用動詞的兩個連用形中，右側的い、つ、ん系為後接た、て、たり、たら之音便形，但當該音便形為ん時，則後續だ、で、だり、だら。

2 形容詞、形容動詞活用表

	例語	語尾 語幹	未然形	連用形	終止形	連体形	仮定形	命令形
イ形容詞	よい 楽しい	よ 楽し	かろ	かっ く	い	い	けれ	×
ナ形容詞	静かだ	静か	だろ	だっ で に	だ	な	なら	×
主な用法			ウに続く	タ・ナルに続く	言い切る	トキに続く	バに続く	命令の意味で いい切る

3 助動詞活用表

	助動詞	意味	未然形	連用形	終止形	連体形	仮定形	命令形	活用型
接未然形	れる	受身 自発 可能 尊敬	れ	れ	れる	れる	れれ	れろ・れよ	下一段型
	られる		られ	られ	られる	られる	られれ	られろ られよ	
	せる	使役	せ	せ	せる	せる	せれ	せろ・せよ	下一段型
	させる		させ	させ	させる	させる	させれ	させろ させよ	
	ない	否定	なかろ	なかっ なく	ない	ない	なけれ	×	形容詞型
	ぬ〈ん〉		×	ず	ぬ〈ん〉	ぬ〈ん〉	ね	×	特殊型
	う	推量・意志・ 勧誘	×	×	う	（う）	×	×	無變化型
	よう		×	×	よう	（よう）	×	×	
	まい	打消の推量 打消の意志	×	×	まい	（まい）	×	×	
接連用形	たい	希望	たかろ	たかっ たく	たい	たい	たけれ	×	イ形容詞型
	たがる		たがら	たがり たがっ	たがる	たがる	たがれ	×	五段型
	た	過去・完了・ 存続	たろ	×	た	た	たら	×	特殊型
	ます	丁寧	ませ ましょ	まし	ます	ます	ますれ	ませ・まし	特殊型
	そうだ	推量様態	そうだろ	そうだっ そうで そうに	そうだ	そうな	そうなら	×	ナ形容詞型
	そうです		そうでしょ	そうでし	そうです	（そうです）	×	×	
接終止形	らしい	推量	×	らしかっ らしく	らしい	らしい	らしけれ	×	形容詞型
	そうだ	伝聞	×	そうで	そうだ	×	×	×	ナ形容詞型
	そうです		×	そうでし	そうです	×	×	×	
接連体形	ようだ	比況 例示 不確かな断定	ようだろ	ようだっ ようで ように	ようだ	ような	ようなら	×	ナ形容詞型
	ようです		ようでしょ	ようでし	ようです	（ようです）	×	×	
接体言	だ	断定	だろ	だっ で	だ	（な）	なら	×	ナ形容詞型
	です		でしょ	でし	です	（です）	×	×	
主な用法			ナイ・ヌ＜ン＞・ウ・ヨウなどに続く	アル・ナル・タ・マス・テ・テモ・タリなどに続く	ト・ケレドモ・ガ・ノニ・カラ・シカ・ナなどに続く	トキ・コト・ノ・ノデ・ノニなどに続く	バに続く	命令の意味で言い切る	

附錄三
現代日語修辭

在符合文法與邏輯的基礎上，令話語或文章增色添彩的表現手法叫做修辭。在日語所有的辭格中，最基本且最廣為使用的辭格就是比喻。以下就日語中常見的一些修辭手法（分為比喻類辭格和非比喻類辭格兩種形式），給大家做個介紹。

1 比喻類詞格

(1)明喻（直喻） 將兩個可以明確比較且分明有別的事物（「本體」和「喻體」）分別舉出來的辭格，叫明喻。常用的比喻詞有「あたかも」、「まるで」、「ようだ」、「みたいだ」、「如し」等。

◆ 少女の瞳の色は、澄んだ海のようなブルーだった。

(2)隱喻（隱喩） 又稱為暗喻。相對於「まるで～のようだ」、「如し」這樣的明喻，隱喻通常不用比喻詞，基本上以判斷形式出現。

◆ 人生は旅である。山もあれば谷もある。

(3)諷喻（諷喩） 指透過巧妙地引述某個故事或透過比照説明來寄寓某種道理的比喻，日語又稱為「諷喩」、「寓喩」。此類辭格的修辭特點是，表面上將本義全部隱去，只揭露出喻義供讀者推敲。諷喻所涉及的範圍很廣，例如諺語、格言、寓言和諷刺文學等。其基本形式是把理性、道德等的抽象主題，假託在自然界中具體事物的身上而將話題展開。

◆ 火のないところに煙は立たないのだ。(=噂が立つのは、何か根拠があるからだ。)

(4)提喻（提喩） 指借用與之有關聯的人或事物來替代的修辭方法。其基本形式是以「類」代稱「種」，或以「種」代稱「類」。

◆ 今年もまた、花に誘われて人々が集う。（＝桜）

(5)換喻（換喩） 也就是利用兩種客觀事物之間的緊密關係，使之形成一種語言上的替代式換名。這種替代式換名能夠引起聽者或讀者某種程度的聯想，並使之表達得更加簡潔、生動。

◆ ふと気がつくと、例の金縁メガネがこちらをじっと見つめていた。（＝金縁メガネをかけた人）

(6)比擬（活喩） 就是把一種抽象的事物當做另外一種具體的事物加以描寫或形容的修辭方法。其基本形式有把物比做人（擬人法）和把人比做物（擬物法）兩種。

◆ 鳥たちが楽しげに歌っている。

◆ 歳月は人を待たない。

◆ 働き蜂（＝命がけて仕事をする人）

(7)摹聲（聲喻） 是一種將事物的狀態、色彩、聲音等在句子裡加以描摹的修辭方式。其作用能使事物的描繪和情感的表達變得更為鮮明、生動。表達形式有兩種，一種是摹寫外界聲音的詞語，日語稱為「擬聲語」；另一種是以聲音的象徵性來表現並不發聲物的詞語，即摹狀，日語稱為「擬態語」。

◆ ゴオーッという音とともに飛行機が頭上を通過した。

◆ ワンワン吠える声が響く。

◆ 風がそよそよ吹いている。

◆ こそこそと逃げ出した。

2 非比喻類辭格

(1)層遞辭格（漸層法）是一種有目的地採用從小到大、從低到高或從大到小、從高到低層層遞進的語言模式在句子中表現出來的辭格，並通過語義上的層層深入，來增強文章的節奏感和説服力。

◆ その噂は人から人へ、町から町へと伝わり、いつしか国中の人々の知るところとなった。

(2)反覆辭格（反復法） 指將某個詞語或者句子有意義地進行重複的一種修辭手法，具有突出中心思想、增強節奏感等作用。

◆ それはいかにも静かであった。…まったく動くことがなくなったのだから静かである。自分はその静かさに…。

◆ 子供は子供だ。

(3)對比辭格（対照法） 就是把兩個不同的事物或者同一事物的兩個不同的方面加以比較，使事物的特徵表現得更加鮮明、突出的一種修辭手法。

◆ その姉妹の性格は全く異なっていた。動物にたとえるならば、姉の方は猫であり、妹は犬だろうか。おとなしく人見知りをする姉に対して、妹の方は快活で人なつこいのであった。

(4)對偶辭格（対句法） 將句式相同、意義密切關聯的短語或句子成對地組合或排列的辭格就叫做對偶辭格。日語中常見的對偶句大多以一種靈活的、不太嚴格的對偶形式出現。

◆ 春は眠くなる。猫は鼠をとることを忘れ、人間は借金のあることを忘れる。

◆ 天を仰ぎ、地に伏して祈る。

(5)警句辭格（警句法） 是一種將一條平凡的道理表達得有警世格言味道的，能使人深刻體會到世態人情的修辭手法。其特點是詞句短小但最耐人咀嚼回味。

◆ 急がば回れ。

◆ 楽は苦の種、苦は楽の種

(6)誇飾辭格（誇張法） 是指故意言過其實，把不可能説成可能，從而達到鮮明突出之效的修辭方法。

◆ 高層ビル群が、雲をついて聳え立っていた。

(7)頂真辭格（連鎖法） 指前一句的結尾和後一句的開頭使用相同的詞語或詞語形式，層層遞進，以提高表達效果的一種修辭手法。

◆ 夏といえば海、海といえば沖縄。旅行先はすぐに決まった。

(8)反語修辭（反文法）是一種「口是心非」的表達方式。其基本形式有兩種：一種是反話正説，個中含有嘲弄譏諷等意，日語又叫做「皮肉法」；另一種是正話反説，即用與真意完全相反的詞句表達之，但無嘲弄諷刺等意，日語叫做「反文法」。

◆ 初めての海外旅行で災難にあうとは、まったく運がいいものである。

◆ ばかだね、きみは。（＝きみは実にかわいい女だ）

(9)象徵辭格（象徵法）用身邊最熟悉的事物象徵性地表達某些抽象的概念。

◆ ペンは剣よりも強し。（ペン＝活字や言論、剣＝武力や暴力）

(10)倒裝辭格（倒置法）通過變更詞序或句序，達到一種有異於散文或口語的特殊句型的修辭方法，叫做倒裝辭格。

◆ そのとき私は気づいた。騙されたのだ、と。

(11)設問辭格（設疑法）指有意借用疑問的方式來提出問題，以引起人們對被設問的事情加以特別關注的修辭手法。

◆ 僕は、自分が目撃したことを話さなかった。なぜ話さなかったのか。それは、僕が臆病者だったからである。

(12)感歎辭格（感嘆法）指用感歎詞或類似於感歎詞的詞句來表達某種情感的修辭手法。

◆ ああ、なんという美しさだろう。こんなに美しい風景を今までに見たことがあっただろうか。

(13)引用辭格（引用法）指在文章或話語中，轉引名人名言來表達自己的思想感情，使論述更具説服力，過程更簡潔，內容更明確的一種修辭手法。

◆ 事業に成功した彼は、有頂天になって次々と新しい仕事に手を出した。しかし、「奢れる者は久しからず」である。

(14)示現辭格（現写法）即把未來的事情或者距離自己還很遙遠的事物當做是眼前已經真實發生的來寫，從而使文章或者話語表現得更生動。

◆ 時は2050年。宇宙空間に浮かぶ、この人工衛星都市には約３万人の人々が住んでいる。

(15)省略辭格（省略法）為了使文章或者話語簡練而有餘味，從而省去可以省略的語句，叫省略辭格。

◆ 彼はすっかり成長を遂げたというのに、私は…。

◆ 庭の無花果の木陰に一枚の花蓙を敷いて、その上でそれらの赤まんまの花なんぞでままごとをしながら、肢体にほとんどじかに感じていた土の凹凸や、なんとも言えない土の軟らかみのある一種の弾性や、あるときの土の香りなどまでが…。

堀辰雄《赤ままの花》

(編譯自日本『新國語便覧』，2005年，文英堂)

附錄四

諺語　慣用語

1. 諺語

あ

1. 悪事千里を走る

解釋　悪い行いはたちまち世間に知れ渡る。

譯文　（出自《北夢瑣言》）壞事傳千里。

2. あばたもえくぼ

解釋　愛する人に関しては、欠点までも美点に見える。

譯文　情人眼裡出西施。

3. 雨だれ石をうがつ

解釋　根気よくやれば成功する。

譯文　水滴石穿。

4. 雨降って地固まる

解釋　もめごとのあと、かえって物事が落ち着く。

譯文　不打不相識。不打不成交。

5. 案ずるより産むが易し

解釋　あれこれ心配するより、やってみれば案外うまくいくものである。

譯文　百思不如一試。想來難上難，做起卻簡單。

6. 石が流れて木の葉が沈む

解釋　道理がさかさまである。

譯文　（出自《新語・辯惑》）石浮木沉，顛倒是非。

7. 石の上にも三年

解釋　じっと我慢していればいつかは成功する。

譯文　鐵杵磨成針。功到自然成。

8. 石橋を叩いて渡る

解釋　念には念を入れる。

譯文　叩石渡橋。小心謹慎。

9. 医者の不養生

解釋　人には養生をすすめる医者も自分は案外いい加減なことをしていること。

譯文　勤於謀人而疏於謀己。

10. 急がば回れ

解釋　危険な近道より、遠回りでも安全な道をとったほうが結局は早い。

譯文　欲速則不達。

11. 一葉落ちて天下の秋を知る

解釋　物事のちょっとした前兆によって、大勢を予知する。

譯文　一葉落而知天下秋。

12. 一寸の虫にも五分の魂

解釋　どんなにつまらない者にもそれなりの意地がある。

譯文　匹夫不可奪其志。

13. 井の中の蛙

解釋　自分の狭い考えにとらわれて広い世界のあることを知らない。

譯文　井底之蛙。

14. 鰯の頭も信心から

解釋　つまらないものも信心の対象となればありがたくなる。

譯文　精誠所至，金石為開。

15. 魚心あれば水心

解釋　相手にその気持ちがあればこちらにも応ずる気持ちが起こる。

譯文　魚有心來水有意。兩廂情願。

16. 氏より育ち

解釋　立派な人間を作り上げるには、家柄や身分より環境や教育のほうが大切である。

譯文　門第高不如教養好。教育勝於門第。

17. 嘘も方便

解釋　物事をうまくおさめるには、嘘も必要なことがある。

譯文　撒謊也是權宜之計。

18. 鵜のまねをする烏

解釋 自分の能力を知らずに他人のまねをすると失敗する。

譯文 東施效顰。不自量力而模仿他人必失敗。

19. 馬の耳に念仏

解釋 言って聞かせても聞き入れず、効果がない。

譯文 對牛彈琴。

20. 江戸の敵を長崎で討つ

解釋 かかわりのないところや筋違いのことで恨みを晴らす。

譯文 張三的仇報在李四身上。

21. 蝦で鯛を釣る

解釋 少しの負担で大きな利益を得る。

譯文 小本獲大利。

22. 奢る平家は久しからず

解釋 奢りをきわめる者は長く栄えることはない。

譯文 （出自《平家物語》）驕者必敗。

23. 鬼の目にも涙

解釋 無慈悲な者にも情けはある。

譯文 鐵石心腸也會動情。

24. 帯に短したすきに長し

解釋 中途半端でどうにも役に立たない。

譯文 高不成低不就。

25. 溺れる者は藁をもつかむ

解釋 困ったときにはちょっとしたものにでもすがりつく。

譯文 急不暇擇。

か

26. 蛙の子は蛙

解釋 子は親に似る。凡人の子は凡人である。

譯文 有其父必有其子。

27. 蝸牛角上の争い

解釋 つまらないことで争う。

譯文 蝸牛角上爭何事。無謂之爭。

28. 学問に王道なし

解釋 楽をして学問は修められない。

譯文 學習無捷徑。

29. 火中の栗を拾う

解釋 自分の得にならないのに非常に危ない仕事をする。

譯文 火中取栗。為他人去冒險。

30. 壁に耳あり障子に目あり

解釋 秘密はとかくもれやすい。

譯文 隔牆有耳。

31. 亀の甲より年の功

解釋 年長者の経験はおろそかにできない。

譯文 薑還是老的辣。

32. 枯れ木も山の賑わい

解釋 つまらないものでもないよりはましである。

譯文 聊勝於無。

33. かわいさ余って憎さ百倍

解釋 愛情が強い分、憎しみも強くなる。

譯文 愛之愈深，恨之愈烈。

34. 肝胆相照らす

解釋 互いに心の底まで打ち明けて交わる。

譯文 肝膽相照。

35. 艱難汝を玉にす

解釋 人は苦労してこそ立派になる。

譯文 不經一番寒徹骨，焉得梅花撲鼻香。

36. 木に竹をつぐ

解釋 物事のつながりが不自然である。

譯文 張冠李戴。牛頭不對馬嘴。

37. 九牛の一毛

解釋 多くの中のほんの一部。

譯文 九牛一毛。

38. 窮すれば通す

解釋 人は土壇場に追い込まれると何とかやれる。

譯文 （出自《周易・繫辭》）窮則通。在窮極無路時反而能開闢出道路。

39. 窮鼠猫を噛む

解釋 弱いものでも必死に抵抗すれば強者を苦しめる。

譯文 狗急跳牆。

40. 清水の舞台から飛び下りる

解釋 意を決して思い切ったことをする。

譯文 孤注一擲。下定決心去做。

41. 錦上花を添える

解釋 美しいものの上にさらに美しいものを添える。

譯文 錦上添花。

42. 口は禍いの元

解釋 言葉は慎まねばならない。

譯文 禍從口出。

43. 怪我の功名

解釋 失敗が思いがけなく良い結果をもたらす。

譯文 歪打正著。因禍得福。

44. 後世畏るべし

解釋 若者は勉強次第でどれだけ力を発揮するか計り知れないから、おそるべきである。

譯文 後生可畏。

45. 郷に入っては郷に従え

解釋 住んでいるところの風俗や習慣には従ったほうがよい。

譯文 入鄉隨俗。

46. 弘法も筆の誤り

解釋 どんな優れた人でも時には間違いを犯すことがある。＝猿も木から落ちる。河童の川流れ。

譯文 智者千慮，必有一失。

47. 紺屋の白袴

解釋 他人のことにばかり忙しくて、自分のことをおろそかにする。

譯文 為人作嫁。自顧不暇。

48. 子はかすがい

解釋 子は夫婦を結びつける。

譯文 孩子是父母的紐帶。

49. 転ばぬ先の杖

解釋 用心は失敗や災難が起こらないうちにしておくものである。

譯文 未雨綢繆。

さ

50. 先んずれば人を制す

解釋 人より先にやれば相手を抑えることができ、有利である。

譯文 先發制人。

51. 去る者は日々に疎し

解釋 親しかった者も遠く離れてしまえば、忘れがちになる。

譯文 （出自《文選・古詩十九首・第十四首》）去者日日疏。

52. 触らぬ神に祟りなし

解釋 余計な手出しをしなければ、災いがふりかからない。

譯文 多一事不如少一事。

53. 自家薬籠中の物

解釋 手なずけて思うままにする。

譯文 藥籠中物。掌中之物。

54. 鹿を追う者は山を見ず

解釋 あることに夢中になっていると他を顧みず道理を失う。

譯文 逐鹿者不見山。

55. 獅子身中の虫

解釋 見方でありながら害を加える。

譯文 （出自《梵網經》）從內部引起災禍的人。禍起蕭牆。

56. 事実は小説よりも奇なり

解釋 現実の出来事は、小説の想像上の世界よりももっと複雑で不思議なものである。

譯文 事實之奇勝過小說。

57. 釈迦に説法

解釋 知り尽くしている人になまかじりの教えを説くのは愚かしい。

譯文 班門弄斧。

58. 蛇の道はへび

解釋 同類の者はその道に明るい。

譯文 行家看門道。

59. 朱に交われば赤くなる

解釋 人は、付き合う仲間次第でよくも悪くもなる。

譯文 近朱者赤，近墨者黑。

60. 上手の手から水が漏れる

解釋　上手な人でもたまには失敗する。

譯文　好漢也有疏漏時。

61. 人間いたる所に青山あり

解釋　人間の世界には、活動できる場所はどこにでもある。

譯文　人間到處有青山。

62. 心頭滅却すれば火もまた涼し

解釋　眼前の境遇を超越すれば苦痛を苦痛と感じなくなる。

譯文　滅卻心頭火自涼。

63. 雀百まで踊りを忘れず

解釋　幼いときに覚えた習慣は年を取っても忘れない。＝三つ子の魂百まで。

譯文　江山易改，本性難移。

64. 住めば都

解釋　どんな所でも自分の住んでいる所が一番よい。

譯文　久居為安。

65. 背に腹はかえられぬ

解釋　大事のため他を顧みられない。

譯文　捨卒保車。

66. 船頭多くして船山に登る

解釋　指図をするものが多いと統一がとれずとんでもない方向に進む。

譯文　領頭人多反誤事。

67. 善は急げ

解釋　良いことは、思いたったらすぐにとりかかるのがよい。

譯文　好事要快做。

68. 前門の虎後門の狼

解釋　一つの災難を逃れたら、また新しい災難がやってくる。

譯文　前門拒虎，後門進狼。

69. 袖振り合うも他生の縁

解釋　ちょっとしたこともみな深い縁にもとづくものである。

譯文　萍水相逢也是前世的因緣。

た

70. 対岸の火事

解釋　直接自分にとって利害関係がない。

譯文　隔岸觀火。

71. 大山鳴動して鼠一匹

解釋　騒ぎばかり大きくてこれというほどの結果が起こらない。

譯文　雷聲大雨點小。

72. 高嶺の花

解釋　あこがれていて手に入らないもの。

譯文　可望而不可及。

73. 多芸は無芸

解釋　いろいろなことに通じているものは、かえって特に優れた面がない。

譯文　樣樣通，樣樣鬆。百會百窮。

74. 立て板に水

解釋　すらすらと淀みなく話す。

譯文　說話流利。口若懸河。

75. 蓼食う虫も好き好き

解釋　人の好みはそれぞれ異なる。

譯文　智者樂水，仁者樂山。

76. 棚から牡丹餅

解釋　思いがけない幸運に出会う。

譯文　喜從天降。

77. 月にむら雲花に風

解釋　良い状態には邪魔が入りやすい。

譯文　好事多磨。

78. 月夜に提灯

解釋　あっても無用である。

譯文　明月夜打燈籠，多此一舉。

79. 敵は本能寺にあり

解釋　本当の目的は別にある。

譯文　聲東擊西。

80. 鉄は熱いうちに打て

解釋　どんなことも、時機を逃してはいけない。

譯文　趁熱打鐵。

81. 出る杭は打たれる

解釋　優れていたりでしゃばりすぎたりすると人から憎まれる。

譯文　樹大招風。

82. 転石苔をむさず

解釋 仕事などを転々と変わる者には金や徳がたまることはない。

譯文 滾石不生苔。

83. 天は自ら助くるものを助く

解釋 他人をあてにせず、自分で努力する人には幸運がやってくる。

譯文 天助自助者。

84. 天網恢恢疎にして漏らさず

解釋 悪いことをすれば遅かれ早かれ天罰がある。

譯文 天網恢恢，疏而不漏。

85. 灯台下暗し

解釋 身近なことは、かえって分からないものである。

譯文 遠明近暗，當局者迷。

86. 同病相憐れむ

解釋 同じ苦しみで悩んでいるもの同士は同情心が深い。

譯文 同病相憐。

87. 豆腐にかすがい

解釋 手ごたえがない。＝のれんに腕押し、糠に釘。

譯文 白費勁。徒勞。

88. 遠くの親類より近くの他人

解釋 疎遠な親類よりも親しい他人のほうが何かと頼りになる。

譯文 遠親不如近鄰。

89. 毒を以って毒を制す

解釋 悪いことを除くのに他の悪いことを用いる。

譯文 以毒攻毒。

90. 鳶が鷹を生む

解釋 平凡な親から優れた子が生まれる。

譯文 烏鴉窩裡出鳳凰。凡人生貴子。

91. 捕らぬ狸の皮算用

解釋 不確実なことをあてにして計画をたてる。

譯文 打如意算盤。

92. 鳥なき里の蝙蝠

解釋 優れた人のいない所では、つまらぬ者がいばっている。

譯文 山中無老虎，猴子稱霸王。

93. 団栗の背比べ

解釋 どれも平凡で、あまり差がない。

譯文 半斤八兩。

な

94. ない袖は振れぬ

解釋 何とかしたくても、ないものは仕方がない。

譯文 巧婦難為無米之炊。

95. 長居はおそれ

解釋 同じところに長くいてはいけない。

譯文 久坐無益。

96. 長いものには巻かれろ

解釋 権力のある者には従うほうがよい。

譯文 胳膊擰不過大腿。委曲求全。

97. 泣き面に蜂

解釋 悪いことの上にさらに悪いことが起こる。

譯文 屋漏偏逢連夜雨。雪上加霜。

98. なくて七癖

解釋 人はみな、何らかの癖を持っている。

譯文 人無完人。

99. 情けは人のためならず

解釋 人に情けをかけておけば、いつかは自分にもよいことがめぐってくる。

譯文 好心必有好報。與人方便，自己方便。

100. 生兵法は大怪我のもと

解釋 中途半端な知識で事に当たると大失敗をする。

譯文 一知半解要倒大霉。一知半解吃大虧。

101. 習うより慣れろ

解釋 学ぶより、まず体験するのがよい。

譯文 熟能生巧。

102. 二階から目薬

解釋 遠回りで効き目がない。

譯文 遠水救不了近火。

103. 二足のわらじを履く

解釋 両立しないような二種類の仕事を

一人で兼ねる。

譯文 身兼數職。

104. 二兎を追う者は一兎をも得ず

解釋 一度に二つのものを得ようとすると、結局どちらも失ってしまう。

譯文 貪多必失。

105. 盗人を捕らえて縄をなう

解釋 あらかじめ準備しないでいたため、いざというときに慌てる。

譯文 臨渴掘井。

106. 濡れ手で粟

解釋 少ない労力で大きな利益を得る。

譯文 不勞而獲。

107. 猫に小判

解釋 価値が分からない人に貴重なものを与えても無駄である。

譯文 對牛彈琴。

108. 寝た子を起こす

解釋 何も知らない者に余計な知恵をつけ、波風を立てる。

譯文 多管閒事而招來不良後果。

109. 寝耳に水

解釋 不意の事が起こって驚くことのたとえ。

譯文 晴天霹靂。

110. 能ある鷹は爪を隠す

解釋 優れた者は、その能力をひけらかしたりしない。

譯文 雄鷹藏其爪，能人不逞強。

111. 喉元すぎれば熱さを忘れる

解釋 過ぎ去ってしまうと、苦しさを忘れる。

譯文 好了傷疤忘了痛。

112. 乗りかかった船

解釋 手をつけてしまって、いまさら後には引けない。

譯文 騎虎難下。

は

113. 箸にも棒にもかからぬ

解釋 ひどすぎて取り扱いようがない。

譯文 軟硬不吃。

114. 花も実もある

解釋 外見、中身ともにすぐれている。

譯文 名副其實，名實相符。

115. 引かれ者の小唄

解釋 負け惜しみで平気なふりをする。

譯文 故作鎮靜。死不服輸。

116. 日暮れて道遠し

解釋 完成するには程遠い。

譯文 任重而道遠。

117. 庇を貸して母屋を取られる

解釋 恩を仇で返される。

譯文 躲雨變為屋主。喧賓奪主。

118. 人の噂も七十五日

解釋 世間の噂、評判もいずれ消えてしまう。

譯文 傳言很快就會消失。

119. 人を射んとせばまず馬を射よ

解釋 人を屈服させるには、まずその頼みの綱とするものを攻め落とすのがよい。

譯文 射人先射馬。

120. 火のない所に煙は立たぬ

解釋 噂が出るからには、なんらかの根拠があるはずだ。

譯文 無風不起浪。

121. 百聞は一見にしかず

解釋 何回も聞くより、一度自分の目で見るほうが一番確かである。

譯文 百聞不如一見。

122. 百里を行く者は九十里を半ばとす

解釋 最後まで気をゆるめず努力しなければならない。

譯文 （出自《戰國策．秦策》）行百里者半九十。

123. 瓢箪から駒が出る

解釋 意外なところから意外な物が出てくる。

譯文 葫蘆裡跑出馬來。事出意外。

124. 下手の横好き

解釋 下手なくせに好きで熱心にする。

譯文 水平差卻非常愛好。

125. 坊主憎けりゃ袈裟まで憎い

解釋 その人が憎いと、関係したものまで憎く感じる。

譯文 為恨和尚，累及袈裟。憎其人而並及其物。

126. 仏の顔も三度

解釋 どんなに立派で温和な人でも、たびたびの侮辱には怒り出す。

譯文 容忍有度，事不過三。

ま

127. 馬子にも衣裳

解釋 立派な服装をすれば、誰でも立派に見える。

譯文 人要衣裝，佛要金裝。

128. 待てば海路の日和あり

解釋 じっと待てば、いつか幸運が訪れる。

譯文 時來運轉。只要耐心等待，總會風平浪靜。

129. ミイラ取りがミイラになる

解釋 説得しようとして、逆に相手に説得されてしまう。

譯文 偷雞不成蝕把米。適得其反。

130. 水清ければ魚棲まず

解釋 あまり清廉潔白すぎると人が寄り付かなくなる。

譯文 （出自東方朔《答客難一首》）水太清則無魚。

131. 昔取った杵柄

解釋 昔身につけたわざは後まで使える。

譯文 年輕時練就的本領。

132. 無用の長物

解釋 大きいにもかかわらず、役に立たない。

譯文 無用之物。

133. 餅は餅屋

解釋 物事にはそれぞれ専門家がいる。

譯文 各行都有行家。辦事還得靠行家。

や

134. 焼け石に水

解釋 少しばかりの援助や労力では効果がない。

譯文 杯水車薪。

135. 柳に雪折れなし

解釋 それほど頑丈でなくとも、無理をしなければかえって安全である。

譯文 柔能克剛。剛不濟柔。

136. 寄らば大樹の陰

解釋 同じ頼るのであれば、より力のあるものに頼るほうがよい。

譯文 大樹底下好乘涼。

137. 弱り目に祟り目

解釋 不運の上に不運が重なる。

譯文 禍不單行。

ら

138. 良薬口に苦し忠言耳に逆らう

解釋 よく効く薬は苦くて飲みにくいように、有意義な忠告は耳に痛い。

譯文 良藥苦口。忠言逆耳。

139. 類は友を呼ぶ

解釋 性質や考えの似た者は、自然に集まる。

譯文 物以類聚。同氣相投。

140. 論語読みの論語知らず

解釋 書物を読んで理解しているだけで、実行できない。

譯文 死讀書。書呆子。

2 慣用語

体の部分に関連する

1. 足が出る

解釋 使った金が予算を超えて赤字になる。

譯文 超過預算。出現虧空。

2. 足元から鳥が立つ

解釋 突然のことでまごつく。

譯文 事出突然。倉促從事。手忙腳亂。

3. 足を洗う

解釋 今までの境遇から抜け出す。

譯文 洗手不幹。改邪歸正。

4. 足をすくう

解釋 相手のすきをついて失敗させる。

譯文 鑽對手空子。乘機給予意外攻擊。

5. 足を引っ張る

解釋 他人の前進や成功を妨げる。

譯文 牽制。扯後腿。

6. 顔がきく

解釋 権力によって特別扱いを受けることが出来る。

譯文 吃得開。有頭有臉。

7. 顔が広い

解釋 世間に知り合いが多い。

譯文 交際廣。各方面都有熟人。

8. 顔に泥を塗る

解釋 面目を失わせる。恥をかかせる。

譯文 蒙受恥辱。丟臉。

9. 顔を貸す

解釋 頼まれて人に会ったり人前に出たりする。

譯文 替人赴約。替人出頭露面。

10. 肩を並べる

解釋 対等な地位に立つ。

譯文 並駕齊驅。並肩前進。

11. 肩を持つ

解釋 好意を持つ。味方をする。

譯文 袒護。偏袒。

12. 口が堅い

解釋 言うべきでないことは決して言わない。

譯文 守口如瓶。

13. 口が酸っぱくなる

解釋 同じことを何度も言う。

譯文 反覆勸説。苦口相勸。

14. 口に合う

解釋 自分の好みの味と一致する。

譯文 合口味。

15. 口をかける

解釋 前もって先方に事を通じておく。誘う。声をかける。

譯文 預先聯繫。搭上關係。

16. 口を切る

解釋 多くの人たちの中で最初に発言する。

譯文 先開口說話。

17. 口をつぐむ

解釋 ものを言わない。

譯文 閉口不言。噤若寒蟬。

18. 口をぬぐう

解釋 知って知らぬふりをする。

譯文 裝作若無其事。佯裝不知。

19. 口を糊する

解釋 貧しく暮らす。

譯文 糊口。

20. 口を割る

解釋 隠していたことを白状する。

譯文 坦白。招供。

21. 腰が低い

解釋 へりくだった態度をとる。

譯文 謙虛。和藹。

22. 腰を据える

解釋 落ち着いて事をする。

譯文 沉著。不慌不忙。

23. 尻に火がつく

解釋 物事が切迫してじっとしていられない。

譯文 火燒眉毛。後院起火，驚慌失措。

24. 尻を持ち込む

解釋 物事の後始末などを求める。

譯文 請求幫助處理善後。前來追究責任。

25. 爪に火を灯す

解釋 非常にけちである。

譯文 指甲充燭。極其吝嗇。

26. 手が届く

解釋 能力などの範囲内にある。

譯文 能力所及。

27. 手が焼ける

解釋 何かと面倒を見るために苦労する。

譯文 麻煩。費事。

28. 手に余る

解釋 物事が自分の能力以上のため、処理できない。

譯文 力不能及。毫無辦法。解決不了。

29. 手も足も出ない

解釋 どうすることもできない。

譯文 手足無措。無從下手。

30. 手を負う

解釋 怪我をする。

譯文 受傷。

31. 手を切る

解釋 今まであった関係を絶つ。

譯文 斷絕交往。分手。

32. 歯牙にかけない

解釋 相手にしない。問題にしない。

譯文 不足掛齒。

33. 鼻が高い

解釋 得意である。自慢である。

譯文 趾高氣揚。得意洋洋。驕傲。

34. 鼻にかける

解釋 自慢する。

譯文 傲慢。自高自大。

35. 鼻につく

解釋 飽きてしまった。不快に感じる。

譯文 令人厭煩。膩煩。

36. 鼻をあかす

解釋 出し抜いてあっといわせる。

譯文 搶先。先下手。

37. 腹を据える

解釋 覚悟をきめる。

譯文 拿定主意。下決心。

38. 膝を乗り出す

解釋 乗り気になる。

譯文 感興趣。

39. 腑に落ちない

解釋 合点がいかない。

譯文 不能理解。不能領會。

40. へそで茶を沸かす

解釋 おかしくてたまらない。

譯文 捧腹大笑。笑破肚皮。

41. ほぞを固める

解釋 覚悟を決める。

譯文 下決心。決定。

42. 愁眉を開く

解釋 安心してほっとした顔つきになる。

譯文 舒展愁眉。

43. 眉唾もの

解釋 いかがわしい、にせもの。

譯文 不可輕信的事物。

44. 眉をひそめる

解釋 心の中に憂いを感じて顔をしかめる。

譯文 擔心而眉頭緊鎖。

45. 身の毛もよだつ

解釋 ぞっとする。

譯文 毛骨悚然。

46. 身も蓋もない

解釋 あからさまである。

譯文 直截了當。毫無含蓄。

47. 耳が痛い

解釋 人の意見が自分の弱点を突いていて、つらい。

譯文 聽來刺耳。

48. 耳が肥える

解釋 音楽などを聞き味わう力を持っている。

譯文 （對音樂、曲藝等藝術的）欣賞能力變強。

49. 耳に挟む

解釋 噂を聞く。

譯文 略聞風聲。

50. 耳を疑う

解釋 話が信じられない。

譯文 難以置信。

51. 耳をそろえる

解釋 金額を少しも不足なく全部そろえる。

譯文 （把錢等）如數湊齊。

52. 胸に一物ある

解釋 心の中にたくらみがある。

譯文 心懷叵測。別有用心。心懷鬼胎。

53. **胸を借りる**

解釋 力が上の者に相手をしてもらう。

譯文 請有實力的對手指導練習。

54. **胸をなでおろす**

解釋 心配事が解決して安心する。

譯文 鬆了一口氣。

55. **目から鱗が落ちる**

解釋 思いがけないことから周囲の状況がよく分かるようになり、悩みや迷いから解放される。

譯文 （源自《新約聖經．使徒行傳》）恍然大悟。茅塞頓開。

56. **目から鼻へ抜ける**

解釋 抜け目なくすばしこい。

譯文 頭腦敏銳，機靈能幹。

57. **目に余る**

解釋 黙って見過ごせないほどひどい。

譯文 慘不忍睹。

58. **目を疑う**

解釋 意外なことにびっくりする。

譯文 感到非常意外。不相信自己的眼睛。

59. **目を光らす**

解釋 監視を厳重にする。

譯文 嚴密監視。

3 慣用語—其他

あ

60. **青菜に塩**

解釋 急に元気をなくし、うちしおれる。

譯文 沮喪。垂頭喪氣。

61. **挙句の果て**

解釋 結局のところ。

譯文 歸根到底。結局。

62. **味をしめる**

解釋 前の良さが忘れられず、また期待する。

譯文 嘗到甜頭。

63. **後の祭り**

解釋 時機をのがして手遅れである。

譯文 馬後炮。事後諸葛亮。

64. **虻蜂とらず**

解釋 二つのものを得ようとしてどちらも取れない。

譯文 逐兩者一無所得。雞飛蛋打。

65. **息の根をとめる**

解釋 完全に打ち負かす。

譯文 殺死。幹掉。趕盡殺絕。

66. **息をのむ**

解釋 はっとして思わず息を止める。

譯文 倒吸一口氣。

67. **一目置く**

解釋 相手が自分よりまさっているとして、敬意を払う。

譯文 輸一籌，差一等。

68. **意に介する**

解釋 気にとめる。

譯文 介意。

69. **意にかなう**

解釋 自分の思うとおりである。

譯文 滿意。正中下懷。

70. **犬の遠吠え**

解釋 臆病者が陰で虚勢を張る。

譯文 虛張聲勢。背後逞能。

71. **色をなす**

解釋 非常に怒って顔色を変える。

譯文 勃然變色。

72. **浮かぶ瀬がない**

解釋 助かる機会がない。自分の立場がない。

譯文 沒有出頭的機會。沒有翻身之日。

73. **烏合の衆**

解釋 規律も統一もなく多数のものが集まる。

譯文 烏合之眾。

74. **うつつをぬかす**

解釋 心を奪われて夢中になる。

譯文 神魂顛倒。

75. 独活の大木

解釋 なりがおおきいだけで役に立たないもの。

譯文 大而無用。大草包。

76. 馬が合う

解釋 気性が合う。

譯文 情投意合。投緣。

77. 馬を牛に乗り換える

解釋 良いものを捨て、代わりにそれよりも劣っているものをとる。

譯文 棄好就壞。

78. 烏有に帰す

解釋 皆無になる。

譯文 化為烏有。

79. 瓜二つ

解釋 顔つきなどがよく似ている。

譯文 一模一樣。長得非常相似。

80. 雲泥の差

解釋 はなはだしい違い。

譯文 天壤之別。相差甚遠。

81. 悦に入る

解釋 気に入って一人でひそかに喜ぶ。

譯文 得意。事情順利非常高興貌。

82. 襟を正す

解釋 気持ちを引き締める。

譯文 正襟危坐。

83. お茶を濁す

解釋 その場を取り繕ってごまかす。

譯文 敷衍塞責。搪塞過去。

84. 思う壷

解釋 自分のたくらみ通りになる。

譯文 恰如所料。正中下懷。

85. 折り紙付き

解釋 確実と保証されている。定評がある。

譯文 帶有鑒定書。有定評。

86. 尾を引く

解釋 名残があとまで響く。

譯文 後果持續存在。

87. 音頭を取る

解釋 物事を行うときに、皆の先に立ってひっぱっていく。

譯文 首倡。發起做…事。

か

88. 飼い犬に手を噛まれる

解釋 よくした相手に裏切られる。

譯文 養虎為患。

89. かぶとを脱ぐ

解釋 自分の力が及ばなくて降参する。

譯文 甘拜下風。

90. 閑古鳥が鳴く

解釋 商売などがはやらない。

譯文 門前冷落。門可羅雀。

91. 眼中にない

解釋 問題にしない。

譯文 視而不見。不當回事。

92. 机上の空論

解釋 頭だけで考えた案で、実際の役に立たない。

譯文 紙上談兵。

93. 肝に銘じる

解釋 教訓や忠告などをしっかり心にとめておく。

譯文 銘刻在心。

94. 釘を刺す

解釋 前もって念押しして注意する。

譯文 敲定。

95. 愚の骨頂

解釋 実にくだらない。

譯文 愚蠢透頂。

96. 言語に絶する

解釋 物事の程度が激しい。

譯文 無法形容。難以言表。

97. 心を洗う

解釋 すがすがしい気持ちになる。

譯文 心靈受到洗滌。

98. 心を砕く

解釋 心配し、苦労する。

譯文 擔心。操心。焦思苦慮。

99. 言葉を濁す

解釋 あやふやに言う。

譯文 含糊其辭。

さ

100. さじを投げる

解釋 これ以上手だてがないとあきらめる。

譯文 無藥可救。

101. 猿芝居

解釋 すぐに見破られるような下手な芝居。

譯文 耍花招。拙劣的演技。

102. 猿知恵

解釋 浅はかな知恵。

譯文 小聰明。

103. 猿真似

解釋 うわべだけ他人の真似をする。

譯文 依樣畫葫蘆。

104. 思案に余る

解釋 いくら考えてもうまい考えが浮かんでこない。

譯文 想不出好辦法。

105. しのぎを削る

解釋 激しく競争する。

譯文 激烈交鋒。激烈爭論。

106. 死命を制する

解釋 相手の急所をおさえる。

譯文 控制對方要害處。

107. 春秋に富む

解釋 年が若くて將来が長い。

譯文 （出自《史記・曹相國世家》）富於春秋。年富力強。

108. 常軌を逸する

解釋 良識に欠け、普通ではない言動をする。

譯文 超出常規。

109. 白羽の矢が立つ

解釋 多くの人の中からその人とねらいをつけられる。

譯文 （從許多人中）被選中，被指定。

110. 尻馬に乗る

解釋 無批判に他人の後ろにつき、言動する。

譯文 盲目學習。附和雷同。

111. 随喜の涙

解釋 ありがたさのあまりに流す涙。

譯文 因感激而熱淚盈眶。

112. 雀の涙

解釋 ごくわずか。

譯文 麻雀的眼淚。一點。

113. 節を屈する

解釋 自分の意志を屈して人に従う。

譯文 屈節。變節。

114. 象牙の塔

解釋 俗世間から離れて学問ばかりする学者たちの態度や生活。

譯文 象牙塔。多指大學的研究室。

115. 相好を崩す

解釋 喜んで思わずにこにこする。

譯文 笑容滿臉。笑逐顏開。

た

116. 高をくくる

解釋 相手を軽く見る。

譯文 輕視，小看。

117. 露と消える

解釋 はかなく消えてなくなる。

譯文 無常。短暫。

118. 鶴の一声

解釋 権威のある人の一言で多くの人が否応なくそれに従う。

譯文 鶴鳴一聲，百鳥啞音。

119. 天の配剤

解釋 天は、善行には良い報いを、悪行には罰を与える。

譯文 天下萬物皆得其位。

120. 頭角をあらわす

解釋 才能などが群を抜いてあらわれる。

譯文 嶄露頭角。

121. とどのつまり

解釋 結局のところ。

譯文 結局。歸根到底。

122. 虎の尾を踏む

解釋 極めて危険なことをする。

譯文 若踏虎尾。比喻非常危險。

123. 虎の子

解釋 大切にして手放さない金や宝物。

譯文 珍愛而不放手的東西。

124. 取り付く島もない

解釋 すがる願いがない。

譯文 無所適從。受冷落而無可奈何。

な

125. 習い性となる

解釋 習慣がついにその人本来の性質のようになる。

譯文 習慣成自然。

126. 錦を飾る

解釋 立派な仕事をして故郷に帰る。

譯文 衣錦還鄉。

127. 二の足を踏む

解釋 物事を思い切ってせずためらう。

譯文 猶豫不決。

128. 抜き差しならない

解釋 どうにもできなくて動けない。

譯文 無可奈何。進退兩難。

129. 猫の手も借りたい

解釋 非常に忙しい。

譯文 忙得厲害。非常忙。

130. 猫の額

解釋 土地が狭い。

譯文 狹窄的場所。

131. 猫をかぶる

解釋 本性を隠しておとなしく見せかける。

譯文 假裝老實。

132. 根も葉もない

解釋 何の証拠、根拠もない。

譯文 毫無根據。

は

133. 拍車をかける

解釋 力を加えて進行を一段と早める。

譯文 加速。促進。

134. 薄氷を踏む

解釋 非常な危険をおかす。

譯文 （出自《詩經・小雅》）如履薄冰。

135. 裸一貫

解釋 自分の身一つだけで、他には何も頼るものがない。

譯文 赤手空拳。一文不名。

136. 破竹の勢い

解釋 とどめがたいほど厳しく進む勢い。

譯文 勢如破竹。

137. 八方美人

解釋 誰に対してもいい顔をしようとする。

譯文 八面玲瓏。

138. 話半分

解釋 誇張された話で、本当は半分程度の事実である。

譯文 聽話應打對折。

139. 妙に入り細をうがつ

解釋 非常に細かいところまで気を配る。

譯文 細緻入微。

140. 冷や飯を食う

解釋 能力が正当に評価されず冷遇される。

譯文 遭冷落。坐冷板凳。

141. 顰蹙を買う

解釋 周囲にいやな顔をされて、軽蔑される。

譯文 使人皺眉反感。

142. ふるいにかける

解釋 多くのものの中からよいものを選び分ける。

譯文 篩選。淘汰。

ま

143. 枚挙にいとまがない

解釋 一つずつ数えあげることができないほど多い。

譯文 不勝枚舉。

144. 満を持す

解釋 十分用意して時機の来るのを待つ。

譯文 待機而動。

145. 水を得た魚

解釋 最も適した環境や活躍の場を得て、思う存分に活躍する。

譯文 如魚得水。

146. 水を差す

解釋 物事の邪魔をする。

譯文 挑撥離間。潑冷水。

147. 見る影もない

解釋 以前と比べてすっかり落ちぶれ、身なりや様子が貧弱である。

譯文 面目全非。不成樣子。

148. 虫がいい

解釋 あつかましく身勝手である。

譯文 只顧自己。自私。

149. 虫が知らせる

解釋 何となく悪い予感がする。

譯文 有不好的預感。

150. 虫の息

解釋 いまにも死にそうである。

譯文 奄奄一息。

151. 虫の居所が悪い

解釋 いつもより不機嫌で怒りっぽい。

譯文 心情不好。很不高興。

152. 虫も殺さぬ

解釋 非常に温厚である。

譯文 性情溫和。

153. 元の木阿弥

解釋 一度よくなったものが、再びもとの状態にもどる。

譯文 恢復原狀。依然故我。

154. 諸刃の剣

解釋 相手を傷つけるだけでなく、自分も傷つく恐れがある。役に立つが、他方で危険を招きかねない。

譯文 雙刃劍。水可載舟，亦可覆舟。

や

155. 八百長

解釋 勝負事で、前もって勝ち負けを打ち合わせておきながら、見かけは真剣に闘っているふりをする。

譯文 假比賽。徒有形式的比賽。

156. 野に下る

解釋 官職についていた人が辞職して民間人になる。

譯文 下野。

157. やぶさかでない

解釋 あることを行う努力を惜しまない。

譯文 不吝嗇。欣然。

158. 矢も盾もたまらない

解釋 気がはやり、じっとしていられない。

譯文 焦慮不安。心煩意亂。

ら

159. らちが明かない

解釋 決着がつかない。

譯文 事情沒有得到解決。沒有結果。

160. 立錐の余地もない

解釋 大勢の人がいて身動きできない。

譯文 沒有立錐之地。

161. 溜飲を下げる

解釋 憂鬱だった気分をすっきりさせる。

譯文 心情舒暢。悶悶不樂的情緒煙消雲散。

わ

162. 渡りに船

解釋 条件が好都合に整う。

譯文 及時雨。正中下懷。

163. 割を食う

解釋 損をする。

譯文 吃虧。受損。

附錄五

日本史年表

時代	世紀	政治．外交	文化
弥生文化時代	3	[220後漢滅亡。三国時代〈魏．呉．蜀〉始まる] 239卑弥呼、親魏倭王に任ぜられ、金印紫綬を与えられる	3世紀末頃より、前方後円墳．前方後方墳の造営始まる
古墳文化時代	4	[313高句麗、楽浪郡を滅ぼす] [346百済統一] [356新羅統一] [375ゲルマン民族大移動] 391倭軍、渡海して百済．新羅を破る [395ローマ帝国東西分裂]	
	5	404倭軍、帯方の地に侵入し、高句麗に破れる 421倭王讃、宋に朝貢し、安東將軍倭国王の称号を受ける [476西ローマ帝国滅亡] 478倭王武〈雄略〉、宋に上表文を送る [486フランク王国建国]	この頃養蚕．織物の技術、伝わる この頃河内地方に大前方後円墳作られる
大和時代	6	513百済から五經博士を送られる 527筑紫国造岩井の乱 567新羅、任那を滅ぼす 587蘇我馬子、物部氏を滅ぼす [589隋、中国を統一] 593聖徳太子、推古天皇の摂政となる。	538百済聖明王から、仏像．経典を送られる 593四天王寺建立 596法興寺建立
	7	603聖徳太子、冠位十二階を定める 604聖徳太子、十七条憲法をつくる 607遣隋使小野妹子を派遣 [610マホメット、イスラム教を唱える] [618隋滅亡、唐おこる] 645中大兄皇子〈天智〉ら、蘇我入鹿を暗殺 663白村江の戦い。（唐．新羅連合軍に、日本軍大敗）百済滅亡 [668高句麗滅亡。676、新羅、半島を統一] 670戸籍〈庚午年籍〉をつくる。 672壬申の乱（大海人皇子〈天武〉大友皇子を破る）	602百済より、暦．天文．地理書が伝わる。 603広隆寺建立 607法隆寺完成 610高句麗より、紙．墨が伝わる 615聖徳太子の「三経義書」成る 623法隆寺金堂釈迦三尊像成る 634法隆寺夢殿救世観音像成る 660中大兄皇子、水時計をつくる 698薬師寺完成。
奈良時代	8	710大宝律令制定 706諸臣の山野占有を禁止 708初の銀．銅銭（和同開珎）をつくる。 710年平城京〈奈良〉に遷都 [751タラス河畔の戦い（製紙法の西伝）]「756サラセン帝国の東西分裂」 757養老律令施行。橘奈良麻呂の変（藤原仲麻呂の排除を計画し、失敗） 764藤原仲麻呂の乱（道鏡の排除に失敗） 769道鏡事件（和気清麻呂、道鏡を排除） 794平安京〈京都〉に遷都 797坂上田村麻呂を征夷大將軍に任命	712「古事記」なる（太安万侶） 713諸国に風土記の編纂を命じる 720「日本書紀」成る（舎人親王） 751[懐風藻]成る 752東大寺大仏開眼 754鑑真来日。鳥毛立女屏風完成。 759唐招提寺建立。「万葉集」この年以後成る 770百万塔陀羅尼（現存世界最古の印刷物）つくられる 788最澄、延暦寺を創建 797「続日本記」成る
平安時代	9	810薬子の乱（藤原薬子、上皇擁立に失敗） 833「令義解」（清原夏野ら）成る 842承和の変（伴健岑、橘逸勢ら流罪） 850富豪の山野独占を禁止 [860ノルウエー人、アイスランド発見] 866応天門の変（伴善男ら流罪）。藤原良房摂政となる（摂関政治の開始） 894遣唐使の廃止（菅原道真の建言による）	805最澄、天台宗を開く 806空海、真言宗を開く 816空海、金剛峰寺を創建。 820頃「文鏡秘府論」（空海） 823頃「日本霊異記」（景戒） 841「日本後記」（藤原緒嗣ら）成る 860石清水八幡宮創建。 869「続日本後記」（藤原良房ら）成る 892「新選字鏡」（昌住）〈最古の漢字典〉 899「菅家文草」（菅原道真）

<table>
<tr><td rowspan="2">平安時代</td><td>10</td><td>901菅原道真、大宰府に左遷
902初めての荘園整理令を出す
[907唐滅び、五代始まる]
[935新羅滅亡]
935平將門の乱おこる
939藤原純友の乱おこる（承平．天慶の乱）
[962神聖ローマ帝国成立」
969安和の変（源高明ら流罪。以後、摂政．関白を常置）
974尾張の国の公民の訴えで国司交替
[979宋、中国を統一]</td><td>この頃「竹取物語」「伊勢物語」
905「古今和歌集」（紀貫之ら）成る
930頃「倭名類聚抄」（源順）
935頃「土佐日記」（紀貫之）
938空也、都で念仏を説く
947北野天神創建
950頃「大和物語」
974頃「蜻蛉日記」（道綱母）
985「往生要集」（源信）</td></tr>
<tr><td>11</td><td>1016藤原道長、摂政となる
1019刀伊の入冠（女真族の北九州来襲）
1038延暦寺僧徒の強訴
1055前九年の役（～６２．奥州安倍頼時の反乱）
[1066ノルマンジー公ウイリアム、イギリス征服]
[1071セルジュク＝トルコ、エルサレム占領]
1803後三年の役（～８７．源義家、奥州清原氏を討つ）
1086白河法皇の院政始まる
[1096第１回十字軍]</td><td>この頃「枕草子」（清少納言）
1007頃「和泉式部日記」
この頃「源氏物語」（紫式部）
1010「紫式部日記」
1020藤原道長、法成寺を建立
1036頃「栄華物語」
1053平等院鳳凰堂建立
1059頃「更級日記」（菅原孝標女）
1096田楽、流行する</td></tr>
<tr><td>鎌倉時代</td><td>12</td><td>1102延暦寺．興福寺．東大寺衆徒の強訴
1156保元の乱（後白河天皇．平清盛ら勝利）
1159平治の乱（後白河天皇．清盛ら勝利）
1167清盛、太政大臣となる
1177鹿が谷の陰謀（平家打倒計画）
1179清盛、後白河法皇を幽閉
1180源頼政、以仁王の挙兵失敗。源頼朝挙兵
1181後白河院政復活。清盛没
1185壇の浦の戦い（平氏滅亡）
1189頼朝、奥州を平定（源義経没）
[1190ドイツ騎士団おこる]
1192頼朝、征夷大将軍となり鎌倉幕府を開く</td><td>この頃「今昔物語集」「大鏡」
1124平泉中尊寺金色堂建立
この頃「鳥獣戯画」
1152清盛、厳島神社修造。
1175源空（法然）専修念仏を唱える
1179「梁塵秘抄」（後白河上皇）
この頃「山家集」（西行）
1187「千載和歌集」（藤原俊成）
1188四天王寺扇面古写経できる
1191栄西、宋より臨済禅を伝える</td></tr>
<tr><td></td><td>13</td><td>1203比企能員の乱（北条打倒に失敗）。北条時政、執権となる
[1206蒙古、チンギスハン即位]
[1215マグナ＝カルタ制定]
1219将軍源実朝、暗殺される
1221承久の乱（後鳥羽上皇、倒幕に失敗）
1232北条泰政、関東御成敗式目を制定
[1241ワールシュタットの戦い。ハンザ同盟]
[1271蒙古、フビライ国号を元と称す]
1274文永の没（蒙古軍、筑前に上陸）
[1275マルコポーロ、大都〈北京〉訪問]
1281弘安の役（蒙古再襲来）</td><td>1203東大寺金剛力士像（運慶．快慶）
1205「新古今和歌集」（藤原定家ら）
1207専修念仏禁止（法然．親鸞配流）
1212「方丈記」（鴨長明）
1213「金槐和歌集」（実朝）
この頃「宇治拾遺物語」「平家物語」
1224「教行信証」（親鸞、浄土真宗開く）
1227道元、曹洞宗開く。
1235「小倉百人一首」（藤原定家）
1244道元、越前大仏寺〈永平寺〉創建。
1253日蓮、法華宗〈日蓮宗〉開く。
1276一遍、時宗開く。</td></tr>
<tr><td>鎌倉時代</td><td>14</td><td>1342正中の変（倒幕計画の発覚）
1331楠木正成ら挙兵
1333足利尊氏、新田義貞挙兵。鎌倉幕府滅亡
1334後醍醐天皇による建武の新政始まる
1336尊氏、光明法皇を擁立し（南北朝並立）、室町幕府を開く
[1338英仏、百年戦争始まる]
1338尊氏、征夷大将軍となる
[1368元滅亡、明おこる]
この頃倭寇の活動激しくなる
1378将軍足利義満、花の御所へ移る
1392南北朝合一</td><td>1330頃「徒然草」（吉田兼好）
1339「神皇正統記」（北冨新房）
この頃猿楽能、発展する（狂言も独自の形式に発展）。
1357「兎玖波集」（二条良基ら）
1370頃「太平記」、「曽我物語」、「義経記」
1397義満、鹿苑寺金閣を造営</td></tr>
<tr><td>室町時代</td><td>15</td><td>1404幕府公認の日明貿易始まる
1428正長の土一揆起こる
1429琉球に統一政権できる
[1429フランス、ジャンヌ＝ダルク出現]
1438永享の乱
1441嘉吉の乱
[1453東ローマ帝国滅亡]
[1455イギリス、バラ戦争始まる]
1467応仁の乱
1488加賀一向一揆おこる
[1492コロンブス、新大陸発見]</td><td>1402頃「風姿花伝」（世阿弥。能楽の完成）
1420頃生け花．茶の湯流行し始める
1492「伊呂波」（朝鮮の日本語学習書）
1495「新撰兎玖波集」（宗祇）
1496蓮如、石山御坊〈本願寺〉創建
1499京都竜安寺の石庭できる</td></tr>
</table>

安土桃山時代	16	［1517マゼラン世界一周］ 1543ポルトガル船、種子島に漂着。鉄砲伝来 1553川中島の戦い 1573足利幕府滅亡 1582本能寺の変（明智光秀、信長を討つ） ［1588イギリス、スペイン無敵艦隊を破る］ 1592文禄の役（秀吉の朝鮮出兵） 1597慶長の役（朝鮮再出兵） 1600関が原の戦い（徳川家康、西軍を破る） ［1600イギリス、東インド会社を設立］	1501頃慈照寺銀閣完成 1503「北野天神縁起絵巻」（土佐光信） 1549フランシスコ＝ザビエル鹿児島に来航 1551頃「日本文典（Arte da Lingoa Japonesa）」（宣教師による初の文法書） 1582大友、大村、有馬の３大名、少年使節をローマへ派遣 1593「伊曽保物語」（キリスタン版） 1595「羅葡日対訳辞書」
	17	1603家康、征夷大将軍となり江戸幕府を開く 1609幕府、琉球を島津氏の所管とする ［1613ロシア、ロマノフ王朝成立］ 1615大阪夏の陣（豊臣氏滅亡） 1618キリスト教禁令を出す。 1633海外渡航を禁止、貿易を制限（鎖国令） 1637島原の乱（キリシタン信者．農民の大反乱） ［1643フランス、ルイ１４世紀即位］ ［1644明滅亡。清おこる］ 1669シャクシャインの乱（アイヌ部族と松前藩の戦い）	1602東本願寺創建。二条城完成 1603「日葡辞書」（ポルトガル語の対訳） この頃　出雲の阿国、歌舞伎踊りを創始。 1608「日本大文典」 1623「醒睡笑」（安楽庵策伝） 1624桂離宮建立 1636日光東照宮完成 1657「大日本史」の編纂に着手 1680頃歌舞伎確立（団十郎や藤十郎、活躍） 1685「好色一代男」（井原西鶴） 1696「奥の細道」（松尾芭蕉）
江戸時代	18	1702赤穂浪士、吉良邸討入り 1716徳川吉宗、将軍となる 1767田沼意次、側用人となる ［1776アメリカ独立宣言公布］ 1784天明の大飢饉 1787松平定信、老中となる ［1789フランス革命おこる］ 1792ロシア使節、根室に来航、通商要求 1798近藤重蔵、エトロフ島に大日本恵土呂府の標柱を建てる 1799幕府、東蝦夷を直轄地とする	1703「曽根崎心中」（近松門左衛門） この頃人形浄瑠璃隆盛 1748「仮名手本忠臣蔵」（竹田出雲ら） 1760「万葉考」（賀茂真淵） 1765「俳風柳多留」（柄井川柳） 1774「解体新書」（前野良沢ら） 1776「雨月物語」（上田秋成） 1782「日露辞典」 1794浮世絵「高名美人六家撰」（喜多川歌麿） 1798「古事記伝」（本居信長）
明治時代	19	［1804フランス、ナポレオン皇帝となる］ 1825幕府、異国船打払令を出す 1828シーボルト事件 1837大塩平八郎の乱 1841水野忠邦、天保の改革を始める 1853ペリー、浦賀へ来航 1854日米和親条約 ［1861アメリカ、南北戦争おこる］ 1867大政奉還。王政復古の大号令を発す 1868戊辰戦争 1877西南戦争（西郷隆盛軍敗れる） 1889大日本帝国憲法公布 1894日清戦争 1895下関条約締結	1802「東海道中膝栗毛」（十返舎一九） 1821伊能忠敬「日本地図」完成 1830「英和和英語彙集」（最初の英和和英辞書） 1831「富嶽三十六景」（葛飾北斎） 1867「和英語林集成」（ヘボン） 1872電信開通。鉄道開通（新橋．横浜間） 1889「言海」（大槻文彦） 1890「舞姫」（森鴎外） 1895台湾総督府、日本語教育を開始 1898日本美術院創立（岡倉天心ら）
大正時代 昭和時代	20	1902日英同盟、調印 1904日露戦争 1910大逆事件。韓国併合 1914第１次世界大戦（日本青島占領） 1936二・二六事件 1937盧溝橋事件（日中戦争開始） 1939第二次世界大戦開始。 1941ハワイ真珠湾攻撃（太平洋戦争開始） 1945原爆投下。ポツダム宣言受諾（終戦） 1946日本国憲法公布 1951対日平和条約．日米安全保障条約、調印 1972沖縄施政権返還。日中共同声明調印	1906朝鮮総監府で日本語読本を編纂 1911「善の研究」（西田幾太郎） 1914「こころ」（夏目漱石） 1925ラジオ放送開始 1936国際学友会設立 1937「雪国」（川端康成） 1946当用漢字、新仮名遣いを決定 1953テレビ放送開始。 1956「金閣寺」（三島由紀夫） 1964東京国際オリンピック大会開催 1970日本万国博覧会開催（大阪） 1972 国際交流基金、発足

索引

凡例

1. 本索引按漢語拼音排列；
2. 條目後的數字為章節號碼，開頭兩位為所屬章的序號，後面的數字依次為節。例如「18.5」為該條目在第18章第5節；「05.5.6」為該條目在第5章第5節第6小節。

新版
日本語文法百科辭典

山田社日語 24

發行人● 林德勝
主編● 錢紅日
審訂● 前田涼子・吉松由美・西村惠子
出版發行● 山田社文化事業有限公司
臺北市大安區安和路112巷17號7樓
電話 02-2755-7622
傳真 02-2700-1887

郵政劃撥● 19867160號 大原文化事業有限公司
網路購書● 日語英語學習網 http://www. daybooks. com. tw
總經銷● 聯合發行股份有限公司
新北市新店區寶橋路235巷6弄6號2樓
電話 02-2917-8022
傳真 02-2915-6275

印刷● 上鎰數位科技印刷有限公司
法律顧問● 林長振法律事務所 林長振律師
初版● 2014年8月
一書定價● 新台幣360元
書+MP3定價● 新台幣399元
新版 書+MP3定價● 新台幣420元

ISBN: 978-986-246-318-5

本書原書名為《最新日語語法大全》，
主編：錢紅日，經遠文文化代理，
由北京語言大學出版社授權山田社文化
事業有限公司在台灣地區獨家發行。